KB271280

이성理性과 감성感性

제인 오스틴 지음 | 최후좌 옮김 | 바나나 몽스(Bananamonks) 그림

惠園出版社

제인 오스틴은 영국 BBC '지난 천 년간 최고의 문학가'
조사에서 셰익스피어에 이어 2위를 차지할 만큼
영국인들의 사랑을 받는 작가이다.
'섬세한 붓으로 작업한 2인치 넓이의 작은 상아 조각'에
비유되는 오스틴의 작품에서는
잘 다듬어진 언어의 예술을 맛볼 수 있다.

이성과 감성

제 1 장

대시우드 가(家)는 서식스 지방에 정착한 지 꽤 오래되었다. 집안 사유지는 눈이 모자랄 정도로 넓었고, 저택은 사유지의 중심부인 노어랜드 파크에 있었다. 그곳에서 몇 대를 이으며 모범적으로 살았기 때문에 주위 사람들로부터 좋은 평판을 얻고 있었다. 이 집안의 주인은 얼마 전에 세상을 떠난 독신의 노신사였다. 오랜 세월 동안 그의 누이가 집안일을 맡아서 하며 남매는 친구처럼 살갑게 지내왔다. 그러다가 그가 죽기 10년 전 누이가 먼저 세상을 뜨자 집안에 큰 변화가 생기게 되었다. 누이의 빈자리를 채우기 위해 조카인 헨리 대시우드의 가족을 불러들인 것이다. 헨리 대시우드는 노신사가 노어랜드의 법적 상속인으로서 유언장에 남기려고 했던 사람이다.

조카와 질부 그리고 그 아이들과 함께 하는 생활은 매우 만족스러웠다. 노신사는 조카의 가족들을 금세 좋아하게 되었다. 조카 부부는 무엇이든 노신사가 하고 싶은 대로 할 수 있도록 배려를 해주었는데, 그것은 가식적인 것이 아니라 진심에서 우러난 것이었다. 그리하여 노신사는 부부로부터 따뜻한 공경을 받았고, 생기가 넘치는 아이들은 노신사를 더욱 즐겁게 해주었다.

헨리 대시우드는 첫째 부인과의 사이에 아들이 하나 있었고, 지금의 부인과는 세 딸을 두었다. 모범적인 아들은 막대한 재산을 가진 어머니 덕분에 풍족한 생활을 하며 자랐고, 성인이 되어서는 그 재산의 절반을 상속받았다. 게다가 곧 결혼을 하여 재산은 더 불어났다. 그리하여 그에게는 노어랜드의 토지를 상속받는 일이 세 누이의 관심사처럼 그리 중요하지 않았다. 아버지가 유산으로 받게 될 것을 제외한다면, 세 누이의 재산은 그야말로 변변찮았다. 누이의 어머니는 가진 것이 한 푼도 없었고, 아버지가 마음대로 할 수 있는 재산이라고는 고작 7천 파운드가 전부였다. 전처의 재산 절반은 그 아들에게 묶여 있었고, 그나마 겨우 생존해 있을 때만 재산을 가질 수 있는 종신 소유권이 전부였던 것이다.

노신사의 사망 후 유언장이 발표되었다. 거의 모든 유언장이 그러하듯이 기뻐하는 사람이 있으면 실망스러워하는 사람이 있기 마련이었다. 노신사는 조카가 서운해 하지 않을 정도로만 토지를 물려주었다. 헨리 대시우드가 유산 상속을 간절하게 바란 것은 아내와 세 딸을 위해서였다. 하지만 전처의 아들과 네 살 난 손자에게는 유증(遺贈)을 통해 오히려 대부분의 재산이 보장되었고, 누구보다 미래에 대한 준비가 필요한 사람들에게는 소유지의 위탁을 통한 수입이나 숲의 목재를 팔아서 재산을 만들 수 있는 권리가 돌아가지 않았다. 다시 말하면 재산이 전부 손자의 몫으로 묶이게 된 것이다. 부모와 함께 이따금씩 노어랜드의 친척 할아버지를 방문하여 사랑을 받던 네 살 된 아이에게 말이다. 귀여운 짓이라고는 여느 두세 살 먹은 아이들이 하는 짓과 별반 다를 게 없는 아이였다. 말이 느려 더듬거리고, 무엇이든 제 마음대로 하려고 막무가내로 떼를 쓰고, 번번이 눈속임을 하고, 늘 징징거려 시끄럽기만 한 아이였다. 그런데 노신사에게는 그 아이의 재롱이 몇 년 동안 지극정성으로 보살펴준 조카와 며느리, 손녀딸들의 수고보다 더 컸던 모양이었다. 하지만 노신사는 그렇게 몰인정한 사람은 아니었기에 세 손녀딸들에 대한 애정 표시로 각각 1천 파운드씩을 남겼다.

처음에 헨리 대시우드는 매우 실망했다. 하지만 원래 낙관적인 성격이

라 금방 평정을 되찾았다. 알뜰하게 꾸려나가며 몇 년 지내다 보면 금방 형편이 좋아질 거라고 생각했다. 그러나 수입은 그에게 단 한 해뿐이었다. 그는 오래 살지 못하고 곧 세상을 떠났기 때문이었다. 상속받은 유산을 포함해 1만 파운드가 그의 아내와 딸들에게 남겨진 재산의 전부였다.

헨리 대시우드는 임종(臨終)을 앞두고 자신에게 남은 시간이 얼마 되지 않는다는 것을 느끼고 아들을 불렀다. 그리고 마지막 힘과 간절함을 더해 새어머니와 여동생들을 보살펴줄 것을 부탁했다.

사실 존 대시우드는 가족들에게 끈끈한 정 같은 것은 없었다. 하지만 아버지의 마지막 부탁을 받자 마음이 찡했고, 최선을 다해 새어머니와 동생들을 돕겠노라고 약속했다. 아들의 확고한 대답을 들은 아버지는 마음이 편해진 듯 보였다. 존 대시우드는 그런 아버지를 바라보며 약속을 얼마나 잘 지킬 수 있을지 잠시 생각에 잠기기도 했다.

존 대시우드는 본성이 악한 사람은 아니었다. 성격이 냉정하고 이기적이라 하여 나쁘다고만 할 수는 없는 일이다. 그는 경우 바르게 처신했기 때문에 그런 대로 사람들의 신임을 얻고 있었다. 좀 더 괜찮은 여자와 결혼했다면 훨씬 더 인정을 받았을 것이고, 스스로도 더욱 정감 있는 사람이 되었을 것이다. 그는 너무 일찍 결혼을 했고, 아내에게 푹 빠져 있었다. 불행하게도 그의 아내는 편협한 마음을 지닌 이기적인 성격이었다.

존 대시우드는 아버지의 임종을 지키며 누이들에게 각각 1천 파운드씩을 주어 누이들의 재산을 늘려주겠다고 마음속으로 생각하였다. 그리고 정말로 그 약속을 지키려고 했다. 어머니에게 받을 재산의 절반을 제외하고도 현재 수입에다가 연간 4천 파운드가 더 들어온다고 생각하니 그의 마음은 너그러워졌고, 스스로 마음을 후하게 쓸 수 있었던 것이다.

'그래, 누이들에게 삼천 파운드를 준다면 인정 많고 멋진 오빠가 되겠지! 그만하면 누이들이 편안한 생활을 할 수 있을 거야. 삼천 파운드라? 그 정도면 출혈이 없다고는 말할 수 없지만, 뭐 그렇다고 내가 크게 불편할 것도 없으니까!'

그는 며칠 동안 생각하였지만 후회하지 않을 거라는 확신이 들었다.

존 대시우드 부인은 시아버지의 장례식이 끝나자마자 연락도 없이 아들과 시중드는 사람들을 데리고 도착했다. 그녀가 왔다고 해서 불청객으로 여길 사람은 아무도 없었다. 헨리 대시우드가 세상을 떠난 순간부터 그 집은 존 대시우드의 소유로 넘어갔기 때문이다. 하지만 그녀의 행동은 경망스러웠고, 시어머니의 입장에서는 상식적으로 매우 불쾌한 일이었다. 왜냐하면 헨리 대시우드 부인은 명예를 중시하고, 너그러운 마음을 이상으로 여기고 있었으므로 상대를 불문하고 그처럼 행동하는 것은 경멸했다.

존 대시우드 부인은 시댁 식구들 중 어느 누구에게도 사랑을 받지 못했지만 그들의 안위를 배려해야 할 어떤 상황에 처했을 때 남의 시선을 의식하지 않고 행동할 수 있는 기회를 이제야 얻은 셈이었다.

헨리 대시우드 부인은 며느리의 무례한 행동을 참을 수 없었다. 그래서 며느리가 도착하자마자 집을 나가려고 했다. 하지만 큰딸이 그렇게 가버리는 일이 최선인지 다시 생각해보라고 간곡히 설득했고, 부인 또한 세 딸들에 대한 사랑이 각별했기 때문에 간신히 눌러앉았다. 또 딸들 역시 오빠와의 불화는 피하고 싶었던 것이다.

효과적인 충고를 할 줄 아는 큰딸 엘리너는 이해심이 많고 냉철한 판단력의 소유자였다. 열아홉 살이었지만 어머니의 상담자 역할을 곧잘 해냈고, 대부분 경솔하게 끝났을 어머니의 성급한 마음을 잘 진정시켰다. 엘리너는 마음 씀씀이가 넉넉했으며, 애정이 넘치고, 열정적인 감정도 있었다. 거기에다가 감정을 절제하는 법까지 알고 있었다. 그것은 어머니도 갖지 못한 미덕이었고, 두 동생 중 한 명은 절대로 깨우칠 수 없는 것이었다.

매리앤의 품성은 여러 면에서 엘리너와 비슷했다. 그녀는 민감하고 영리했다. 하지만 모든 일에 지나치게 열정이 넘쳤으며, 도무지 감정에 절제가 없었다. 너그럽고, 붙임성 있고, 재미있는 성격은 다 좋았지만 신중하지 못한 점이 흠이었다. 그녀는 어머니를 가장 많이 빼닮은 딸이었다.

엘리너가 동생의 도에 넘치는 감정을 걱정스럽게 보는 반면 대시우드 부인은 이를 뿌듯해 하고 감싸주었다. 어머니와 둘째 딸은 고통으로 괴로워하는 속에서도 서로를 격려하였다. 극심한 슬픔에 빠져 처음에는 벗어나지 못하다가 그 슬픔을 곱씹으면서 새로운 슬픔을 계속 만들어냈다. 슬픔에 완전히 몸을 맡기면서, 슬픈 감정을 배가시킬 수 있는 여러 상황을 생각해내어 비참함을 더했으며, 어떤 위안도 받아들이지 않을 것처럼 보였다. 엘리너 역시 괴로운 심정은 마찬가지였지만 적어도 그녀에게는 슬픔과 싸워나가면서 극복하려는 힘이 있었다. 오빠에게 이렇다저렇다 상담을 할 수도 있었고, 올케를 받아들이며 적절한 관심을 갖고 그녀를 대했다. 또한 어머니에게도 그와 비슷한 노력과 관용을 베풀도록 설득했다.

막내 여동생 마거릿은 명랑하고 마음씨 고운 아이였다. 하지만 매리앤의 분별력은 차치하고 그 낭만적인 성격만 보고 배운 열세 살의 어린 소녀로 두 언니들과 나란히 어깨를 겨룰 처지는 아니었다.

제 2 장

　존 대시우드 부인은 노어랜드의 안주인으로 자리를 잡은 반면 시어머니와 시누이들은 손님의 신세로 격하되었다. 하지만 존 대시우드 부인은 그들을 깍듯이 대접했고, 존 대시우드 또한 자기 식구들을 챙기는 것 이상으로 따뜻하게 그들을 대했다. 노어랜드를 내 집처럼 생각하라고 진심으로 말했으며, 새어머니의 입장에서도 적당한 집이 근처에 나올 때까지는 그곳에 머무르는 것 말고는 다른 방법이 없었기에 체념을 하고 있었다.

　헨리 대시우드 부인에게는 행복했던 옛 추억이 묻어나는 곳에서 계속 산다는 것이 기뻤다. 생기 넘치는 계절에는 부인의 감성이 최고조에 달했고, 행복 자체가 주는 낙천적인 기대로 인해 마냥 행복하기만 했다. 하지만 슬픔에 잠기면 우울한 상상을 하면서 더 깊은 슬픔 속으로 휩쓸려 들어가 슬픔을 가라앉히는 일이 힘들었다.

　존 대시우드 부인은 남편이 시누이들을 위해서 하려는 일에 전혀 찬성하지 않았다. 금쪽같은 아들의 재산에서 3천 파운드나 떼어간다고 생각하니 아들이 엄청나게 궁핍해질 것만 같았다. 그래서 남편에게 그 문제를 다시 한번 신중하게 생각해보라고 간청하였다. 하나밖에 없는 아들의 재산을 축내는 일에 대해 그는 어떻게 대답할 것인지, 그리고 이복형제일 뿐인데 대시우드 자매는 어떻게 그렇게 많은 금액을 요구할 수 있는지도 의아했다. 서로 다른 배우자에게서 태어난 남매들 사이에는 어떤 애정도 기대할 수 없는 것이 일반적이다. 그런데 왜 남편은 이복누이들에게 돈을 떼어주고 가엾은 아들 해리의 미래를 망치려고 하는지 도무지 알 수 없었다.

　"그건 아버지의 마지막 부탁이었소. 나는 혼자되신 새어머니와 누이들을 돌봐주어야 하오."

존 대시우드가 대답했다.

"내가 장담하건대, 아버님께선 당신이 무슨 말씀을 하시는지도 모르셨을 거예요. 십중팔구 아버님은 그때 제정신이 아니셨을 테니까요. 설사 제정신이셨다 해도 아들의 재산 중에서 절반이나 주기를 원하셨을 리가 없어요."

"그건 그렇소. 얼마를 주라고 명확하게 정하지는 않으셨지. 아버지는 그냥 예사말로 누이들과 어머니를 당신이 계실 때보다 더 편안하게 돌봐주라고 하셨소. 그러니 얼마를 주느냐는 전적으로 내게 위임하신 거라고 할 수 있지. 하지만 아버지는 결코 내가 어머니와 누이들을 가볍게 여길 거라고는 생각지 않으셨을 거요. 아버지께서 원하셔서 난 약속을 할 수밖에 없었소. 그러니 그 약속은 지킬 거요. 언제가 되었든 어머니와 누이들이 노어랜드를 떠나 새 집으로 가게 되면 뭔가를 해드릴 거요."

"음, 그래요. 뭔가를 해주면 되죠. 하지만 그 뭔가가 삼천 파운드일 필요는 없잖아요? 생각해보세요. 일단 돈을 떼어주고 나면 그 돈은 돌려받을 수 없어요. 아가씨들은 결혼을 할 거고, 그러면 그 돈은 영원히 사라지겠죠. 그렇게 되면 정말 우리 가엾은 해리에게 그 돈이 돌아올 수나 있을지 모르겠군요."

"그건 그래. 엄청난 차이가 있긴 하겠군. 해리가 그렇게 큰돈을 나누어준 걸 후회할 때가 올지도 모르겠소. 혹여 그 애에게 식구라도 많이 생긴다면 그 돈이 있는 게 훨씬 더 유용할 테니까."

존 대시우드는 아주 진지하게 말했다.

"그럼요, 그렇고말고요."

"그렇다면, 주려고 했던 금액을 절반으로 줄이는 게 모두에게 유익할 수도 있겠군. 오백 파운드만 해도 재산이 엄청 불어나는 거니까!"

"그래요, 잘 생각했어요. 이 세상의 어떤 오빠라도 그 절반도 못할 거예요. 하물며 친동생도 아니고 이복동생들인데. 정말 당신은 마음이 넓군요."

"난 인색하게 굴고 싶지는 않소. 이런 경우라면 너무 인색한 것보다는 후하게 쓰는 편이 나으니까. 적어도 내가 누이들에게 충분하게 베풀지 않았다는 사람은 없겠지, 뭐. 누이들도 그 이상을 기대하지는 못할 테고."

"당신 누이들이 얼마를 기대할지는 모르는 거예요. 하지만 우리가 꼭 그들이 기대하는 만큼 챙겨줄 필요는 없지요. 중요한 건 당신에게 얼마나 여유가 있는가 하는 거예요."

"물론이지. 내 생각에 각각 오백 파운드씩은 줄 수 있을 것 같소. 사실 내가 더 주지 않더라도 어머니가 돌아가시고 나면 누이들은 각자 삼천 파운드 이상을 가지게 될 거요. 그만하면 젊은 여자로서는 아주 넉넉한 돈이지."

"그렇고말고요. 아가씨들도 더 이상은 원하지 않을 거예요. 아가씨들은 일만 파운드를 나눠 가지게 될 거예요. 아가씨들이 결혼이라도 한다면 정말 잘된 일이고, 결혼을 안 한다 해도 일만 파운드로 이자를 받으면 아주 풍족하게 살 수 있을 거예요."

"맞는 말이오. 그래서 말인데, 전체적으로 보면 어머니가 살아계실 동안에는 누이들이 아닌 어머니를 위해 뭔가를 해드리는 게 더 현명한 게 아닌가 하는 생각이 드는구려. 예를 들자면 연금 같은 거 말이오. 그럼 어머니뿐만 아니라 누이들도 더 좋게 생각할 것 같은데. 일 년에 일백 파운드면 모두 아주 안락하게 생활할 수 있겠지?"

그러나 존 대시우드 부인은 이 계획에 발끈했다.

"분명히 그래요. 한번에 일천오백 파운드를 다 주는 것보다는 낫죠. 그러나 만약 어머니께서 십오 년 이상 사신다면 우리는 엄청난 손해를 보는 거예요."

"십오 년이라! 패니, 어머니의 여생은 그 절반도 안 될 거요."

"아니에요. 당신도 알다시피 사람들은 연금을 받게 되면 아주 오래 산단 말이에요. 그리고 어머니는 풍채도 좋으시고 건강하신 사십 대예요. 연금은 심각하게 고려해봐야 할 문제예요. 해가 바뀌어도 계속 반복되고, 벗어날 길도 없지요. 당신은 지금 잘못 생각하고 있는 거라고요. 저는 연금에 얽힌 많은 문제점들을 알고 있어요. 우리 어머니는 아버지의 유언에 따라 퇴직한 늙은 하인 세 명에게 연금을 지불하느라 고생이 이만저만이 아니셨어요. 나중에 그게 얼마나 부당한지를 아시고는 매우 놀라셨다니까요. 그 연금은 매년 두 번씩 지급되었거든요. 그 다음에 그들 중 한 사람이 죽었다는 말이 들려왔는데 그 후에 그게 사실이 아니라는 게 밝혀지자 어머니는 낙담하셨죠. 그런 영구적인 지불을 해야 하니 어머니의 소득은 더 이상 어머니 것이 아니라고 종종 말씀하셨지요. 아버지는 정말 너무하셨어요. 그런 유언이 없었다면 재산은 전부 어머니의 몫이었을 거예요. 그 사건 때문에 연금에 대한 혐오감이 생겼다니까요. 세상없어도 저는 연금으로 얽매이지는 않을 거예요."

"듣고 보니 그 말도 일리가 있군. 어떤 사람의 수입이 매년 그런 식으로 빠져나간다니 말이오. 장모님께서 말씀하셨듯이 더 이상 그 사람의 소득이 그 사람 것이 아닌 거지. 매번 지불일자에 그만한 돈을 정기적으로 지불하도록 묶어 놓는 것은 바람직한 일이 아니오. 그만큼 그 사람의 자립성을 방해하는 일이지."

"당연하죠. 그리고 그 사람들은 고마워하지도 않는다고요. 아가씨들은 당연히 받을 것을 받았다고 생각할 테고, 당신은 마땅히 할 일을 한 거니까 조금도 감사한 일이 안 된다니까요. 만약 제가 당신이라면 제가 하고 싶은 대로 할 거예요. 매년 그들에게 엮이지는 않을 거라고요. 우리 돈에서 일백 파운드, 아니 오십 파운드라 해도 몇 년씩 내놓는다는 건 참으로 불편한 일이 될 거예요."

"패니, 당신 말이 맞아. 그렇다면 연금이 없는 게 훨씬 더 낫겠는걸. 매년 한 번 지급하는 것보다 가끔씩 주는 게 훨씬 더 큰 도움이 되겠어. 왜냐하면 정기적으로 많은 수입이 들어온다면 그걸로 생활이 좀 더 좋아질 뿐이고 연말이 되어도 재산은 조금도 불지 않을 테니 말이오. 가끔 오십 파운드씩 주는 것이 틀림없이 더 좋은 방법이 되겠군. 누이들은 돈에 대한 고민에서 해방될 테고 나는 아버지께 한 약속을 충분히 이행하는 것이니 말이오."

"정말 그래요. 사실 솔직히 말하자면 아버님께서도 당신이 아가씨들에게 돈을 주리라고는 생각지 않으셨을 거예요. 제가 감히 말하건대, 아버님께서 생각하신 도움은 당신 생각으로 합리적인 방법이면 족했을 거예요. 이를테면 안락하고 아담한 집을 물색해서 이사하게 해주고, 때가 되면 선물이나 가끔 보내주는 거 말이에요. 아버님도 그 이상을 바라신 게 아니라는데 제 인생을 걸겠어요. 만약 그 이상의 의미였다면 그건 아주 이상하고 비상식적인 거예요. 여보, 생각해보세요. 칠천 파운드에서 나오는 이자로 어머니와 누이들이 얼마나 풍족하게 살지 말이에요. 게다가 일천 파운드씩 돌아갈 거고, 거기에서 각자에게 매년 오십 파운드씩은 나올 테고요. 물론 아가씨들은 어머님께 식비 정도는 드리겠죠. 모두 합쳐 보면 일 년에 오백 파운드나 되니, 여자 넷이 더 이상 무얼 바라겠어요? 두 다리 쭉 펴고 아주 편히 살 거예요. 살림살이라고 해봐야 조촐하기 그지없잖아요. 수레도 말도 종도 없고, 더욱이 친구도 없을 텐데 돈 들어갈 일이 뭐가 있겠어요? 얼마나 행복하게 살지 생각해보세요. 일 년에 오백 파운드라니! 그 절반이나 쓸 수 있을지 모르겠네요. 당신이 돈을 더 준다고 생각하는 자체가 얼토당토않은 일이에요. 오히려 당신에게 뭔가를 나눠 줄 수 있을 정도로 훨씬 더 많이 가지게 될 거예요."

"이거 참, 전적으로 당신 말이 옳군. 아버지께서는 분명히 당신이 말한 그 정도만을 부탁하셨을 게요. 이제야 명확해졌군. 당신이 방금 말한 대로 딱 그렇게만 도와주고 보살펴서 내가 한 약속을 지키겠소. 어머니께서 다른 집으로 이사하시고 나면 그때부터 편히 사시도록 내가 최대한 도와드리겠소. 가구 몇 점을 선물하는 것도 괜찮은 방법일 테고……."

"물론이에요. 하지만 한 가지 명심하세요. 아버님과 어머님이 노어랜드로 이사하셨을 때 스탠힐에 있던 가구는 팔았지만 도자기나 접시, 리넨 천은 어머니가 아직도 갖고 계실 거예요. 따라서 그걸로 갖출 건 웬만큼 갖춘 셈이지요."

"그거야말로 물질적인 배려구려. 참으로 실속 있는 유산인걸! 우리가 갖고 있는 것 중에서도 몇 개 드리면 아주 좋아하시겠네."

"그래요. 게다가 아침식사용 도자기 세트는 여기 있는 것보다 두 배나 더 멋져요. 제가 보기엔 앞으로 어디서 사시건 그런 멋진 그릇은 구하시지 못할 거예요. 아버님도 어머님과 누이들만 생각하셨어요. 그리고 이건 확실히 짚고 넘어가야겠어요. 당신, 아버님께 더 이상 필요 이상으로 감사할 필요도, 유언에 너무 신경 쓸 필요도 없어요. 아버님께서는 하실 수만 있었다면 세상에 있는 모든 것을 어머님과 아가씨들 앞으로 남겨주셨을 테니까요."

이 논쟁을 계속할 필요는 없었다. 존 대시우드는 전에 한 결정이 뭔가가 잘못되었다는 생각이 들었다. 그리고 마침내 마음을 정했다. 그렇게 꼴사납게 보이지만 않는다면 어머니와 누이들에게 더 많은 것을 베풀 필요는 없을 것이다. 아내가 말한 대로 이웃에게 대하듯이 따뜻하게만 대하면 될 일이었다.

제 3 장

헨리 대시우드 부인은 노어랜드에서 몇 달을 지냈다. 그 이유는 마음이 내키지 않아서가 아니라 집안 어디를 둘러보아도 격한 감정이 일어나지 않게 되었을 때 이사를 하고 싶었다. 차츰 부인의 기분이 되살아나고, 우울한 기억들로 괴로움을 증폭시키는 일 대신 뭔가 다른 기운이 생기자 부인은 빨리 떠나고 싶어 안달이 났고, 노어랜드 근처에 마땅한 집이 있는지 알아보느라 지칠 줄을 몰랐다. 그토록 정들었던 곳에서 먼 데로는 도저히 이사할 수 없었기 때문이었다. 하지만 부인 마음에도 쏙 들고, 신중한 큰딸의 마음에도 꼭 맞는, 안락하고 편리한 집을 찾기는 쉬운 일이 아니었다. 부인이라면 택했을 집을, 엘리너는 몇 차례나 그들의 수입에 비해 집이 너무 크다고 거부했기 때문이다.

헨리 대시우드 부인은 아들이 편의를 봐주기로 굳게 약속한 것을 남편에게 들어 알고 있었다. 그 약속으로 인해 남편은 죽기 전에 마음에 큰 위안을 얻었다. 부인은 남편과 마찬가지로 그 약속이 성실하게 이행될 거라고 믿어 의심치 않았다. 혼자라면 7천 파운드보다 훨씬 적은 돈으로도 충분히 풍족하게 살 수 있을 테지만 딸들을 위해서는 매우 다행이라고 생각했다. 딸들의 오빠로서도, 그의 마음 씀씀이에도 흐뭇했다. 그래서 전에 아들이 잘한 일이 있어도 인정이라고는 베풀 줄 모르는 사람으로 잘못 생각했던 것을 후회했다. 그리고 아들의 세심한 배려를 보면서 깊은 관심을 가지고 오랫동안 보살펴줄 거라 확신했으며, 그 관대한 마음에 굳게 의지하게 되었다.

며느리를 처음 보면서 느꼈던 경멸감은 반년 동안 같이 살면서 더욱 심해졌다. 아무리 예의를 지키면서 정중하게 대하고 시어머니의 입장에서 모성애를 발휘한다 해도, 두 사람은 같이 오래 살 수 없다는 것을 서로 알았을 것이다. 딸들이 노어랜드에 더 머물렀으면 하는 어머니의 소망이 없었다면 두 사람은 그렇게 오랫동안 한 집에서 살 수는 없었을 것이다.

그것은 큰딸 엘리너와 존 대시우드 부인의 남동생이 서로 좋아하는 사이로 발전한 것이었다. 남동생은 신사답고 신중한 젊은이였는데 누나가 노어랜드에 온 뒤로는 대부분의 시간을 그곳에서 보냈던 것이다.

어떤 어머니는 에드워드 페라스가 부잣집 장남이기 때문에 그 사실에 마음이 혹해서 자기 딸과 친해지기를 권했을 수도 있다. 아니면 반대로 그의 어머니 유언에 따라 재산의 상속 여부가 결정될 것이므로 말렸을 수도 있다. 하지만 헨리 대시우드 부인은 둘 중 어떤 쪽에도 영향을 받지 않았다. 부인에게는 그런 사랑스러운 젊은이가 나타나서 자신의 딸을 사랑한다는 사실만으로도 충분했다. 게다가 엘리너도 그에게 어느 정도 호감을 갖고 있는 눈치였다. 이는 성격이 비슷해 서로 매력을 느끼던 연인이 경제적으로 차이가 나서 헤어져야 한다는 것은 부인으로서는 상상도 할 수 없는 일이었다. 또 엘리너를 알고 있는 모든 사람들이 그녀의 장점을 있는 그대로 인정하지 않는다는 것 역시 상상할 수 없는 일이었다.

에드워드 페라스는 사람들로부터 인격이나 태도가 특별히 훌륭하다는 평판은 받지 못했다. 그는 미남도 아니었고, 매너 또한 사람들이 좋아할 만큼 세련되지도 못했다. 또 너무 숫기가 없어서 자신의 기량을 제대로 발휘하지 못했다. 그러나 타고난 수줍음이 좀 극복되면 솔직하고 따뜻한 마음이 행동으로 묻어 나왔다. 그는 이해력이 뛰어났고, 그가 받은 교육은 그것을 확실하게 해주었다. 그러나 어머니와 누나의 기대에는 부응하지 못했고, 그만한 능력을 타고나지도 못했다. 어머니와 누나는 어떤 식으로든 그가 세상에서 뛰어난 인물이 되기를 원했다. 어머니는 그가 정치적인 문제에 관심을 갖고 정계에 입문하거나 소위 잘나가는 사람들과 교우하기를 바랐다. 존 대시우드 부인 역시 남동생이 그러기를 바랐다. 하지만 그런 원대한 바람이 실현되기 전에 사륜마차를 몰고 나타나는 동생의 모습을 볼 수 있었다면 그녀의 야심은 잦아들었을지도 모른다. 하지만 에드워드는 성공한 사람들이나 사륜마차 따위에는 관심이 없었다. 그의 희망은 오직 가정에서 느끼는 안락함과 평화로움이 전부였다. 다행히도 그에게는 장래가 촉망되는 동생이 있었다.

에드워드가 몇 주일 동안 누나네 집에 머물러 있을 때 헨리 대시우드 부인은 그에게 별로 관심을 두지 않았다. 그 당시 부인은 괴로움에 빠져 주변상황에 대해 관심을 기울일 여력이 없었기 때문이었다. 부인은 그저 에드워드가 조용하고 겸손해서 그를 좋게 생각했다. 그는 때에 맞지 않은 대화로 부인의 정신적 고통을 방해하지 않았다. 엘리너가 우연히 그가 그의 누나와는 확연히 다르다고 말하는 것을 듣고 멀리서 지켜보다가 호감을 갖게 된 것이다. 어머니에게 그를 가장 확실히 각인시킬 수 있는 방법은 그가 누나와 다름을 강조하는 것이었다.

"충분해. 그가 패니와 다른 것만으로도 충분하다. 그 점으로 모든 게 설명되지. 난 벌써 그를 사랑하는걸?"

"그에 대해서 알게 되면 더 좋아하실 거예요."

엘리너가 말했다.

"좋아한다고? 난 사랑보다 약한 감정은 허락할 수 없을 것 같은데!"

"어머니는 그 사람을 존경하게 될지도 몰라요."

"존경과 사랑이 어떻게 다른지 도무지 모르겠구나."

헨리 대시우드 부인은 곧 에드워드와 친해지기 위해 노력했다. 부인이 워낙 살갑게 대했으므로 에드워드의 수줍음은 차츰 사라졌다. 부인은 재빠르게 그의 장점을 파악했다. 그가 엘리너에 대해 호감을 갖고 있다는 점이 부인에게 영향을 끼쳤을 테지만, 부인은 에드워드의 진가를 확신하였다. 그리하여 젊은 남자라면 당연히 그래야 한다고 생각해왔던 부인의 확고한 생각에 불리하게 작용했을 그의 조용함조차도 그가 마음이 따뜻하고 성격이 온화하기 때문이라는 것을 알고 난 뒤에는 더 이상 흠이 되지 않았다.

그가 엘리너를 대하는 것을 보고 사랑임을 알아차린 대시우드 부인은 즉시 두 사람의 관계가 어느 정도 진척되었다고 간주하고, 하루빨리 둘이 결혼하기를 고대하기에 이르렀다.

"매리앤, 어쩌면 몇 달 후 엘리너가 우릴 떠날 거 같구나. 우리는 아쉽겠지만 엘리너는 행복할 거야."

"아, 엄마! 언니 없이 우리가 어떻게 살아요?"

"애야, 우리는 헤어지는 게 아니야. 우리는 네 언니가 사는 곳에서 가까운 데에 살 거고, 매일매일 만나게 될 거야. 너에게는 형부가, 아주 친절하고 오빠 같은 형부가 생기는 거야. 이 세상에서 에드워드의 마음이 가장 착할 거라고 난 생각한다. 하지만 너는 심각해 보이는구나. 매리앤, 너는 언니의 선택이 불만스러운 거니?"

"어쩌면요. 좀 놀랐나 봐요. 에드워드 씨는 분명 친절하고 좋은 분이에요. 저도 그분을 좋은 분이라고 생각해요. 하지만 그분은 젊은 남자답지 않게, 뭔가 부족한 게 있어요. 체격도 좋지 않구요. 언니가 푹 빠질 만한 남자다운 기품이 없다고요. 그 눈빛에도 좋은 인품이나 지적인 면을 느낄 수 있는 광채 같은 게 부족해요.

하지만 무엇보다도 엄마, 저는 에드워드 씨가 특별히 좋아하는 게 없다는 것이 더 염려스러워요. 음악에도 별 흥미가 없는 것 같고, 엘리너 언니의 그림을 아주 많이 좋아하는 것 같긴 하지만 그림에 대해 알고서 찬사를 보내는 것 같지는 않단 말이에요. 언니가 그림을 그릴 때 관심을 보이기는 했지만, 그림에 대해서는 아무것도 모르는 게 틀림없어요. 연인으로서 찬사를 보낸 것일 뿐 깊이 있는 안목은 아니었어요.

저라면 이 모든 조건을 다 갖추고 있어야 한다고 생각해요. 저는 절대로 제 취향과 일치하지 않는 사람과는 행복할 수 없을 거예요. 제 이상형은 제 감정과 똑같이 느껴야 해요. 같은 책을 읽고, 같은 음악을 들으면서 서로 매력을 느껴야 한다고요.

그리고 지난밤 우리를 위해 에드워드 씨가 낭독한 것은 정말이지 너무나 무미건조하고 따분했어요. 특히 언니가 가장 지루해 보이던걸요. 그래도 언니는 아주 태연하게, 마치 아무렇지도 않다는 듯이 그것을 참고 있더라고요. 전 가만히 앉아 있을 수도 없었는데 말이죠. 저를 한없이 감동시켰던 그런 아름다운 시 구절을 음조의 변화도, 감정도 없이 줄줄 읽기만 하다니!"

"분명히 짧고 기품 있는 산문이었더라면 훨씬 잘 읽었을 게다. 난 그렇게 생각한다. 하지만 네가 그에게 쿠퍼(William Cowper, 영국의 시인)를 주었지, 아마."

"아니에요, 엄마. 쿠퍼의 시를 읽으면서 생기를 얻지 못했다면 뻔해요! 하지만 취향이 다른 건 인정해야지요. 엘리너 언니도 저와는 다른 감정을 갖고 있으니 언니는 전혀 개의치 않고 그분과 행복할 수 있을 거예요. 하지만 제가 만약 그분을 사랑했다면 전 틀림없이 마음의 상처를 받았을 거예요. 그렇게 아무 감정 없이 낭독하다니……. 엄마, 세상을 알면 알수록 제가 진정으로 사랑할 수 있는 남자는 절대로 못 만날 것 같아요! 전 너무 많은 것을 바라나 봐요! 제가 사랑할 남자는 에드워드 씨의 모든 덕성을 갖추고, 거기에다가 외모와 매너 또한 모든 매력과 잘 어울려야 하니까요."

"애야, 넌 열일곱 살이 아니라는 것을 명심하렴. 그런 행복을 단념하기에는 아직 너무 이르단다. 어째서 네가 이 엄마보다 운이 없다고 생각하니? 매리앤, 딱 한 가지 점에서는 네 운명이 엄마와는 닮지 않았으면 좋겠구나!"

제 4 장

"에드워드 씨가 그림에 취미가 없다니 참 안 됐어, 엘리너 언니."

"그림에 취미가 없다니, 왜 그렇게 생각하지? 물론 그분은 직접 그림을 그리지는 않지만 다른 사람들의 작품 감상하는 걸 아주 좋아해. 그리고 확실히 말해두는데, 그분은 재능을 계발시킬 기회가 없어서 그랬지, 아예 감각이 없는 건 아니야. 배울 기회만 있었다면 그림을 아주 잘 그렸을 거야. 그분은 자신의 견해에 확신이 없으니까 그림을 보고 이렇다저렇다 말하길 꺼려할 뿐이야. 하지만 적절하고 수수한 감각을 타고났기 때문에 대체로 정확한 판단을 내리는 편이란다."

매리앤은 언니가 기분 나빠할까 봐 더 이상 아무 말도 하지 않았다. 하지만 뭔가를 열정적으로 좋아해야지만 취미라고 여기는 자신의 기준에 의하면, 다른 사람의 그림을 보고 감동하는 일 정도로는 턱없이 부족한 것이었다. 그렇지만 언니의 그 같은 착각을 속으로 웃으면서도 한편으로 에드워드에게 맹목적이면서도 편파적인 애정을 보이는 언니가 존경스러웠다.

"매리앤, 그분에게 일반적인 감각이 없다고 생각하지는 말아줘. 네가 그분을 대할 때 진심을 담아 따뜻하게 행동하는 걸 보면 안 그럴 거라고 생각하지만 말이야. 하지만 네 생각이 그랬다면 넌 절대로 그렇게 공손하게 행동하지는 못했을 거야."

매리앤은 무슨 말을 해야 할지 몰랐다. 어쨌거나 언니의 감정을 상하게 하고 싶지는 않았기 때문에 그의 감각이 미덥지 않다고 말할 수도 없었다. 마침내 매리앤이 대답했다.

"엘리너 언니, 기분 나쁘게 생각하지 마. 내가 그분에 대해서 칭찬하는 점이 언니가 생각하는 그분의 장점과 일치하지 않아도 말이야. 나는 언니처럼 그분의 세심한 성격과 취향에 대해 평가할 수 있을 만큼 자주 만나지 못했잖아. 하지만 그분이 착하고 이해력이 뛰어나다는 건 인정해. 모든 면에서 존경할 만하고 사교성이 있는 분이라고 생각해."

"그래, 그분의 가장 친한 친구들도 그런 찬사에 동의할 거야. 네가 그렇게 따뜻하게 말할 줄은 미처 몰랐는걸!"

매리앤은 언니가 금세 유쾌한 기분이 되자 기뻤다. 엘리너가 계속해서 말을 이었다.

"그분의 착함과 분별력에 대해선 말이지. 그와 터놓고 대화할 정도로 친분이 있는 사람들이라면 아무도 의심하지 않을 거야. 그분의 뛰어난 이해력과 신념은 단지 그 수줍음 때문에 묻힐 뿐이야. 그분이 곧은 신념대로 옳은 일을 한다는 걸 너도 잘 알고 있잖아. 하지만 네가 세심한 성격이라고 부른다면, 네가 잘 몰라서 하는 소리야. 네가 어머니에게 신경 쓰느라 정신없는 사이 난 그분과 함께 시간을 보낼 기회가 많았지. 나는 그분을 지켜보면서 어떤 정서를 가지고 있는지 파악했고, 문학과 취미에 대해 어떤 생각을 갖고 있는지 들었어. 그 결과 그분은 박식하고, 책을 아주 좋아하고, 상상력이 풍부한데다가 관찰력 또한 정확하고, 섬세하고, 순수한 취미를 갖고 있다고 결론을 내렸지. 그분의 인격과 기품을 알면 알수록 모든 면에서 그분의 능력이 돋보인다고 해야 할까? 사실 처음 보면 그분의 말하는 태도가 그리 세련되었다고는 할 수 없지. 또 외모도 준수하지 않고……. 하지만 그 눈빛과 다정한 얼굴 표정을 보면 생각이 달라질걸? 그래서 그분을 더 잘 알게 된 지금은 그가 정말 멋져 보여. 네 생각은 어때, 매리앤?"

"지금은 아니지만 나도 곧 그분이 멋지게 보일 것 같아, 언니. 언니가 내게 형부처럼 그분을 사랑하라고 한다면, 난 더 이상 그분의 외모에서 단점을 찾지 않을 거야. 언니가 그분의 내면에서 단점을 발견하지 못한 것처럼 말이야."

엘리너는 동생이 이렇게 말을 하자 움찔 놀랐다. 그를 말함에 있어 너무 과장한 것 같아 찜찜한 기분이 들었다. 에드워드가 그녀의 마음에 확실히 자리 잡고 있는 것은 사실이었다. 그런 감정은 서로 같을 것이다. 하지만 서로 사랑하는 사이로 확신하려면 결정적인 뭔가가 더 필요했다. 어머니와 매리앤은 한순간 추측을 하다가 어느 순간 그것을 기정사실로 믿어버렸다. 그리하여 두 사람은 막연하게 바라던 것이 희망이 되고, 그 희망이 실현되기를 고대하고 있었다. 엘리너는 동생에게 현재 상황을 설명하기 시작했다.

"부인하지는 않겠어. 내가 그를 매우 존경하고 좋아하는 것 말이야."

그러자 매리앤의 격앙된 말투가 터져 나왔다.

"존경? 좋아한다고? 언니, 정말 냉정하구나. 아니, 냉정한 것보다 더 나빠! 사랑이라는 감정을 부끄러워하다니! 언니가 또다시 그렇게 말한다면 난 이 방에서 나가버릴 거야."

엘리너는 웃지 않을 수 없었다. 그러고는 덧붙였다.

"미안해. 널 화나게 하려고 내 감정을 그렇게 담담하게 말한 건 아니야. 내가 말한 것보다는 훨씬 더 강렬하다는 걸 믿어줘. 한마디로 그분의 장점은 확실해. 그리고 미심쩍은 부분, 그러니까 그가 날 사랑해주길 바라는 마음도 어느 정도 확실해. 성급하거나 어리석은 바람이 아니야. 하지만 더 이상은 앞서 가지 마. 그분이 나를 어떻게 생각하는지는 아직 모르니까. 그 경계가 어떤지 확실하지 않은 순간들이 있잖아. 그리고 그분의 감정이 완전히 드러날 때까지 나는 일방적인 내 마음을 숨길 테니까 더 이상은 궁금해 하지 않았으면 좋겠다. 그분이 날 좋아한다는 사실에 거의 의심은 없지만, 그분의 성격 말고도 고려해야 할 다른 점들이 있거든. 그분은 아직 스스로 독립할 입장이 아니야. 그분의 어머니도 실제로 어떤 분인지 잘 모르고……. 하지만 올케가 가끔 친정어머니에 대해 하는 말로 미루어 보면, 결코 자상한 분은 아닌 것 같아. 또 앞날에 닥칠 곤경에 대해 그가 대비하고 있는지, 부잣집 딸도 아니고 명문가도 아닌 사람과 결혼을 하고 싶어 하는지도 잘 모르겠거든."

매리앤은 언니의 말을 듣고 자신과 어머니가 사실과는 달리 얼마나 앞서나갔는지를 깨닫고는 놀라 말했다.

"그럼 언니는 그분과 결혼을 약속한 게 아니구나! 하지만 틀림없이 곧 하게 되겠지. 약혼이 늦어져서 두 가지 좋은 점이 생겼네. 우린 언니를 그렇게 빨리 보내지 않아도 되고, 에드워드 씨에게는 언니의 행복한 미래를 위해 꼭 필요한, 언니와 맞는 취미를 계발할 더 많은 기회가 생길 테니까 말이야. 아, 만약 그분이 언니의 뛰어난 솜씨에 자극 받아서 그림을 배우기라도 한다면 얼마나 좋을까!"

엘리너는 자신의 솔직한 생각을 동생에게 털어놓았다. 매리앤이 믿고 있었던 것처럼 에드워드에 대한 그녀의 애정이 그렇게 순조로운 것만은 아니었다. 그는 가끔 축 처져 있어서 그에 대한 마음이 가망 없게 느껴질 때가 있었다. 혹 그녀의 마음을 믿지 못해서라면 그럴 수도 있겠다 싶지만, 그런 경우라 할지라도 그토록 침울해 할 일은 아니었다. 그가 마음대로 사랑에 빠지지 못하는 이유는 의존적인 그의 상황에서 찾을 수 있을 것 같았다. 그녀의 판단으로는, 그가 현재 살고 있는 집을 편하게 느끼지 못하는 듯했고, 큰 인물이 되어야 한다는 어머니의 뜻을 따르지 않고서는 그의 힘으로 가정을 이루는 것도 불가능해 보였다. 어머니의 관심은 오직 아들의 부와 사회적 지위에만 집중되어 있었다. 이런 사실을 알게 된 이상 엘리너는 그 문제를 쉽게 받아들일 수가 없었다.

어머니와 매리앤은 이미 확실한 사실처럼 믿고 있었지만, 엘리너는 그의 호감이 반드시 결실로 이어진다고는 기대하지 않았다. 아니, 시간을 함께 보내면 보낼수록 그가 자신을 좋아하는 마음이 어떤 성격의 것인지 의심이 더해갔다. 어떤 때에는 짧은 순간이지만 우정 이상은 아니라고 믿기도 하였다.

여하튼 그 경계가 어떻건 간에 올케가 눈치 챈 다음부터는 여간 불편한 게 아니었다. 그리고 그와 동시에(흔히 볼 수 있는 일이지만) 올케는 매우 무례하게 행동했다. 그녀는 남동생이 유산이 많다는 것을 특히 강조하면서, 자신의 어머니가 두 아들은 반드시 결혼을 잘 시킬 거라고 거듭 말했다. 또한 혹시라도 젊은 여자들이 동생을 꾀어낼지도 모르니 조심해야 한다면서 시어머니를 모욕할 꼬투리를 잡았다.

헨리 대시우드 부인은 모르는 척하기도 그렇고, 그렇다고 침착한 척할 수도 없었다. 부인은 경멸하는 투의 대답을 하고는 방을 나가버렸다. 그리고 갑작스런 이사로 무리가 따르고 비용이 들더라도 사랑스러운 딸 엘리너가 그런 식으로 모욕을 당하도록 내버려둘 수는 없다고 결심하게 되었다.

때마침 부인에게 편지 한 통이 배달되었다. 적절한 때에 배달된 초대의 편지였다. 그것은 데번셔에 있는 유명인사이며 재력가인, 부인의 친척이 보낸 것이었다. 이 신사는 매우 좋은 조건으로 작은 주택을 빌려주겠다는 것이었다. 편지는 이 신사가 직접 보낸 것으로 편의를 봐주고픈 진심 어린 마음이 담겨 있었다.

신사는 부인에게 이사할 집이 필요하다는 것을 알고는 비록 한낱 시골집일지라도 사촌들에게 제공하고 싶다고 했다. 그리고 대시우드 부인을 기쁘게 하는 것이라면 부인이 필요로 하는 모든 것을 갖추겠다고 강조했다. 그는 그 집과 정원에 대해 자세하게 설명한 다음, 대시우드 부인이 딸들과 함께 자기가 사는 바턴 파크로 한번 와달라고 진지하게 청했다. 그 집이 같은 교구에 있으니 와서 직접 보고 어떻게 손을 봐야 안락하게 쓸 수 있는지를 결정해 달라고 말했다. 그는 정말로 그들을 데려오고 싶은 것처럼 보였고, 편지 내용도 시종일관 너무 친근했다.

그 무렵 대시우드 부인은 더 가까운 친척들의 냉대로 고통을 당하고 있는 처지였다. 따라서 부인은 좀 더 여유를 갖고 생각하거나 조사할 필요도 없이 편지를 읽으면서 바로 결정을 내렸다. 바턴이 서식스에서 그렇게 먼 데번셔에 있다는 사실이 불과 몇 시간 전이었다면—아무리 장점이 많다 해도—거리가 멀다는 점을 들어 충분한 반대 조건이 되었을 텐데, 지금으로서는 전혀 문제가 되지 않았다. 노어랜드에 있는 이웃을 떠나는 것은 더 이상 힘든 일이 아니었다. 아니, 오히려 꼭 해야 할 목적이 되었다. 며느리의 손님으로 계속 남는 것에 비하면 그것은 축복이었다. 그리고 정들었던 곳에서 영원히 떠나는 편이 오히려 며느리와 함께 살거나 손님으로 지내는 것보다 덜 고통스러울 것이라고 생각되었다. 대시우드 부인은 곧바로 존 미들턴 경에게 그의 친절에 감사한다는 점과 그의 제안을 기꺼이 받아들이겠다는 내용의 편지를 썼다. 그런 다음 답장을 보내기 전에 이에 찬성하는지 서둘러 딸들에게 보여주었다.

엘리너는 가까운 사람들 사이에 있는 것보다는 노어랜드에서 어느 정도 거리를 둔 곳에 정착하는 것이 더 현명한 일이라고 생각하고 있었다. 따라서 데번셔로 이사하려는 어머니의 생각을 만류하지 않았다. 제안해온 그 집 또한 아담하고 임대료도 적절했기 때문에 두 가지 면에서 모두 반대할 이유가 없었다. 그러므로 생각보다 노어랜드에서 멀어지는 것임에도 어머니에게 그 편지를 보내지 말자고 설득하지 않았다.

제 5 장

부인은 편지를 속달로 보내자마자 아들과 며느리에게 할 말이 생겨 흐뭇했다. 이제 집이 한 채 생겼으니 이사할 준비가 끝나면 더 이상 폐를 끼치지 않게 되었다고 말할 수 있게 된 것이다. 아들 부부는 이사 이야기를 듣고 매우 놀란 눈치였다. 며느리는 아무 말도 하지 않았지만, 아들은 예의바르게 노어랜드에서 그리 멀지 않은 곳이길 바란다고 했다. 이에 대시우드 부인은 데번셔로 가게 되었다고 대답하면서 짜릿한 쾌감을 느꼈다. 이 말을 듣자 에드워드는 부인 쪽으로 몸을 홱 돌려 놀라움과 근심에 찬 목소리로 말했다. 에드워드의 반응은 따로 설명이 필요 없는 당연한 것이었다.

"데번셔라구요! 정말로 그리로 가신단 말씀이세요? 너무 멀군요. 데번셔 어디쯤인가요?"

대시우드 부인은 위치를 설명했다. 엑스터 시 북쪽에서 6킬로미터 떨어진 곳이었다.

"아주 작은 시골집이야. 코티지(cottage, 교외의 작은 농가 주택) 말이야."

대시우드 부인은 이어 말했다.

"하지만 나는 그곳에 많은 친구들을 초대할 거야. 방 한두 개쯤이야 쉽게 늘려 지을 수 있으니까 친구들이 나를 보러 멀리까지 여행을 온다면 집에 묵게 해도 별 어려움은 없을 거야."

대시우드 부인은 아주 정중하게 아들 부부를 초대하는 것으로 말을 끝냈다. 물론 에드워드에게는 더 깊은 애정을 담아서 말했다. 비록 며느리와 나눈 최근의 대화로 인해 노어랜드를 떠나야겠다는 결심을 한 것이지만, 그때 초점이 되었던 문제는 그녀의 마음에 아무런 영향도 미치지 못하였다. 에드워드와 엘리너를 갈라놓는 일이 부인이 바라는 일은 아니었다. 다만 며느리에게 그녀의 남동생을 콕 집어 초대함으로써 두 사람의 결합을 반대하는 며느리를 자신이 얼마나 무시하고 있는지를 보여주고 싶었던 것이다.

존 대시우드는 어머니에게 이삿짐 옮기는 일도 도와주지 못할 정도로 너무 멀리 떨어진 곳에 집을 얻어 많이 서운하다고 입이 닳도록 말했다. 그는 양심상 그렇게 된 것이 마음에 걸렸다. 아버지에게 약속했던 것을 줄이고 줄여서 그 정도에서 마무리를 지으려고 했는데, 이사를 가버리면 그것마저도 할 수 없게 되는 것이다.

이삿짐은 모두 배로 운반되었다. 매리앤의 멋진 피아노와 침구, 접시, 도자기, 그리고 책들이었다. 존 대시우드 부인은 한숨을 쉬며 이삿짐이 떠나는 것을 바라보았다. 그러면서 시어머니의 수입이 자신과 비교하여 매우 하찮은데도 번드르르한 살림을 갖추고 있는 것이 못마땅했다.

헨리 대시우드 부인은 12개월을 조건으로 집을 빌렸다. 그 집은 가구가 잘 갖추어져 있어 즉시 입주할 수 있다고 했다. 그래서 아무런 어려움 없이 계약이 이루어졌다. 그러고 나서 노어랜드에 있는 부인의 재산이 처분되는 동안 함께 떠날 사람들을 결정했다. 부인은 무슨 일이든 시작만 하면 신속하게 처리하는 성격이었으므로 일은 일사천리(一瀉千里)로 진행되었다. 남편이 그녀에게 남긴 말들은 남편의 사망 후 바로 팔았고, 마차도 처분하자는 큰딸의 충고를 받아들여 그것도 팔았다. 부인이 자기 뜻을 고집했다면 두 아이들을 위로하기 위해서라도 마차는 처분하지 않았을 것이다. 하지만 엘리너의 신중함에는 부인도 어쩔 수 없었다. 엘리너는 하인도 여자 두 명과 남자 한 명으로 줄이자고 제안했다. 노어랜드에서 데리고 있던 사람들 중에서 신속히 하인들을 뽑았고, 그 중 두 사람을 데번셔로 미리 보내 짐을 정리하도록 준비시켰다.

헨리 대시우드 부인은 미들턴 부인을 잘 알지 못했기 때문에 바턴 파크로 가서 손님 대접을 받느니보다는 바로 시골집으로 가는 편이 낫다고 판단했다. 부인은 존 경이 집에 대해 설명한 편지글로 미루어 자신이 직접 살펴보지 않아도 된다고 믿었다. 노어랜드를 떠나고 싶은 간절한 마음도 변하지 않았다. 시어머니가 떠난다는 기대로 기쁨에 젖어 있는 며느리의 모습이 확연히 드러났기 때문이었다. 며느리는 겨우 좀 더 지내다 가시라는 마음에도 없는 인사말로 그 기쁨을 감추고 있었다.

이때야말로 아들이 아버지에게 한 약속을 지켜 얼마간의 재산을 나눠 줄 수 있는 절호의 기회였다. 토지를 배분하는 것에서부터 약속을 지키지 않았기 때문에 그들이 집을 떠나는 지금이 그것을 만회할 적절한 시기였던 것이다. 그러나 헨리 대시우드 부인은 그러한 기대를 곧 포기하였고, 아들이 하는 말로 보아서 노어랜드에서의 6개월 동안 그들을 돌봐준 것 말고는 더는 보조를 받을 수 없다고 확신했다. 그는 틈만 나면 생활비가 너무 많이 들고, 갖고 있는 것에 비해 돈 나갈 일이 끊임없이 생긴다고 투덜거렸다. 아무리 능력 있는 사람이라도 감당할 수 없을 정도로 예상 외 지출이 많다면서 돈을 나누어 줄 사람이라기보다는 오히려 돈을 더 얻으려 하는 인상을 풍겼던 것이다.

존 미들턴 경의 첫 번째 편지가 노어랜드로 도착한 지 몇 주 안 되어, 대시우드 부인과 딸들의 짐은 앞으로 생활할 주소로 옮겨졌고, 이제 먼 길을 떠날 시간이 되었다.

정들었던 곳과 작별해야 할 시간이 되자 그들의 눈에서 눈물이 쏟아졌다. 떠나기 전날 저녁, 매리앤은 집 앞을 혼자 서성거렸다.

"정들었던 노어랜드여! 언제쯤 이 섭섭함이 사라질까. 다른 어떤 곳에서 고향이라는 느낌을 얻게 되는지. 아, 행복했던 집이여! 여기서 널 바라보는 것이 얼마나 마음 아픈지 알 수 있겠니? 앞으로 다시는 못 볼지도 모르잖아. 그리고 나랑 정들었던 나무야! 너는 이 자리를 계속 지키겠지? 우리가 이사를 가서 봐주는 사람이 없으니 나뭇잎이 썩어도 썩지 않고, 가지가 흔들려도 흔들리지 않겠구나. 그래도 넌 기쁨도 그리움도 모른 채, 네 그늘에 누가 들어가 쉬는지 알지도 못한 채 여길 지킬 거야. 하지만 누가 남아서 너를 기쁘게 하겠니?"

제 6 장

그들의 여행 초반은 너무 우울하여 지루하고 불쾌했다. 하지만 목적지에 다다를수록 앞으로 살게 될 곳의 모습은 우울한 기분을 조금씩 가라앉혔으며, 마을로 들어서면서부터 보이는 바턴 계곡의 경치는 그들의 마음을 들뜨게 하였다. 비옥한 토지와 울창한 숲, 푸른 목장이 드넓게 펼쳐져 있는 아름다운 곳이었기 때문이다. 그들은 구불구불한 길을 약 1.6킬로미터 정도 더 들어가서야 앞으로 살게 될 집에 도착하였다. 집에 딸린 것은 푸른 잔디가 깔린 작은 앞마당뿐이었다. 그리고 밋밋한 쪽대문이 그들을 맞이했다.

그곳은 작고 초라한 집이지만 그런대로 안락하고 아담했다. 작은 저택이라고 하기에는 결점투성이로 건물은 평범했고, 지붕은 기와로 되어 있었다. 창문 셔터는 시골집에서 흔히 볼 수 있는 초록색이 아니었으며, 벽에도 인동덩굴의 흔적은 없었다. 집을 관통하여 나 있는 좁은 통로는 곧바로 뒤뜰로 이어져 있었다. 현관 양쪽으로는 사방이 약 5미터 정도 되는 거실이 나란히 있었고, 그 너머로 부엌과 계단이 있었다. 침실 네 개와 두 개의 다락방이 나머지 부분을 차지하고 있었다. 하지만 지은 지 오래되지는 않았고, 손질이 잘 되어 있었다. 노어랜드와는 비교할 수 없이 좁고 초라한 집이었다. 그러나 안으로 들어서면서 옛 생각에 맺혔던 눈물은 곧 사라져버렸다. 미리 도착한 하인들이 그들을 반갑게 맞이해주었고, 저마다 서로를 위해 행복해 보이려고 작정했던 것이다. 때는 9월 초순이었다. 화창한 날씨 덕분에 그 집의 첫인상은 두고두고 좋은 기억으로 남게 되었다.

집은 위치가 좋은 곳에 자리 잡고 있었다. 바로 뒤로 언덕들이 높이 솟

아 있었고, 그 양 옆으로 그리 멀지 않게 넓은 초원과 경작지, 우거진 숲이 있었다. 바턴 마을은 주로 이 언덕 중 하나에 위치해 있어 창문으로 내다 보면 전망이 좋았다. 집 전면의 경관은 훨씬 더 탁 트여 있어 계곡을 한눈에 볼 수 있고, 그 너머의 마을까지 볼 수 있었다. 시골집을 둘러싸고 있는 언덕은 그 방향으로는 골짜기와 맞닿으며 끝나 있었지만 가장 가파른 두 계곡 사이로 이어져 다른 갈래로, 다른 이름으로 뻗어나가고 있었다.

대시우드 부인은 그 집의 규모나 가구가 대체적으로 흡족했다. 비록 이전의 생활방식으로 꼭 없어서는 안 될 것들이 있긴 했지만, 앞으로 더 추가하고 고칠 가능성이 있다는 것도 대시우드 부인에게는 기쁨이었다. 게다가 이번에는 집을 훨씬 더 우아하게 꾸밀 만한 약간의 여윳돈도 있었다.

"집만 놓고 본다면야 우리 가족이 살기에는 확실히 좁구나. 하지만 안락하게 만들어보자꾸나. 집을 수선하기에는 지금으로서는 좀 늦었지만 말이다. 아마 봄이 오면 돈이 좀 더 생길 테니 그때 가서 공사를 생각해보자. 이 거실은 둘 다 너무 작아서 친구들을 불러 파티를 열기는 어려울 거야. 자주 초대하려고 했는데! 그러니 이 복도를 터서 거실을 연결하고, 한쪽으로 통로를 만들어 출입구를 만들 생각이란다. 이렇게 하면 새 응접실과 침실, 다락이 딸린 아주 아늑한 시골집이 될 거야. 또 계단도 멋지게 꾸미는 게 좋겠어. 하지만 너무 많은 걸 기대해서는 안 되겠지? 조금 넓히는 건 크게 어려운 일도 아닐 것 같지만 말이다. 봄에 얼마나 여윳돈이 생길지 두고 봐야겠다. 그러니 우리는 집을 개조할 계획이나 세우자꾸나."

대시우드 부인이 말했다.

살아오면서 한 번도 저축이라고는 해본 적이 없는 여인이 일 년에 5백 파운드의 수입에서 돈을 저축해 개조 비용을 지불할 수 있기 전까지는,

그들은 현명하게도 있는 그대로의 집에 만족하며 살기로 했다. 곧 그들은 자신의 물건들을 정리하고, 책과 기타 소품들을 잘 정돈하여 자신들의 보금자리를 꾸미느라 바빠졌다. 매리앤의 피아노도 포장을 풀어 적당한 곳에 자리를 잡았고, 엘리너의 그림도 응접실 벽에 걸었다.

이렇게 짐을 풀어 정리하던 식구들은 다음 날 아침식사를 마친 뒤 집주인의 방문으로 잠시 일손을 멈추게 되었다. 집주인은 바턴에 온 것을 환영할 겸, 아직 준비가 덜 된 집과 정원을 손보는데 필요한 것이 있으면 무엇이든지 제공하려고 겸사겸사 찾아왔던 것이다.

존 미들턴 경은 사십 대의 잘생긴 남자였다. 예전에 스탠힐을 방문하기는 했었지만 너무 오래전이라 그의 어린 사촌 여동생들이 기억하지는 못했다. 그는 온화한 인상이었고, 행동도 편지에서 보여주었던 만큼 다정다감했다. 그들의 도착을 진심으로 반기는 듯 보였고, 대시우드 가족의 편안한 생활이야말로 그의 최대의 관심사인 듯했다. 존 경은 자신의 가족과 허물없이 지내길 바란다고 거듭 말하면서 새 집에 익숙해질 때까지 매일 바턴 파크에서 같이 식사를 하자고 정중하게 초대해 그들을 감동시켰다. 그의 말이 단순한 친절을 벗어나 끈질긴 부탁이 되었어도 부인의 가족들은 전혀 불쾌하지 않았다. 그의 친절은 말로 끝나지 않았는데 그가 떠난 지 한 시간도 채 못 되어 갖가지 채소와 과일이 든 커다란 바구니가 도착하였고, 그날 저녁에는 다시 선물을 보내왔다. 그는 또 우체국을 직접 다니며 우편물 심부름도 해주었고, 매일 자기의 신문도 보내왔다. 존 미들턴 경의 부인은 남편을 통해 매우 정중한 전갈을 보내왔는데, 거기에는 대시우드 부인이 방문을 불편하게 여기지 않을 때까지 기다린다는 뜻이 들어 있었다. 이에 대시우드 부인은 그녀를 공손히 초대했고, 다음 날 미들턴 부인이 방문하게 되었다.

물론 바턴에서 이런저런 신세를 지게 될 인물이 무척 궁금하였다. 미들턴 부인의 우아한 모습은 그들의 바람대로 호감을 주는 형이었다. 스물여섯이나 일곱 정도 되어 보였고, 아름다운 얼굴에 키가 크고 인상적인 모습이었다. 확실히 그녀의 태도에는 남편에게는 부족한 교양이 넘쳤다. 하지만 남편의 따뜻함과 솔직함이 그녀에게 보태어졌다면 훨씬 돋보였을 것이다. 게다가 부인을 보는 순간 감탄했던 첫인상과는 달리 점차 실망을 느꼈다. 미들턴 부인은 마음을 열지 않았고, 차가웠으며, 일상적인 물음이나 가벼운 말 외에는 전혀 하지 않았던 것이다.

그러나 대화 부족으로 자리가 어색하지는 않았다. 존 경은 말하기를 좋아했고, 미들턴 부인은 현명하게도 그 조치로 큰아이를 데리고 왔던 것이다. 여섯 살 정도로 보이는 아이는 매우 귀여웠다. 극단적인 상황에 이르면 아이 덕분에 돌아갈 화제가 생겼다. 그리하여 그들은 아이의 이름과 나이를 묻고, 참 잘생겼다고 칭찬을 하며, 결국에는 어머니가 대신 대답할 질문들을 하기도 했다. 그러는 동안 아이는 어머니 주위에서만 맴돌며 고개를 푹 숙이고 있었다. 미들턴 부인은 집에서는 정신이 없는데 사람들 앞에서 너무 수줍어한다고 놀라기도 했다. 그러니 격식을 차리는 모임에는 대화를 위한 화젯거리로 아이를 동반하는 것이다. 또한 아이가 부모 중 누구를 더 닮았는지, 어디가 어떻게 닮았는지에 대한 각자의 의견이 달랐던 데다가 다른 이의 의견을 듣고 놀라느라 10분 이상의 시간이 훌쩍 지나갔던 것이다.

대시우드 부인의 가족이 존 경의 다른 아이들을 보고 이러쿵저러쿵 이야기할 기회는 곧 생기게 되었다. 존 경이 다음 날 바턴 파크에서 식사하기로 약속하지 않는다면 그 집에서 떠나지 않겠다고 고집을 부렸던 것이다.

제 7 장

　바턴 파크는 대시우드 부인의 시골집에서 8킬로미터 정도 떨어져 있었다. 그들은 골짜기를 따라 난 길을 가느라 그 근처를 지난 적이 있었다. 하지만 언덕에 가려서 그 집을 보지는 못했었다. 저택은 크고 근사했다. 존 경 부부는 친절함과 우아함을 균등하게 누리며 사는 듯했다. 손님을 접대하는 것은 존 경에게 크나큰 기쁨이었고, 우아한 생활은 그의 아내가 추구하는 바였다. 그들의 저택에는 지인(知人)들이 머물지 않는 날이 없었으며, 이웃의 다른 집들보다 폭넓은 교류를 하고 있었다. 그것은 두 사람의 행복에 꼭 필요한 요소였다. 존 경 부부는 서로 천성이나 외적인 행동이 달랐지만 어떤 점에서는 일치했다. 이들의 활동은 사교적인 모임 말고는 매우 좁은 반경 안에 갇혀 있기 마련이었다. 존 경은 사냥을 매우 좋아하였고, 미들턴 부인은 전형적인 어머니였다. 그는 사냥과 사격을 즐겼으며, 아내는 아이들에게만 매달렸다. 이것이 그들이 즐기는 유일한 활동이었다. 미들턴 부인은 일 년 내내 아이들과 함께 있어 아이들을 망치기 십상이었고, 존 경은 독립적인 활동으로 인해 절반의 시간만 아이들과 함께 보냈다. 그러나 끊임없는 집 안팎에서의 약속을 통해 인성과 교육의 부족을 보충해주었고, 건강한 기운을 유지했으며, 아내의 훌륭한 교양을 빛낼 기회를 만들어주었다.

　미들턴 부인은 음식 솜씨와 집안을 잘 꾸민 것에 대해 자부심을 가지고 있었고, 이런 허영심에서 파티에 대해 큰 즐거움을 느꼈다. 하지만 존 경의 사교적 만족은 훨씬 현실적이었다. 그는 집이 허용하는 초대 인원보다 더 많은 젊은이들을 초대해 집이 북적거릴수록 기뻐하였다. 그는 이웃의 젊은이들에게 인기 만점이었다. 왜냐하면 여름 내내 끊임없이 가든 파티를 열어 차가운 햄과 닭고기를 즐기게 해주었고, 겨울에는 아무리 춤을 추어도 지치지 않는 열다섯 살을 넘긴 숙녀들을 위한 무도회를 열었기 때문이다.

그 지역에 새로운 가족이 이사 오는 것은 항상 그에게 기쁨을 주는 일이었으며, 여러 면으로 보아 존 경은 바턴의 시골집에 살게 된 사람들에게 매료된 듯했다. 대시우드 가의 딸들은 젊고 예쁘고 꾸밈이 없었다. 그러니 그가 좋은 인상을 갖기에 충분한 조건이었다. 꾸밈이 없이 진실하다는 것은 예쁜 소녀들의 외모만큼 매력적인 부분이었다. 과거에 비해 불행해졌다고 여길지도 모르는 친척에게 머물 곳을 마련해주었다는 점은 다정다감한 그의 성품에 큰 행복을 주었다. 그러므로 친척에게 친절히 대하면서 선행을 베풀었다는 만족감으로 뿌듯했다. 또한 오직 여자들로만 구성된 가족을 그의 시골집에 자리 잡게 했다는 점에서 그는 수렵가로서 만족을 느꼈다. 수렵가는 자신과 같은 수렵가를 존중하지만, 그렇다고 자신의 장원(莊園) 안에 거주하게 하면서 같은 취미를 살리게 하는 것은 썩 마음 내키는 일이 아니기 때문이었다.

존 경은 문 앞까지 마중 나와 대시우드 부인과 딸들을 환영했다. 그는 그들을 응접실로 안내하면서 젊은 아가씨들에게 멋진 청년들과 만날 수 있도록 주선하지 못해서 미안하다고 거듭 말했다. 그러고는 젊지도 명랑하지도 않지만 각별한 친구가 한 사람 와있다고 했다. 그는 파티가 조촐한 것을 이해해 달라고 하면서 다시는 그런 파티가 열리지 않을 것이라고 힘주어 말했다. 그날 아침 인원수를 좀 더 늘려보려고 몇몇 집을 다녀왔는데도 달빛이 좋은 시기(시골이라 밤길을 다니기 어려워 달빛이 좋을 때에 약속을 하여 만남을 가짐)라 모두들 약속이 있다고 하였다. 다행히 미들턴 부인의 어머니, 즉 장모님이 몇 시간 전에 바턴에 도착했는데 그분은 아주 활기차고 재미있는 분이시니까 젊은 아가씨들이 상상하는 것처럼 그렇게 지루하지 않을 거라고 확신했다. 어머니는 물론 젊은 아가씨들도 생판 모르는 낯선 두 사람만이 파티에 함께 한 것을 다행으로 여겼고, 더 이상 많은 사람이 오는 것을 원하지도 않았다.

미들턴 부인의 어머니인 제닝스 부인은 낙천적이고 재미있는 성격이었다. 뚱뚱한 몸매만큼이나 말이 많았고, 무척이나 행복해 보였지만 품위와는 거리가 멀었다. 그녀는 농담을 하며 잘 웃었고, 저녁식사가 끝나기 전에 연인들과 남편들을 화제로 여러 가지 재미있는 이야기들을 했다. 그러면서 서식스에다 두 아가씨의 마음을 남겨두지 않기를 바란다고 말했는데, 아가씨들이 얼굴을 붉히지는 않는지 떠보기 위함이었다. 매리앤은 언니 때문에 신경이 쓰여서 언니가 이런 제닝스 부인의 공격을 어떻게 받아들이는지 진지하게 엘리너의 눈치를 살폈다. 하지만 엘리너는 제닝스 부인의 농담보다는 동생의 그런 행동이 더 큰 고통이었다.

브랜든 대령은 존 경의 친구지만 많이 달라 보였다. 미들턴 부인이 존 경의 아내, 제닝스 부인이 미들턴 부인의 어머니인 것처럼. 그는 과묵하고 심각한 사람이었다. 서른다섯 살이 넘었기 때문에 매리앤과 마거릿이 보기에는 완벽한 노총각이었다. 그러나 잘생긴 편은 아니지만 용모가 정갈하고 태도가 신사다웠기 때문에 비호감은 아니었다.

대시우드 가의 숙녀들에게 친해지라고 추천할 만한 일행은 어디에도 없었다. 게다가 미들턴 부인의 차갑고 형식적인 태도는 매우 불쾌했던 터라 이에 비하면 브랜든 대령의 진지함이나 존 경과 그의 장모의 과장된 명랑함이 오히려 흥미를 끌었던 것이다. 미들턴 부인은 식사가 끝난 후 세 명의 아이들이 달려들었을 때에만 즐거운 것 같았다. 아이들은 부인의 옷을 이리저리 끌어당기며 자신들과 무관한 대화는 더 이상 하지 못하게 했다.

우연히 매리앤에게 음악적 재능이 있다는 얘기가 흘러나오게 되자 사람들은 연주를 부탁했다. 피아노의 자물쇠가 풀리고 사람들은 귀를 쫑긋 세워 감상할 준비를 했다. 첫 노래를 그럴 듯하게 해낸 매리앤은 신청곡을 받게 되었다. 신청곡은 주로 미들턴 부인이 결혼할 때 가져온 악보들 중에서 선택되었는데, 그 악보는 피아노 위에 오랜 동안 놓여 있었던 듯했다. 왜냐하면 그녀의 어머니 말에 의하면 연주도 아주 잘했고, 본인도 피아노 연주를 무척 좋아했다지만 결혼한 다음에는 아내의 본분을 지키기 위해서 음악은 포기했다고 했다.

매리앤의 연주는 많은 박수를 받았다. 존 경은 노래가 끝날 때마다 큰소리로 칭찬하였고, 노래가 계속되는 동안은 큰소리로 다른 사람들과 이야기를 주고받았다. 미들턴 부인은 종종 그를 불러 어떻게 음악을 듣는 중에 관심을 다른 데로 돌릴 수 있느냐며 이것저것 주의를 주었다. 그러면서 매리앤에게 다른 노래를 요청했는데 정작 그것은 방금 끝마친 노래였다. 그들 중 브랜든 대령만이 조용히 그녀의 노래를 들었다. 그러고는 잘 들었다는 정도의 찬사만 보냈음에도 매리앤은 브랜든 대령에게 존경심을 느끼게 되었다. 왜냐하면 다른 사람은 교양이 부족한 듯 보인 반면 브랜든 대령은 그렇지 않았기 때문이다.

그가 음악을 좋아하는 정도는 그녀가 공감할 수 있는 황홀한 기쁨에 이르는 정도는 아니었지만, 다른 사람들의 몰상식한 감상 태도와 대조해볼 때 존경할 만한 것이었다. 그리고 충분히 이성적이었으므로 격렬한 감정 표현과 섬세한 기쁨을 즐길 나이는 이미 지났다는 점을 감안하기로 하였다. 그녀는 따뜻한 온정이 필요한 연로한 대령의 삶을 어쩌면 이해할 수 있을 것 같다는 생각이 들었다.

제 8 장

제닝스 부인은 사별한 남편에게서 풍족한 유산을 받았다. 그녀에게는 두 딸이 있었는데 둘 다 만족할 만한 결혼을 시켰으므로 이제 다른 사람들을 결혼시키는 것 외에는 이렇다 할 일이 없었다. 이런 일을 추진할 때에는 자신의 능력이 되는 한 열심히 활동하였으며, 그녀가 알고 있는 젊은 사람들 가운데서 결혼할 의사가 있는 사람은 결코 놓치지 않았다. 그녀는 누가 누구와 사랑에 빠졌는지를 알아채는 데 매우 눈치가 빨랐으며, 의심이 가는 남자 앞에서 부인 특유의 입담으로 넌지시 떠보아 아가씨들의 허영심과 얼굴 표정 살피는 일을 즐겼다. 이런 분별력으로 부인은 바턴에 도착하자마자 브랜든 대령이 매리앤에게 빠졌다는 선언을 하게 되었다. 부인은 첫날 저녁 매리앤이 노래를 부르는 동안 브랜든 대령이 매우 관심 있게 듣는 것을 보고 의심을 하기 시작했다. 그리고 답례로 미들턴 가족과 시골집에 초대되었을 때 다시 한번 대령이 매리앤의 노래를 유심히 듣는 것을 보고 감을 잡았다. 대령은 부유하고, 매리앤은 미인이었기 때문에 둘은 훌륭한 짝이 될 것이라 생각했다. 제닝스 부인은 존 경을 통해 브랜든 대령을 알게 된 이후로 그가 멋진 결혼을 하길 열망하고 있었다. 또한 예쁜 아가씨들을 보면 전부 좋은 짝을 만나게 되기를 바랐다.

부인이 얻은 이 커다란 소득은 두 사람에 대한 농담을 끝없이 만들어낼 수 있었다. 파크에서는 대령을 놀렸고, 시골집에서는 매리앤을 놀렸다. 대령은 부인이 자신에 대한 농담을 하든 말든 상관하지 않았다. 매리앤은 처음에는 이해할 수 없어 잠자코 있다가 곧 그 대상이 누군지 알아차렸다. 그 뒤부터는 하도 어이가 없어 웃어야 좋을지, 아니면 그 무례함을 비난해야 할지 알 수 없어 난감했다. 그렇게 나이 많고 비참한 브랜든 대령을 자신과 엮는다는 게 기가 막혔던 것이다.

대시우드 부인은 자신보다 다섯 살 연하인 남자가 그렇게 늙었다고는 생각되지 않았다. 어린 딸이 그를 굉장히 늙은 사람으로 치부하자 제닝스 부인이 그의 나이를 가지고 웃음거리로 만들지는 않았을 거라고 설명해주었다.

"하지만 엄마, 적어도 그런 말들이 얼마나 터무니없는지는 엄마도 잘 아실 거예요. 나쁜 마음으로 일부러 만들어냈다고는 생각하지 않으시겠지만요. 브랜든 대령이 제닝스 부인보다는 젊긴 하지만 그분은 우리 아버지뻘이에요. 만약 그분이 사랑에 빠질 만큼 아직도 팔팔하다면, 모든 감각들을 다 초월했음에 틀림없어요. 정말 기가 막힌 일이군요. 늙은 사람한테도 그런 농담이 돈다면 도대체 남자들은 언제 그런 농담으로부터 자유로울 수 있을까요?"

"늙다니! 너, 브랜든 대령이 늙었다고 했니? 어머니에 비하면 그분의 나이가 더 많게 느껴지겠지만, 그분은 아직 건강한데도 그런 말을 하면 네 자신을 속이는 거야!"

놀란 엘리너가 말했다.

"언니는 그분이 류머티즘에 대해 불평하는 것을 듣지 못했어? 그 점이 바로 쇠약해져 가는 삶의 가장 큰 약점이 아닐까?"

"아이고, 매리앤! 이런 식이라면 너, 늙어가는 나를 보면서도 두려워하겠구나? 그리고 내 수명이 사십 대까지 이어져 왔다는 게 하나의 기적처럼 느껴지겠는걸."

어머니가 웃으며 말했다.

"엄마, 그렇게 말씀하시면 불공평해요. 저도 잘 알고 있단 말이에요. 그가 어떻게 될까 봐 대령의 친구분들이 걱정할 만큼 늙지 않았다는 건 알아요. 그분은 앞으로 이십 년은 더 사실지도 모르죠. 하지만 서른다섯 살은 결혼과는 무관한 나이에요."

"아마도 결혼을 놓고 본다면 서른다섯 살과 열일곱 살은 서로 상관이 없는 게 더 나을지도 모르지. 하지만 어떤 사정으로 인해 스물일곱 살인데도 미혼인 여성이 있다면 서른다섯 살인 브랜든 대령과 결혼한다는 것에 아무 반대도 하지 않을걸."

엘리너가 말했다.

"언니, 스물일곱 살 먹은 여자는 절대로 사랑을 느끼거나 사랑을 불러일으킬 수 없을 거야. 만약 가정형편이 여의치 않거나 또는 재산이 없어서 그렇다면 간병인 양성소 같은 곳으로 찾아가야겠지. 아내 자리를 찾아 나이 많은 사람과 결혼하여 간병인 노릇은 할 수 있을 테니까 말이야. 그분이 그런 여성과 결혼을 한다면 문제될 게 없지. 그것은 서로에게 유용한 계약이 될 거고, 세상도 만족할 거야. 그렇지만 내가 보기에는 그건 결혼이 아니야. 그런 것은 각자 상대방에게서 이익을 취하려는 상업적인 거래로 보인단 말이야."

"어쩌면 널 납득시키는 건 불가능할지도 모르겠구나. 스물일곱 살 먹은 여자도 서른다섯 살의 남자를 바람직한 동반자로 여길 수도 있고, 사랑 비슷한 감정을 느낄 수 있다는 걸 말이야. 하지만 단지 그분이 그렇게 춥고 습했던 어제, 한쪽 어깨가 약간 쑤신다고 해서 대령과 미래의 부인을 환자마냥 병실에 가둬두려는 네 태도에는 기필코 반대를 해야겠구나."

"하지만 그분은 나와 함께 플란넬 조끼에 대해 말했는걸. 그건 틀림없이 통증, 경련, 류머티즘과 노약자를 괴롭히는 모든 종류의 고통을 떠올리게 하지."

매리앤이 말했다.

"만약 그분이 심한 열병에 걸렸더라도 이렇게까지 그분을 폄하하지 않았을 거야. 매리앤, 솔직하게 말해 봐. 네 뺨이 빨갛게 물들고, 눈이 움푹 꺼지고, 열이 올라 맥박이 빨라진다면 너에게도 무슨 문제가 있는 거 아니니?"

엘리너는 말을 마치고 나서 곧 방을 나갔다.

"엄마, 질병에 대한 말이 나와서 말인데요. 사실 걱정스러운 게 있어요. 엄마한테는 숨기고 싶지 않아서 말씀드리는 거예요. 에드워드 페라스 씨가 어디 아픈 게 아닐까요? 우리가 여기 온 지 두 주일이 다 되었는데도 아직 오지 않다니, 이상하지 않아요? 진짜로 아픈 게 아니라면 이렇게 늦어질 이유가 없잖아요. 그렇지 않다면 노어랜드에 무엇 때문에 눌러 있겠어요?"

매리앤이 말했다.

"그가 그렇게 빨리 올 거라고 생각했었니? 난 아니었는데……. 지금 생각해보니까 바턴으로 오라고 그를 초대했을 때 별로 기뻐하지 않았던 것 같아 조금 불안한 생각도 드는구나. 혹시 엘리너가 그 사람을 기다리고 있는 거니?"

"언니한테는 입도 뻥긋 안 했어요. 하지만 당연히 언니는 기다리지 않겠어요?"

"내가 생각하기로는 네가 잘못 알고 있는 것 같다. 내가 어제 네 언니한테 빈 침실에 난로 받침대를 새로 놓으라고 했단다. 그랬더니 네 언니는 그렇게 서두를 필요는 없다고 했거든. 마치 그 방이 한동안 비어 있을 거라는 듯이 말이야."

"그렇다면 이상한 일이네요. 그게 무슨 의미일까요? 하지만 서로를 대하는 둘의 행동은 도무지 이해할 수가 없어요. 마지막 작별 인사도 너무 냉정하고 침착했고요. 마지막 날 저녁에 둘이 이야기할 때는 얼마나 맥이 빠졌는데요. 에드워드 씨가 우리에게 인사할 때 언니에게나 제게나 별 차이가 없었다니까요. 그냥 사돈으로서의 인사 같았거든요. 그날 아침에는 일부러 두 사람만 있으라고 자리를 피해주었는데도 그럴 때마다 그분은 저를 따라 그 방에서 나왔어요. 언니 역시 노어랜드를 떠나면서도 저만큼 울지도 않았고요. 정말이지 언니의 자제력에는 두 손을 다 들겠어요. 언니는 도대체 언제 낙심하거나 우울한 거죠? 언제 사람들을 피하고 불안해하면서 슬퍼할까요?"

제 9 장

대시우드 가의 여성들은 바턴에 자리를 잡고 곧 안정을 되찾았다. 집과 정원, 그들을 둘러싼 모든 주위 환경에 친숙해졌고, 노어랜드에서의 절반 정도에 해당하는 일상적인 일들을 하면서 아버지가 돌아가신 이래로 평화로운 나날을 보내고 있었다. 처음 2주일 동안 매일 방문했던 존 미들턴 경은 집안일에는 별로 취미가 없는 사람이었는데 대시우드 가의 식구들이 항상 일하고 있는 모습을 보고 놀라움을 감추지 못했다.

바턴 파크 사람들을 제외하면 방문객은 그리 많지 않았다. 존 경은 이웃과 좀 더 교류를 해야 한다면서, 필요할 때는 언제고 그의 마차를 쓰라고 당부했다. 아이들을 위해서라도 사교가 필요했지만 대시우드 부인은 더 이상 신세를 지고 싶지 않다는 생각에서 걸어서 갈 수 있는 거리가 아니면 방문을 하지 않기로 결심하였다. 그러한 범주에 드는 집은 불과 몇 안 되었을 뿐더러 그 사람들조차 모두 접할 수 있는 것도 아니었다.

앞에서 묘사했던 것처럼 바턴 골짜기에서부터 시작된 앨런엄의 좁고 구불구불한 골짜기를 따라 산책을 나섰다가 2.4킬로미터 정도 떨어진 곳에서 소녀들은 고풍스러운 저택을 발견했다. 그 저택은 노어랜드를 떠올리게 했고, 상상력을 자극하여 그 저택 사람들과 친하게 지내고 싶다는 바람을 갖게 했다. 하지만 알아보니 그 저택의 소유주는 성격이 매우 좋은 노부인으로 불행하게도 너무 몸이 쇠약해져서 세상과 어울리지 못해 은둔해 있는 집이라고 하였다.

대시우드 가의 시골집 주위로는 아름다운 산책로가 많았다. 정상의 맑은 공기에서 느끼는 절묘한 즐거움을 위해 시골집의 모든 창문을 열게끔 만드는 높은 언덕들을 바라보는 것은 계곡이 진흙으로 덮여 그 웅대한 아름다움을 감추었을 때 느낄 수 있는 행복한 대안이었다. 이런 언덕으로 매리앤과 마거릿이 발걸음을 옮기고 있던 인상적인 어느 아침이었다. 소나기가 쏟아질 것처럼 하늘은 찌푸려 있었지만 한쪽에는 햇빛이 비치고 있었다. 이틀 전부터 비가 줄기차게 내려 방 안에만 갇혀 있었기 때문에 그 답답함을 참을 수 없어 둘은 밖으로 나온 참이었다. 매리앤이 날씨가 계속 좋을 거라고 장담했음에도 불구하고 날씨는 두 사람을 책과 연필로부터 끌어낼 만큼 화창하지 않았다. 하지만 금방이라도 비를 쏟아낼 것 같은 먹구름이 언덕에서 점차 물러서고 있었기 때문에 마침내 두 소녀는 집을 나섰던 것이다.

둘은 즐겁게 언덕을 올라갔고, 푸른 하늘을 둘러보면서 기뻐했다. 그러다가 얼굴로 불어오는 남서풍의 시원한 바람을 느꼈을 때 그런 기쁨을 함께 나누지 못하는 어머니와 엘리너 언니의 조심성을 안타깝게 여겼다.

"이 세상에 이보다 더 큰 기쁨이 있을까? 마거릿, 우리 앞으로 적어도 두 시간은 더 돌아다니자. 어때?"

매리앤이 먼저 말했다.

마거릿도 흔쾌히 그러자고 하여 둘은 약 20분 동안 바람을 가르며 길을 헤쳐 나갔다. 그때 갑자기 그들의 머리 위로 먹구름이 몰려오더니 금세 얼굴 위로 빗줄기가 쏟아져 내렸다. 갑작스런 비에 분하기도 하고 놀랍기도 했다. 주위를 둘러보았지만 비를 피할 만한 곳이 없었으므로 되돌아갈 수밖에 없었다. 그나마 조금 위안이 되는 방법이 하나 있었는데, 그것은 바로 가파른 길을 있는 힘껏 뛰어 내려가는 것이었다. 그렇게 하면 집의 정원으로 바로 갈 수 있었기 때문이다. 워낙 급한 상황이라 누가 본다 한들 혀를 차지는 않을 것이었다.

둘은 내달리기 시작했다. 매리앤이 먼저 앞서가다가 발을 헛디디는 바람에 갑자기 땅바닥으로 나뒹굴었고, 마거릿은 언니를 도와주기 위해 멈추려고 했으나 마음과는 달리 속도가 붙어 계속 달려 내려가 언덕 아래에 무사히 이르렀다.

그때 마침 총을 든 어떤 신사가 두 마리의 사냥개를 데리고 매리앤이 사고를 당한 장소에서 몇 발짝 안 되는 거리에서 언덕을 올라가고 있었다. 그는 총을 내던지고 그녀를 부축하기 위해 달려왔다. 매리앤은 혼자 일어나기는 했지만 넘어지면서 발을 삐어 똑바로 서 있을 수가 없었다. 신사는 기꺼이 도와줄 참이었지만 도움을 받아야 할 상황임에도 매리앤이 수줍어서 거절한다는 것을 알아차리고는 한 치의 망설임도 없이 그녀를 번쩍 안아 올려 언덕 아래로 내려왔다. 그러고는 정원을 지나 마거릿이 열어 놓은 문을 통해 집 안으로 성큼성큼 들어와 응접실의 의자에 매리앤을 내려놓을 때까지 한시도 매리앤에게서 눈을 떼지 않았다.

엘리너와 어머니는 둘이 들어오는 것을 보고 놀라서 벌떡 일어났는데 두 사람의 눈은 그 신사의 모습을 본 순간 똑같이, 놀라움과 은근한 감탄으로 그에게 고정되었다. 그러는 동안 그는 솔직하고 예의바르게 사정을 설명하면서 이렇게 불쑥 들어와 죄송하다고 예를 갖추었다. 그는 보기 드물게 정중했고, 그의 목소리와 표정 또한 호감을 주기에 충분하였다. 설령 그가 늙고 추하고 상스럽다 해도 대시우드 부인은 자신의 딸을 도와준 것에 대해 감사와 친절을 나타냈을 것이다. 하물며 젊고 잘생겼고 예의바른 태도까지 갖추었으니 부인의 마음은 기울 수밖에 없었다.

부인은 그에게 몇 번이고 고맙다고 감사를 표했다. 그러고는 부드러운

말투로 자리에 앉으라고 권하였다. 하지만 그는 자신의 옷이 젖어서 지저분하다고 사양하였다. 그러자 대시우드 부인은 신세를 진 분의 이름을 알고 싶다고 청하였다. 그는 자신의 이름이 월로비라고 대답하였으며, 현재 앨런엄에 머물고 있는데 매리앤 대시우드 양의 안부를 물으러 내일 다시 방문해도 되는지 물었다. 그는 확답을 들은 후 더 많은 관심을 불러일으켜 놓고는 억수같이 쏟아지는 빗속으로 사라졌다.

그의 남성적인 외모와 매우 예절바른 태도는 즉시 찬탄의 주제가 되었으며, 매리앤을 번쩍 들어 올린 그의 용감함은 외적인 매력에서 풍기는 특별한 분위기와 더불어 모두를 흐뭇하게 했다. 매리앤은 다른 사람들에 비해 그를 제대로 볼 수 없었는데, 이는 그가 그녀를 들어 올렸을 때에 당황해서 빨개진 얼굴 때문에 집에 들어온 뒤에도 그를 눈여겨보지 못했기 때문이었다. 그래도 다른 사람들이 모두 감탄하며 말할 때 그에 맞장구를 치며 칭찬을 했다. 그의 됨됨이와 분위기는 매리앤이 그동안 꿈꿔왔던 이야기 속의 주인공과 일치했다. 게다가 거침없이 집으로 자기를 안고 들어온 신속한 사고력에 매리앤은 특히 더 끌렸다. 아니 솔직히 말해 그와 관련된 모든 상황이 흥미로웠다. 그의 이름도 좋았고, 그가 사는 곳도 좋아하는 곳이었다. 그러고 보니 특히 사냥용 재킷을 입은 모습도 아주 멋졌다고 생각되었다. 그녀의 상상력은 활기를 띠고 그에 대한 유쾌한 생각들을 하느라 사고로 삔 발목의 통증 따위는 까맣게 잊고 있었다.

존 경은 다음 날 아침 외출하기에 좋은 날씨가 되자 곧 그들을 방문하였다. 그리고 매리앤의 사고 소식에 이어 앨런엄에 사는 월로비의 이름까지 듣게 되었다.

"월로비라고요! 아니, 그가 거기에 와있단 말입니까? 어쨌든 좋은 소식이군요. 제가 목요일 정찬에 그를 초대하겠습니다."

존 경이 소리쳤다.

"그를 아시는가 보군요."

대시우드 부인이 말했다.

"잘 알지요! 그는 매년 이곳에 온답니다."

"어떤 사람인가요?"

"겪으면 겪을수록 더 좋은 사람입니다. 상당한 사격 실력에다가, 영국에서 가장 용감한 기수(騎手)라 할 수 있지요."

"그 사람에 대해서 아시는 건 그게 전부인가요?"

매리앤이 성급하게 말을 이었다.

"친한 친구들을 대하는 그의 태도는 어떤가요? 직업과 그의 재능, 그리고 천분(天分)은 어때요?"

존 경은 다소 어리둥절해졌다.

"그렇다면, 그런 점이라면 나는 잘 모른다고 해야겠구나. 하지만 그는 유쾌하고 유머가 있는 사람임에는 틀림없어. 게다가 내가 본 사냥개 중에서 가장 훌륭한 검정 사냥개를 가지고 있지. 오늘 그 사냥개도 같이 왔었니?"

그러나 매리앤은 윌로비의 사냥개 색깔에 관해서 존 경에게 확실하게 말할 수 없었다. 그와 마찬가지로 존 경 역시 마음속에 희미하게나마 가지고 있던 정보들을 설명해줄 수 없었다.

"그분은 누구죠? 어디 출신인가요? 앨런엄에 집이 있나요?"

엘리너가 물었다.

이 질문을 받은 존 경은 좀 더 확실하게 대답해줄 수 있어서 얼굴이 밝아졌다. 앨런엄에는 윌로비 소유의 토지는 없다고 말했다. 지금은 단지 그의 친척이자 그 재산을 물려받게 될 앨런엄 대저택의 노부인을 방문하는 중이라고 했다. 그러고는 이렇게 덧붙였다.

"그래, 확실히 잡을 만한 가치가 있는 사람이지. 그 사람은 서머싯셔 근교에 자기 소유의 상당한 토지도 가지고 있을걸. 만약 내가 너라면 아무리 언덕에서 굴렀다 해도 동생에게 그를 양보하지 않을 거다. 매리앤이 모든 남자를 차지하게 두어서는 안 돼. 매리앤이 잘 처신하지 않으면 아마 브랜든이 질투를 하게 될 거다."

대시우드 부인이 미소를 지으며 유머 있게 말했다.

"존 경께서 말씀하신 것이 '윌로비를 잡으라' 는 점이라면 우리 딸들이 윌로비에게 폐를 끼칠 것 같지는 않는걸요. 그런 일을 위해서 우리 아이들이 교육을 받은 건 아니랍니다. 우리는 남자들을 잡으려고 노력하지 않아요. 그런 점에서 남자들은 우리로부터 안전하지요. 그렇게 부자로 지내라고 하세요. 하지만 존 경께서 그렇게 말씀하시는 걸 보니 윌로비 씨가 아주 괜찮은 젊은이임에는 틀림없군요. 그의 친척 또한 경우 바른 분이시고요."

"그는 겪어볼수록 괜찮은 사람입니다."

존 경이 덧붙였다.

"지난 크리스마스 때 저희 집에서 열렸던 무도회가 기억나는군요. 그는 여덟 시부터 네 시까지 한 번도 자리에 앉지 않고 춤을 추었답니다."

"그가 정말 그랬어요?"

매리앤이 눈을 반짝이면서 물었다.

"우아하고 활기차게 추던가요?"

"그렇지. 그러고는 사냥하러 간다고 여덟 시에 일어나더구나."

"어쩜, 제가 좋아하는 점이 바로 그런 거예요. 젊은이라면 마땅히 그래야죠. 무슨 일이든 몰두할 수 있는 열정이 있어야 해요. 피곤해서 못한다는 말은 하지 말아야죠."

"아하, 이제 뭐가 어떻게 되는지 알겠군. 일이 어떻게 돌아가는지 알겠어. 매리앤이 그의 관심을 끌고 싶은 거로구나? 불쌍한 브랜든 생각은 전혀 안 하고……."

"그건 정말 제가 싫어하는 표현이에요. 존 경님."

매리앤이 온화하게 말했다.

"저는 재치 있게 의도되는 모든 진부한 어구를 혐오해요. 그리고 '여자가 남자에게 구애를 한다' 라든가 '정복한다' 라는 말은 그 중 가장 저속하다고 여기지요. 그런 의도는 정말 천박하고 교양이 없어요. 그렇게 만든 문장들이 기발하게 여겨진다면 시간은 이미 오래전에 그 독창성을 다 파괴했을 거예요."

존 경은 매리앤의 이런 비난을 깊이 이해하지는 못했다. 하지만 기세 좋게 껄껄 웃고 나서는 대답했다.

"그렇고말고. 내가 장담하건대 어떻게 해서든지 매리앤은 그를 손에 넣고야 말걸? 불쌍한 브랜든! 그는 이미 마음을 빼앗겼는데 어쩌나? 발목을 삐는 바람에 상황이 이렇게 역전되었지만, 그도 너의 호감을 얻을 만한 괜찮은 사람이거든."

제 10 장

마거릿이 정확하다기보다는 감정을 실어 '매리앤의 은인'이라고 명명한 월로비는 다음 날 아침 일찍 문안 인사를 하기 위해 들렀다. 대시우드 부인은 그를 정중함 이상으로 환대해주었다. 그에 대해서 존 경이 한 말도 있고, 또 부인 스스로 우러나온 감사하는 마음에서 비롯된 친절함이었다. 그리고 그가 방문한 동안에 일어난 모든 일들은 이 가족이 이지적이고, 세련되고, 서로 사랑하는 편안한 분위기라는 확신을 그에게 심어주기에 충분했다. 월로비가 대시우드 부인의 가족들이 매력적이라는 사실을 확신하는 데는 한 번의 만남으로도 충분했다.

대시우드 양(자매가 함께 있을 때는 맏언니를 양이라고 지칭한다.)은 우아한 외모의 표준형 미인이었다. 매리앤은 훨씬 더 매력적이었다. 언니보다 키가 커서 더 돋보였으며, 언니처럼 요조숙녀는 아니었지만 더 인상적이었다. 얼굴이 너무 사랑스럽게 생겨서 예의상 미인이라고 칭찬하는 것이 아니라, 조금도 가식이 섞이지 않아 자연스럽게 그런 소리가 나올 만했다. 피부는 갈색 빛이었지만 투명하고 맑았다. 웃는 모습은 사랑스럽고 매력적이었으며, 새까만 두 눈에는 생기와 활기 그리고 열정이 넘쳤다. 처음에는 월로비를 바라보는 눈빛이 그토록 빛나지 않았는데 그가 도와주었던 기억 때문에 당황한 탓이었다. 그러나 그 순간이 지나고 정신을 차렸을 때 그에게서 신사의 완벽하고 훌륭한 예절, 솔직함과 쾌활함을 갖춘 모습을 보았던 것이다. 게다가 음악과 춤을 열렬히 좋아한다는 말을 들었을 때는 너무 동감한 나머지 그와의 대화 대부분을 독점하게 되었다.

매리앤을 대화에 적극적으로 참여시키려면 그녀의 취미 중 한 가지를 슬쩍 얘기하면 되었다. 그런 이야기가 나오면 매리앤은 가만히 있지 못했다. 그녀는 부끄러워하지도, 침묵으로 토론을 사양하지도 않았다. 곧 두 사람은 서로 춤과 음악을 좋아한다는 사실을 발견했다. 춤과 음악에 대한 둘의 생각이 대체로 일치하고 있었던 것이다.

이런 사실에 고무된 매리앤은 그의 견해를 좀 더 자세히 알아보기 위해서 그에게 책에 관해 질문하기 시작했다. 그녀는 좋아하는 저자들을 열거하면서 기쁨에 들떠 아주 열정적으로 설명을 했기 때문에 그 작품을 무시했던 어떤 스물다섯 살의 젊은이라도 당장 그 훌륭함을 찬양하는 태도로 바뀌지 않는다면 참으로 무감각한 사람이 될 지경이었다. 하지만 두 사람의 취향은 놀라울 정도로 비슷했다. 같은 책의 같은 문장을 똑같이 읊조리며 좋아했다. 혹시 조금이라도 차이가 보이거나 어떤 반대 의견이 생길 경우에도 오래가지 않았다. 매리앤의 말에 힘이 실리거나 그 눈빛에 반짝 빛이 보이면 이견(異見)은 금세 사라지고 말았다. 윌로비는 그녀의 결정에 묵묵히 따랐으며, 그 열정에 완전히 매료되었다. 그날 방문이 끝나고 머지않아 두 사람은 오래전부터 알고 지낸 사람들처럼 스스럼없이 대화를 나누는 사이가 되었다.

"음, 매리앤! 짧은 시간에 참 많은 일을 한 셈이야. 거의 모든 중요한 문제에 대해서 윌로비의 의견을 확인한 셈이구나. 윌로비가 쿠퍼나 스콧(Walter Scott, 스코틀랜드의 소설가)에 대해 어떻게 생각하는지 알게 되었고, 그가 그들의 작품을 당연히 아름답게 평가한다는 것도 확실히 알았잖아. 포프(Alexander Pope, 가장 많이 인용되는 영국의 시인)에 대한 그의 찬사도 더없이 적절하게 받아들였고……. 하지만 모든 주제에 대해 그렇게 빨리 다 이야기해버리면 다음 만남에서는 어떻게 하려고 그러니? 금방 좋아하는 주제가 바닥나고 말 거야. 이대로라면 다음엔 독창적인 아름다움에 대해서, 그 다음에는 결혼에 대해 그가 어떻게 생각하는지 늘어놓는 걸로 충분할 거고, 그 다음에는 더 이상 물어볼 게 없겠는걸.”

그가 떠나자마자 엘리너가 한 말이었다.

“엘리너 언니, 지금 언니가 한 말이 옳다고 생각해? 언니가 보기엔 내 생각이 그렇게 모자라 보여? 그래, 언니 말뜻이 무슨 의미인지 알겠어. 나는 너무나 편하게 그를 대했고, 너무 행복하고 솔직했지. 일반적인 관점에서 보면 예의에 어긋난 행동일 거야. 조용하고 얌전하고 착한 척해야 하는 경우에 드러내놓고 진솔하게 행동했으니 말이야. 내가 날씨와 도로에 대해서만 이야기했다면, 그리고 십 분에 한 마디만 말했더라면, 이런 비난은 받지 않았겠지?”

“매리앤, 언니 말에 너무 기분 나빠하지 마라. 언니는 그냥 농담으로 한 말이야. 만약 네 언니가 우리의 새 친구와 네가 나누는 대화의 즐거움을 방해하려 한다면, 그땐 내가 꾸짖을 게다.”

어머니의 말에 매리앤은 금세 누그러졌다.

윌로비 쪽에서도 서로 알게 된 기쁨을 숨기지 않았고, 가능하면 더 친해지고 싶다는 뜻도 확실히 내비쳤다. 그는 매일 그들을 찾아왔다. 매리앤의 문병이 그의 첫 번째 핑계였다. 하지만 그들은 급속도로 친밀해졌기 때문에 매리앤이 완전히 회복된 뒤에는 굳이 문병을 핑계로 하지 않아도 되었다. 그녀는 며칠간 집 안에만 틀어박혀 지냈다. 하지만 집 안에만 있어도 하나도 지루하지 않았다. 윌로비는 훌륭한 능력, 민첩하고 풍부한 상상력, 생기 넘치는 힘, 개방적이고 사려 깊은 태도를 지닌 젊은이였다. 정확히 매리앤의 마음을 사로잡는 이상형이었다. 매력적인 사람일뿐만 아니라 자연스러운 열정과 그리고 그 밖의 모든 점에서 매리앤이 만들어 낸 표본에 꼭 들어맞아 그녀 마음에 쏙 들었다. 그와의 교제는 점차적으로 큰 즐거움이 되어 갔다. 그들은 함께 책을 읽고, 이야기를 나누고, 노래를 불렀다. 그의 음악적 재능은 상당한 수준이었다. 불행히도 에드워드에게는 부족했던 감정과 생기가 그에게는 충만했다.

대시우드 부인의 평가도 매리앤이 판단한 것처럼 어느 것 하나 나무랄 게 없었다. 엘리너 역시 거슬리는 점 하나만 빼면 비난할 게 없어 보였는데 그것은 그가 다른 사람들이나 주변 상황에는 주의를 기울이지 않고 자기의 생각을 바로 말한다는 점이었다. 그 부분은 동생과 꼭 닮아 있었고, 그런 점이 매리앤을 기쁘게 했을 것이다. 다른 사람들에 대해 섣불리 생각하고 판단하였으며, 또 마음에 둔 사람에게 몰두한 나머지 다른 사람들에 대해서는 예의를 지키지 못하였고, 언어 예절의 형식을 너무나 쉽게 경시하는 면에서 그는 신중함이 여실히 부족했다. 그것은 매리앤과 그가 서로를 두둔해준다 해도 엘리너가 도저히 용납할 수 없는 결점이었다.

매리앤은 열여섯 살 반 나이에, 완벽한 이상을 만족시킬 수 있는 한 남자를 과연 만날 수 있을까라고 자포자기했던 마음이 너무 성급하고 옳지 않은 생각이었음을 인식하기 시작했다. 윌로비는 그녀가 보낸 불행했던 시간에도 그리고 찬란했던 시기에도 그려왔던, 자신을 사로잡을 수 있는 바로 그런 환상의 남자였다. 게다가 그의 행동으로 보건대 그가 능력도 능력이지만 진심으로 그녀의 환상에 빠져 있다고 확신할 수 있었다.

어머니 또한 둘을 결혼시키겠다는 생각은 하지 않았다가 그가 부자가 될 가능성을 보았기 때문에 일주일이 되기도 전에 그들의 결혼을 기대하기에 이르렀다. 급기야는 에드워드와 윌로비 같은 사람들을 사위로 얻게 된 기쁨을 몰래 자축하기도 했다.

매리앤에 대한 브랜든 대령의 사랑은 대령의 주변 사람들에게는 일찌감치 알려진 사실이었는데 이제 그들의 관심이 잦아들자 엘리너에게 그것이 보이기 시작했다. 대령의 주변 사람들의 관심과 재치 있는 말들은 대령보다 행운을 가진 라이벌에게로 돌아갔다. 좋아하는 감정이 생기기 전에 그를 놀렸던 농담은, 이제 막 놀려댈 정도로 발전하자 슬그머니 사라진 것이다. 엘리너는 제닝스 부인이 장난삼아 그를 놀렸던 감정들이 실제 동생으로 인해 생겨났다는 사실을 믿지 않으려야 않을 수 없었다. 그리고 전반적으로 비슷한 성향이 윌로비의 애정을 부추겼을지 모르지만, 성격이 정반대라고 해서 브랜든 대령의 관심을 방해하지 않았다는 사실도 알게 되었다. 엘리너는 걱정스러웠다. 서른다섯 살의 말없는 남자가 스물다섯 살의 매우 활기찬 사람의 도전을 받게 되었을 때 무엇을 바랄 수 있겠는가? 그렇다고 그가 성공하기를 바랄 수도 없었으므로 차라리 그가 무심해지기를 바랐다. 그녀는 그가 좋았다. 진중하고 말이 없기는 했지만 그럼에도 불구하고 관심의 대상이었다. 그의 태도는 딱딱했지만 부드러웠고, 말수가 적은 점도 어떤 천성적인 우울함이라기보다는 정신적으로 절제된 결과처럼 보였다. 존 경이 지나가는 말로 하는 걸 들어보면, 그는 과거에 큰 상처와 좌절을 겪은 듯했다. 그래서 그를 불행한 남자로 확신하게 된 엘리너는 존경과 동정심으로 그를 보게 되었다.

아마도 윌로비와 매리앤이 그를 무시했기 때문에 엘리너는 그를 더 많이 동정하고 존경했을 것이다. 두 사람은 그가 활기차지도 않고, 젊지도 않다는 선입견을 가지고 그의 가치를 과소평가하려고 작정한 것처럼 보였다.

"브랜든 대령은 바로 그런 사람이에요."

어느 날 모두 모여 브랜든 대령에 대해 이야기하던 중에 윌로비가 말했다.

"모두들 그를 좋게는 말하지만 아무도 관심을 기울이지 않고, 만나서 기쁘기는 하지만 누구도 말하고 싶어 하지 않는 사람입니다."

"어쩜 내가 생각한 것과 그렇게 똑같죠?"

매리앤이 거들고 나섰다.

"그렇게 장담하진 마세요. 두 사람 다 생각이 치우쳐 있으니까요. 대령은 파크에 있는 가족들 모두에게 매우 존경을 받고 있고, 저도 그와 이야기를 나누는 것이 무척 즐겁답니다."

듣다 못한 엘리너가 한마디 했다.

"당신이 그를 두둔한다면 분명히 그에게는 잘된 일이네요. 하지만 다른 사람들의 존경을 받는다니 하는 말인데, 그건 비난 그 자체와 마찬가지예요. 미들턴 부인이나 제닝스 부인과 같은 여자들에게 인정을 받는다 해도 다른 사람이 모두 무관심한데, 누가 그 모욕을 받겠습니까?"

윌로비가 응답했다.

"하지만 아마도 당신과 매리앤 같은 사람이 험담을 하면 미들턴 부인과 그녀 어머니의 관심도 바뀌겠죠. 그들의 칭찬 속에 조롱이 들어 있다면 당신의 비난은 찬양이 될지도 모르죠. 왜냐하면 그들이 분별력이 없는 것보다 당신이 더 선입견을 가지고 있고 불공평하거든요."

"언니의 피보호자를 변호한답시고 너무 지나치게 말하는 거 아닌가."

"피보호자라? 그래, 네가 부르는 대로 나의 피보호자는 분별력이 있는 사람이야. 그런 분별력에 나는 항상 매료되지. 그래, 매리앤, 서른과 마흔 사이에 있는 한 남자에게도 매료될 수 있단 말이야. 그는 여행을 통해 세상의 많은 것을 보았어. 독서를 많이 해서 논리적으로 생각할 사고력도 있고, 나에게 다양한 지식을 줄 수 있는 사람이라는 것도 알아. 항상 내 질문에 훌륭한 매너와 착한 성품으로 대답해주니까.”

“말하자면 그는 언니한테 동인도의 기후가 덥고 모기들이 성가시다고 말했다는 거지.”

불평하듯이 매리앤이 소리쳤다.

“내가 그런 질문들을 했다면, 그는 분명히 그렇게 말했을 거야. 하지만 그런 질문들은 내가 미리 알고 있었던 거란다.”

“아마 그는 인도의 대부호, 금화, 일인승 가마의 존재까지도 관찰했을지 모르죠.”

윌로비가 빈정거리듯 말했다.

“그렇다면 그의 지식이 윌로비 씨의 솔직함보다 훨씬 더 낫다고 말해야겠네요. 하지만 당신은 왜 그를 싫어하시죠?”

“저는 그를 싫어하지 않습니다. 그와 반대로 매우 존경할 만한 사람이라고 생각하지요. 대령은 모두에게 평판은 좋지만 특별히 관심은 얻지 못하는 그런 사람입니다. 자기가 쓸 수 있는 것보다 더 많은 돈이 있고, 어떻게 쓸지도 모를 정도로 시간도 많고, 매년 두 벌의 새 코트를 마련하는 그런 사람 말이에요.”

“거기에 덧붙이자면, 그는 재능도 취미도 생기도 없어. 이해력이 뛰어난 것도 아니고, 감정이 열정적이지도 못하고, 목소리도 매력적이지 않단 말이야.”

매리앤이 큰소리로 말했다.

"넌 그분의 결점을 캐내려고 작정한 사람 같구나. 내가 그분을 두고 하는 칭찬은 상대적으로 냉정하고 무미건조하게 들리겠지? 나는 그분이 좋은 교육을 받았고, 박식하며, 부드러운 말투의 다정한 사람이라는 것을 강조하고 싶어."

"대시우드 양!"

윌로비가 큰소리로 말했다.

"당신은 지금 불친절하게도 저를 이용하고 있어요. 당신은 이성적으로 저를 무력하게 만들려고 제 의지와는 반대로 설득시키기 위해 노력하고 있습니다. 하지만 그렇게는 되지 않을 것입니다. 당신이 기교를 부리는 만큼 저도 고집이 세다는 걸 아시게 될 테니까요. 저에게는 브랜든 대령을 싫어하는 결정적인 세 가지 이유가 있습니다. 제가 날씨가 맑기를 바랄 때 비가 올지도 모른다면서 제 마음을 불안하게 했고, 제 이륜 쌍두마차의 발판에서 결함을 지적하더군요. 그리고 제 갈색 암말을 사도록 그를 설득할 수가 없었지요. 허나 그의 성격이 다른 점에서는 비난할 여지가 없다는 말을 들어야 만족하신다면, 기꺼이 그렇게 말씀드리겠습니다. 대신 그걸 인정하는 것은 제게도 고통스러운 일이 될 테니 그 대가로 지금껏 그를 싫어했던 만큼 앞으로도 계속해서 싫어할 권리가 있다는 걸 인정하셔야 합니다."

제 11 장

대시우드 부인이나 딸들은 데번셔로 왔을 때 그렇게 많은 약속이 그들의 시간을 빼앗게—잦은 초대에 응하고 끊임없이 찾아오는 방문객을 맞이하느라고 일을 할 여유가 없게— 될지는 거의 예상하지 못했다. 그러나 상황은 그렇게 돌아갔다. 매리앤이 회복되자 존 경이 미리 계획하고 있던 파티들이 집 안팎에서 실행되었다. 파크에서 사사로운 무도회가 시작된 것이다. 하지만 소나기가 많은 10월의 날씨 덕분에 자주 수상 파티가 되곤 하였다. 크고 작은 모임에 월로비는 모두 참석하였다. 자연스럽고 편안한 분위기의 파티를 통해 대시우드 가와 더 친해질 수 있게 되었고, 매리앤의 뛰어난 점을 볼 수 있는 기회가 되었으며, 그녀에게 활발한 찬사를 보내고, 자신을 대하는 그녀의 행동에 확실한 애정이 담겨 있음을 또렷이 확인할 기회가 되었던 것이다.

엘리너는 가까워지고 있는 그들 사이에 대해 놀라워하지 않았다. 단지 너무 많은 사람들에게 알려지지 않기를 바랄 뿐이었다. 그래서 한두 번 매리앤에게 주의하라고 충고하기도 하였다. 그러나 매리앤은 잘못도 아닌데 솔직하지 못하게 숨긴다는 자체를 극도로 싫어했다. 또한 원래 바람직하지 못한 감정을 억제하려고 하는 것은 불필요할 뿐만 아니라 진부하고 잘못된 개념에 굴종하는 것으로 보았다. 월로비 역시 매리앤과 같은 생각이어서 둘의 행동에는 항상 이러한 소신이 그대로 나타났다.

월로비가 곁에 있을 때 매리앤은 다른 이들에게 눈길조차 주지 않았다. 그가 하는 행동은 전부 옳았고, 그가 하는 말은 다 맞다고 생각하였다. 파크에서의 저녁이 카드 놀이로 끝날 경우 월로비는 매리앤에게 좋은 패를 주기 위해 자신과 다른 사람들을 속였다. 춤으로 그 밤의 여흥을 북돋울 경우 춤추는 시간의 절반은 두 사람이 파트너였다. 두세 곡의 춤을 추는 동안 부득이 서로 떨어져야 했을 때는 함께 서 있기 위해 신경을 썼고, 다른 사람들과는 거의 말도 하지 않았다. 그러한 행동들은 당연히 눈에 띄는 웃음거리가 되긴 하였지만, 그들은 그러한 비웃음이 수치스럽다고 느끼지도 않았고, 아무런 자극도 받지 않는 듯했다.

대시우드 부인은 매리앤과 윌로비의 이런 지나친 애정 행각을 탓할 마음이 전혀 없었고, 그저 온정을 가지고 그들의 감정에 빠져들었다. 부인에게는 단지 좋아하는 젊은이들의 강렬한 애정이 빚은 자연스런 결과였던 것이다.

매리앤에게 있어 그 무렵은 행복의 절정기였다. 그녀는 온 마음을 윌로비에게 바쳤으며, 서식스에서부터 가져 온 노어랜드에 대한 애정은 생각했던 것보다 빨리 사그라졌다. 이 모든 것은 윌로비와 만나면서 지금 살고 있는 곳에 정을 들였기 때문이었다.

반면 엘리너는 그리 행복하지 못했다. 별로 마음이 편하지 않았으며, 놀이도 그다지 만족스럽지 못했다. 오락은 노어랜드에 두고 온 어떤 친구도 대신해주지 않았고, 노어랜드에 대한 아쉬움을 달래주지도 않았다. 미들턴 부인이나 제닝스 부인과는 바라는 대화를 할 수 없었다. 제닝스 부인이 쉬지 않고 수다를 떨고, 처음부터 친절하게 대해주어 주된 말 상대가 되어 주었지만 말이다. 부인은 벌써 같은 얘기를 서너 번이나 반복했다. 엘리너가 부인이 이야기하는 대로 일일이 다 기억했다면 그녀는 제닝스 부부가 처음 만나 사귀게 된 것부터 제닝스 씨가 걸린 마지막 병의 증세가 어떠했는지, 그가 죽기 직전에 아내에게 무슨 말을 남겼는지까지 모조리 알게 되었을 것이다.

미들턴 부인은 말수가 없어 침묵을 지킨다는 점에서만 그녀의 어머니보다 나았다. 엘리너는 별 노력 없이 미들턴 부인의 침묵은 분별력과는 아무 상관도 없는 그냥 침묵일 뿐임을 쉽게 알 수 있었다. 남편이나 어머니에게 대하는 것도 다른 사람들에게 하는 것과 같았다. 그러니 친해지기를 바라거나 구하는 것은 무리였다. 그녀는 어제 한 말을 오늘 또 하지 않으면 할 말이 없는 사람이었다. 그녀의 무미건조함은 변함이 없었으며, 기분조차도 한결같았다. 모든 것이 격식에 맞고, 아이들만 곁에 있으면 남편이 주관하는 파티에 반대하지 않았다. 하지만 아이들을 보며 집 안에 앉아 있는 것보다 즐거워하는 것 같지는 않았다. 그래서 그녀가 파티에 참석해도 다른 사람들에게 큰 즐거움이 되지 않았고, 같이 대화를 나누어 봐도 그냥 그랬다. 사람들은 그녀를 말썽 피우는 아이들이 걱정되어서 그 자리에 있는 사람으로 기억했다.

엘리너가 새로 사귄 사람들 중에서 오직 브랜든 대령만이 어느 정도 능력을 존중할 만하고, 우정을 느낄 만큼 흥미로웠다. 그는 동료로서 즐거움을 줄 수 있는 유일한 사람이었다. 윌로비는 예외였다. 그녀의 찬양과 관심, 심지어 처형으로서의 관심조차도 윌로비에게로 향했지만 그는 연애중인 사람이었다. 그의 모든 관심의 초점은 매리앤에게로 쏠려 있었다. 그러니 그보다 훨씬 못한 남자라 하더라도 그보다는 나을 듯했다. 브랜든 대령은 불행히도 오직 매리앤만을 바라보느라 다른 여념이 없었고, 매리앤의 철저한 무관심에서 받은 상처를 엘리너에게서 대신 위로받았다. 엘리너는 그가 겪은 실연의 아픔에 대해 의심할 만한 이유를 가지고 있었기 때문에 그에 대해 연민을 느꼈다. 이러한 의심은 어느 날 저녁, 다른 사람들이 모두 춤을 추고 있을 때 그에게서 우연히 흘러나온 몇 마디에 의해 알 수 있었다. 두 사람은 같이 앉아 이야기를 나누고 있었다. 대령의 시선은 매리앤에게 꽂혀 있었고, 몇 분간 침묵이 흐른 뒤 엷은 미소를 띠며 대령이 이렇게 말문을 열었다.

"당신 동생은 두 번째 사랑 따위는 인정하지 않겠지요?"

"네, 그 애는 정말 순정파거든요."

엘리너가 대답했다.

"아니면 제가 생각하는 것처럼 그런 건 절대로 존재할 수 없다고 생각할지도 모르겠군요."

"매리앤은 아마 그럴 거예요. 하지만 아버지가 부인을 두 명 두었다는 사실은 자연스럽게 받아들이면서 어떻게 그럴 수 있는지 모르겠어요. 하지만 몇 년 안에 적절한 상식과 관찰을 토대로 합리적인 생각이 자리를 잡을 거예요. 지금보다는 그 다음에 '이렇다' 라고 정의 내리기가 더 쉬워지겠지요."

"아마 그렇겠지요. 하지만 젊은이들의 선입견에는 매우 호감이 가는 면이 있어서 그것을 포기하고 일반적인 견해를 받아들이는 것을 보면 안타깝기도 하답니다."

"그 의견에는 동의할 수가 없군요. 매리앤의 감정과 같은 것에는 불편한 점들이 따르죠. 세상을 향한 열정과 매력은 무지(無知)로는 보상할 수 없다는 거예요. 그 애는 예절을 아무것도 아닌 것으로 무시하려는 경향이 있어요. 제가 기대하는 큰 바람은 바로 그 애가 세상을 바로 보게 되는 거예요."

잠시 침묵이 흐른 후 그는 다시 말을 시작했다.

"매리앤은 두 번째 사랑에 대해서 예외를 두지는 않나요? 아니면 모든 사람에게 동등하게 적용하나요? 가령 어느 한쪽의 변심이나 사정으로 인하여 첫사랑에 실패한 사람들이 새로운 사랑을 하면 안 된다는 겁니까?"

"글쎄요, 아무리 언니라 해도 그 애의 속마음까지는 잘 몰라요. 그 애가 두 번째 사랑을 인정하는 듯한 말을 들어 본 적이 없을 뿐이에요."

"그런 건 지속되지 않아요. 감정의 변화가 오게 되면—아, 아니, 결코 그걸 바라는 건 아니오. 젊음의 낭만적인 고결함이 어쩔 수 없이 스러지고 나면 얼마나 진부하고 위험한 의견들로 치닫는 일이 많은지요. 난 경험을 토대로 말하고 있는 거예요. 전에 한 여인을 알았었는데 생각하는 법과 성격이 매리앤과 아주 흡사했어요. 매리앤처럼 생각하고 결정했지요. 단지 불행한 상황이 잇달아 일어나자 변할 수밖에……."

여기에서 그는 갑자기 말을 멈추었다. 아마도 그는 자신의 속마음을 너무 많이 드러냈다고 생각하는 것 같았다. 그의 표정은 엘리너에게 여러 가지 추측을 불러일으켰다. 그의 표정에서 그 아가씨에 대한 이야기를 하면 안 되었다는 것을 읽지 못했다면 엘리너는 그냥 아무 의심 없이 지나쳤을 것이다. 사실 약간의 상상력만 더한다면 그의 감정과 지난 일을 연관시킬 수 있을 것 같았다. 하지만 엘리너는 더 이상 추측하려고 하지 않았다. 그러나 매리앤이라면 이 상황에서 멈추려 하지 않았을 것이다. 하나의 완결된 이야기가 그녀의 활발한 상상력에서 신속하게 진행되었을 것이다. 그리고 절망적인 사랑이 가장 슬픈 모습으로 자리를 잡았을 것이다.

제 12 장

다음 날 아침 엘리너와 함께 산책을 하던 매리앤은 언니에게 새로운 소식을 전했다. 물론 매리앤의 경솔함과 생각의 부족함을 모르는 바는 아니었지만, 그 두 가지의 엄청난 소식에 엘리너는 놀라움을 금할 수가 없었다. 매리앤은 기쁨으로 들떠서 윌로비가 서머싯셔에 있는 자신의 사유지에서 손수 기른 말 한 필을 선물했는데 그 말은 여성이 타기에 아주 적합하다는 말을 늘어놓았던 것이다. 말을 기를 생각이 전혀 없는 어머니를 제외하고라도 이 선물을 받아들이기로 마음을 정했다면, 그 말을 돌볼 하인을 따로 두어야 하고, 하인을 위한 말도 구입해야 하며, 무엇보다도 그 말들을 넣을 마구간을 지어야 할 것이다. 이런 모든 문제에도 불구하고 매리앤은 상기된 얼굴로 윌로비의 선물을 받아들였노라고 언니에게 말했던 것이다.

"그는 말을 가져오기 위해 마부를 즉시 서머싯셔로 보내겠대."

그러고는 이렇게 덧붙였다.

"그리고 말이 도착하면 우리는 매일 함께 승마를 할 거야. 언니가 원한다면 내 말을 타도 돼. 아! 언니, 생각해 봐. 여기 이 초원에서 말을 타고 달리는 기쁨을!"

이 같은 행복에서 깨어나 이 일에 얽힌 불행한 사실들을 깨달아야 했는데, 얼마 동안 그녀는 그러한 사실을 인정하려 들지 않았다. '하인을 두는 데 드는 경비야 얼마 안 되므로 어머니는 이 일에 반대하지 않을 거다. 또한 하인의 말이야 아무려면 어떠냐, 파크에서 한 마리 얻어 오면 될 텐데. 마구간이라면 조그만 헛간 정도면 충분할 것'이라고 억지를 썼다.

엘리너는 만난 지 얼마 되지 않은 사람에게 이런 과분한 선물을 받은 동생의 정신 상태가 궁금해졌다. 그것은 도에 지나친 선물이었던 것이다.

"언니, 내가 윌로비를 잘 모른다고 생각했다면 그건 언니가 뭔가 잘못 생각한 거야."

매리앤이 다정스럽게 말했다.

"그래, 생각해보면 내가 월로비에 대해 아는 바가 거의 없긴 하지. 하지만 그와 나는 이 세상 사람들 누구보다 친해. 물론 엄마와 언니를 제외하곤 말이야. 가까운 사이를 결정짓는 것은 기간이나 횟수가 아니야. 단지 성향의 문제일 뿐이지. 어떤 이들에게는 서로 사귀기까지 칠 년이란 기간도 모자랄 수 있고, 어떤 이들에게는 일주일이면 충분할 수 있어. 난 월로비보다 존 오빠에게서 말 한 필을 받는다면 더 미안한 마음이 들 거야. 존 오빠는 몇 년을 함께 살아왔지만 아직도 잘 모르겠거든. 하지만 월로비 씨는 달라. 그에 대해서는 이미 오래전부터 확신이 섰거든."

엘리너는 더 이상 그 점에 대해 언급하지 않는 것이 현명하겠다고 생각하였다. 매리앤의 성격을 누구보다도 잘 알고 있었기 때문이었다. 그런 미묘한 주제에 반대할수록 결국 매리앤은 자신의 의견에 더욱 집착할 것이다. 하지만 엘리너는 어머니를 사랑하는 매리앤의 마음에 호소했다. 비록 어머니가 마구간을 짓는데 동의한다 하여도—아마 그렇게 될 것이다.— 어머니가 겪어야 하는 고충이 얼마나 클지에 대해 이야기하자, 매리앤은 잠시 주춤거렸다. 그러고 나서 매리앤은 그런 제의가 있었다고 말해서 경솔하게 어머니를 현혹시키지 않을 것과 다음에 월로비를 만나면 그 호의를 거절하겠다고 엘리너와 약속했다.

매리앤은 자기가 한 말에 책임을 졌다. 바로 그날 월로비가 방문했을 때 엘리너는 매리앤이 실망에 찬 작은 목소리로 그 선물을 받을 수 없다고 설명하는 것을 들었다. 매리앤은 그의 입장에서 애원할 수 없도록 거절하는 이유도 설명했다. 그러나 그는 염려하는 바를 아주 강력하게 말한 다음 낮은 목소리로 이렇게 덧붙였다.

"매리앤, 비록 당신이 지금 그 말을 탈 수는 없지만 그 말은 여전히 당신 거야. 당신이 그 말을 가져갈 수 있을 때까지 내가 잘 보살펴줄게. 당신이 바턴을 떠나 좀 더 편안한 가정에 안주하게 될 때 퀸 맵(말 이름)은 당신 곁에 있을 거야."

엘리너는 우연히 이런 이야기를 듣게 되었다. 그의 모든 대화에서, 어조에서, 그리고 매리앤이라고만 부르는 그 호칭에서, 완벽한 동의 아래 둘 사이는 보통 이상으로 친밀하고 깊은 의미를 지니고 있음을 알 수 있었다. 그 순간 엘리너는 두 사람이 결혼을 약속했다는 것을 의심하지 않았다. 그렇게 믿으니 더 놀랄 것도 없었다. 다만 두 사람의 솔직한 성격 때문에 우연히 그 사실을 털어놓게 될까 봐 그게 염려스러웠다.

다음 날 마거릿은 엘리너가 좀 더 확신할 수 있는 정보를 전했다. 윌로비는 전날 저녁 그들과 함께 지냈는데 잠깐 동안 매리앤과 단둘이 거실에 남게 된 것을 어쩌다 마거릿이 본 것이다. 마거릿은 큰언니와 둘만 있게 되자 말을 꺼냈다.

"언니, 엘리너 언니, 큰언니한테 매리앤 언니에 관해 말해줄 비밀이 있어. 매리앤 언니가 윌로비 씨와 곧 결혼할 거 같아."

"그건 둘이 하이처치 언덕에서 처음 만났을 때부터 거의 매일 네가 한 말이잖아."

엘리너가 말했다.

"그들이 만난 지 일주일이 채 되기도 전부터 말이야. 그때도 넌 매리앤이 그의 사진을 목에 걸고 다닌다고 했지? 하지만 결국 그것은 우리 백부의 사진이라는 게 밝혀졌잖니?"

"하지만 이번 일은 그때와는 정말로 다르단 말이야. 윌로비 씨가 매리앤 언니의 머리카락을 한 줌 가진 것으로 봐서 분명 곧 결혼할 사이가 된 게 틀림없어."

"진정해, 마거릿. 아마 그의 백부의 머리카락일 수도 있잖아."

"하지만 그건 정말 매리앤 언니의 머리카락이야. 확실하다니까. 왜냐하면 그가 매리앤 언니의 머리칼을 잘라내는 걸 직접 보았거든. 어젯밤 차를 마시고 난 뒤에 큰언니와 엄마가 잠시 거실에서 나갔을 때 둘이 서로 재빠르게 소곤거리며 얘기를 주고받았어. 얼핏 보기에 윌로비 씨가 매리앤 언니에게 무엇인가를 조르는 것 같더라고. 그러더니 가위를 들고, 매리앤 언니의 등 뒤로 풍성하게 흘러내린 긴 머리카락을 조금 집어 잘라서는 거기에 입을 맞춘 후 흰 종이에 싸가지고 그의 포켓용 책에 끼워 넣었다니까."

그렇게 확실한 증인과 자세한 정황으로 보아 엘리너는 믿지 않을 수가 없었다. 왜냐하면 자신이 직접 보았던 것과 전해들은 이야기가 완벽하게 일치되었기 때문이었다.

마거릿의 총명함은 언니들에게 매번 유쾌한 것은 아니었다. 언젠가 파크에서 제닝스 부인이 마거릿에게 큰언니가 오랫동안 마음에 두고 있는 젊은 남자가 누구인지 대보라고 추궁하자, 그녀는 엘리너를 바라보며, "말하면 안 되지, 그렇지, 언니?" 하고 물었던 것이다.

사람들은 이에 모두 웃었고, 엘리너 역시 웃으려고 애썼다. 하지만 너무 고통스러웠다. 마거릿이 누구를 염두에 두고 있는지 알고 있었고, 그 이름이 제닝스 부인의 웃음거리가 된다고 생각하니 견디기 어려웠다.

매리앤은 진실한 마음에서 마거릿을 동정했지만 당황스러움으로 빨개진 얼굴과 화가 난 듯한 말투는 마거릿을 도와주기보다는 오히려 해를 끼쳤을 뿐이었다.

"네가 추측하고 있는 것이 무엇이든지 간에 그걸 이런 식으로 말하면 안 돼, 알지?"

"난 어떤 추측도 한 적이 없어."

마거릿이 대꾸하였다.

"그런 사람이 있다고 내게 말한 건 바로 언니잖아."

이 말에 주위 사람들의 웃음소리는 더욱 커졌고, 그 분위기는 마거릿으로 하여금 무엇인가 더 말하고 싶게 만들었다.

"아, 마거릿 양, 우리에게 모든 걸 털어놔 봐요. 그래, 그 신사분의 이름이 뭐지?"

"말할 수 없어요. 하지만 전 그분이 누구인지, 그가 어디에 있는지 잘 알고 있어요."

"그래, 그래. 그가 어디에 있는지 우리도 짐작할 수 있어. 물론 노어랜드에 있는 그의 집에 있겠지. 감히 용기를 내서 말하자면, 그는 지역 교구의 부목사일걸."

"아니에요, 그는 아무 직업도 없어요."

"마거릿, 모두 네가 창조한 인물이고, 실제로 그런 인물은 없다는 걸 잘 알고 있지?"

매리앤이 어금니를 꽉 물고 말했다.

"음, 그렇다면 그가 최근에 죽기라도 한 거야, 언니? 내가 알기론 그런 사람이 확실히 있었고, 이름이 F로 시작했잖아."

"어머, 장대비가 쏟아져요!"

바로 그때 미들턴 부인이 화제를 바꾸었다. 엘리너는 그 순간 부인에게 더할 나위 없이 고마움을 느꼈다. 비록 그녀의 남편과 어머니를 기쁘게 했던 그런 품위 없는 조롱거리들이 듣기 싫었다기보다는 엘리너에게 집중된 관심을 줄이기 위한 것이라고 믿긴 했지만 말이다. 어쨌거나 미들턴 부인에 의해 시작된 화제의 전환을 다른 이들의 심정을 잘 살필 줄 아는 브랜든 대령이 받아쳤다. 그래서 두 사람은 비에 대한 이야기를 한참이나 주고받았다. 윌로비는 피아노 뚜껑을 열고 매리앤에게 그 앞에 앉으라고 권하였다. 따라서 그 이야기를 몰아내려는 여러 사람들의 노력에 의해 그 사건은 잠잠해졌다. 그러나 엘리너는 자신을 송두리째 뒤흔들었던 놀라움에서 그렇게 쉽사리 회복되지 않았다.

그날 저녁의 파티는 다음 날 떠나는 짧은 여행을 위해 열린 것이었다. 그들이 방문할 멋진 장소는 바턴에서 약 20킬로미터 정도 떨어진 곳으로 브랜든 대령 매형의 소유지였다. 매형의 허가가 없으면 볼 수 없는 곳이었지만, 그는 브랜든 대령에게 철저한 당부를 한 후 외국을 여행 중이었다. 그곳은 아름다운 경치로 이름난 곳이었으며, 그 아름다움을 열성적으로 칭찬한 존 경 역시, 지난 10년간 매년 여름에 적어도 두 번씩 그곳을 방문하기 위해서 사람들을 모았으므로 사람들의 극찬에 대해 관대했을지도 모른다. 거기에는 훌륭한 호수가 있어서 아침 뱃놀이는 멋진 경험이 될 것이었고, 차가운 음식을 먹고, 지붕이 없는 마차들을 이용할 계획이었고, 모든 것이 완벽한 파티의 전형적인 형태로 준비되었다.

몇몇 사람들에게는 연중 맞물린 그 시기와 지난 두 주간 연일 내린 비를 생각해볼 때 이번 여정이 무모한 일인 것처럼 보이기도 했다. 그리고 이미 감기에 걸린 대시우드 부인은 엘리너의 만류로 그냥 집에 있게 되었다.

제 13 장

위트웰로 가려 했던 소풍은 엘리너의 기대와는 전혀 다른 것이 되고 말았다. 엘리너는 비에 흠뻑 젖고 피곤에 지치고 놀랄 만한 일에 대해 만반의 준비를 하고 있었다. 그런데 더욱 불행하게도 아예 소풍을 가지 못했던 것이다.

일행은 10시경에 파크에 전부 모여 아침식사를 할 예정이었다. 밤새 비가 내리기는 했지만 가끔씩 하늘을 가로지르는 구름이 흩어지면서 해가 종종 나와 그런대로 괜찮은 아침이었다. 그들은 모두 들떠 있었고, 행복에 젖어 있었으며, 그 밖에 어떤 큰 불편과 곤란도 달게 받아들이기로 마음먹고 있었다.

그런데 아침식사를 하는 도중 편지가 배달되었다. 그 중에는 브랜든 대령에게 온 편지도 있었다. 편지를 받아 든 그는 보낸 사람의 주소를 확인하더니 안색이 변하며 재빨리 방을 나갔다.

"브랜든 대령한테 무슨 일이 생긴 걸까요?"

존 경이 물었다. 그러나 누구도 대답할 리 없었다.

"나쁜 소식이 아니었으면 좋겠어요."

미들턴 부인이 한마디 거들었다.

"브랜든 대령이 저렇게 갑자기 식탁을 떠난 걸 보면 분명 예사로운 일은 아닌 것 같아요."

약 5분쯤 지난 뒤 그가 돌아왔다.

"대령, 나쁜 소식이 아니었으면 좋겠어요."

그가 자리로 돌아오자마자 제닝스 부인이 말했다.

"전혀 아닙니다, 부인. 감사합니다."

"아비뇽에서 온 소식인가요? 당신의 누이가 더 나빠졌다는 소식은 아니길 바랍니다."

"아닙니다, 부인. 그저 시내에서 온 건데 사업에 관한 편지입니다."

"단지 사업에 관한 일이라면, 왜 그렇게 불안해 하셨나요? 자, 그러지 말고 우리한테 사실대로 털어놓으세요, 대령."

"어머니, 무슨 말씀을 하고 계신지 생각 좀 해보세요."

미들턴 부인이 말했다.

"그러면 대령의 사촌 패니 아가씨가 결혼한다는 소식이었나요?"

제닝스 부인이 딸의 잔소리를 무시하고 말했다.

"그런 게 아닙니다."

"그렇다면 난 그 편지가 누구한테서 왔는지 알겠군요. 그녀가 잘 지내고 있기를 빌어요."

"누구를 말씀하시는 겁니까, 부인?"

그가 얼굴을 약간 붉히며 되물었다.

"어머, 내가 누구 얘기를 하는지 잘 알면서 그래요."

"죄송합니다, 부인. 하필이면 오늘 같은 날 이런 편지를 받다니. 일이 있으니 급히 런던으로 나오라는군요."

"런던이라구요!"

제닝스 부인이 소리쳤다.

"이런 때에 런던 시내에서 무슨 일을 한다고요?"

"저도 이런 근사한 파티에서 떠나야 한다는 게 정말 섭섭합니다. 하지만 더 걱정스러운 것은 위트웰을 방문하시려면 제가 반드시 필요하다는 점이지요."

모두가 이 한마디에 한 방 먹은 듯한 충격을 느꼈다.

"대령님께서 관리인에게 메모를 남기신다면 괜찮지 않을까요?"

매리앤이 안타까운 듯 진지하게 말했다.

브랜든 대령은 고개를 저었다.

"우리는 꼭 가야 하네. 이렇게 준비했는데 연기를 하다니, 안 될 말이네. 시내엔 내일이 지난 다음에 가면 되지 않나, 브랜든?"

존 경이 말했다.

"나도 이 일이 그렇게 쉽게 결정할 수 있는 일이었으면 좋겠네. 허나 내 임의대로 일정을 늦출 수는 없네!"

"만약 대령께서 우리에게 그 볼일이 무엇인지 털어놓는다면 우리는 연기할 것인지의 여부를 결정할 수 있을 거예요."

제닝스 부인이 말했다.

"만약 대령님께서 우리가 돌아올 때까지 시내에 가는 일을 연기하기 어렵다면 여섯 시간 정도는 늦출 수 있겠지요."

윌로비가 말했다.

"난 한 시간도 낭비할 여유가 없네."

엘리너는 이 말이 끝나자마자 윌로비가 매리앤에게 낮은 목소리로 속삭이는 것을 들었다.

"파티의 즐거움을 누릴 수 없는 부류의 사람들이 있어. 브랜든 대령도 그런 사람들 중 하나겠지. 그는 감기에 걸릴까 봐 걱정이 되어 이런 잔꾀를 부려 빠져나갈 궁리를 하는 것뿐이라고! 오늘 받은 편지도 대령이 직접 썼다는 데에 오십 기니를 걸고 내기할 수도 있어."

"의심할 여지가 없군요."

매리앤이 맞장구를 쳤다.

"브랜든, 내가 오래 봐와서 잘 알지. 자네가 일단 어떤 일을 결심하면 그 마음을 바꿀 도리가 없다는 걸 말이야. 하지만 잘 생각해보게. 뉴턴에서 케리 가의 두 자매가 왔고, 대시우드 가의 세 자매가 왔잖아. 게다가 윌로비 씨는 위트웰에 가려고 평소보다 두 시간이나 일찍 일어났으니 말이야."

존 경의 말에 브랜든 대령은 파티 분위기를 망치게 된 데 대해 죄송하다고 다시 한번 반복하고는 그래도 어쩔 수 없는 일임을 밝혔다.

"그럼, 언제 돌아오실 건가요?"

미들턴 부인이 귀부인답게 덧붙였다.

"바턴에서 다시 뵐 수 있었으면 좋겠어요. 하시는 일을 잘 마치고 곧바로 말이에요. 우리는 어쩔 수 없이 위트웰을 위한 파티를 대령님께서 돌아오실 때까지 연기해야겠군요."

"부인께선 정말 배려가 깊으시군요. 하지만 제가 언제 돌아올 수 있을지는 확신할 수 없으니 확답을 드릴 수가 없습니다."

"오, 자네는 꼭 돌아와야 하고, 또 돌아오게 될 거야."

존 경이 큰소리로 말했다.

"만약 브랜든 대령이 주말까지 돌아오지 않는다면 제가 그를 찾아 나서겠습니다."

"그래, 그러게나. 그러면 아마 대령의 일이 무엇인지 알아낼 수도 있을 거네."

제닝스 부인이 소리쳤다.

"남의 일에 그렇게 관여하고 싶지는 않습니다, 장모님. 그가 알리고 싶어 하지 않는 일인 것 같습니다."

브랜든 대령이 타고 갈 말이 준비되었다는 전갈이 왔다.

"설마 말을 타고 시내까지 가는 건 아니겠지, 안 그런가?"

존 경이 물었다.

"아닐세. 호니턴까지만 말로 가고 그 다음부터는 역마차로 갈 걸세."

"그래, 어차피 가기로 결심했으니 잘 가길 바라네. 하지만 마음을 바꾸는 게 나을 텐데……."

"내가 정할 수 있는 일이 아니라니까 자꾸 그러는군!"

대령이 대답하였다. 그러고는 자리를 떠나기 앞서 한마디 하였다.

"대시우드 양, 이번 겨울에 시내에서 당신과 당신 자매들을 다시 만나뵐 기회가 있을까요?"

"글쎄요, 못 뵐 것 같은데요."

"그러면 제가 오랫동안 못 볼 것 같으니, 잘 지내시라는 인사를 드려야겠군요."

그는 매리앤에게는 가볍게 목례만 하고 아무 말도 하지 않았다.

"자, 대령! 가기 전에 무슨 일로 떠나는지 우리에게 털어놓고 가시지 그래요."

제닝스 부인이 끈질기게 물고 늘어졌다.

그는 제닝스 부인에게 인사를 한 후 존 경과 함께 방을 나섰다. 그들이 가버리자 모두 참았던 불평과 실망감을 터뜨렸다. 그러고는 얼마나 실망스러운 일인지 계속 웅성거렸다.

"그러고 보니 난 그가 무슨 일로 떠났는지 짐작할 수 있겠군."

제닝스 부인이 흥분한 어조로 말했다.

"그래요, 부인?"

거의 모든 사람이 동시에 말했다.

"틀림없이 윌리엄스 양에 관한 일일 거예요."

"윌리엄스 양이 누구예요?"

매리앤이 물었다.

"아니, 윌리엄스 양을 모른단 말이야? 그녀에 대한 소문은 틀림없이 전에 들은 적이 있을 거예요. 그녀는 브랜든 대령의 친척인데, 그것도 아주 가까운 친척이지요. 어린 숙녀들께서 놀랄까 봐 얼마나 가까운지는 말 못하겠군요."

그리고는 약간 목소리를 낮추어 엘리너에게 이렇게 속삭였다.

"그의 친딸이에요."

"어머나!"

"그래, 사실이야. 그 애가 노려볼 때면 대령하고 꼭 닮았지요. 대령의 모든 재산은 그 애한테 상속될 게 틀림없어요."

존 경이 돌아와서 그 역시 이 실망스러운 일에 대해 진심으로 유감이라고 말하였다. 그러나 가만히 있다가 결론 내리기를, 기왕에 다들 모인 기회이니 뭔가 재미있는 일을 해보자는 논의를 했다. '위트웰에서 즐거워야 행복해질 것 같다, 그 지역을 한 바퀴 도는 일로 마음에 위안을 얻을 수가 있다'는데 의견이 모아졌다. 그러고는 마차를 준비시켰다. 윌로비의 마차가 선두에 섰으며, 매리앤은 전에 없던 행복한 표정을 지으며 마차에 올랐다. 그는 아주 빠른 속도로 파크를 출발하여 곧 시야에서 사라졌다. 윌로비와 매리앤은 선두였음에도 불구하고 다른 사람들이 모두 도착한 뒤에야 돌아왔다. 그 둘은 드라이브한 것에 만족한 표정을 지으며, 자기들은 다른 사람들이 언덕 위로 올라가는 동안 좁은 샛길로 접어들었다고 아무렇지도 않은 투로 말했다.

모두들 저녁에 댄스파티가 열리면 매우 즐거운 시간이 될 것이고, 하루를 매우 즐겁게 마무리 짓는 것임에 틀림없다고 입을 모았다. 케리 가에서 손님들 몇이 저녁식사 시간에 맞춰 도착했고, 전부 20여 명 정도가 식탁에 모여 앉아 저녁식사를 즐겼는데, 존 경은 매우 만족스러운 듯 이 광경을 지켜보았다. 윌로비는 평소와 마찬가지로 매리앤과 엘리너 사이에 자리를 잡았으며, 제닝스 부인은 엘리너의 오른쪽에 앉았다. 그러고는 윌로비와 엘리너 뒤로 그 둘에게 들리도록 큰소리로 매리앤에게 이야기하였다.

"둘이 아무 일도 없었던 것처럼 눈속임하고 있지만 어디서 아침을 보냈는지 나는 다 알고 있지요."

매리앤은 얼굴을 붉히며 매우 당황한 어투로 대꾸했다.

"어디를 말씀하시는데요?"

"우리 둘은 제 마차에 있었는데 모르셨어요?"

윌로비가 말했다.

"그래요, 그래. 뻔뻔한 양반, 나도 잘 알아요. 그래서 둘이 어디에 있었는지 알아내기로 마음먹었지요. 집은 마음에 들었는지 모르겠네요, 매리앤. 아주 큰 집이지, 아마. 내가 방문할 때는 새 가구들을 갖춰 놓으면 좋겠군요. 육 년 전에 갔을 때는 가구들이 꽤 낡고 부족한 게 많았거든!"

머리가 혼란스러워진 매리앤은 고개를 돌리고 말았다. 제닝스 부인은 마음껏 웃었다. 엘리너는 제닝스 부인이 자기 하녀를 시켜 윌로비의 마부에게 모든 일을 알아보았다는 것을 눈치 챘다. 그리고 제닝스 부인은 이런 식으로 그들이 앨런엄에 가서 정원 주위를 산책하고, 저택을 구석구석 돌아보는 데 상당한 시간을 보냈다는 것을 알아냈던 것이다.

엘리너는 이 사실을 믿을 수가 없었다. 월로비가 매리앤에게 그러자고 제안한 것이나, 한 번도 만난 적이 없는 스미스 부인이 집에 있는데도 매리앤이 그처럼 행동한 것은 있을 수 없는 일이었다.

그들이 방을 나서자마자 엘리너는 매리앤에게 그 일을 추궁하기 시작했다. 그리고 제닝스 부인이 말한 모든 상황이 전부 사실이라는 것을 알고는 놀라움을 감추지 못했다. 매리앤은 도리어 엘리너가 두 사람을 의심하였다는 사실에 화를 냈다.

"엘리너 언니, 왜 우리가 그곳에 가지 않았다고, 또는 그 집을 보지 않았다고 생각한 거지? 그건 언니도 종종 하고 싶었던 일 아냐?"

"그래, 매리앤, 하지만 스미스 부인이 거기에 있었다면 다른 누구도 아닌 월로비와 같이 가지는 않았을 거야."

"하지만 그 집을 보여줄 수 있는 사람은 월로비뿐이야. 그리고 지붕이 없는 작은 마차로 갔기 때문에 다른 누구를 데려갈 수도 없었고. 지금껏 살면서 그렇게 즐거운 아침은 정말 처음이었어."

"즐거움이 언제나 그 일의 타당성을 말해주는 건 아니야."

엘리너가 응수했다.

"반대로 그런 즐거움보다 더 확실히 증명해줄 수 있는 것은 없어, 언니. 만약 내가 한 행동이 잘못된 것이었다면 그 당시에 느꼈을 거야. 왜냐하면 우리는 우리가 잘못하고 있을 때마다 잘 알 수 있으니까. 그리고 그런 죄책감이 들었다면 난 전혀 기쁘지 않았을 거야."

"하지만 매리앤, 너에 대해 별로 안 좋은 말이 이미 돌고 있는 이때에 네 행동이 신중해야 한다고는 느끼지 않니?"

"만약 제닝스 부인의 무례한 참견이 부적절한 내 행동을 증명하는 것이라면 우리는 평생 그런 순간마다 마음 상해가며 살아야 할 거야. 난 부인의 말을 비난하기보다 더 이상 그 비난에 신경 쓰지 않기로 했어. 스미스 부인의 정원을 거닐거나 집을 구경한 데 대해 전혀 잘못했다고 생각하지 않아. 어차피 언젠가 그 집은 윌로비의 소유가 될 것이고, 또……."

"그 집이 언젠가 네 소유가 된다 해도 네 행동이 정당화되지는 않을 거야."

매리앤은 이 말에 얼굴이 붉어지기는 했지만 기뻐하는 모습이 역력했다. 매리앤은 10분 정도 지난 뒤 생각이 바뀌었는지 엘리너에게 다가와 웃음 띤 얼굴로 말을 걸었다.

"엘리너 언니, 아마도 앨런엄에 갔던 것은 내가 다소 잘못 판단한 일이었는지도 몰라. 하지만 윌로비 씨가 정말로 내게 그 집을 보여주고 싶어 했어. 그리고 너무도 멋진 집이었어. 이층에는 정말 눈에 띄게 예쁜 거실이 하나 있었는데 언제라도 쓸 수 있는 공간이었어. 그곳에 현대식 가구를 들여놓는다면 정말 괜찮을 텐데……. 구석에 있는 방에는 양쪽에 창문이 있었는데 한쪽 창으로는 집 뒤의 아름답게 늘어선 나무를 배경으로 잔디 볼링장이 건너다보이고, 다른 쪽 창으로는 교회와 마을의 경치가 들어왔어. 그 너머로 우리가 종종 감탄했던 아름다운 언덕들이 보였어. 그런데 그 집이 썩 마음에 들지는 않았어. 왜냐하면 가구들이 형편없었거든. 하지만 윌로비의 말에 의하면 한 이백 파운드쯤 들여 새 가구를 들여놓는다면 영국에서 가장 쾌적한 별장이 될 거래."

만약 엘리너가 다른 이들의 방해를 받지 않고 그녀의 말을 들을 수 있었다면 매리앤은 아마 그 집에 있는 방이란 방은 모두 똑같이 흥분된 어조로 묘사했을 것이다.

제 14 장

브랜든 대령이 그 이유를 말하지 않은 채 급작스럽게 파크를 떠나자 제닝스 부인은 그에 대한 궁금증을 며칠 동안 떨쳐버릴 수가 없었다. 부인은 아는 사람들의 일거수일투족에 대단한 흥미를 느끼는 호기심광이었다. 부인은 이유가 될 만한 것들에 대해 끊임없이 생각하였다. 그에게 어떤 나쁜 소식이 있었을 거라고 확신했으며, 그에게 일어날 수 있는 온갖 종류의 고민거리에 대해 생각해보면서 결코 그가 그 문제에서 벗어날 수 없을 거라고 단정 지었다.

"분명히 뭔가 매우 우울한 일임에 틀림없어. 그의 표정에서 그걸 알 수 있었지! 불쌍한 사람 같으니라고! 그가 처한 상황이 나쁘면 어쩌지? 델라퍼드에 있는 소유지는 일 년에 이천 파운드 이상 수입이 난 적이 없고, 그의 동생은 딱하게도 모든 일에 관련되어 있지. 아무래도 이번 일은 돈에 관한 일인 것 같아. 그렇지 않으면 달리 뭐가 있겠어? 그런지 아닌지 정말 궁금하군. 진실을 알 수만 있다면 무슨 일이든 할 텐데……. 혹시 윌리엄스 양에 관한 문제일지도 몰라. 내가 윌리엄스 양 애기를 했을 때 그의 표정이 상당히 진지해 보였거든. 그 애가 시내에 와서 앓고 있는지도 몰라. 그리고 더 그럴싸한 일은 없잖아. 그 애는 늘 아팠으니 이번 일은 윌리엄스 양에 관한 일이 분명해. 지금 그의 상태로는 다른 일로는 그렇게 괴로워하지는 않을 거야. 그는 아주 신중한 사람이니까. 어쩌면 지금쯤 부동산을 처분해 버렸는지도 모르지. 정말 뭐가 사실인지 궁금해서 못 참겠네! 아비뇽에 있는 그의 누이 사정이 더 나빠져서 그를 오라고 했는지도 모르고. 그가 그렇게 서둘러 떠난 걸 보면 그런 것 같기도 해. 어쨌든 그가 이 상황에서 벗어나길 진심으로 바라야지. 덤으로 착한 아내라도 얻게 된다면 좀 좋아."

수다스럽고 호기심 많은 제닝스 부인이 새로운 추측을 해가면서 내놓은 의견은 모두가 그럴듯해 보였다. 엘리너도 브랜든 대령의 행복에 많은 관심을 가지고 있긴 했지만, 갑자기 그가 떠나버린 이유에 대해 부인처럼 궁금해 할 수는 없었다. 그녀에게는 온갖 추측을 일으킬 만한 일이 아니었을 뿐만 아니라 다른 쪽으로 궁금증이 쏠리고 있었기 때문이다. 모두에게 흥미가 있을 그 문제에 대해 윌로비와 매리앤은 침묵을 지키고 있었다. 날이 갈수록 침묵이 계속되자 더욱 이상하게 생각되었고, 그들의 기질로 미루어보아 전혀 어울리지 않았다. 서로를 대하는 행동을 보면 뭔가 결정이 된 것 같은데, 어머니와 자신에게 왜 공개적으로 알리지 않는지 이해할 수가 없었다.

윌로비가 비록 독립해서 살고 있기는 하지만 그가 부자라고 단정 지을 증거가 없으므로 결혼이 두 사람 마음대로 금방 이루어지지 않겠다는 점은 쉽게 생각해낼 수가 있었다. 존 경은 윌로비의 부동산에서 1년에 약 6~7백 파운드의 수입이 날 거라고 예상하였다. 하지만 그는 수입에 맞춰 경제적으로 빠듯한 생활을 하고 있고, 종종 자신의 가난에 대해 불평하기도 하였다. 그러나 약혼에 관하여 숨길 게 아무것도 없는데도 이상하게 비밀로 하는 것을 보면 이해할 수가 없었다. 이런 행동은 둘이 해왔던 말과 행동으로 비추어보면 너무나 모순되는 것이라서 가끔 그들이 정말 언약을 하긴 한 것인지 의심이 들기도 하였는데 그렇다고 이 의심을 매리앤에게 직접 물어볼 수도 없었다.

윌로비의 행동보다 그들의 애정 관계를 더 잘 표현할 수 있는 것은 아무것도 없었다. 매리앤에게 그것은 연인의 사랑이 줄 수 있는 따뜻함이었으며, 가족에게는 사위이자 형부나 제부로서 줄 수 있는 애정 어린 관심이었다. 그는 이 시골집이 원래 자신의 집인 것처럼 생각하고 아꼈으며, 앨런엄에서보다 거기에서 더 많은 시간을 보냈다. 파크에서의 약속이 없고, 아침에 운동하러 나가는 것 빼고는 윌로비는 온종일 매리앤과 그녀 발밑에 엎드려 있는 사냥개 옆에서 보냈다.

브랜든 대령이 그 지방을 떠난 지 일주일쯤 지난 어느 날 저녁이었다. 윌로비의 마음은 여느 때보다 자신의 주위에 있는 물건들에 더 애착을 가지고 있는 것처럼 보였다. 대시우드 부인이 봄에 집을 좀 손보겠다는 계획을 말하자 지금 이대로의 모습이 그가 보기에는 완벽하다며 정이 많이 들었기 때문에 바꾸는 것은 싫다고 완강하게 반대 의사를 나타냈던 것이다.

"아니, 이렇게 근사한 시골집을 고치시다니요! 안 됩니다. 전 동의할 수 없습니다. 제 감정도 고려해주신다면 벽에다 돌 한 개도 더 얹을 필요가 없고, 한 자도 더 넓힐 필요가 없습니다."

그가 선언하듯 말했다.

"그렇게 놀라지 말아요. 그런 일은 없을 테니까요. 어머니께서는 그리 큰 공사를 벌일 만한 자금도 없으세요."

엘리너가 설명하였다.

"그렇다면 다행이군요. 집을 고치는 데 쓰실 거라면 항상 빠듯하게 사셔도 될 것 같아요."

그가 소리쳤다.

"고맙네, 윌로비 군. 집을 고치기 위해서 자네의 애정과 내가 사랑하는 다른 누구의 애정을 희생시키는 일은 없을 걸세. 봄에 내 계좌에 돈을 넣을 때 돈이 얼마나 남느냐에 달렸지. 나는 자네에게 그렇게 고통을 주면서 돈을 쓰느니 차라리 그냥 묵히는 게 낫겠다고 생각하네. 그런데 자네는 정말 이 시골집에 어떤 결함도 없다고 여길 만큼 이 장소가 그리 좋은가?"

"물론입니다. 제게는 완벽합니다. 아니, 그 이상이죠. 이것은 행복을 줄 수 있는 유일한 건축물이라고 생각합니다. 만약 제게 여유가 있다면 즉시 협곡을 헐고 이 시골집과 똑같은 설계로 다시 지을 겁니다."

"어둡고 좁은 계단과 연기 나는 부엌도 지어야겠군요."

엘리너가 말했다.

"맞습니다. 시골집 그대로 말이에요. 편리함이나 불편함을 느끼는 곳은 조금 바꿔도 되겠지만. 그래야 바턴에서처럼 협곡의 지붕 아래에서도 행복을 느낄 수 있을 거예요."

그는 열정을 지닌 똑같은 어조로 말했다.

"제가 확실히 말씀드릴 수 있는데요. 더 좋은 방과 더 넓은 계단이라는 불리한 조건 아래에서도 앞으로 당신의 집도 이 집 못지않게 흠 하나 없다고 느끼실 거예요."

엘리너가 되받아서 말했다.

"물론 제가 애착을 느낄 만한 상황이 있으니 그렇겠지요. 하지만 이곳은 어떤 것과도 공유할 수 없는 애정이 담긴 곳으로 남을 거예요."

대시우드 부인은 월로비에게 눈을 아주 강렬하게 고정시키고 있는 매리앤을 흐뭇하게 바라보았다. 그 눈은 월로비를 얼마나 잘 이해하고 있는지 한눈에 말해주고 있었다.

"제가 일 년간 앨런엄에서 지내면서 얼마나 간절하게 이곳, 바턴 시골집에 누가 살았으면 하고 바랐는지 모른답니다! 이곳을 지날 때마다 언제나 이 집터를 부러워하면서 그 안에 사는 사람이 없다는 것을 너무 안타깝게 여기곤 했거든요. 제가 다음에 왔을 때 스미스 숙모로부터 처음 들은 소식이 누군가 이곳에 살게 되었다는 것일 줄은 거의 상상도 못 했지요. 그때부터 얼마나 기쁘고 신경이 쓰였는지, 그 모두가 제가 느끼게 될 행복에 대한 예지라고 설명할 수 있겠네요. 그렇지 않아, 매리앤?"

월로비는 낮은 목소리로 매리앤에게 말하더니 곧 본래의 목소리로 계속 말했다.

"그런데 이 집을 망칠 작정이시라니요, 대시우드 부인? 좀 더 좋게 고쳐서 이 집만의 독특함을 빼앗으려 하시다니요! 우리는 이 소중한 응접실에서 처음 만났고, 함께 지내는 동안 행복한 시간들을 보냈습니다. 부인께서 어디서나 볼 수 있는 흔한 현관과 방으로 여기를 고치신다면 품위를 떨어뜨리는 일이 될 거예요. 지금까지 세상에서 가장 아름다운 공간이었던 이곳을 그냥 망치고 말 겁니다."

대시우드 부인은 다시 한번 그에게 이 시골집을 고칠 생각은 없다고 약속했다.

"부인께선 정말 좋은 분이세요. 그렇게 약속하시니 제 마음이 놓입니다. 다른 약속을 더 해주시면 저는 정말 행복을 느낄 겁니다. 이 집이 변함없는 모습으로 남아 있을 뿐 아니라 부인과 따님들도 언제나 변함없는 모습으로 이곳에서 뵐 수 있기를 바랍니다. 저는 부인을 언제나 친절하셨던 분으로 기억할 거예요.”

월로비가 다정하게 말했다.

대시우드 부인은 그렇게 하겠다고 약속했다. 그날 저녁 내내 월로비가 한 행동은 애정과 행복을 동시에 나타낸 것이었다.

“내일 저녁식사에 올 건가?”

대시우드 부인이 그에게 물었다.

“아침에 오라고는 하지 않겠네. 우린 미들턴 부인을 방문해야 하거든.”

그는 4시까지 오겠다고 약속했다.

제 15 장

다음 날 대시우드 부인은 두 딸을 데리고 미들턴 부인을 방문하였다. 그러나 매리앤은 사소한 일을 핑계로 같이 가지 않았다. 대시우드 부인은 그 이유를 집이 빈 사이 월로비가 방문하기로 어제 약속했을 거라고 생각하고는 흔쾌히 집에 남는 것을 허락하였다.

파크에서 돌아왔을 때 그들은 집 앞에 세워져 있는 월로비의 마차와 하인을 보았다. 대시우드 부인은 자기의 예측이 맞았다고 생각했다. 그때까지는 모두 그녀가 예측한 대로였으나, 집 안으로 들어서는 순간 그녀는 이상한 기운을 감지했다. 그들이 현관에 들어서자마자 매리앤은 손수건으로 눈을 가린 채 몹시 괴로운 모습으로 응접실에서 급히 나왔다. 그리고는 식구들이 돌아온 것도 눈치 채지 못하고 위층으로 올라갔다. 놀라 어리둥절해진 엘리너와 부인은 방금 매리앤이 뛰쳐나온 방으로 들어가 보았다. 윌로비가 벽난로에 등을 기댄 채 서 있었다.

"매리앤에게 무슨 일이라도 생긴 건가? 아프기라도 한 거야?"

대시우드 부인이 들어가며 소리쳤다.

"아닐 거예요. 아파야 할 사람은 저인걸요. 지금 저는 절망으로 고통을 받고 있으니까요."

애써 밝은 표정을 지으며 윌로비가 말했다.

"절망이라고?"

"그렇습니다. 전 부인과의 약속을 지킬 수가 없게 되었습니다. 오늘 아침에 스미스 숙모가 어떤 일로 인해 저를 런던으로 보내기로 했습니다. 숙모를 의지하고 사는 가난한 조카인 저에 대해 부자의 특권을 행사하신 것이지요. 지금 막 속달우편을 받고 앨런엄에 작별인사를 하였습니다. 그리고 억지로라도 기운을 내어 부인께 작별인사를 드리려고 이렇게 왔습니다."

"런던이라고! 오늘 떠난단 말인가?"

"지금 곧 떠나야 합니다."

"정말 안 된 일이군. 하지만 스미스 부인에게도 불가피한 사정이 있었겠지? 그저 자네가 런던에 너무 오랫동안 머물지 않기를 바라네."

그는 얼굴을 붉히며 대답했다.

"정말 자상하시군요. 하지만 데번셔에 언제 돌아오게 될지는 장담할 수가 없습니다. 스미스 숙모는 일 년에 저를 두 번이나 불렀던 적이 한 번도 없었거든요."

"스미스 부인이 유일하단 말인가? 자네의 방문을 환영할 집이 앨런엄

밖에 없다고 생각하다니 슬프군. 윌로비, 우리의 초대를 기다릴 수 있겠나?"

그의 얼굴빛이 점점 더 붉어졌다. 눈을 바닥에 못 박은 채 그는 단지 이렇게 대답하였다.

"부인은 정말 너무도 자상하십니다."

대시우드 부인은 놀라서 엘리너를 바라보았다. 엘리너 역시 놀란 표정이었다. 잠시 동안 침묵이 흐르고, 대시우드 부인이 먼저 입을 열었다.

"한 마디만 더 하겠네, 윌로비. 자네는 언제나 이 바턴의 시골집에서 환영받을 걸세. 그러나 서둘러서 이곳으로 돌아오라고 강요하지는 않겠네. 얼마의 시간이 스미스 부인을 만족시킬 수 있는지는 자네가 판단할 수 있는 일이니까. 이 점에 대해서 내가 자네의 의향을 의심하지 않듯이 자네의 판단에도 의문을 제기하지 않겠네."

"지금 제 상황으로 봐서는 뭐라고 판단할 수가 없어서……."

윌로비가 혼란스럽다는 듯이 말한 뒤 입을 다물었다.

대시우드 부인은 너무 놀라서 말을 하지 못했고, 또 한 번의 침묵이 이어졌다. 엷은 미소를 지으며 윌로비가 이 침묵을 깨뜨렸다.

"이렇게 지체하는 것도 현명하지 못하군요. 지금의 저로서는 어울려봐야 조금도 즐겁지 않은 친구들 가운데 남아서 더 이상 제 자신을 괴롭히는 일은 않겠습니다."

말을 끝낸 윌로비는 서둘러 방을 나가버렸다. 대시우드 부인과 두 딸은 그가 마차에 올라 곧 시야에서 사라지는 것을 바라보았다.

대시우드 부인은 너무나 갑자기 일어난 일이라 할 말을 잃은 상태였다. 부인은 혼자 있기 위해 곧바로 응접실을 나갔다.

엘리너 역시 어머니와 같은 불안을 느꼈다. 방금 일어난 일이 걱정스럽고 꺼림칙했던 것이다. 자리를 박차고 나간 윌로비의 행동과 당황하던 모습, 그리고 무엇보다 어머니의 초대를 거절한 것, 연인답지 않게 뒷걸음질치는 모습은 그녀를 매우 당황하게 만들었다. 한순간 엘리너는 윌로비가 진지한 의도가 없었던 건 아닐까 하여 두렵다가도 윌로비와 매리앤 사이에 심한 다툼이 있었을지도 모른다는 생각이 들었다. 매리앤이 그를 얼마나 사랑하는지를 생각하면 싸움은 거의 불가능했지만, 동생이 방을 뛰쳐나갈 때의 그 모습은 그런 심한 다툼 뒤에 그럴 듯하게 설명이 되는 그림이었다.

그러나 그들이 서로 헤어지게 된 구체적인 원인이 무엇이든 간에 매리앤의 고통은 의심의 여지가 없는 것이다. 그래서 엘리너는 세심한 마음으로 매리앤이 처해 있을 극심한 슬픔을 헤아리면서 위로뿐 아니라 용기를 북돋아줄 방법들을 생각했다.

약 30분 정도 지나서 돌아온 어머니는 눈이 붉게 충혈되어 있었고, 얼굴 표정도 어두웠다.

"우리가 사랑하는 윌로비는 지금쯤 바턴에서 꽤 멀리 떠났겠구나, 엘리너. 얼마나 무거운 마음으로 가고 있을까?"

어머니가 자리에 앉으면서 말했다.

"모든 게 너무 이상해요. 그렇게 갑자기 떠나다니! 너무 순간적으로 모든 일이 일어난 것 같아요. 어제 저녁만 해도 우리와 함께 그토록 행복하고 명랑하게 지냈잖아요? 그런데 오늘은 십 분만에 작별을 고하고 돌아온다는 기약도 없이 가버리다니! 분명히 그가 우리에게 사실대로 말한 것 이상의 어떤 일이 생긴 게 틀림없어요. 말수도 적었고, 행동하는 것도 평소의 그답지 않았어요. 어머니도 분명히 저처럼 뭔가 다르다는 걸 느끼셨을 거예요. 도대체 무슨 일일까요? 서로 다투었을까요? 그게 아니라면 어머니가 이곳으로 초대하겠다는 말을 그렇게 달갑지 않게 받아들였을 리가 없잖아요?”

“그가 의도적으로 그러지는 않았을 거야, 엘리너. 그게 분명하게 보이는걸. 그는 내 제의를 수락할 만한 권한이 없었어. 내가 두루 생각해보니 너나 나나 이상하게 여겼던 것들이 이제는 제대로 이해가 되는구나.”

“정말이세요?”

“그럼. 나야 흡족하게 납득이 된다만 의심하기를 좋아하는 네게는 만족스럽지 못할 거야. 허나 나보고 내가 얻은 확신을 버리라고 말하지는 마라. 내 생각으로는 스미스 부인이 윌로비가 매리앤을 좋아한다는 사실을 눈치 채고 반대를 했던 거야.—아마 부인은 그가 아깝다고 평가했겠지.— 그래서 그를 떠나보낸 것 같다. 물론 런던에 급한 일이 있다는 건 그를 떼어놓기 위한 구실에 지나지 않을 거야. 이것이 내가 내린 결론이란다. 윌로비는 스미스 부인이 매리앤과의 교제를 허락하지 않는다는 것을 잘 알게 되었겠지. 그 때문에 매리앤과의 언약 사실도 부인에게 당장 밝히지 못한 거야. 그는 아마도 스미스 부인에게 의존해야 하는 상황 때문에 어쩔 수 없이 부인의 의견을 따라야 한다고 생각했을 테고. 그래서 당분간 데번셔로부터 떨어져 지내기로 한 거겠지. 너는 내 얘기가 맞을 수도 있고, 아닐 수도 있다고 말하겠지? 어디 네 의견을 한번 들어보자꾸나. 네가 이만큼 만족스럽게 설명하지 못한다면 네가 제기하려는 문제점을 듣지 않을 테다. 자, 엘리너, 네 생각은 어떠니?”

“없어요. 제가 할 말을 이미 다하셨으니까요.”

"그러면 내 생각이 그럴듯한지 어떤지 말할 수 있겠구나. 오, 엘리너! 참으로 네 성격을 이해할 수가 없구나! 넌 언제나 좋은 쪽으로 믿기보다 나쁜 쪽으로 생각을 몰고 가지. 너는 매리앤이 불행해지고, 윌로비가 잘 못을 저질렀다는 식으로 말이다. 불쌍한 윌로비의 처지는 조금도 고려하지 않고…… 그가 평소와는 달리 냉랭하게 우리 곁을 떠나갔기 때문에 그를 탓하려고 작정한 거겠지. 단순한 실수라거나 최근의 일로 실망해서 그랬다고 생각해주면 안 되겠니? 단지 확실하지 않기 때문에 이런저런 가능성을 받아들여서는 안 되는 게냐. 우리가 사랑할 만한 이유를 너무 많이 가지고 있는 사람을 그렇게 나쁘게 생각할 이유가 없지 않니? 그리고 잠시 동안 불가피하게 비밀로 해야 할, 대답할 수 없는 일이 있을 수도 있잖아. 도대체 넌 그 사람의 뭐가 그리 의심스럽다는 거니?"

"뭐라고 말씀을 드려야 할지 모르겠어요. 하지만 오늘처럼 그의 행동이 확 변한 것을 보면 불쾌한 일이 생긴 게 아닐까 하는 생각이 들 수밖에요. 그의 처지를 고려해야 한다는 말씀에는 저도 동감이에요. 저도 사람을 공정하게 평가하려고 해요. 그가 그렇게 행동한 것에는 충분한 이유가 있었을 거예요. 저도 그러길 바라고요. 하지만 그걸 솔직하게 털어놓는 것이 더 윌로비다운 일이 아니었나 싶어요. 때론 비밀이 효과적일 때도 있지만, 전 아직도 그가 왜 그렇게 행동했는지 잘 모르겠어요."

"그답지 않게 행동했다고 해서 너무 그를 탓하지는 마라. 어쨌거나 너는 정말로 내가 그를 대변한 말이 옳다고 받아들인 거니? 그렇다면 그가 혐의를 벗어서 다행이구나."

"혐의를 완전히 벗은 건 아니에요. 아마도 그들의 언약—만약 그들이 결혼을 약속했다면— 사실을 스미스 부인에게 숨긴 것은 잘한 일일지도 모르겠어요. 그런 경우였다면 현재로서는 윌로비가 데번셔를 떠나 있는 것이 최선임에 틀림없고요. 그러나 우리에게까지 사실을 숨긴 데 대한 변명은 안 되겠지요."

"사실을 숨기다니! 애야, 넌 지금 윌로비와 매리앤이 숨겼다고 말하는 거니? 매일 그들이 조심스럽지 못하다고 책망할 때는 언제고……."

"그들이 서로 좋아한다는 증거는 필요 없지만 언약을 했다면 확실히 밝혔으면 좋겠어요."

엘리너가 말했다.

"난 그 두 가지 모두 충분하다고 생각한다."

"하지만 그들 중 어느 한 사람도 그 문제에 대해 어머니께 말씀드린 적은 없잖아요."

"매리앤과 우리 가족에게 행동하는 걸 보면 훤히 알 수 있는데 무슨 말을 더 바라겠니? 적어도 지난 두 주일간 매리앤을 미래의 아내로 생각하고, 사랑하고, 우리를 무슨 가족 대하듯이 살갑게 대한 걸 보면 모르겠니? 그리고 그의 생김새, 예의, 상냥하고 곰살궂은 점들에 의해 매일 나의 인정을 받지 않았니? 그런데도 그들의 언약 사실을 의심하니? 어떻게 그런 의심이 생길 수가 있는 거지? 네 동생의 연인으로 보이는 윌로비가 어떻게 자기의 애정을 그 애한테 표현하지 않고 그 애를 떠나 몇 달씩 있을 수 있다고 생각하니? 그러니까 그들은 서로 비밀을 주고받지 못한 채 헤어져야 했던 거야."

"한 가지를 제외한 모든 상황들을 보면 둘이 언약한 것처럼 보여요. 다만 그 한 가지라는 것이 두 사람 모두 그것에 대해서는 입을 다물고 있다는 점인데, 제겐 그 점이 다른 무엇보다 이상하게 여겨져요."

"참으로 이상한 일이구나! 넌 정말 윌로비를 나쁜 사람으로 보는 게 틀림없어. 둘 사이에 확실한 약속이 있었다 해도 아마 너는 의심을 할 게다. 그가 매리앤에게 언제나 그렇게 대한 건 아니잖니? 그동안 그가 매리앤에게 냉담했다고 생각하니?"

"아니에요, 그건 아니에요. 그는 정말 매리앤을 아끼고 사랑해요."

"그렇지만 윌로비가 그렇게 냉담하게 매리앤 곁을 떠났으니 너는 그를 이상한 성격이라고 탓하겠지?"

"어머니, 두 사람의 약속이 확실하지 않다는 것을 고려해주세요. 그저 몇 가지 의문점이 있다는 것뿐이에요. 그 의문점들조차 점점 예전에 비해 희미해져 가고 있고, 아마 곧 사라져버릴지도 모르죠. 만약 우리가 그 두 사람이 연락을 취한다는 걸 알게 된다면 저의 의문들은 눈 녹듯이 사라질 거예요."

"참으로 대단한 양보구나. 교회 제단에서 그들을 만나야만 그들이 결혼식을 올릴 거라고 생각하겠구나. 정말 어쩔 수 없는 아이다, 넌! 하지만 난 그런 증거 필요 없다. 내가 보기엔 의문 나는 점이 없었으니까. 비밀로 하려는 의도도 없었고. 그 둘은 모든 걸 공개했고 솔직했어. 넌 매리앤이 바라는 바를 의심하지는 않을 거야. 따라서 네가 의심하는 사람은 분명히 윌로비겠지. 그런데 왜? 윌로비는 책임감이 있고 다정한 사람이 아니니? 그가 이런저런 변화로 우리를 당혹스럽게 한 적이 있었니? 그가 누군가를 속일 수 있을까?"

"아니, 그렇지 않아요. 저도 윌로비를 아껴요. 진심이에요. 그의 성실함을 의심하는 것은 어머니만큼이나 저한테도 고통이에요. 본의 아니게 그를 의심해왔지만 그렇게 믿는 건 아니에요. 오늘 아침 평소와는 다른 그의 태도에 놀란 것뿐이에요. 그는 평소의 그답게 말하지 않았고, 어머니의 친절에 정중하게 대하지 않았어요. 그러나 이 모든 것은 어머니께서 생각하신 것과 같은 그런 정황이라면 이해할 수 있는 일이지요. 그는 바로 매리앤과 헤어졌고, 그 앤 고통스러워하면서 그를 떠나보냈어요. 만약 그가 스미스 부인을 언짢게 할까 두려워서 돌아오고 싶은 마음을 억누르고 당분간 떠나 있는 것이라면, 또 어머니의 초대를 예의바르지 못하게 거절하고 우리 가족에게 의심받을 행동을 하여 마음이 불편하였다면 그로서도 어쩔 수 없었을 거예요. 그런 경우 그가 처한 어려움을 숨김없이 밝히는 것이 체면도 서고, 그의 성격과도 맞는 거고요. 하지만 자유롭지 못한 상황에서 행동한 것이라면, 내 생각과는 다르다거나 내가 보기에는 이렇게 하는 것이 옳다거나 하는 등의 이의를 제기하지는 않을게요.”

“그래, 일리 있는 말이로구나. 윌로비는 의심을 살 만한 청년이 아니야. 우리가 오랫동안 알고 지낸 사이는 아니지만, 그렇다고 우리에게 그리 낯선 사람은 아니잖니? 그리고 그를 나쁘게 말하는 이도 없고. 만약 그가 독립적으로 행동하고 즉시 결혼을 할 상황이었다면 그 즉시 모든 것을 내게 알리지 않고 우리를 떠난 게 이상한 일일지도 모르지. 하지만 이건 그런 경우가 아니다. 여러 면에서 순조롭게 시작되지 않은 약속이야. 왜냐하면 언제 두 사람이 결혼을 할 수 있을는지 아무도 모르니까. 그러니 지금으로선 비밀을 지킬 수만 있다면 최선인 게지.”

그들의 대화는 마거릿이 들어오는 바람에 중단되었다. 엘리너는 어머니의 말에 대해 다시 한번 생각해보면서 그럴 가능성이 많다고 느꼈고, 그 말이 전부 옳기를 바랐다.

저녁때까지 통 보이지 않던 매리앤은 저녁식사 시간이 되자 식탁에 자리했는데 한마디도 하지 않았다. 그녀의 눈은 충혈된 채 퉁퉁 부어 있었다. 그때까지도 어렵게 눈물을 삼키고 있는 것처럼 보였다. 매리앤은 식구들의 눈을 피하느라 제대로 먹지도 못했고, 말도 하지 못했다. 잠시 후어머니가 따스한 손길로 매리앤의 손을 말없이 꼭 잡아주었다. 그러자 복받쳐 오르는 감정을 주체하지 못해 울음을 터뜨리며 방을 뛰쳐나갔다.

저녁 내내 이런 무거운 분위기가 집안을 누르고 있었다. 매리앤은 무기력했다. 아무것도 하고 싶은 욕구가 일지 않았다. 월로비에 관한 말이 조금이라도 나오면 한순간에 무너져 내리는 것 같았다. 식구들이 매리앤을 걱정하여 아무리 세심한 주의를 기울인다 해도 월로비와 연관된 매리앤의 감정을 건드리지 않기란 불가능한 일이었다.

제 16 장

매리앤은 월로비와 헤어진 그날 밤에 한숨이라도 잠을 잤다면 자신을 용서할 수 없었을 것이다. 또한 전날 밤 잠자리에 들 때보다 더 평온한 얼굴로 식구들을 맞이하였다면 또한 부끄러운 일로 여겼을 것이다. 그러나 수치스럽게 만드는 그런 감정은 단지 기우에 불과할 뿐이었다. 그녀는 뜬눈으로 밤을 새웠으며, 그 대부분의 시간을 눈물로 보냈다. 두통으로 머리를 싸안고 일어났으며, 말을 할 수도 없었고, 식욕도 없었다. 그런 그녀의 모습은 어머니와 언니에게 매순간 고통을 주었으며, 두 사람의 위로를 모두 뿌리쳤다. 매리앤의 감정은 포화 상태였다.

아침식사가 끝났을 때 매리앤은 혼자 산책을 나갔다. 지난날의 즐거웠던 일들을 회상하고, 그때와는 정반대인 현재를 슬퍼하면서 아침 내내 앨런엄 마을 주위를 배회하였다.

저녁 시간도 그와 비슷한 감정에 젖어 지나갔다. 매리앤은 윌로비에게 들려주곤 했던 곡들을 모두 되풀이해 연주하였다. 그녀의 마음이 너무 격해져 더 이상 슬픔을 느낄 수 없을 때까지 그들이 함께 불렀던 노래와 그가 매리앤을 위해 쓴 악보를 바라보며 피아노 앞에 앉아 있었다. 이런 슬픔의 자양분은 나날이 공급되었다. 그녀는 대부분의 시간을 피아노 앞에 앉아 노래를 부르다 울었다. 그러다 종종 흐르는 눈물에 목이 잠겼다. 음악은 물론 책에서도 행복했던 과거와 애통한 현재를 비교하며 슬픔을 자아냈다. 그녀는 윌로비와 함께 읽었던 책만 골라 읽었다.

그러나 격렬한 고통은 평생 지속될 수 없는 법이었다. 며칠 지나자 그녀는 고요한 우울 속으로 가라앉았다. 하지만 매일 반복되는 일들, 외로운 산책과 침묵의 명상을 하다가 예전처럼 생생하게 슬픔을 간헐적으로 분출시키곤 하였다.

윌로비로부터는 편지 한 장 오지 않았고, 매리앤 역시 기대조차 하지 않는 듯했다. 대시우드 부인은 그런 모습에 매우 놀라워했고, 엘리너의 마음은 불안해졌다. 그러나 대시우드 부인은 무슨 일이건 그럴 듯한 이유를 찾아냈고, 적어도 자신은 그런 설명들에 만족하였다.

"존 경이 얼마만에 한 번씩 우체국에서 우리 편지를 가져오고 가져가는지 기억해두렴, 엘리너. 우리는 이미 비밀이 필요하다고 동의했으니 존 경의 손을 거쳐 편지가 전달된다면 더 이상 비밀이 지켜질 수 없다는 것을 알아야 해."

엘리너는 이것이 사실임을 부인할 수 없었지만 한편으로 그들이 침묵을 지키는 충분한 동기를 그 안에서 찾으려고 노력하였다. 그래서 가장 직접적이고 단순하며 그녀 생각에 그 사건의 실상을 단번에 알 수 있고, 모든 의문점을 풀 수 있는 방법을 어머니에게 제안하지 않을 수 없었다.

"매리앤에게 직접 물어보시지 그래요? 윌로비와 결혼을 약속했는지 안 했는지 말이에요. 어머니는 매리앤의 어머니이며 자상하고 너그러운 분이시니 그런 질문을 했다고 해서 그 애가 마음을 상하지는 않을 거예요. 오히려 매리앤에 대한 어머니의 당연한 표현이 될 거예요. 매리앤은 특별히 어머니와 잘 통했잖아요."

"난 세상없어도 그런 건 물어보지 않을 거다. 만에 하나라도 그들이 언약한 사이가 아니라면 그 질문 때문에 얼마나 마음이 괴롭겠니? 어쨌든 그건 옹졸한 짓이야. 그 애한테 대답을 강요하면 아마 다시는 이 엄마를 신뢰하지 않을 거다. 난 그 애의 마음을 잘 알아. 갠 날 진심으로 사랑하지. 그러니 사실을 밝혀야 할 때가 온다면 내가 맨 나중에 알게 되지는 않을 게다. 나는 누구에게도, 더욱이 자식에게는 신뢰를 강요하고 싶지 않구나. 왜냐하면 대답해야 할 의무감이 들면 그 애 성격상 곧장 밝히려던 마음을 접는 반발심이 생길 테니까 말이야."

엘리너는 어머니의 너그러움이 지나쳐 매리앤을 어린애로 취급하고 있으며, 또한 문제를 복잡하게 만들고 있다고 생각되었지만 어쩔 수 없었다. 어머니의 감상적인 섬세함 속에는 일반적인 상식과 관심, 신중함이 힘을 쓰지 못했다.

매리앤 앞에서 식구들이 윌로비의 이름을 언급하게 된 것은 며칠이 지나서였다. 하지만 존 경과 제닝스 부인은 신중하지 못한 사람들이었다. 그러지 않아도 고통을 참는 빛이 역력한데 그들은 고통을 더해주었다.

그러던 어느 날 저녁 대시우드 부인은 돌연 셰익스피어의 책 한 권을 집어 들더니 소리쳤다.

"우리는 아직 햄릿을 다 읽지 못했구나, 매리앤. 이 책을 다 읽기 전에 우리가 사랑하는 윌로비가 떠나다니. 그가 돌아올 때까지 그냥 이대로 놓아두자꾸나. 몇 달이 걸릴지 모르겠지만……."

"몇 달이라뇨? 말도 안 돼요. 몇 주일도 안 걸릴 거예요!"

매리앤이 놀라서 소리쳤다.

대시우드 부인은 괜한 말을 했다고 금세 후회하였다. 그러나 엘리너는 윌로비에 대한 매리앤의 믿음과 그 말에 실린 의도에 대해 알 수 있어 기뻤다.

그가 런던으로 떠난 지 일주일쯤 지난 어느 날 아침, 매리앤은 자매들과 산책을 하기로 했다. 지금까지 그녀는 누군가 함께 산책하는 것을 조심스럽게 거절해 왔다. 자매가 언덕 위로 산책하기로 결정하면 슬그머니 골짜기 길 쪽으로 사라져버렸고, 그들이 골짜기로 가자고 하면 그녀는 재빨리 언덕으로 올라가서 그들이 출발했을 때는 그녀가 어디에 있는지 끝내 찾을 수 없도록 유도했다. 그런데 엘리너의 끈질긴 설득으로 혼자 배회하는 일을 그만두게 된 것이다. 함께 산책을 나간 그들은 계곡을 지나는 길을 따라 걸었지만 대부분의 시간은 침묵으로 이어졌다. 매리앤과 함께 산책을 나올 수 있었다는 사실 하나만으로도 흡족한 엘리너는 그 이상을 요구하지 않았다. 계곡 입구 저쪽을 향해 펼쳐진 풍요로운 곳은 덜 황량하고 훤히 트여 있었는데, 바턴으로 처음 왔을 때 길게 뻗어 있던 길이 바로 앞에 있었다. 그곳에 다다랐을 때 자매는 멈추어 서서 주위를 둘러보고 시골집이 어디 있나 그 주변 경관을 바라보기도 하면서 산책할 때

한 번도 와본 적이 없는 곳까지 멀리 내다보고 있었다.

그 풍경 속에 뭔가 움직이는 물체가 보였다. 누군가 말을 타고 그들을 향해 달려오고 있었다. 잠시 후 그가 남자인 것을 알아본 매리앤이 흥분해서 소리쳤다.

"바로 그이야. 그이라구. 난 알 수 있어!"

매리앤이 허둥지둥 내려가려고 하자 엘리너가 외쳤다.

"매리앤, 네가 잘못 본 거야. 저 사람은 윌로비처럼 키가 크지도 않고, 분위기도 다른걸?"

"아니야, 맞아. 잘 봐! 저 모습, 저 코트, 저 말! 난 그가 이렇게 빨리 돌아올 줄 알았어."

이렇게 말하면서 매리앤은 바삐 걸어갔다. 엘리너는 물끄러미 매리앤의 뒷모습을 바라보다가 그 신사가 윌로비가 아닌 것이 확실하게 드러나자 발걸음을 빨리하여 매리앤을 따라잡았다. 신사와의 거리가 30미터 이내로 좁혀졌다. 매리앤은 그 신사를 쳐다보고는 심장이 무너져 내리는 듯 휙 뒤돌아 허둥지둥 걷기 시작했다. 그런데 그녀에게 멈추라고 부르는 자매의 목소리에 섞여 낯익은 남성의 음성이 들려오는 것이었다. 매리앤은 깜짝 놀라 다시 고개를 돌렸고, 그곳에서 반가운 얼굴, 에드워드 페라스를 보고 놀랐다.

그 순간 윌로비가 아니었음에도 매리앤이 원망하지 않을 유일한 사람은 세상에서 에드워드뿐이었다. 또한 그 순간 매리앤에게 웃음을 줄 수 있는 사람도 바로 그였다. 그래서 매리앤은 눈물을 닦으며 웃음 띤 얼굴로 그를 바라보았다. 그리고 언니의 행복을 위해 자신의 실망은 잠깐 잊었다.

그는 말에서 내려 말을 하인에게 맡기고 그들과 함께 바턴까지 걷기로 하였다. 그러지 않아도 그곳을 방문하러 오는 길이었던 것이다.

그는 모두에게 매우 정중하게 환영을 받았지만 특히 매리앤에게서 엘리너보다 더 따뜻한 환대를 받았다. 매리앤이 보기에는 두 사람의 만남은 노어랜드에서 서로에게 보였던 행동과 같은, 이해할 수 없는 어색함의 연속이었다. 특히 에드워드를 보면 상황에 따라 연인에게 취해야 하는 행동이나 말 같은 것을 표현하는 능력이 부족했다. 그는 여전히 혼란스러워했고, 그들은 만났어도 별로 즐거워하는 것 같지 않았다. 기뻐하거나 생동감 있게 보이지도 않았고, 그저 묻는 말에 겨우 대답만 하는 정도였다. 게다가 언니에게 눈에 띄게 애정을 표현하는 것도 아니었다. 매리앤은 그들을 지켜보면 볼수록 점점 놀라웠다. 그리고 에드워드가 원망스러웠다. 그러고는 다시 모든 감정이 윌로비에 대한 생각으로 되돌아가 형부가 될 사람에 비해 윌로비가 얼마나 멋지고 뛰어난 사람인지 비교하게 되었다.

잠시 침묵이 흐른 뒤 매리앤은 뜻밖에 그를 만나서 놀랐다고 말한 뒤 런던에서 곧바로 돌아온 거냐고 에드워드에게 물었다. 그는 데번셔에 머문 지 2주일쯤 되었다고 대답하였다.

"두 주일이라고요?"

매리앤이 소리쳤다.

2주일 동안 같은 지방에 머물면서도 엘리너에게 연락조차 하지 않았던 것이다. 그는 친구들과 함께 플리머스 근처에서 머물고 있다고 덧붙이며 우울한 표정을 지었다.

"요 근래에 서식스에 들른 적이 있었나요?"

엘리너가 물었다.

"약 한 달 전에 노어랜드에 있었어요."

"그리운 노어랜드의 경치는 어떠하던가요?"

매리앤이 물었다.

"아마 그리운 노어랜드는 항상 이 계절에 보여주는 그런 모습일 거야. 숲과 산책로는 생명 없는 낙엽으로 수북하게 덮여 있겠지."

엘리너가 아련한 목소리로 말했다.

"오! 난 예전에 얼마나 황홀한 감정으로 낙엽이 떨어지는 것을 보았는지 몰라! 낙엽이 바람에 날려 산책하는 나에게 소나기처럼 떨어져 내릴 때면 난 너무도 기뻤어! 그것들이 주는 느낌, 계절의 분위기, 모든 것들이 내게 영감을 주었지! 이제 그곳에는 낙엽에 관심을 가지는 사람이 아무도 없어. 그저 성가시고, 빨리 쓸어버려야 하고, 가능한 한 눈앞에서 보이지 않아야 할 것 정도로 여기겠지."

매리앤이 소리쳤다.

"모든 사람들이 너처럼 떨어진 낙엽에 대해 애정을 가지지는 않아."

"아니야, 다 그런 건 아니지만 개중에는 나와 비슷한 감정을 가지거나 이해하는 사람도 있어."

엘리너는 잠시 회상에 잠겼다가 다시 말을 이었다.

"자, 에드워드, 여기가 바턴 계곡이에요. 가능하면 저기를 보고 평온하게 있어요. 저 언덕을 좀 봐요! 저런 언덕을 본 적이 있나요? 저 왼쪽에 숲과 농원 사이에 있는 것이 바턴 파크예요. 집의 한쪽 끝이 보일 거예요. 그리고 저기 제일 멀리 보이는, 장엄하게 솟은 언덕 밑에 있는 집이 우리들의 시골집이에요."

그녀는 얼른 그의 관심을 환기시켰다.

"정말 아름다운 풍경이군요. 하지만 언덕 아래쪽은 겨울에는 분명히 지저분할 겁니다."

"저렇게 아름다운 경치를 앞에 두고 어떻게 지저분하다는 생각을 할 수가 있어요?"

"왜냐하면 눈앞에 보이는 이 풍경 속에 온통 흙투성이인 샛길도 보이거든요."

그가 웃으면서 대답하였다.

"이상하기도 해라!"

매리앤이 계속 걸음을 옮기면서 혼잣말로 중얼거렸다.

"여기에 친하게 지낼 만한 이웃들이 있나요? 미들턴 집안은 좋은 사람들인가요?"

"아뇨. 우리는 더 이상 불행해질 수 없는 상황에 처해 있어요."

매리앤이 대답했다.

"매리앤, 어떻게 그렇게 말할 수 있니? 어떻게 그런 천부당만부당한 말을 할 수 있는 거야?"

엘리너가 소리치며 덧붙였다.

"그들은 존경할 만한 가족이에요, 페라스 씨. 게다가 저희들을 아주 친절하게 대해주세요. 그분들 덕분에 얼마나 행복한 날들을 보냈는지 넌 벌써 잊은 거니, 매리앤?"

"아니, 고통스러운 날들도 많았지."

매리앤이 낮은 목소리로 말했다.

엘리너는 이 말을 알아듣지 못한 채 에드워드에게 시선을 돌리면서 시골집과 그 집의 편리함, 그리고 그로부터 가끔 내키지 않는 질문과 말을

가까스로 받아냄으로써 그와의 대화를 거들려고 애를 썼다. 그의 냉정함
과 침묵은 그녀의 감정을 완전히 바꿔놓고 말았다. 그녀는 화가 날 지경
이었다. 그러나 현재보다는 옛정을 생각해서 그에게 자신을 맞추기로 결
심했다. 그래서 분노나 불쾌한 모든 감정을 드러내지 않으면서 집안간의
관계를 고려하여 그를 대우해야겠다고 생각하였다.

제 17 장

　대시우드 부인이 그를 보고 놀란 것은 아주 잠깐뿐이었다. 부인의 의견
으로는 그가 바턴에 온 것은 지극히 당연한 일이었다. 대시우드 부인의
기쁨과 관심의 표현은 오래 계속되었다. 그는 대시우드 부인에게서 극진
한 대접을 받았다. 수줍어하고 침묵을 지키던 그는 그러한 대접에 봄눈
녹듯 녹아버렸다. 그런 감정들은 그가 집 안으로 들어서면서부터 사라지
기 시작하였으며, 대시우드 부인의 깍듯한 예절 앞에서 완전히 자취를 감
추고 말았다. 대시우드 부인의 사랑이 담긴 친절에 굴복하지 않을 사람은
없을 것이다. 엘리너는 평소 그답게 행동하는 에드워드를 보며 만족감을
느꼈다. 가족 모두를 생각하는 에드워드의 애정이 예전처럼 되살아난 것
처럼 보였으며, 그들의 편안한 생활에도 관심을 가지는 것 같았다. 그는
집에 대한 찬사를 아끼지 않았고, 경치에 감탄을 하며, 친절하고 호의적
이었다. 하지만 그에게는 생기가 없었다. 모든 식구들이 그것을 알아차렸
고, 대시우드 부인은 그의 어머니가 쾌활함이 부족한 탓이라고 돌리며 이
기적인 부모들에 대해 분개하며 탁자에 앉았다.

"그래, 에드워드, 요즘 자네에 대한 페라스 부인의 생각은 어떠신가?"

저녁식사를 마친 후 벽난로 주위에 모여 앉자 대시우드 부인이 물었다.

"자넨 아직도 대단한 연설가가 되어야 하나?"

"아닙니다. 이젠 어머니도 제가 대중 앞에 나서는 일에 소질이 없다는 것을 아셨을 거예요!"

"그럼, 자네는 어떻게 명성을 쌓으려 하는 건가? 자넨 가족들을 만족시키기 위해서는 반드시 명성을 얻어야 하지 않나? 시간과 돈을 들일 생각도 없고, 모르는 사람과 잘 사귀지도 못하고, 자신감도 없고, 현재 하는 일도 없으니 참 어려운 문제겠군."

"명성을 바라거나 눈에 띄는 특별한 사람이 되고 싶지 않습니다. 그리고 그렇게 되고 싶지 않은 이유가 있습니다. 그 점에 대해 진심으로 하느님께 감사드립니다. 제가 억지로 천재와 연설가가 될 수는 없는 일이에요."

"야망이 없는 건 내가 잘 알지. 자네가 희망하는 것들은 모두 평범한 것들이지."

"보통 사람들의 것만큼 평범하다고 생각합니다. 저 역시 남들처럼 진정한 행복을 누리고 싶습니다만, 반드시 행복은 제가 찾아야 한다고 생각합니다. 위대한 사람이 된다고 하여 제가 진정으로 행복할 수는 없습니다."

"만약 그렇다면 그건 이상한 일이에요. 부와 위대함이 행복과 무슨 상관이에요?"

매리앤이 말했다.

"위대함은 모르겠지만 부는 많은 상관이 있지."

엘리너가 말했다.

"엘리너 언니, 창피한 줄 알라구! 그 어떤 것으로도 행복할 수 없는 경우에는 돈으로 행복을 얻을 수 있어. 충분한 수입은 풍족한 생활을 보장하겠지만 진정한 만족은 줄 수 없는 거야. 나만 그럴지도 모르겠지만.”

매리앤이 말했다.

“아마, 우리는 같은 말을 하고 있는 것 같구나. 네가 말하는 충분한 수입과 내가 말하는 부는 같다고 말할 수 있지. 그리고 돈 없이는 세상의 안락함을 충분히 누릴 수 없다는 데 동의할 거야. 네 생각이 나보다 좀 더 고상할 뿐이야. 자, 네가 말하는 그 충분한 수입은 어느 정도를 말하는 거지?”

엘리너는 미소를 지으며 물었다.

“글쎄, 일 년에 약 이천 파운드 정도면 돼. 더 많을 필요는 없고.”

“일 년에 이천 파운드라! 나는 천 파운드면 족하다고 생각하는데! 어떻게 결론이 날지 훤하구나.”

“그렇지만 일 년에 이천 파운드는 정말 보통의 수입이라구! 그보다 적은 수입으로는 가족이 제대로 생활을 할 수가 없어. 내가 과하다고는 생각하지는 않아. 하인들, 마차 두 대 정도, 사냥개 몇 마리를 갖추는 것은 그보다 적은 수입으로는 꾸려나갈 수 없잖아.”

엘리너는 매리앤이 쿰 마그나 협곡에서 앞으로 지출하게 될 비용을 이렇게 정확하게 설명하는 것을 듣고 미소를 지었다.

“사냥개라뇨? 아니, 왜 사냥개가 있어야 한다는 거지요? 모든 이들이 사냥을 하는 건 아니잖아요.”

에드워드가 놀라 물었다.

“하지만 대부분의 사람들은 사냥을 해요.”

매리앤은 얼굴을 붉히면서 대답했다.

“누군가가 우리에게 많은 재산을 준다면 얼마나 좋을까!”

마거릿이 철없는 소리를 했다.

"오, 만약 그렇게만 된다면……!"

매리앤이 소리쳤다. 그 순간 그녀의 눈은 생기로 빛났으며, 뺨은 그런 환상적인 행복의 기쁨으로 반짝였다.

"재산이 없는 사람이라면 누구나 바라는 바야."

엘리너의 대답이었다.

"오, 그렇게만 된다면 얼마나 좋을까! 그 돈으로 어떤 일을 해야 할지 모르겠어."

마거릿이 흥분한 듯 소리쳤다. 매리앤은 마치 그 점에 대해서는 고민할 필요가 없는 듯이 보였다.

"만약 내 도움이 없어도 너희들이 부자가 된다면, 그 많은 돈을 어떻게 쓸지 고민되기는 하겠다."

대시우드 부인이 말했다.

"이 집부터 고쳐야 할 거예요. 그러면 모든 고민은 곧 사라질 거예요."

엘리너가 말했다.

"그런 일이 생긴다면 우선 가족이 런던으로 여행을 떠나는 게 가장 멋진 일이겠지요! 서점, 악기점, 화실을 경영하는 사람들에겐 아주 행복한 날이 될 것입니다. 대시우드 양, 당신은 새로 나온 그림들을 보내주는 대가로 후한 가격을 지불하겠지요. 매리앤이라면 대단한 영혼을 지녔으니 아마 런던에 있는 음악만으로는 성이 차지 않겠지요. 그리고 여러 종류의 책들! 톰슨, 쿠퍼, 스콧의 작품을 구입하고 또 구입할 테지요. 그런 책을 읽을 만한 소양이 안 된 사람들에게 넘어가는 것을 막기 위해 출간된 책을 모두 사버릴지도 모르죠. 또한 늙고 뒤틀린 나무를 어떤 식으로 찬양해야 하는가를 알려주는 책 역시 모두 사 모을걸요. 매리앤, 그렇지 않나요? 내가 너무 나섰다면 용서하세요. 난 그저 내가 우리의 오랜 논쟁의 대상을 잊어버리지 않고 있다는 것을 당신에게 보여주고 싶었을 뿐이에요."

"저 역시 지난 일을 회상하기를 좋아해요, 에드워드. 그것이 암울한 것이든 행복한 것이든 간에 말이에요. 지난 일을 입에 올린다고 해서 내가 화내지는 않을 거예요. 제가 돈을 어떻게 쓸 것인가에 대해 추측하신 것은 정확해요. 제가 자유로이 쓸 수 있는 돈은 분명히 악기와 책을 구입하는 데 모두 써버리겠지요."

"그리고 나머지 큰 돈은 그 책의 저자들이나 그 상속인들에게 연금으로 내놓겠지요?"

"아니에요, 에드워드. 그것으로는 다른 일을 할 거예요."

"그렇담 그 누구도 일생에 한 번만 사랑에 빠진다는 금언을 가장 잘 증명한 사람에게 상으로 수여하겠지요. 그 금언에 관한 당신의 생각은 아직도 변함이 없겠지요?"

"물론이죠. 제가 살아 있는 한은 변함없어요. 어떤 말을 듣거나 본다고 하여 그 생각을 고치게 될 것 같지는 않거든요."

"보셨죠? 매리앤은 한결같아요. 조금도 변하지 않았어요."

엘리너가 말했다.

"전보다는 좀 더 차분해진 것 같은데요, 뭐."

"에드워드, 당신이 절 나무랄 입장은 아니실 텐데요. 당신도 그다지 명랑하지는 못하잖아요."

매리앤이 대꾸했다.

"왜 그렇게 생각해요? 하긴 그렇게 명랑한 성격은 아니지요."

한숨을 쉬며 에드워드가 대답했다.

"매리앤도 그런 성격은 아닌 것 같아요. 저는 매리앤이 생동감 넘치는 아이라고는 생각지 않아요. 물론 뭔가를 할 때에는 아주 진지하고, 열성적이고, 가끔 말도 잘하고, 항상 사기가 충만하긴 하지만 정말로 쾌활한 때는 많지 않지요."

엘리너가 말했다.

"맞는 말이라고 생각해요. 그렇지만 전 언제나 매리앤이 활기 넘친다고 생각했지요."

"저도 그렇게 잘못 알고 있었던 걸요. 어떤 면에서 성격에 대해 완전히 오해를 하죠. 사람들은 실제로 그런 것보다 더 명랑하거나 차분하거나 더 바보 같다거나 어리석다고 생각하지요. 왜 그런지는 모르겠어요. 그런 오해가 왜 생기는지도 모르겠고요. 사람들은 주로 남들이 하는 말을 따르기도 하고, 그보다는 더 흔하게 남들이 하는 말을 곧이곧대로 듣지요. 스스로 신중하게 생각하거나 결정할 시간을 갖지 않고 말이에요.

"언닌 전적으로 다른 사람들의 의견을 따르는 것이 옳다고 생각하는 줄 알았는데. 각자 생각하는 것은 있지만 이웃의 판단을 따르기 위한 것이라고 말이야. 난 언니의 신조가 그렇다고 확신하는데!"

매리앤이 말했다.

"아니야, 매리앤. 그런 것은 절대 아니야. 난 한 번도 이해력을 억누르라고 한 적이 없어. 내가 주의를 주려고 시도해 온 것은 네 행동이야. 그러고 보니 내 말뜻을 잘못 알아들었구나. 네가 알고 지내는 사람들에게 좀 더 친절하게 대했으면 하고 바란 것은 사실이야. 그렇지만 내가 언제한 번이라도 너보고 그들의 감성에 적응하거나 중요한 문제에 그들의 판단을 따르라고 충고한 적이 있었니?"

"당신은 매리앤에게 예의를 갖추라는 미덕을 가르칠 수 없었군요. 그럴 만한 이유가 있었나요?"

에드워드가 말했다.

"그와는 반대예요."

의미 있는 눈길로 매리앤을 바라보며 엘리너가 대답했다.

"저는 당신의 그 질문에 전적으로 공감하지만, 제 행동은 매리앤과 비슷하다고 생각되는군요. 전 결코 무례를 범할 생각은 아니지만, 수줍음을 심하게 타기 때문에 간혹 무관심한 듯 보이기도 하고, 예의를 지키지 않는 듯이 보일 때도 왕왕 있습니다. 저는 상류층의 낯선 사람들과 있으면 몹시 불편하답니다."

에드워드가 변명했다.

"매리앤은 자신의 무관심을 변명할 정도로 수줍음을 타지는 않아요."

엘리너가 말했다.

"그녀는 자신의 가치를 너무 잘 알아서 괜한 수줍음을 타는 거지요. 사람은 어떤 식으로든 열등감을 가질 때 수줍음을 타지요. 만약 제 태도가 아주 고상하고 편안하다고 자신을 납득시킬 수 있다면 저는 더 이상 수줍음을 타지 않을 거예요."

"그래도 당신은 여전히 속내를 안 털어놓을 걸요. 그건 훨씬 더 나쁜 일이고요."

매리앤이 말했다.

"속내를 안 털어놓다니요! 제가 속내를 안 털어놓나요, 매리앤?"

에드워드가 놀라 소리쳤다.

"그래요, 상당히."

"당신을 이해할 수가 없군요. 속내를 털어놓지 않다니! 어떤 면에서요? 어떤 태도에서 그렇다는 거죠? 내가 무엇을 당신에게 털어놓아야 하나요? 당신은 어떻게 생각하시죠?"

얼굴을 붉히며 그가 대답했다.

엘리너는 그의 태도 변화에 놀란 표정이었으나 곧 웃음으로 대화 분위기를 바꾸려고 노력하면서 그에게 말했다.

"매리앤이 무슨 뜻으로 저런 말을 하는지 이해할 만큼 잘 아시지 않나요? 당신은 그 애가 자신처럼 말을 빨리 하지 않거나 자기가 좋아하는 것들을 열광적으로 좋아하지 않는 사람들을 보고 속내를 털어놓지 않는다고 하는 걸 모르시나요?"

에드워드는 대답하지 않았다. 다시금 머릿속이 복잡하다는 표정으로 돌아와 한참 동안 멍하니 앉아 있었다.

제 18 장

엘리너는 의기소침하여 축 처져 있는 자신의 친구를 바라보았다. 그의 방문은 그녀에게 단지 부분적인 만족일 뿐이었고, 그 역시 큰 즐거움을 느끼지 못하는 듯 보였다. 그가 행복하지 않다는 것은 분명하였다. 그녀는 자기를 좋아하는 그에게 한 치의 의심을 느껴본 적이 없었던 때처럼 한결같은 마음으로 그가 여전히 자신을 좋아해주길 바랐다. 그러나 좋아하는 마음이 아직까지 계속되고 있는지는 잘 알 수 없었다. 자신을 대하는 그의 소극적인 태도에서 어떤 암시가 느껴지다가도 어느 순간 다시 서먹해져서 좀처럼 그를 종잡을 수 없었다.

다음 날 아침 엘리너와 매리앤이 식탁에 앉아 있을 때 그가 합석했다. 할 수 있다면 항상 두 사람만의 오붓한 시간을 만들어주고 싶은 매리앤은 살그머니 방을 나왔다. 하지만 2층으로 오르는 도중에 응접실 문이 열리는 소리를 듣고 몸을 돌렸더니 에드워드가 밖으로 나오며 이렇게 말했다.

"저는 마을로 가서 말을 살펴야겠어요. 아직 아침식사 준비도 안 되었으니까요. 금방 돌아오겠습니다."

에드워드는 돌아와서는 주위 경관에 새로운 감탄을 늘어놓았다. 마을로 가는 길에 그는 계곡의 여러 곳을 보게 되었다. 마을은 시골집보다 훨씬 높은 곳에 위치해 있어 전체적으로 조망을 할 수 있었고, 그는 그 경치를 보고 기분이 좋아졌다. 매리앤은 즉시 이 주제에 관심을 갖고 이런 풍경들에 대한 자신만의 예찬을 늘어놓기 시작했으며, 특히 어떤 점에서 감동을 받았는지 그 대상들에 대해 상세하게 그에게 질문하기 시작했다. 그때 에드워드는 이런 말로 그녀를 말렸다.

"지나치게 많은 질문을 하지 마세요, 매리앤. 저는 이렇게 아름다운 곳에 대해 아는 바가 없고, 세부 사항에 다다르면 제 무지와 부족한 경험 때문에 당신을 기분 나쁘게 할지도 몰라요. 저는 가파른 언덕을 깎아지른 벼랑이라고 표현할 거예요. 울퉁불퉁하고 평탄치 않은 표면은 이상하고 무뚝뚝하다고 말할 테고요. 그리고 공기 중에 안개가 끼어서 희미하게 보일 뿐인데도 거리가 멀어서 안 보인다고 할 게 뻔합니다. 내가 솔직하게 칭찬하는 것만 받아주세요. 저는 이곳을 아주 멋진 시골이라고 부르고 싶어요.

언덕들은 가파르고, 숲은 훌륭한 나무로 울창하고, 계곡은 풍성한 잔디가 있어 편안하고 아늑하죠. 그리고 몇 채 안 되는 말끔한 농가가 여기저기 흩어져 있습니다. 이렇게 꼭 필요한 것과 아름다움이 어우러져 있으니 제가 생각하던 살기 좋은 지방의 이미지와 딱 맞아떨어지거든요. 그리고 당신이 회화적으로 아름답다고 감탄을 하니 저도 그렇게 감히 말하겠습니다. 이곳에 바위와 벼랑, 회색 이끼와 덤불숲이 가득하다는 것은 쉽게 알겠는데 제 눈으로는 잘 모르겠거든요. 저는 회화적인 것에 대해서는 아는 바가 없답니다.”

“저는 너무 솔직하신 게 아닌가 하는 생각이 들어요. 그런데 어째서 당신은 그것을 당당하게 말씀하시는 거죠?”

매리앤의 질문에 엘리너가 대신 말했다.

“나는 에드워드 씨가 일종의 과장을 피하려다가 다른 과장법에 빠진 것 같다고 생각되는데! 많은 사람들이 실제로 느끼는 것 이상으로 자연의 아름다움을 찬양하는 척한다고 생각하기 때문에 그런 가식이 싫어서 일부러 잘 모르는 척하고 담담한 척하는 거야. 까다로운 분이라 자신만의 과장을 하게 되는 거지.”

“자연 경관을 감탄하는 것이 중언부언하며 진부해지는 일은 흔히 있을 수 있지. 모든 사람이 그림같이 아름다운 풍경을 처음 말한 사람의 취향과 우아함으로 느끼려는 경향이 있고, 그대로 묘사하려고 애쓰거든. 나는 그렇게 같은 말을 반복하는 것이 싫어. 그래서 어떤 때는 그런 것을 묘사할 만한 말이 낡고 진부한 표현밖에 없어서 마음속으로만 간직할 때도 있어.”

“당신이 멋진 경관을 보고 기쁨을 느낀다고 말하면 정말 그렇게 느낀 것이 틀림없어요. 하지만 반대로 제가 느낀다고 한 것 이상은 느끼지 않는다는 걸 당신 언니도 인정해야 합니다. 저는 회화적인 원칙을 좋아하는 게 아니라 아름다운 경치를 좋아하는 거예요. 저는 꼬부라지고 비틀어지고 시든 나무들은 좋아하지 않습니다. 곧게 쭉 뻗어서 꼿꼿하고 싱싱하다면 훨씬 더 감탄을 하겠죠. 저는 폐허가 되어 허물어진 집도 좋아하지 않아요. 쐐기풀, 엉겅퀴, 히스 같은 것도 역시 좋아하지 않지요. 망루보다는 아늑한 농가에서 더 큰 즐거움을 느끼고, 세상의 무법자들보다는 단정하고 행복한 마을 사람들이 저를 더 기쁘게 하죠.”

매리앤은 놀란 눈으로는 에드워드를, 동정하는 눈으로는 언니를 바라보았다. 엘리너는 웃을 뿐이었다.

그 이야기는 더 이상 계속되지 않았다. 매리앤은 말없이 생각에 잠겨 있다가 새로운 대상으로 그녀의 관심을 돌리게 되었다. 그녀는 에드워드 옆에 앉아 있었는데 대시우드 부인에게 찻잔을 건네받으려고 내민 그의 손에서 땋은 머리칼을 박아 넣은 반지를 보게 된 것이다.

“전에는 당신이 반지 낀 걸 본 적이 없어요, 에드워드. 그거 패니의 머리카락인가요? 패니 언니가 당신에게 주겠다고 약속했던 것을 기억하고 있어요. 하지만 언니의 머리카락은 더 짙은 색 아니던가요?”

매리앤이 느낀 대로 별 생각 없이 말을 하여 에드워드를 당혹스럽게 만들었다. 그녀가 자신의 경솔함을 깨달았을 때는 그녀 역시 그에 못지않게 고통스러웠다.

그는 얼굴이 새빨개지면서 얼른 엘리너를 보고는 대답하였다.

“그래요, 누나의 머리카락이에요. 어느 방향에서 보느냐에 따라 색이 좀 다르게 보일 거예요.”

그와 눈이 마주치자 엘리너도 뭔가를 눈치 챈 듯하였다. 그녀는 매리앤처럼 곧바로 그 머리카락이 자신의 것임을 알아차렸다. 둘이 내린 결론의 차이라면 매리앤은 그것을 엘리너 언니에게 받은 자유로운 선물로 여긴다는 점이었고, 엘리너는 자기도 모르는 사이에 몰래 잘라냈거나 어떤 계략을 써서 얻었다고 생각하는 점이었다. 그러나 그가 무례하다고 생각되지는 않았다. 그래서 모른 체하기로 하고 순간적으로 다른 이야기를 꺼냈다. 기회가 되면 반지에 있는 머리카락과 자기의 것이 일치하는지 확인을 해서 의혹을 없애야겠다고 마음먹었다.

에드워드는 잠시 동안 당황하였다가 진정되자 곧 멍한 상태가 되었으며, 아침 내내 근심에 잠겨 있었다. 매리앤은 자신이 한 말을 심하게 질책하였다. 하지만 언니의 마음이 상하지 않았다는 것을 알았다면 훨씬 더 빨리 자신을 용서했을 것이다.

그날 정오가 되기 전에 그들은 존 경과 제닝스 부인의 방문을 받았다. 그들은 한 신사가 시골집에 도착했다는 소식을 듣고 손님을 보러 달려온 것이다. 장모의 도움으로 존 경은 그의 이름이 F로 시작된다는 것을 쉽게 알게 되었다. 그리고 그것으로 엘리너를 놀려먹을 수 있겠다고 생각했다. 그러나 그다지 잘 아는 사이가 아니므로 당장이라도 튀어나올 농담을 참는 빛이 역력했다. 그들의 진지한 표정을 보고 있자니 엘리너는 마거릿에게 들은 대로 그들이 상상력을 동원하여 얼마나 앞서 가고 있는지 알 수 있었다.

존 경은 대시우드 가에 올 때마다 반드시 다음 날 파크에 식사를 하러 오라거나 또는 저녁에 차를 같이 마시자고 초대하였다. 그날도 방문객들을 더 즐겁게 해야 한다고 생각해서 이 두 가지 제안을 한꺼번에 내놓았다.

"오늘밤 우리와 함께 차를 드셔야 합니다. 우리 식구만 있을 거예요. 그리고 내일은 성대한 파티를 열 예정이니 우리하고 꼭 같이 식사를 하셔야 합니다."

"춤이라도 추게 될지 누가 알겠니, 아마 매리앤 양은 이 소리에 솔깃할 텐데?"

제닝스 부인은 그 부분을 강조하였다.

"춤이라고요! 있을 수 없어요! 도대체 누가 춤을 추려고 하겠어요?"

"누구냐고? 그거야 아가씨 자매와 케리 자매, 그리고 휘테이커 자매죠. 그러고 보니, 이름을 밝히기 뭐한 그 사람이 가버렸기 때문에 매리앤은 아무도 춤을 출 수 없다고 생각한 모양이군요!"

"진심으로 윌로비가 우리와 함께 있다면 좋겠군요."

존 경이 큰소리로 말했다.

이 말에 매리앤의 얼굴은 붉어졌고, 에드워드는 새로운 의구심이 생겼다.

"그런데 윌로비가 누구죠?"

옆에 앉은 엘리너에게 낮은 목소리로 그가 물었다.

그녀는 그에게 짤막하게 대답했다. 매리앤의 표정은 더 많은 것을 말하고 있었다. 에드워드는 다른 것의 의미뿐만 아니라 전에 그를 당황하게 했던 매리앤의 표정이 담고 있는 의미까지도 이해할 수 있었다. 방문객이 떠나자 그는 즉시 그녀에게 속삭이듯 말했다.

"추측해봤는데요, 내가 어떤 추측을 했는지 말해볼까요?"

"무슨 말씀이세요?"

"말해볼까요?"

"물론이죠."

"음, 나는 윌로비라는 사람이 사냥을 했다고 생각해요."

매리앤은 놀랍고 혼란스러웠으나 그의 능청스러운 태도에 웃다가 잠시 침묵이 흐른 뒤 이렇게 말했다.

"어머, 에드워드 씨! 어떻게 그런 생각을 하실 수 있죠? 하지만 바라건 대 그때가 올 거예요. 그럼 당신도 그를 좋아하시리라 믿어요."

"저도 의심치 않습니다."

그녀의 열정과 따뜻함에 다소 놀란 그가 대답했다.

그는 그녀의 이웃들이 웃자고 만들어낸 농담일 뿐이라고 짐작했기 때 문에 윌로비와 그녀의 관계를 말할 수 있었던 것이다. 그렇지 않았다면 절대로 그런 말은 못했을 것이다.

제 19 장

에드워드는 일주일을 시골집에서 머물렀다. 그 뒤 대시우드 부인으로 부터 좀 더 지내다가 가라는 진지한 부탁을 받았다. 그러나 마치 그가 자 기 고행에 몰두하기 시작한 것처럼 가장 즐거울 때 떠나기로 작정한 것 같았다. 이삼 일 전부터는 그의 기분이 불안정하긴 했어도 매우 좋아진 편이었다. 그는 점점 더 그 집과 환경의 일부가 되어 갔으며, 한숨 없이 는 떠난다는 말을 하지 않았고, 아무 약속도 하지 않겠다고 선언했으며, 심지어 그곳을 떠나서는 어디로 가야 할지도 확실치 않았다. 하지만 그 래도 그는 떠날 작정인 듯했다. 그렇게 시간이 빨리 간 적이 없었다고, 도저히 믿을 수가 없다고 그는 거듭 말했다. 그가 말한 다른 것들은 그의 감정 변화를 극명하게 드러냈으며, 그의 행동에 변명이 되었다. 그는 노어랜드에서 아무런 즐거움도 느끼지 못했다. 심지어 시내에 있어도 끔찍했다. 하지만 노어랜드든 런던이든 그는 가야만 한다고 했다. 그는 그들이 베푼 친절을 무엇에도 비교할 수 없을 만큼 높이 평가했고, 그들과 함께 있을 때가 가장 행복하다고도 했다. 그가 남길 소망하는 가족들의 간절한 만류에도 불구하고 그는 무조건 주말에는 그들 곁을 떠나야 한다고 했다.

엘리너는 이런 식으로 행동하는 배후에는 그의 어머니가 있다고 생각되었다. 그에게 그런 불완전한 성격의 어머니가 있다는 것은 퍽 다행한 일이었다. 왜냐하면 그 아들 입장에서 보았을 때 이상한 점이 있다면 대개 어머니 탓으로 돌릴 수 있는 변명이 되기 때문이었다. 그러나 그녀는 실망과 곤란함에 빠져 있었고, 때로는 그녀에 대한 그의 불확실한 행동이 불쾌했음에도 그녀는 솔직하게 받아들이고 그럴 수 있겠다고 생각하고 넘어가기로 마음먹었다. 윌로비의 경우 어머니가 하도 두둔하는 바람에 마지못해 이해하기로 했으면서도 말이다. 활발하지도 못하고, 패기도 없고, 일관성도 없었지만 그가 독립을 하지 못한 데다 어머니인 페라스 부인의 성향을 잘 알기 때문에 그런 것이 아닌가 하는 관대한 마음이 들었던 것이다. 그의 짧은 방문 기간과 그들 곁을 떠나겠다는 일관된 고집은 피할 수 없이 어머니와 타협해야 했기 때문이라는 생각이 들었다. 오랫동안 하고 싶은 대로 하지 못하고, 해야 할 의무가 있는 것만 해왔던 데에 쌓인 불평거리와 아이를 꽉 잡고 살았던 것들이 모든 것의 원인이었다. 이러한 어려움이 언제 사라지게 될지를 알 수 있다면 그녀는 기쁘겠지만 이러한 대립은 페라스 부인이 바뀌고, 그의 아들이 행복해질 자유가 있을 때 사라질 것이다. 그러나 그런 허망한 기대에서부터 그녀는 에드워드가 자신을 변함없이 사랑한다는 자신감을 회복해서 위로로 삼아야만 했다. 바턴에 머물며 그가 지었던 표정과 말투를 하나하나 기억하고, 무엇보다도 한시도 빼놓지 않고 손가락에 끼고 있었던 사랑의 증거에 기댈 수밖에 없었다.

마지막 날 아침식사를 할 때 대시우드 부인이 말했다.

"에드워드, 내 생각엔 말일세. 자네가 시간을 투자할 직업이 있다면 더 행복해질 거 같네. 계획하고 행동하는데 흥미를 가질 일 말이야. 그렇게 되면 친구들과 좀 불편해질 수도 있네만, 자네의 많은 시간을 친구들에게 할애해야 하는 건 아니잖나? 하지만 적어도 한 가지 면에서는 실질적으로 이득이 될 걸세. 그러니까 자네가 친구들을 떠나면 어디로 가야할지 알게 될 걸세."

"부인께 맹세합니다만, 저도 부인께서 방금 생각하신 것처럼 이 점에 대해 오랫동안 생각해왔습니다. 제가 맡아서 할 사업도, 제게 일자리를 줄 수 있는 직업도, 독립할 만한 어떤 여유도 없다는 것은 과거에도, 지금도, 앞으로도 큰 불행일 것입니다. 하지만 저 자신의 까다로움과 제 친구들의 까다로움은 지금의 게으르고 무력한 저를 만들었습니다. 우리는 한 가지 직업을 선택하는 데 결코 의견일치를 보지 못했으니까요. 저는 지금도 그렇지만, 늘 성직자 생활을 동경했습니다. 그러나 저의 가족이 보기에는 현명한 게 아니죠. 가족은 군대에 가라고 권했습니다. 그건 머리 쓸 일이 너무 많아 제게는 부담스러운 일입니다. 법률가는 가문이 매우 좋아야 하지요. 사원에 집무실을 가진 젊은 남자들이 최고급 모임에 출석하며, 아주 세련된 이륜마차를 타고 작은 마을을 둘러보죠. 하지만 가족들이 원하는 만큼 저는 법률에는 취미가 없습니다. 법 공부가 덜 난해하다고 해도 말이지요. 해군이라면 어느 정도 인기가 있었지만, 모집할 즈음엔 전 이미 나이 제한에 걸리더군요. 그러다가 직업을 가질 필요가 없게 되어서, 어깨에 붉은색 코트를 걸치지 않고도 그들처럼 위세당당하고 사치스러워졌지요. 빈둥거리며 노는 것이야말로 가장 유익하고 영예로운 것 아니냐고 하게 된 것이지요. 주변 사람들이 아무것도 하지 말라고 꼬드기는데 열여덟 살의 젊은이가 무엇을 알아서 그걸 떨쳐내고 일에 몰두하겠어요. 따라서 저는 옥스퍼드에 들어갔고, 지금까지 이렇게 한량으로 지내고 있습니다."

"내가 보기에는 말일세. 한가함이 자네의 행복을 증진시키지 못했기 때문에 나중에 자네의 자식들은 칼유멜라(소설가 리처드 그레이브스의 동명 소설의 주인공으로 자식에게 갖가지 직업 교육을 시킨다.)의 자식들처럼 양육하게 될 걸세."

대시우드 부인이 말했다.

"가능한 한 제 아이들은 저와는 다르게 키울 것입니다. 느낌, 행동, 조건, 모든 면에 있어서 말입니다."

진지한 어조로 그가 말했다.

"이봐, 이것이 바로 의기소침의 직접적인 발로라네, 에드워드. 자네는 참 우울한 기질을 갖고 있네. 그러니 자네와 같지 않은 사람은 틀림없이 행복할 거라고 생각하지. 하지만 어떤 교육을 받든, 어떤 지위에 있든 친구들과 헤어지는 고통은 모든 사람이 느끼는 과정임을 기억하게. 자넨 그래도 행복한 거네. 단지 인내심을 가지고 기다리기만 하면 되잖아? 좀 더 매력적인 이름으로 부른다면 희망이라 하지. 자당께서도 때가 되면 자네가 그토록 열망하는 독립을 보장해주실 거야. 그건 어머니로서의 의무지. 또한 머지않아 자네의 청춘을 온통 불만으로 낭비하지 않도록 하는 것이 곧 모친의 행복이 될 걸세. 몇 달 사이에 얼마나 많은 일을 하게 될지 모르지 않나?"

"제 생각에는 제게 좋은 일이 생기려면 무수히 많은 달을 보내야 될 것 같습니다."

에드워드가 대답했다.

비록 대시우드 부인에게 전달할 수 없을지라도 이런 낙담하는 마음은 순식간에 헤어지는 마당에 더한 아픔을 남겼고, 특히 엘리너의 감정에 언짢은 인상을 남겼다. 그래서 해소하는데 얼마간의 시간과 노력을 쏟아야 했다. 하지만 언짢음을 해소하려고 결심하면서, 또 그가 떠난다는 사실에 그녀의 가족이 더 괴로워하고 있다는 것을 보이지 않으려고 하면서, 매리앤이라면 현명하다고 여기고 취했을 방법을 택하지는 않았다. 매리앤이라면 슬픔을 달래고 진정시키기 위해서 침묵하고 홀로 떨어져서 한가하게 게으름을 피웠을 것이다. 그들의 방법은 목적에 따라 달랐으며, 각자에게 발전의 기회로도 적합했다.

엘리너는 그가 집에서 나가자마자 작업대에 앉아 온종일 분주하게 일을 하였으며, 그의 이름을 언급하려고도 회피하려고도 하지 않고 예전처럼 평범하게 식구들에 대한 관심을 보였다. 만약 이런 행동으로도 그녀의 슬픔이 가라앉지 않는다 해도 적어도 불필요하게 커지는 것을 막을 수는 있었다. 이런 모습으로 인해 어머니와 동생들도 걱정을 덜게 되었으니까.

이와 같은 행동, 즉 엘리너에게는 매리앤의 행동이 결점으로 보이는 것과 마찬가지로, 매리앤에게도 엘리너의 행동이 아무 가치가 없어 보였다.

그녀는 매우 담담해 보였다. 감정이 격렬하면 자제란 불가능하고, 담담한 경우에는 자제가 무슨 미덕이냐는 것이었다. 언니는 얼굴을 붉히며 자신의 애정이 담담하다는 것을 인정했고, 그다지 부정하지 않았다. 그러니 매리앤의 애정이 언니와는 달리 매우 강렬하다는 것을 자연스레 입증한 셈이었다. 언니를 그렇게 생각해야 하는 것이 속상하긴 했지만 그런 언니를 여전히 사랑하고 존경하고 있었다.

엘리너는 가족들을 피하거나 가족들과 마주치지 않기 위해 혼자 집을 나와 한적한 곳을 찾지도 않았으며, 뜬눈으로 밤을 지새우지도 않았다. 그러면서도 하루에도 몇 번씩 다양하게 변하는 기분에 따라 그를 불쌍하게 여기기도 하고, 원망도 하고, 의심도 하는 등 그를 생각할 여유를 찾게 되었다. 어머니와 여동생이 자리를 비워서가 아니라 적어도 그들의 성격상 서로 일체 말을 삼갔기 때문에 혼자 생각할 수 있는 시간이 많았던 것이다. 엘리너의 마음은 자유로웠다. 생각은 어디에도 얽매이지 않았고, 과거와 미래, 흥미로운 주제 등이 그녀 앞에 놓여 있었다. 그것들은 그녀를 집중하게 만들었고, 기억과 회상과 공상에 몰두하게 만들었다.

에드워드가 떠나고 얼마 지나지 않은 아침, 엘리너가 작업대에 혼자 앉아 이런저런 생각에 빠져 있는데 누군가 오는 소리가 들렸다. 잔디가 깔린 정원 입구에 있는 작은 문이 닫히는 소리와 함께 그곳으로 한 무리의 사람들이 들어오고 있는 것이 보였다. 그들 중에는 존 경과 미들턴 부인 그리고 제닝스 부인 말고도 낯선 신사와 숙녀가 있었다. 그녀는 창가에 앉아 있었는데 존 경이 그녀를 알아보고는 문을 두드리기 위해 일행을 떠나 앞으로 나와 디딤돌로 올라섰다. 창문과 현관문과의 거리는 가까워서 크게 소리치지 않아도 웬만한 소리는 다 들렸다.

“음, 새로운 사람들을 데리고 왔단다. 보기엔 어떠니?”

존 경이 그녀에게 말했다.

“쉿! 저분들이 듣겠어요.”

“들어도 상관없어. 파머는 내 동서야. 처제인 샬럿은 빼어난 미인이지. 이쪽으로 고개를 내밀면 그녀를 볼 수 있어.”

엘리너는 무례한 행동이라 생각하고 사양하였다.

“매리앤은 어디에 있지? 우리가 와서 도망가버렸나? 그 애의 피아노 뚜껑이 열려 있는 걸 보았는데.”

“그 애는 산책을 나갔어요.”

마침 제닝스 부인이 다가와 합류했고, 문이 열릴 때까지 이야기를 시작했다.

“잘 있었어요, 아가씨? 대시우드 부인께선 좀 어떠신가요? 그리고 동생은 어디에 있지요? 저런, 혼자로군요! 아가씨 옆에 친구라도 있으면 좋겠군요. 제 딸과 사위를 데려왔어요. 글쎄 느닷없이 들이닥친 거 있죠? 우리가 간밤에 차를 마시고 있는데 마차 소리가 들리는 거예요. 하지만 우리 아이들이라고는 전혀 생각도 못했지요. 나는 그저 브랜든 대령이 다시 돌아왔겠거니 했지요. 그래서 존에게 말했지요. ‘마차 소리가 들리는군. 브랜든 대령이 돌아온 건 아닐까?’ 라고 말이에요.”

엘리너는 나머지 사람들을 맞이하기 위해 그녀가 이야기하는 중간에 어쩔 수 없이 돌아서야만 했다. 미들턴 부인이 낯선 두 사람을 소개하였다. 대시우드 부인과 마거릿이 동시에 아래로 내려왔고, 제닝스 부인이 존 경과 함께 응접실로 들어오면서 하던 이야기를 계속하는 동안 모두 자리를 잡고 앉게 되었다.

파머 부인은 미들턴 부인보다 몇 살 아래로 모든 면에서 그녀와는 완전히 달랐다. 그녀는 키가 작고 통통했으며, 얼굴이 아주 예뻤고, 더할 나위 없는 유머 감각을 지닌 세련된 표정을 지니고 있었다. 언니의 매너만큼 우아하지는 않았지만 인상이 아주 좋았다.

그녀는 크게 웃을 때를 제외하고는 계속 미소를 짓고 있었고, 나갈 때도 미소를 지었다. 그녀의 남편은 진지한 표정을 지닌 스물대여섯 살의 젊은 남자로 아내보다 훨씬 더 옷차림이 감각적이고 세련되어 보였는데 남을 기쁘게 하려 하지도, 남을 보고 기뻐하지도 않았다. 그는 거만한 모습으로 방에 들어와서는 한마디 말도 없이 숙녀들에게 약간 머리를 숙여 인사를 한 뒤 그들과 집을 훑어보고는 탁자에 놓인 신문을 집어 들고 머물러 있는 동안 내내 신문만 보고 있었다.

그와 반대로 한결같이 호의적이고 행복한 기질을 천성적으로 강하게 타고난 파머 부인은 응접실과 집 안에 있는 모든 게 다 좋다고 칭찬하기 전까지는 자리에 앉을 생각도 안 했다.

"훌륭하군요! 여긴 참으로 기분 좋은 방이에요! 저는 지금까지 이렇게 매력적인 것을 본 적이 없어요! 저번에 이곳을 마지막으로 둘러보고 나서 얼마나 좋아졌는지 생각해보세요, 엄마! 저는 항상 이곳이 참 안락한 장소라고 생각했거든요. 부인,—대시우드 부인에게로 몸을 돌리며—하지만 부인께서는 그걸 아주 매력적으로 만들어 놓으셨어요! 언니, 얼마나 좋아졌는지 보세요. 이런 집이 제 집이라면 얼마나 좋을까요! 안 그래요, 여보?"

파머 씨는 아무런 대답도 하지 않았고, 신문에서 눈을 떼지도 않았다.

"남편이 제 말을 못 들었나 봐요. 우습게도 무엇에 빠지면 통 못 알아듣는답니다."

대시우드 부인에게 이런 일은 매우 새로웠다. 그녀는 이렇게 무뚝뚝한 사람을 두고 재치 있게 말하는 것을 본 적이 없었으므로 그들 두 사람을 놀라운 눈으로 바라보았다.

그러는 사이에도 제닝스 부인은 될 수 있는 한 큰소리로 전날 저녁에 만난 친구들에 대해 끊임없이 말하였다. 파머 부인은 그들이 놀라워하던 일을 회상하면서 마음껏 웃었으며, 모두들 그것이 마치 대단히 놀랄 일이었던 것처럼 서너 번씩이나 맞장구를 쳤다.

"우리 모두 쟤들을 보게 되어서 얼마나 기쁘고 반가웠는지 아가씨도 잘 알 거예요."

비록 둘은 다른 방향에 앉아 있었어도 제닝스 부인은 엘리너 쪽으로 몸을 기울이며 마치 비밀을 얘기하는 듯이 낮은 목소리로 덧붙였다.

"그래도 그렇게 급히 이동하거나 긴 여정을 잡을 필요는 없었는데……. 글쎄 볼일이 있어 런던을 거쳐서 왔다잖아요. 쟤 몸 상태가 안 좋은데도 말이에요. 오늘 아침엔 집에서 쉬라고 했는데도 우리와 함께 왔지 뭐예요. 쟤가 아가씨들을 얼마나 보고 싶었으면 그랬겠어요?"

파머 부인은 웃으며 그렇다고 했다. 덧붙여 무슨 안 좋은 일이 일어나지는 않을 것이라고 말했다.

"쟨 이월에 해산할 예정이거든요."

제닝스 부인이 계속했다.

미들턴 부인은 더 이상 그런 대화를 계속 들을 수가 없어 신문을 보고 있는 파머 씨에게 무슨 뉴스가 있느냐고 물었다.

"아니오, 별거 없습니다."

그는 대답하고는 다시 신문으로 시선을 가져갔다.

"저기 매리앤이 오는군요. 자, 파머, 자넨 굉장히 예쁜 소녀를 보게 될 거네."

존 경이 외치곤 즉시 통로를 지나 앞문을 열고 직접 그녀를 안내했다. 제닝스 부인은 그녀가 나타나자마자 앨런엄에 간 적이 있지 않느냐고 물었다. 그리고 파머 부인은 그 질문에 무언가 알고 있다는 듯 크게 웃어댔다. 파머 씨는 방으로 들어오는 그녀를 잠시 뚫어지게 보고 나서는 다시 신문을 보기 시작했다. 파머 부인은 방에 걸려 있는 그림들에게로 눈을 돌렸다. 그녀는 그림들을 더 자세히 보기 위해 일어났다.

"어머나, 세상에! 정말 아름다워요, 훌륭해요! 너무 멋져요! 엄마, 이것 좀 보세요. 얼마나 아름다운지요! 정말 매력적인 그림이네요. 영원히 그림만 보고 있어도 되겠어요."

그러고는 다시 자리에 앉아 언제 그런 것들이 있었냐는 듯이 곧 잊어버렸다.

미들턴 부인이 나가려고 일어서자 파머 씨 역시 신문을 놓고 일어나서는 기지개를 켜며 주위에 있는 사람들을 휘 둘러보았다.

"여보, 당신 내내 졸았지요?"

그의 아내가 웃으면서 말했다.

그는 아무 대답 없이 다만 다시 방을 살펴본 후 낮고 구불구불하게 휜 천장을 유심히 쳐다볼 뿐이었다. 그러고는 인사를 하고 자리를 떠났다.

존 경은 다음 날 모두에게 파크에서 시간을 보낼 것을 거듭 권하였다. 시골집에서가 아니면 그들과 자주 식사를 하지 않는 대시우드 부인은 물론 거절했고, 딸들은 마음 내키는 대로 하면 되었다. 파머 부부가 식사를 어떻게 하는지 궁금하지도 않았고, 다른 어떤 것에도 즐거울 것 같지 않았다. 그래서 날씨가 어떻게 될지 몰라 움직이기 힘들다는 핑계를 대며 양해를 구하려고 시도했다. 하지만 존 경은 마차를 보내겠으니 꼭 오라고 청했다. 미들턴 부인 역시 대시우드 부인에게는 조르지 않았지만 자매에게는 계속해서 권하였다. 제닝스 부인과 파머 부인 역시 가세하는 모습이 가족끼리의 모임은 피하고 싶어 하는 것만 같았다. 그리하여 젊은 아가씨들은 달갑지 않았지만 뜻을 굽힐 수밖에 없었다.

그들이 가고 나자 매리앤이 말했다.

"어째서 그들은 끈질기게 우릴 초대하는 거지? 아무리 이 시골집의 임대료가 싸다 해도 그들에게 손님이 올 때마다 우리가 같이 식사를 해야 한다면, 그건 우리에게 너무 불리한 조건이야."

"그전에 받았던 초대나 이런 초대나 그들은 우리에게 정중하고 친절하게 대하려는 것에서 비롯된 거야. 그들이 여는 파티가 지루하거나 따분해지지 않는 이상 그들에게 달라질 것은 없지. 우리는 다른 것에서 변화를 찾으면 돼."

엘리너가 말했다.

제 20 장

대시우드 자매가 다음 날 파크의 문을 들어섰을 때 파머 부인은 여전히 명랑한 모습으로 다른 쪽 문에서 달려나왔다. 그녀는 모두에게 손을 들어 다정하게 인사를 했고, 다시 한번 그들을 보게 되어 매우 기쁘다는 표정을 지었다.

"여러분을 보니 정말 기쁘네요!"

엘리너와 매리앤 사이에 앉으면서 그녀가 말했다.

"아가씨들이 오지 않았다면 오늘 하루는 망쳤을 거예요. 그랬다면 우리는 충격을 받아 내일 다시 떠나버릴 생각을 했을 거예요. 아가씨들도 알다시피 다음 주에 웨스턴 씨 가족이 방문하기로 되어 있어 우리는 떠나야 해요. 우리가 여기에 온 것은 계획에 없었던 일이고, 나는 마차가 문 앞으로 올 때까지도 모르고 있었는데, 우리 집 양반이 함께 바턴에 가지 않겠느냐고 묻더라고요. 그 양반, 참 웃기지요? 그 양반은 나한테 아무것도 의논하지 않아요. 우리가 더 오래 머물 수 없어서 서운해요. 하지만 우리는 곧 런던에서 다시 만나게 되리라 믿어요."

대시우드 자매는 그런 기대를 하지 못하게 막지 않을 수 없었다.

"뭐라고요? 런던에 오지 않는다니요? 아가씨들이 오지 않는다면 난 굉장히 실망할 거예요. 나는 세상에서 가장 멋진 집을 얻어줄 수도 있어요. 하노버 광장에 있는 우리 집 바로 옆집이라도요. 그러니 꼭 와야 해요. 만약 대시우드 부인이 사람들 앞에 나가는 걸 좋아하지 않으신다면 제가 해산할 때까지는 언제라도 아가씨들과 동행할게요."

파머 부인이 웃으면서 소리쳤다.

그들은 그녀에게 감사를 표하면서도 그 초대를 거절했다.

"아, 여보, 당신이 대시우드 자매가 올 겨울에 런던에 오도록 설득 좀 해보세요."

파머 부인이 막 방으로 들어온 남편에게 소리쳤다.

그러나 그녀의 남편은 아무런 대답도 하지 않았다. 그러고는 숙녀들에게 가볍게 목례를 한 후 날씨에 대해 불평하기 시작했다.

"불쾌하기 짝이 없는 날씨군! 이런 날씨는 모든 것들을 넌더리나게 만든단 말이야. 저렇게 비가 오니 실내는 아주 눅눅해지지. 또 날씨로 인해 사람들 만나는 것도 싫어지게 되고 말이야. 도대체 존 형님은 집안에 당구장도 만들지 않고 뭘 하신 게야? 이럴 때를 대신할 즐거움을 아는 사람이 이렇게도 없다니! 날씨만큼이나 우둔한 사람이야."

나머지 일행들이 곧 안으로 들어왔다.

"매리앤, 앨런엄까지 늘 산책하던 일을 못 해서 어떡하나요?"

매리앤은 아주 침통한 표정으로 아무 말도 하지 않았다.

"오, 우리 앞에서 그렇게 내숭 떨지 말아요."

파머 부인이 말했다.

"분명히 우리는 그 일에 관해 알고 있으니까요. 그리고 아가씨의 취향은 매우 훌륭해요. 제가 보기에도 그는 아주 잘생겼더라고요. 아가씨도 알다시피 우리는 그가 사는 곳에서 그렇게 멀지 않아요. 아마 십 마일도 채 안 될 거예요."

"삼십 마일보다 훨씬 가깝지."

그녀의 남편이 말했다.

"아, 그래요! 차이가 많지는 않아요. 그의 집에 가본 적은 없지만 사람들이 말하길 그 집이 아주 멋진 곳이라던데요."

"내가 지금까지 보았던 어떤 곳보다도 형편없는 집이지."

파머 씨가 말했다.

매리앤은 완벽하게 침묵을 지켰지만 얼굴만큼은 무슨 이야기인지 솔깃한 표정이 되어 있는 것을 숨길 수 없었다.

"그 집이 형편없다고요? 그럼 내가 아주 예쁘다고 생각하는 장소는 다른 곳이겠군요."

그들이 식당으로 와서 앉자, 존 경은 모인 사람이 모두 8명밖에 되지 않는 것을 유감스러운 듯 바라보다가 부인에게 말했다.

"여보, 너무 조촐하지 않소. 왜 당신은 길버트 가족에게 오늘 우리 집으로 오라고 초대하지 않았소?"

"여보, 제가 초대하지 않을 거라고 말씀드리지 않았던가요? 그들은 저번에 우리하고 식사를 했잖아요."

"자네와 나 사이에 그런 격식은 따지지 않는 게 좋겠네."

제닝스 부인이 말했다.

"그러면 경우 없는 사람이 되는 겁니다."

"여보, 당신은 모든 사람들을 나쁘게 평하고 있어요."

평소처럼 웃음을 지으며 아내가 말했다.

"너무 무례하다는 걸 아세요?"

"내가 장모님이 경우가 없다고 말하는 데 있어서 반대 의견을 가진 사람과 만나게 될 줄은 미처 몰랐는걸."

"아, 자네가 기쁘다면 날 욕해도 되네. 자네는 이미 샬럿을 내 손에서 빼앗았으니 다시 그 애를 물릴 수는 없네. 그 점에서 나는 자네보다 한 수 위에 있지."

마음씨 좋은 노부인이 말했다.

샬럿은 남편이 자신으로부터 벗어날 수 없다는 생각이 들자 마음껏 웃었다. 그러고는 결국 같이 살지 않으면 안 되므로 자기에게 얼마나 화가 나 있는지는 별 관심 없다고 의기양양하게 말했다. 어떤 사람도 파머 부인보다 더 좋은 천성을 지니거나 원만한 행복을 가질 수는 없었다. 남편의 의도된 무관심, 오만함, 그리고 불만은 그녀에게 아무런 고통도 주지 않았으며, 그가 나무라거나 불평을 할 때면 그녀는 아주 흥겨워했다.

"우리 집 양반은 너무 익살꾸러기예요! 항상 기분이 언짢아 있다니까요."

그녀가 엘리너에게 속삭였다.

엘리너가 주의 깊게 그를 살펴본 바 그런 척할 뿐이지, 실제로 삐딱한 본성을 가지고 있다고는 생각되지 않았다. 대부분의 남성들이 그렇듯이 미모에 현혹되는 편견 때문에 매우 어리석은 여자의 남편이 되었음을 자각하면서부터 일부러 변했는지도 모른다. 하지만 이런 종류의 실수는 지각 있는 남자일지라도 누구에게나 워낙 흔하게 일어나는 일이라 그것 때문에 두고두고 상처를 받지 않는다는 것을 그녀는 알고 있었다. 오히려 남들보다 뛰어나 보이고 싶은 욕망에 타인들에게 배타적으로 행동하고 모든 것에 불만인 척할 수도 있었다. 그것은 다른 사람들보다 우월해 보이려는 욕구였다. 그 동기는 너무나 평범한 것이어서 놀랄 만한 것이 못 되었다. 하지만 무례하게 보여서 자신의 우월성을 확립했다 해도 그 방법은 아내를 제외한 어떤 사람에게도 호감을 주는 것 같지는 않았다.

"오, 사랑스런 대시우드 양, 나는 아가씨와 아가씨 동생을 초대하고 싶어요. 이번 크리스마스에 클리블랜드로 와서 시간을 보내지 않겠어요? 제발 그렇게 해요. 그리고 웨스턴 가족이 우리와 함께 있는 동안에 오세요. 그렇게 해준다면 내가 얼마나 기쁠지 상상도 못할걸요. 정말 즐거운 일이 될 거예요! 사랑스런 아가씨!"

이렇게 말한 뒤 파머 부인은 남편에게 물었다.

"당신은 대시우드 자매가 클리블랜드로 오는 것을 원하지 않으세요?"

"왜 아니겠소, 그게 바로 당신이 데번셔에 온 이유 아니오?"

그는 냉소적으로 대답했다.

"자, 우리 집 양반도 아가씨들이 오기를 원하시잖아요. 그러니까 거절할 수 없을 거예요."

대시우드 자매는 둘 다 단호하게 그녀의 초대를 거절하였다.

"하지만 아가씨들은 오게 될 거예요. 틀림없이 아가씨들은 그 어디보다 그곳을 좋아할 거라고 믿어요. 웨스턴 씨네 가족도 우리와 함께 지낼 것이고, 아주 즐거운 일이 될 거예요. 아가씨들은 클리블랜드가 얼마나 아름다운 곳인지 상상도 못 할 거예요. 그리고 우리 집 양반이 지방 선거 운동을 하며 그 지방을 순회할 예정이기 때문에 무척 기대돼요. 한번도 본 적이 없는 사람들이 우리와 함께 식사를 하려고 몰려오거든요. 정말 신나는 일이지요! 하지만 남편에게는 피곤한 일일 거예요, 가엾게도. 왜 냐하면 그 사람들에게 일일이 호감이 가도록 행동해야 하니까요."

엘리너는 동의한다는 얼굴 표정을 짓고 있는 것도 힘든 일이었다.

"그가 의원이 되면 얼마나 멋진 일일까! 그렇지 않아요? 하원의원인 그분의 이니셜이 적힌 모든 편지가 의원들을 통해 그에게 전달된다니 웃길 거 같아요. 하지만 그가 나한테는 결코 그 이니셜을 사용하지 못하도록 할 거라고 대놓고 말하더라구요.(당시 의원들에게는 무료로 우편물을 보낼 수 있는 특권이 있었다.) 그렇지 않아요, 파머 씨?"

그러나 파머는 샬럿을 쳐다보지도 않았다.

"그는 편지 쓰는 걸 못 견뎌해요, 아시죠? 그게 재수 없는 일이라나 뭐라나."

"아니오, 나는 결코 그렇게 비이성적으로 말하지 않았소. 하지도 않은 말로 날 모욕하지 마시오."

그가 말했다.

"보세요, 그이가 얼마나 웃긴지 아시겠죠? 항상 이런 식이에요. 때로는 한나절 동안이나 저에게 말도 하지 않다가 너무나 웃긴 걸로 저를 당황하게 만들지요. 세상 무슨 일에나 다 저런 식이라니까요."

그들이 응접실로 돌아왔을 때 그녀는 자기 남편이 어떠했는지 지나치게 물어봄으로써 엘리너를 매우 놀라게 했다.

"분명히, 매우 유쾌한 분인 것 같아요."

엘리너는 마지못해 대답했다.

"그렇게 말해주니 아주 기쁜걸요. 아가씨가 그렇게 말할 줄 알았어요. 그분은 아주 쾌활하시죠. 그리고 아가씨들과 함께 해서 아주 기뻐하고 있답니다. 만약 아가씨가 클리블랜드로 오지 않는다면 그가 얼마나 실망할지 상상도 할 수 없을 거예요. 나는 아가씨가 왜 사양하는지 잘 모르겠어요."

엘리너는 다시 초대를 정중하게 거절했다. 그리고 화제를 바꾸어 초대를 끝맺게 하였다. 그리고 잘 알지 못하는 미들턴 가의 사람들로부터 주워듣느니 같은 주에 사는 파머 부인이 윌로비의 전체적인 성격에 대해 좀더 특별한 설명을 해줄 수 있을지도 모른다고 생각했다. 그래서 누구에게든 들어서 윌로비의 좋은 점에 확신을 해서 매리앤의 두려움을 사라지게 해주고 싶었다. 그녀는 클리블랜드에서 윌로비 씨를 많이 보았는지, 그리고 그와 친하게 지내는지를 묻기 시작하였다.

"오, 그렇고말고요! 그를 아주 잘 알아요."

파머 부인이 대답했다.

"그와 직접 이야기를 나눈 적은 없지만 시내에서 종종 그를 보았지요. 어찌된 일인지 그가 앨런엄에 있는 동안 나는 바턴에 머물렀던 적이 없어요. 어머니께선 전에 한번 여기에서 그를 보았다지만, 그때 저는 웨이머스에서 삼촌과 함께 있었죠. 불행히도 같은 지역에 머물렀던 적은 없지만요. 서머싯셔에서는 그를 상당히 많이 보았어요. 그러나 협곡 근처는 아니라고 생각돼요. 하지만 그가 거기에 자주 왔었다 해도 우리 집 양반이 그를 방문했을 거라고는 생각하지 않아요. 왜냐하면 아가씨가 알고 있는 것처럼 별로 내키지 않아 하고, 또 거리도 상당히 머니까요. 왜 그에 대해서 자세히 묻는지 그 이유를 알아요. 아가씨의 동생이 그와 결혼할 예정이죠? 굉장히 기쁜 소식이에요. 그렇게 되면 그녀는 우리 이웃이 될 테니까요."

"정말 저보다 그 일에 대해 더 많이 알고 계시네요. 혹시 둘이 결혼한다고 생각하는 어떤 이유가 있으신가요?"

"부인하려고 하지 말아요. 사람들이 다 그렇게 말한다는 걸 잘 알고 있잖아요? 분명히 여기 오는 길에도 들었단 말이에요."

"파머 부인!"

"맹세하건대 들었어요. 우리가 시내를 떠나기 직전에 본드 가에서 월요일 아침에 브랜든 대령을 만났는데 그분이 나한테 직접 그 얘길 했어요."

"당신은 저를 너무나 놀라게 하시는군요. 브랜든 대령께서 그 얘길 하다니요? 분명히 잘못 들으신 거예요. 그런 말로 아무 관계도 없는 사람을 모함하시면 안 됩니다. 설사 그것이 사실이라 해도 브랜든 대령은 다른 사람에게 그런 얘기를 할 분이 아니에요."

"하지만 그가 그렇게 말했다는 걸 맹세할 수 있어요. 그리고 어떻게 그 일이 일어났는지 말해줄게요. 우리가 그를 만났을 때 그는 뒤로 돌아 우리와 함께 걸었죠. 우리는 형제, 자매에 관해 이것저것 이야기를 하다가 제가 그에게 '그래, 대령님, 바턴에 새로운 가족이 왔다면서요. 저의 어머니께서 그들이 아주 예쁘고, 그 중 하나가 마그나 협곡의 윌로비 씨와 결혼할 거라고 말씀하시던데요. 그게 사실인가요? 당신은 얼마 전까지 데번셔에 계셨으니까 물론 잘 아시겠죠?' 라고 말했죠."

"그래, 대령께선 뭐라고 말씀하시던가요?"

"오, 그는 말을 많이 하지는 않았지만 마치 그것이 사실이라고 말하는 것처럼 보였어요. 그래서 그 순간부터 저는 사실로 받아들였지요. 얼마나 기쁜 일이에요! 식은 언제 올릴 건가요?"

"브랜든 씨는 건강하시던가요?"

"오, 그래요. 아주 좋으셨어요. 그리고 침이 마르도록 당신을 칭찬하고 좋은 점만 말했어요."

"저는 그분의 칭찬을 들을 만하지 않아요. 그분이야말로 훌륭한 분으로, 보기 드물게 괜찮은 분이라고 생각해요."

"저도 그렇게 생각한답니다. 그는 아주 진지하고 무던한 게 유감이긴 하지만, 매력적인 남자예요. 어머니는 그가 아가씨의 동생을 사랑했었다고 말씀하셨어요. 만약 그랬다면 그것은 뜻밖의 일로 축하할 일이죠. 그는 누구하고도 사랑에 빠진 적이 없거든요."

"부인께서 사시는 서머싯셔 지방에서 윌로비 씨는 유명한 분인가요?" 엘리너가 물었다.

"오, 그래요. 아주 잘 알려져 있지요. 다시 말해 나는 많은 사람들이 마그나 협곡이 너무나 멀리 떨어져 있기 때문에 그를 안다고는 믿지 않아요. 하지만 그들은 모두 그가 아주 좋은 사람이라고 생각한다는 걸 장담할 수 있지요. 가는 곳마다 윌로비 씨보다 더 호감을 얻는 사람은 없었어요. 그러니 동생분에게 말해도 좋아요. 장담하건대 그를 잡은 아가씨의 동생은 무지무지하게 운이 좋은 거예요. 하지만 아가씨의 동생을 알게 되었으니 그도 못지않게 운이 좋은 거지요. 동생분도 아주 미인이고, 무엇보다 상냥하니까 어디 하나 빠지지 않지요. 그러나 내가 생각하기에 두 아가씨 모두 대단히 예쁘지만 당신만큼은 못돼요. 아니, 셋 다 예뻐요. 비록 간밤에는 인정하지 않았지만 우리 집 양반 역시 그렇게 생각하세요."

월로비에 관한 파머 부인의 정보는 그렇게 믿을 만한 것은 아니었지만 일부분의 이야기는 그녀에게 기쁨을 주었다.

"드디어 우리가 친해져서 매우 기뻐요. 그리고 우리가 늘 훌륭한 친구가 되길 빌게요. 내가 얼마나 당신을 보고 싶어 했는지 모를 거예요! 당신이 그 시골집에 살고 있다니 너무 기뻐요! 그보다 더 기쁜 일은 없을 거예요. 게다가 당신 동생이 결혼을 잘하게 되었다니, 그 얼마나 기쁜 일이에요! 당신이 마그나 협곡에서 많은 시간을 보내게 되기를 바라요. 뭐니 뭐니 해도 그렇게 아름다운 곳은 없어요."

샬럿이 말했다.

"당신은 브랜든 대령과 오랫동안 사귀어 왔지요, 그렇지 않나요?"

"그래요, 아주 오래되었지요. 언니가 결혼한 이래로 죽 알고 지냈지요. 그분은 형부의 특별한 친구시니까요. 그분은 가능했다면, 나와 연인 사이가 되었을 거예요. 언니 부부는 그것을 간절히 바라셨어요. 하지만 어머니께서는 그가 나에게 어울리는 배우자는 아니라고 생각하셨죠. 그렇지 않았다면 형부가 그 점을 말씀하셨을 것이고, 우리는 즉시 결혼했을 게 틀림없어요."

"브랜든 대령은 사전에 당신 어머니가 존 경에게 제안하셨다는 것을 모르셨나요? 그분은 당신에 대해 애정을 느끼신 적이 결코 없었나요?"

"오, 없었어요. 하지만 어머니께서 반대하지 않으셨다면 그가 굉장히 저를 좋아했을 거라고 장담해요. 그러고 나서 그분을 뵌 건 두 번도 안 돼요. 내가 학교로 떠나기 전이었거든요. 하지만 저는 지금 굉장히 행복해요. 남편이야말로 내 이상형이거든요."

제 21 장

파머 씨 부부는 다음 날 클리블랜드로 돌아갔고, 바턴에 사는 두 가족은 다시 그들끼리 어울리는 처지로 남았다. 그러나 이것은 오래 지속되지 않았다. 엘리너가 마지막 방문객들을 머릿속에서 지워버리기도 전에, 아무런 이유도 없이 행복하기만 한 샬럿과 훌륭한 능력을 가지고 있음에도 매사 불만스러운 파머 씨 부부의 이상한 부조화에 대해 궁금증을 다 풀기도 전에, 존 경과 제닝스 부인은 사교적인 모임을 갖고자 하는 적극적인 열성으로 새로이 관찰할 낯선 사람들을 데려왔다.

언젠가 엑스터로 아침 산책을 나갔다가 두 명의 아가씨를 만났는데 그들이 제닝스 부인의 먼 친척이라는 사실을 알게 된 부인이 기뻐하자 존 경이 엑스터에서의 볼일을 끝내는 즉시 그들을 파크로 초대하겠다고 말했던 것이다. 엑스터에서의 그들의 사소한 볼일은 그러한 초대 앞에서 사

라지고 말았다. 미들턴 부인은 생전 본 적도 없는 묘령의 두 아가씨들이 곧 방문을 한다는 소식을 듣고는 당황하여 허둥댈 수밖에 없었다. 그 문제에 대해서 남편과 어머니에게 재차 물어봤음에도 그들의 대답은 별 도움이 되지 않았다. 제닝스 부인이 위로랍시고 한 말, 즉 그들이 그녀의 먼 친척이라는 것이 사태를 훨씬 더 악화시켰다. 친척이란, 못마땅한 점이 있어도 서로 참는 수밖에 없으므로 그들의 신분과는 상관없이 너무 신경 쓰지 말라고 당부했던 것이다. 어쨌건 그들을 오지 못하게 할 수는 없었으므로 미들턴 부인은 교양으로 무장된 가치관으로 그에 대한 생각을 포기하고 단지 하루에 대여섯 번씩 남편을 질타하는 것으로 만족하였다.

마침내 아가씨들이 도착하였다. 그들의 외모는 품위 있었고, 감각도 뛰어났다. 우아한 옷차림에 예절도 정중했으며, 그 집과 가구를 보고 감탄하는 모습을 보였다. 또한 지나치게 아이들을 귀여워해서 파크에 온 지 한 시간도 채 안 되어 미들턴 부인은 그들에게 곧 호감을 느꼈다. 교양 있는 미들턴 부인이 그 아가씨들을 마음에 든다고 한 찬사는 아주 엄청난 칭찬이었다. 이런 칭찬으로 직접 내린 판단에 대한 자신감이 솟은 존 경은 대시우드 자매에게 스틸 자매가 도착했음을 알리려 곧장 시골집으로 갔다. 그들이야말로 세상에서 가장 아름다운 아가씨들이라고 강조하였다. 그러나 이와 같은 칭찬에도 불구하고 두 아가씨들에 대해 알고 있는 정보는 그리 많지 않았다. 엘리너는 세상의 가장 아름다운 아가씨들은 각기 다른 체형과 얼굴과 성격과 이해력으로 잉글랜드의 어느 지역에서나 만날 수 있다는 걸 잘 알고 있었다. 존 경은 대시우드 가족 모두가 곧바로 파크로 와서 자신의 집에 찾아온 손님들을 봐주길 원했다. 자비롭고 인정 많은 사람이기도 하지! 그는 사돈의 팔촌이라고 해도 자기만 알고 지내는 것을 용납할 수 없었던 것이다.

"바로 와야 해. 꼭 와야 한다. 내가 꼭 올 거라고 다른 사람들에게 말해 놓으마. 너희들도 그들을 아주 좋아하게 될 거야. 루시는 말할 수 없이 예쁘고 착하고 상냥해! 아이들은 마치 루시를 오래 알고 지낸 양 벌써 그녀한테 매달려 있지. 그리고 그 아가씨들도 너희들을 무척이나 보고 싶어 한단다. 왜냐하면 엑스터에서 너희들이 세상에서 가장 아름다운 아가씨들이라는 말을 들었거든. 게다가 내가 그게 모두 사실이고 그보다 훨씬 더 예쁠 거라고 했지. 그들을 만나면 너희들도 즐거울 거야. 그 아가씨들이 아이들에게 줄 장난감을 마차 가득 싣고 왔지 뭐니. 건너와서 볼 생각도 않다니, 어찌 그리 무관심할 수 있니? 결국 상류사회에서는 그들이 너희들의 친척도 되는 거야. 너희들은 나의 사촌이고, 그들은 아내의 친척이거든. 그러니까 너희가 친척이 되는 게 틀림없지."

그러나 존 경의 설득은 소용이 없었다. 그는 겨우 며칠 내에 방문하겠다는 약속을 받아냈고, 자매의 무관심에 놀라면서 시골집을 나섰다. 집으로 와서는 이미 대시우드 자매에게 스틸 자매를 자랑한 것처럼 역으로 그들 자매에게도 자랑하였다.

약속한 대로 파크를 방문해 서로 인사를 나눈 대시우드 자매는 스틸 자매의 맏언니를 보고 서른에 가까운, 밋밋하고 평범하여 감탄할 만한 점이라고는 아무것도 없다고 느꼈다. 하지만 스물두세 살이 채 안 되어 보이는 동생을 보고는 상당히 미인임을 인정했다. 예쁘장한 얼굴에 날카롭고 눈치가 빨랐으며, 똑똑해 보이는 인상을 풍겼다. 비록 그렇게 우아하거나 기품이 있어 보이지는 않았지만 그런 분위기로 인해 돋보였다. 그들의 태도는 아주 정중했고, 엘리너는 곧 그들이 미들턴 부인에게 호감을 살 수 있도록 변함없고 분별력 있는 관심을 보였다는 것을 간파하고는 그들의 감각을 인정하게 되었다. 아이들과 계속해서 즐겁게 놀아주고, 아이들의 아름다움을 극찬하였으며, 아이들의 관심을 받으려고 노력하였고, 모든 변덕을 다 받아주었다. 그들이 이렇게 정중하게 다 받아주자 아이들의 성가신 요구는 계속되었고, 그 외중에도 미들턴 부인이 뭔가를 하고 있으면 그 일을 찬양하느라 분주하였다. 가령 전날에 그녀의 외모를 끊임없는 기쁨 속으로 몰아넣었던 우아한 드레스가 있었다면 그것은 곧바로 귀부인다운 신분을 찬양하는 데 쓰였다. 다행히도 그러한 결점을 통해 아부를 일삼는 사람들의 경우, 자식 사랑에 눈이 먼 어머니는 자식들 칭찬에 입이 벌어지고 눈이 멀어 잘 속아 넘어가게 되어 있었다. 어머니는 터무니없는 것을 요구하고, 그것이 나오는 대로 모조리 삼켜버릴 것이다.

따라서 미들턴 부인의 아이들을 향한 스틸 자매의 과도한 애정과 인내는 조금도 놀랍거나 불신을 가질 일이 아니었다. 그녀는 친척들이 버릇없는 장난과 속임수에 곤란을 겪어도 어머니로서 마냥 흐뭇하였다. 그녀는 아이들이 그들의 허리띠를 풀어가고, 귀밑머리를 당기고, 반짇고리를 뒤져 칼과 가위를 가져가는 것을 보면서도 놀라기는커녕 그것이 다 재미있는 놀이로 여기는 듯했다. 도리어 그 즐거운 놀이에 끼어들지 않고 침착하게 앉아 있는 엘리너와 매리앤이 더 놀라운 듯 여기는 것 같았다.

"존은 오늘 기분이 최고인 것 같군! 장난이 너무 심한걸."

아이가 스틸 양의 포켓용 수건을 꺼내 창문 밖으로 던지는 걸 보며 미들턴 부인이 말했다. 그리고 잠시 후 둘째 아이가 그 아가씨의 손가락을 세차게 꼬집자, 그녀는 다정한 눈길로 말했다.

"윌리엄은 정말 장난꾸러기구나! 그리고 여기에 나의 예쁜 꼬마 아가씨가 왔구나."

그녀는 겨우 몇 분 동안 소란을 피우지 않고 잠잠한 세 살배기 계집아이를 부드럽게 어루만지며 덧붙였다.

"하기야 이 꼬마 아가씨는 늘 부드럽고 조용하지. 이렇게 얌전한 아가씨는 그 어디에도 없을걸."

하지만 불행하게도 그녀가 아이를 포옹하는 순간 머리장식에 꽂힌 핀이 아이의 목을 스치며 상처를 냈다. 그리고 이어서 그 어디에서도 들을 수 없는 비명소리가 터져 나왔다. 아이의 어머니는 놀라 펄쩍 뛰었다. 하지만 스틸 자매의 놀라움은 어머니의 놀라움을 능가하였으며, 그런 위급한 상황에서 어린아이의 고통을 줄일 수 있는 방법이 세 사람에 의해 일사분란하게 진행되었다. 그 꼬마 아가씨는 어머니의 무릎에 앉아 입맞춤 세례를 받았으며, 스틸 자매 중 하나는 상처를 라벤더수로 씻어냈고, 꼬마의 입에는 다른 자매가 넣어 준 사탕이 물려 있었다. 영악스러운 아이는 눈물을 흘린 데 대한 보상을 받고도 울음을 그치지 않았다. 아이는 여전히 비명을 지르고 심하게 울어댔으며, 자기를 만지려 한다며 두 오빠를 거세게 걷어찼다. 모든 사람이 나서서 달랬지만 아무런 소용이 없었다. 미들턴 부인은 다행히도 얼마 전 비슷한 상황에서 살구 잼을 상처 부위에 조금 발라서 성공했던 일을 기억해내고는 똑같은 방법을 썼다. 아이는 이 약을 바른 덕택에 어머니의 팔에 안겨 방에서 나가게 되었으며, 두 소년도 어머니의 엄한 꾸지람을 받으며 방을 나갔다. 4명의 젊은 아가씨들만 덩그러니 방 안에 남겨졌다.

"불쌍도 해라! 큰일 날 뻔한 사고였어."

그들이 나가자 스틸 자매가 말했다.

"글쎄요, 완전히 다른 상황에서 일어났다면 또 모를까, 별로 놀랄 일도 아닌데 한바탕 수선을 피운 거지요."

매리앤이 빈정거렸다.

"미들턴 부인은 정말 상냥한 부인이에요!"

루시 스틸이 말했다.

매리앤은 더 이상 말을 하지 않았다. 아무리 사소한 경우라도 그녀는 진실이 아닌 것은 억지로 말하지 못하는 성격이었다. 따라서 예의상 거짓말을 해야 하는 경우 그것은 언제나 엘리너가 맡아서 해야 했다. 비록 루시보다는 훨씬 덜했지만 그녀는 자신이 느끼는 것보다 좀 더 과장을 보태어 미들턴 부인에 대해 말함으로써 방문자로서의 예의를 다했다.

"……그리고 존 경 역시 매력적인 분이시죠!"

엘리너가 말했다. 하지만 엘리너의 간결한 칭찬은 아무런 호응도 얻지 못했다. 그녀는 단지 그의 천성이 매우 착하며 다정하다고 본 대로 얘기한 것이다.

"그리고 아이들이 너무나 귀여워요! 나는 지금까지 그렇게 착한 아이들은 본 적이 없어요. 난 그 아이들한테 빠져버렸어요. 아이들을 너무 좋아해서 문제라니까요."

"그런 것 같아요. 오늘 아침에 본 것을 미루어 보면 말이에요."

엘리너가 미소를 지으며 말했다.

"당신은 이 댁 아이들이 지나친 응석받이들이 아닌가 하고 생각할지도 모르지요. 아마 그런 면이 없지 않아 있을 거예요. 하지만 그것은 미들턴 부인에게는 당연한 일이지요. 그리고 나도 활발하고 생기 있는 아이들이 좋아요. 만약 아이들이 온순하거나 조용하기만 하다면 별로 예쁘지 않을 거예요."

"고백하자면, 바턴 파크에 있는 동안에는 온순하고 조용한 아이들을 상상할 수는 없을 거예요."

잠시 침묵이 흘렀다. 하지만 곧 스틸 양이 어색한 분위기를 견디기 힘들다는 듯 다소 퉁명스러운 말을 던졌다.

"그런데 데번셔가 좋으세요, 대시우드 양? 당신은 서식스를 떠나는 걸 무척 아쉬워했다고 하던데요."

초면에 이런 당돌한 질문을 하는 것에 놀란 엘리너는 얼떨결에 그랬다고 대답했다.

"노어랜드는 참으로 아름다운 곳이에요, 그렇지 않나요?"

스틸 양이 덧붙였다.

"우리는 존 경께서 그곳을 과분하게 찬미하는 것을 들었거든요."

언니의 거리낌 없는 말을 사과해야 한다고 생각했는지 루시가 말했다.

"나는 모든 사람이 그곳을 좋아할 거라고 생각해요. 그곳을 본 적이 있는 사람들이라면 말이에요. 하지만 우리만큼 그곳의 아름다움을 잘 알지는 못할 거예요."

엘리너가 대답했다.

"거기엔 가문이 훌륭한 남자들이 참 많았지요? 이곳엔 그렇지 않은 것 같아요. 제 생각에는 멋진 신사들이 주변에 많다는 건 무척 즐거운 일이거든요."

"하지만 어째서 언니는 서식스처럼 데번셔에는 가문 좋은 젊은 남자들이 없다고 생각하는 거야?"

민망해진 루시가 언니를 나무라듯 말했다.

"아니, 그건 아니야. 분명히 나는 전혀 없다고 말하진 않았어. 하지만 너도 알다시피 노어랜드에는 멋진 미남들이 많다고 할 수 있잖아. 그리고 나는 단지 대시우드 자매가 예전처럼 그렇게 많은 남자들을 만날 수 없으니 바턴을 따분해 할까 봐 그러지. 하지만 아마 젊은 아가씨들은 미남들한테는 별 관심이 없을지도 모르고, 그들이 있어도 그만, 없어도 그만이라고 생각할지도 모르지. 나는 그들이 멋지게 옷을 입고, 예의바르게 행동하는 게 좋거든. 하지만 난 더럽고 불쾌한 속마음만큼은 질색이야. 엑스터에는 로즈 씨가 있는데 놀랄 정도로 잘생기고 똑똑한 사람이야. 바로 심프슨 씨의 서기지. 그런데 아침에 그를 만나면, 그 몰골을 차마 눈 뜨고 볼 수가 없다니까! 당신 오빠도 굉장한 멋쟁이라지요? 그가 결혼하기 전에도 그랬나요, 대시우드 양?"

"글쎄요, 당신이 말하는 의미를 이해할 수 없어 뭐라고 답해야 할지 모르겠군요. 하지만 결혼하기 전에 멋쟁이였다면 지금도 그럴 거예요. 왜냐하면 오빠는 조금도 변한 게 없거든요."

"아, 그래! 아무도 기혼 남자를 멋쟁이라고 생각하지 않아요. 그들은 뭔가 할 일이 따로 있으니까요."

"맙소사! 앤 언니는 멋쟁이 얘기밖에 할 줄 몰라? 대시우드 양이 그것 외에는 아무것도 생각하지 않는다고 믿게 할 작정인가 봐."

루시는 화제를 바꾸기 위해서 그 집과 가구를 칭찬하기 시작했다.

이 짧은 만남이 스틸 자매에 대해 충분히 알 수 있는 계기가 되고도 남았다. 저속하고 어리석은 언니는 칭찬할 만한 것이라고는 눈 씻고 찾아보려도 없었고, 동생의 영민한 표정에 속아 넘어가 품위 없고 꾸밈없는 결점을 놓치지도 않았기 때문에 엘리너는 그들과 사귀고 싶다는 마음을 접고 서둘러 그 집을 떠났다.

그러나 스틸 자매는 그렇지 않았다. 그들은 존 미들턴 경, 그의 가족, 그리고 그의 친척들에 관한 찬사를 충분히 준비해왔기 때문에 그들이 지금까지 본 아가씨들 중 가장 아름답고 우아하고 호감이 가는 아가씨들이라고 말했다. 덧붙여 그런 아가씨들과 가까이 지내고 싶다는 간절함을 호소하였다. 따라서 엘리너는 그들과의 만남이 피할 수 없는 운명이라고 여겨야 했는데, 존 경의 생각과 스틸 자매의 생각이 같아 존 경이 만남을 적극적으로 주선하였기 때문이었다. 그 만남이라는 것이 서로를 더 잘 알기 위해서 거의 매일 한 방에서 한두 시간을 함께 앉아 있어야 했다. 존 경은 더 이상 할 수도 없었지만, 그 만남에 무엇이 필요한지도 알지 못했다. 그의 생각에는 함께 있으면 친밀해지는 것이고, 그렇게 만나다 보면 서로 좋은 친구가 되리라 여기고 있었다.

사실대로 말하면 그가 아무 일도 하지 않은 것은 아니었다. 그는 그들이 스스럼없이 서로 속을 털어놓는 사이로 만들기 위해 자신이 할 수 있는 모든 일을 했다. 예를 들면 조심스럽게 다루어야 할 사촌들의 개인적인 일까지 정보가 될까 하여 모두 알려주었던 것이다. 그리하여 스틸 자매의 언니가 매리앤이 바턴에서 아주 멋진 미남의 마음을 사로잡는 행운을 누리게 되어 축하한다는 말을 하게 되었는데, 그것은 엘리너가 그들을 두 번도 제대로 만나지 않은 때였다.

"그렇게 어린 나이에 결혼하는 것도 좋을 거예요. 더구나 소문에 의하면 그분이 놀랄 정도로 미남이라는 말을 들었어요. 당신에게도 그런 행운이 오게 되기를 빌게요. 그런데 이미 그런 분을 숨겨두었다지요, 아마."

엘리너는 존 경이 그녀와 에드워드의 관계를 떠벌리는데 있어 매리앤의 경우보다 더 조심성 있게 말하지는 않았을 거라고 생각했다. 그녀의 경우가 뭔가 좀 더 새롭고 추측할 수 있는 여지가 훨씬 많았으므로 그가 더 즐거워하며 농담을 즐겼을 것이다. 그리고 에드워드가 방문한 다음부터는 함께 모여 식사를 할 때마다 그녀를 향해 고개를 끄덕이고 눈을 찡긋거리면서 그녀의 애정을 위해 건배를 하자고 외쳤다. 또한 말끝마다 F자가 제시되었는데, 알파벳 가운데 가장 재치 있는 글자로 등극한 그 대문자는 엘리너와 관련 있는 무수한 농담들을 만들어냈다.

그녀가 기대했던 대로 스틸 자매는 이제 이 농담에 재미를 붙였으며, 특히 언니인 앤은 그 신사의 이름이 무엇인지 알고 싶은 호기심이 발동하였다. 대시우드 가의 가족들에 관해 이것저것 물어보다가도 무례하게 그 호기심을 드러내곤 했다. 존 경은 호기심을 나타내는 스틸 양을 지켜보는 것이 즐거웠지만, 그 즐거움을 오래 지키지는 못하였다. 스틸 양이 그의 이름을 듣고 놀라는 것 못지않게 존 경도 비밀을 하나 알려주는 것에서 느낄 수 있는 쾌감이 컸던 것이다.

"그의 이름은 페라스라고 하는데, 절대로 말해서는 안 됩니다. 그건 비밀이거든요."

그는 겨우 들을 수 있을 정도로 속삭였다.

"페라스 씨라고요? 어쩜! 대시우드 양 올케의 남동생이잖아요? 멋진 신사임이 틀림없어요. 나는 그를 아주 잘 알아요."

스틸 양이 반복했다.

"앤 언니, 그렇게 말하면 안 되지. 그분을 아저씨 댁에서 몇 번 마주치긴 했지만 잘 안다고 할 수는 없지."

엘리너는 관심과 놀라움을 가지고 이 말을 모두 들었다.

'그런데 아저씨란 분은 도대체 누구지? 어디에 사시는 분이지? 그들은 어떻게 사귀게 되었을까?'

그녀는 대화에 직접 끼어든 것은 아니었지만 그 이야기가 좀 더 계속되길 원했다. 하지만 그 이상 아무것도 들려오지 않았고, 남의 일이라면 모든 걸 다 재미있어 하는 제닝스 부인도 웬일인지 그 정보엔 별로 관심을 보이지 않았다. 스틸 양이 에드워드에 관해 말했을 때 엘리너의 호기심은 더욱 커져만 갔다. 그것은 그녀가 짓궂은 사람이라는 생각을 떠올리게 했으며, 무엇인가 그의 약점을 잡고 있거나 알고 있는 것이 아닌가 하는 의구심이 들게 했다. 그러나 존 경이 페라스의 이름을 넌지시 언급하거나 드러내 말해도 스틸 양은 더 이상 그와 관련된 이야기는 하지 않았다.

제 22 장

무례하거나 천박한 것, 또 남들보다 뒤떨어지는 것, 심지어 자신과 다른 취향도 절대로 참아내지 못하는 매리앤이므로 특히 그 무렵 기분이 좋지 않은 동생을 스틸 자매와 가깝게 지내라고 부추길 생각은 조금도 없었다. 그래서 그들에게 시종일관 쌀쌀맞게 대하자 스틸 자매도 계속해서 친해지려고 노력하기가 어려워졌다. 엘리너는 두 사람 중에서 한 사람을 선택하라고 한다면 동생 루시가 좀 더 마음에 들었다. 루시는 자신의 감정을 편안하고 솔직하게 전달함으로써 서로 더 가까워지려고 노력하면서 매리앤을 대화에 참여시킬 기회를 놓치지 않았다.

루시는 천성적으로 영리했다. 그녀의 말은 대부분 사리에 맞고 재미있었다. 그래서 엘리너는 30분 동안 루시와 같이 있으면서 그런대로 괜찮은 사람이라는 생각을 하게 되었다. 하지만 그녀는 타고난 매력은 있었으나 교육을 받지 못해 그것이 빛을 발하지 못했다. 무지하고 글을 몰랐으며, 정신적으로 성숙하지 못했고, 가장 기초적인 지식도 많이 부족했다. 아무리 루시가 그렇지 않게 보이려고 끊임없이 노력했어도 엘리너에게는 숨길 수 없었다. 만약 그녀가 교육을 받았다면 훌륭한 사람이 되었을 수도 있었을 텐데 그런 능력이 묻혀버린 것을 보니 안타까웠다. 하지만 남을 배려하고, 부지런히 도와주고, 갖은 말로 칭찬하는 루시의 행동에는 온화하지 않은 감정과 세심함, 올곧음, 고결성이 결여되어 있었다. 불성실하고 무지한 사람과의 교제에서 지속적인 만족을 얻을 수는 없는 법이다. 그녀는 교육을 제대로 받지 못했기 때문에 동등한 입장에서 대화할 수도 없고, 다른 사람을 대하는 행동을 보아도 엘리너에게 보이는 관심과 존중이 모두 가식인 것으로 여겨졌다.

어느 날 함께 파크에서 시골집으로 걸어오는 중에 루시가 말했다.

"제 질문이 이상하게 들리겠지만 음, 당신 올케의 어머니인 페라스 부인과는 개인적으로 알고 지내세요?"

엘리너는 이상한 질문이라는 생각이 들어 의아한 표정을 지으며 한번도 본 적이 없다고 대답했다.

"그렇군요! 정말 신기한 일이네요. 왜냐하면 노어랜드에 있을 때 틀림없이 부인을 가끔 만난 적이 있을 거라고 생각했거든요. 그러니 나한테 부인이 어떤 분인지 알려줄 수는 없겠네요?"

루시가 대답했다.

"네, 그분에 대해선 아무것도 몰라요."

에드워드의 어머니에 대한 그녀의 진짜 속마음이 드러날까 봐 조심하면서, 또 무례하게 보이는 질문에 만족스러운 대답을 해주고 싶지도 않아서 엘리너가 말했다.

"그런 식으로 부인에 대해 물어봐서 분명히 저를 이상하게 생각하실 거예요. 하지만 그럴 만한 이유가 있거든요. 말해버리고 싶긴 하지만, 그렇다고 제가 일부러 무례하게 굴려고 한 건 아니라는 걸 믿어주세요."

루시는 걱정스러운 눈빛으로 엘리너를 바라보며 말했다.

엘리너는 격식에 맞는 대답을 하였고, 그들은 몇 분 동안 말없이 계속 걸었다. 잠시 후 침묵을 깬 사람은 루시였는데, 약간 머뭇거리더니 다시 그 화제를 되풀이했다.

"이대로 가다가는 제가 무례할 정도로 호기심이 강하다고 생각할까 봐 도저히 안 되겠어요. 당신처럼 호감이 가는 사람에게 그렇게 생각되느니 차라리 무슨 짓이라도 하는 게 낫겠어요. 당신은 누구보다도 신뢰할 수 있다고 생각해요. 제가 지금 처한 불편한 상황에서 어떻게 하면 좋을지 충고해준다면 정말 기쁘겠어요. 그래도 당신을 성가시게 하지는 않을 테니까요. 아무튼 당신이 페라스 부인을 모른다니 그게 무척 안타깝네요."

"미안해요. 부인에 대한 내 생각을 아는 게 당신에게 도움이 될 수 있었다니 말이에요. 하지만 당신이 그쪽 가족과 연락이 되는지는 정말 짐작도 못했어요. 그래서 부인의 성격이 어떤지 하도 진지하게 물어서 조금 놀랐던 거고요."

엘리너가 당황하여 말했다.

"정말 놀라셨겠네요. 하지만 제 입장에서는 놀랄 일도 아니에요. 제가 당신에게 낱낱이 털어놓았다면 그렇게 놀라지는 않았을 거예요. 현재로서는 페라스 부인과 저는 아무 관계가 없지만 곧 그럴 순간이 올 거예요. 얼마나 빨리 올지 아닐지는 순전히 부인의 의견에 달렸거든요. 그렇게 되면 부인과 저는 아주 밀접한 관계가 된답니다."

그녀는 이렇게 말을 하고는 밑을 내려다보며 한눈으로 힐끔 자기가 한 말의 결과를 살피려는 듯 엘리너를 쳐다보았다.

"어머, 세상에! 무슨 뜻이에요? 당신이 로버트 페라스 씨와 잘 알고 지낸다는 말씀인가요? 정말 그런가요?"

엘리너는 어쩌면 루시 같은 동서를 맞이할 수도 있다는 생각에 놀라 물었다.

"아니에요. 로버트 페라스 씨가 아니에요. 그분은 지금까지 한 번도 본 적이 없는걸요. 하지만 그의 형이라면 이야기가 다르죠."

루시는 엘리너의 눈을 똑바로 쳐다보며 말을 했다.

그 순간 엘리너의 기분은 어떠했을까? 그 말에 즉각적인 불신을 갖지 않았다면 엘리너는 강렬한 고통과 함께 아마 소스라치게 놀랐을 것이다. 엘리너는 루시가 그런 말을 무슨 의도로 했는지 추측할 수 없어 놀라긴 했지만, 조용히 그녀를 돌아보았다. 비록 얼굴 표정은 변했지만 강하게 솟아오르는 의구심 속에서 꼿꼿하게 서 있었기 때문에 정신적 쇼크로 인한 발작이나 기절의 위험성은 없었다.

"당연히 놀라셨을 거예요. 이런 일은 절대 짐작도 못하셨을 테니까요. 그이가 당신이나 당신의 가족에게 눈곱만큼의 암시도 주지 않았을 테니까요. 항상 일급비밀로 부쳐왔거든요. 저 또한 지금 이 순간까지 그 비밀을 충실히 잘 지켜왔답니다. 앤 빼고는 제 주변에선 아무도 몰라요. 당신이 비밀을 아주 잘 지킬 것 같아서 털어놓았지, 그렇지 않았다면 절대로 말하지 않았을 거예요. 페라스 부인에 대해서 너무 진진하게 물어봤기 때문에 설명을 해야 할 듯해서요. 페라스 씨는 제가 당신을 믿고 털어놓았다는 걸 알면 기분이 좋지는 않을 거예요. 왜냐하면 그이는 당신 가족을 정말 좋게 생각하고 당신과 당신 동생들을 친누이동생처럼 생각하거든요."

그녀는 말을 멈추었다. 엘리너는 잠시 아무 말도 하지 않았다. 지금까지 들은 것에 대한 그녀의 놀라움이 너무 커서 처음에는 말을 할 수가 없었다. 그렇지만 그녀는 조심스럽게 자신의 놀라움과 걱정을 진정시킨 다음 침착한 태도로 말했다.

"실례가 안 된다면 약혼한 지 얼마나 되었는지 물어봐도 될까요?"

"우리가 결혼을 약속한 지는 사 년이 되었어요."

"사 년이라고요?"

"네."

엘리너는 도저히 믿을 수 없었다.

"며칠 전까지만 해도 그와 당신이 서로 알고 지내는 사이인지조차도 몰랐어요."

엘리너가 말했다.

"하지만 우리는 몇 년간 알고 지낸걸요. 그는 우리 삼촌의 집에서 공부를 했거든요. 그것도 꽤 오랫동안."

"당신 삼촌이라고요!"

"네, 프랫 씨요. 그가 프랫 씨에 관해 말하는 걸 들어본 적이 있나요?"

"들은 것 같아요."

감정이 고조될수록 점점 기운을 차리려고 노력하면서 엘리너가 말했다.

"그는 사 년간 플리머스 근처의 롱스태플에 사는 저의 삼촌과 함께 지냈어요. 우리가 알게 된 건 바로 거기였어요. 언니와 내가 자주 삼촌 댁에 머물렀거든요. 거기에서 우리의 언약이 이루어졌고, 비록 일 년도 안 되어 학교를 그만두긴 했어도 말이에요. 하지만 그 뒤로 거의 대부분을 우리와 함께 지냈어요. 당신도 상상할 수 있겠지만, 그의 어머니에 대해 잘 알지도 못하고 허락도 없이 그와의 관계를 시작하고 싶지는 않았어요. 하지만 나는 너무 어렸고, 그를 너무나 사랑했기 때문에 신중했어야 했음에도 불구하고 신중하지 못했어요. 비록 나만큼은 그에 대해서 잘 모르겠지만, 대시우드 양, 당신도 그가 여자의 마음을 사로잡을 정도로 대단한 능력이 있다는 것을 잘 아실 거예요.”

“물론이죠.”

엘리너는 자신이 무슨 말을 했는지조차 모른 채 대답했다. 하지만 잠시 다시 생각을 하고 나서 상대의 말이 거짓임에 틀림없다는 생각이 들자 에드워드의 명예와 사랑이 되살아나서 안도가 되면서 이렇게 덧붙였다.

“에드워드 페라스 씨와 약혼을 했다니! 당신이 한 말 때문에 제가 정말 놀랐다는 사실을 알아주세요. 그리고 죄송하지만 사람이나 이름을 실수로 착각한 게 틀림없어요. 우리가 말하는 페라스 씨가 절대로 같은 사람일 리가 없어요.”

“절대 다른 사람일 수가 없어요.”

루시가 미소를 지으며 덧붙였다.

“파크 가에 살고 있는 페라스 부인의 맏아들인 에드워드 페라스 씨를 말한 거예요. 당신의 올케인 존 대시우드 부인의 남동생, 에드워드 페라스 씨 말이에요. 제가 착각할 리가 없잖아요. 제 모든 행복이 걸려 있는 그런 사람의 이름을 착각할 리 있겠어요.”

"이상해요, 그가 당신의 이름을 말하는 걸 단 한번도 들어본 적이 없거든요."

엘리너는 매우 당황스럽고 고통스러워하며 대답했다.

"그럴 거예요, 하지만 우리의 상황을 고려해보면 이상한 것도 아니에요. 우리가 첫째로 조심한 부분이 그 문제를 비밀로 유지하는 것이었거든요. 당신은 나와 우리 가족에 대해 아무것도 모르니 당신에게 내 이름을 꺼낼 일이 없었던 것이고, 또 그는 항상 누님이 의심할까 봐 특히 조심했으니 내 이름을 언급하지 않은 데 대한 충분한 이유가 되겠네요."

엘리너가 안심했던 부분은 무너졌지만 다행히 자제력까지 허물어지지는 않았다.

"사 년 동안이나 그런 사이였다니……."

그녀는 확고한 목소리로 말했다.

"그래요, 그리고 하늘만이 우리가 얼마나 더 기다려야 할지 아실 거예요. 가엾은 에드워드! 그가 얼마나 기운이 빠졌는지."

그러더니 주머니에서 조그만 초상화 하나를 꺼내며 덧붙였다.

"더 이상 오해하지 않도록 이 얼굴을 좀 봐주세요. 아주 확실하게 그를 나타낸다고는 할 수 없지만 여기 그려진 사람을 못 알아볼 일은 없을 거예요. 그리고 보니 얼추 삼 년 넘게 이 초상화를 간직했네요."

루시는 말하면서 초상화를 엘리너의 손에 건네주었다. 엘리너는 그것을 보면서 너무 성급한 결정을 내리는 것이 아닐까 하는 마음도, 그리고 루시의 거짓말을 간파하고 싶은 바람을 더 이상 마음에 두고 있을 수 없었다. 틀림없는 에드워드의 얼굴이었다. 엘리너는 닮았다고 인정하면서 얼른 돌려주었다.

"답례로 내 초상화를 줄 수는 없었어요. 그가 그렇게 갖고 싶어 했는데도 왜 안 주었을까 생각하면 지금은 속이 상해요. 하지만 그럴 기회가 또 오면 기꺼이 화가 앞에 앉을 결심이에요."

"잘 생각하셨어요."

엘리너가 조용히 대답했다.

그들은 그리고 나서 말없이 몇 발짝 앞으로 걸어갔다. 루시가 먼저 입을 열었다.

"당신이 세상 없어도 이 비밀을 굳게 지켜줄 거라고 믿어요. 당신도 그의 어머니에게 이런 사실이 알려지지 않도록 하는 일이 얼마나 중요한지 틀림없이 알고 있을 테니 말이에요. 어머님은 절대 허락하지 않으실 거예요. 내게 큰 돈이 생길 리도 없고, 어머님도 보통 자존심이 강한 분이 아닐 거란 말이에요."

"당신에게 비밀을 말해 달라고 조른 건 아니지만, 제가 믿을 만한 사람이라는 건 믿으셔도 돼요. 당신의 비밀은 나와 함께 있는 한 안전해요. 하지만 불필요하게 저에게까지 그런 말을 했다는 게 참 놀라운데요. 우리가 어느 정도 친해진 사이도 아닌데 그런 말을 할 필요는 없잖아요."

엘리너는 이렇게 말하면서 루시의 얼굴 표정에서 어떤 의심쩍은 부분을 발견하기를 간절히 바랐다. 아마도 그녀가 지금까지 말한 것 중 가장 대단한 부분이었기에 거짓이기를 바랐으리라. 하지만 루시의 표정은 조금도 변하지 않았다.

"저는 이 모든 일을 당신에게 털어놓으면서 무모한 짓을 하고 있다고 당신이 혹여 생각하지나 않을까 걱정스러웠어요. 물론 저는 당신을 안 지 얼마 되지는 않았어요. 적어도 개인적으로는 말이지요. 하지만 저는 얘기를 통해서 당신과 당신 가족들을 꽤 오랫동안 알고 있었어요. 그래서 당신을 보자마자 마치 오래 사귄 사람처럼 느껴졌어요. 이번 일은, 당신에게 그이의 어머님에 대해서 물어보고 나니 몇 가지 설명을 덧붙여야겠다고 생각한 거고요. 저는 조언을 구할 수 있는 사람이 한 명도 없어서 참으로 불행해요. 앤 언니가 이 사실을 알고 있는 유일한 사람이지만, 이렇다 저렇다 전혀 판단을 못 하더라고요. 오히려 나를 배반하고 언제 비밀을 털어놓을지 몰라 계속 불안해요. 그래서 도움은커녕 걸림돌이라고나 할까요? 당신도 알다시피 앤은 상황에 맞게 말을 가려할 줄 모르거든요. 그래서 저번에 존 경이 에드워드의 이름을 입에 올렸을 때 앤이 다 털어놓을까 봐 얼마나 마음을 졸이고 있었는지 몰라요. 당신은 얼마나 많은 일들이 스쳐 지나갔는지 상상도 못 할 거예요. 저는 지난 사 년 동안 에드워드를 위해 엄청난 고통을 견뎠어요. 어쩌면 지금 살아 있다는 게 신기할 정도라니까요. 모든 게 아직 확실히 결정되지 않고 불안한 상태예요. 게다가 그이도 아주 가끔밖에, 일 년에 두 번 이상은 만날 수 없거든요. 그러니 내 가슴이 터지지 않은 게 이상한 일이지요."

여기까지 말하고 나서 그녀는 손수건을 꺼내들었지만 엘리너는 큰 동정심을 느끼지는 못했다.

"때로는 약혼 문제를 다 없었던 일로 하는 게 우리 두 사람을 위해 더 나은 게 아닐까 하는 생각을 하기도 해요."

루시는 눈물을 닦고 나서 말한 후 그녀를 똑바로 바라보았다.

"하지만 다른 날 생각해보면 그에 대한 마땅한 해결책도 없어요. 그런 일을 입에 담기라도 하면 그가 얼마나 비참해질지 잘 아니까 도저히 못 참겠는 거예요. 그리고 저를 위해서도요. 그이가 제게 얼마나 소중한데요. 저는 절대로 해내지 못할 거예요. 이런 경우에는 어떻게 해야 할까요, 대시우드 양? 당신이라면 어떻게 하겠어요?"

"미안하지만, 그런 상황에서라면 당신에게 아무런 조언도 해줄 수 없어요. 당신 스스로 판단하고 결정해야 하겠지요."

그 질문에 놀란 엘리너가 대답했다.

"분명히, 그이 어머님께서는 그이가 독립할 수 있는 자금을 마련해주셔야 해요. 하지만 불쌍한 에드워드 씨는 너무 의기소침해져 있어요! 그이가 바턴에 있을 때 매우 사기가 저하되어 있었다고 생각하지 않으세요? 그이가 롱스태플을 떠나 바턴으로 갔을 때는 너무 비참한 상태였어요. 저는 당신이 그가 어디 아픈 걸로 생각할까 봐 걱정했다니까요."

"그럼 그가 우리 집을 방문했을 때 당신 삼촌 댁에서 오는 길이었나요?"

"그럼요! 그이는 두 주일 동안 우리와 함께 지냈어요. 당신은 그이가 시내에서 바로 왔다고 생각했군요?"

"아니에요."

엘리너는 새로운 정황들이 루시의 말에 진실성을 부여한다는 것을 느끼며 대답했다.

"그가 플리머스 근처에서 어떤 친구들과 함께 두 주일 동안 지냈다고 말했던 것이 기억나네요."

그녀는 그때에도 역시 그가 그 친구들을 더 이상 언급하지 않은 것과 그들의 이름까지도 침묵으로 일관했던 일도 기억했다.

"그이가 유난히 풀이 죽어 있었다고 생각되지 않나요?"

루시가 반복해서 말했다.

“정말 그렇게 생각했어요. 특히 그가 처음 도착했을 때는요.”

“나는 그이에게, 당신이 틀림없이 무슨 일인지 낌새를 느낄 수도 있으니까 기운을 좀 내라고 했었지요. 하지만 그이는 우리와 두 주일 이상 더 오래 머물 수 없다는 사실 때문에, 또 슬픔에 잠긴 저를 보고 더 우울해지는 거예요. 불쌍한 에드워드! 그가 비참한 기분으로 편지를 보내왔는데 지금도 별로 좋아진 것 같지 않아 걱정이에요. 내가 엑스터를 떠나기 직전에 그 사람한테서 받았거든요.”

그러고는 루시는 주머니에서 턱 하니 편지를 꺼내 엘리너에게 주소를 보여주었다.

“당신도 그의 필체가 얼마나 매력적인지 알지요? 하지만 그 편지는 평소처럼 그렇게 잘 쓰지는 못했어요. 가능하면 한 장을 꽉 채우려고 하다가 지쳤나 봐요.”

엘리너는 그것이 그의 필체임을 확인하고는 더 이상 의심하지 않았다. 스스로 인정할 수밖에 없었던 그 초상화는 우연히 갖게 된 것일 수도 있고, 에드워드의 선물일 수도 있다. 하지만 그들 사이에 주고받은 편지는 언약한 사이가 아니라면 그 밖의 다른 이유로는 설명될 수 없는 것이었다.

순간 엘리너는 심장이 철렁 내려앉는 것 같아 서 있을 수가 없었다. 하지만 그러면 안 되었기에 감정을 꾹꾹 누르면서 안간힘을 썼다. 그랬더니 차츰 흥분이 가라앉고 마음이 안정되었다.

“서로에게 편지를 쓰는 것이……”

그 편지를 주머니에 도로 넣으며 루시가 말을 이었다.

“우리가 그렇게 오랫동안 헤어져 있는 동안에 유일한 위로였어요. 물론 그이의 초상화에서 또 하나의 위로를 얻을 수 있었지만요. 하지만 불쌍한 에드워드는 그런 위로도 받지 못했어요. 그이는 내 초상화를 가지고 있다면 마음이 편안할 거라고 말했는데……. 그이가 지난번에 롱스태플에 있을 때 머리칼을 주어 반지에 박아 넣었는데, 그게 위로가 되긴 했다고 말했지만 초상화만큼은 아니래요. 혹시 그이를 보았을 때 그 반지를 보셨나요?"

"네, 그래요."

엘리너는 전에는 느끼지 못했던 감정과 고통스러움을 감추고 침착한 목소리로 대답했다. 그녀는 모멸감과 충격으로 혼란스러웠다.

엘리너에게는 다행스럽게도 마침 시골집에 도착하였고, 대화는 더 이상 계속되지 않았다. 잠시 그들과 앉아 있다가 스틸 양은 파크로 돌아갔고, 엘리너는 자유로이 생각에 잠기면서 점점 더 비참해졌다.

제 23 장

아무리 루시의 말을 진실로 받아들이기 어려웠다 해도 현재 상황을 진지하게 생각해보니 의심할 여지가 없었다. 어떤 의도를 가지고 그런 거짓말을 만들어낼 정도로 어리석지는 않을 것이다. 따라서 엘리너는 루시가 말한 것을 더 이상 의심할 수가 없었다. 너무나 그럴 듯한 상황과 그 증거가 뒷받침을 하고 있었고, 단지 자신의 소망만이 사실에 역행하고 있었다. 프랫 씨의 집에서 그들이 알게 되었다는 사실이 나머지를 보완해주었고, 논란의 여지가 없는 근거가 되었다. 에드워드가 플리머스 근처를 방문한 것, 그의 우울한 정신 상태, 자신의 미래에 대한 불만, 자신을 대하는 그의 불확실한 행동, 노어랜드와 자신의 가족사항을 스틸 자매가 자세히 아는 점 등에서 그녀는 계속 놀랄 수밖에 없었는데 초상화와 편지, 반지 등이 또한 일련의 증거가 되고 있었다.

이는 그를 불공평하게 비난하지 않았나 하는 두려움을 한 방에 날려버렸고, 어떤 세부사항도 제외시킬 수 없는 사실로서 그가 그녀를 냉대하고 있다는 실체가 드러난 셈이었다. 그런 행동에 대한 분노, 그렇게 얼간이처럼 잘 속아 넘어갔다고 생각하니 잠시 동안은 자기 자신에 대해 화가 치밀어 올랐다.

하지만 한편으로는 다른 생각들이 떠올랐다. '에드워드가 고의적으로 속였을까? 실제로는 아닌데도 자기에게 관심 있는 척했단 말인가? 루시와 한 약혼은 진심에서 우러난 것일까?' 아니었다. 한때 그것이 어떠했든지 간에 그녀는 도저히 현실을 믿을 수가 없었다. 그의 애정은 모두 그녀 자신만의 것이었다. 절대로 착각했을 리가 없다. 어머니, 동생들, 패니 모두 노어랜드에서 그가 자신을 좋아했다고 알고 있으니 그녀 혼자 상상하는 환상은 아니었다. 그는 분명히 그녀를 사랑했다. 이러한 확신을 하고 나니 마음이 편안해졌다. 처음엔 그를 용서하고 싶은 마음이 조금도 없었다. 그가 그녀에게서 보통 이상의 느낌을 받고, 그녀의 자리를 확인한 뒤에도 노어랜드에 계속 남아 있었다는 것은 심한 맹비난을 받아야 마땅했다. 그 점에서 그는 변명의 여지가 없을 것이다.

하지만 그가 그녀에게 상처를 입혔다면 그 자신은 얼마나 많은 상처를 입었겠는가. 그녀의 처지가 동정 받을 만하다면, 그의 처지는 절망적일 것이다. 그의 경솔함은 그녀를 잠시 비참하게 만들 뿐이지만, 그 자신에게는 그 밖의 다른 모든 기회를 빼앗긴 것이었다. 그녀는 때가 되면 평정을 되찾을 것이다. 하지만 그는 무엇을 기대할 수 있겠는가. 그는 과연 루시 스틸과 행복해질 수 있을까? 그의 애정은 자신에게 향해 있는 것이 틀림없는데 섬세하고 박식한 그가 무식하고 교활하며 이기적인 아내에 만족하며 살 수 있을까?

열아홉 살 젊은이의 여성관이라면 루시의 아름다움과 착한 천성에 당연히 눈이 멀었을지도 모른다. 하지만 계속된 4년 동안에—이성적으로 보냈다면 분별력이 월등히 향상되었을 시간인데—그녀가 교육을 제대로 받지 못했다는 것을 알아차릴 만큼 눈이 뜨였을 것이다. 그 시간 동안 루시가 수준 낮은 사교를 통해 천박하게 시간을 보냈다면 아마 미모를 돋보이게 하는 아름다움과 순진함마저도 사라졌을 것이다.

만약 자신과 결혼하려 했다고 가정해보아도 그의 어머니와 겪을 난관은 대단했을 것 같지만, 그의 약혼 대상이 의심할 바 없이 열등한 가문이고, 재산도 보잘것없다고 하면 얼마다 더한 어려움이 따를지 충분히 예상할 수 있었다. 사실 루시에게서 멀어진 마음으로 겪는 어려움이었다면 이런 난관들은 그의 인내심에 큰 압력이 되지는 않았을 것이다. 하지만 늘 우울한 마음이어서 가족이 반대할 것이라는 예상은 어쩌면 위안처럼 느껴졌을 것이다.

이런 생각들이 고통스러울 정도로 계속 밀려오자 엘리너는 자신을 위해서라기보다 그를 위해 울었다. 자신이 지금 불행해져야 할 어떤 이유도 없다는 확신에 의해 힘을 얻고, 에드워드가 자신의 사랑을 배반할 만한 어떤 행위도 하지 않았다는 믿음에 위로를 얻었다. 그리고 폭풍의 첫 시련을 견디고 있는 지금도 어머니와 동생들이 눈치 채지 못하도록 해야 한다고 마음을 가다듬었다. 그녀는 너무나 감정을 잘 다스렸기 때문에 소중한 희망의 등불이 완전히 꺼지는 고통을 처음으로 겪은 지 2시간이 채 안 된 식사 시간에 가족과 함께 자리했을 때, 자매의 겉모습을 보고는 아무도 짐작하지 못했다. 엘리너가 사랑하는 사람과 그녀를 가로막는 장애물 때문에 슬픔에 빠져 있다는 것과 매리앤이 완전히 한 남자의 마음을 소유했다고 느끼면서 집 근처로 마차가 지나갈 때마다 온 신경이 그곳으로 몰린다는 것을.

자신을 믿고 비밀을 털어놓은 루시 덕분에 매리앤과 어머니가 눈치 채지 못하도록 자연스럽게 행동해야 했어도 엘리너의 우울함은 심해지지 않았다. 오히려 가족들에게 고통이 될 이야기를 하지 않아도 되어 안심이 되었고, 자신을 편파적으로 편들면서 에드워드를 욕할 테니 그런 비난에서 벗어날 수 있어 다행으로 여겨졌다.

엘리너는 가족들과 상담해보았자 아무런 도움을 받을 수 없다는 것을 알고 있었다. 그들의 따뜻함과 슬퍼하는 모습을 보게 되면 자신은 더욱 비참해질 것이고, 그들은 자제할 줄 모르는데다가 자신의 자제력마저도 어떤 격려나 칭찬도 받지 못할 것이다. 엘리너는 강인한 성격에 이성적인 면들이 아주 잘 떠받치고 있어서 흔들리지 않았고, 변함없이 명랑한 모습을 할 수 있었다.

엘리너는 루시와 대화를 나눈 후 많은 고통을 겪었지만 다시 대화를 해보고 싶다는 강한 욕구가 생겼다. 그것은 여러 가지 이유 때문이었다. 엘리너는 그들의 약혼에 대해 더 자세한 이야기를 듣고 싶었다. 에드워드를 바라보는 루시의 마음이 정확히 어떤 것인지 확실하게 듣고 싶었고, 에드워드에 대한 애정 어린 관심을 가지고 있다는 루시의 말이 사실인지도 알고 싶었다. 그리고 준비된 마음으로 침착하게 이야기를 하면서 자신은 친구로서 그저 궁금한 것뿐이라는 것을 확신시키고 싶었다. 엘리너는 그날 아침에 했던 대화에서 자기도 모르게 동요하는 모습을 보여서 루시가 의아하게 생각할까 봐 걱정스러웠던 것이다. 어쩌면 루시는 자신에 대해 질투하고 있을지도 모른다. 루시가 강조해서가 아니라 에드워드가 자신을 높이 칭찬했다는 것은 자명했다. 그것은 안 지 얼마 되지도 않았는데 그렇게 중요한 비밀을 털어놓은 것을 봐도 알 수 있었다. 그리고 존 경의 농담도 어떤 비중을 차지하고 있음에 틀림이 없었다. 하지만 실은 엘리너가 에드워드의 진정한 사랑을 받고 있다고 확신하고 있으므로, 그것만으로도 루시가 질투를 느끼는 것은 당연한 일이었다. 아니라면 그런 사건을 털어놓을 다른 이유가 도대체 어디 있단 말인가? 에드워드에 대해 자기가 월등한 위치에 놓여 있다는 것을 알려줌으로써 앞으로 그를 가까이 하지 말라고 경고한 것이 아니라면 말이다.

엘리너는 경쟁자의 의도를 파악하는 데 별 어려움이 없었다. 그래서 루시에게는 정직하고 명예로운 원칙에 따라 행동하기로 하고, 에드워드에게는 자신의 감정을 억누르면서 가능한 그와 만나지 않기로 작정했다. 그리고 자신이 마음의 상처를 입지 않았음을 루시에게 확신시켜야만 마음이 편해질 것이라는 점은 부인하지 않았다. 그리고 이미 들었던 얘기인지라 큰 고통은 없을 테니 거듭 듣는다 해도 마음의 평정을 잃지 않을 자신이 있다고 믿었다.

루시도 이야기를 나누고 싶은 마음이 굴뚝 같았겠지만 그러한 기회가 쉽게 주어지는 것은 아니었다. 계속 날씨가 좋지 않아 함께 산책할 수 있는 날이 드물었다. 산책을 하는 동안에는 다른 사람들로부터 아주 쉽게 둘만 따로 떨어질 수가 있기 때문이다. 이틀에 한번쯤은 저녁 시간에 파크에서나 시골집에서—거의 파크에서였지만—만나긴 했어도 대화를 할 만한 상황은 아니었다. 대화를 위한 모임은 존 경이나 미들턴 부인의 구상에는 절대 없었으므로 일반적인 잡담은 거의 할 수 없었거니와 특별한 담화도 하지 못했다. 그들은 먹고 마시고 웃기 위해 함께 모였으며, 카드 놀이나 이야기 만들기 등 기타 시끄러운 게임으로 시간을 보냈다.

이런 종류의 모임이 한두 번 있었지만 엘리너는 루시와 개인적으로 이야기할 기회는 한번도 갖지 못했다. 그러던 어느 날 아침, 존 경이 시골집을 방문하여 다 같이 그날 미들턴 부인과 함께 식사를 할 수 있느냐고 청하였다. 자기는 엑스터에 있는 클럽 모임에 가야 하는데 아내와 어머니, 스틸 자매만 있어 적적할 거라고 했다. 엘리너는 즉시 그 초대를 받아들였다. 자신의 계획을 실현시키기 위해서는 미들턴 부인의 조용한 모임이 존 경의 시끄러운 사교 모임보다 더 적절할 것 같아서였다. 어머니의 허락을 받은 마거릿도 가기로 했고, 어떤 파티이든 늘 참석하기를 꺼려하는 매리앤 역시 어머니의 설득으로 가게 되었다.

젊은 아가씨들이 도착하자 미들턴 부인은 그녀를 위협했던 무서운 고독에서 다행히도 벗어날 수 있었다. 그 모임의 무미건조함은 정확하게 엘리너가 예상했던 그대로였다. 새로운 생각이나 표현도 만들어내지 못했으며, 식당과 거실에서 이루어지는 대화보다 재미없는 것은 없을 것 같았다. 거실에는 아이들이 모여서 놀고 있었는데, 아이들이 거기에 남아 있는 한 루시의 관심을 다른 데로 집중시키기는 불가능하다는 것을 엘리너는 잘 알고 있었다. 그들이 다과 그릇을 치울 때에서야 아이들이 자리를 떠났고, 곧 카드 놀이를 위한 탁자가 마련되었다. 엘리너는 이 모임에서 대화를 나누겠다고 생각했던 자신이 신기할 정도였다. 그들은 모두 라운드 게임을 준비하기 위해 일어났다.

"우리 애너마리아의 바구니를 오늘 저녁에 마무리 지을 것 같지 않아 다행이에요. 사실 촛불 아래서 그런 섬세한 종이 공작을 하면 시력이 나빠질 테니까요. 내일 아침 우리 가엾은 아이가 실망을 하면 뭔가를 대신 주죠, 뭐. 우리 아이가 크게 실망을 하지 않아야 할 텐데 말이에요."

미들턴 부인이 루시에게 말했다.

이것으로 충분한 암시가 되었으므로 루시는 곧 할 일을 떠올리고는 대답했다.

"아니에요, 잘못 아신 거예요, 부인. 저는 그냥 부인께서 저 없이도 괜찮은지 보려고 기다리는 중이었어요. 아니면 벌써 마무리를 끝냈을 텐데 말이에요. 꼬마 천사를 실망시키는 일은 절대로 없을 거예요. 하지만 만약 카드 놀이에 제가 필요하시다면 저녁식사 후에 바구니를 완성하려고 했지요."

"어머, 착한 아가씨! 작업할 때 아가씨 눈이 상하지 않았으면 좋겠어요. 작업용으로 쓰게 촛대를 좀 더 가져오도록 해야겠지요? 내일까지 바구니가 완성되지 않으면 우리 귀여운 꼬마 아가씨는 분명히 실망하고 말 거예요. 우리 애한테 완성되기 힘들 거라고 말은 해놓았지만, 그 애는 완성될 거라고 기대하는 눈치였거든요."

루시는 곧바로 가까이에 있던 작업대를 끌어당겨 버릇없는 응석받이를 위해 종이 바구니를 만드는 것보다 더 즐거운 취미란 없다는 듯이 민첩하고 명랑하게 다시 앉았다.

미들턴 부인은 다른 사람들에게 게임의 세 판 승부를 제안하였다. 매리앤 외에는 반대하는 사람이 아무도 없었다. 매리앤은 하던 대로 형식적인 예의에는 무관심한 태도로 말했다.

"부인, 제가 빠져도 너그러이 용서해주실 거죠? 카드 게임은 정말 넌더리가 나요. 저는 피아노를 치러 가겠어요. 조율한 다음에는 쳐보지 못했거든요."

그러고는 당당하게 일어나 피아노 쪽으로 걸어갔다.

미들턴 부인은 마치 그녀가 더 이상 버릇없는 말을 하지 않은 것을 하느님께 감사하는 듯한 표정으로 바라보았다.

"매리앤은 아시다시피 피아노와 떨어져서는 오래 있지 못해요."

미들턴 부인이 화를 내지 않도록 위로하려고 애쓰면서 엘리너가 말을 이었다.

"그리고 제가 듣기에도 지금까지 들어본 것 중에서 가장 조율이 잘된 아름다운 소리니까요."

남아 있는 다섯 사람은 이제 자신들의 카드를 뽑을 순서였다.

"만약 저도 게임에서 빠져도 된다면, 루시 스틸 양을 위해 종이 마는 일을 도와주었을 거예요. 바구니를 완성하려면 손이 많이 가기 때문에 혼자서는 오늘밤 안에 완성하기 힘들 것 같군요. 루시 양만 좋다면 저도 꼭 해보고 싶은걸요."

"정말이지 도와주신다면 고맙겠어요."

엘리너의 말에 루시가 외쳤다.

"이제 보니 생각했던 것보다 손이 많이 가지 뭐예요. 게다가 사랑하는 애너마리아를 실망시킬 수도 없구요. 생각만 해도 그건 정말 끔찍한 일이에요. 귀여운 애너마리아, 내가 얼마나 사랑하는데!"

"참 친절하기도 하시지."

미들턴 부인이 엘리너에게 말했다.

"아가씨가 정말로 하고 싶어 하니까 아마 아가씨는 이번 판에도 끼고 싶지 않겠네요? 아니면 이번 판만이라도 해보겠어요?"

엘리너는 기꺼이 첫 번째 제안을 받아들였다. 그리하여 매리앤이라면 절대로 자신을 낮추면서까지 할 수 없었을 몇 마디 말로 그녀의 목적을 성취하는 동시에 미들턴 부인을 기쁘게 하였다. 루시도 그녀를 위해 여유 있게 자리를 마련해주어 이렇게 2명의 맞수는 같은 탁자에 나란히 앉아 최상의 조화를 이루며 작업을 하게 되었다. 혼자만의 음악과 생각에 흠뻑 빠져 옆의 존재는 잊어버린 매리앤의 피아노가 다행히 그녀 근처에 있었다. 엘리너는 피아노 소리가 방패가 되어 카드 게임을 하고 있는 사람들에게는 들리지 않을 거라고 판단하였다.

제 24 장

비록 조심스럽긴 했으나 확고한 목소리로 엘리너는 말을 시작했다.

"내가 그 문제에 대해 더 이상의 호기심도 없고, 계속 이야기하고 싶어 하지도 않는다면 당신의 신뢰를 받을 만한 사람이라고 할 수 없을 거예요. 그러니 그 이야기를 다시 꺼내는데 미리 양해를 구하지 않아도 되겠지요?"

"고마워요. 먼저 얘기를 꺼내주셔서요. 이제야 제 마음이 편해지네요. 사실 지난 월요일에 말씀드린 것 때문에 당신이 마음 상하지 않았을까 내내 걱정했거든요."

루시가 따뜻한 어조로 말했다.

"마음이 상하다니요? 말도 안 되는 얘기예요. 그런 생각을 한다면 그건 정말 제 의도와 거리가 먼 거예요. 저를 믿고 속마음을 털어놓으신 거지, 다른 뜻은 없었던 거잖아요?"

엘리너는 솔직한 마음으로 이야기를 했다.

"그건 그래요. 하지만 당신의 태도에서 냉정함과 불쾌함이 드러나는 것처럼 보였어요. 그것 때문에 몹시 불편하기도 했고요."

의미심장한 눈빛으로 작고 예리한 눈을 빛내며 루시가 대답했다.

"그리고 저 때문에 당신이 화가 난 줄 알았어요. 괜히 개인적인 일들로 당신에게 폐를 끼친 것 같아 스스로 자책하기도 했고요. 하지만 그게 다 제 기우였다니, 또 당신도 정말 저를 원망하지 않아서 매우 기뻐요. 그동안 제가 매 순간마다 항상 생각하고 있었던 것을 당신에게 털어놓은 덕분에 제 마음이 편안해지고 얼마나 큰 위안이 되었는지 아신다면 당신은 자비로운 마음으로 나머지 일들에 대해서는 눈 감아주실 거예요."

"당신이 속마음을 털어놓은 뒤 그렇게 마음이 편해졌다니 정말 다행이에요. 하지만 사정이 굉장히 좋지 못한 것 같군요. 제가 보기에 사방이 어려움으로 꽉 막혀 있는 것 같아요. 그런 상황에서 당신이 지탱하려면 서로의 애정이 무엇보다 필요하겠지요. 제 생각에는 페라스 씨가 그의 어머니에게 전적으로 의존하고 있는 것 같아요."

"그는 겨우 이천 파운드밖에 가진 게 없어요. 그것만 믿고 결혼한다면 미친 짓일 거예요. 저라면 한숨 한번 없이 더 많은 유산도 포기할 수 있지만요. 저야 뭐, 늘 적은 수입으로 지내왔으니 적응이 되어서 그이만 있다면 어떤 경제적 어려움도 헤쳐나갈 수 있어요. 하지만 저는 그이를 너무도 사랑해요. 어머님이 흡족해 하는 결혼을 할 경우에 그이에게 돌아갈지도 모르는 것들을 전부 빼앗는, 그런 이기적인 존재가 되고 싶지는 않아요. 비록 여러 해가 걸린다 하더라도 우리는 기다려야 해요. 세상 모든 남자들에게는 불안한 일이겠지요. 하지만 에드워드의 애정과 변함없는 마음은 아무도 빼앗을 수 없다는 걸 저는 잘 알아요.”

“그런 확신이 당신에게는 가장 소중할 거예요. 그리고 그분도 당신에 대한 똑같은 믿음으로 버티고 있을 테고요. 많은 연인들이 사 년이나 사귀다 보면 여러 가지 상황을 겪게 되면서 자연스럽게 멀어지기도 하죠. 두 분의 애정이 다른 사람들처럼 식었다면 당신의 입장은 정말 안타까웠을 거예요.”

이 말끝에 루시가 엘리너를 돌아보았지만 그녀는 어떤 낌새도 느끼지 못하도록 태연한 얼굴을 유지하는데 주의를 기울였다.

“저에 대한 에드워드의 사랑은 우리가 처음 언약한 뒤 아주 오랫동안 떨어져 있었기 때문에 확실한 증명을 거친 셈이에요. 그리고 그런 시련을 아주 잘 견디어냈기 때문에 지금에 와서 그의 사랑을 의심하는 건 용서받을 수 없는 일이지요. 그 점에 있어서는 처음부터 단 한번도 불안한 적이 없었다고 장담할 수 있답니다.”

엘리너는 이런 단정적인 말에 웃어야 할지 한숨을 쉬어야 할지 알 수가 없었다.

루시는 계속했다.

“저는 천성적으로 좀 질투심이 강한 편이에요. 그리고 우리가 살면서 겪은 서로 다른 생활과 — 저보다는 그이가 세상을 더 많이 경험했기 때문에 — 우리가 계속 떨어져 있다가 다시 만났을 때 나에 대한 그의 행동에 조금이라도 변한 점이 있었거나, 제가 잘 모를 의기소침함에 빠져 있다거나 또는 유독 한 아가씨 이야기만 한다거나 롱스태플에 있을 때 조금이라도 예전보다 행복하지 않은 것처럼 보였다면 한순간에 알아차렸을 거예요. 그렇다고 제가 조심스럽다거나 눈치가 빠르다는 게 아니라 다만 어떤 경우에도 제가 모르고 지나갔을 리는 없다는 말씀이에요.”

'참 대단한 아가씨로군. 하지만 그건 누구도 믿을 수 없는 이야기지.'

엘리너는 생각했다.

“그럼 당신은 어떻게 보시나요?”

짧은 침묵이 흐른 뒤에 엘리너가 물었다.

“안타깝고 충격적인 결말이긴 하지만 페라스 부인의 죽음을 기다리는 것 외에는 달리 방법이 없나요? 부인의 아드님은 위험을 무릅쓰고 사실대로 고백해서 일시적으로 어머니를 불쾌하게 만드는 것보다는 오히려 당신과 같이 여러 해를 기다려야 하는 지루함을 당연하게 받아들이기로 결심했단 말인가요?”

“단지 일시적일 거라는 확신만 할 수 있다면 얼마나 좋을까요! 하지만 페라스 부인은 완고하고 자존심이 강한 분이라서 사실대로 말씀드렸다가는 홧김에 대번 로버트에게 모든 재산을 넘겨줄지도 몰라요. 그런 생각을 하면 에드워드를 위해서라도 성급하게 나서면 안 될 것 같아서요.”

“그리고 당신을 위해서기도 하겠지요. 아니라면 당신이 재산 문제에 매우 초연하다는 거겠지요.”

루시는 다시 한번 엘리너를 바라보더니 입을 다물었다.

“로버트 페라스 씨를 아세요?”

엘리너가 물었다.

"전혀 몰라요. 한번도 본 적이 없는걸요. 하지만 그가 형과는 전혀 다를 거라고 생각해요. 대단한 멋쟁이겠지요."

"대단한 멋쟁이?"

그때 마침 매리앤이 연주하던 곡이 끝났으므로 마지막 말을 들은 스틸 양이 동생의 말을 따라했다.

"어머, 두 사람은 멋쟁이 남자들 이야기를 하나 봐요."

"아니야, 언니. 언니가 잘못 들은 거야. 우리가 좋아하는 남자는 멋만 부리는 멋쟁이가 아니야."

루시가 반박했다.

"대시우드 양이 좋아하는 남자는 멋만 부리는 멋쟁이가 아니라고 내가 보증할 수 있지요. 그는 내가 본 젊은이들 중 가장 겸손하고 멋지게 행동하는 사람 중 하나였어요. 하지만 루시는 도무지 어떤 사람을 좋아하는지 알 수 없다니까, 그리고 보면 참으로 음흉한 아이지, 뭐야."

제닝스 부인이 깔깔거리면서 말했다.

"웬걸요! 제가 장담하건대 루시가 좋아하는 남자도 대시우드 양이 좋아하는 사람처럼 겸손하고 멋지게 행동하는 사람이랍니다."

스틸 양이 그들을 둘러보며 의미 있는 말을 하였다.

엘리너는 자기도 모르게 얼굴이 달아올랐다. 루시는 입술을 깨물면서 화난 표정으로 언니를 바라보았다. 한동안 침묵이 흘렀다. 잠시 후 매리앤이 아주 멋진 콘체르토를 연주해 강력하게 엄호해주었는데도 루시는 목소리를 낮추고 말했다.

"이런 문제를 해결하기 위해서 제가 생각해낸 계획을 솔직히 말씀드릴 게요. 사실 당신과도 일부분 연관되었으니 알려드릴 수밖에 없지만요. 당

신은 그동안 그이를 보아왔으니까 그가 다른 어떤 직업보다 교회에서 일하기를 바라는 것을 잘 아실 거예요. 그래서 제 계획은 그가 가능한 빨리 서품을 받고 당신이 오빠를 설득해서 그가 노어랜드에서 목사직을 맡게 하는 거예요. 당신은 친절한 분이니까 그이와의 우정으로든 저에 대한 호의를 베풀어서든 충분히 부탁해주실 거라 믿어요. 지금의 목사님이 그리 오래 살 것 같지 않으니 그 정도면 우리가 결혼하기에 충분한 조건이 될 것이고, 나머지는 시간과 운에 맡기면 될 것 같아요."

"페라스 씨에 대한 제 존경과 우정을 보여드리는 건 항상 기쁜 일이긴 하지만 이번 경우에는 제 도움이 전혀 필요 없을 것 같은데요. 왜냐하면 그는 존 대시우드 부인의 남동생이니까요. 틀림없이 남편에게 추천을 하라고 할 거예요."

엘리너가 대답했다.

"하지만 존 대시우드 부인은 에드워드가 성직자가 되는 것을 그리 좋아하지 않을 거예요."

"그렇다면 저도 별로 도와드릴 게 없겠는데요."

그들은 다시 한참 동안 침묵 속으로 들어갔다. 드디어 루시가 긴 한숨을 쉬며 외쳤다.

"결국에는 파혼을 해서 단번에 이 일을 끝내는 것이 가장 현명한 방법 같군요. 이렇게 어려움에 꽁꽁 둘러싸여 있으니 당분간은 고통스러워도 결국에는 둘 다 행복해질 것 같네요. 어떻게 생각하세요, 제게 해줄 말씀은 없으신가요, 대시우드 양?"

"아뇨, 이런 문제에 대해서는 아무런 조언도 못 하겠어요."

갖가지 감정이 교차되는 것을 어색한 미소로 감추며 엘리너가 대답했다.

"당신이 원하는 쪽으로 제가 말하지 않는다면 제 충고도 아무런 도움이 안 될 텐데요."

"정말 저를 오해하고 계시네요. 저는 정말 당신의 판단력을 높이 평가해요. 저만큼 그렇게 생각하는 사람도 없을 거라고요. 그러니 당신이 제게 '조언하는데 에드워드 페라스 씨와 약혼을 끝내는 길이야말로 당신들이 행복해질 수 있는 길이에요.' 라고 말한다 해도 전 진심으로 믿고 당장 따를 거예요."

루시가 정색을 하며 대답했다.

엘리너는 장차 에드워드의 신부가 될 사람의 가식적인 말에 얼굴을 붉히며 대답했다.

"그렇게 말씀하시니 제가 어떤 조언을 할 수 있다 해도 더욱 말씀드리기 두렵네요. 제 말이 끼칠 파장을 한층 더 높여주는 거니까요. 사랑하는 두 사람을 갈라놓는 것은 이 일과 아무 상관없는 중립적인 사람에게는 너무 벅차답니다."

"당신이 중립적인 제삼자이기 때문에 당신의 판단이 그만큼 제게는 중요한 거예요. 만약 당신이 사사로운 감정에 이끌려 한쪽으로 치우칠 사람이라고 생각했다면 당신의 의견은 물어보지도 않았을 거예요."

약간 언짢은 듯 루시는 힘을 주며 말했다.

엘리너는 이에 대해 아무런 대답도 하지 않는 것이 서로를 자극하지 않는 가장 현명한 방법이라고 생각했다. 그리고 그 문제에 대해서는 부분적으로라도 다시는 언급하지 않기로 마음먹었다. 따라서 한참 동안 대화가 중단되었다가 루시가 먼저 입을 열었다.

"올 겨울에 시내에 오실 건가요, 대시우드 양?"

"절대로 그런 일은 없을 거예요."

여유 있는 목소리로 엘리너가 대답했다.

"안타깝네요. 거기에서 당신을 만난다면 굉장히 기쁠 텐데요. 하지만 반드시 오게 될 것 같아요. 당신의 오빠와 올케가 당신들을 초대할 테니까요."

그녀는 눈을 반짝 빛내며 말했다.

"그들이 초대를 해도 거절할 권한은 제게 있답니다."

"저런 불행한 일이 있나! 저는 거기서 당신을 만나고 싶었거든요. 앤과 저는 일월말에 저희를 불러주었던 몇몇 친척들 집에 갈 예정이에요. 하지만 저는 오로지 에드워드를 보기 위해서이지요. 그이도 이월에는 그곳으로 온다고 하니, 그렇지 않다면 런던은 우리에게 그렇게 매력적인 곳이 못될 테고 기분도 나지 않을 거예요."

세 판 중 첫판을 끝낸 사람들이 카드 게임을 하러 오라고 엘리너를 불렀다. 그리고 두 아가씨의 밀담도 끝이 났으므로 두 사람은 아무 거리낌 없이 그리로 갔다. 그들은 저번에도 그랬던 것처럼 서로를 싫어하게 만드는 말 말고는 하지 않았기 때문이다.

그리고 엘리너는 에드워드가 그의 아내가 될 사람에게 애정이 없을 뿐만 아니라 여자 쪽에서 진심으로 사랑을 한다 해도 행복해질 수 없다는 우울한 생각을 하며 카드 탁자에 앉았다. 남자가 지쳐 있음을 잘 알면서도 약혼을 빙자하여 상대를 붙잡아 두는 것은 지독한 이기심이었기 때문이다.

그 후 엘리너는 두 번 다시 그 화제를 입에 올리지 않았다. 그러자 조바심이 난 루시는 에드워드한테서 편지를 받을 때마다 자신의 행복을 알리려고 애를 썼다. 엘리너는 침착함과 조심성을 가지고 예의에 어긋나지 않는 범위에서 간단히 싹을 잘랐다. 그녀는 루시가 그런 이야기를 할 만한 자격이 안 된다고 생각했고, 자신에게도 도에 넘치는 위험한 것이기도 했기 때문이었다.

바턴 파크에 머무는 스틸 자매의 방문 기간은 예상보다 훨씬 더 길어졌다. 사람들이 그들을 대하는 호의가 점점 커져 보내려 하지 않았던 것이다. 존 경은 그들이 간다고 하는 말은 아예 들으려고도 하지 않았다. 엑스터에 오래전부터 약속된 일들이 있어 그 약속을 지키려면 즉시 돌아가야 한다고 주말마다 강력히 주장을 하면서도 설득을 못이기는 척 받아들여 거의 두 달을 파크에 머물렀다. 그러면서 워낙 비중이 큰 행사여서 개인에게 한 사람 몫 이상을 요구하는 개인 무도회와 대규모 정찬에서 손님 이상의 역할을 톡톡히 해내면서 그해 크리스마스 파티 치르는 일을 도왔다.

제 25 장

제닝스 부인은 비록 한 해의 대부분을 자식들의 집과 친구들의 집에서 보내긴 했지만, 부인에게 일정한 거처가 없는 것은 아니었다. 부인의 남편은 런던 시내의 좀 외진 곳에서 장사로 성공을 하였는데 그가 죽은 이래로 그녀는 포트먼 광장 근처 거리의 집에서 매년 겨울을 보냈다. 새해가 되자 그녀는 집 생각이 간절하여 어느 날 느닷없이 엘리너와 매리앤에게 자기와 함께 그곳으로 가지 않겠느냐고 청하였다. 엘리너는 동생의 얼굴이 변하고 눈빛에 생기가 도는 것을 알아차리지 못하고 고맙지만 사양하겠다고 말하면서 속으로 동생도 같은 의견일 것이라고 생각했다. 왜냐하면 해마다 그 무렵에는 어머니 곁을 떠나지 않겠다고 결심했기 때문이었다. 제닝스 부인은 자매가 거절을 해서 약간 놀라웠지만 다시 한번 청하였다.

"이런! 분명히 어머님도 기꺼이 허락해주실 거예요. 그러니 부디 나와 함께 가면 좋겠어요. 아가씨들을 내 꼭 데려가고 싶거든. 혹여 나에게 폐를 끼친다고는 절대로 생각지 말아요. 아가씨들을 위해서 내 일을 모두 제쳐놓고 무리를 하는 건 아니니까 말이야. 난 그저 마차에 베티를 태워 아가씨들을 맞이하러 보내는 일만 할 생각인데 그 정도는 뭐 내가 부담해도 괜찮아요. 우리 셋은 이륜마차를 타고 아주 편안히 갈 수 있을 거예요. 그리고 우리가 시내에 있는 동안 만약 나와 함께 다니고 싶지 않으면 언제든지 내 딸들과 함께 다른 곳엘 가도 좋아요. 어머님도 분명히 그걸 반대하시진 않으시겠지요. 게다가 나는 운이 좋게도 자식들을 모두 출가시켰기 때문에 어머님도 나를 적임자로 여기실 거예요. 내가 아가씨들을 맡아 데리고 있는 동안 적어도 한 사람의 결혼도 성사시키지 못한다면 그건 내 잘못만은 아닐 거예요. 내가 젊은 신사들에게 아가씨들을 추천할 테니 그건 염려하지 말아요."

"내 생각에는 언니의 찬성과는 상관없이 매리앤은 이 계획에 반대하지 않을 것 같군. 엘리너가 그것을 바라지 않기 때문에 매리앤도 즐기지 못한다면 참으로 당치 않은 일이지. 그러니 두 숙녀께 충고하는데 바턴이 싫증나면 엘리너에게는 말하지 말고 시내로 나가는 게 어떨까 싶은데."

존 경이 말했다.

"그렇지! 대시우드 양이 가든 안 가든 간에 매리앤 양이 함께 가준다면 굉장히 기쁠 거예요. 사람은 많을수록 더 즐거운 법이니까. 그래도 자매끼리 같이 있는 게 더 즐겁고 편하겠지요? 만약 나한테 싫증이 났다면 자매끼리 이야기를 주고받을 수도 있고, 내 뒤에서 나를 흉보며 웃을 수도 있을 테니까 말이야. 하지만 둘 다 갈 수 없다면 둘 중 한 사람이라도 꼭 같이 갔으면 해요. 주님께서 나를 축복하시길! 나 혼자 무슨 수로 그 답답한 곳에서 지낸단 말이지. 작년 겨울까지는 샬럿과 함께 지냈었는데……. 자, 매리앤 양, 우리 잘 생각해봅시다. 그리고 대시우드 양도 앞으로 마음을 바꾼다면 얼마나 좋은 일이 되겠어요.”

제닝스 부인이 외쳤다.

“부인, 고맙습니다. 저를 초대해주셔서 정말 감사드려요. 저도 부인의 청을 받아들여 같이 간다면 정말 행복할 거예요. 제가 누릴 수 있는 최고의 행복일지도 몰라요. 하지만 우리 어머니, 정말 누구보다도 소중하고 다정다감하신 어머니를 생각하면, 저는 엘리너 언니의 말이 옳다고 생각해요. 저희가 없어서 어머니가 적적해 하신다면……, 아아! 안 되겠어요. 무슨 일이 있어도 어머니를 떠나지는 못할 것 같아요. 이건 고심하면 안 될, 아니 절대로 고민해서는 안 되는 문제예요.”

제닝스 부인은 거듭 대시우드 부인은 그들이 없어도 잘 지낼 거라고 확신을 주었다. 그때서야 동생의 마음을 파악한 엘리너는 동생이 윌로비를 다시 만나고 싶은 열망에 그 밖의 다른 것들에는 거의 심드렁한 것을 알고 있었다. 그리하여 더 이상 그 제안에 직접 반대하지 않고, 단지 어머니의 결정에 따르겠다고 말했다. 그러나 엘리너는 매리앤을 위해서 허락하고, 자신을 위해서는 이 초대를 거절하고 싶은 마음을 어머니가 알아줄 거라고는 이미 기대하지 않았다. 어머니는 매리앤이 바라는 것이라면 무엇이든 지지해주었던 것이다. 지금과 같은 정황이라면 이런 일에는 신중해야 한다고 아무리 설득해보았자 별 효과가 없을 것 같았다. 벌써 몇 번이나 동생과 윌로비 사이의 미심쩍은 관계에 대해 어머니에게 말해보았지만 들은 척도 안 했으니 말이다. 또한 자기가 왜 런던엘 가는 것을 꺼려하는 지 그 동기에 대해서도 터놓고 설명할 수도 없었다. 까다로운 제닝스 부인 이 어떤 수준인지 잘 알고 있는 매리앤은 부인에게 늘 진저리를 쳤었다. 그런데도 그런 불편을 감수하면서 자신의 민감한 감수성에 상처를 줄 모든 일들을 무시하면서까지 한 가지 목적을 추구하려고 했다. 이는 그것이 얼마나 중요한 목적인지를 보여주는 확실하고 중요한 증거가 되었다. 또한 그동안 일어난 일을 지켜본 엘리너에게는 전혀 예상치 못한 일이었다.

초대 소식을 듣게 된 대시우드 부인은 그 여행을 통해 두 딸이 아주 즐거워할 것이라고 확신했다. 또 매리앤이 자기를 염려하는 마음은 알겠지만, 이번 여행에 마음을 쓰고 있는 것을 간파한 부인은 자기 때문에 딸들이 그런 제의를 거절하겠다고 하는 것을 급구 말렸다. 부인은 즉시 그 초대에 응하도록 두 자매에게 충고하였고, 이어서 잠시 헤어짐으로 해서 모두에게 있게 될 여러 가지 좋은 상황들을 평소의 명랑한 표정으로 이야기하기 시작했다.

"나는 그 계획이 마음에 드는구나. 그건 바로 내가 바라던 바다. 마거릿과 나도 너희와 마찬가지로 이번 여행에 의해 좋은 일들이 생길 것 같구나. 너희들과 미들턴 가족이 떠나고 나면 우리는 책 읽고 음악을 들으면서 조용히 여유 있게 지낼 거야! 너희가 다시 돌아왔을 때에는 마거릿은 매우 성숙해져 있을 게다! 그리고 마침 너희들의 침실을 손볼 계획이었는데, 번거롭지 않게 작업을 할 수 있을 듯하구나. 너희들이 런던으로 가는 건 탁월한 선택이야. 엄마가 생각하기에 너희 같은 조건이라면 런던의 예절과 오락을 잘 알아두는 게 좋다고 본다. 부인이 너희들을 친자식처럼 보살펴주실 것이고, 친절히 대해주실 거라고 믿어 의심치 않아. 그리고 네 오빠도 만나게 될 텐데 오빠에게 잘못이 있든 네 올케에게 잘못이 있든 간에, 그가 누구의 아들인지를 생각해보면 너희들이 그렇게 남남처럼 멀리 지내는 것을 보고 있을 수밖은 없단다.”

대시우드 부인이 외쳤다.

“어머니가 평소에 우리의 행복을 간절히 바라는 마음에서 어머니에게 일어나는 불편한 일들을 알면서도 참아오셨는데 그래도 짚고 넘어가야 하는 한 가지 문제가 있어요.”

엘리너의 말을 들은 매리앤의 표정이 어두워졌다.

“그래, 우리 신중한 큰딸이 무슨 말을 하려는 걸까? 어떤 엄청난 문제를 제기할까나? 행여 비용에 관한 문제라면 안 하느니만 못할걸.”

대시우드 부인이 말했다.

“제가 말씀드리고 싶은 것은 이거예요. 제닝스 부인의 마음이 어떤 것인지는 잘 알겠지만 부인의 사교 모임은 우리를 즐겁게 해줄 만한 것이 못 될 것이고, 저희를 보호해주신다고는 했지만 별로 신경 쓰지도 않으실 거예요.”

“그건 그래. 하지만 다른 사람과 떨어져서 부인하고만 지내지는 않을 것이고, 사교 모임에 나갈 때는 미들턴 부인과 동행하게 될 게다.”

대시우드 부인이 대답했다.

“엘리너 언니가 제닝스 부인이 마음에 안 들어 꽁무니를 빼려 한다고 해서 나까지 그분의 초대를 거절할 필요는 없지. 나는 그런 걸 신경 쓰지 않는데다 조금만 노력하면 그런 종류의 모든 불쾌감을 참을 수 있을 것 같거든."

매리앤이 말했다.

엘리너는 매리앤의 반응을 보고 웃지 않을 수 없었다. 부인 앞에서는 그래도 정중하게 행동하라고 매리앤을 설득하는 게 먹혀들지 않았기 때문이다. 그리고 매리앤에게만 맡겨 두는 것이 못미더웠고, 또 제닝스 부인에게 함부로 행동하면 안 되었기 때문에 동생이 가겠다면 자기도 따라가야겠다고 마음속으로 결심하였다. 엘리너는 이런 결정을 하기 전에 루시가 한 말을 떠올리고 에드워드 페라스가 2월 이전에는 런던에 오지 않을 것이라는 걸 알기 때문에 쉽게 결정할 수 있었다. 또한 무리하게 일정을 단축하지 않아도 아마 그전에 끝날 일이었다.

"나는 너희 둘 모두 갔으면 좋겠구나. 그런 이유로 안 가겠다는 건 말이 안 돼. 너희들은 런던에 있는 동안 많은 즐거움을 누리게 될 거야. 그리고 엘리너도 새로운 취미를 좀 찾아보렴. 마음만 먹으면 어디서든 즐겁게 지낼 수 있을 게다. 어쩌면 네 올케와 좀 더 친해질 수도 있고."

엘리너는 틈만 나면 에드워드와 자신의 관계를 약화시킬 수 있는 방법이 없을까 하여 궁리를 해왔다. 그래야 모든 사실이 드러났을 때 충격이 적을 것이기 때문이다. 어머니가 이런 말을 하게 되자 — 성공을 바랄 수는 없었지만 — 억지로 마음을 다잡고 가능한 한 침착하게 자신의 계획을 말했다.

"전 에드워드 페라스 씨를 매우 좋아하니까 그를 보는 것이 기뻐요. 하지만 다른 식구들이라면 관심 밖의 일이에요."

대시우드 부인은 미소를 지으며 아무 말도 하지 않았다. 매리앤은 놀라서 눈을 추어올렸고, 엘리너는 차라리 가만히 있는 게 나을 뻔했다고 금세 후회하였다.

별다른 이야기 없이 결국 그 초대에 응하기로 결론을 내렸다. 제닝스 부인은 그 소식을 듣고 매우 기뻐하였으며, 친절하게 잘 보살펴주겠다고 연거푸 약속했다. 부인만 기뻐할 일이 아니었다. 존 경 역시 기뻐하였는데, 혼자 있게 될까 봐 두려웠던 런던에 같이 있게 될 사람을 두 명이나더 얻었다는 것은 다행한 일이었기 때문이다. 심지어 미들턴 부인조차 기뻐해 마지않았는데 다소 이례적인 일이었다. 그리고 스틸 자매, 특히 루시는 그 소식을 들을 때만큼 행복했던 적은 없었다고 했다.

엘리너는 기대했던 것과는 반대로 일이 진행되었지만 생각보다 그리 크게 거부감을 느끼지는 않았다. 자신이야 런던에 가든 안 가든 이제는 크게 중요한 문제가 아니었다. 어머니가 그 계획에 대단히 만족해했고, 동생도 그 일로 들떠서 평소처럼 생기를 되찾았기 때문에 더 이상 불만스러워할 수도 없었다. 그리고 결말이 어떻게 날지 지레 걱정할 필요도 없다고 생각되었다.

매리앤은 행복이라는 말로는 다 표현하지 못할 정도로 기쁘고, 초조하고, 안달이 나서 침착하게 기다리지도 못했다. 어머니를 떠나야 한다는 마음으로 겨우 진정을 하였고, 막상 헤어지는 순간이 오자 슬픔은 실로 대단한 것이었다. 어머니의 슬픔도 거의 흡사했고 세 사람 중 엘리너만 영원히 헤어지는 게 아니라는 것을 알고 있는 것 같았다.

그들은 1월 첫째 주에 출발하였다. 미들턴 가는 일주일 뒤에 뒤따라오게 되어 있었다. 스틸 자매는 파크에 머물다가 그들 가족과 함께 떠나게 되어 있었다.

제 26 장

엘리너는 아무리 생각해보아도 제닝스 부인과 함께 마차를 타고 부인의 보호를 받으며 그녀의 손님으로 런던에 간다는 상황이 놀라울 뿐이었다. 부인과 알게 된 지도 얼마 되지 않았고, 나이와 성향에서도 엄청난 차이가 있었으며, 불과 며칠 전까지만 하더라도 그 초대를 반대하지 않았던가. 하지만 그런 반대는 매리앤과 어머니가 공유하고 있는 행복한 젊음의 열정으로 극복되거나 무시되었다. 엘리너는 윌로비가 매리앤을 사랑하고 있는지 이따금 의심스러우면서도 행복한 기대로 기뻐 눈을 빛내고 있는 매리앤을 볼 때마다 자신과 비교가 되었다. 자신의 앞날에 대한 전망은 얼마나 공허한지, 동생에 비해서 자신의 마음 상태는 얼마나 기죽어 있는지, 그리고 자신도 매리앤처럼 고무적인 대상과 실현 가능성이 있는 희망이 있다면 동생의 고민을 얼마나 기쁘게 받아들일 수 있을까라는 생각이 들었기 때문이다.

그러나 이제 곧 윌로비의 의도가 무엇이었는지를 알게 될 것이다. 분명히 그는 이미 런던에 와있을 것이다. 매리앤이 그렇게 가고 싶어 하는 이유는 혹시 그를 만날 수 있지 않을까 하는 마음이 있기 때문이다. 엘리너는 직접 관찰도 하고 다른 사람들의 이야기를 들어서 그의 성격을 제대로 파악할 수 있을 뿐만 아니라 동생을 대하는 태도를 면밀히 살펴 그가 어떤 사람인지, 어떤 의도를 하고 있는지를 확인할 수 있을 것이라 생각하였다. 그 결과가 호의적이 아니라면, 그녀는 그 사건을 보는 동생의 눈을 열어주기로 마음먹었다. 그렇지 않다면, 그녀는 다른 면에서 노력을 해야 할 것이다. 다시 말해 매리앤의 행복을 줄어들게 만들지도 모르는 모든 후회를

떨쳐버리고 모든 이기적인 비교를 하지 않는 법을 배워야 할 것이다.

그들은 사흘을 여행하였는데 여행하는 동안 매리앤의 행동은 앞으로 제닝스 부인에게 공손하고 친구가 될 만한 사람으로 기대해도 좋을 것 같았다. 그녀는 거의 말없이 앉아 사색에 잠겨 있었고, 지나가는 아름다운 경치를 보고는 언니에게 감탄을 표현하는 것 외에는 말하는 일이 거의 없었다. 그러므로 이런 행동을 보상하기 위해 엘리너는 제닝스 부인에게 최대의 관심을 가지고 행동했으며, 그녀와 함께 웃고 말하고 가능한 한 상대의 말을 진지하게 듣는 성의를 보였다. 제닝스 부인은 최대한의 친절로 자매를 대우하였으며, 편안함과 즐거움을 느낄 수 있게 배려해주었다. 그러나 다만 식사 때 메뉴를 선택할 수 있도록 세심한 배려는 해주지 않았다. 가령 자신이 대구보다 연어를, 아니면 연한 쇠고기 커틀릿보다 삶은 닭고기를 더 좋아한다는 고백은 하지 않고 주문을 했다. 일행은 사흘째 되는 날 3시 경에 런던에 도착하였다. 마차에 갇힌 답답한 여행으로부터 자유로워진 것이 기뻤고, 곧 아름다운 벽난로로 다가가 언 몸을 녹일 수 있어 행복했다.

부인의 집은 멋진 외관에다 모든 게 훌륭하게 갖추어져 있었고, 젊은 아가씨들은 곧 매우 안락하고 훌륭한 방으로 안내되었다. 그 방은 전에 샬럿이 쓰던 방으로 벽난로 선반 위에는 채색된 풍경화가 걸려 있었다. 런던의 명문학교를 몇 년간 다닌 것이 거짓이 아님을 증명해주는 증거였다.

그들이 도착한 후 식사를 할 때까지는 2시간 정도 여유가 있어서 엘리너는 어머니에게 편지를 쓰기로 했다. 매리앤도 언니 곁에 자리를 잡고 앉았다.

"매리앤, 지금 내가 집에다 쓰는 중이니까 넌 며칠 뒤에 쓰는 게 낫지 않겠니?"

"난 엄마한테 쓰려는 게 아냐."

매리앤은 재빨리 대답한 후 질문을 피하고 싶다는 눈치였다. 엘리너는 더 이상 아무 말도 하지 않았다. 다만 월로비에게 쓰고 있음이 분명하다는 생각을 하였고, 둘은 결혼 약속을 했음에 틀림없는 그 사건이 해결되길 원하는 것이라고 결론을 내렸다. 비록 확실한 것은 아닐지라도 이런 확신은 엘리너에게 즐거움을 주었으며, 빠르게 편지를 써내려갔다. 매리앤은 편지를 금세 마쳤다. 메모처럼 간단하게 적은 듯했다. 그것을 접어 봉한 다음 급히 주소를 적었다. 엘리너는 수신란에 적힌 대문자 W를 알아볼 수 있으리라고 생각했는데, 편지가 완성되자마자 매리앤은 하인을 불러 2페니짜리 우표를 붙여 그 편지를 부쳐 달라고 하였다.

매리앤의 흥분은 쉽게 가라앉지 않았는데 이런 기분은 저녁이 되자 점점 더 심해졌다. 그녀는 거의 식사를 하지 못했으며, 거실로 돌아온 후에도 마차 소리가 들릴 때마다 안절부절못했다.

그나마 다행인 것은 제닝스 부인이 자기 방에서 짐을 정리하느라 분주한 시간을 보냈기 때문에 밖의 사정을 알 수 없었다는 것이 엘리너로서는 큰 위안이었다.

매리앤은 문 두드리는 소리만 들려도 화들짝 놀라곤 하였는데 그것이 이웃집에서 들려오는 소리라는 걸 알고 실망한 적이 한두 번이 아니었다. 그러나 가까이에서 들려오는 노크 소리를 듣고 엘리너는 월로비가 왔다고 생각하였고, 매리앤은 벌떡 일어나서는 문 쪽으로 다가갔다. 사방은 고요하였다. 매리앤은 주저하지 않고 문을 열고 계단을 향해 몇 발짝 나아갔다. 그리고 곧 그의 목소리를 들었다고 생각한 그녀는 흥분이 더욱 고조되어 이렇게 외쳤다.

"오, 엘리너 언니! 윌로비야, 그가 왔어!"

그에게로 곧장 달려가 품에 안길 듯한 자세였는데 뜻밖에도 그곳엔 브랜든 대령이 서 있었다.

매리앤은 그 충격을 감당할 수 없어 즉시 그 방을 나갔다. 엘리너 역시 실망스러웠다. 하지만 그녀는 곧 환한 얼굴로 그를 맞이하였다. 동생을 너무나 좋아하는 남자가 자신의 등장으로 인해 슬픔과 실망을 안겨주게 되었음을 알게 된 그가 너무 안쓰러웠다. 그녀는 그가 눈치 챘음을 한눈에 알아보았다. 그녀가 방을 나갈 때 서로 인사하는 것도 잊은 채 놀라움과 근심스러운 표정으로 매리앤을 바라보았던 것이다.

"동생분이 아픈가요?"

그가 물었다.

엘리너는 동생이 좀 우울하여 머리가 아프고 기운이 없다고 말했다. 그리고 동생의 행동에 대해 적당하게 둘러댈 수 있는 것들을 모두 이야기했다.

그는 진지한 태도로 그녀의 말을 들었지만 곧 정신을 차린 듯 그 문제에 대해서는 더 이상 묻지 않았다. 그러고는 곧장 런던에서 대시우드 자매를 만나 반갑다는 말을 한 다음 여행은 어떠했는지, 지인(知人)들은 잘 있는지를 물었다.

어느 쪽에서도 흥미를 느낄 수 없는 무미건조한 대화가 오가는 동안에도 그들은 서로 다른 생각을 하고 있었다. 엘리너는 윌로비가 런던에 있는지 묻고 싶은 마음이 간절하였으나, 경쟁자에 대해 정보를 얻는 동안 고통을 주지나 않을까 걱정이 되었다. 그렇지만 적당한 때에 엘리너는 슬찍 지나가는 말로 지금까지 런던에 있었느냐고 물었다.

"그럼요. 그때 이후로 델라퍼드에 한두 번 갔었지만 바턴으로 돌아갈 여력은 없었지요."

그는 약간 당황하며 대답하였다.

그의 대답을 듣고 나니 그가 서둘러 떠났던 일과 제닝스 부인이 갖가지 의혹을 제시하던 상황이 떠올랐다. 또 자신의 질문이 지금까지 느꼈던 것보다 그 문제에 대해 훨씬 더 많은 호기심을 담고 있는 것처럼 생각되어 염려스러웠다.

제닝스 부인이 곧 들어왔다.

"오, 대령! 이렇게 만나서 굉장히 반가워요. 빨리 못 나와 봐서 미안해요. 용서해주구려. 하지만 내게 볼일이 좀 있었고, 해결할 일도 있었어요. 대령께서도 알다시피 집을 비운 지가 오래되다 보니 자질구레한 일들이 산더미라 정신이 없었다우. 그래서 카트라이트에게 일일이 지시를 하느라고…… . 맙소사, 난 식사를 마친 이후 지금까지 일벌처럼 아주 분주했었어! 하지만 대령, 어떻게 내가 오늘 런던에 올 거라고 알 수 있었죠?"

그녀는 떠들썩한 목소리로 평소처럼 명랑하게 말했다.

"파머 씨 집에서 식사를 하다가 그 소식을 듣게 되었습니다."

"오, 그랬군요! 어떻게 그 집에서 모두 식사를 하게 되었나요? 샬럿은 어떤가요? 지금쯤 그 애도 많이 변했으리라 생각이 드는데요."

"파머 부인은 아주 좋아 보이셨고, 부인께 내일 찾아뵙겠다는 말을 전해 달라고 부탁하더군요."

"아, 나도 그러리라고 생각했어요. 음, 대령, 나는 두 명의 젊은 아가씨들을 데리고 왔어요. 지금은 한 아가씨만 보이지만 어디엔가 또 한 아가씨가 있을 거예요. 당신 친구인 매리앤 양 말이에요. 듣기가 좀 거북할지도 모르겠군요. 하지만 매리앤 양을 두고 대령과 윌로비 씨가 어떻게 할는지는 나도 모르겠군요. 아, 젊고 예쁘다는 건 좋은 일이지요. 좋고말고! 나도 한때는 젊었었지만 그다지 예쁘지는 않았지. 내겐 불행한 일이었지만 다행히도 나는 아주 착한 남편을 만났고, 최고의 미인이라도 누리기 힘든 걸 누리고 살았지. 아, 불쌍한 사람! 그분이 세상을 떠난 지 벌써 팔 년이 되었군요. 그런데 대령, 우리가 헤어진 이래 어디에서 지냈나요? 그리고 일은 잘 되어 가나요? 자, 친구들 사이엔 비밀을 갖지 맙시다."

그는 제닝스 부인의 질문에 평소의 온화한 어조로 대답했지만 부인의 궁금증이 모두 해소되는 것 같지는 않았다. 엘리너가 차를 내오자 매리앤도 어쩔 수 없이 그 자리로 나왔다.

브랜든 대령은 그녀가 합석하자 전보다 더 말수가 줄었고, 제닝스 부인이 더 있다가 가라고 잡았지만 오래 머물지 않고 바로 돌아갔다. 그날 저녁에는 다른 방문객도 없었으므로 자매는 일찍 잠자리에 들기로 했다.

다음 날 아침 매리앤은 기운을 차리고 명랑한 모습으로 일어났다. 어제 저녁의 실망은 앞으로 일어날 일들에 대한 기대로 잊어버린 것처럼 보였다. 그들은 파머 부인의 4인용 사륜마차가 문 앞에 멈추기 전에 아침식사를 막 끝낸 참이었다. 잠시 후 파머 부인은 함박웃음을 지으며 방으로 들어와서는 역시 모두를 만나서 반갑다는 말을 했다. 그녀는 자기 어머니를 만난 것이 더 반가운 건지, 대시우드 자매를 다시 만난 것이 더 반가운 건지 잘 모르겠다고 했다. 모두 함께 올 거라고 예상은 하고 있었지만 막상 이렇게 만나니 놀랍기만 하다고 했다. 그와 동시에 그들이 오지 않았다면 결코 용서하지 않았을 것이지만, 자신의 초대를 거절한 후 자기 어머니의 초대를 받아들인 것에는 샐쭉해 있었다.

"파머 씨는 아가씨들을 다시 만나게 된 걸 무척 기뻐할 거예요. 아가씨들이 어머니와 함께 온다는 소식을 들었을 때 그가 뭐라고 했는지 상상이 되나요? 지금은 그가 무슨 말을 했는지 기억이 나지 않지만, 너무 익살스런 말이었던 건 분명해요!"

그녀의 어머니가 편안한 잡담이라고 부르는 일—즉 제닝스 부인 쪽에서는 알고 지내는 모든 사람들의 근황을 시시콜콜 물어보는 일이었고, 파머 부인 쪽에서는 실없이 웃는 것—로 한두 시간을 흘려보낸 뒤, 그날 아침 몇몇 가게에 볼일이 있는데 함께 가는 것이 어떠하냐고 제안했다. 제닝스 부인과 엘리너도 몇 가지 살 물건들이 있었기에 기꺼이 동의하였다. 매리앤은 처음에는 거절하였으나 마지못해 같이 가기로 하였다.

매리앤은 가는 곳마다 늘상 손목시계를 보았다. 특히 볼일이 많은 본드가에서 그녀의 눈은 계속 뭔가를 찾고 있었다. 일행이 어느 가게로 들어가든 그녀의 마음은 그들 앞에 실제로 놓여 있는 물건들과 다른 사람들이 흥미로워하는 모든 것으로부터 벗어나 다른 곳을 향해 있었다. 어디에서든 불만족스러운 얼굴을 하고 있는 그녀 때문에 엘리너는 자매에게 공동으로 필요한 물건임에도 동생의 의견을 물을 수가 없었다. 매리앤은 어디에서든 즐거움을 느끼지 못했다. 다시 집으로 가고 싶다는 초조함이 가득했고, 꾸물거리는 파머 부인의 행동을 꾹꾹 눌러 참고 있었다. 파머 부인은 예쁘고 비싸고 새로운 물건을 보면 정신을 차리지 못했다. 모든 걸 사겠다고 덤벼들다가도 막상 결정을 내려야 할 때면 미적거리며 갈등했다.

그들이 집으로 돌아온 것은 정오가 가까워서였다. 집에 들어서자마자 매리앤은 황급히 위층으로 달아났고, 뒤따라간 엘리너는 매리앤이 슬픈 표정으로 탁자에서 돌아서는 모습을 보았다. 윌로비의 소식이 없었던 것이다.

"우리가 외출한 후에 나한테 편지 온 것 없었어요?"

우편물 꾸러미를 들고 들어선 마부에게 묻자 그는 없다고 대답하였다.

"확실해요? 분명히 하인이나 짐꾼이 편지나 메모를 남기지 않았단 말이죠?"

그녀는 다시 확인하듯 물었고, 마부는 아무도 오지 않았다고 대답했다.

"뭔가 이상해!"

그녀가 창문 쪽으로 돌아서면서 낮고 실망스런 목소리로 말했다.

'정말 이상한 일이야!'

엘리너는 동생을 염려하면서 속으로 말했다.

'만약 매리앤이 그가 런던에 있다는 걸 몰랐더라면 그에게 편지를 보내진 않았을 거야. 몰랐다면 아마 마그나 협곡으로 편지를 썼을 거야. 그가 만약 런던에 있다면 답장을 보내왔거나 직접 달려올 텐데……. 오! 사랑하는 어머니, 당신은 너무 어린 딸과 너무도 모르는 남자와의 약혼을 묵인하는 바람에 이처럼 의심스럽고 수수께끼 같은 일을 만들게 하셨어요. 제가 직접 물어보고 싶지만, 그건 간섭하는 게 되겠지요.'

엘리너는 잠시 생각한 후에 만약 이 같은 일이 여러 날 계속된다면, 그 심각한 상황을 제일 먼저 어머니에게 말씀드려야겠다고 마음먹었다.

엘리너는 파머 부인과 제닝스 부인이 친밀하게 잘 아는 두 아가씨를 그날 아침에 초대하여 그들과 함께 점심식사를 하였다. 파머 부인은 저녁 약속을 지키기 위해 차를 마신 후 곧 떠났고, 엘리너는 다른 사람들을 위해 휘스트 놀이를 도와야 했다. 매리앤은 그 게임을 할 줄 모르기 때문에 자연스럽게 카드 놀이에서 빠졌다. 덕분에 개인 시간을 가질 수 있었지만 그날 저녁이 즐겁지 않은 것은 엘리너에 못지않았다. 계속되는 불안과 실망의 아픔으로 그 시간을 보냈던 것이다. 매리앤은 때때로 책을 읽으려고 해보았지만 도무지 글자가 눈에 들어오지 않아 책을 던져버리고는 방을 이리저리 서성거렸다. 그리곤 고대하던 노크 소리가 들리지 않을까 하여 창문 쪽으로 다가갈 때마다 잠시 멈추어 서곤 했다.

제 27 장

"이렇게 맑은 날씨가 계속된다면 존 경은 다음 주에도 바턴을 떠나려 하지 않을 거예요."

다음 날 아침식사 때 대시우드 자매와 만난 제닝스 부인이 말했다.

"수렵가들은 하루라도 즐거움을 놓치면 못 견뎌하거든. 불쌍한 영혼들이야! 나는 그럴 때 항상 그들을 동정하지. 그 사람들이야 정말 가슴에서 우러나서 하는 일이겠지만 말이야."

"그건 맞는 말씀이세요."

매리앤이 날씨를 살피기라도 하는 것처럼 창문 쪽으로 걸어가면서 명랑한 목소리로 말했다.

"그 생각은 못했어요. 오늘 날씨로 보아 많은 수렵가들이 야외로 몰려나오겠는데요."

유쾌한 회상에 의해 매리앤의 생기가 되살아났다.

"그들에게는 더할 나위 없이 좋은 날씨겠어요."

그녀는 행복한 표정으로 식탁에 앉아서도 계속 말했다.

"이런 날씨가 얼마나 계속될까요? 하지만(약간 불안한 기색으로) 오래 지속될 것 같지는 않네요. 해마다 이맘때면 지루한 장마가 지나간 뒤에 맑게 갠 날이 별로 없었으니까요. 곧 서리가 내리기 시작할 테고, 십중팔구 점점 더 심해질 거예요. 이렇게 따뜻한 날씨는 며칠 내에 끝날 거예요. 아니 어쩌면 오늘밤에 얼어버릴지도 모르죠!"

"어쨌든 다음 주말쯤이면 런던에서 존 경과 미들턴 부인을 만나보게 되겠네요."

매리앤의 생각을 제닝스 부인이 알지 못하도록 막기 위해서 엘리너는 말했다.

"아, 물론. 내가 보장하리다. 메리는 항상 저하고 싶은 대로 하거든요."

'매리앤은 곧 협곡으로 편지를 쓰겠구나.'

엘리너가 조용히 추측했다.

설사 매리앤이 편지를 쓴다 해도 그 편지는 엘리너의 시야에서 벗어나 비밀리에 보내질 것이다. 사실이야 어찌되었든지 간에 엘리너도 썩 만족스러운 것은 아니었지만 기분 좋은 매리앤을 보는 동안에는 그다지 불안하지 않았다. 다행스럽게도 매리앤은 활기가 넘쳤다. 온화한 날씨라서 행복해 했고, 서리가 내릴지도 모른다는 기대로 더더욱 행복해 했다.

제닝스 부인은 아침 시간을 주로 자기가 돌아왔다는 것을 알리기 위해 알고 지내는 사람들에게 카드를 보내느라 바빴다. 그리고 매리앤은 바람의 방향과 하늘의 변화를 주의 깊게 살피고 공기의 변화까지 살피느라 바쁘게 그 시간을 보냈다.

"엘리너 언니, 아침보다 날씨가 추워진 거 같지 않아? 내가 보기엔 상

당히 차이가 있는 것 같은데? 토시를 꼈는데도 손이 시리니 말이야. 어제
는 이렇지 않았던 것 같은데……. 구름이 흩어지는 것 같으니까 해가 곧
나올 거야. 그럼 오후에는 맑아지겠지?"

엘리너는 기분이 좋아졌다가 금세 고통스러워지는 등 기복이 심했다.
하지만 매리앤은 끈기 있게 견뎠다. 밤이면 환한 불빛에서, 그리고 아침
이면 대기의 상태를 살피면서 서리가 곧 내릴 거라는 확실한 징후를 발견
했다.

대시우드 자매는 제닝스 부인의 한결같은 친절에 불만을 가질 이유가
없었듯이 그녀의 생활방식이나 알고 지내는 사람들에 대해서도 대체로
만족했다. 집안일들은 계획적이면서도 자유로웠고, 미들턴 부인에게는
못마땅한 일이었지만—오래된 구(舊) 시가(상업 지구인 런던 시티를 말함)
친구들 몇몇을 제외하고는 자매의 감정을 상하게 하는 사람들은 아무도
방문하지 않았다. 기대했던 것보다 편안한 생활을 할 수 있어서 엘리너는
기뻤다. 그래서 참된 즐거움이라고는 찾을 수 없는 저녁 모임도 기꺼이
참기로 했다. 어느 집에서나 저녁 모임에는 으레 카드 놀이가 벌어져서
그녀는 곤혹스러웠던 것이다.

브랜든 대령은 거의 매일 초대를 받아 그들과 함께 지냈다. 그는 매리
앤을 보러 와서는 이야기는 엘리너와 했다. 엘리너는 그날의 어떤 일보다
그와 함께 나누는 대화가 즐겁기는 했지만 매리앤에 대한 그의 관심이 지
속적인 것을 보고는 상당히 염려스러웠다. 엘리너는 그의 관심이 점점 더
깊어질까 봐 두려웠다. 대령이 열정적으로 매리앤을 살피는 것을 지켜보
는 일은 고통스러웠다. 그리고 그는 바턴에 있을 때보다 기력이 좋지 않
아 보였다.

자매가 런던에 온 지 약 일주일쯤 되었을 때였다. 월로비가 도착했다는 것이 확실해졌다. 아침에 드라이브를 하고 돌아와 보니 탁자 위에 그가 남긴 카드가 놓여 있었다.

"아아, 하느님! 우리가 외출한 사이에 그가 다녀갔나 봐!"

매리앤이 안타까운 듯 외쳤다.

런던에 그가 있다는 것을 확인하게 된 엘리너는 기쁜 마음에 용기를 내어 이렇게 말했다.

"분명히 내일 다시 올 거야."

하지만 매리앤은 엘리너의 말을 거의 듣지 못한 채, 제닝스 부인이 들어오자 귀중한 카드를 가지고 도망치듯 나갔다.

엘리너는 자신의 일인 양 기분이 좋아졌다. 매리앤도 예전처럼 명랑해졌지만 무엇보다도 안절부절못하는 마음이 살아난 듯했다. 그 순간부터 매리앤은 다른 일이 눈에 들어오지 않았고, 온종일 그를 볼 거라는 기대 때문에 아무것도 할 수가 없었다. 그리고 다음 날 아침, 다른 사람들이 외출할 때에도 집에 남아 있겠다고 고집을 부렸다.

엘리너는 집을 비운 동안 무슨 일이 일어날지 기대와 근심으로 머릿속이 꽉 차 있었다. 하지만 그들이 돌아와서 매리앤의 얼굴을 본 순간 월로비가 그곳에 들르지 않았다는 사실을 확인할 수 있었다. 바로 그때 하인이 메모지를 들고 와 탁자 위에 놓았다.

"나한테 온 거예요?"

매리앤이 급히 다가서며 외쳤다.

"아니에요, 아가씨. 마님한테 온 거예요."

하지만 매리앤은 믿을 수 없다는 듯 재빠르게 그것을 집었다.

"정말 제닝스 부인께 온 거네. 정말 못 참겠어!"

"너 편지 기다리고 있구나?"

더 이상 가만히 있을 수 없어서 엘리너가 말했다.

"응, 조금. 많이는 아니고."

잠시 멈추었다가 엘리너가 말했다.

"매리앤, 너 나한테도 숨기는 거 없지?"

"그럼. 언니야말로 아무한테도 비밀을 털어놓지 않으면서 그런 말을 하는 거야?"

"나?"

놀라 흠칫하며 엘리너가 말했다.

"매리앤, 난 정말 말할 게 아무것도 없어."

"나도 없어. 그러니까 우린 처지가 비슷해. 언닌 과묵하여 말할 게 없고, 난 숨길 게 없으니까."

엘리너는 생각 같아서는 털어놓고 싶었지만 그럴 수 없는 일이기에 과묵하다는 비난이 괴로웠다. 이런 상황에서 어떻게 해야 매리앤이 속마음을 활짝 열 수 있을지 알 수가 없었다.

제닝스 부인이 다가와 그 쪽지를 큰소리로 읽었다. 그것은 미들턴 부인으로부터 온 것으로 전날 밤에 콘듀잇 가에 도착했다는 소식을 알림과 동시에 그날 저녁에 어머니와 두 아가씨들을 그곳으로 초대하는 내용이었다. 존 경도 일이 있었고, 자신도 감기에 걸려 버클리 가는 방문하지 못했다고 하였다. 곧 초대에 응하기로 하였다. 제닝스 부인과 함께 자매가 가는 것이 당연한 예의이거늘 떠날 시간이 가까워오자 엘리너는 동생을 설득하느라 진땀을 흘려야만 했다. 왜냐하면 동생은 윌로비를 보지 못했기 때문에 그녀가 없을 때에 그가 다시 방문할까 봐 차라리 외출을 포기하는 것이 낫다고 생각했던 것이다.

콘듀잇 가에서의 저녁식사가 끝났을 때 엘리너는 환경이 바뀌어도 사람의 기질은 실질적으로 변하지 않는다는 것을 알게 되었다. 존 경은 런던으로 와서 미처 짐을 풀기도 전에 스무 명 남짓한 젊은 사람들을 주위에 모아놓고 무도회로 그들을 즐겁게 해줄 생각을 했던 것이다. 그러나 미들턴 부인은 이를 매우 못마땅해 했다. 시골에서야 조촐한 즉흥 무도회가 흔히 있을 수 있는 일이었지만, 품위를 중요시하고 까다로운 런던에서는 몇 명의 아가씨들을 만족시키자고 여덟 아니면 아홉 쌍 정도 즐길 수 있는 작은 무도회에 두 대의 바이올린과 조촐한 음식으로 춤판을 열었다는 소문이 퍼질 판이니 얼굴이 달아오를 일이었다.

파머 씨 부부도 그 파티에 참석했는데 파머 씨는 장모에게 관심을 기울이는 모습을 보이지 않으려고 조심했고, 따라서 장모 옆으로는 결코 오지 않았기 때문에 그들이 런던에 도착한 이래 파머 씨를 보지 못했던 자매는 어떤 인사도 나누지 못했다. 파머 씨는 자매를 슬쩍 보고서도 잘 알아보지 못한 듯했고, 제닝스 부인에게만 고개를 까닥였을 뿐이었다. 매리앤은 들어서자마자 방을 한번 휘 둘러보았다. 그러나 거기에도 그는 없었다. 자리에 앉은 매리앤은 아무런 흥이 나지 않았다. 사람들이 모인 뒤 한 시간쯤 지나서야 파머 씨는 대시우드 자매에게 느린 걸음으로 다가와서는 런던에서 그들을 만나게 되어 놀랍다는 말과 함께 그의 집에서 브랜든 대령과 대시우드 자매의 도착 소식을 들었는데 대령이 그 소식을 듣고 뭔가 재미있는 이야기를 했다고 하였다.

"저는 아가씨들이 데번셔에 있을 거라고 생각했답니다."

"그러셨어요?"

엘리너가 대답했다.

"언제 돌아가실 겁니까?"

"아직 모르겠어요."

그것으로 그들의 대화는 끝이었다.

매리앤은 그날 저녁만큼 춤이 내키지 않았던 적이 없었고, 그렇게 심하게 피곤을 느낀 적도 없었다. 매리앤은 버클리 가로 돌아와서 그 점에 대해 불평하였다.

"아, 그래요. 우리는 그 이유를 잘 알지요. 만약 이름을 부르면 안 될 어떤 사람이 거기에 있었더라면 매리앤은 조금도 피곤하지 않았을 텐데 말이지요. 그리고 까놓고 말해 초대를 받았는데도 매리앤을 만나러 오지 않았다니 원, 뭐가 뭔지 통 모르겠군요."

제닝스 부인이 말했다.

"초대를 받다니요?"

매리앤이 외쳤다.

"내 딸 미들턴이 나한테 그러던데 오늘 아침 거리 어딘가에서 존 경이 그를 만났나보더군요."

매리앤은 더 이상 아무 말도 하지 않았지만 심한 마음의 상처를 받은 듯했다. 동생에게 위로가 될까 싶어 뭔가를 해야겠다고 조급하게 생각하던 엘리너는 어머니에게 편지를 쓰는 것이 어떨까 하는 생각이 들었다. 매리앤의 건강을 해칠까 걱정이 된다는 점을 일깨우면서 너무 오래 미루었던 질문을 이제는 해야 할 때라고 재촉할 생각이었다. 그리고 아침식사 후에 엘리너는 윌로비 외에는 편지 쓸 일이 없는 매리앤이 편지 쓰는 것을 보고는 마음이 조급해졌다.

한낮이 되자 제닝스 부인은 볼일이 있어 혼자서 외출하였고, 엘리너는 곧바로 편지를 쓰기 시작했다. 그동안 매리앤은 일을 할 수도 없고, 대화를 할 수도 없어 우울한 사념에 잠겨 창 이쪽저쪽을 왔다갔다하다가 난롯가에 앉아 있었다. 엘리너는 안쓰러운 마음으로 그동안의 일을 적어 나갔다. 윌로비의 행동이 이상하니 그와 매리앤이 실제로 어떤 관계인지 설명을 하게 만들라고 매우 진지하게 어머니에게 호소하였다.

엘리너의 편지는 브랜든 대령이 왔음을 알릴 때 겨우 마무리 되었다. 매리앤은 창문을 통해 그를 보고는 누구와도 함께 있기 싫었기 때문에 그가 들어오기 전에 방을 나가버렸다. 그는 평소보다 더 심각해 보였고, 대시우드 양이 혼자 있어 다행이라고 말하면서 뭔가 특별히 할 말이라도 있는 양 자리에 앉았다. 그러나 아무 말도 하지 않고 얼마간의 시간을 보냈다. 엘리너는 매리앤에 대해 뭔가 할 이야기가 있는 것 같다고 확신하고는 초조하게 기다렸다. 그녀는 이런 일을 여러 번 경험했었다. 전에도 몇 번인가 "동생분이 안 좋아 보여요." 또는 "동생분이 기운이 없어 보여요."라는 말로 시작하여 동생에게 뭔가 특별한 것을 밝히거나 물어보았던 것이다.

몇 분간 침묵이 이어졌다가 그가 약간 떨리는 목소리로 언제 동생의 남편을 얻은 것에 대해 축하하면 되느냐고 물어보아 정적은 깨졌다. 너무나 당혹스러운 질문이었으므로 엘리너는 간단한 임기응변을 발휘하여 무슨 뜻이냐고 되물었다. 그는 미소를 지으려고 애쓰며 대답하였다.

"당신 동생이 윌로비 씨와 약혼한 것을 다들 알고 있어요."

"어떻게들 알았을까요? 가족인 우리도 모르는 일을요."

엘리너가 의아하다는 듯 말했다.

그는 놀란 표정을 지으며 말했다.

"용서하십시오. 제 질문이 너무 성급한 게 아니었나 싶습니다. 하지만 두 사람이 공개적으로 편지를 주고받았고, 그들의 결혼이 자연스럽게 이야기되고 있기 때문에 비밀스런 일이라는 생각은 하지 않았습니다."

"어떻게 그럴 수 있죠? 누구한테서 그런 말을 들으셨어요?"

"많은 사람들한테서 들었죠. 당신이 잘 모르는 사람들과 제닝스 부인, 파머 부인, 그리고 미들턴 부부 등 당신이 친밀하게 알고 지내는 사람들한테서도요. 하지만 그것을 보지 않았다면 저는 지금도 믿지 않았을 것입니다. 아마도 그것을 인정하고 싶지 않은 제 마음이 뭔가 뒷받침해줄 만한 것을 찾아냈을 테니까요. 오늘 아침에 하인이 우연히 윌로비 씨에게 쓴 매리앤의 편지를 손에 들고 있는 것을 보았습니다. 저는 직접 물어보려고 왔는데 그 질문을 하기도 전에 확신을 하게 된 셈이죠. 결국 모든 게 정해진 건가요? 이제는 불가능하다는 말인가요? 저에게는 아무 권리도 없고, 기회도 가질 수 없나요? 대시우드 양, 용서하세요. 너무 노골적으로 말씀드려서 잘못이긴 한데, 하지만 무엇을 해야 할지 알 수가 없고, 전 당신의 신중함에 기대고 싶습니다. 어떤 일이 있더라도 모든 게 완전히 결정된 것인지, 쉬쉬하면서 숨겼다가 곧 사람들에게 공표할 계획인지 속 시원하게 말해주세요."

매리앤에 대한 그의 사랑을 엘리너에게 직접 고백하다니, 그의 말은 큰 감동이었다. 엘리너는 당장 아무 말도 할 수가 없었고, 심지어 정신이 든 후에도 적절한 대답을 찾느라 고민을 했다. 윌로비와 매리앤이 어떤 사이인지 설명하려 해도 거의 아는 바가 없어서 말을 하나마나 마찬가지라는 생각이 들었다. 하지만 매리앤이 윌로비를 정말로 깊이 사랑하고 있었기 때문에 브랜든 대령이 성공할 가능성은 전혀 없다는 사실은 둘의 애정의 결과가 어떻든 간에 확실한 것이었다. 그리고 그와 동시에 비난을 받지 않도록 잠시 생각해본 다음 그녀가 어느 정도 알거나 믿는 것을 말하는 것이 그에 대한 배려라고 생각하였다. 따라서 그녀는 직접 들은 적은 없었지만 두 사람이 서로 좋아하고 있다는 것과 그 사실을 의심하지 않기 때문에 두 사람이 편지를 주고받는다는 이야기를 들었을 때에도 별로 놀라지 않았다고 말했다. 그는 입을 꾹 다물고 엘리너의 말을 듣고 나서 엘리너가 말을 멈추자 바로 자리에서 일어나서 감정 섞인 목소리로 이렇게 말했다.

"당신 동생분에게 행복이 있기를, 그리고 부디 윌로비 씨가 그녀의 기대를 저버리지 말기를 바랍니다."

그리고 그는 떠나갔다.

엘리너는 왠지 마음이 찜찜했다. 대령의 행동에서 느낀 불안감을 완전히 떨쳐버려도 되겠다는 생각이 들지 않았던 것이다. 오히려 그녀는 브랜든 대령의 불행으로 마음이 울적해졌다. 어쩌면 그를 확실하게 불행하게 만들 일 자체가 무산될 수도 있었다.

제 28 장

그 후 사나흘 동안에는 엘리너가 어머니에게 편지로 호소했던 것을 후회하게 만드는 어떤 일도 일어나지 않았다. 윌로비는 찾아오지도 않았고,

편지도 없었다. 그리고 대시우드 자매는 미들턴 부인과 어떤 파티에 참석하기로 약속이 되어 있었고, 제닝스 부인은 막내딸이 아파서 파티에 함께 참석할 수 없었다. 매리앤은 완전히 풀이 죽어 파티에 참석하나 집에 있으나 상관없다는 듯이 무관심한 태도를 보였고, 얼굴에서도 희망을 기대하거나 기쁨의 표정을 찾아볼 수 없었다. 그녀는 미들턴 부인이 도착할 때까지 차를 마신 후 거실의 벽난로 옆에 앉아 있었는데 미동도 없이 생각에 잠겨 있었다. 그러다가 미들턴 부인이 문에서 기다리고 있다는 기별을 듣고서는 그때서야 약속이 생각난 듯 화들짝 놀랐다.

그들은 약속 시간이 다 되어서야 목적지에 도착하였으며, 큰소리로 그들의 도착을 알리는 안내 소리를 들으며 서둘러 층계를 올라갔다. 곧이어 후끈한 열기로 가득한, 사람들로 북적이는 화려한 방으로 안내되었다. 엘리너와 매리앤이 그 집 안주인에게 무릎을 살짝 굽히며 인사를 하자 그곳에 모인 사람들에게 자매가 소개되었다. 그들의 참석으로 한층 더해졌을 열기와 불편함 속으로 그들도 섞였다. 거의 말도 없고 하는 일도 없이 얼마의 시간을 보낸 미들턴 부인은 카지노 테이블에 앉았고, 별로 돌아다니고 싶지 않았던 매리앤과 엘리너도 다행스럽게도 의자에 앉을 수 있었다. 카지노 테이블과 그리 멀지 않은 곳이었다.

자매가 자리에 앉은 지 얼마 지나지 않아 엘리너는 그들로부터 몇 발짝 떨어진 거리에 서서 최신 유행의 차림을 한 어떤 여자와 열심히 이야기를 나누고 있는 윌로비를 알아보았다. 엘리너는 곧 그와 눈이 마주쳤고, 그는 즉시 고개를 숙여 인사를 했다. 하지만 윌로비는 엘리너를 보았는데도 말을 걸거나 다가오지 않고 계속해서 그 여자와 이야기를 나누고 있었다. 엘리너는 무심결에 매리앤에게로 눈을 돌려 그녀가 윌로비를 알아보았는지 아닌지를 살폈다. 바로 그 순간 매리앤은 그를 발견했고, 온 얼굴이 기쁨으로 확 피어오르는 듯했다. 엘리너가 붙잡지 않았다면 곧장 그가 있는 쪽으로 달려갈 태세였다.

"어쩜! 그가 저기에 있어. 그가 저기에! 세상에, 왜 그는 나를 보지 못했을까? 내가 그에게 말을 걸 수 없는 이유가 뭐가 있겠어?"

그녀가 감탄했다.

"제발, 제발 침착해. 여기 모인 사람들에게 네가 느끼는 감정을 나타내지는 마. 아마 그는 아직 너를 보지 못했을 거야."

엘리너가 속삭였다.

그러나 그 순간에 침착해진다는 것은 매리앤으로서는 불가능한 일이었으며 그녀에게 있을 수도 없는 일이었다. 그녀는 안절부절못해 괴로운 표정을 지으며 앉아 있었다.

드디어 그가 다시 이쪽을 돌아보고 두 자매에게 인사를 하자 매리앤은 벌떡 일어나 애정 어린 목소리로 그의 이름을 부르며 그에게 손을 내밀었다. 그는 다가와 매리앤이 아닌 엘리너에게 말을 걸었는데 그 모습은 마치 매리앤의 눈을 피하고 싶고 그녀의 모습을 보지 않겠다고 결심한 것처럼 보였다. 월로비는 서둘러 대시우드 부인의 안부를 묻고, 런던에 얼마나 오래 머물 예정인지를 물었다. 엘리너는 그의 그런 태도에 정신을 몽땅 도둑맞은 듯 아무 말도 할 수가 없었다. 하지만 매리앤의 감정은 곧바로 드러났다. 매리앤은 얼굴이 새빨개져서 몹시 격앙된 목소리로 소리를 질렀다.

"오, 하느님! 월로비 씨, 도대체 이게 무슨 뜻이죠? 내 편지들을 받지 못하셨나요? 나하고는 이제 악수도 안 할 건가요?"

그렇게 되자 그는 마지못해 악수를 했지만 매리앤과 손이 닿는 것이 고통스럽다는 듯이 잡았던 손을 얼른 놓았다. 그는 침착해지려고 자신과 싸우고 있는 게 분명했다. 엘리너는 그의 표정을 주의 깊게 보았고, 조금씩 평안해지는 것을 확인했다. 잠시 후 그는 침착하게 말했다.

"지난 화요일에 버클리 가를 방문했었는데 안타깝게도 당신과 제닝스 부인은 댁에 계시지 않았습니다. 제가 놓아 둔 카드가 분실되지 않았어야 하는데요."

"하지만 제가 쓴 편지들은 받지 못하셨나요?"

매우 화가 난 매리앤이 큰소리로 말했다.

"여기에 뭔가 오해가, 엄청난 오해가 있었던 것 같아요. 무슨 일인가요? 윌로비 씨, 나한테 얘기해요. 제발 나한테 얘기해줘요. 무슨 일이죠?"

그는 아무 대답도 하지 않았다. 얼굴색이 변하면서 금세 당황하는 표정이었다. 하지만 조금 전까지 이야기를 나누었던 젊은 여자와 눈이 마주치자 즉각 마음을 다져 먹고 이렇게 말하였다.

"그래요, 나는 당신이 여기에 도착했다는 소식을 듣고 아주 기뻤어요. 나에게 그렇게 카드를 보내준 것은 참 친절한 행동이었어요."

그는 말을 마치고는 서둘러 가볍게 인사를 하고는 급히 돌아서서 친구들과 합류하였다.

새하얗게 질려 서 있을 수조차 없게 된 매리앤이 의자에 주저앉자 엘리너는 라벤더수로 그녀를 진정시키면서 다른 사람들이 보지 못하도록 몸으로 동생을 가렸다.

"그에게로 가서…… 언니, 나한테 좀 오라고 해. 내가 꼭 다시 만나야겠다고 그에게 말해줘. 지금 당장 말해야겠어. 난 용납할 수가 없어. 난 진정할 수가 없어. 이 일이 수긍이 될 때까지 한순간도 편히 있을 수 없을 거야. 어떤 끔찍한 오해가 있었는지 말이야. 제발 그에게 가줘."

그녀는 겨우 말할 수 있게 되자 외쳤다.

"어떻게 그런 일이 있을 수 있겠니? 아니야, 매리앤, 넌 기다려야 해. 여긴 설명을 들을 만한 곳이 못 돼. 그러니 내일까지만 기다려 보자."

엘리너는 매리앤이 그를 따라가지 못하도록 간신히 막았다. 그러나 흥분을 가라앉히고 좀 더 사적인 자리에서 효과적으로 말하게 될 때까지 침착하게 기다리게 하는 것은 불가능한 일이었다. 매리앤이 낮은 목소리로 끊임없이 비참한 절규를 터뜨렸고, 비탄에 잠겨 계속 탄성을 내뱉었기 때문이었다. 잠시 뒤 엘리너는 윌로비가 계단 쪽으로 난 문을 열고 밖으로 나가는 것을 보고 매리앤에게 그가 갔으니 그와 당장 이야기하는 것은 불가능하다고 설득하면서·동생을 진정시키려고 했다. 매리앤은 너무 괴로워서 1분도 더 못 있겠으니 미들턴 부인에게 부탁하여 집에 데려다 달라고 애원했다.

엘리너가 매우 정중히 매리앤의 상태가 좋지 않다는 소식을 전했기 때문에 미들턴 부인은 거절할 수 없었으며, 친구에게 자기의 카드 패를 넘겨준 후에 대시우드 자매와 함께 마차를 타고 곧 출발하였다. 그들은 버클리 가로 돌아오는 동안 거의 한마디도 하지 않았다. 매리앤은 너무나 어처구니없는 일이라 눈물조차 나오지 않았다. 다행히 제닝스 부인이 집에 오지 않았기 때문에 곧장 방으로 들어 진정제를 먹고는 안정을 되찾았다. 매리앤은 곧 옷을 벗고 침대에 누웠고, 엘리너는 동생이 혼자 있고 싶어 하는 것 같아 방에서 나와 제닝스 부인이 돌아오기를 기다리며 지난 일들을 생각해보았다.

월로비와 매리앤 사이에 어떤 약속이 있었다는 것은 의심의 여지가 없어 보였다. 하지만 월로비가 그것에 지쳐 변심한 것이 분명해보였다. 그러나 매리앤이 아직도 희망을 버리지 않고 있다 해서 그런 행동을 어떤 종류의 실수나 오해로 돌릴 수는 없었다. 감정에 변화가 생겼다는 것만이 그에 대한 설명이 될 수 있었다. 자신의 잘못된 행동을 잘 알고 있는 것처럼 보이는 그의 당황하는 모습을 직접 목격하지 못했다면 엘리너는 훨씬 더 화가 났을 것이다. 하지만 처음부터 아무 생각 없이 동생의 애정을 가지고 장난친 것 같지는 않아서 그나마 다행이라 생각되었다. 매리앤과 서로 떨어져 있었기 때문에 그의 애정이 식어버렸거나 재산이 많은 여자와 결혼하려고 동생과의 약혼을 취소하기로 결정했을지도 모른다. 하지만 두 사람이 서로 사랑했었다는 것을 의심할 수는 없었다.

이런 불행한 만남 때문에 지금 고통 속에 잠겨 있고, 또 앞으로의 결말에 따라 생길지도 모르는 더 쓰라린 아픔을 동생이 겪어야 한다고 생각하니 엘리너는 눈앞이 깜깜했다. 자신이 처한 상황과 비교해볼수록 자신의 처지가 그나마 나은 것 같았다. 지금까지 에드워드를 매우 존경하였기에 앞으로 헤어지더라도 절대 흔들리지 않고 버틸 자신이 있었기 때문이다. 하지만 고통스러운 상황들이 하나로 합쳐지면서 결국은 월로비와 헤어지게 될 매리앤을 더 비참하게 만들고 있는 것처럼 보였다. 그들의 이별은 바로 눈앞으로 다가왔고, 절대로 돌이킬 수 없는 것이었다.

제 29 장

다음 날 하녀가 불을 지피기도 전에, 1월의 춥고 음산한 아침에는 태양도 아무런 힘을 쓸 수 없는 그런 날에 매리앤은 편지를 쓰고 있었다. 옷도 변변히 걸치지 않고 희미한 빛을 찾아 창틀에 무릎을 꿇은 채 흐르는 눈물을 연신 닦고 있었다.

매리앤의 격렬한 흐느낌에 잠이 깬 엘리너는 잠시 동안 동생을 바라보았다. 그리고 따뜻한 목소리로 말했다.

"매리앤, 뭐 좀 물어봐도……."

"아니, 언니. 아무것도 묻지 마. 곧 다 알게 될 거야."

매리앤이 말을 하는 동안에는 잠시 멈췄던 절망적인 분위기가 말을 마치자마자 재빨리 밀물처럼 되살아났다. 매리앤은 다시 편지를 이어 쓰다가 펜을 잡지 못할 정도로 격렬한 울음을 터뜨리고 말았다. 그것은 매리앤의 감정이 얼마나 격해졌는지를 알게 해주었고, 그 편지가 윌로비에게 쓰는 마지막 편지라는 것을 입증했다.

엘리너는 가능한 한 방해가 되지 않도록 최대한 조심을 하였다. 만약 매리앤이 그렇게 극도로 불안정해 하면서 아무 말 하지 말라고 애원하지만 않았다면 그녀는 동생을 진정시키고 달래기 위해 갖은 노력을 다하였을 것이다.

그런 상황에서는 두 사람을 위해서라도 같이 있지 않는 편이 나았다. 매리앤은 옷을 입고 나서도 불안해서 잠시라도 방 안에 머물지 못했고, 혼자 있고 싶은 마음에 한 곳에 머물지도 못하고 사람들의 눈을 피해 아침식사 시간 전까지 이리저리 방황하였다.

식사 때에도 매리앤은 아무것도 먹으려 하지 않았다. 엘리너는 매리앤에게 그래도 좀 먹어보라고 권하지도, 따뜻하게 챙겨주지도, 호소하지도 못하고 오로지 제닝스 부인의 관심을 자기에게 돌리려고 노력하였다.

마침 제닝스 부인이 좋아하는 음식들이 나왔기 때문에 부인은 오래도록 식사를 하였다. 식사를 끝내고 바느질을 하는 작업대 주위에 막 둘러앉을 때 매리앤에게 편지 한 통이 전달되었다. 매리앤은 하인한테서 편지를 낚아채더니 갑자기 죽은 사람처럼 얼굴이 창백해져서는 즉시 그 방을 뛰쳐나갔다. 엘리너는 직접 주소를 보기라도 한 것처럼 명확히 알 수 있었다. 편지는 분명 윌로비에게서 온 게 틀림없을 것이다. 이렇게 생각하자 머리를 똑바로 지탱할 수 없을 만큼 심장이 아파왔고, 제닝스 부인이 눈치 챘을까 봐 전전긍긍하며 앉아 있었다. 그러나 선량한 부인은 단지 윌로비에게서 받은 편지라고만 아는 듯했고, 그것은 부인에게는 즐거운 농담거리였기 때문에 웃으면서 매리앤을 기쁘게 할 내용이면 좋겠다고 말하였다. 엘리너가 걱정한 것과는 달리 제닝스 부인은 무릎덮개를 짤 털실의 길이에만 관심을 기울이고 있어서 아무것도 눈치 채지 못했다. 부인은 매리앤이 나가자마자 조용히 이야기를 계속해 나갔다.

"맹세하건대 나는 지금까지 저렇게 깊이 사랑에 빠진 아가씨를 본 적이 없다니까요! 내 딸들은 저 아가씨에 비하면 아무것도 아니었어요. 그런 걸 보면 그 애들은 어리석었던 것 같아요. 하지만 매리앤 양은 너무 달라요. 진심으로 바라는데 그 친구가 매리앤 양을 너무 많이 기다리게 하지는 않았으면 좋겠어요. 저렇게 아픈 사람마냥 쓸쓸한 모습을 보는 건 참 슬픈 일이거든요. 그래, 둘은 언제 결혼한대요?"

엘리너는 그 순간만큼은 말하고 싶지 않았지만 그와 같은 갑작스런 질문에 대답하지 않을 수 없어 미소를 지으려고 애쓰면서 이렇게 대답하였다.

"그런데 부인께선 제 동생이 월로비 씨와 약혼했다는 것을 사실로 믿고 그렇게 말씀하시는 건가요? 저는 그냥 농담인 줄만 알았는데, 그렇게 심각하게 질문하시는 걸 보면 뭔가 그 이상의 의미가 있는 것 같아요. 그러니까 제발 더 이상은 오해하지 말아주셨으면 해요. 두 사람이 결혼할 거라는 말을 듣는 것보다 더 놀라운 일은 없을 거예요."

"저런, 그런 당치도 않은 말을 하다니! 대시우드 양, 어떻게 그런 말을 할 수가 있지요? 처음 본 순간부터 두 사람이 깊은 사랑에 빠진 한 쌍임에 틀림없다는 걸 우리 모두가 알고 있지 않아요? 그들이 데번셔에서 매일 온종일 함께 붙어다니는 걸 못 봤단 말이에요? 그리고 아가씨의 동생이 결혼 예복을 사러 이 도시로 왔다는 것을 모를까 봐요? 자, 그렇게 생각하지 말아요. 아가씨가 영리하다고 다른 사람은 아무 눈치도 못 채고 있는 줄 아나 본데, 그렇지 않아요. 이미 런던에 소문이 쫙 퍼진 지 오래인데, 뭘. 나는 만나는 사람에게 다 그렇게 얘기했고, 샬럿도 아마 그랬을걸?"

"부인, 정말로 뭔가 오해하고 계시네요. 그런 소문을 퍼뜨리시다니 매우 경솔하셨어요. 그리고 비록 지금은 제 말을 믿지 않으시겠지만 언젠가는 믿게 되실 겁니다."

엘리너가 진지하게 말했다.

제닝스 부인은 다시 웃음을 터뜨렸지만 엘리너는 더 이상 말할 기분이 아니었다. 어쨌든 월로비가 뭐라고 썼는지 궁금해 서둘러 매리앤이 있는 방으로 갔다. 문을 열자 매리앤은 침대에 쭉 뻗은 채 거의 질식한 듯한 모습으로 누워 있었다. 손에는 한 통의 편지가 쥐어져 있었고, 옆에는 몇 통의 다른 편지들이 놓여 있었다. 엘리너는 아무 말 없이 다가가 침대끝에 앉아 동생의 손을 잡고 여러 차례 입을 맞추다가 매리앤 만큼이나 격렬하게 울음을 터뜨리고 말았다. 매리앤은 비록 목이 메어 말로는 표현하지 못했지만 언니의 행동에서 진한 애정을 느끼는 것 같았다. 잠시 동안 슬픔을 같이 나눈 매리앤은 언니의 손에 편지를 쥐여주더니 손수건에 얼굴을 묻고는 고통스러운 듯 절규하며 오열을 터뜨렸다. 그런 모습에 충격을 받은 엘리너는 시간이 약이라는 생각을 하며 잠시 바라보다가 윌로비의 편지를 서둘러 읽기 시작했다.

본드 가에서, 1월

사랑하는 아가씨께,

저는 방금 영광스럽게도 당신의 편지를 받아 잘 읽었다는 말씀을 전합니다. 간밤에 제가 한 행동에 당신이 이해 못할 부분이 있는 것 같아 심히 염려스럽습니다. 하지만 불행하게도 전 당신이 무엇 때문에 화를 냈는지 알지 못해 어쩔 줄을 모르겠습니다. 다만 완전한 고의가 아니었다는 점에서 당신의 용서를 구하는 바입니다. 저는 데번셔에서 당신의 가족과 알고 지낸 것을 가장 큰 즐거움으로 생각하고 있으며, 제 행동의 실수나 오해가 있다 해도 그런 감정은 깨지지 않을 거라고 스스로 굳게 믿고 있습니다. 당신의 가족을 생각하는 제 마음에는 전혀 거짓이 없습니다만 만약 제가 느끼거나 말하거나 표현한 것 이상으로 저를 신뢰하셨다면 저는 그 존경을 표현하는 데 좀 더 조심하지 못했던 제 자신을 꾸짖어 마땅할 것입니다. 제 마음은 오래전부터 다른 곳에 정해져 있다는 사실을 이해해주신다면 제가 다른 뜻이 있었을 리가 없다는 것을 인정하게 될 것입니다.

아마 몇 주 안에 저는 약혼을 할 것입니다. 영예롭게도 당신한테서 받은 편지와 당신이 저에게 정성스럽게 주신 머리카락을 돌려달라는 당신의 부탁을 따르게 되어 나로서는 참으로 유감스럽습니다.

사랑하는 아가씨의 가장 순종적이고 겸허한,

존 윌로비 드림

대시우드 양이 이 같은 편지를 얼마나 분개하는 마음으로 읽었을지는 충분히 상상할 수 있을 것이다. 편지를 읽기 전에도 그의 변절과 영원한 이별을 확인하는 내용일 것이라고 알아차리긴 했지만 이렇게 비겁하게 사실을 알릴 줄은 몰랐다. 고결하고 섬세한 감정과는 전혀 상반되게 윌로비가 표현할 줄은 상상도 못한 일이었다. 그토록 몰염치하고 잔인한 편지를 보낼 만큼 그는 신사의 일반적인 예의로부터 멀리 떨어져 있었던 것이다.

그 편지는 배신을 사죄하는 대신에 믿음을 배반한 사실도 인정하지 않았고, 지난날의 애정도 모두 부인하였다. 한 줄 한 줄이 다 모욕적이었으며, 편지를 쓴 사람이 철면피처럼 극악하게 행동하고 있음을 명백히 드러냈다.

엘리너는 너무 화가 끓어오르고 놀라워서 잠시 쉬었다가 다시 반복해서 읽고 또 읽어보았지만 뜻을 생각하며 읽으면 읽을수록 그에 대한 혐오감만 늘어갔다. 매리앤에게 약혼 파기에 대해 말하는 것이 더 상처받을까봐 걱정되지만 않았다면 이렇게 말하고도 남았을 것이다. 두 사람이 파혼한 것은 행복을 잃어버린 것이 아니라 지조 없는 남자와 평생을 함께 할 뻔했던 가장 끔찍하고 치유될 수 없는 최악의 불행에서 벗어난 것이니 그 이상 가는 해방이 어디 있고, 동시에 가장 큰 축복이라고 말이다.

엘리너는 편지의 내용과 그의 타락한 마음, 그리고 자신이 그동안 알고 지내면서 마음속으로 평가 내린 사람과는 아주 딴판인 사람의 마음에 대해 너무 놀라 정신이 없었다. 아직 읽지 않은 무릎 위에 놓인 3통의 편지와 그 방에 얼마나 오래 있었는지도 까맣게 잊은 채 마차가 현관에 도착하는 소리를 듣고서 그렇게 일찍 찾아온 사람이 누군지 창문 쪽으로 다가가 내다보았다. 그리고 1시 전에는 올 리가 없는 제닝스 부인의 마차임을 확인하고는 깜짝 놀랐다. 현재로서는 별 도움이 될 것 같지는 않지만 매리앤 곁을 떠나지 않겠다고 결심한 엘리너는 서둘러 동생이 몸이 안 좋아서 제닝스 부인과 같이 못 가겠다는 양해를 구하러 달려나갔다. 제닝스 부인은 매리앤을 염려하며 흔쾌히 이해해주었고, 부인이 안전하게 떠나는 것을 본 엘리너는 매리앤에게로 돌아왔다. 매리앤은 침대에서 일어나려고 애쓰고 있었는데 엘리너가 때맞춰 들어갔기에 망정이지 하마터면 침대 아래로 떨어질 뻔했다. 오랫동안 제대로 먹지도 휴식을 취하지도 못해 기운이 떨어지고 어지러웠던 터였다. 식욕을 느껴본 지도 오래되었고, 벌써 며칠 밤을 잠 못 이루다가 지금은 흥분한 상태로 마음을 졸였던 긴장이 풀려 머리도 아프고, 위도 쓰리고, 기력이 급격하게 떨어진 것이다. 엘리너가 가져온 포도주 한 잔이 매리앤을 조금은 편안하게 만드는가 싶더니 드디어 이런 말로 언니의 다정함에 대해 표현했다.

"불쌍한 엘리너 언니! 나 때문에 얼마나 속상했을까?"

"매리앤, 나는 네가 편안해질 수 있는 일이라면 무슨 일이든 하고 싶을 뿐이야."

엘리너는 동생에게 말하였다.

그 밖의 다른 말도 그랬겠지만 이 또한 매리앤에게는 너무 벅찬 것이라 마음의 고통을 그저 이렇게 외쳤다.

"오, 엘리너 언니! 난 정말 비참해."

그리고 나서 매리앤의 목소리는 완전히 흐느낌으로 파묻혔다.

엘리너는 동생의 비탄 어린 격한 눈물을 더 이상 가만히 바라볼 수가 없었다.

"매리앤, 이겨내야 해. 만약 너와 너를 사랑하는 사람을 죽게 하지 않겠다면 말이야. 어머니를 생각해. 네가 고통스러워하는 동안 어머니는 또 얼마나 괴로우시겠니? 어머니를 봐서라도 너는 이겨내야만 해."

"난 못해, 난 못한다고! 내가 언니를 괴롭게 한다면 날 내버려둬! 날 내버려두고 미워하고 잊어달란 말이야! 하지만 그렇게 날 괴롭히진 마. 아, 직접 슬픈 일을 당하지 않는 사람들이 이겨내라고 말하기는 얼마나 쉬울까! 행복, 행복한 언니, 언니는 내 고통이 어떤 건지 상상도 못할 거야."

"내가 행복하다고, 매리앤? 아, 네가 내 마음을 안다면! 네가 이렇게 괴로워하는데도 내가 행복할 거라고 생각하다니……."

"용서해, 언니. 날 용서해줘. 언니가 날 보며 어떤 마음인지 잘 알아. 언니의 마음씨가 어떤지 잘 알고 있으니까. 하지만 그래도 언니는 행복한 거야. 행복해야만 해. 에드워드 씨는 언니를 사랑하니까. 어떤 것이, 도대체 어떤 것이 그런 행복을 막을 수 있겠어?"

매리앤은 언니의 목에 팔을 두르며 말했다.

"많은, 여러 가지 많은 상황들이 있지."

엘리너가 엄숙하게 말했다.

"아니, 아니야. 아니란 말이야! 그는 언니를 사랑해. 오직 언니만을 사랑한다고! 언니는 결코 슬픔을 느낄 수 없을 거야.”

매리앤이 거칠게 큰소리로 말했다.

“네가 이런 상황에 있는 한 난 행복할 수 없어.”

“그렇담 내게서 행복한 모습은 절대 보지 못할 거야. 나에게 있는 거라 곤 어떤 것으로도 없애버릴 수 없는 비참함뿐이야.”

“그렇게 말해선 안 돼, 매리앤. 위로가 될 만한 것이 없단 말이니? 친구 도 없니? 네 상실감에는 위로를 받을 여지가 전혀 없다고? 지금은 몹시 괴롭겠지만 그의 그런 성격을 조금 더 늦게 발견했다고 생각해 봐. 얼마 나 더 고통스러울지 말이야. 너희들 약혼이 몇 달 동안 더 지속되다가 그 가 끝내기라도 했다면 말이야. 네가 그를 믿었던 불행한 날들이 하루라도 더 길어졌다면, 그 고통도 더 끔찍해졌을 거 아니니!”

“약혼이라고!”

매리앤이 놀라 외쳤다.

“약혼 같은 건 없었어.”

“약혼을 안 했다고?”

“안 했어. 언니가 생각한 대로 그렇게 막된 사람은 아니야. 그는 나와의 약속을 깨뜨린 게 아니야.”

“하지만 그는 너를 사랑한다고 말했잖아?”

“응…… 아니, 사실은 한번도 없어. 매일매일 암시는 있었지만 결코 사 랑을 고백한 적은 없어. 때때로 내가 그랬다고 생각하긴 했지만 실제로는 없었어.”

“그런데도 그에게 편지를 썼단 말이니?”

“응, 그럼 지난 일이 모두 결국에는 잘못된 거야? 하지만 난 모르겠어.”

엘리너는 더 이상 아무 말도 하지 않고 이제 전보다 더 강한 호기심을 불러일으키는 3통의 편지가 있는 곳으로 다시 몸을 돌려 곧장 그 내용을 다 훑어보았다. 첫 번째 편지에는, 그러니까 그들이 런던에 도착하고 동생이 그에게 보낸 첫 편지에는 이렇게 씌어 있었다.

버클리 가에서, 1월

윌로비 씨, 당신이 이 편지를 받으면 얼마나 놀랄까요? 제가 런던에 와 있다는 것을 알게 된다면 아마도 훨씬 더 놀라시겠지요. 제닝스 부인과 함께이긴 하지만 이곳으로 올 기회는 우리가 거부할 수 없는 하나의 유혹이었습니다. 당신이 이 편지를 제때에 받고 오늘밤 이곳에 들러주시길 바랍니다만, 반드시 기대하고 있지는 않겠습니다. 어쨌든 내일이면 볼 수 있을 테니까요. 그럼, 잠시만 안녕.

M.D.

그녀의 두 번째 편지는 미들턴 부인 집에서 무도회가 끝난 다음 날 아침에 쓴 것으로 이런 글귀가 적혀 있었다.

그저께 당신을 보지 못한 제 실망을 어떤 식으로 표현해야 될지 모르겠습니다. 또한 일주일도 훨씬 전에 보낸 편지에 아무런 답장도 받지 못한 데 대한 놀라움도 말입니다. 저는 당신에게서 연락이 오기를 기다렸고, 그것보다는 직접 만나볼 수 있기를 그날 온종일 기다렸습니다. 시간이 되는 대로 빨리 이곳에 들러주셔서 제가 헛되이 기다렸던 이유를 설명해주세요. 우리는 대개 1시 이후에는 외출을 하기 때문에 좀 더 이른 다른 시간에 오시는 게 좋겠습니다.

어젯밤에는 무도회가 열린 미들턴 부인 댁에 있었습니다. 당신도 초대를 받았다고 들었습니다. 하지만 그럴 리가 있겠어요? 만약 당신이 초대를 받고서도 오지 않았다면 당신은 우리가 헤어지고 나서 참으로 많이 변하신 게 틀림없습니다. 하지만 저는 이런 일은 있을 수 없다고 생각하기에 당신으로부터 조만간 그렇지 않다는 확답을 듣기를 바랍니다.

M.D.

그녀가 그에게 보낸 마지막 편지 내용은 이러했다.

간밤의 당신의 행동을 제가 어떻게 상상해야 한단 말입니까, 윌로비 씨? 다시 한번 저는 그에 대한 설명을 요구합니다. 저는 우리가 그동안 헤어져 있었고, 바턴에서 그렇게 허물없이 지냈으니 당신과 무척 기쁜 재회를 할 것이라 기대하고 있었습니다. 그러나 제 기대는 보기 좋게 거절을 당했습니다. 저는 당신이 보인 모욕적인 행동에 대한 적절한 변명을 찾느라 처절한 밤을 보냈음에도 당신의 행위를 설명할 만한 어떤 변명도 찾지 못했으니, 이제 당신의 행위를 정당화시킬 이유를 들을 준비가 완벽하게 되어 있습니다.

아마 저에 대한 나쁜 이야기를 들었거나 의도적으로 누군가에게 속았기 때문에 저에 대한 생각이 변했을 거라 생각합니다. 그게 뭔지 저에게 말씀해주세요. 당신의 행동에 대해 설명해주세요. 그렇게 된다면 저는 당신의 오해를 풀고 만족하게 될 것입니다. 당신을 나쁘게 생각해야 한다면 참으로 슬픈 일일 것입니다. 그럼에도 제가 그래야 한다면, 우리가 지금껏 믿었던 당신이 더 이상 그런 사람이 아니고, 우리 모두에 대한 당신의 관심이 거짓이었다는 것이며, 저에 대한 당신의 행동도 저를 속이기 위함이었다면 가능한 빨리 그렇다고 말해주세요.

제 감정은 지금 뭐라 단정 지을 수 없는 끔찍한 상태에 있습니다. 저는 당신에게 아무 죄가 없다고 믿고 싶지만 어느 쪽이든 확실해져야 저도 고통에서 벗어날 수 있을 것 같습니다. 만약 당신의 감정이 더 이상 예전의 그 감정이 아니라면 제 편지와 당신이 가지고 있는 제 머리카락을 돌려주세요.

M.D.

이토록 윌로비에 대한 애정과 신뢰가 가득 담긴 동생의 편지들이 그런 식의 답장을 받았다는 것을 엘리너는 도저히 믿을 수가 없었다. 그러한 편지들을 썼다는 것 자체가 이해되지 않았다. 엘리너가 편지를 다 읽자 매리앤은 똑같은 상황에 처했다면 누구라도 그렇게 편지를 썼을 거라고 말하는 것을 듣고 신중하지 못한 동생이 어이가 없어 가만히 있었다. 어떤 것에 의해서도 보증되지 않은 구애에 덜컥 사랑의 증거를 주었다가 이런 호된 상처를 받게 된 것이다.

"나는 진지하게 그와 약혼했다고 여기고 있었어. 마치 가장 엄격한 법적 서약이 우리를 서로 묶어놓은 것처럼 말이야."

"그렇게 믿을 수 있겠구나. 하지만 안타깝게도 그는 너와는 생각이 달랐던 거야."

엘리너가 말했다.

"그도 나와 똑같이 느꼈었어, 언니. 시간이 몇 주일 흐를 동안 그도 그렇게 느꼈단 말이야. 내가 알아. 이제 그를 변하게 한 것이 무엇이든지 간에(그리고 그건 나를 음해하려는 사악한 마술로만 가능한 일이었어.) 나는 온 영혼을 다해 바랐던 것만큼 그에게 소중한 사람이었어. 이 머리카락도 그가 지금은 쉽게 포기해버렸지만 내게 아주 간절히 원했던 거야. 이 머리카락을 원할 때의 그의 표정과 태도와 목소리를 언니도 보고 들었어야 했는데……. 바턴에서 우리가 함께 보냈던 마지막 저녁을 언니는 잊었어? 우리가 헤어지던 날 아침에도 말이야! 몇 주일이 지나야 다시 만나게 될 거라고 내게 말하면서 슬퍼하던 모습! 그래, 그의 슬픔을 내가 어떻게 잊을 수 있겠어!"

잠시 매리앤은 말이 없었다. 하지만 이 격한 감정이 사라졌을 때 좀 더 확고한 목소리로 덧붙였다.

"엘리너 언니, 난 잔인하게 이용당했어. 하지만 윌로비 씨에 의해서는 아니야."

"매리앤, 그가 아니라면 누구란 말이니? 누가 그를 선동할 수 있다고?"

"온 세상이 그렇게 만든 거야. 그의 마음 때문이 아니야. 차라리 내가 알고 있는 사람들이 합심해서 그의 생각에서 나를 파멸시켰다고 믿을래. 그의 본성이 그렇게 잔인하다고 믿고 싶지는 않아. 그가 편지에 쓴 그 여자가 누구든지 간에, 사랑하는 언니와 엄마, 그리고 에드워드를 제외한 다른 사람들이 나를 잔인하게 속인 거야. 이 세 사람을 빼면 내가 그렇게 잘 아는 윌로비 씨보다 악하다고 의심할 만한 사람이 누가 있을까?"

엘리너는 논쟁하려 하지 않고 이렇게만 대답했다.

"누가 너의 증오스러운 적이든지 간에 그들이 사악한 승리를 했다고 착각하도록 내버려두자, 착한 매리앤. 네 순진함과 선의의 자의식이 너의 정신을 얼마나 고귀하게 만드는지 보여줌으로써 말이야. 그런 사악함에 대적할 수 있는 것은 이성적이고 훌륭한 자존심이란다.”

“아니, 아니야. 나 같은 비참한 상황에는 자존심도 필요 없어. 내 비참함을 누가 알든 상관없다구. 비참한 내 모습을 보면서 세상 사람들 모두 기뻐하라고 해! 엘리너 언니, 고통이라곤 겪어보지 않은 사람들은 원하는 대로 자존심을 내세울 수 있어. 모욕에 저항하거나 굴욕을 갚으려고 할지도 모르지. 하지만 난 할 수 없어. 나는 느껴야 해. 나는 비참해져야 해. 그럴 수 있는 사람들은 얼마든지 그러라고 해!”

“하지만 어머니와 나를 위해서라도…….”

“누구보다 내 자신에게 솔직하겠어. 내가 이렇게 비참한데 행복하게 보이라니, 도대체 누구를 위한 거지?”

또다시 둘 다 다시 침묵했다. 엘리너는 무의식적으로 벽난로에서 창문으로, 창문에서 벽난로로 왔다갔다하면서 생각에 잠겨 있었다. 침대끝에 앉아 기둥 하나에 머리를 기댄 매리앤은 다시 윌로비의 편지를 집어 들고는 문장 하나하나를 읽으면서 진저리를 치더니 고함을 질렀다.

“이건 너무해! 아아, 윌로비. 윌로비, 정말 당신이 이렇게 썼단 말이야? 잔인해! 잔인하다고! 당신을 절대로 용서할 수 없어. 엘리너 언니, 절대로 용서 못하겠어! 나에 대해 무슨 말을 들었든지 간에, 그의 믿음이 흔들리면 안 되는 거 아니야? 내게 자초지종을 설명하고 직접 해명할 기회를 주었어야 하지 않아! ‘당신이 저에게 정성스럽게 주신 머리카락이라니, 정말 용서할 수 없어. 윌로비, 이런 글을 쓰고 있을 때 당신의 진실된 마음은 어디로 간 거지? 으, 야만스러울 정도로 건방지고 불쾌해! 엘리너 언니, 그의 이런 행동이 정당화될 수 있을까?”

"아니, 매리앤. 절대로 불가능하지."

"그리고 이 여자는? 어떤 마술을 썼는지 누가 알겠어? 얼마나 오랫동안 사전 모의를 해왔고, 얼마나 깊이 연구했을까! 그런데 이 여자가 누구지? 누가 그 여자일 수 있을까? 그가 알고 지내는 여자들 가운데 젊고 매력적인 여자에 관해 말하는 걸 들은 적이 있었나? 아닌데, 아니야! 아무도, 아무도 없었어. 그는 내 앞에서는 내 이야기밖에 안 했어."

이야기는 또 중단되었다. 매리앤은 심히 혼란스러워져서 다시 침묵을 깨고 말을 시작했다.

"엘리너 언니, 집으로 가야겠어. 가서 엄마를 위로해야 해. 우리, 내일 떠날 수 있을까?"

"내일? 매리앤!"

"응, 내가 왜 여기에 머물러야 해? 나는 오직 월로비 씨를 위해서 왔는데, 이제 누가 나를 좋아하겠어? 누가 나한테 관심이나 있냔 말이야?"

"내일은 불가능해. 우리는 제닝스 부인께 엄청난 신세를 지고 있는데 최소한의 예의를 차리기 위해서라도 그렇게 성급히 떠나서는 안 되지."

"음, 그렇담 모레 아니면 글피는 괜찮겠지? 하지만 난 여기에 더 이상 오래 머물 수 없어. 난 여기 사람들이 이것저것 물어보고 수군거리는 것도 견디기 힘들단 말이야. 미들턴 집안과 파머 집안의 사람들, 내가 어떻게 그들의 동정을 견딘단 말이야? 미들턴 부인과 같은 여자의 동정 따위를! 오, 그가 알면 뭐라고 하겠어!"

엘리너는 매리앤에게 다시 누우라고 권했다. 하지만 어떤 자세도 매리앤을 편안하게 할 수 없었다. 매리앤은 잠 못 이루는 심신의 고통으로 이리저리 뒤척이다가 시간이 지날수록 점점 더 신경질적으로 변했다. 엘리너는 매리앤을 침대에 붙잡아두기도 힘들었고, 누군가에게 도움을 청해야 하는 건 아닐까 하고 잠시 생각해보기도 하였다. 다행히도 엘리너의 오랜 설득 끝에 마신 라벤더수 몇 방울이 효력을 발휘했다. 그리하여 그때부터 제닝스 부인이 돌아올 때까지 매리앤은 조용히 누워 있었다.

제 30 장

제닝스 부인은 돌아오자마자 곧바로 노크도 없이 문을 벌컥 열고 들어와서는 심각하고 근심스런 표정을 지으며 말했다.

"나의 귀여운 아가씨는 좀 어떠신가?"

대답하고 싶지 않은 듯 얼굴을 돌리는 매리앤에게 제닝스 부인은 동정심이 가득한 목소리로 말했다.

"동생은 좀 어때요, 대시우드 양? 가엾은 아가씨! 아주 안 좋아 보이는군. 하긴 이상할 게 없지. 당연한 일이니까. 그는 곧 결혼하게 될 거라고 하더군요. 건달 녀석 같으니라구! 난 그 사람 얘기만 하면 참을 수가 없어요. 테일러 부인이 삼십 분 전에 나에게 그 얘기를 하더군요. 약혼녀인 그레이 양과 아주 친한 친구한테서 도저히 믿을 수 없는 바로 그 말을 들었다고 하더군요. 그 말을 들었을 때 난 거의 주저앉을 뻔했지요. 음, 그래서 내가, 만약 그게 사실이라면 내가 잘 아는 아가씨 하나를 교묘하게 이용했으니, 그가 결혼해서 아내 때문에 심장이 터질 정도로 엄청 괴로워하길 바란다고 말했어요. 그리고 앞으로도 항상 그렇게 말할 거예요. 내 말을 믿어도 좋아. 남자가 이런 식으로 가버린다는 건 생각도 못 할 일이야.

그리고 만약 그를 만나면 생전 들어보지 못했을 정도로 아주 무안하게 퍼부어줄 작정이야. 하지만 한 가지 위로가 되는 것은 매리앤 양, 세상에서 가치 있는 사람이 그밖에 없는 건 아니라는 거예요. 게다가 매리앤은 얼굴이 예쁘니 세상 남자가 다 줄을 설 거야. 가엾은 아가씨! 이제 더 이상 방해하지 않을게. 지금은 실컷 우는 게 더 나을 테니까. 아가씨도 알다시피 다행히 패리 가족과 샌더스 가족이 오늘밤 온다니, 매리앤 양에게도 위안이 될 거예요.”

그러고 나서 부인은 밖으로 나갈 때 마치 젊은 친구의 아픔이 소음으로 더 커지기라도 하는 양 조심스럽게 발끝으로 걸어나갔다.

매리앤이 뜬금없이 손님들과 함께 식사를 하겠다고 해서 엘리너는 놀랐다. 엘리너는 매리앤에게 그럴 필요 없다고 충고하였지만 잘 견딜 수 있다고 했다. 그래야만 자신에 관해 이러쿵저러쿵하는 얘기도 줄어들 거라고 말했다. 비록 ‘매리앤이 끝까지 식탁에 앉아 있을 수는 없을지라도 그런 것을 계기로 자신을 추스르려는 것이 기특해 엘리너는 더 이상 말리지 않았다. 매리앤이 침대에 누워 있었기 때문에 그녀에게 어울리는 옷을 골라 입히면서 그들을 부르는 소리가 들리면 곧 식당으로 내려가려고 준비를 하고 있었다.

매우 애처롭게 보이긴 했지만 매리앤은 기대했던 것보다 식사를 많이 했으며 차분했다. 그러나 매리앤이 먼저 말을 하려고 하거나 본인에 대한 제닝스 부인의 지나친 관심을 민감하게 의식했더라면 이 차분함은 유지되지 못했을 것이다. 하지만 그녀의 입에서는 단 한마디도 나오지 않았으며 딴 생각을 하느라 눈앞의 상황은 무시하고 있었기 때문에 아무것도 모른 채 넘어갔다.

제닝스 부인의 과잉 친절은 종종 괴로움을 주고 때로는 지나쳤지만 악의가 없는 것이었으므로 엘리너는 동생에게 감사의 인사를 드리게 했고 예의로 대하였다. 그들의 착한 친구는 매리앤의 불행을 덜어주기 위해 뭐든지 하겠다고 결심하였다. 따라서 부모가 철부지 자녀에게 대하듯 애정 어린 관심으로 그녀를 대했다. 매리앤은 난롯가의 가장 좋은 자리를 차지하게 되었고, 그 집의 맛있는 음식을 골고루 먹어야 했고, 기분을 살려주려고 그날 있었던 모든 얘기를 전해주었다. 매리앤의 슬픈 표정 속에서 이 모든 기쁨이 사라졌음을 보지 못했더라면, 엘리너는 여러 가지 사탕과 올리브 그리고 따뜻한 벽난로로 실연의 상처를 치유해주려는 제닝스 부인의 노력에 위안을 받을 수 있었을 것이다. 그러나 이 모든 것에 대한 과잉 친절이 계속 반복되자, 매리앤은 더 이상 머물러 있을 수가 없었다. 고통스러운 한숨을 가쁘게 내쉬며 언니에게는 따라오지 말라고 말한 뒤 벌떡 일어나 서둘러 방을 나가버렸다.

"가엾은 아가씨! 저 아가씨를 보는 게 나를 얼마나 비통하게 만드는지! 그리고 와인을 다 마시지도 않고 가버렸어! 말린 체리도 먹지 않고……. 오, 하느님! 매리앤에게 도움이 될 만한 건 아무것도 없군요. 매리앤이 뭘 좋아하는지 알고 있다면 도시 전체를 뒤져서라도 그것을 가져오게 할 텐데……. 한 남자가 저렇게 예쁜 소녀를 이렇게 이용하고 아프게 만들었다니, 난 도무지 이해가 안 가! 한쪽은 돈이 많고, 다른 쪽은 아무것도 없다면……. 맙소사, 신께서 축복하시길! 남자는 더 이상 예쁜 얼굴에는 관심이 없다니까!"

그녀가 나가자 제닝스 부인이 소리쳤다.

"그러니까 그레이라는 아가씨가 아주 부자란 말씀인가요?"

"오만 파운드나 가졌다는군요. 그녀를 본 적이 있나요? 사람들이 그러는데 예쁘지는 않지만 영리하고 멋쟁이라고 말하더군요. 난 그녀의 고모인 비디 헨쇼를 아주 잘 알아요. 그녀도 아주 부자인 남자와 결혼했지 아마. 하지만 집안이 모두 부자예요. 오만 파운드라니! 다들 그러는데 돈이 궁해서 이런 일이 일어났다는군요. 윌로비는 파산할 지경이었대요. 이상할 것도 없지, 뭐. 그런데도 이륜마차를 타고 사냥을 하러 돌진하는 당당함이라니! 이런 말은 이젠 소용없지만 한 젊은이가 예쁜 아가씨와 사랑에 빠져 결혼을 약속했다면, 자신이 가난해지고 부잣집 아가씨가 만나고 싶다고 연락해오더라도 약속을 어겨서는 안 되지 않겠어요? 그런 경우라면 말을 팔고, 집을 세주고, 하인들을 내보내고 해서 현실을 바로잡아야 하는 거 아닌가. 내가 장담하건대 매리앤 양은 사태가 진정될 때까지 기다리려는 마음이었을 거예요. 하지만 요즘에는 그런 게 안 통해. 그 나이 또래의 젊은이들은 쾌락에 관련된 것이면 어떤 것도 포기하지 않는단 말이야."

"부인께선 그레이 양이 어떤 여자인지 아시나요? 상냥하다고들 하나요?"

"그녀에 대해서 나쁘게 말하는 건 들어본 적이 없어요. 아니, 그러고 보니 그녀에 대해 말하는 것 자체를 들어본 적이 없네. 오늘 아침에 테일러 부인에게 들은 거 빼고 말이에요. 어느 날 워커 양이 자기에게, 그레이 양이 결혼하게 된다 해도 그녀와 엘리슨 부인은 결코 좋은 사이가 될 수 없기 때문에 엘리슨 부부는 섭섭하게 여기지 않을 거라고 귀띔해주었다고 하더라고요."

"그럼 엘리슨 부부는 누구죠?"

"그레이 양의 보호자야, 아가씨. 하지만 이제 그녀는 성년이 되었고, 스스로 선택할 수 있는 입장이에요. 그리고 그녀는 훌륭한 선택을 했지요!"

부인은 잠시 말을 중단했다가 다시 시작했다.

"가엾은 매리앤은 방에서 혼자 슬퍼하고 있을 텐데 그녀를 위로하기 위해서 할 수 있는 게 아무것도 없을까? 가엾은 아가씨, 그녀를 혼자 있게 내버려두는 것은 너무 잔인한 것 같아요. 조금 있으면 친구들이 올 텐데 그들이 그녀의 기분을 바꿔줄 거예요. 우리 무엇으로 즐겁게 해줄까요? 그녀가 휘스트를 싫어한다는 건 알지만 매리앤이 좋아하는 라운드 게임이 없을까요?"

"부인, 이런 친절은 별 도움이 되지 않습니다. 매리앤은 오늘 저녁에도 틀림없이 자기 방에 틀어박혀 있을 거예요. 전 동생을 설득하여 일찍 잠자리에 들게 할 겁니다. 그 애는 휴식이 필요하니까요."

"아, 맞아. 그녀에게는 그게 제일 좋겠군. 무얼 먹고 싶은지 물어본 다음에 잠자리에 들게 합시다. 맙소사! 그녀가 지지난 주부터 그렇게 안 좋아 보였고, 낙심했던 게 이상한 일이 아니었어. 이 문제가 그렇게 오랫동안 그녀의 머릿속에 맴돌고 있었을 테니까. 그리고 오늘 온 편지로 끝장난 거고! 불쌍한 영혼이야! 내가 그걸 생각했었더라면 그녀에게 그런 농담을 하지 않았을 텐데. 하지만 그땐 알다시피 내가 그런 걸 추측이나 해봤어야지원. 난 그게 그냥 평범한 연애편지인 줄만 알았지 뭐예요. 그리고 알다시피 젊은 사람들은 그런 일로 놀림 받는 걸 좋아하잖아요. 맙소사! 존 경과 내 딸이 이 소식을 들으면 얼마나 근심을 할까? 만약 내가 정신이 있었더라면 집으로 돌아오는 길에 콘듀잇 가에 들러 그들에게 얘기를 해주었더라면 좋았을 텐데……. 그렇지만 내일이면 그들을 만날 텐데 뭘."

"파머 부인과 존 경에게 제 동생 앞에서 윌로비 씨에 대해 말하거나 과

거의 사소한 것도 조심해 달라고 부탁드리지 않아도 되겠지요? 그분들의 착한 성품이 틀림없이 그 애 앞에서 뭔가 아는 척하는 일이 얼마나 잔인한 일인지 아실 테니까요. 그리고 그 문제에 대해 거론하지 않는 것이 제 마음에도 좋을 것 같아요."

"아, 그래요. 내가 그렇게 만들게요. 그런 이야기를 들으면 당신도 아주 끔찍할 거예요. 그리고 매리앤을 위해서 절대로 그런 이야기는 입 밖에 꺼내지도 않겠어요. 엘리너 양은 내가 식사 시간 동안 그 말을 꺼내지 않은 걸 보았죠? 존 경이나 내 딸들도 사려 깊은 사람들이니까 더 이상 말하지 않을 거예요. 내가 그들에게 주의를 주면 특히 더 조심하긴 하겠지만요. 그런 이야기는 말하지 않을수록 더 좋고 더 빨리 잊어버릴 거예요. 그리고 그런 말을 많이 해서 좋을 게 뭐가 있겠어요?"

"이런 일에는 오직 해만 끼칠 거예요. 비슷한 경우에도 그렇겠지만 아마 이번에는 더욱 그럴 거예요. 이 일에 관련된 사람들을 위해서라도 세상이 다 아는 공공의 이야기가 되면 곤란하니까요. 존 윌로비 씨에 대해서도 정확히 짚고 넘어갈게요. 그는 동생과 약혼을 한 게 아니기 때문에 파혼을 저지른 게 아니에요."

"저런, 아가씨! 그를 감싸줄 필요는 없어요. 정식 약혼이 아니었다니! 매리앤을 앨런엄 저택으로 데려가서 그들이 앞으로 살게 될 방까지 정해 놓았다던데!"

동생을 위해서 엘리너는 그 문제에 대해 더 이상 변명할 수가 없었으며, 또 윌로비를 위해서도 그럴 필요가 없을 것 같았다. 비록 매리앤이 많은 걸 잃어버리긴 하였지만 그는 진실을 강조한다 해도 거의 얻은 것이 없었기 때문이다. 두 사람 다 잠시 입을 다물었다가 제닝스 부인이 예전처럼 수다스럽게 다시 입을 열었다.

"음, 아가씨, 그러고 보니 이런 역경을 겪는 일이 결국은 브랜든 대령에게는 더 잘된 일이네요. 결국에는 그가 그녀를 차지할 거예요. 암, 그렇고말고. 한여름쯤에 그들이 결혼하지 않을까 생각하는데……. 아마 그가 이 소식을 들으면 싱글벙글할 거예요. 오늘밤에 그가 오면 좋겠는데……. 동생에겐 더 좋은 배필이 될 거예요. 빚도 세금도 없이 고스란히 일 년에 이천 파운드예요. 아, 내가 그 사생아를 깜빡 잊었군. 하지만 그 애는 적은 비용으로 어디 기숙학교에라도 보내면 될 테니 그게 뭐가 대수겠어요? 델라퍼드는 멋진 곳이라고 말할 수 있지요. 정확하게 말하자면 고풍스러운 고장이라고 불리는 곳인데, 안락과 편리함이 그만이에요. 정원 울타리는 그 지방에서 가장 좋은 과실나무들로 뒤덮여 있고, 한쪽 구석에는 뽕나무가 자라고 있지요. 맞아, 샬럿과 내가 딱 한번 그곳에 갔었는데 얼마나 배부르게 먹었던지! 거기엔 비둘기장 하나, 멋진 양어장, 그리고 아주 예쁜 도랑이 하나 있지. 한마디로 말해 인간이 바랄 수 있는 모든 게 있다고 할 수 있어요. 게다가 교회가 가까워서 유료 고속도로에서 0.4킬로미터밖에 안 되니까 그 집 뒤에 있는 늙은 주목나무 쪽으로 가서 앉아서 보면 길을 따라 지나가는 마차들을 모두 볼 수 있어 지루하지도 않지요. 참으로 멋진 곳이에요! 마을 가까이에 푸줏간도 있고, 목사관도 코앞에 있어요. 내가 생각하기에 고기 육백 그램을 사러 오 킬로미터를 가야 하고, 가까운 이웃이 없는 바턴 파크보다 천 배는 더 훌륭해요. 음, 내가 할 수 있는 한 빨리 대령의 기운을 북돋아줘야겠군요. 만약 우리가 그녀의 머릿속에서 윌로비를 끄집어낼 수만 있다면!"

"아, 만약 우리가 그렇게 할 수 있다면, 우리는 브랜든 대령이 있든 없

든 아주 잘 지낼 수 있을 거예요.”

엘리너가 말했다. 그러고는 일어서서 매리앤을 보러 갔다. 매리앤은 예상했던 대로 방에 있었는데 엘리너가 들어올 때까지 유일한 빛이 되어 준 벽난로의 작은 불씨 쪽으로 몸을 구부린 채 말없이 바라보고 있었다.

“제발 혼자 있게 해줘.”

이것이 동생이 내뱉은 말의 전부였다.

“나갈 거야. 네가 잠자리에 들면.”

엘리너가 말했다.

하지만 매리앤은 처음에는 참을 수 없이 괴로운 나머지 언니 말을 듣지 않았다. 하지만 언니의 진지함은—비록 완곡한 설득이었어도—곧 매리앤을 수그러들게 하였으며, 엘리너는 동생의 아픈 머리를 베개에 누이면서 떠나기 전에 조용히 동생의 휴식하는 모습을 바라보았다.

엘리너는 거실에서 와인 잔에 뭔가를 가득 채워 들고 있는 제닝스 부인과 마주쳤다.

“이걸 봐요! 내가 방금 이 집에 오래된 최고급 콘스탄시아 와인이 좀 남아 있다는 사실을 생각해냈지 뭐예요. 그래서 매리앤을 위해 한 잔 가져왔지. 불쌍한 내 남편! 그가 와인을 얼마나 좋아했는지! 그는 고질적인 통풍기가 있을 때마다 이 포도주가 세상에 있는 그 어떤 것보다 효과가 좋다고 말했어요. 동생한테 이걸 갖다 주도록 해요.”

“부인, 부인께선 참으로 친절하시군요! 감사합니다. 하지만 지금 막 자리에 든 매리앤을 보고 왔어요. 지금쯤 잠이 들었을 거예요. 그리고 휴식만큼 도움이 되는 건 없을 테니 부인, 괜찮으시면 제가 대신 와인을 마시면 안 될까요?”

비록 좀 더 일찍 오지 못한 것을 후회하긴 하였지만 제닝스 부인은 그 타협안에 만족해했다. 엘리너는 통풍에 효과가 좋은지 어떤지는 중요하지 않지만, 아픈 마음을 치유하는 데에는 동생뿐만 아니라 자신에게도 시험해보는 것이 좋겠다고 생각하였다.

브랜든 대령은 차를 마시고 있을 때 들어왔다. 그가 매리앤을 찾느라 방을 휘둘러보는 행동으로 보아 그가 매리앤을 이곳에서 볼 수 있다고는 아예 기대하지도 바라지도 않았고, 그 자리에 없는 사연도 알고 있을 거라는 생각이 들었다. 제닝스 부인은 그렇게 생각하지 않았으므로 대령이 들어오고 잠시 뒤에 그 방을 가로질러 엘리너가 차를 마시고 있는 탁자로 가서 속삭였다.

"브랜든 대령이 아주 심각해 보이네요. 아무것도 모르고 있나 봐요. 그에게 말을 해줘요."

그는 잠시 뒤에 엘리너 쪽으로 의자를 끌어당긴 후에 자기가 잘 알고 있다는 표정을 지으며 매리앤에 대해 물었다.

"매리앤은 몸이 좋지 않아서 먼저 자라고 권했어요."

그녀가 대답했다.

"그럼 아마도, 제가 오늘 아침에 들은 것이, 믿을 수 없었지만 사실이었군요."

그가 머뭇거리며 대답했다.

"무슨 말을 들으셨는데요?"

"제가 추측한 한 신사, 그러니까 저는 약혼을 이미 한 줄 알았는데 그 남자가……. 하지만 내가 어떻게 당신한테 말을 해야 할까요? 당신이 이미 알고 있다면, 아니 틀림없이 알고 있을 텐데 굳이 말할 필요는 없잖아요."

"당신은, 윌로비 씨와 그레이 양의 결혼을 말씀하시는 거군요. 그래요, 우리도 모두 알아요. 오늘은 모든 것을 설명하는 날이 되겠네요. 우리도 오늘 아침에 처음으로 알았으니까요. 윌로비 씨는 도무지 속을 알 수 없는 사람이에요. 그런데 어디에서 그 말을 들으셨죠?"

침착하려고 애쓰면서 엘리너가 말했다.

"내가 볼일 보러 갔던 팰맬 문구점에서요. 부인 둘이서 마차를 기다리고 있었는데 그 중 한 부인이 거리낌 없이 앞으로 있을 결혼식에 대해 말하는 바람에 저도 듣지 않을 수가 없었어요. 윌로비, 존 윌로비라는 이름이 자주 거론되기에 귀가 솔깃해지더군요. 그리고 계속되는 말이 그레이 양과 그의 결혼에 관련된 모든 것이 이제 최종적으로 결정되었다고 분명하게 말하더라고요. 글쎄 세세한 준비와 기타의 문제들이 해결되면 몇 주 안에 식을 올릴 거라고 하더군요. 특히 한 가지 사실이 기억에 남는데, 왜냐하면 그것 때문에 누구인지 확실히 알게 되었으니까요. 식이 끝나는 대로 그들은 서머싯셔에 있는 그의 별장인 마그나 협곡으로 갈 예정이라고 하더라고요. 깜짝 놀랐지요! 하지만 제가 느낀 것을 말로 설명하는 건 불가능할 것입니다. 그런 이야기를 하고 있던 여자는 바로 그레이 양의 보호자인 엘리슨 부인이었어요. 저는 그들이 갈 때까지 그 가게에 있다가 물어보았지요."

"그렇군요. 그렇다면 그레이 양이 오만 파운드를 가지고 있다는 말을 들어보셨나요? 들으셨다면 그것으로 모든 일이 설명될 거예요."

"그럴지도 모르죠. 하지만 제 생각으로는 적어도, 윌로비라는 사람은 능히 그러고도 남을 사람이지요."

그는 잠시 말을 멈추고 믿을 수 없다는 듯이 덧붙였다.

"당신의 동생은, 그녀는 어떤지……."

"동생의 고통은 말로 다 표현할 수 없어요. 전 그 고통이 빨리 가라앉기만을 바랄 뿐이에요. 지금까지 살면서 가장 잔인한 고통이었지요. 어제까지만 해도 동생은 그를 결코 의심하지 않았거든요. 아마 지금도 그럴지 모르지만……. 그리고 저는 그가 진정으로 동생을 사랑하지 않았다고 확신하게 되었어요. 그는 전부 속이고 있었던 거예요! 그리고 어떤 면에서는 냉혈한인 것 같아요."

"아, 그렇습니다! 하지만 당신의 동생은 그렇게 생각하지 않잖아요. 그녀는 당신이 생각하는 것처럼 절대로 그렇게 생각하지 않지요?"

브랜든 대령이 말했다.

"그 애 성격을 아시다시피 아직도 그를 열심히 변명할 거라고 짐작하시면 될 거예요."

그는 대답하지 않았다. 그리고 곧 찻잔을 내어가고 카드 파티가 준비되었으므로 그 화제는 여기서 중단되었다. 그들이 이야기하고 있는 동안 흡족한 듯 그들을 바라보고 있던 제닝스 부인은 그가 대시우드 양의 이야기를 듣고 희망과 행복이 가득 찬 젊은이의 태도를 취하리라 기대했다. 그러나 그날 저녁 내내 평소보다 더 심각해지고 깊은 생각에 잠기는 모습을 보자 놀라서 바라보았다.

제 31 장

매리앤은 다음 날 아침 자신이 기대했던 것보다 ― 간밤에 많은 잠을 잤

음에도 눈을 감을 때와 마찬가지로 여전히—비통한 의식을 느끼며 깨어
났다.

엘리너는 가능한 한 매리앤이 느끼고 있는 감정을 많이 표현하도록 유
도하였다. 그리고 아침식사가 준비되기 전에 엘리너 쪽에서는 변함없는
꾸준한 믿음과 애정 어린 조언을 가지고, 매리앤 쪽에서는 성급한 감정과
변덕스런 의견을 가지고 다시 한번 그 문제를 이야기하였다. 매리앤은 어
느 순간에는 자신처럼 윌로비도 불운하고 순진무구하다고 말하였고, 어
느 순간에는 그를 도저히 용서할 수 없다고 말하였다. 한순간 매리앤은
세상의 모든 것을 바라보다가 어느 순간에는 영원히 세상을 피해 숨고 싶
다고 했고, 그러다가도 기운을 내며 저항했다. 하지만 한 가지 면에서는
늘 한결같았다. 가능하면 제닝스 부인을 피하는 일과 그리고 그것을 견뎌
야 할 때에는 확실한 침묵으로 버티었다. 매리앤은 제닝스 부인이 자신의
슬픔에 공감할 리가 없다고 굳게 믿고 있었다.

"아니, 아니야. 그럴 수 없어. 부인은 절대 몰라. 부인이 친절한 것은 공
감하기 때문이 아니야. 부인의 착한 마음도 애정이 아니라고. 부인이 원
하는 건 단지 이야깃거리고, 부인은 내가 그럴 듯한 화젯거리를 제공하기
때문에 나를 좋아할 뿐이야."

꼭 이 말이 아니더라도 엘리너는 매리앤이 종종 다른 사람들을 부당하
게 평가한다는 것을 잘 알고 있었다. 워낙 고결하고 섬세한 성격인데다가
격렬한 감성의 미묘함과 세련된 태도의 우아함을 너무도 중요시하기 때
문이었다. 만일 세상의 반 이상이 영리하고 착한 사람들이라면 나머지 반
의 사람들처럼 탁월한 능력과 기질을 가진 매리앤은 합리적이지도 공정
하지도 않았다. 매리앤은 다른 사람들에게서도 자신과 같은 견해와 감정

을 기대하였으며, 그들의 행동이 자신에게 끼치는 즉각적인 효과로써 그들의 동기를 판단하였다. 이렇게 아침식사를 끝내고 자매가 방에 함께 있을 때 제닝스 부인의 마음을 더욱 폄하하는 상황이 벌어졌다. 제닝스 부인은 지극히 좋은 뜻으로 충동적으로 한 일이었지만, 매리앤은 자기가 가지고 있는 약점 때문에 공교롭게도 새로운 고통의 원인으로 받아들인 것이다.

부인은 편지를 한 손에 쥐고 위로가 될 거라는 확신으로 얼굴에 환한 미소를 지으며 자매의 방으로 들어왔다.

"자, 여러분, 여러분에게 틀림없이 도움이 될 뭔가를 가져왔어요."

매리앤은 그 정도만 들어도 충분했다. 그 순간 애정과 뉘우침이 가득 찬, 지나간 모든 것에 대한 만족스럽고 확실한 해명이 가득 든 월로비한테서 온 편지 한 통이 그녀 앞에 놓여 있다고 상상하였다. 그런 다음 곧바로 월로비가 그 방으로 달려 들어와서는 호소력 넘치는 눈으로 매리앤에게 그의 편지를 설명해주는 것을 상상하였다. 하지만 한순간의 공상은 곧바로 무너지고 말았다. 언제나 반가운 어머니의 친필 편지가 매리앤 앞에 있었던 것이다. 그리고 희망 이상의 그런 황홀경에 뒤이은 실망 속에서 매리앤은 그때까지는 결코 고통이라곤 겪은 적이 없는 것처럼 괴로웠다.

제닝스 부인의 잔인성은 그녀가 가장 행복한 순간에 말을 잘할 수 있었더라도 도저히 표현할 수 없는 정도로 대단한 것이었다. 매리앤의 실망은 주룩주룩 흐르는 눈물로써만 그녀를 원망할 뿐이었다. 그러나 비난의 대상은 편지를 위문품으로 내밀며 동정 어린 말을 여러 차례 한 다음 방을 나갔다. 하지만 매리앤이 그 편지를 읽을 만큼 마음이 가라앉았을 때도 그 편지는 거의 위안을 주지 못했다. 편지는 월로비에 대한 내용으로 채워져 있었다. 아직도 두 사람의 약혼을 믿고 있고, 지금까지 그의 변함없는 일관성에 마음이 흡족해 있는 어머니는 엘리너의 부탁으로 한다는 말이 겨우 두 사람의 관계를 사실대로 털어놓으라는 것이었다. 그리고 매리앤에 대한 기대와 윌로비에 대한 애정, 그리고 두 사람의 미래의 행복에 대한 확신으로 가득 차 있어서 매리앤은 그 편지를 읽는 동안 고통스런 마음에 눈물을 흘렸다.

그녀는 다시 집으로 돌아가고 싶어졌다. 그 어느 때보다 어머니가 소중하게 느껴졌다. 윌로비를 끔찍하게 믿고 있었기 때문에 더욱 그러했다. 매리앤은 빨리 돌아가자고 재촉했다. 매리앤이 런던에 있는 게 나은지, 아니면 바턴으로 가는 게 더 나은지 결정할 수 없었던 엘리너는 어머니의 뜻을 알 수 있을 때까지 참아야 한다고 우겼다. 그리고 결국 어머니의 소식을 기다리겠다는 매리앤의 약속을 받아냈다.

제닝스 부인은 평소보다 일찍 집을 나섰다. 그녀는 미들턴 부부와 파머 부부가 자기처럼 비통해하기 전까지는 편안할 수가 없었기 때문이다. 엘리너가 같이 가겠다는 것도 거절하면서 그날 아침에 혼자서 외출하였다. 엘리너는 앞으로 어머니가 겪을 고통을 생각하면서, 매리앤이 받은 편지로 보건대 어머니가 얼마나 잘못 생각하고 있는지 깨달으면서 무거운 마음으로 지난 일에 대해 어머니에게 편지를 썼다. 제닝스 부인이 나가자 거실로 들어온 매리앤은 엘리너가 테이블에서 편지를 쓰고 있는 펜의 움직임을 주의 깊게 바라보면서—그런 힘든 일을 하는 언니를 마음 아파하면서—그리고 어머니가 받을 충격을 슬퍼하면서 앉아 있었다.

이런 상황이 약 15분 정도 계속되고 있을 때였다. 갑자기 문을 두드리는 소리에 매리앤은 깜짝 놀랐다. 신경이 예민해진 그녀는 갑작스러운 소음에 견딜 수 없었던 것이다.

"누굴까? 이렇게 일찍! 아무 방해꾼 없이 우리끼리만 있고 싶었는데."

엘리너가 외쳤다.

"브랜든 대령이야! 눈치 없이 아무 때나 들이닥친다니까!"

창가로 다가간 매리앤이 속이 상한 듯 말했다.

"제닝스 부인이 집에 없으니까 그가 안으로 들어오진 않을 거야."

"글쎄, 그럴까? 시간이 많아서 할 일이 없는 남자는 남의 시간이 귀한 줄 모르거든."

다시 방으로 돌아가며 매리앤이 말했다.

비록 매리앤의 말이 부당하고 잘못된 것이긴 했지만 그녀의 추측이 맞아떨어졌다. 브랜든 대령이 안으로 들어왔기 때문이다. 그리고 매리앤이 걱정되어 여기까지 왔으리라 확신했고, 혼란스럽고 우울한 그의 모습에서, 그리고 짤막한 질문이긴 했지만 동생을 걱정하는 모습에서 엘리너는 그렇게 가볍게 그를 평가하는 동생을 이해할 수가 없었다.

"본드 가에서 제닝스 부인을 만났습니다."

인사를 한 후에 그가 말했다.

"그리고 부인께선 저에게 가보라고 권하셨지요. 당신이 혼자 있을 거라고 생각하니 쉽게 올 마음이 생겼고, 이런 순간을 기다려왔기 때문에 용기가 났습니다. 저의 목적, 희망, 유일한 소망은 그저 위로를 드리고 싶다는 것입니다. 아니, 위로의 말이 아니라 확신, 매리앤 양의 마음에 지속적인 확신을 주고 싶습니다. 제가 당신 동생과 당신 그리고 당신의 어머니를 얼마나 생각하고 있는지 몇 가지 상황을 말씀드려서 증명해도 되겠습니까? 정말 도움이 되고 싶다는 진정한 바람에서 나온 것입니다. 옳은 일을 한다고 생각합니다만……, 제가 옳다는 것을 스스로 확신하는 데에도 많은 시간이 걸리긴 했습니다. 혹시 제가 잘못 생각하고 있는지도 모른다는 생각을 하진 않으시나요?"

그가 말을 잠시 멈추었다.

"무슨 말씀인지 알겠어요. 당신은 윌로비 씨의 성품에 대해서 뭔가 알려주기 위해 여기에 오셨군요. 당신이 말씀해주시면 매리앤을 위해 우정 어린 행동이 될 거예요. 저로서도 자세한 정보를 알려주시는 것에 진심으로 감사드리며, 시간이 지나면 매리앤 역시 감사해 할 거예요. 그러니 걱정 마시고 무슨 얘기든 해보세요."

"간략하게 말해서 제가 지난 시월 바턴을 떠날 때……. 하지만 이렇게 말하면 당신에게 아무 도움이 되지 못하겠군요. 훨씬 이전까지 거슬러 올라가야 하니까요. 당신은 제가 매우 서투르다고 느끼게 될 거예요, 대시우드 양. 어디서부터 말을 꺼내야 할지 모르겠군요. 제 자신에 대한 간단한 설명이 필요하겠군요. 그리고 그건 짧아야 되겠지요. 그 일에 관해서 장황하게 늘어놓을 생각은 없으니까요."

그는 깊은 한숨을 쉬었다. 그리고 기억을 되살리기 위해 잠시 멈추었다가 한숨을 쉬고는 계속 말을 이었다.

"당신은 아마 우리의 대화—바턴 파크에서 무도회가 있었던 어느 날 저녁에 우리들 사이에 있었던 대화—를 완전히 잊어버렸을 겁니다. 거기에서 전 한때 알았던 한 아가씨에 대해 넌지시 언급했었죠. 어떤 면에서 당신의 동생 매리앤 양을 닮은 숙녀에 대해서 말입니다."

"그래요, 저도 기억해요."

엘리너가 대답했다.

그는 엘리너가 기억하자 얼굴색이 약간 밝아져서 이렇게 덧붙였다.

"제 기억에 애정이 섞여 일방적이거나 불명확하지 않다면, 인격뿐 아니라 정신적인 면에서도 둘은 아주 많이 닮았다고 할 수 있습니다. 열정적인 마음과 넘치는 상상력과 활기 넘치는 점이 말입니다. 이 아가씨는 저의 가장 가까운 친척 중 한 사람이었어요. 어렸을 때 고아가 되었기 때문에 저의 부친의 보호를 받고 자랐죠. 우리는 나이가 비슷했고, 아주 어려서부터 소꿉친구였죠. 저는 그녀, 일라이자를 사랑하지 않은 때가 없었습니다. 그리고 성장했을 때 그녀에 대한 저의 애정은 당신이 보는 현재의 쓸쓸하고 우울한 제 모습으로는 상상하기 힘들만큼 컸습니다. 윌로비에 대한 매리앤 양의 사랑처럼 저를 사랑하는 그녀의 마음도 열렬했다고 믿어요. 그리고 원인은 다르지만 불행한 것도 이에 못지않습니다.

그녀는 열일곱 살에 영원히 저의 곁을 떠났습니다. 결혼을 한 거지요. 그녀의 뜻과는 상관없이 저의 형과 결혼을 해버렸지요. 그녀는 재산이 엄청나게 많았고, 우리 집안의 부동산은 대부분 저당 잡혀 있었습니다. 그리고 그녀의 삼촌이자 보호자였던 사람이 베풀어준 유일한 일이라고는 그것이 전부가 아니었나 생각합니다. 저의 형은 그녀를 맞아들일 만한 위인이 못되었죠. 또 그녀를 사랑하지도 않았어요. 저는 그녀가 나를 사랑하는 마음 하나로 어떤 어려움 아래서도 견뎌내길 바랐어요. 하지만 비참한 상황은 그녀의 모든 각오를 손들어버리게 하였고, 나하고 약속을 했음에도 불구하고⋯⋯. 제가 정말 두서없이 이야기를 하는군요. 어떻게 이런 일이 생겼는지 말씀드리지도 않고. 우리는 몇 시간 뒤면 스코틀랜드(당시 스코틀랜드에서는 스물한 살이 되지 않아도 부모나 후견인의 동의 없이 결혼할 수 있었음.)로 도망을 갈 예정이었습니다. 그런데 제 사촌의 하녀 때문

에—어리석어서 그랬는지 배신을 했는지 알 수 없지만—하여간 우리의 비밀이 탄로 났습니다. 저는 멀리 있는 한 친척집으로 쫓겨났고, 그녀는 저의 부친의 용서가 있을 때까지 어떤 자유도, 사교도, 오락도 허용되지 않았어요. 저는 그녀의 꿋꿋한 태도를 믿었기에 충격이 더 컸지요.

그러나 그녀의 결혼이 행복했더라면, 그때 어렸던 나도 틀림없이 몇 달 후에는 받아들였을 것이고, 아니면 적어도 지금 그 일로 애석해하지는 않겠죠. 그러나 상황은 그렇지 못했습니다. 형은 그녀에게 관심이 없었습니다. 그는 즐거움을 가정에서 찾지 않고 다른 데에서 찾았으며 처음부터 그녀를 함부로 대했지요. 그녀와 같이 생기발랄하고 세상을 모르는 사람에게는 너무나 뻔한 결과였지요. 처음에는 자신의 비참한 처지를 체념하더군요. 그리고 저에 대한 기억 때문에 생기는 회환을 극복하고 형수로 사느니 차라리 죽는 게 나았을지도 모르지요. 그러니 그녀가 타락했다고 해도 놀랄 일도 아니었지요. 밖으로 나돌며 바람피우는 남편에, 그녀에게 충고를 하거나—저의 부친은 그들이 결혼한 후 얼마 안 지나서 돌아가셨고, 저는 동인도에 있는 제가 속한 연대와 함께 있었기 때문에—다독거려줄 친구 하나 없었으니까요. 몇 년간 그녀 곁을 떠나 있으면 서로에게 좋을 거라고 생각하고 저는 동인도로 지원했던 것입니다. 그녀가 결혼했다는 소식은…… 저에게 사실 놀라운 것도 아니었습니다.”

그는 격앙된 목소리로 계속 말을 이어갔다.

“그건 아무것도 아니었어요. 그 후 이 년쯤 뒤에 그녀가 이혼했다는 말을 들었을 때에 비하면 말입니다. 그런 이유로 제가 음울해진 것이겠지요. 지금도 그때의 고통을 생각하면…….”

그는 더 이상 말을 할 수가 없었고, 갑자기 일어서서 잠시 동안 방 안을 서성거렸다. 그의 말과 괴로움에 충격을 받은 엘리너도 아무 말을 할 수가 없었다. 그는 그녀의 근심스런 표정을 보더니 그녀에게로 다가와서 손을 꼭 쥐고는 감사하다는 뜻으로 손에 입을 맞추었다. 잠시 동안의 침묵이 그의 기분을 가라앉게 한 듯했다.

"이런 불행한 기간이 지난 지 거의 삼 년 뒤에 제가 영국으로 돌아왔습니다. 제가 도착했을 때 우선 저의 관심은 물론 그녀를 찾는 일이었어요. 하지만 우울하리만큼 아무런 결과도 얻지 못했지요. 저는 단지 그녀를 처음 유혹했던 사람 말고는 찾아낼 수가 없었습니다. 그와 헤어진 뒤에 더욱 타락에 깊이 빠져든 것은 어찌 보면 당연한 일이었습니다. 합법적인 절차로 그녀에게 지급될 액수는 재산에 적합한 것도, 안락한 생활을 유지하기에 충분한 것도 아니었습니다. 그나마 그것을 받을 수 있는 권한도 몇 달 전에 다른 사람한테로 넘어갔다는 것을 형한테서 듣고 알게 되었죠. 형은 그녀의 방탕함과 그 결과로 얻은 괴로움에서 벗어나기 위해 그렇게 결정했을 거라고 추측하면서도 아주 담담하더군요.

드디어 내가 영국에 온 지 육 개월이 지나서야 그녀를 찾아냈습니다. 예전에 하인이었던 사람이 부채 때문에 구치소에 감금되어 있어서 보러 갔는데, 바로 그곳에서 같은 처지로 감금되어 있는 나의 불운한 형수를 본 것입니다. 많은 시련을 겪은 탓인지 너무나 변해 있었어요. 초췌하고 지쳐 있었죠. 내 앞에 있는 침울하고 병든 얼굴이 한때 내가 사랑했던 귀엽고 아름답고 건강한 소녀라고는 도저히 믿을 수가 없었습니다. 그녀를 보고 있는 동안 제 마음이 어땠는지는……. 그러나 굳이 말로 설명하면서까지 당신의 감정에 상처를 줄 권리는 제게 없겠지요. 이미 당신에게 너무나 많은 고통을 주었군요. 어디를 보아도 그녀는 말기 폐병 환자였습니다. 그래요, 그런 상황에서 그것은 저에게 가장 큰 위안이었습니다. 그녀의 생명은 죽음을 맞이하기 위한 준비 기간밖에 남아 있지 않았습니다. 그래서 나는 안락한 숙소에 그녀를 옮기고 적절한 간호를 받게 했습니다. 나는 그녀의 생명이 얼마 남지 않은 동안 매일 그녀를 방문하였습니다. 저는 그녀의 임종 순간까지 그녀와 함께 있었습니다.”

그는 다시 한번 침착함을 되찾기 위해 말을 멈추었다. 엘리너는 그의 불행한 친구의 운명에 따뜻한 연민과 동정을 표하였다. 잠시 후 그는 다시 말을 이었다.

“당신의 동생이 제가 한때 사랑했지만 타락한 제 형수와 닮았다고 해서 화를 내지 않았으면 좋겠어요. 그들의 운명, 그들의 행운은 물론 같을 수가 없지요. 제 형수도 굳센 정신으로 버텨냈거나 행복한 결혼으로 보호되었다면 앞으로 동생분이 겪게 될 것처럼 행복해졌을 테니까요. 하지만 무엇 때문에 제가 이 모든 걸 이야기하게 되었을까요? 제가 쓸데없이 당신을 괴롭게 만드는 것 같습니다. 아, 대시우드 양, 이 이야기는 십사 년 동안 묻어두었던 건데……. 사실 이야기를 꺼내기도 힘든 일입니다만……. 좀 더 집중해서 간단히 말씀드리겠습니다.

그녀는 자신이 처음 저지른 죄의 대가로 태어난 세 살배기 아이를 돌봐 달라고 저에게 맡겼습니다. 그녀는 그 아이를 무척 사랑했고, 항상 그 애와 함께 있었죠. 저를 믿고 맡긴 소중한 존재였습니다. 그리고 우리의 상황이 허락했다면 저는 그 아이의 교육에 세심한 주의를 기울이면서, 엄밀한 의미에서 저는 그 의무를 기쁘게 받아들였을 것입니다. 하지만 저는 가족도 가정도 없었습니다. 그래서 어린 일라이자를 하는 수 없이 기숙학교에 보냈습니다. 저는 틈만 나면 그곳으로 아이를 보러 갔고, 형이 죽은 후—그러니까 5년 전에 형이 죽었는데—저에게 가족의 소유 재산을 맡겼지요. 그 아인 종종 델라퍼드로 저를 방문했지요. 저는 그녀를 먼 친척이라고 했지만, 사람들이 그녀와 훨씬 더 가까운 관계라고 의심하는 것도 잘 알고 있있습니다.

삼 년 전에 그녀가 열네 살이 되었을 때 저는 학교에서 데려와 도싯셔에 있는 매우 존경할 만한 부인한테 잘 돌봐달라고 부탁을 하였지요. 부인은 그 무렵 네댓 명의 다른 소녀들을 돌보고 있었지요. 그리고 이 년 동안 그 애는 잘 있었지요.

하지만 지난 이월, 그러니까 거의 일 년 전에 그 애가 갑자기 사라졌습니다. 그 애가 하도 조르기에 친구와 함께 바스로 가도 좋다고 허락한 것이 화근이었어요. 그 아이의 친구는 그 요양지에서 병든 아버지를 돌봐드린다고 했지요. 저는 친구의 부친이 선량한 사람이라고 생각했고, 그 딸도 착하다고 생각했지요. 하지만 그렇지 않았습니다. 왜냐하면 모든 걸 알고 있으면서도 비밀을 지킨답시고 아무것도 말하지 않았고, 암시조차 주지 않았으니까요. 그저 사람 좋은 그 애의 아버지는 아무것도 모르는 눈치였어요. 그 아이들이 도시 전체를 휩쓸고 다니며 마음대로 사람을 사귀는 동안 집에 틀어박혀 지냈으니까요. 그리고 그는 나에게 그 일과 자기 딸은 무관하다고 설득하려고 하더군요. 다시 말해서 저는 그 애가 사라졌다는 것 외에 아무것도 알 수 없었지요. 지난 팔 개월 동안 있었던 나머지 일은 추측에 맡깁니다. 제가 무엇을 생각하고 두려워했는지 짐작하실 거예요. 얼마나 괴로워했을지도요."

"맙소사! 그렇다면 설마 윌로비와……."

엘리너가 놀라 소리쳤다.

"제가 들은 그 애의 첫 소식은……. 지난 시월에 그 애가 직접 쓴 편지를 통해서였습니다. 그것은 델라퍼드에서 제 앞으로 왔는데 위트월에서 파티를 준비했던 바로 그날 아침이었지요. 그리고 제가 바턴을 그렇게 갑자기 떠난 이유죠. 틀림없이 모두 이상하게 여겼을 테고, 기분이 상했을 거라는 것도 잘 압니다. 윌로비 씨는 상상도 못했겠지요. 파티를 망쳤다고 저를 비난하는 동안 자기가 불행하고 비참하게 만든 사람을 구하기 위해 갔다는 사실을 말입니다.

하지만 그가 그것을 알았던들 무슨 소용이 있었겠습니까? 당신 동생의 미소를 보며 즐기던 행복이 조금이라도 줄어들었을까요? 아닐 겁니다. 동정심이 조금이라도 남아 있는 사람이었다면 이미 다른 사람의 인생을 무참히 짓밟고도 그렇게 태연하게 행동을 할 수는 없는 것입니다. 어리고 순결한 아이를 유혹하여 짓밟은 뒤 비참한 상태로 버려두고 도망을 친 거지요. 돌아오겠다는 약속을 했다지만 지키지 않았고, 편지를 쓰지도 않았고, 그녀를 돌보지도 않았어요."

"어떻게 그런 일이 있을 수 있을까요!"

엘리너는 믿을 수 없다는 듯이 소리쳤다.

"당신은 이제 그가 어떤 사람인지 아셨을 겁니다. 사치스럽고 방탕하고……. 말로 다 표현할 수 없을 정도로 나쁜 사람입니다. 제가 그것을 안 몇 주 동안, 이 모든 것을 알면서도 당신 동생이 그를 변함없이 좋아하고 그와 곧 결혼하게 될 것이라는 확신을 가지고 있는 것을 보면서 제 기분이 어땠을지, 당신의 가족을 보면서 어떤 기분이었을지 생각해보세요. 그래서 지난주에 당신 혼자 있을 때 진실이 무엇인지 알아야겠다고 결심하였지요. 하지만 사실을 알고 나면 어떻게 처신해야 할지 망설여지기도 했습니다. 당신이 보기에는 제 행동이 이상했을 겁니다. 하지만 이제는 이해하실 거예요. 당신 가족 모두가 속는 것을 묵묵히 지켜보고, 당신 동생을 보고 있자니……. 하지만 제가 무엇을 할 수 있었겠어요? 그리고 또 당신 동생이 그의 마음을 변화시킬지도 모른다고 생각했습니다. 하지만 그렇게 비열하게 이용한 걸 보니……. 그가 당신 동생에게 어떤 계략을 품고 있었는지 모를 일이네요. 그리고 살아가는 동안, 아니 지금 당장이라도 이렇게 된 결과를 감사하게 될 것입니다. 어린 일라이자의 처지와 비교해본다면 말입니다. 그 아인 동생분 만큼이나 그를 믿고 그에 대한 애정을 소중하게 여기고 있으며, 평생 따라다닐 자책감으로 괴로워하고 있지요. 분명 그 아이와의 비교가 도움이 될 것입니다. 그리고 곧 동생분은 자신의 고통이 아무것도 아니라고 느낄 거예요. 그 고통은 처신을 잘못하여 얻은 것도 아니니 수치스럽다고 생각할 필요도 없고요. 그와 반대로 이번 사건으로 친구들이 더 따뜻하게 그녀를 감싸줄 거예요. 그녀의 불행에 대한 염려와 그런 상황에서도 꿋꿋하게 일어서는 강인한 의지에 애정을 느낄 테니까요. 하지만 제가 당신에게 말씀드린 내용을 동생분에게 전달하시려거든 신중하셔야 합니다. 그 결과가 어떻게 될지는 당신이 가장 잘 알 테니까요. 하지만 제 얘기가 진심으로 도움이 될 것이고, 그녀의 슬픔을 줄여줄 거라고 믿지 않았다면, 제 입으로 가족사의 아픔을 설명하지는 않았을 것입니다. 다른 사람을 희생시켜서 제 자신을 높이려는 것처럼 보일지도 모르는 소리를 하지는 않았을 겁니다.”

엘리너는 대령의 말을 듣고 진심으로 감사하다고 말했다. 또한 월로비의 지난 과거에 대한 이야기가 매리앤에게 실제적인 도움이 될 것이라고 말했다.

"저는 그 어떤 것보다도 그에게는 잘못이 없다고 생각하려는 동생이 가엾어요. 비열한 인간이라고 확정 짓는 것보다 그런 노력을 하느라고 더 마음이 혼란스러울 테니까요. 처음에야 많이 고통스럽겠지만 시간이 지나면 동생도 점차 편안해질 거라고 믿어요."

엘리너는 잠시 멈추었다가 다시 말했다.

"당신이 바턴을 떠난 이후로 윌로비 씨를 본 적이 있나요?"

"네, 한번요. 한번은 꼭 만나야 했으니까요."

그가 무겁게 말했다.

그의 태도에 놀란 엘리너는 불안하게 그를 바라보며 말했다.

"뭐라구요? 만나서 어떻게 하시려고……."

"만날 이유는 단 한 가지였습니다. 반 강제적이긴 하지만 어린 일라이자는 저에게 애인의 이름을 고백했어요. 그가 런던으로 돌아왔을 때는 제가 돌아온 지 두 주일도 채 안 되었을 때인데, 우리는 약속을 정하고 만났습니다. 그는 자신의 행위를 변명하기 위해서 만나자고 했고, 저는 그를 벌하기 위해서였지요. 둘 다 큰 부상이 없어서 그 결투는 소문이 나지 않았던 것입니다."

엘리너는 꼭 그럴 필요가 있었을까 생각하면서도 한 아이의 보호자이자 군인 출신인 그를 비난할 수는 없었다.

"어머니와 딸의 불행한 운명이 그토록 닮을 수 있다니 정말 끔찍합니다. 어쨌든 저는 소임을 충실히 이행하지 못한 겁니다."

브랜든 대령이 말했다.

"그녀는 아직 런던에 있나요?"

"아닙니다. 출산에 임박해서 그 애를 찾았기 때문에 해산하고 몸을 좀 회복하고 나서 둘 다 시골로 보내 거기에 머물고 있습니다."

잠시 후 대령은 자기 때문에 자매가 떨어져 있다는 것을 떠올리곤 자리에서 일어났다. 엘리너는 다시 한번 감사하다는 인사를 했고, 그는 그녀의 가슴 속에 연민과 존경을 가득 남기고는 방문을 끝냈다.

제 32 장

엘리너는 지금까지 들은 이야기를 조심스럽게 동생에게 전달했는데, 매리앤이 보인 행동은 엘리너가 예상한 것과는 전혀 달랐다. 매리앤은 그 어떤 부분도 의심하는 모습을 보이지 않고 모든 것을 수긍하는 태도로 얘기를 들었다. 또 이의를 제기하지도 않았고, 어떤 말도 하지 않았으며, 윌로비를 변호하려고도 하지 않았다. 도저히 있을 수 없는 일이라는 말과 함께 눈물만 흘렸을 뿐이다. 하지만 이런 행동으로 보아 그가 저지른 죄에 대한 확신이 생긴 것만은 분명했다. 또 더 이상 브랜든 대령을 피하려하지 않고, 그에게 말을 걸고, 심지어 존경심을 가지고 적극적으로 대화에 참여하는 모습을 보여 다행이었다. 전보다 매리앤의 기분이 더 격렬하게 흥분하는 일이 줄어들었기는 했지만 그렇다고 해서 비통해 하는 모습은 나아지지 않았다. 그녀의 마음은 안정되어 갔지만 윌로비의 마음이 변했을 때보다 더 무겁게 상실감을 느끼는 듯했다. 윌리엄스 양을 유혹하고 버린 것, 그 불쌍한 소녀의 처지, 그리고 한때 자신에게 품었던 그의 흑심에 대한 모든 의심이 그녀의 정신을 너무 많이 갉아 먹어버렸기 때문에 엘리너에게조차 자신이 느낀 것을 말할 수가 없었다. 그리고 말없이 슬픔에 잠겨 있는 것은 자신의 비통한 심정을 토로할 때보다 엘리너에게 더 큰 고통을 주었다.

엘리너의 편지를 받고 답장을 보낸 대시우드 부인의 감정이나 말을 전하는 것은 딸들이 이미 느끼고 말했던 것을 되풀이하는 것에 지나지 않을 것이다. 다시 말해 매리앤의 실망에 못지않은 실망과 엘리너의 분노보다 더 격렬한 분노를 나타냈다. 어머니한테서 잇달아 도착하는 긴 편지는 자신의 고통과 생각을 모두 말하기 위해서였고, 또 매리앤을 걱정하고 염려하는 마음에서, 그리고 매리앤이 이런 불행을 의연하게 이겨내야 한다고 부탁하기 위한 것이었다. 어머니가 의연함이라는 말을 썼을 정도니 매리앤의 고통이 정말 심했음을 알 수 있다. 어머니는 매리앤이 빠질지도 모르는 원통함과 굴욕감에도 굳세게 대처하기를 바랐다.

대시우드 부인은 이런 때에 바턴보다는 다른 곳이 매리앤에게 더 나을 것이라고 생각하였다. 바턴에서는 어딜 가든지 눈에 항상 그와 함께 했던 기억을 떠올릴 것이므로 훨씬 고통스러울 터였다. 그래서 대시우드 부인은 딸들에게 부디 제닝스 부인 댁에 더 있으라고 말하였다. 비록 정확하게 정하지는 않았지만, 그 기간이 적어도 대여섯 주가 될 것으로 예상하였다. 대시우드 부인은 딸들이 바턴에서는 얻을 수 없는 다양한 활동이나 물건이 있을 것이고, 친구들도 많이 사귈 수 있을 것이며, 어쩌면 시나브로 새로운 오락에 흥미를 갖게 될 수도 있기 때문이었다.

어머니는 시골에 있어도 그러하겠지만 런던에서도 윌로비를 다시 만날 일은 극히 드물 거라고 생각하였다. 왜냐하면 친구로 여길 만한 모든 사람들이 이제 그와는 절교할 것이 틀림없기 때문이었다. 계획적으로 그들을 마주치게 할 일도 없을 테고, 또 그전보다 더 신경을 잘 써줄 터이니 서로 만나 놀랄 일도 없을 것이다. 그리고 우연히 마주칠 기회는 바턴의 외진 곳에서보다 런던의 군중 속이라고 해서 확률이 더 높지도 않을 것이라 여겼다. 그가 결혼을 한 다음 앨런엄을 방문하는 동안 매리앤의 눈에 띨 수도 있는 일이었다. 부인은 처음에 이런 일이 가능할 거라고 예상만 하였나가 그 다음에는 아주 확실한 것으로 단정하고 있었다.

대시우드 부인이 딸들이 그곳에 더 머물러 있기를 바라는 데는 또 다른 이유가 있었다. 아들한테서 온 편지에서 아들과 며느리가 2월 중순이 되기 전에 런던으로 갈 것이라고 알려왔는데 때때로 오누이들이 만나는 것도 좋은 일이라고 판단했기 때문이다.

매리앤은 어머니의 의견을 따르기로 약속했으므로 이의 없이 순종하였다. 비록 매리앤이 바라고 기대했던 바도 아니었고, 어머니가 완전히 잘못 짚은 생각이라고 느꼈을지라도 어쩔 수 없었다. 게다가 런던에 더 오래 있으라고 하시니 매리앤의 괴로움에 유일한 위로가 될 어머니의 따뜻한 정을 받을 기회를 빼앗겼고, 같이 있어도 한순간도 마음 편하지 않는 그런 자리에 두 발이 묶인 셈이었다.

하지만 자신에게는 불행한 일이지만 언니에게는 잘된 일일지도 모른다는 생각이 매리앤에게는 큰 위안이 되었다. 반면 에드워드를 피해야 하지 않을까 하는 마음을 가진 엘리너는 비록 그들이 더 오래 머물러 자신의 행복에 도움이 되지 않더라도 매리앤이 데번셔로 곧장 돌아가는 것보다는 나을 거라고 생각함으로써 자신을 위로하였다.

그리고 동생이 윌로비의 이름을 듣지 못하도록 매사 신중을 기했다. 매리앤은 비록 눈치 채지 못했지만 그 효과를 톡톡히 누리고 있었다. 제닝스 부인도, 존 경도, 심지어 파머 부인까지도 매리앤 앞에서는 그에 관해 말하지 않았기 때문이다. 엘리너는 그들이 자기 앞에서도 그의 이름을 말하지 않았으면 하고 바랐는데 그것은 불가능했다. 따라서 여러 날을 분노에 찬 말들을 들어야만 했다.

존 경은 있을 수 없는 일이라고 했다.

"그에 대해 항상 좋게 생각하고 있었는데! 그렇게 좋은 사람이 어쩌다……. 잉글랜드에서 그보다 더 용감한 기수는 없다고 자신했었지! 도무지 알 수 없는 일이군. 아마 지옥에 가기로 작정한 모양이지. 앞으로 절대 그와는 말을 하지 않겠어. 어디서 만나든 말이야. 설사 바턴의 사냥지에서 잠복하다가 바로 옆에서 두 시간을 같이 기다릴 일이 있어도 안 할 거야. 나쁜 악당 같으니라고! 그런 사기꾼 같은 놈이었다니. 지난번 만났을 때에 폴리가 낳은 강아지를 한 마리 주겠다고 했는데, 이제 끝장이야!"

파머 부인 역시 상당히 화를 냈다.

"저도 당장 그와 절교하겠어요. 그를 알고 지낸 적이 전혀 없다는 것이 천만다행이에요. 진심으로 마그나 협곡이 클리블랜드에서 가깝지 않기를 바라지만, 그곳은 너무 멀어서 방문할 리도 없겠네. 그 사람이 너무너무 싫어서 이제 그의 이름을 말하는 일은 없을 거예요. 만나는 사람들마다 그가 얼마나 비열한 인간인지 말해줄 거예요."

파머 부인의 동정심은 그들의 결혼식에 대해 시시콜콜 알아다 전해주면서 드러났다. 그녀는 곧 어떤 마차 제작소에서 새로운 마차를 만들게 할지, 어떤 화가에게 윌로비의 초상화를 그리게 할지, 그리고 어떤 상점에서 그레이 양의 옷들을 볼 수 있는지 말해주었다.

그러나 미들턴 부인이 보인 침착함과 무관심은 다른 사람들의 극성스런 친절 때문에 자주 우울해졌던 엘리너의 기분을 오히려 편안하게 했다.

동생의 건강에 대해 꼬치꼬치 캐묻거나 호기심을 느끼지 않고 그녀를 만나는 사람이 있다는 것은 커다란 위로였다.

모든 자격은 그 순간의 상황에 의해 실제 가치보다 가끔 더 높이 평가되기도 한다. 엘리너는 때로는 주제넘은 위로에 지쳐 소위 마음 좋다는 것보다는 교양 있는 태도가 위로를 하는 데는 더 필요하겠다고 생각하기도 했다.

미들턴 부인은 매일 한두 차례씩 그 화제가 언급될 때마다 "참으로 충격적이에요!"라는 말로 자신의 느낌을 표현하였다. 이렇게 온화하게 툭툭 표현하면서 아무런 감정 없이 처음부터 대시우드 자매를 볼 뿐만 아니라 시간이 지나면서 그 문제에 대해 한마디도 거론하지 않고 그들을 만났다. 이런 식으로 그녀는 여성으로서의 위엄을 지키고 상대가 무엇이 잘못되었는지를 단호히 비난했으므로 이제는 마음 놓고 자신의 모임을 위하여 자유롭게 활동해도 된다고 생각했고, 윌로비 부인이라면 마땅히 품위와 재산을 동시에 갖춘 숙녀일 것이기 때문에—비록 존 경은 반대했지만—결혼하자마자 그녀에게 카드를 보내기로 결정하였다.

브랜든 대령의 세심하고 조심성 있는 질문은 대시우드 양에게는 늘 환영이었다. 그는 매리앤을 상심에서 벗어나게 하기 위한 이야기를 나눌 수 있는 특권을 누렸고, 우정 어린 열정으로 신뢰를 가지고 대화를 나누었다. 과거의 슬픔과 현재의 굴욕을 털어놓은 것에 대해 그가 받은 중요한 보상은(자주 있는 일은 아니지만) 때때로 매리앤이 그를 바라보는 연민의 눈빛과 그녀가 그에게 직접 말을 걸 때마다 들을 수 있는 부드러운 목소리였다. 이러한 변화로 인해 대령은 자신의 노력으로 매리앤의 호감을 얻었다고 확신하게 되었으며, 엘리너는 앞으로 동생이 대령을 다르게 받아들일지도 모른다는 희망을 가졌다. 하지만 이런 사실을 전혀 모르는 제닝스 부인은 대령이 예전처럼 계속 심각해 보이고, 그렇다고 직접 청혼해보라고 할 수도 없고, 그를 위해 나설 수도 없었다. 그러다가 이틀이 채 지나기도 전에 한여름이 아니라 성 미카엘 축일(9월 29일)이 되어야 결혼 얘기가 오가겠다고 짐작했다. 그리고 일주일이 지나자 그들이 결혼하기는 어렵겠다고 판단했다. 오히려 대령과 대시우드 양 사이가 더 좋아 보이자 뽕나무, 도랑, 주목나무의 영예가 모두 그녀에게 돌아갈지도 모른다고 생각하고는 페라스에 대한 생각을 당분간 접기도 하였다.

월로비의 편지를 받은 지 2주일이 채 안 된 2월 초에 엘리너는 그가 결혼했다는 소식을 동생에게 알려야 하는 고통스런 임무를 맡게 되었다. 엘리너는 결혼식이 끝나는 대로 그 소식을 자기가 먼저 들을 수 있도록 부탁했다. 왜냐하면 매리앤이 아침마다 열심히 훑어보는 지역신문에서 그 소식을 처음 접하는 것을 원치 않았기 때문이다.

매리앤은 침착하게 그 소식을 들었고, 어떤 말도 하지 않았으며, 처음에는 눈물도 흘리지 않았다. 하지만 잠시 후 눈물을 보이더니 그 후 내내 매리앤은 그의 결혼설을 처음 들었을 때보다 더 가련한 상태가 되었다.

결혼식이 끝나자 월로비 부부는 런던을 떠났다. 그리고 엘리너는 이제 그들 두 사람 중 어느 한쪽과 부딪칠 위험이 없어졌으므로 매리앤에게 예전처럼 다시 외출하도록 설득하였다. 매리앤은 이 일로 충격을 받은 후로 결코 그 집을 나서지 않았던 것이다.

이 무렵 홀본의 바틀릿 건물에 있는 그들의 사촌 집에 스틸 자매가 도착했고, 콘듀잇 가와 버클리 가에 있는 많은 친척들 앞에 다시 모습을 나타내 정중한 환영을 받았다.

엘리너는 그들을 보는 것이 유감스럽고 부담스러울 뿐이었다. 그들의 출현은 항상 그녀에게 고통을 주었으며, 아직도 런던을 떠나지 않았다는 사실에 기뻐하는 것을 보고 어떻게 품위 있게 대응을 해야 할지 난처했다.

"당신이 아직도 여기 있다는 걸 몰랐다면 전 무척 실망했을 거예요."

그녀는 몇 번이고 '아직도' 라는 단어를 강조하면서 말했다.

"하지만 난 꼭 만나게 될 거라고 생각했어요. 당신이 런던을 금방 떠날 거라고는 생각하지 않았지요. 당신이 바턴에서 내게 한 말로는 한 달 이상은 머물지 않을 거라고 했지만 말이에요. 하지만 난 그때 당신이 중대한 대목에 이르면 마음을 바꿀 거라고 생각했어요. 당신 오빠와 올케가 오기 전에 간다면 섭섭한 일이잖아요. 이제는 가려고 서두르지 않겠지요? 난 당신이 했던 말을 지키지 않아서 굉장히 기뻐요."

엘리너는 그녀의 말이 무슨 뜻인지 알아들었지만 그렇지 않은 것처럼 보이기 위해 침착하려고 애를 썼다.

"그래, 아가씨들! 여행은 어땠나?"

제닝스 부인이 말했다.

"역마차를 타고 오지 않았답니다. 사륜마차를 타고 왔는데, 아주 멋진 신사와 동행을 했어요."

스틸 양이 들떠서 말했다.

"데이비스 씨라는 의사신데, 런던으로 오는 길이라기에 우리도 동승하면 좋겠다고 생각했지요. 그분은 매우 신사답게 행동했고, 아마 우리보다 요금을 십이나 십이 실링은 더 냈을 거예요."

"오호! 정말 멋진데! 내가 장담하건대 그 의사는 독신이겠지?"

제닝스 부인이 외쳤다.

"아, 그래요. 그분 때문에 모두 저를 놀리시는데, 전 왜 그러는지 모르겠어요. 지인들은 제가 그에게 홀딱 반해버렸다고 하는데, 한 시간이라도 전 그 사람 생각을 한 적이 없거든요. 저번에는 그가 길을 건너서 집 쪽으로 가는데 '어머나! 저기에 언니의 미남 애인이 가요, 낸시 언니.' 라고 제 사촌이 말하는 거예요. 제 애인이라니요, 세상에! 그래서 전 '누구를 말하는 거야? 저분은 내 애인이 아니야.' 라고 말했죠."

스틸 양이 선웃음을 지으며 말했다.

"그거 참, 멋진 이야긴데. 하지만 둘러대 봤자 소용없어. 내 보기에는 그 사람이 맞는데 뭘."

"아니라니까요, 정말! 그리고 부탁드리는데요, 그런 이야기를 들으시면 제발 아니라고 말씀 좀 해주세요."

짐짓 진지하게 스틸 양이 대답했다.

제닝스 부인이 바로 아니라고 말해주겠다고 대답하자 스틸 양은 환하게 웃었다.

"당신의 오빠와 올케가 런던에 오면 함께 머무르실 거지요? 대시우드 양."

루시는 잠깐 적대적인 대화를 멈추었다가 다시 시작하였다.

"아니에요, 그러지 않을 거예요."

"아닐 거예요, 아마 같이 머무르실 거예요."

엘리너는 더 이상 맞대결하여 그녀의 기분을 맞춰주고 싶지 않았다.

"대시우드 부인께서 그토록 오랫동안 두 사람 없이도 지낼 수 있다니 참 대단하시네요."

"오랫동안이라니! 온 지 얼마나 되었다고!"

제닝스 부인이 끼어들어 말했다.

루시는 아무 말도 하지 않은 채 잠자코 있었다.

"동생분을 보지 못해 섭섭해요, 대시우드 양. 몸이 안 좋으시다니 참 안 된 일이에요."

스틸 양이 말했다. 그들이 도착했을 때 매리앤은 그 방을 나가고 없었기 때문이다.

"정말 고마워요. 동생도 당신을 못 봐서 못내 서운해 할 거예요. 하지만 동생은 요새 신경성 두통으로 심한 고통을 받고 있기 때문에 사람들을 만나거나 대화를 하기에는 힘들답니다."

"오, 저런, 그거 참 안 됐네요! 하지만 루시와 저는 오랜 친구잖아요. 그러니 동생분이 우리를 만나줄 거예요. 한마디도 하지 않을게요."

엘리너는 정중하게 그 제의를 거절하였다. 동생은 지금쯤 침대에 누워 있거나 잠옷 차림이라 이곳으로 올 수 없다고 잘라 말했다.

"어머, 그렇다면…… 우리가 그녀를 보러 가도 괜찮아요."

스틸 양이 큰소리로 말했다.

엘리너는 그녀의 이런 무례함을 참기 어려웠지만 루시의 날카로운 꾸짖음으로 인해 짚고 넘어가는 수고를 덜었다. 루시의 질책은 다른 사람들이 보기에는 매너가 없는 것으로 보였지만, 유독 한 사람을 통제하는 데에는 효과가 있었다.

제 33 장

매리앤은 몇 번 거절했지만 언니의 설득에 어쩔 수 없이 동의하여 어느 날 아침 30분 정도 제닝스 부인과 함께 외출하기로 하였다. 그러나 그녀는 누구도 방문하지 않는 것을 조건으로 내걸고는 색빌 가의 그레이 보석상까지만 같이 가기로 하였다. 엘리너는 그곳에서 어머니의 유행 지난 보석을 몇 가지 바꿀 예정이었다.

그들이 보석상 문에 다다랐을 때 제닝스 부인은 잊고 있었던 약속을 기억해냈다. 부인은 그레이 상점에는 볼일이 없었기 때문에 젊은 친구들이 볼일을 보는 동안 그 집을 방문하고 돌아오기로 하였다.

계단을 올라가자 가게 안에는 먼저 온 사람들로 빼곡해 주문을 받을 점원이 없어 기다려야만 했다. 자매가 할 수 있는 것이라곤 빨리 끝날 만한 계산대 끝에 앉아 있는 것이 고작이었다. 그 줄에는 한 명의 신사만 있었기 때문에 엘리너는 그가 신사도를 발휘해서 일을 급속도로 처리해주기를 기대했다. 하지만 그의 예리한 안목과 특이한 취향은 신사도를 발휘할 것 같지 않았다. 그는 이쑤시개 통을 주문하고 있었다. 크기, 모양, 그리고 장식이 마음에 들 때까지 상점 안에 있는 모든 이쑤시개 통을 15분 이상 낱낱이 살펴보더니 급기야는 자신의 독특한 기호에 맞게 주문을 했다. 그동안 두 숙녀를 배려하는 어떤 기색도 보이지 않았고, 서너 번 그들을 대놓고 훑어보았을 뿐이었다. 엘리너는 그런 시선을 받으며 그 남자가 첫 눈에는 세련된 옷차림으로 돋보이기는 하지만 외모나 얼굴이 별볼일없는 시시한 사람이라는 인상을 받았다.

매리앤은 그 남자가 자신들을 무례하게 쳐다보는 것에 대해 의식하지

못하고 있었으므로 보라고 내놓은 이쑤시개 통에 갖가지 꼬투리를 잡는
그의 건방진 태도에 경멸이나 분노 같은 감정을 느끼지 않았다. 왜냐하면
자기 침실에 있는 것처럼 그곳에서도 자기만의 생각에 잠겨 주위에서 일
어나는 일들과 무관할 수 있었던 것이다.

마침내 거래가 성사되었다. 상아, 금, 진주가 들어갈 자리를 정하고 이
쑤시개 통을 건네받을 날짜를 정하고는 느긋하게 장갑을 꼈다. 그러고는
자매에게 미안함을 표현하기보다는 마치 무엇을 요구하는 듯한 의미로
대시우드 자매를 다시 한번 쓱 쳐다보고는 무관심한 척 으스대며 기분 좋
게 상점을 빠져나갔다.

엘리너는 시간을 낭비하지 않으려고 곧바로 점원에게로 다가갔고, 일
이 거의 끝날 무렵 어떤 신사가 옆에 나타났다. 엘리너는 눈을 돌려 그의
얼굴을 보았는데 놀랍게도 그는 존 대시우드였다.

두 사람이 만나 반가워하는 모습은 그레이 상점의 손님들이 보기에 매
우 그럴 듯했다. 존 대시우드도 여동생들을 만난 것이 전혀 어색하지 않
았다. 오히려 매우 반가운 표정이었으며, 어머니에 대해 안부를 묻는 말
에도 존경심과 상냥함이 배어 있었다.

엘리너는 오빠 내외가 런던에 온 지 이틀이 되었다는 것을 알았다.

"난 어제 너희를 찾아가려고 했단다. 하지만 해리를 데리고 엑스터 익
스체인지로 야생 동물을 보러 가야 했기 때문에 갈 수가 없었지. 그리고
갔다 와서는 장모님과 나머지 시간을 보냈어. 해리가 굉장히 좋아하더구
나. 오늘 아침에도 삼십 분 정도 시간 여유가 되면 너를 찾아봐야겠다고
마음먹었다만…… . 글쎄, 너희도 알다시피 도시에 처음 오면 할 일이 너
무 많은 법이지. 패니가 쓸 인장을 하나 주문하려고 여기에 왔단다. 하지

만 내일은 꼭 버클리 가를 방문해서 너희들과 친한 제닝스 부인에게도 인사드릴 수 있게 될 거야. 부인의 재산이 아주 많다고 들었다. 참, 미들턴 가의 사람들에게도 우리를 소개해주렴. 새어머니의 친척분들이니 인사를 드리면 좋을 것 같구나. 시골에서도 아주 좋은 이웃이시겠구나."

"참으로 훌륭한 분들이에요. 우리를 편하게 지낼 수 있도록 배려해주시고, 세세한 것들까지 다 챙겨주세요. 그 따뜻한 마음씨는 말로 표현할 수 없을 정도예요."

"그 말을 들으니 정말 기쁘구나. 진심이야. 하지만 당연한 거 아닐까. 그들은 재산이 많고, 너희 친척이기도 하니 너희들이 좀 더 쾌적하게 지내도록 편의를 봐주는 건 당연히 기대해도 좋지 않겠니. 그러니까 너희가 작은 시골집이라도 안락하게 살면서 부족한 게 아무것도 없지! 처남이 그러는데 정말 멋진 곳이라고 하더구나. 그런 집들 중에서는 가장 완벽한 곳이고, 무엇보다 너희 모두가 그곳에서 즐겁게 지낸다고 하니 말이야. 그 말을 들으니 우리 역시 흐뭇하더구나."

엘리너는 장황하게 말을 늘어놓는 그가 약간 민망했다. 때마침 제닝스 부인의 하인이 도착하여 부인이 밖에서 기다리고 있다는 말을 했고, 더 이상 지체할 시간이 없게 된 것이 다행스러울 정도였다.

대시우드는 동생들과 같이 아래층으로 내려가서 마차 문 앞에서 제닝스 부인과 인사를 나눈 후, 다음 날 그들을 방문할 수 있기를 바란다는 말을 여러 번 한 다음에 헤어졌다.

그는 찾아뵙지 못해 죄송하다는 아내의 핑계를 가지고 예정대로 버클리 가를 방문했다.

"집사람이 장모님을 모시고 이곳저곳을 다니느라 정말 짬이 안 납니다."

　그러나 제닝스 부인은 모두 사촌이나 다를 바 없으니 그런 예의를 갖출 필요는 없다고 하면서 존 대시우드 부인이 곧 자매들과 함께 찾아가겠다고 말했다. 그의 태도는 침착하고 대단히 친절했으며, 제닝스 부인에게는 매우 상냥하고 정중했다. 곧이어 브랜든 대령이 찾아오자 대시우드는 그가 부자이며 마찬가지로 그에게도 정중할 필요가 있는 사람인지 묻고 싶은 듯 호기심 어린 눈길로 바라보았다.

　그들과 함께 30분 가량 머문 다음 대시우드는 엘리너에게 자기와 함께 콘듀잇 가로 가서 존 경과 미들턴 부인에게 자신을 소개시켜 달라고 청하였다. 날씨가 상당히 좋았으므로 엘리너는 기꺼이 동의하였다. 그들이 집을 나오자마자 대시우드는 질문을 하기 시작하였다.

　"브랜든 대령이 누구니? 재산은 얼마나 된다고 하던?"

　"도싯셔에 상당한 재산을 가지고 있다고 들었어요."

　"그 말을 들으니 기쁘구나. 정말 신사다운 남자이겠구나. 그리고 엘리너, 아주 전망이 밝은 훌륭한 시작을 하게 되어 축하한다."

　"제가요? 오라버니, 무슨 말씀이세요?"

　"그는 너를 좋아해. 내가 자세히 그를 지켜보고 그걸 확신하게 되었지. 그의 수입이 얼마나 될 것 같니?"

　"일 년에 이천쯤 될 거예요."

　"일 년에 이천이라……. 진심으로 너를 위해서 하는 말인데 두 배는 되어야 하지 않겠니?"

　꽤나 생각해준다는 태도로 그가 한 말이었다.

　"정말 그렇겠네요. 하지만 브랜든 대령은 저와 결혼할 생각은 눈곱만큼도 안 할 텐데요."

엘리너가 대답했다.

"네가 잘못 생각하는 거야, 엘리너. 너는 큰 실수를 하는 거야. 네가 조금만 수고를 하면 그 남자를 손에 넣을 수 있을 게다. 아마 지금은 그가 생각하느라 결정을 못 내리는 것일 게다. 네 재산이 얼마 안 되는 것이 그를 주저하게 만들겠지. 그의 친구들은 하지 말라고 충고할 게다. 하지만 숙녀들이 쉽게 줄 수 있는 작은 관심과 격려라면 그를 붙잡을 수 있을 거다. 그리고 네 쪽에서 먼저 그를 위해서 노력하지 않을 이유가 없지 않니. 네가 전에 가졌던 애정과는 상관없이, 다시 말해, 너도 알고 있는 그 사랑은 반대가 엄청나잖니? 그러니 안 봐도 뻔하지. 굳이 안 봐도 넌 상황 판단이 빠르니까 잘 알고 있을 거다. 브랜든 대령이야말로 네 짝임이 틀림없다. 내 입장에서도 하나 부족함 없이 정중하게 대하마. 너와 네 가족에게 만족할 수 있도록 말이다. 모두가 만족할 결혼이 될 거야."

그러고는 중요한 이야기를 위해 목소리를 낮추었다.

"이런 일은 말이지, 모든 사람들에게 크게 환영받게 될 거란 말이야."

그는 자신을 회상하면서 덧붙였다.

"그러니까 내가 하고 싶은 말은, 네 친구들이 진심으로 네가 안정된 생활을 하기 바란다는 거야. 특히 네 올케 패니는 진심으로 너에게 관심이 많단다, 내가 보장해. 그리고 천성이 착한 장모님 역시 그렇지. 크게 기뻐하실 게 틀림없다. 저번에도 그렇게 말씀하시더구나."

엘리너는 어떤 대답도 하고 싶지 않았다.

"그럼 정말 대단한 일이 생길 텐데……. 뭐랄까, 재미있겠는걸. 패니의 남동생과 내 여동생이 동시에 날을 잡는다면 말이야. 그리고 사실 전혀 불가능한 일도 아니고."

"에드워드 페라스 씨가 결혼할 예정인가요?"

엘리너가 마음을 굳게 먹고 물었다.

"아직 확정된 건 아니지만 그런 얘기가 도는구나. 처남은 최고로 멋진 어머니를 두었지. 인정이 많으신 장모님이 흔쾌히 일 년에 천 파운드를 주시겠다고 했거든. 그가 결혼한다면 말이야. 상대방은 돌아가신 로드 몰턴 경의 훌륭한 외동딸인 몰턴 양이란다. 재산이 삼만 파운드라지? 때가 되면 양쪽에서 아주 바람직한 거래가 이루어질 거라고 믿는다. 어머니로서 일 년에 천 파운드를 준다는 것은 대단한 일이야. 정말 페라스 부인은 고귀한 정신을 지니고 계시지. 장모님의 관대함을 말해주는 또 다른 예를 든다면 우리가 시내에 도착하자마자 우리한테 돈이 그리 넉넉지 않다는 것을 아시고는 이백 파운드나 되는 지폐를 패니의 손에 쥐어주셨지 뭐니. 우리가 여기에 있는 동안 돈이 많이 들기 때문에 흔쾌히 고맙게 받기로 했지."

대시우드는 엘리너가 동의하고 공감할 시간을 주기 위해 잠시 멈추었다. 그리하여 엘리너는 일부러 이렇게 말하지 않을 수 없었다.

"런던과 시골 양쪽에서 드는 비용이 많긴 하겠지만 오빠의 수입도 많잖아요."

"사람들이 생각하는 것처럼 그렇게 많은 건 아니야. 그렇다고 적다고 불평하는 건 아니다. 분명히 안락하게 살 수 있는 정도이긴 하지만 때가 되면 더 많아지길 바란단다. 지금 노어랜드 공유지에 울타리를 치는 공사를 계속하고 있는데 거기에 빠져나가는 돈이 상당하구나. 그리고 올 상반기에 이스트 킹햄 농장을 약간 구입했단다. 기브슨 옹이 살았던 곳 말이야. 너도 기억할 거야. 그 땅은 여러모로 보나 노른자 땅이라 아주 쓸모 있고, 내 땅과 아주 가깝게 붙어 있어서 꼭 사야 할 의무감까지 들었단다. 양심상 다른 사람의 손에 넘어가게 할 수는 없었어. 사람이란 편익을 도모하려면 대가를 지불해야 하는데 거기에 아주 막대한 돈이 들었단다."

"오빠가 생각한 실제 값어치보다 더 많이요?"

"물론, 그렇지는 않지. 내가 지불한 것보다 더 많은 돈을 받고 그 다음 날 되팔 수도 있었거든. 내가 지불했던 돈으로 말하자면 불행하게도 큰일 날 뻔했지 뭐냐. 그때 주식이 너무 떨어져서 내가 거래하는 은행에 필요한 돈을 맡겨두지 않았다면 아주 큰 손해를 볼 뻔했단 말이지."

엘리너는 단지 미소를 지을 수밖에 없었다.

"우리가 노어랜드에 왔을 때도 역시 불가피하게 많은 비용이 들었단다. 너도 알다시피 존경하는 아버지께서는 어머니를 위해 노어랜드에 남아 있는 스탠힐의 가재도구들―그것들은 모두 매우 값비싼 것들이었지―을 모두 유언으로 물려주셨잖니. 그렇다고 아버지가 하신 일에 대해 내가 불평하는 건 아니란다. 아버지는 당신의 재산을 뜻대로 할 수 있는 권한을 가지셨으니까. 하지만 그 결과 우리는 빠진 자리에 살림을 채워 넣느라 리넨 천부터 시작하여 도자기 등을 구입해야 했어. 그러니 우리가 이 모든 것을 부담하기에는 그렇게 큰 부자가 아니므로 장모님의 친절이 얼마나 큰 도움이 되었는지 너도 알 수 있겠지."

"물론이죠. 너그러우신 장모님의 도움을 받아 오빠가 부디 편안하게 살아가셨으면 좋겠어요."

엘리너가 말했다.

"한두 해는 그쪽을 바라고 많은 걸 할지도 모르지. 하지만 해야 할 일이 아직도 너무 많다. 패니의 온실을 만드는 중인데 돌멩이도 하나 못 깔았고,

화단을 어떤 식으로 꾸며야 할지 계획을 세운 거 밖에는 한 게 없단다."

"온실은 어디에 지으실 건데요?"

"집 뒤에 있는 언덕 위에. 오래된 호두나무들을 잘라내어 자리를 만들었지. 파크의 어디서 보더라도 아주 보기 좋을 거야. 그 앞에 비스듬히 경사지게 화단을 만들면 굉장히 예쁠 거야. 그 주변에 자라던 가시나무들도 모두 베어버렸단다."

엘리너는 뭐라고 비난하고 싶은 마음을 속으로 삼켰다. 그리고 함께 있었다면 불같이 노여워했을 매리앤이 옆에 없어 퍽 다행이라 여겼다.

대시우드는 이렇게 자신이 가난하다는 사실을 충분히 설명했으니 다음에 그레이 보석상에 들른다 해도 동생들에게 귀걸이 한 쌍씩이라도 사줄 필요가 없게 되어 기분이 가뿐해졌고, 이어 제닝스 부인과 같은 친구를 둔 것에 대해 엘리너를 격찬하기 시작했다.

"부인은 참으로 친해둘 가치가 있는 사람 같더라. 사는 집이나 생활방식을 보니 수입이 아주 많아 보여. 그런 분과 친하게 되어 지금까지도 도움을 많이 받았겠지만, 앞으로도 물질적인 혜택을 많이 받을 수 있을 게다. 그분이 런던으로 너희를 초대한 것만 봐도 큰 은혜를 받은 거 아니겠니? 그리고 이 모든 걸 종합해보면 너희를 상당히 아낀다는 얘기니, 부인이 죽게 되더라도 십중팔구 너희를 잊지 않을 거야. 상당한 유산을 남길 게 틀림없어."

"전 오히려 한 푼도 안 남길 것 같은데요. 왜냐하면 부인의 수입은 미망인 연금(남편 사후 아내의 생계를 위해 설정한 부동산)뿐이고 그건 아마 부인의 딸들에게 돌아갈 거예요."

"하지만 부인이 그 수입을 펑펑 다 쓴다는 생각은 안 드는구나. 대개 신중한 사람들은 그렇지 않거든. 그러니 부인이 저축한 건 부인 마음대로 쓰게 될 거 아니니?"

"우리가 아니라 친딸들에게 재산을 남길 거라는 생각은 안 드세요?"

"두 딸은 결혼을 아주 잘했으니 부인이 그들을 더 생각해줄 필요는 없다고 보는데? 오히려 내 의견이긴 하다만, 부인이 너희를 챙겨주고 이런 식으로 잘 대해주는 건 나중 일을 고려해볼 때 일종의 암시를 준 셈인데, 양심이 있는 사람이라면 나 몰라라 하진 않겠지. 부인이 그렇게 처신했을 때에야 뭔가 물려주려 한다는 기대를 갖게 한다는 걸 모르실 리가 있겠니?"

"하지만 부인은 이런 일에 관해서는 어떤 기대도 갖게 하지 않았어요. 오빠는 우리의 행복을 위해 너무 신경을 쓴 나머지 너무 앞서 가시네요."

"사실 말이다. 사람들은 자기 힘으로 할 수 있는 일이 별로, 아니 거의 없단다. 참, 매리앤에게 무슨 일이 있니? 아주 안 좋아 보이던데. 얼굴에 핏기도 없고, 많이 야위었더라. 어디 아픈 거니?"

"몸이 좋지 않아요. 몇 주 동안 신경쇠약에 시달리고 있어요."

"거 참 안됐구나. 그 나이 때에 어떤 병이라도 들면 꽃다운 전성기가 그대로 가버리는 법인데! 그 애는 전성기가 꽤 짧은걸! 지난 9월에 보았을 때는 아주 멋진 숙녀였는데……. 그 앤 남자들의 시선을 끄는 독특한 매력이 있거든. 그 애가 너보다 결혼도 일찍 하고, 더 잘할 거라고 패니가 말하곤 했었는데……. 아니, 그렇다고 네 올케가 너를 별로 좋아하지 않아서가 아니라 그냥 그렇게 생각한 것뿐이란다. 아무래도 패니가 잘못 생각한 것 같군. 이제는 기껏해야 일 년에 오륙백 파운드 정도 수입이 있는 남자와 결혼할 수나 있을지 의문이구나. 만약 네가 더 결혼을 잘하지 못하면, 내가 크게 잘못 생각한 거겠지. 도싯셔라! 도싯셔에 대해서는 잘 모르지만, 사랑하는 엘리너야, 좀 더 알게 되면 무척 기쁠 거야. 그리고 패니와 내가 가장 먼저 반가워할 손님이 되겠다고 약속하마.”

엘리너는 브랜든 대령과 결혼하는 일은 없을 것이라고 대시우드에게 단호하고도 진지하게 말하였다. 하지만 그 일은 대시우드에게 너무나 즐거운 기대여서 쉽게 포기하려 하지 않았고, 실제로도 그 신사와 친해져서 결혼을 성사시키는 데 신경을 써보겠다고 결심하기에 이르렀다. 그는 누이를 위해 아무것도 한 것이 없다는 양심의 가책을 느끼고 있었던 터라 누구라도 대단한 것을 해주어야 한다는 생각을 하고 있었다. 그러니 브랜든 대령의 청혼이나 제닝스 부인의 유산은 자신의 무심함을 보상하는 가장 손쉬운 수단이었다.

다행히 미들턴 부인은 집에 있었고, 존 경도 그들이 방문을 마치기 전에 돌아왔다. 양쪽 모두 정중함이 넘쳐흘렀다. 존 경은 누구라도 좋아할 준비가 되어 있는 사람이기에 대시우드가 말에 대해서는 잘 모르는 듯 보였지만 그를 매우 좋은 사람으로 여긴 데다가, 미들턴 부인은 유행에 맞춰 맵시 있게 차려 입은 그의 외모를 보고 사귈 만한 사람이라고 판단하였다. 그리고 대시우드도 두 사람에게 만족하여 그곳을 떠났다.

“패니에게 해줄 솔깃한 말이 생겼는걸. 미들턴 부인은 참으로 우아한 분이시구나! 패니도 그런 분을 알게 되면 아주 좋아할 거야. 제닝스 부인 역시 교양이 있어. 딸보다 우아하지는 않지만. 네 올케가 그분들을 방문하는 데 꺼려할 필요는 없겠구나. 사실 별로 탐탁지않아 했거든. 우리는 단지 제닝스 부인이 속된 방법으로 돈을 번 남자의 과부라고만 알고 있었지. 그래서 장모님과 집사람은 부인이나 그 딸들은 집사람이 사귀고 싶어

하는 상류층 여자들과는 다르다는 선입관을 갖고 있었단다. 하지만 이제 패니의 생각을 바꿀 만한 말을 전해줄 수 있겠어."

제 34 장

존 대시우드 부인은 남편의 판단을 믿었으므로 바로 그 다음 날 제닝스 부인과 그 딸을 방문하였다. 그리고 그녀의 믿음은 시누이들이 머물고 있는 집 주인이자 그녀가 주목할 만한 가치가 있는 제닝스 부인을 보는 순간 선입견이 사라졌으며, 미들턴 부인에 대해서도 세상에서 가장 매력적인 여자들 중 한 사람이라고 인정했다.

미들턴 부인 역시 존 대시우드 부인에게 만족하였다. 서로가 자연스럽게 이끌린 이유는 냉혹한 이기심을 공유하고 있었기 때문이다. 그리고 깍듯한 예의 없이 심드렁한 점과 전체적으로 이해심이 부족한 것도 서로 비슷했다.

그러나 제닝스 부인은 딸이 존 대시우드 부인을 좋게 말한 것이 마음에 들지 않았다. 존 대시우드 부인은 진심 어린 말이라고는 할 줄 모르는 거만한 모습에, 시누이들에게 아무런 애정도 없이 말도 붙이지 않는 그런 여자에 불과했다. 버클리 가에서 15분 정도 같이 있으며 지켜보았더니 그 중 7분 이상 아무 말 없이 앉아 있었기 때문이다.

엘리너는 물어보지 못했지만 에드워드가 런던에 와있는지 몹시 궁금했다. 하지만 패니가 몰턴 양과의 결혼이 결정되었다거나, 아니면 브랜든 대령에 대한 남편의 기대에 어떤 대답이 있을 때까지는 자발적으로는 아무런 말을 할 것 같지 않았다. 왜냐하면 그들은 아직도 서로에 대해 확고한 애정을 갖고 있어서 무슨 일이 있어도—아무리 말과 행동으로 갈라놓아도—헤어지지 않을 거라 믿고 있었기 때문이다. 그러나 그녀가 말하지 않으려 했던 정보는 곧 그 다음 순간에 흘러나왔다. 얼마 지나지 않아 루시가, 에드워드가 대시우드 부부와 함께 런던에 도착하였지만 그를 볼 수 없어 안타깝다고 말하러 왔기 때문이다. 그는 사람들이 알아볼까 봐 두려워서 감히 바틀릿의 집으로 못 오고 있는데 서로 말하지는 않았지만 만나고 싶어 조급해진 마음을 달래는 데 편지를 쓰는 것 외에는 아무것도 할 수가 없다고 했다.

에드워드는 얼마 뒤에 버클리 가로 두 번이나 찾아와 그들에게 자신이 런던에 있음을 확인시켰다. 두 번이나 그들이 아침 볼일을 보고 돌아왔을 때 탁자 위에 그가 남긴 카드가 놓여 있었다. 엘리너는 그가 찾아왔었다는 사실이 기뻤으며, 그를 마주치지 않았다는 사실이 훨씬 더 기뻤다.

대시우드 가족은 미들턴 가족을 보고 엄청나게 기뻐서 뭔가를 베푸는 성향은 아니지만 그들을 식사에 초대하기로 결정하였다. 그리고 그들이 서로 소개를 받은 다음에 석 달간 살게 될 훌륭한 집이 있는 할리 가로 식사 초대를 하였다. 누이들과 제닝스 부인 역시 초대를 받았다. 존 대시우드는 대시우드 자매가 있는 곳이라면 어디라도 기뻐할 브랜든 대령을 초대하려고 특히 주의를 기울였는데, 대령은 좀 놀라워했지만 아주 기쁘게 대시우드의 초대를 받아들였다. 페라스 부인도 참석하기로 되어 있었지만 엘리너는 그 아들들도 올지는 알 수가 없었다. 그러나 부인을 본다는 기대만으로도 그 파티는 충분히 흥미로웠다. 왜냐하면 엘리너는 언젠가 그런 소개 자리에서 에드워드의 어머니와 동석하게 될까 봐 한때는 크게 불안했지만, 이제는 자신을 어떻게 생각할지 전혀 신경 쓰지 않고 그녀를 볼 수 있을 것 같았다. 페라스 부인이 어떤 사람인지 만나보고 싶은 마음은 전과 다름없이 생생하게 살아 있었다.

엘리너의 모임에 대한 기대는 잠시 뒤 강렬하게 커졌는데 스틸 자매도 참석할 것이라는 말을 듣고 나서였다.

역시나 그들은 여러 가지 배려를 통해 부인에게 호감을 갖게 하였으므로 비록 루시가 그렇게 우아하지도 않았고, 동생 역시 품위 있는 것은 아니었지만 존 경과 마찬가지로 미들턴 부인도 스틸 자매에게 콘듀잇 가에서 한두 주일을 머물다 가라고 흔쾌히 초대를 하였다. 그리고 대시우드 가족의 초대는 파티가 열리기 며칠 전에 이루어졌기 때문에 그들의 방문은 파티가 시작되기 며칠 전부터 시작되어 좀 더 유리한 상황에 이르렀다.

여러 해 동안 자신의 남동생을 돌보아준 신사의 조카딸들이라고 보았다면 존 대시우드 부인은 자신의 식탁에 그들의 자리를 내주지 않았을지도 모른다. 하지만 미들턴 부인의 손님이었으므로 당연히 환영할 수밖에 없었다. 그의 가족을 개인적으로 알게 되고, 그들의 성격과 자신의 까다로움을 맞춰보며 가까이서 볼 기회, 그리고 그들을 기쁘게 해줄 기회를 오랫동안 꿈꿔왔던 루시는 존 대시우드 부인의 카드를 받았던 때보다 더 행복했던 적은 없었을 것이다.

엘리너의 반응은 전혀 달랐다. 엘리너는 에드워드가 어머니와 같이 살고 있으니 누나가 주선한 파티에 틀림없이 어머니도 함께 초대받았을 거라고 판단하였다. 그리고 그 모든 일이 있고 나서 처음으로 루시와 같이 있는 그를 보게 되다니! 엘리너는 그 순간을 과연 견디어낼 수 있을지 어떨지 모를 일이었다.

이러한 우려는 이성에 근거한 것도 아니고, 당연히 사실에 근거한 것도 아니었다. 그러나 그러한 우려는 스스로 기울인 노력에 의해서가 아니라 루시의 착한 마음에 의해 해결되었다. 루시는 그녀에게 에드워드는 분명히 화요일에 할리 가에 있지 않을 거라고 말해 그녀에게 심한 실망을 주고, 같이 있게 되면 자신에 대한 지극한 사랑을 감출 수 없기 때문에 오지 않을 거라고 믿게 해서 엘리너를 더욱 고통스럽게 만들고 싶어 했다.

드디어 이 만만찮은 어머니에게 두 젊은 아가씨가 소개되는 중요한 화요일이 다가왔다.

"저를 가엾게 여겨주세요, 대시우드 양!"

함께 계단을 걸어 올라가면서 루시가 말했다. 제닝스 부인이 도착하고서 곧바로 미들턴 가족이 도착하였기 때문에 동시에 하인들을 따라 올라가고 있었다.

"여기서 나를 동정할 수 있는 사람은 당신 말고는 아무도 없어요. 난 똑바로 서 있지도 못하겠어요. 세상에, 어쩌면 좋지요? 이제 곧 내 행복이 달린 분을 뵙게 되다니! 시어머니 말이에요!"

엘리너는 그들이 이제 막 보게 될 사람이 몰턴 양의 시어머니가 될 가능성이 크다고 말함으로써 그녀의 마음을 편하게 해줄 수도 있었다. 하지만 그렇게 하는 대신 진심으로 그녀를 동정한다고 말했다. 비록 실제로 마음이 떨려서 불안할지라도 적어도 엘리너에 대해 참을 수 없는 질투의 대상이 되기를 바랐던 루시를 놀려주기 위해서였다.

페라스 부인은 약간 마르고 형식을 차리는 듯 곧은 자세를 하고 있었는데 그 심각한 모습은 불쾌해 보이기까지 했다. 흙빛의 얼굴은 아름답지 않았고, 유난히 작은 체구였다. 하지만 다행히도 이마를 찌푸리면 오만하고 심술궂은 성격이 훨씬 더 강하게 드러나 얼굴 표정이 무미건조하다는 평은 듣지 않을 성싶었다. 부인은 수다스런 여인은 아니었다. 일반적으로 다른 사람들과는 달리 자신의 생각을 나타낼 정도의 필요한 말만 했다. 그리고 대시우드 양에게 해당되는 말이라고는 한마디도 없었는데, 이미 무슨 일이 있건 싫어하겠다고 작정한 듯 그녀를 훑어보고 있었다.

엘리너는 이제 이런 행동으로 불편하지 않았다. 몇 달 전이라면 그녀에게 상처를 주었을 것이다. 하지만 지금 엘리너를 고통스럽게 할 수 있는 것은 페라스 부인의 힘으로는 안 되었다. 그리고 일부러 그녀를 초라하게 만들려는 듯 자신과는 다르게 스틸 자매를 대하는 부인이 도리어 안쓰러워 보였다. 어머니와 딸 모두 특별히 루시에게 온화하게 대하는 것을 보고는 웃음이 나올 뿐이었다. 엘리너만큼 루시가 어떤 사람인지 잘 알았다면 그들은 루시를 모욕하고 싶어 안달이 났을 터였다. 반대로 상대적으로 그들에게 상처를 줄 만한 힘이 없는 자신은 두 사람에 의해 노골적으로 무시되고 있었다. 하지만 그녀는 대상을 잘못 짚은 친절함에 웃으면서도 모녀의 밑바닥에 깔린 비열한 어리석음과 아부를 떨며 계속 관심을 이끌어내는 스틸 자매까지 그들 네 사람을 완전히 경멸하지 않을 수 없었다.

루시는 자기만 영광스럽게도 특별히 환대를 받아서 입이 귀에 걸렸고, 스틸 양은 의사 데이비스와 엮이어 놀림을 받게 된다면 더없이 행복할 터였다.

만찬은 훌륭했다. 시중을 드는 하인들도 많았고, 이 모든 것은 과시를 즐기는 안주인의 성향과 그것을 뒷받침해주는 바깥주인의 능력을 대변했다. 그들이 노어랜드 토지의 개량과 확장을 하고 있었음에도 불구하고, 몇 천 파운드의 주식을 손해를 보고 팔 뻔했으면서, 돈이 없다고 힘주어 말했던 증거는 그 어디에서도 찾아볼 수 없었다. 대화를 제외하면 어떤 종류의 가난도 보이지 않았으나 대화에는 상당한 결핍이 있었다. 존 대시우드에게는 들을 가치가 있는 얘깃거리가 그리 많지 않았으며, 그의 아내는 더 심했다. 그렇다고 특별히 불명예스럽지도 않았는데, 그들의 손님들 역시 한 가지 또는 그 이상이 부족해 마찬가지였던 것이다. 선천적이든 후천적이든 분별력이 부족했고, 교양과 정신, 인성도 모두 부족했다.

만찬이 끝나고 숙녀들이 거실로 물러난 뒤 대화도 곧 바닥을 보였다. 그동안 신사들이 다양한 화제로 나누었던 정치, 인클로저(공유지를 사유지로 만들기 위한 운동), 말 길들이기 등의 이야깃거리가 모두 끝났기 때문이었다. 커피를 내올 때까지 숙녀들이 나누고 있던 대화는 같은 또래인 해리 대시우드와 미들턴 부인의 둘째아들인 윌리엄의 키 중 누가 더 큰지 비교하는 것이었다.

두 아이들이 거기에 있었더라면 당장 키를 재보면 아주 쉽게 해결되었을 일이었지만, 해리만 그 자리에 있었기 때문에 양쪽에 대한 말은 다 추측에 불과했다. 그리고 모든 사람이 자기 말이 맞다고 우겼기 때문에 하고 싶은 만큼 몇 번이고 같은 말이 반복되었다.

그로 인해 두 패로 갈라졌다. 먼저 두 어머니는 실제로는 자기 아들이 더 크다고 강력하게 믿고 있었지만 예의상 상대편을 들어 주었다. 그렇지만 두 할머니는 편애가 심했으므로 자기들의 손자가 지기라도 할까 봐 열렬히 응원을 보냈다.

루시는 양쪽 모두에게 잘 보이고 싶었으므로 두 아이 모두 또래에 비해 눈에 띄게 크고 아주 조금도 차이가 없어 보인다고 말하였다. 그리고 말이 많은 스틸 양은 가능한 재빠르게 양쪽의 편을 드느라 바빴다.

한때 윌리엄 쪽에 자신의 의견을 냈던 엘리너는 페라스 부인과 패니가 언짢은 기색을 보이자 굳이 자기 생각을 고집해서 눈 밖에 날 필요가 없다고 생각하였다. 그리고 질문을 받은 매리앤은 생각해본 적이 없기에 아무 말도 하지 않겠다고 선언함으로써 뜻하지 않게 모두를 화나게 했다.

엘리너는 노어랜드를 떠나기 전에 난로의 열기를 막는 아주 예쁜 두 쪽짜리 가리개에 그림을 그려 주었었다. 그것을 런던의 집으로 가져와 거실을 장식하고 있었는데 존 대시우드는 다른 신사들을 따라 방으로 들어오면서 그것을 발견했고, 칭찬을 듣기 위해 브랜든 대령에게 건네주며 말했다.

"이건 제 큰 여동생이 그린 것입니다. 대령께서는 감각이 있으시니 그림이 마음에 드실 겁니다. 전에도 그 애의 작품을 보신 적이 있는지는 모르겠지만, 그림을 썩 잘 그린다는 평판이 제법 나 있습니다."

대령은 자신의 감각이 그 정도는 아니라고 사양하면서도 그림에 대해 훈훈한 칭찬을 하였는데 그는 대시우드 양이 그린 거라면 어떤 그림이라도 칭찬을 했을 것이다. 그러자 다른 사람들도 그림에 호기심이 생겼고, 그림은 손에서 손으로 넘어갔다. 엘리너의 솜씨인지 몰랐던 페라스 부인은 특히 보고 싶어 했고, 미들턴 부인까지 칭찬이 이어지자 패니는 어머니에게 보여주며 바로 대시우드 양의 솜씨라고 자세히 설명하였다.

"흠, 아주 예쁘군요!"

페라스 부인이 말했다. 그러고는 부인은 제대로 쳐다보지도 않고는 딸에게 도로 건네주었다.

패니는 어머니가 너무 무례했다고 생각하며 잠시 동안 얼굴을 붉히고는 이렇게 말했다.

"이 그림 상당히 예쁘죠, 어머니. 그렇지 않아요?"

하지만 지나치게 정중하게 띄워준 것이 마음에 못내 걸렸는지 얼른 덧붙였다.

"몰턴 양과 화풍이 비슷하다고 생각지 않으세요, 어머니? 몰턴 양이야말로 가장 매혹적으로 그림을 그리지요! 지난번 풍경화는 얼마나 아름답던지……."

"참으로 아름답더구나! 그런데다 그 애는 팔방미인이잖니?"

매리앤은 더 이상 참을 수가 없었다. 진작부터 페라스 부인의 행동이 마음에 들지 않았었다. 그런데 엉뚱하게도 지금 다른 사람을 칭찬하다니, 무슨 의도인지 모르는 매리앤은 당장 열을 내며 말을 하였다.

"참으로 이상한 칭찬이시네요! 몰턴 양이 이 그림과 도대체 무슨 상관이죠? 누가 그런 여자를 안다고, 무슨 관심이라도 있다고 했나요? 지금 우리가 얘기하는 사람은 바로 엘리너 언니라고요."

그러고 나서 매리앤은 올케한테서 가리개를 낚아챘다.

페라스 부인은 매우 노여운 표정으로 전보다 더 꼿꼿이 몸을 세우고는 아주 공격적인 태도로 일침을 놓았다.

"몰턴 양은 몰턴 경의 따님이지요."

패니 역시 매우 화가 난 모습이었고, 그녀의 남편도 누이의 당돌함 때문에 몹시 화가 나 있었다. 엘리너는 이런 일이 야기된 것보다 오히려 매리앤의 열정 어린 행동 때문에 더 큰 상처를 받았다. 하지만 매리앤에게 고정된 브랜든 대령의 눈은 그녀가 사랑스럽다고 느끼는 듯했다. 아주 작은 일에라도 언니가 무시당하는 것을 참지 못하는 동생의 사랑스러운 마음을 보았던 것이다.

매리앤의 감정은 여기에서 멈추지 않았다. 페라스 부인의 차갑고 오만한 행동은 언니에게 어떤 어려운 사태와 고통을 예언하는 것 같았다. 자신의 상처 받은 마음에도 어떤 무서운 예감이 들었다. 그리하여 언니를 생각하는 감성에 강한 자극을 받은 매리앤은 잠시 언니가 있는 곳으로 다가가 한쪽 팔로 언니의 목을 감고는 한쪽 뺨을 가까이 대고 작지만 강한 목소리로 말했다.

"언니, 사랑하는 우리 언니, 신경 쓰지 마. 저 사람들 때문에 언니가 속상해할 필요는 없어."

매리앤은 더 이상 말을 잇지 못하고 감정이 북받쳐 올라 엘리너의 어깨에 얼굴을 묻고는 눈물을 펑펑 쏟았다. 모든 사람의 시선이 그녀에게 쏠렸으며, 몇 명을 빼고는 모두 걱정하는 표정이었다. 브랜든 대령이 벌떡 일어나 자신이 무슨 일을 하고 있는지도 모른 채 그들에게 다가왔다. 제 닝스 부인은 눈치가 빨라 "아, 불쌍한 아가씨 같으니라고!" 말하고는 얼른 소금을 건네주었다. 존 경은 이 모든 불상사를 일으킨 장본인에게 화가 뻗쳐 즉시 루시 스틸 옆자리로 옮겼으며, 그녀에게 귓속말로 이 충격적인 사건을 간략하게 설명하였다.

그러나 몇 분만에 매리앤은 소동을 끝내고 진정이 되어서 다른 사람들 틈에 앉아 있었다. 하지만 정신은 저녁 내내 지나간 일의 여운 속에 남아 있었다.

"불쌍한 매리앤!"

대시우드는 브랜든 대령의 시선을 느끼자 낮은 목소리로 대령에게 말하였다.

"저 아이는 제 언니처럼 건강하지 못하답니다. 신경이 아주 예민하거든요. 엘리너하고는 체질이 좀 다르지요. 그리고 아주 아름다웠던 여자가 자기만의 매력을 잃는 것이 얼마나 힘든 일인지 알아주어야 합니다. 대령께선 아마 생각도 못하셨겠지만, 매리앤은 몇 달 전만 해도 뛰어나게 아름다웠어요, 엘리너만큼이나. 하지만 이제 모두 사라졌다는 걸 아시겠죠?"

제 35 장

페라스 부인을 보고 싶어 했던 엘리너의 호기심은 충족되었다. 앞으로 더 이상 두 집안 사이의 관계가 깊어지는 것은 바람직하지 못하다는 결론도 내릴 수 있었다. 엘리너는 페라스 부인의 오만하고 비열하고 자신에 대해 단호한 편견을 가지고 있음을 충분히 확인했기 때문에 에드워드가 자유로웠다 해도 둘의 약혼을 필경 복잡하게 하고, 결혼도 늦추었을 여러 가지 어려움을 예상할 수 있었다. 그래서 더 큰 방해물이 나타나 페라스 부인이 만들어낸 다른 고통에 시달리지 않아도 되고, 부인의 변덕에 의존하거나 부인에게 좋은 인상을 심어주기 위해 노력하지 않아도 되어 오히려 감사한 마음까지 들었다. 아니면 에드워드가 루시에게 발목이 잡힌 것이 적어도 즐거운 일이 아니었다 해도 루시만 좀 더 사랑스러웠다면 충분히 기뻐하고도 남았을 것이다.

페라스 부인은 루시를 유달리 환대했기 때문에 루시의 사기가 한껏 고무되어 있었다. 루시는 이익과 허영심에 완전히 눈이 멀어 단지 엘리너가 아니라는 이유 때문에 자신에게로 돌린 관심을 순전히 제 칭찬으로 받아들였고, 자신의 처지가 알려지지 않았기 때문에 받고 있는 부인의 사랑에 몹시 들떠 있었다.

사실이 그러하였다. 그 당시에는 눈빛만으로 당당하던 루시가 다음 날 아침에는 본성을 드러냈다. 엘리너를 꼭 만나야 한다는 특별한 요구에 의해 미들턴 부인은 마차를 세워 루시를 버클리 가에 내려주었다. 루시는 자신이 얼마나 행복한지를 엘리너에게 말하고 싶었던 것이다.

파머 부인의 연락을 받은 제닝스 부인도 곧바로 외출하였기 때문에 루시에게는 그야말로 기회였다.

"소중한 친구여, 제가 얼마나 행복한지 당신에게 말해주러 왔어요. 어제 페라스 부인의 행동보다 더 기분 좋은 게 있을까요? 정말 상냥하셨어요. 제가 그분 뵙는 것을 얼마나 두려워했는지 아시잖아요. 하지만 제가 인사를 드린 순간, 저를 대하시는 그분의 상냥함은 제가 마음에 든다고 말씀하시는 것처럼 보였어요, 그렇지 않았나요? 당신도 다 보았잖아요. 어제 정말 그런 인상을 받지 않았나요?"

"확실히 공손하게 대하긴 하시더군요."

"공손했다니요, 당신은 그것밖에 못 본 건가요? 저는 훨씬 더 많은 걸 보았는데요. 저 말고 다른 사람에게는 그렇게 친절하게 대하지 않으셨잖아요. 전혀 거만하지도 않으시고, 당신의 올케도 마찬가지였어요. 정말 친근하고 상냥하셨다니까요."

엘리너는 다른 이야기를 하고 싶었지만 루시는 여전히 엘리너에게 자신이 행복할 만한 이유가 있다는 것을 인정하도록 강요했다. 엘리너는 할 수 없이 말했다.

"그분들이 당신과 에드워드의 약혼을 알고 있었다면 당연히 그 어떤 것보다 당신을 기분 좋게 할 수는 없겠지요. 하지만 그런 경우가 아니라서……."

"사실 당신이 그렇게 말할 거라고 생각했어요."

루시가 재빨리 끼어들었다.

"하지만 페라스 부인이 저를 좋아하지 않으면서도 그런 척할 일은 없는 거잖아요. 그리고 그분이 저를 좋아하는 건 아주 중요한 문제란 말이에요. 무슨 말을 하셔도 제 기분은 변하지 않을 거예요. 틀림없이 모두 끝을 잘 맺을 것이고, 어려움도 절대 없을 거예요. 페라스 부인은 매력적인 분이고, 당신 올케도 마찬가지예요. 두 분 다 좋은 분들이시죠. 대시우드 부인이 그렇게 좋은 분이라는 걸 왜 당신에게서는 듣지 못했는지 모르겠어요!"

이에 대해 엘리너는 할 말도 없었고, 대답하고 싶지도 않았다.

"어디 아프세요, 대시우드 양? 기분이 안 좋아 보여요. 말도 잘 안 하는 걸 보니 분명히 몸이 좋지 않은가 봐요."

"요즘처럼 건강한 적은 없는걸요."

"그렇다면 진심으로 기뻐요. 하지만 정말 그렇게 보이지는 않는데……. 당신이 아프다면 저도 마음이 무척 아플 거예요. 당신은 제게 세상에서 가장 큰 위안을 준 친구랍니다. 당신의 우정이 없었다면 전 아무것도 할 수 없었다는 것을 하느님은 아실 거예요."

엘리너는 정중한 대답을 하려고 애썼지만 효과가 있을는지는 의문이었다. 하지만 루시는 만족한 듯 즉시 이렇게 대답했다.

"정말로 당신이 저를 얼마나 신경 써주시는지 잘 알 것 같아요. 에드워드의 사랑 다음으로 당신이 큰 위안이 되어요. 불쌍한 에드워드! 하지만 한 가지 좋은 소식이 있어요. 우리가 상당히 자주 만날 수 있게 되었답니

다. 왜냐하면 미들턴 부인이 대시우드 부인을 꽤 좋게 생각하니까 우리는 할리 가에서 많은 시간을 보낼 테고, 그럼 에드워드는 누나와 함께 대부분을 보낼 거예요. 게다가 미들턴 부인과 페라스 부인은 이제 서로 방문하실 거고, 페라스 부인과 대시우드 부인 모두 저에게 언제든 찾아와도 환영이라고 몇 번이고 말씀하셨거든요. 정말 멋진 분들이세요! 제가 당신 올케를 어떻게 생각하는지 당신이 전한다 해도 전혀 과장된 말이 아니에요.”

하지만 엘리너는 자기가 들은 것을 올케에게 전할 거라는 희망을 그녀에게 주고 싶지 않았다. 루시가 계속 말을 이었다.

“페라스 부인이 나를 싫어했다면 한순간에 알아차렸을 거예요. 예를 들어 말 한마디 없이 형식적인 예의만 갖추었다거나, 그 뒤로 거들떠보지도 않았다거나, 기분 좋게 바라보지 않았다면 말이에요. 무슨 말인지 알겠죠? 만약 제가 그런 참을 수 없는 대우를 받았다면 전 절망에 빠져 모든 걸 포기했을 거예요. 전 그분이 한번 싫은 건 정말 싫어하는 분이라는 걸 알고 있으니까요.”

엘리너는 이렇게 겸손을 가장한 승리에 대해 그 어떤 반박도 할 필요가 없었다. 때마침 문이 열리고 에드워드 페라스의 도착을 알리는 소리에 이어 그가 곧바로 들어왔기 때문이다.

참으로 어색한 순간이었다. 각자의 표정 또한 그것을 말하고 있었다. 세 사람 모두 멍한 표정이었는데, 에드워드는 방으로 들어오려다가 말고 다시 나가고 싶은 것처럼 보였다. 세 사람 모두 피하고 싶은 상황이 달갑지 않은 형태로 일어난 것이다. 그 방에는 세 사람이 함께 있게 되었을 뿐아니라 분위기를 전환해줄 다른 사람은 아무도 없었다. 두 아가씨가 먼저 정신을 가다듬었다. 비밀을 지켜야 했기 때문에 루시가 앞으로 나설 일은 아니었다. 그리하여 그녀는 자신의 사랑을 눈으로만 보고 가볍게 인사를 한 뒤 더 이상 아무 말도 하지 않았다.

하지만 엘리너는 할 일이 많았다. 에드워드와 자신을 위해 이 상황을 잘 처리하고 싶었기 때문에, 마음을 가다듬고 용기를 내어 편안하고 솔직하게 그를 맞이했다. 순간순간 계속 마음을 다잡아가며 노력했더니 얼굴과 태도가 점차 편안해졌다. 엘리너는 루시의 존재를 의식하지 않고, 또 그녀 자신이 받은 부당한 대접과는 상관없이 만나서 반갑다고 인사했다. 또 얼마 전에 버클리 가를 방문했을 때 외출 중이어서 매우 안타까웠다는 말을 건넸다. 그녀는 루시의 빈틈없는 눈길이 자기를 뚫어져라 살피고 있다고 느꼈지만 그렇다고 하여 거의 친척이나 진배없는 에드워드에게 그 정도의 인사도 건네지 못하는 바보는 아니었다.

그녀의 태도가 에드워드에게 안도감을 주어 그는 자리에 앉을 용기가 생겼다. 하지만 그가 당황한 정도는 아가씨들보다 훨씬 심했는데—남성이라는 입장에서 보면 흔한 일은 아니었지만—충분히 이해할 만한 상황이었다. 왜냐하면 에드워드는 루시처럼 마음이 냉담하지도 않았고, 엘리너처럼 양심이 편안하지도 않았기 때문이다.

루시는 새침하고도 차분한 태도를 유지하면서, 다른 사람들을 편안하게 할 수는 없다는 듯이 한마디도 하지 않았다. 그리하여 거의 대부분의 대화는 엘리너가 이끌어갔고, 에드워드가 궁금해 하면서 물어왔어야 할—어머니의 건강이나 그들이 도시에 온 것 등—모든 이야기를 먼저 말하게 되었다.

엘리너의 노력은 여기에서 그치지 않았다. 그녀는 곧 매리앤을 부르러 가는 척 그 자리를 피해야겠다는 기발한 생각을 하고는 거기에 멋진 방법까지 동원하여 실행에 옮겼다. 동생한테 올라가기 전에 가장 도도하고 꼿꼿한 자세로 층계참 위를 몇 분간 어슬렁거린 것이다. 그러나 일단 동생에게 알리자마자 에드워드의 안도감도 사라져버리고 말았다. 왜냐하면 이 소식이 전해지자 매리앤은 기뻐서 단숨에 거실로 달려 내려왔다. 매리앤이 그를 보는 기쁨은 다른 감정들처럼 아주 강렬했고, 표현도 거침없었다. 매리앤은 에드워드의 손을 잡고 처제인 듯 애정이 담긴 목소리로 말했다.

"사랑하는 에드워드! 지금은 너무나 행복한 순간이에요. 이 순간 모든 것을 보상받은 기분이에요!"

에드워드는 매리앤의 반가움에 보답하려고 애썼지만 지켜보는 사람들 때문에 자기가 느낀 것의 절반도 제대로 말할 수가 없었다. 다시 그들 모두는 자리에 앉았고, 잠깐 침묵에 휩싸였다. 그동안 매리앤은 아주 온화한 눈으로 에드워드와 엘리너를 번갈아 바라보았다. 그러다가 이 기쁨이 루시라는 달갑지 않은 존재에 의해 감시당하는 것이 못내 불만스러웠다. 잠시 후 에드워드는 매리앤이 좀 야윈 것을 알아차렸다. 그래서 런던의 생활이 맞지 않는 거냐고 걱정스럽게 물었다.

"아, 제 걱정은 하지 마세요!"

매리앤은 발랄하게 대답했지만 눈물이 그렁그렁 맺혀 있었다.

"제 건강에 대해서는 걱정하지 마세요. 보시다시피 엘리너 언니는 좋아요. 우리 둘에게는 그것만으로 충분하잖아요."

이 말은 에드워드나 엘리너를 좀 더 편안하게 하기 위해서도, 심상치 않은 표정으로 매리앤을 바라보는 루시의 주의를 끌기 위한 것도 아니었다.

"런던이 마음에 드나요?"

어떤 화제로든 말을 돌리기 위해 에드워드가 말했다.

"전혀 아니에요. 난 런던이 굉장히 즐거운 곳이라고 기대했는데 하나
도 재미없어요. 에드워드 당신을 볼 수 있게 된 것이 유일한 위로예요. 그
리고 세상에, 감사합니다! 당신은 예전 모습 그대로예요!"

그녀는 잠시 멈추었으나 아무도 말하는 사람은 없었다.

"엘리너 언니, 내 생각에는 말이야. 우리가 바턴으로 돌아갈 때 에드워
드 씨도 같이 갔으면 좋겠어. 한두 주 안에 돌아갈 거잖아. 에드워드 씨도
우리의 부탁이라면 거절하지 않을 거라고 믿어."

가엾은 에드워드는 뭔가를 중얼거렸지만 그것이 무슨 말인지는 아무도
몰랐고, 심지어 자신조차도 알 수 없었다. 하지만 매리앤은 그가 동요하
는 것을 보고 그게 무엇이었든지 자신에게 기쁜 말이었을 거라고 좋게 생
각하고는 다른 이야기로 넘어갔다.

"에드워드, 우리는 어제 할리 가에 갔었는데 아주 지루한 하루를 보냈
어요. 너무 단조롭고, 비참할 정도로 지루했어요. 거기에 대해서 할 말은
많은데 지금은 못하겠네요."

그리고 이 감탄할 만한 분별력으로 매리앤은 둘에게 동시에 친척이 되
는 그 사람이 전보다 더 비위에 거슬렸고, 특히 그의 어머니 때문에 넌더
리가 났었다는 말은 개인적인 자리에서 하려고 꾹 참았다.

"하지만 왜 당신은 거기에 없었죠? 왜 오지 않았죠?"

"다른 사람과 약속이 있었어요."

"약속이라고요! 하지만 우리 같은 친구랑 만나기로 먼저 약속이 되어
있었는데 그 약속이란 뭐였어요?"

"혹시 매리앤 양은 젊은 남자들이 대단하건 사소하건 약속을 지킬 생
각이 없는데도 꼭 지켜야 한다고 생각하고 계시나 보군요."

그녀에 대한 복수를 하려는 듯 루시가 외쳤다.

엘리너는 매우 화가 났지만 매리앤은 말 속의 가시를 전혀 느끼지 않는 듯 침착하게 이렇게 대답했다.

"정말로 그건 아니에요. 진심으로 말씀드리는데 에드워드 씨가 할리 가에 오지 못한 이유는 양심에 걸렸기 때문이라고 믿어요. 그리고 세상에서 가장 섬세한 양심을 지녔기 때문에 아무리 하찮은 약속이건 그에게 별 도움도 안 되고 즐겁지도 않은 약속이건 간에 양심껏 약속을 지킨다고 확신하지요. 에드워드 씨야말로 제가 만난 어떤 사람보다 남에게 고통을 주거나 기대를 저버리는 것을 싫어하고, 절대로 이기적일 수 없는 사람이란 말이에요. 에드워드, 사실이 그렇잖아요? 난 사실만을 말한다고요. 뭐라고요? 여태 그런 칭찬은 들어본 적이 없다고요? 그럼 당신은 내 친구도 아니에요. 왜냐하면 내 사랑과 존경을 받은 사람들은 내 솔직한 칭찬을 받아야 하니까요."

그러나 현재로서 그런 칭찬은 매리앤을 제외한 사람들의 감정에는 맞지 않았으며, 에드워드의 기분도 상하게 만들었으므로 그는 곧 나가려고 자리에서 일어났다.

"벌써 돌아가시게요? 사랑하는 에드워드, 이건 있을 수 없는 일이에요."

매리앤이 말했다.

그러고는 한쪽으로 끌고 가서 루시가 오래 머물 수 없을 거라고 설득의 말을 속삭였다. 그러나 이런 설득도 소용없게 그는 나가버렸다. 그리고 그의 방문이 2시간 넘게 지속되었다면 남아 있었을 루시도 곧 따라나갔다.

"저 여자는 왜 자꾸 여기에 온담! 우리가 돌아가길 바라는 게 보이지도 않는가 봐! 에드워드는 얼마나 귀찮을까!"

그녀가 나가자 매리앤이 말했다.

"왜 그러니, 매리앤? 우리는 모두 그의 친구들이고, 루시는 누구보다 그와 가장 오랫동안 사귀어 온 사람이야. 우리만큼 그녀를 보고 싶어 하는 건 당연한 거야."

매리앤은 엘리너의 눈을 뚫어져라 바라보더니 이렇게 말했다.

"엘리너 언니, 언니는 내가 이런 얘기 못 참아하는 거 알지? 언니 주장에 누가 반대 의견을 내주길 바라는 모양인데, 내가 절대로 그럴 사람이 아니라는 건 누구보다도 언니가 잘 알지? 내가 언니 사랑을 믿지 않을 지경이 된 것도 아니고, 또 그걸 바라는 것도 아니잖아!"

매리앤은 말을 끝낸 후 방을 나갔다. 엘리너는 따라나가서 더 말해주고 싶었지만 루시와 비밀을 지키겠다고 약속했기 때문에 동생이 수긍할 만한 말을 속시원히 해줄 수 없었다. 그리고 동생이 계속해서 잘못 알고 있기 때문에 자신이 고통을 겪게 되어도 감수할 수밖에 없다고 생각하였다. 엘리너가 바랄 수 있는 것이라곤 기껏해야 에드워드가 그녀와 가까이 하지 않거나 아니면 매리앤이 잘못 알고 하는 열렬한 말들을 두 사람이 고통스럽게 들어야 하거나 방금 전의 끔찍한 만남과 같은 자리가 반복되지 않게 피해주는 것이었다. 이런 것들이 그녀가 예상할 수 있는 경우들이었다.

제 36 장

이 만남이 있은 지 며칠 되지 않아 토머스 파머 부인이 대를 이을 아들을 순산하였다는 기사가 신문에 실렸다. 이미 알고 있었던 친지들에게는 매우 기쁘고 유쾌한 글이었다. 이 사건은 제닝스 부인의 행복과도 직결되어 있었으므로 부인의 일정에 일시적인 변화가 생겼다. 그래서 젊은 친구들과의 약속에도 영향을 미쳤다. 부인은 가능하면 샬럿과 함께 많은 시간을 지내고 싶었기 때문에 매일 아침 옷을 차려입자마자 그곳으로 가서는 저녁 늦게까지도 돌아오지 않았다.

그리고 대시우드 자매는 미들턴 부부의 특별 초청으로 온종일 콘듀잇 가에서 보냈다. 그들 자신을 위해서라면 적어도 오전에는 제닝스 부인 집에 남아 있는 것이 더 편했겠지만, 많은 사람들이 바라는 일을 역행할 수는 없었다. 따라서 그들의 시간은 미들턴 부인과 스틸 자매를 위해 변경되었으나 사실 그들은 드러내놓고 원했던 만큼 그렇게 좋아하지도 않았다.

미들턴 부인에게 자매는 너무 이성적이어서 그녀의 바람직한 동료가 되기에는 어려웠고, 스틸 자매에게는 그들의 영역을 침범해, 독차지하고 싶었던 친절을 공유하게 된 자매였기에 투기의 대상이었다. 미들턴 부인이 엘리너와 매리앤에게 친절하고 정중하게 대했다고는 하나 진정으로 그들을 좋아하는 것은 아니었다. 대시우드 자매는 부인이나 아이들에게 아첨이라고는 할 줄 몰랐으므로 부인은 자매의 천성이 착하다고 믿지 않았던 것이다. 또한 부인은 독서를 좋아하는 자매가 풍자적이라고 생각했다. 아마 풍자적이라는 것이 무슨 뜻인지 정확히 알지는 못했겠지만 그건 별로 중요하지 않았다. 풍자적이라는 말은 비난할 때 흔히 쓰였기 때문에 쉽게 그렇게 불렀던 것이다.

그들의 존재는 미들턴 부인과 루시에게 걸림돌이 되었다. 한 사람에게는 게으름을 마음대로 피울 수 없게, 다른 사람에게는 제 할 일을 하지 못하게 만들었다. 미들턴 부인은 그들 앞에서 아무것도 하지 않는 것이 부끄러웠으며, 루시는 평소 자랑스럽게 해왔던 아첨을 그들이 경멸할까 봐 두려웠다. 스틸 양은 대시우드 자매가 있건 말건 세 사람 중 가장 침착했으며, 잘만 하면 대시우드 자매의 편으로 만들 수도 있었다. 자매 중 누구라도 매리앤과 윌로비 씨 사이의 전반적인 애정을 그녀에게 설명하고자 했다면, 스틸 양은 자매가 도착한 다음부터 저녁식사 후 벽난로 옆의 가장 좋은 자리를 내준 데 대해 충분한 보상을 받았다고 생각했을 것이다.

하지만 이런 우호 관계는 이루어질 수 없었다. 왜냐하면 스틸 양은 엘리너에게는 종종 동생이 불쌍하다는 말을 해서 무표정하게 만들었고, 매리앤 앞에서는 멋쟁이 남자들은 변덕스럽다고 여러 번 말하는 바람에 그녀를 넌더리나게 만들어 아무런 호응도 받을 수 없었기 때문이다. 그보다 훨씬 미미한 노력으로도 스틸 양을 친구로 만들 수 있었을 것이다. 그 의사 얘기를 꺼내어 놀리기만 했어도 충분했을 텐데……! 하지만 자매는 다른 사람들과 마찬가지로 별로 그러고 싶은 마음이 없었기에 존 경이 집에서 식사를 하지 않을 때에는 자기가 손수 그런 말을 꺼내지 않는 이상 아무 농담도 듣지 않고 하루를 보냈을 것이다.

그러나 이런 시기와 불만은 제닝스 부인에게는 너무나 뜻밖의 일이었다. 부인은 자매와 함께 있는 것을 즐거운 일이라고 생각하였으며, 관대하게도 오랫동안 어리석은 늙은 부인의 친구 노릇을 하다가 벗어나게 된 것을 매일 밤 축하해주었다. 어떤 때는 존 경의 집에서, 어떤 때는 자택에서 함께 어울렸다. 하지만 어디에서 만나든지 부인은 항상 환희와 자부심으로 가득 차서 기분이 좋았고, 샬럿이 잘된 것은 모두 자기가 잘 돌보아주었기 때문이라고 자화자찬을 하면서 샬럿의 상황을 정확하고 상세하게

알려주려고 준비하고 있었는데, 오로지 스틸 양만이 관심을 갖고 들으려
하였다.

그리고 한 가지 부인의 마음에 거슬리는 게 있어 매일 불평하기에 이르
렀다. 파머 씨가 아기가 또래의 다른 아기들과 똑같이 생겼다는 견해를
버리지 못했던 것이다. 대개 남자들의 생각이 똑같긴 하지만 아버지가 된
사람으로서는 할 말이 아니었던 것이다. 부인에겐 양가 친척들이 찾아올
때마다 아기가 그 친척들 한 사람 한 사람과 놀랄 만큼 닮았다는 것이 한
눈에 드러나건만 파머 씨는 도무지 그 말을 들으려고도 하지 않았다. 그
래서 그 또래의 아이들이 모두 똑같이 생긴 건 아니라고 설득하지 못했
고, 세상에서 가장 예쁜 아이라는 단순한 말조차 하게 만들 수 없었다.

이제 이쯤에서 존 대시우드 부인에게 일어난 불행한 일들을 이야기해
야겠다. 그것은 우연히 일어난 일이었는데 제닝스 부인과 대시우드 자매
가 먼저 할리 가에 있는 그녀를 방문하고 있을 때 부인과 알고 지내는 사
람이 들렀다. 이 일만으로는 그녀에게 불운일 것 같지 않았다. 하지만 다
른 사람들의 상상력은 우리의 판단을 흐리게 하여 잘못 행동하게 만들고,
겉으로 드러나는 모습만 보고도 전체를 결정짓도록 작용하므로 어쩌면
인간의 행복은 항상 우연에 맡겨진다고 할 수 있다. 앞에서 말한, 늦게 도
착한 부인은 상상력을 너무 멀리까지 발동시켜 사실과 일어날 가능성도
거의 없는 일에 수고를 더하였다. 그녀는 대시우드 자매의 이름만 듣고
그들이 대시우드 씨의 누이동생들일 거라고 판단했고, 그 즉시 그들이 할
리 가에 머물고 있을 거라고 결론지었다. 그래서 이틀 후 그녀의 집에서
열릴 작은 음악회에 오빠뿐만 아니라 그 동생들까지도 초대한다는 초청
장을 보냈던 것이다. 그 결과 존 대시우드 부인은 대시우드 자매를 위해

그녀의 마차를 보내는 큰 불편함뿐 아니라—더욱 괴롭게도—그들을 따뜻하게 대하는 척해야 하는 불쾌감을 겪게 되었다. 게다가 자매가 또다시 자기와 같이 외출하기를 바라지 않는다고 누가 장담할 수 있겠는가? 물론 그들을 실망시키는 힘은 사실 그녀의 손안에 있었다. 하지만 그것으로 충분하지 않았다. 사람들은 자신이 잘못되었다는 걸 알면서도 그렇게 행동하기로 결정할 때 더 나은 것을 기대하는 상대방 때문에 상처를 받기 때문이다.

매리앤은 이제 어느 정도 매일 외출하는 습관에 젖어 있어 가든 안 가든 별로 신경 쓰지 않았다. 하지만 매일 저녁, 비록 어디에서도 재미있을 거라는 기대는 하지 않았지만 조용히 그리고 기계적으로 외출을 준비하였으며, 대부분 마지막 순간까지 목적지도 몰랐다.

또한 의상과 외모에는 완전히 무심해져서 스틸 양의 몸단장에 기울이는 노력에 비해 절반도 안 되었으니, 매리앤과 스틸 양이 동시에 시작하면 5분 만에 매리앤은 치장을 끝냈다.

그 어떤 것도 스틸 양의 자세한 관찰력과 전반적인 호기심을 피할 수는 없었다. 스틸 양은 샅샅이 살펴보았고 꼬치꼬치 물어보았다. 그리하여 매리앤이 가지고 있는 드레스의 가격을 알 때까지 마음을 놓지 않았다. 그 결과 매리앤이 몇 벌의 드레스를 가지고 있는지 정확히 알고 있었고, 헤어질 때쯤에는 일주일에 세탁비가 얼마나 드는지, 일 년에 얼마만큼 자신을 위해 소비하는지 알고 싶어 했다.

더욱이 이런 뻔뻔스러울 정도의 세세한 조사는 일반적으로 칭찬과 함께 끝이 났는데 루시는 선심성 뇌물이라고 생각했다지만 매리앤은 그게 가장 무례하게 느껴졌다. 필시 자기 드레스의 값이나 원단이나 구두 색

깔, 그리고 머리 모양을 꼼꼼히 살펴보고는 '정말 보기 멋져요, 내 장담하는데 틀림없이 남자들의 사랑을 독차지할 거예요.' 라는 등의 말을 할 것이 뻔했기 때문이다.

하지만 오빠의 마차가 도착했다는 말을 듣자 이런 뻔한 칭찬에서 벗어날 수 있어 반가웠다. 마차가 문 앞에 도착하고 5분 만에 아가씨들은 마차에 올랐고—이런 신속함은 올케가 별로 달가워하지 않았는데—초대를 한 부인의 집에 한발 앞서간 올케는 그들의 출발이 늦어져서 자기나 마부에게 폐를 끼치기를 은근히 바라고 있었다.

그날 저녁에는 이렇다 할 만한 사건은 없었다. 다른 음악회와 마찬가지로 그 모임에는 음악에 상당한 조예가 있는 사람들도 많이 왔지만 그보다는 아무 관심이 없는 사람들이 훨씬 더 많았다. 그리고 연주자들은 대개 스스로 평가하거나 가까운 친구들이 평하듯이 잉글랜드에서 개인적으로는 최고의 연주자들이었다.

엘리너는 음악을 남달리 좋아하거나 또 좋아하는 것처럼 보이고 싶지도 않았으므로 가능한 한 그랜드 피아노에서 눈을 멀리하였다. 심지어 하프와 첼로 연주가 진행될 때에도 방 안의 다른 대상을 쳐다보곤 하였다. 이렇게 본론에서 벗어난 시선을 돌리던 엘리너는 젊은 남자들 틈에서 낯익은 사람을 발견했는데 바로 그레이 보석상에서 이쑤시개 통에 대해 일장 연설을 했던 그 사람이었다. 곧 그도 자신을 알아보았다고 느꼈을 때 그가 오빠에게 친숙하게 말을 건넸다. 오빠에게 그 사람이 누군지 물어봐야겠다고 마음먹은 순간 그 둘이 성큼성큼 다가오더니 오빠가 직접 그를 로버트 페라스라고 소개하였다.

그는 여유 있게 예의를 갖추어 그녀에게 인사를 하였고, 머리를 비스듬히 하여 인사를 하는 것을 보고 그때서야 루시가 그를 '대단한 멋쟁이' 라고 했던 것을 이해할 수 있었다. 에드워드를 사랑하는 엘리너의 마음이 그의 좋은 점 때문이라기보다는 그의 혈육이 가진 장점 때문이었다면 그녀에게 참으로 다행이었을 것이다. 왜냐하면 로버트 페라스의 인사는 그의 어머니와 누나의 가벼움에 결정적인 한 방을 더했을 것이 틀림없었기 때문이었다. 형제가 어찌 그리 다를까 의아해하던 엘리너는 빈 속이 자만심으로 가득 찬 한 사람 때문에 겸손과 진지함으로 가득한 다른 사람을 도외시할 수 없다고 생각하였다.

그들이 왜 다른지에 대해서는 로버트가 15분 동안의 대화를 통해서 그녀에게 직접 설명하였다. 자기가 보기에 형이 적합한 사회생활을 하지 못하는 이유는 극도의 수줍음 때문이라고 했다. 참으로 슬픈 일이 아닐 수 없는데 어떤 천성적인 문제라기보다는 불행하게도 사립학교의 교육을 받지 못해서라고 했다. 반면 자신은 형보다 태생적으로 우월한 것은 아니어도 사립학교를 나왔기 때문에 보통의 남자들처럼 그럭저럭 잘 어울린다는 것이었다.

"맹세코 저는 다른 이유는 없다고 믿습니다. 그래서 어머니가 형님 때문에 슬퍼하시면 이렇게 말씀드리고는 하지요. '사랑하는 어머니, 마음을 편하게 잡수셔야 합니다. 불행은 이제 되돌릴 수도 없고, 모두 어머니가 직접 벌이신 일이잖아요. 왜 어머니 소신껏 하시지, 로버트 삼촌의 꼬임에 넘어가 형님에게 가장 중요한 시기에 가정교사에게 보내셨어요? 만약 어머니가 형을 프랫 씨 댁이 아닌 저처럼 웨스트민스터에 보내셨다면 이 모든 일은 사전에 막을 수 있었다고요.' 라고 말입니다. 저는 항상 이런 식으로 생각해왔고, 어머니도 당신의 실수라고 인정하셨습니다."

엘리너는 그의 의견에 반대하지 않았다. 왜냐하면 사립학교의 유리한 점에 대해 자신이 어떻게 생각하건 간에 프랫 씨의 가족과 같이 지냈던 에드워드를 생각하면 어떤 만족도 할 수 없었기 때문이다.

"당신은 데번셔에 사신다고요? 돌리시 근처의 시골집에서요."

이것이 그가 주목한 다음의 화제였다.

엘리너는 위치를 정정해주었다. 그는 돌리시가 아니라 데번셔에 어떻게 사람이 살고 있는지 놀랐다는 듯이 보였다. 그러나 시골집은 진짜 마음에 든다고 말했다.

"저는 코티지를 아주 좋아합니다. 언제나 포근하고 고상한 맛이 있어요. 저도 조금 여유가 있다면 런던 근교에 땅을 좀 사서 시골집을 짓고 언제고 마음 내키면 찾아가서 친구들을 불러모아놓고 즐겁게 살겠다고 말하곤 합니다. 집을 지으려는 사람들에게는 시골집을 지으라고 권하는 편이죠. 제 친구 코트랜드 경이 하루는 제게 조언을 받으러 와서는 보노미가 설계한 도면을 세 가지나 내놓더군요. 저보고 가장 나은 것을 결정해달라고 말입니다. 하지만 전 즉시 그것들을 불쏘시개로 던져버리며 말했지요. '여보게 코트랜드, 이 중에서는 어떤 것도 택하지 말게. 부디 시골집을 짓도록 하게.' 그리고 아마 그렇게 끝났을 겁니다."

"어떤 사람들은 시골집에는 손님이 머물 만한 공간이 부족하다고 생각을 하지요. 하지만 그건 잘못 알고 있는 거예요. 저는 지난달에 다트퍼드 근처에 사는 엘리엇이라는 친구 집에 갔었어요. 엘리엇 부인은 댄스파티를 열고 싶어 했어요. '하지만 어떻게 댄스파티를 열지요?'라고 그녀는 난감해 하더군요. '페라스, 그 방법을 말해주세요. 이 시골집엔 열 쌍이 들어갈 공간이 없어요. 그러니 어디에다 저녁상을 차려야 할까요?' 저는 곧바로 그 정도는 아무런 문제도 안 된다고 말했지요. '엘리엇 부인, 걱정하지 마세요. 식당에는 열여덟 쌍이라도 편히 있을 수 있겠고, 카드 테이블은 거실에 놓으면 되지요. 서재를 개방해서 차와 다른 다과를 즐기면 되고, 저녁은 객실에 차리게 하세요.' 엘리엇 부인은 제 생각에 아주 흡족해했습니다. 우리는 식당을 재보고 정확하게 열여덟 쌍이 들어갈 수 있음을 알게 되었고, 저의 계획에 따라 정확하게 준비되었습니다. 그러니 당신도 아시는 바와 같이 배치만 잘한다면 시골집에서도 얼마든지 여유 있게 즐길 수 있답니다."

엘리너는 그의 의견에 모두 동의하였다. 왜냐하면 굳이 이유를 들면서 반박을 할 가치가 없다고 느꼈기 때문이다.

존 대시우드도 큰누이동생처럼 음악에 별 즐거움을 느끼지 못했기 때문에 그도 마찬가지로 한가로이 다른 데 마음을 기울이고 있었다. 그러다 보니 저녁에 한 가지 생각이 떠올라 집에 돌아와 아내의 동의를 얻기로 했다. 데니슨 부인도 자기 여동생들을 손님으로 착각해서 초대를 한 것이니 제닝스 부인이 집에 없는 동안에 아예 동생들을 초대하는 게 어떻겠느냐는 제안이었다. 비용도 크게 들지 않을 것이고, 큰 불편함도 없을 것이며, 그렇게 하면 아버지와의 약속도 어느 정도 지킨 것이 될 거라고 말했다. 패니는 그 제안에 펄쩍 뛰었다.

"미들턴 부인에게 폐를 끼치지 않고 어떻게 그런 일을 할 수 있을지 모르겠어요. 아가씨들은 부인과 매일 같이 지내잖아요. 그것만 아니면 저도 그렇게 하면 정말로 기쁘겠어요. 당신도 알다시피 오늘밤에도 파티에 데려간 것처럼 전 아가씨들을 위해서라면 제가 할 수 있는 건 어떤 것도 할 준비가 되어 있단 말이에요. 하지만 아가씨들은 미들턴 부인의 손님이에요. 어떻게 제가 아가씨들을 그 부인 곁에서 떨어지도록 할 수 있겠어요?”

남편은 풀이 죽긴 했지만 아내의 반대를 수긍하지 않았다.

“동생들이 콘듀잇 가에서 이미 일주일이나 머물렀으니 우리처럼 가까운 친척에게서 같은 기간 동안 머문다 해도 미들턴 부인은 불쾌하게 여기지 않을 것이오.”

패니는 잠시 멈추었다가 다시 생기를 얻은 듯 말을 하였다.

“여보, 저도 가능했다면 진심으로 아가씨들을 초청했을 거예요. 하지만 전 스틸 자매에게 우리와 같이 며칠 지내자고 초청하려던 참이었어요. 그 아가씨들은 행실이 훌륭하고 착하잖아요. 그리고 그 아가씨들의 삼촌이 에드워드에게 큰 도움을 주었던 만큼 우리도 관심을 갖는 것이 마땅하다고 전 생각해요. 당신의 동생들이야 언제라도 초대할 수 있잖아요? 하지만 스틸 자매는 런던에 더 오래 있지 않을 거예요. 당신도 좋아할 거라고 믿어요. 아니, 이미 좋아하고 있잖아요, 어머니도 그렇고. 그리고 우리 해리가 그 아가씨들을 얼마나 좋아하는데요!”

대시우드는 곧 아내의 말에 솔깃해졌다. 스틸 자매를 빨리 초대해야겠다는 필요성과 함께 누이들은 다음 해에 초대하면 되겠다고 결론을 내리자 그의 양심도 평온해졌다. 그러나 그와 동시에 다음 해에도 초대할 필요가 없겠다는 교활한 생각도 들었다. 엘리너는 브랜든 대령의 아내로, 매리앤은 그들의 손님으로 올 테니까 말이다.

패니는 무사히 빠져나갈 수 있어서 기뻤다. 언제든 위기를 모면할 수 있는 자신의 순발력에 뿌듯했다. 다음 날 아침 그녀는 루시에게 미들턴 부인이 보내주는 대로 할리 가에서 며칠 동안 묵으라는 초청장을 보냈다. 루시는 그 편지를 받고 말할 수 없이 행복해했다.

존 대시우드 부인이 자기편에 서서 자신의 모든 희망이 이루어지도록 빌어주며 자신의 생각을 진행시켜주는 것 같았다. 무엇보다도 에드워드와 그의 가족과 함께 지낼 수 있는 기회가 왔으니 그런 초대가 얼마나 기뻤으랴! 그것은 아무리 감사를 해도 부족하지 않고, 아무리 빠르게 이용한다 해도 성급하지 않은 호의였다. 그리고 미들턴 부인과 함께 머무르는 기간도 미리 결정된 것은 아니었지만 이틀 안에 마무리 짓기로 했었다는 잠정적인 결정이 급하게 떠올랐다.

도착한 지 10분도 채 안 되어 그 편지는 엘리너에게 전달되었다. 엘리너는 처음으로 루시의 기대를 어느 정도 공감할 수 있었다. 서로를 안 지 얼마 안 되었는데도 그렇게 유달리 친절을 베푸는 것은 자신을 생각하는 마음이 단순한 적대감이 아니라는 생각이 솟구쳐 올랐으며, 루시의 말재주가 시간에 따라 거듭되면 루시가 원하는 모든 것이 이루어질 것만 같았다.

그녀의 아부는 이미 미들턴 부인의 자만심을 구워삶았고, 존 대시우드 부인의 닫힌 마음에도 파고들었다. 그리고 이들은 더 큰 가능성의 문을 열어놓는 결과를 가져왔다.

스틸 자매는 곧 할리 가로 옮겨갔으며, 그곳으로부터 들려오는 그들의 영향력은 이 일에 대한 그녀의 기대를 더 확실하게 만들었다. 그들을 방문했던 존 경은 자매가 얼마나 후한 대접을 받고 있는지 매우 놀랄 정도라는 소식을 가져왔다. 존 대시우드 부인은 젊은 아가씨들과 함께 있는 지금처럼 행복했던 적이 결코 없었으며, 그래서 자매에게 어떤 이주민이 만든 바늘겨레를 주었고, 루시를 세례명으로만 불렀으며, 자신이 그들과 헤어져서 살 수 있을지 의문이라 했다고 전했다.

제 37 장

파머 부인은 출산한 지 두 주일이 끝나갈 무렵에는 상태가 아주 좋아졌다. 그래서 친정어머니는 더 이상 돌보지 않아도 된다고 판단하고 하루에 한두 번 방문하는 것으로 만족하였다. 그리하여 자신의 집과 생활로 되돌아왔는데 대시우드 자매 역시 이전의 역할로 다시 돌아갈 준비가 되어 있었다.

그들이 버클리 가에 다시 머무르게 된 지 사나흘째 될 무렵, 여느 때처럼 딸을 보러 갔던 제닝스 부인이 돌아왔다. 거실에는 엘리너 혼자 앉아 있었는데, 부인이 몹시 서두르는 것을 보고는 뭔가 놀라운 이야기가 있다는 것을 눈치 챘다. 그런 생각을 하기가 무섭게 부인은 곧바로 그것을 입증하듯 말을 꺼냈다.

"세상에, 대시우드 양! 그 소식 들었어요?"

"무슨 소식을 말씀하시는 건가요?"

"아주 뜻밖의 일이야! 하지만 모두 얘기해주리다. 파머 씨 댁에 가보니 샬럿이 아기 때문에 야단스럽게 떠들고 있지 뭐야. 아이가 울고불고 떼를 쓰며 온몸에 발진이 났으니 샬럿은 아이가 많이 아프다고 생각한 거지요. 그래서 내가 직접 그 아이를 살펴보았지요. 그러고는 '오오! 애야, 이건 신생아한테서 흔히 볼 수 있는 땀띠일 뿐이야.'라고 말해주었고, 유모도 같은 말을 했지요. 하지만 샬럿은 마음이 놓이지 않았는지 곧 도너번 씨를 불러오라고 하지 뭐유. 다행히도 그는 할리 가에서 막 돌아온 참이었기에 바로 발길을 돌려 달려왔더군. 그는 아기를 보자마자 우리가 말한 대로 땀띠가 난 거니까 걱정하지 말라고 하더군요. 그때서야 샬럿은 마음을 놓는 눈치였지요. 그런데 그가 막 나가려고 하는 순간이었어요. 나는 어떻게 그런 생각을 하게 되었는지 모르지만, 문득 뭔가 새로운 소식은 없느냐고 물어보아야겠다는 생각이 들더라고요. 그 물음에 그는 능글맞게 웃더니 심각한 표정을 짓더군요. 뭔가를 알고 있는 눈치였지요. 잠시 후 드디어 그가 낮은 소리로 속삭이더군요. ‘당신의 보호를 받고 있는 젊은 아가씨들이 들으면 신경이 쓰일 테니 놀랄 만한 일이 없다고 말하는 것이 바람직하겠군요. 그저 존 대시우드 부인께서 얼른 쾌차하시길 바랄 뿐입니다.’ 하고 말이에요.”

“그럼, 패니가 아픈가요?”

엘리너가 놀라 물었다.

“그 말이 바로 내가 한 말이랍니다. 나는 ‘어머! 존 대시우드 부인이 편찮으신가요?’ 하고 물었어요. 그러자 그 얘기가 나온 거랍니다. 내가 아는 선에서는 그 문제는 이랬던 것 같아요. 에드워드 페라스 씨라고, 아가씨와 연관 지어서 내가 늘 농담하곤 했던 그 젊은이 있잖아요. 허나 밝혀진 대로 대시우드 양과 아무 사이도 아니라니, 천만다행이지 뭐예요. 바로 그 젊은이가 내 조카 루시와 일 년 이상 약혼한 상태였다는 거야! 세상에, 그런 일도 있었다는군요! 게다가 그 일에 대해서는 낸시 말고는 아무도 모르고 있었다니 나 참, 기가 막혀서……. 그런 일이 가능하다고 믿을 수 있겠어요? 그들이 서로 좋아한다는 건 그리 놀라운 일이 아니지만, 일이 그렇게 될 때까지 아무도 눈치 채지 못했다니 말이에요. 참 이상하지! 나는 그들이 함께 있는 걸 본 적이 없어요. 그렇지 않았다면 분명히 내가 낌새를 알아차렸을 텐데. 게다가 페라스 부인이 무서워 비밀로 해왔다니, 부인도 아가씨의 오빠나 올케도 의심하지 않았던 거지요.

오늘 아침에서야 아가씨도 알다시피 마음씨는 착하지만 영리하지 못한 낸시가 그 일을 다 실토해버린 거지요. 낸시는 혼자 이렇게 생각했겠지요. '그래! 모두들 이렇게 루시를 좋아하니까 분명히 크게 반대하지는 않을 거야.' 그러고는 무슨 일이 생길지 의심도 하지 않은 채 양탄자를 짜고 있는 당신 올케에게 갔다는 거예요. 올케는 오 분 전만 해도 에드워드와 어떤 영주의 딸이라나? 누구인지 이름은 잊었네요. 아무튼 어떤 아가씨와 중매를 하려고 아가씨 오빠와 얘기를 나누었다고 하니까요. 그러니 낸시가 그런 말을 했을 때 당신 올케의 허영심과 자만심에 얼마나 큰 충격이었을지 상상할 수 있을 거예요.

당신 올케가 곧바로 격렬한 히스테리 증세에 빠져 어찌나 소리를 크게 질렀던지 시골집 지배인에게 편지를 쓰려고 아래층에 있었던 대시우드 씨의 귀에까지 들렸다는군요. 그래서 그가 곧장 달려왔고, 무슨 일이 생겼는지 꿈에도 생각 못 한 루시도 마침 그곳에 들어와 끔찍한 장면이 벌어졌다고 해요. 불쌍한 아가씨 같으니라고! 참 가여운 아가씨야. 너무 심하게들 대한 거 같거든요. 왜냐하면 당신 올케가 너무 역정을 내며 꾸짖어서 곧 졸도를 해버렸다지 뭐예요. 낸시는 그녀 앞에 무릎을 꿇고 서럽게 엉엉 울었다고 해요. 그리고 아가씨 오빠는 그 방을 왔다갔다하면서 어떻게 해야 할지 모르겠다고 했고요.

존 대시우드 부인은 자매에게 일 분도 더 머물지 말고 당장 나가라고 소리쳤고, 아가씨 오빠 역시 무릎을 꿇고는 그들이 옷가지를 챙길 때까지라도 머물게 해달라고 아내를 설득했대요. 그러자 그녀는 다시 히스테리 증세에 빠져들었고, 무슨 일이라도 날까 봐 놀란 대시우드 씨가 도너번 씨를 불렀기에 그 집안에 이런 야단법석이 난 줄 알게 된 거지요.

　순식간에 마차가 나의 불쌍한 조카들을 태우기 위해 문 앞에 대기하였고, 도너번 씨가 진료를 마치고 떠날 무렵에 그 아이들이 마차에 오르는 걸 봤다고 해요. 불쌍한 루시는 제대로 걷지도 못했고, 낸시도 루시 만큼이나 상태가 아주 안 좋았다고 하더라고요.

　나는 아가씨의 올케를 도저히 참을 수가 없어요. 그래서 말인데, 진심으로 아가씨 올케가 반대한다고 해도 그 결혼이 성사되었으면 좋겠어요. 세상에! 가엾은 에드워드가 이 모든 이야기를 들으면 얼마나 기가 막힐까! 그의 사랑을 얻기 위해서 그토록 경멸을 당하다니! 그가 루시를 엄청나게 좋아한다는 말이 들리거든요. 나는 그가 사랑에 깊이 빠져 있다 해도 놀라지 않을 거야. 그리고 도너번 씨도 똑같은 생각이라우. 도너번 씨와 충분히 이야기를 나누어봤는데 가장 좋은 방법은 도너번 씨가 다시 할리 가로 돌아가는 거라고 하더군요. 왜냐하면 페라스 부인이 이 이야기를 들었을 때를 대비해 부르면 금방 달려갈 수 있는 곳이어야 하니까요. 내 조카들이 그 집을 떠날 때 페라스 부인을 부르러 사람을 보냈고, 페라스 부인 역시 졸도할 게 뻔하니까요. 내가 알 바는 아니지만 말이에요.

　그들 중 어느 쪽도 나는 동정하지 않아요. 돈과 명예 때문에 사람들이 그런 법석을 떤다니, 생각하기도 싫군요. 도대체 에드워드 씨와 루시가 결혼하지 못할 이유가 어디에 있다는 건지, 원! 페라스 부인이 아들을 도와줄 충분한 여유가 있는데도 말이에요. 루시가 몸밖에는 가진 게 아무것도 없다지만 그 누구보다 일을 잘 처리하는데 말이지요. 아마 페라스 부인이 그에게 일 년에 오백 파운드만 내준다면 그녀는 팔백 파운드를 가진 다른 사람보다 훨씬 더 잘 꾸려갈 걸요! 그들이 아가씨의 시골집과 같은 집이거나 아니면 조금 큰 곳에서 하녀 둘에 하인 둘 정도만 데리고 살면 얼마나 아늑하니 좋겠어요. 하녀라면 나도 한 명 구해줄 수 있어요. 내가 데리고 있는 베티의 여동생이 일자리를 찾는 중이라 아주 딱이거든요.”

여기에서 제닝스 부인은 말을 끝냈다. 엘리너는 긴 이야기를 듣는 동안 충분한 생각을 할 수 있었으므로 그런 이야기 뒤에 의당 나올 법한 대답을 할 수 있었다. 엘리너는 자기가 그들과 어떤 특별한 관련이 있다고 의심받지 않는 것이 기뻤다. 또한 최근까지도 제닝스 부인이 자기가 에드워드를 사랑하고 있다고 믿었던 것을 그만두게 된 것도 다행이었다. 그리고 무엇보다 다행인 것은 매리앤이 없기 때문에 난처하지 않게 그 일에 대해 말할 수 있었고, 그 일과 관련된 모든 사람의 행동에 대해서도 공정하게 자신의 판단을 제시할 수 있었다.

엘리너는 실제로 그 사건에 대해 자신이 무슨 기대를 했었는지를 거의 판단할 수 없었다. 결국에는 에드워드와 루시가 헤어지는 것 말고는 다른 방법이 없다는 생각을 몰아내려고 애쓰긴 했지만 말이다. 페라스 부인이 어떻게 말하고 행동하느냐는 충분히 짐작할 수 있었음에도 직접 듣고 싶었다. 그리고 에드워드가 과연 어떻게 나올 것인지 더욱 궁금했다. 그를 떠올리자 안쓰러워 견딜 수 없었다. 루시에게는 아주 잠깐 연민이 느껴졌지만, 동정심은 아니었다. 그리고 나머지 사람들에게는 어떠한 감정도 들지 않았다.

제닝스 부인이 다른 주제에 대해서는 이야기할 것 같지 않았으므로 매리앤이 모든 것을 알게 되기 전에 미리 얘기를 해야 할 것 같았다. 진실이 무엇인지 동생에게 알려주어 다른 사람에게서 그 이야기를 듣는다 해도 언니에게 배신감을 느끼지 않도록, 또한 에드워드에게 분노를 느끼지 않도록 하려면 시간이 없었다.

엘리너는 고통스러웠다. 그녀는 지금 동생에게 큰 위안이 되고 있다는 것을 잘 알면서도 동생의 믿음을 무너뜨려야 하다니……. 즉 에드워드에게 그런 일이 있었다고 자세하게 알려주는 것은 매리앤이 갖고 있던 그에 대한 좋은 인상에 영원히 오점을 남길 것이다. 그리고 비슷한 상황으로 인해 매리앤의 상상력을 자극해 자신이 느꼈던 실연의 고통을 다시 느끼게 될지도 모를 일이었다. 분명 달갑지 않은 일이나 꼭 해야 할 일이었으므로 엘리너는 서둘렀다.

그녀는 자기감정에 입각하거나 상당한 고통을 받았다고 말하기보다는 처음 에드워드의 약혼을 알고 나서부터 쭉 유지해 왔던 자제력이 매리앤에게도 충분히 가능하다는 암시를 주었다. 그녀의 이야기는 분명하고 간단했다. 비록 아무런 감정 없이 이야기할 수는 없었지만 격렬한 동요나 비탄이 따르지는 않았다. 오히려 듣는 매리앤이 충격에 휩싸여 울먹였다. 엘리너는 동생 못지않게 슬펐지만 동생을 위로하려고 했다. 그리고 자신은 이제 아무렇지도 않다고 거듭 말하면서 경솔한 모든 책임으로부터 에드워드를 변호해주기 바빴다.

하지만 한동안 매리앤은 아무것도 믿으려고 하지 않았다. 에드워드가 제2의 윌로비처럼 보였고, 언니가 진심으로 그를 사랑했다면 어떻게 그녀 자신보다 고통스럽지 않을 수 있겠는가! 루시 스틸이라면 성격이 별로라서 분별력 있는 남자의 관심 같은 것은 절대로 받을 수 없는 여자로 생각했기 때문에 처음에는 에드워드가 그녀를 사랑했다는 것을 믿을 수 없었고, 나중에는 도저히 용서할 수가 없었다. 매리앤은 그런 일이 있을 수 있다는 것조차 인정하려 하지 않았다. 그래서 엘리너는 인간에 대해 더 많이 알게 되면 자연스레 이해할 수 있을 거라고 생각하여 내버려두었다.

엘리너의 첫마디는 약혼한 사실과 약혼 기간을 말하는 것 이상으로 더 진척되지는 않았다. 말을 듣자마자 매리앤의 감정이 북받쳐 올라 이야기의 자초지종을 설명할 수가 없었던 것이다. 잠시 동안 할 수 있는 것이라고는 고작 동생의 고통을 위로하고, 놀라움을 진정시키고, 분노를 가라앉히는 일이었다. 매리앤의 첫 질문이 시작되고 나서야 이야기는 진척을 보였다.

"언니는 이런 사실을 언제부터 알고 있었던 거야? 그가 언니한테 편지를 썼어?"

"알게 된 지는 넉 달 되었어. 루시가 지난 십일월에 처음으로 바턴 파크에 왔을 때 비밀이라면서 약혼 이야기를 해주더구나."

이 말에 놀란 매리앤은 눈을 동그랗게 뜨고 입을 다물지도 못했다. 잠시 멍하니 있더니 다그쳤다.

"넉 달이라고! 넉 달 전부터 알고 있었단 말이야?"

엘리너는 그렇다고 했다.

"설마! 내가 슬픔에 잠겨 있는 동안 언니의 마음속에는 이런 일이 있었단 말이야? 난 언니가 행복한 사람이라고 비난하기까지 했는데!"

"좋지 않은 상황을 너까지 알 필요는 없다고 생각했거든!"

"넉 달이라니! 그토록 평온하게, 그렇게 명랑하게! 도대체 어떻게 버틴 거야?"

"해야 할 일을 한다고 생각했을 뿐이야. 루시와 약속했기 때문에 비밀을 지킬 수밖에 없었어. 사실이 어떤지 단서가 될 만한 것을 피하는 것이 그녀를 위해 내가 할 일이었고. 그리고 가능한 한 내 문제로 가족과 친구들에게 걱정을 끼치고 싶지는 않았단다."

매리앤은 무척 감동하는 것 같았다.

"가끔 너와 어머니에게는 솔직하고 싶었어. 그리고 한두 번 그걸 시도했었지. 하지만 약속을 어기지 않고는 설명할 도리가 없겠더구나."

"세상에, 넉 달 동안이나……. 언니는 그를 사랑했어!"

"그래. 하지만 나는 그만을 사랑하지는 않아. 그리고 다른 사람들의 편안함도 나에게는 소중하니까 내가 어떤 감정이었는지를 알리지 않았어. 지금은 아무런 동요 없이 편하게 생각하고 말할 수 있게 되어서 기쁘단다. 나 때문에 네가 고통 받지 않았으면 좋겠다. 난 정말로 아무렇지도 않거든. 내게 힘을 주는 건 많아. 내가 경솔하게 행동해서 이렇게 된 게 아니니까 마음에 부담도 없고. 그래서 절망감에 빠지지 않으면서 견뎌낼 수 있었지. 처음부터 에드워드 씨가 잘못 행동한 것은 없었어. 나는 그가 행복해졌으면 좋겠어. 그분은 의무에 충실한 분이니까 모든 게 잘될 거라고 생각해. 지금이야 어떤 후회를 한다 하더라도 결국에는 잘될 거야. 루시도 분별력이 그리 없는 편은 아니니까 좋은 일들이 이루어질 거야. 어쨌든 매리앤, 사랑은 일편단심이라는 말이 멋져 보이고, 행복이 어떤 특정한 사람에게 달렸다는 말이 일리가 있기는 해도 꼭 그래야만 한다는 건 글쎄다, 맞지도 않는 말이고 가능하지도 않는 일이야. 에드워드 씨는 루시와 결혼할 거야. 외모든 이해력이든 절반 수준은 넘는 여성과 결혼하는 셈이지. 시간이 흘러 살다 보면 그녀보다 우월한 다른 사람이 있었다는 생각은 잊게 되겠지."

"언니의 사고방식이 그렇다면, 소중한 것을 잃어버려도 그렇게 쉽게 다른 것으로 대신할 수 있다면 언니의 결단력과 자제력은 그리 놀랄 만한 것이 아니었나 봐. 그 정도라면 나도 이해하고도 남는 일이니까."

"너를 이해해. 너는 내가 그렇게 괴로워하지도 않았을 거라고 생각하겠지. 지난 넉 달 동안 매리앤, 나는 단 한 사람에게도 마음 놓고 그 일을 이야기하지 못하고 이렇게 마음속에만 담아 두고 있었어. 적어도 네가 이 일을 받아들일 준비가 되지 않았기 때문에 언제라도 말을 하게 되면 너와 어머니에게 큰 고통만 줄 게 뻔하니까…….

나보다 먼저 약혼을 해서 내 미래를 암울하게 만든 바로 그 장본인인 그녀가 내게 말해주었어. 거의 강제적인 방법이었지. 내가 생각했던 대로 아주 의기양양하게 말했어. 그래서 그녀가 어떤 의심이라도 할까 봐 내가 가장 깊이 관심을 가지고 있었던 문제에 대해 나는 무관심한 척해야 했단다. 그리고 그 일은 한번만이 아니었어. 나는 계속해서 그녀의 희망과 노력에 관한 이야기를 들어야 했지. 나는 에드워드 씨와 헤어져야 한다는 걸 알고 있었어. 그런 관계가 지속되지 못하게 바랄 수 있는 어떤 정황도 듣지 못한 채 말이야.

그가 별볼일없는 사람이라는 걸 느끼게 해주는 것은 아무것도 없었어. 그 어떤 것도 그가 내게 무관심하다는 것을 증명하지 못했고……. 나는 패니의 불친절과 그 어머니의 오만함에 그냥 당하고만 있어야 했고, 사랑의 좋은 점을 즐기지도 못한 채 그 사랑에 대한 벌로 고통을 받았지. 그러더니 이 모든 것이 한꺼번에 닥치더구나. 너도 잘 알다시피 그때는 나만 불행한 게 아니었어. 내가 감정을 느낄 수 있다고 생각한다면, 내가 얼마나 고통스러웠는지 너도 알 거야. 내가 이 문제를 생각하면서도 지금껏 침착하고 편안할 수 있었던 것은 끊임없는, 그리고 고통스런 노력의 결과였어. 저절로 생긴 것이 아니란 말이야. 처음부터 내 기분이 편안할 수는 없었어. 아니야, 매리앤. 그때 만약 내가 침묵하지 않았더라면, 이성을 잃고 제일 친한 친구들에게조차도 내가 아주 불행한 상태였음을 낱낱이 드러냈을 거야."

매리앤은 매우 차분했다.

"아, 엘리너 언니, 언니는 내 자신을 영원히 미워하게 만들었어. 내가 언니한테 정말 잔인하게 굴었구나! 언니야말로 유일하게 나에게 위안이 되어 준 사람, 내 모든 비참함 속에서도 다시 일어날 수 있게 한 사람, 나를 위해 고통을 속으로 삼킨 사람인데……. 그 고마움을 이렇게밖에 표현 못하다니! 이게 내가 언니에게 할 수 있는 유일한 보답이라니……. 언니의 장점이 나를 향해 달려오니까 내가 괜히 떼를 써본 거야."

이렇게 말한 뒤 매리앤은 언니를 꼭 끌어안았다. 동생이 이런 마음 상태였기 때문에 엘리너는 필요한 약속을 별로 어렵지 않게 얻어낼 수 있었다. 그리고 그녀의 요청에 따라 매리앤은 그 일을 말할 때 아무에게도 고통스런 표정을 보이지 않을 것과 루시를 만나서도—아무리 루시가 싫어졌다 해도—절대로 티내지 않기로, 그리고 혹시라도 같이 만나게 되면 에드워드에게도 평소처럼 다정다감하게 대하기로 약속했다. 매리앤으로서는 대단한 양보였다. 그녀는 자기가 상처를 입혔다고 생각하는 경우에는 어떤 보상도 마다하지 않았다. 그리하여 감탄할 정도로 약속을 잘 지켜냈다. 그녀는 제닝스 부인이 그 이야기를 할 때에도 한결같은 표정으로 자리를 지켰으며, 어떤 말에도 반대의견을 내세우지 않았다. 그저 "네, 부인."이라고 세 번 말했을 뿐이었다. 제닝스 부인이 루시에 대해 칭찬할 때에도 단지 의자를 이쪽에서 저쪽으로 옮겨 앉았을 뿐이며, 에드워드의 사랑에 대해 말했을 때에는 목청을 한번 가다듬었을 뿐이었다.

다음 날 아침, 자매에겐 더욱 고된 시련이 닥쳐왔다. 오빠가 그 엄청난 사건과 아내의 소식을 전해주기 위해 매우 심각한 얼굴로 찾아왔던 것이다.

"너도 어제 우리 집에서 일어난 충격적인 사건에 대해 들었을 거라 생각한다."

그는 앉자마자 매우 엄숙하게 말했다. 자매는 그렇다는 표정을 지어보였다. 말로 하기에는 너무나 끔찍한 것처럼 보였다.

"너희 올케가 엄청난 고통을 겪었다. 장모님 역시 그랬지. 간단히 말해 얽히고설킨 고통의 연속이었단다. 하지만 나는 그 폭풍이 우리들 중 누구에게도 고통을 주지 않고 가라앉길 바랄 뿐이다. 불쌍한 패니! 그녀는 어제 온종일 히스테리 증세에 빠져 있었단다. 하지만 너무 놀라지는 마라. 도너번 선생이 너무 염려할 건 없다고 하시는구나. 패니는 체력이 강하고 강단이 있어 무엇이든지 해낼 수 있지. 천사의 강인한 의지로 모든 것을 잘 이겨냈단다. 앞으로는 결단코 어떤 사람이든 좋게 생각하지 않겠다더구나. 그렇게 속았으니 당연한 일이기도 하지! 그렇게 친절히 대해주고 그토록 믿었더니만 배은망덕도 유분수지. 젊은 아가씨들을 집으로 초대한 네 올케의 자애로운 마음을 배반한 게 아니고 뭐겠니? 그 아가씨들이 아무 해도 끼치지 않을 것 같았고, 행실도 바르게 보여서 기꺼이 친해지려고 했던 건데 말이다. 그렇지 않았다면 우리 부부는 너와 매리앤을 초대하고 싶었단 말이다. 너희를 초대한 친절한 부인이 따님을 보살피는 동안 말이다. 그랬더니 이렇게 보상받는구나! '정말이지 그 아가씨들 대신에 당신의 누이들을 초대했어야 해요.' 라고 불쌍한 패니가 따뜻하게 말을 하더구나."

그는 여기에서 감사하다는 인사를 듣기 위해 멈추었고, 그 말을 들은 후에야 다시 계속했다.

"먼저 패니가 그 사실을 털어놓았을 때 불쌍한 장모님이 겪은 고통은 말로 표현할 수 없을 정도였단다. 아들을 진심으로 사랑하는 마음으로 그에게 적합한 짝을 맺어주려고 구상하고 있었는데 그 사이에 다른 사람과 비밀리에 약혼을 했다니, 그걸 상상이나 할 수 있었겠니? 절대로, 그런 의심은 꿈에라도 못 하셨을 거야! 설사 다른 데서 약혼을 했다 해도 상대가 그쪽이라고는 절대 의심하지 못했을 거란다. '그 점에 관한 한, 안심하고 있었지.' 라고 말씀하시더구나. 장모님은 매우 괴로워하셨어. 우린 앞으로 어떻게 해야 할지 함께 상의하였고, 드디어 그분은 에드워드를 불러오라고 하셨어. 그래서 처남이 왔지. 하지만 그 다음에 이어진 일을 내 입으로 말하자니 좀 그렇구나. 장모님이 파혼하라고 처남에게 말한 건 물거품이 되었지. 너희가 충분히 예상하겠지만 내 설득도, 패니의 간청도 역시 아무 도움이 못 되었단다. 의무, 애정 따위는 모두 무시되었어. 나는 처남이 그렇게 고지식하고 무자비한 사람인 줄은 미처 몰랐단다.

장모님은 그에게 몰턴 양과 결혼을 할 경우를 대비한 후한 계획을 설명하셨지. 일 년에 천 파운드는 족히 들어올, 토지세가 없는 노르폭 부지에 정착시키겠다고 말이다. 일이 점점 절망적으로 흘러가자 천이백 파운드까지 만들어주겠다고 말씀하셨지. 그리고는 이와 반대로, 그래도 그가 이 구차한 관계를 고집한다면 결혼해서도 가난에서 헤어나기 힘들 거라고 상기시켰지. 그가 가진 이천 파운드가 그가 갖게 될 전 재산이라고 으름장을 놓으셨단다. 다시는 그를 안 보겠다고 하시면서 그에게 털끝만큼의 도움도 주지 않을 작정이므로 만약 그가 생활에 보탬이 되려고 일을 구하기라도 하면 무슨 수를 써서라도 일을 잡지 못하게 만들 거라고 무섭게 몰아붙이시더구나."

여기에서 분노가 절정에 달한 매리앤은 손뼉을 탁 치며 소리쳤다.

"맙소사! 세상에 어떻게 그럴 수 있지!"

"매리앤, 네가 그렇게 놀라는 것도 무리는 아니다. 그렇게 설득했는데도 완고하게 저항하다니, 놀랄 만하지?"

매리앤은 말대꾸를 하려고 하다가 언니와 한 약속을 기억하고는 꾹 참기로 하였다.

"그러나 이 모든 것은 헛된 수고였다. 에드워드는 거의 말을 하지 않았지만 그래도 그의 말에는 단호함이 서려 있더구나. 그 무엇으로도 그에게 약혼을 포기하도록 설득할 수 없을 거야. 그는 어떤 대가를 치르더라도 맞서 나갈 기세였어."

"그렇다면 그는 정직한 사람처럼 행동해왔군요! 용서하세요, 대시우드 씨. 하지만 만약 그가 다르게 행동했더라면 나는 그를 파렴치한이라고 생각했을 거예요. 당신은 물론이고 나도 그 일에 약간 관계가 있잖아요. 루시 스틸은 내 조카니까요. 나는 세상에 그 애보다 더 참한 신붓감은 없으며, 충분히 훌륭한 남편을 얻을 수 있다고 생각하거든요."

제닝스 부인이 더 이상 침묵을 지키지 못하고 퉁명스럽게 소리쳤다.

존 대시우드는 매우 놀랐다. 하지만 그는 웬만해서 화를 내지 않는 성격이었고, 누구의 감정도 상하게 하지 않았는데 특히 재산이 많은 사람에게는 더욱 그랬다. 그래서 조금도 언짢은 기색 없이 대답하였다.

"제가 부인과 어떤 관계가 있는 사람을 모욕하려고 했던 것은 절대로 아닙니다. 루시 스틸 양은 아주 훌륭한 신붓감이라고 말씀드릴 수 있지요. 하지만 지금의 경우라면 부인께서 알다시피 둘이 이루어지는 것은 불가능하다고 봅니다. 그리고 루시 스틸 양의 삼촌한테서 사숙(私塾)을 받고 있는 젊은 남자, 특히 페라스 부인처럼 많은 재산을 가진 사람의 아들과 비밀 약혼을 했다는 것은 보통일이 아니지요. 간단히 말씀드려 저는 부인께서 각별한 관심을 가지고 계신 어떤 사람의 행동을 두고 말씀드리는 게 아닙니다, 제닝스 부인. 우리는 모두 그녀가 아주 행복하기를 바라며, 페라스 부인의 행동이 시종일관 매우 양심적인 것으로서 아무 이의 없이 좋은 어머니로 생각할 것입니다. 고귀하고 관대하게 대처하신 거지요. 에드워드는 제 몫의 제비를 뽑았는데, 저는 그것이 나쁜 패가 되지 않을까 걱정입니다."

매리앤은 한숨을 쉬며 비슷한 염려를 토로하였으며, 엘리너의 마음은 그럴 만한 여자도 아닌데 어머니의 위협에 용감하게 맞서는 에드워드가 안타까워서 가슴이 찢어지는 듯했다.

"음, 그렇다면…… 결론은 어떻게 났나요?"

제닝스 부인이 물었다.

"말씀드리기 안타깝습니다만 가장 불행한 결론이라고 해야겠습니다. 에드워드는 영원히 어머니의 눈 밖에 나버렸습니다. 그는 어제 집을 나가서 어디로 갔는지, 시내에 있는지 모르겠습니다. 물론 어디에 물어볼 수도 없는 상황이고요."

"불쌍한 젊은이 같으니라구! 이제 그는 어떻게 되는 거죠?"

"그러게 말입니다, 부인. 생각하면 참으로 우울한 일이지요. 풍족하게 살 수 있는 미래가 있었는데 말입니다. 이보다 더 한탄할 만한 상황이 있을까요? 이천 파운드의 이자, 한 남자가 어떻게 그것으로 살아갈 수 있을지! 게다가 어리석게만 굴지 않았다면 삼 개월 내에 몰턴 양이 삼만 파운드를 가져오니까 일 년에 이천오백 파운드를 받을 수 있었는데, 이보다 더 비참한 상태가 있다고는 상상도 할 수 없겠습니다. 우리는 모두 그를 동정해야 합니다. 게다가 우리 힘으로는 전혀 도와줄 수 없는 일이니 더욱 그렇고요."

"정말 불쌍한 젊은이로군요! 만약 우리 집에 머문다면 기꺼이 숙식을 제공하며 환영할 것입니다. 그를 만날 수 있다면 그렇게 말할 거예요. 그가 하숙집이나 여관에서 돈을 낭비하며 산다는 것은 옳지 않아요."

제닝스 부인이 외쳤다.

부인의 그런 모습이 매우 웃기긴 했지만 엘리너는 에드워드에게 친절을 베풀겠다는 그 마음에 깊이 감사했다.

"처남이 주변 사람들의 선의를 잘 받아들였더라면 지금쯤 제 위치를 찾아서 아무 걱정도 없을 거예요. 하지만 사정이 이러니 현재로서는 그를 도와줄 수가 없게 되었습니다. 그리고 엎친 데 덮친 격으로 좋지 않은 일이 터지고 말았습니다. 장모님이 하는 데까지 해보자고 작정하신 거지요. 큰처남에게 물려주려고 했던 토지를 몽땅 작은처남에게 주기로 결정하셨습니다. 오늘 아침 장모님이 변호사와 함께 그 이야기를 하는 것을 듣고 나왔습니다."

"저런! 부인이 그런 식으로 아들에게 복수를 하다니……. 하기야 사람들은 저마다 분풀이하는 방법이 다르지요. 하지만 나라면 한 아들이 속을 썩였다고 해서 다른 아들에게 몰아주지는 않을 것 같은데 말이에요."

제닝스 부인이 놀랍다는 듯이 말했다.

매리앤은 일어나서 방 안을 이리저리 걸어다녔다. 존이 말했다.

"자신의 몫이었던 땅이 동생에게 고스란히 넘어가는 것을 보는 심정이야 오죽하겠습니까? 불쌍한 에드워드! 큰처남이 정말 안쓰러워요."

그는 몇 분 더 이런 느낌을 토로하다가 방문을 마치고 돌아갔다. 가면서 누이들에게 패니의 병세는 전혀 위험한 것이 아니니 크게 신경 쓸 필요 없다고 여러 번 확인을 시켰다. 남은 세 숙녀는 이 상황에 대해서, 페라스 부인과 대시우드 부부, 에드워드의 행동에 대해 모두 같은 의견을 갖고 있었다.

그가 방을 나가자마자 매리앤의 분노는 폭발했다. 엘리너가 보기에도 자제시키기에는 너무 격렬해 불가능하였고, 제닝스 부인의 입장에서는 굳이 말릴 필요가 없었기 때문에 세 사람은 입을 모아 그 사람들에 대해 열띤 비평을 하였다.

제 38 장

제닝스 부인은 에드워드의 행동을 매우 칭찬하였으나 그 참된 가치를 이해한 사람은 엘리너와 매리앤뿐이었다. 그들만이 그가 꼭 거역해야 할 이유가 없었다는 것을, 친지와 재산을 잃은 뒤 얻을 수 있는 위안이란 올바른 행동을 하고 있다는 의식 외에는 없다는 것을 알고 있었다.

엘리너는 그의 고결함을 높이 샀으며, 매리앤은 그가 처한 좋지 않은 상황에 대한 동정심에서 모든 것을 용서하였다. 하지만 다시 자매간에 속마음을 터놓을 수 있는 신뢰가 회복되었다 해도 이 일은 그들끼리 있을 때 누구든 길게 이야기할 화제는 아니었다. 엘리너는 의식적으로 대화를 피하였다. 에드워드가 아직도 언니를 좋아한다고 믿고 있는 매리앤의 지나친 열정과 적극적인 확신이 더욱 깊게 뿌리를 내렸기 때문에 오히려 엘리너는 그런 생각을 하고 싶지 않았다. 그러자 매리앤도 곧 풀이 꺾이고 말았는데, 언니와 자신의 행동을 비교해볼 때 자신이 너무 바보스럽게 느껴졌기 때문에 그 이야기를 꺼낼 용기가 나지 않았다.

매리앤은 스스로 언니와 많은 비교를 해보았다. 그래서 언니가 바라던 대로는 아니었지만 분발하려고 자신을 다그쳤다. 자신을 계속 책망하면서 고통스러워했던 시간을 곱씹었고, 전에는 결코 노력하지 않았다는 것에 대해 뼈저리게 후회하였다. 그러니 개선될 가망도 없이 후회의 고통만을 안게 된 셈이었다. 그녀의 정신력은 너무나 약해져서 지금이라도 노력하는 것이 불가능하다고 생각하게 되었다.

며칠 동안 할리 가나 바틀릿 건물에서의 사건 이후 새로운 소식은 없었다. 그러나 이미 그들은 그 사건의 상당 부분을 알고 있어서 제닝스 부인이 재치 있는 추측을 더한다면 얼마든지 널리 퍼뜨릴 수 있는 일이었지만 그녀는 가능한 한 빨리 조카들을 위로하고 안부도 물을 겸 찾아가 볼 생각을 했었다. 하지만 방문객들이 다른 때보다 많아서 그동안에는 외출할 수가 없었다.

자세한 내막을 알게 된 지 사흘째 되는 날은 3월의 둘째 주로서 켄싱턴 공원으로 많은 사람들을 끌어 모을 만큼 아주 화창하고 아름다운 일요일이었다. 제닝스 부인과 엘리너도 그 사람들 사이에 끼어 있었다. 하지만 매리앤은 윌로비와 시내에서 마주칠까 봐 두려웠으므로 그렇게 사람들이 많이 모이는 장소에 모험을 하고 나가기보다 차라리 집에 머물러 있기로 하였다.

제닝스 부인을 잘 아는 친지들은 그들이 공원으로 들어서자 반가워하며 다가왔다. 엘리너는 제닝스 부인이 친구들과 이야기를 나누는 동안 혼자 남게 되어 조용히 생각할 시간이 생겼다. 그녀는 공원을 둘러보았지만 윌로비 부부나 에드워드를 볼 수 없었으며, 잠시 동안 심각하게든 즐겁게든 관심을 가질 만한 사람은 어디에도 없었다. 하지만 놀랍게도 스틸 양이 약간 주저하는 듯하다가 만나서 기쁘다면서 그들을 발견하고 다가와 말을 걸었다. 그리고 제닝스 부인의 각별한 친절과 격려로 스틸 양과 함께 하기 위해 잠시 동안 일행을 떠났다. 제닝스 부인이 즉시 엘리너에게 속삭였다.

"아가씨, 뭐든지 잘 듣고 와요. 아가씨가 묻기만 하면 무엇이든 다 말할 거예요. 나는 클라크 부인을 떠날 수 없으니 말이에요."

그러나 제닝스 부인의 호기심과 엘리너의 궁금함에 다행스럽게도 스틸 양은 묻지 않아도 다 알려주려고 했다. 그렇지 않으면 아무것도 듣지 못했을 것이다.

"만나서 정말 반가워요."

스틸 양이 다정하게 팔을 잡으며 말했다.

"세상의 그 누구보다 당신을 만나고 싶었거든요."

그러고 나서 그녀는 목소리를 낮추었다.

"제닝스 부인께서도 그 일에 대해 모두 들으셨겠지요? 부인께서 화라도 나셨나요?"

"제가 알기론 당신께는 전혀 화나지 않으셨어요."

"참 다행이네요. 그럼 미들턴 부인께서는 화가 나셨나요?"

"그 부인께서는 화를 낼 이유가 없다고 보는데요."

"정말로 굉장히 기쁘네요. 정말 다행이에요! 전 정말 힘든 시간을 보냈어요! 지금까지 살면서 그렇게 화가 났던 루시를 본 적이 없어요. 처음에는 절대로 새 모자로 나를 꾸며주지 않겠다고, 또 다시는 나를 위해 그 어

떤 일도 해주지 않을 거라고 맹세하더라고요. 하지만 지금은 생각이 바뀌어서 예전처럼 좋은 친구가 되었어요. 보세요, 어젯밤에는 이렇게 모자에 깃털을 꽂아주더라니까요. 이제 당신도 저를 비웃으실 건가요? 하지만 내가 분홍색 리본을 달면 안 되는 이유라도 있나요? 의사 선생님이 좋아하는 색이라면 난 상관없는데 말이에요. 우연히 그렇게 말하는 걸 듣지 못했다면 나로서는 절대로 그가 다른 어떤 색보다도 분홍색을 제일 좋아하는지는 몰랐을 거예요. 친척들이 저를 너무 놀려요! 때때로 그들 앞에서 어떤 표정을 지어야 할지 모르겠다니까요."

그녀는 엘리너가 대답할 수 없는 화제로 벗어났다가 재빨리 이야기를 바꾸었다.

"그렇지만 대시우드 양, 페라스 부인이 그가 절대로 루시와는 안 될 거라고 호언장담을 했다고 사람들은 말하지요? 하지만 절대 그렇지 않을 거라고 당신한테 말할 수 있어요. 그런 좋지 않은 소문이 널리 퍼지는 것은 매우 수치스런 일이지 뭐예요. 루시가 그 일에 대해 어떻게 생각하든지 다른 사람들이 왈가왈부할 일은 아니잖아요?"

스틸 양이 의기양양하게 말했다.

"저는 그런 소문을 들어보지도 못했는걸요."

엘리너가 말했다.

"어머, 못 들었다고요? 하지만 그런 이야기가 있었답니다. 한번이 아니라 여러 번이었어요. 고드비 양이 스팍스 양에게 정신을 바르게 가진 사람이라면 페라스 씨가 한 푼 없는 루시 스틸 때문에 재산이 삼만 파운드나 있는 몰턴 양을 포기하지는 않을 거라고 했다더군요. 저는 그 이야기를 스팍스 양한테서 직접 들었답니다. 그 외에도 제 사촌 리처드는 결정을 내려야 할 때가 오면 페라스 씨가 떠나버릴까 봐 두렵다고 하던걸요. 에드워드가 사흘 동안 우리 곁에 오지 않았을 때는 저도 어떻게 받아들여야 할지 모르겠더라고요. 저는 루시가 가망이 없다고 단념한 줄 알았어요. 왜냐하면 우리가 당신 오빠 댁을 떠난 게 수요일인데 목요일, 금요일 그리고 토요일이 될 때까지도 그를 전혀 보지 못했고, 그에게 무슨 일이 일어났는지도 몰랐으니까요. 루시는 그에게 편지를 쓰려고 했다가도 아무래도 내키지 않는지 그만두더라고요.

그런데 오늘 아침에 우리가 막 교회에서 집으로 돌아왔을 때 에드워드 씨가 찾아온 거예요. 그러고는 수요일에 할리 가로 불려갔을 때 그의 어머니와 가족들 모두 모인 자리에서 루시 외에는 그 누구도 사랑하지 않으며, 루시만을 택하겠다고 한 것이 밝혀진 거지요. 그리고 지나간 일로 걱정한 나머지 집에서 나와 말에 올라타고 시골 어딘가로 달렸다는 것도 알게 되었답니다. 목요일과 금요일에는 어떤 여관에 들어 마음을 추스르면서 좋은 방법을 생각했다고 해요. 그러고는 몇 번이고 생각을 거듭한 끝에 자기는 이제 재산도 없고, 가진 게 하나 없으니 약혼 상태를 유지하는 것은 루시에게 못할 짓을 하는 것 같았답니다. 왜냐하면 재산이라곤 겨우 이천 파운드 외에는 아무런 기대도 할 수 없었으니까요. 그리고 만약 그가 생각했던 대로 성직 임명을 받는다 해도 부목사의 직위 외에는 가질 수 없는데 어떻게 두 사람이 살아갈 수 있겠어요? 그는 그녀가 더 불행할 거라는 생각에 참을 수가 없어서 루시에게 조금이라도 그럴 마음이 있다면 약혼을 없던 일로 하고 자기를 떠나라고 간청했어요.

나는 그가 아주 침착하게 이런 이야기를 하는 걸 들었답니다. 그가 떠난다고 말했던 것은 모두 제 동생을 위한 일이었대요. 오로지 제 동생을 위해서라고요. 제가 맹세하건대, 그는 절대로 제 동생이 싫어졌다는 식의 말은 꺼내지도 않았어요. 또 몰턴 양과 결혼하고 싶어서거나 다른 이유는 아니었어요. 하지만 분명히 루시는 그런 말에는 귀를 기울이지 않고 그에게 직접 말했지요. 당신도 알다시피 '내 사랑' 따위의 그런 달콤한 말들 말이에요. 으으, 어떤 사람도 그런 낯 뜨거운 말을 반복하지는 못할 거야. 그녀는 조금도 떠날 생각이 없다고 직접 그에게 말했어요. 왜냐하면 재산이 얼마 없더라도 그와 함께 살아갈 수 있으니 모든 걸 기쁘게 받아들이겠다고 말이에요. 그러고는 둘이 아주 행복한 마음으로 얼마간 앞으로 어떻게 할지 이야기를 나누었고, 그가 바로 성직에 취임해서 생계를 유지할 수 있게 되면 결혼하기로 합의를 했다고 하네요.

그런 다음 리처드슨 부인이 우리들 중 한 사람을 켄싱턴 공원으로 데려가겠다고 했다는 전갈을 받아서 아래층에서 올라왔기 때문에 더 듣지를 못했어요. 그래서 어쩔 수 없이 그들을 방해하면서 방에 들어가 루시에게 가고 싶지 않느냐고 물었지요. 하지만 그녀는 에드워드를 떠나려고 하지 않더라고요. 그래서 저는 바로 위층으로 달려가 실크 스타킹을 신고 곧 리처드슨 부부와 함께 집을 나선 거예요."

"당신이 그들을 방해했다는 게 무슨 의미인지 이해하지 못하겠는데요. 모두 같은 방에 있었던 게 아닌가요?"

엘리너가 물었다.

"같이 있기는요, 생각해보세요, 대시우드 양! 다른 사람들이 옆에 있는데도 애정표현을 할 수 있다고 생각하시나요? 어머, 부끄러워라! 당신도 잘 알 텐데 왜 그래요, 호호. 그게 아니라 두 사람은 거실에 있었고, 나는 문간에서 엿들은 거랍니다."

"아니, 어떻게 엿들은 것을 그대로 내게 전할 수 있는 거지요? 그걸 미처 몰랐다는 게 정말 유감이네요. 그렇지 않았다면 당신도 몰랐어야 될 내용을 알려달라고 조르지는 않았을 테니까요. 당신은 어떻게 동생에게 그렇게 비열하게 행동할 수 있나요?"

"어머, 이보세요! 비열한 일은 전혀 안 했어요. 나는 단지 문에 서서 내가 들을 수 있는 것만을 들었을 뿐이라고요. 루시도 틀림없이 나처럼 행동했을 거예요. 왜냐하면 일 년인가 이 년 전에 마사 샤프와 내가 사귀고 있을 때에도 루시는 우리가 하는 말을 들으려고 벽장 안이나 굴뚝 뒤에 숨는 것도 마다하지 않았거든요."

엘리너는 뭔가 다른 말을 꺼내려고 했지만 스틸 양은 마음속에 금방 떠오르는 것을 2분 이상 간직하지를 못했다.

"에드워드는 곧 옥스퍼드에 갈 거라고 했지만 지금은 팰 맬 가의 ○○호에 묵고 있어요. 어떻게 어머니인데도 그렇게 고약하게 대하실 수가 있지요, 그렇지 않나요? 그리고 당신의 오빠와 올케도 대단하시더군요. 그렇지만 당신에게 그 사람들에 대해 얘기하는 건 관두겠어요. 어쨌거나 자기들 마차로 우리를 집까지 데려다주었으니 기대 이상이었지요. 당신의 올케가 우리 자매에게 선물로 주었던 바늘겨레를 달라고 하지 않을까 얼마나 조마조마했는지 몰라요. 하지만 거기에 대해서는 아무 말이 없어서 눈에 띄지 않게 조심했답니다. 에드워드는 옥스퍼드에서 몇 가지 볼일이 있다고 하더라고요. 그래서 그는 잠시 거기에 머물 거래요. 그 다음에 주교님을 만나 뵙고 서품을 받겠대요. 그가 어디 부목사가 될지 무지 궁금하네요. 세상에! 친척들이 그 얘기를 들으면 어떻게들 이야기할지 안 봐도 훤해요. 나보고 에드워드가 새 삶을 위해서 부목사라는 직위를 얻을 수 있게 의사 선생님에게 편지를 써보라고 할 거예요. 틀림없이 그럴 거예요. 하지만 전 세상없어도 절대 그런 일은 안 할 거예요. 전 이렇게 말할 거예요. '어머머, 나보고 의사 선생님에게 편지를 쓰라니, 정말 어떻게 그런 생각을 할 수 있는지 신기하네요!' 라고 말이에요."

"최악의 상황에 대비한다는 것은 좋은 일이지요. 당신은 이미 대답까지 준비해 두셨군요."

엘리너가 말했다.

스틸 양은 뭐라고 대꾸를 하려다가 마침 일행이 다가오자 위기를 모면했다는 듯 반가워했다.

"어머, 리처드슨 부부가 오시네요. 당신에게 할 이야기가 많은데 저분들과 더 이상 오래 떨어져 있기가 좀 그러네요. 정말 점잖은 분들이세요. 돈도 엄청나게 많이 버시고, 사륜마차도 갖고 계세요. 제닝스 부인에게 직접 말씀드릴 기회는 없지만 우리에 대해서 화를 안 내셔서 정말 기쁘다고 전해주세요. 그리고 미들턴 부인에게도요. 만약 당신과 매리앤이 떠나게 되어 제닝스 부인이 같이 있을 사람이 필요하다면 우리가 기꺼이 부인이 원하는 만큼 머무를 수 있다고 전해주세요. 미들턴 부인은 이번 계절에는 더 이상 우리를 초대하지 않으시겠지만요. 그럼 안녕히……. 매리앤 양이 없어서 안타깝네요. 그녀에게 안부를 전해주세요. 어머, 물방울무늬 모슬린 옷을 입으셨군요! 옷이 찢어질까 봐 걱정도 안 되시나 봐요."

이별을 하면서도 그녀는 그런 일에 신경을 썼다. 그런 다음 리처드슨 부인이 가자고 재촉하기 전에 짧게 제닝스 부인에게 작별 인사를 했다. 엘리너는 미리 예상하고 예측했던 것보다 더 많은 것을 새로 알지는 못했지만, 이런저런 생각을 해볼 수 있는 몇 가지 정보는 확보한 셈이었다. 에드워드와 루시의 결혼은 확고히 결정된 것이지만 그 시기만은 아직 불확실했다. 모두 엘리너가 예상한 대로였다. 결혼은 에드워드가 부목사직을 얻어야만 가능한 일이지만 현재로서는 그럴 가능성이 아주 희박했다.

마차로 돌아오자마자 제닝스 부인은 새로운 소식을 알고 싶어 했다. 하지만 엘리너는 우선 정당하지 못한 방법으로 얻게 된 소식을 가능하면 퍼뜨리고 싶지 않았기 때문에 루시가 소문나기 원했을 것들을 간략하게 반복하는 것에 그쳤다. 약혼을 계속 유지하기로 했다는 것과 그 결말을 위해서 어떻게 하기로 했다는 정도가 그녀의 입을 통해 전달된 것들이었다. 제닝스 부인은 이를 듣고 자연스럽게 다음과 같은 말을 하였다.

"그가 성직을 얻을 때까지 기다린다고! 흠, 어떻게 끝날지 훤하군요. 열두 달을 기다려 성직을 얻는다 해도 수입은 그다지 좋지 않을 테고, 그가 가진 이천 파운드에 대한 이자에 연간 오십 파운드의 성직 급여를 받게 되겠지요. 그리고 스틸 씨와 프랫 씨가 루시에게 줄 수 있는 것이라고 해 봐야 대수롭지 않을 거예요. 하지만 매년 아이를 하나씩 갖게 될 텐데, 오 하느님! 그들을 도와주세요. 얼마나 궁색할까! 살림살이를 어떻게 마련할지, 또 내가 도울 것이 없나 알아봐야겠군요. 두 명의 하녀와 두 명의 하인이라, 과연 저번에 내가 말한 대로네요. 안 되겠네, 안 되겠어요. 혼자서라도 척척 해낼 수 있는 튼튼한 하녀를 구해야겠네요. 이제 베티의 여동생은 그들에게 맞지 않을 거야."

다음 날 아침 루시가 보낸 2페니짜리 우표가 붙은 편지 한 통이 엘리너 앞으로 전달되었다. 그 내용은 이러하였다.

바틀릿 건물에서, 3월

대시우드 양에게 이렇게 제 맘대로 편지를 쓰는 걸 이해해주시길 바랍니다. 하지만 저에 대한 당신의 우정으로 최근 겪었던 모든 어려움에도 불구하고 에드워드 씨와 제가 잘 지낸다는 말을 들으면 기뻐하실 줄 압니다. 따라서 더 이상 사과를 하기보다는 하느님께 감사를 드려야 할 것 같습니다. 비록 우리가 굉장한 고통을 겪었지만 지금 둘 다 아주 잘 지내고 있고, 항상 서로를 사랑하고 있기에 행복해요. 우리는 큰 시련과 엄청난 박해를 받았지만 그와 동시에 많은 친구들에게 감사를 드리고 있습니다. 그 중 당신이 베풀어주신 친절은 제가 두고두고 깊이 감사하며 기억하겠습니다. 제 말을 전해들은 에드워드 씨 역시 같은 마음이랍니다.

제닝스 부인처럼 당신도 제 이야기를 들으시면 기뻐할 거라고 믿어요. 어제 오후에 그이와 정말 행복한 두 시간을 보냈답니다. 제가 진지하게 얘기를 했어도 에드워드 씨는 헤어진다는 걸 받아들이지 않더라고요. 제 생각에는 그것이 제가 해야 할 의무이고, 신중하게 생각한다면 그 자리에서 당장 영영 헤어지는 것이 낫다고 아무리 애원해도 듣지를 않았습니다. 그는 도리어 절대로 헤어지는 일은 없을 거라고 하면서, 제 사랑만 있다면 어머니가 화를 내시는 건 신경 쓰지 않는다고 했답니다.

우리의 미래가 그렇게 밝은 건 아니지만 목표를 위해 희망을 잃지 않으려고요. 그는 곧 서품을 받게 될 테니 혹시 당신 주위에 임명권을 가진 사람이 있다면 우리를 잊지 말고 추천해주실 거라 믿어요. 제닝스 부인도 틀림없이 존 경이나 파머 씨, 아니면 우리를 도와줄 수 있는 어떤 친구분에게든지 잘 말씀해주시리라 믿습니다. 불쌍한 앤 언니는 자신의 행동 때문에 많은 비난을 받았지만 다 잘 되라고 그랬던 거니까 아무 말도 하지 않을게요.

사랑하는 제닝스 부인께서 언제든지 우리를 방문해주신다면 좋겠습니다. 그런 친절을 베풀어주신다면 제 사촌이 부인을 알게 되어 참 뿌듯해할 거예요. 이제 편지지가 다 찼으니 마무리를 지어야겠어요. 존 경과 미들턴 부인, 그리고 귀여운 아이들을 볼 기회가 있으면 모두에게 제 감사의 마음과 안부를 여쭈어주세요. 그리고 매리앤 양에게도 안부를 전해주세요.

루시 스틸 올림

엘리너는 편지를 다 읽자마자, 그것을 쓴 사람의 진정한 의도가 무엇이었는지 결론을 내렸다. 제닝스 부인의 손에 들어가 만족과 칭찬의 말과 함께 큰소리로 읽히길 바랐을 것이다.

"정말 좋네요! 어쩜 이렇게 예쁘게도 썼을까. 그래요, 그가 원한다면 떠나게 내버려두는 게 맞는 말이지. 역시 루시답네요. 가엾기도 하지! 그가 서품을 받을 수 있게 나라도 도와줄 수 있다면 정말 좋겠어. 나보고 사랑하는 제닝스 부인이라니, 아가씨도 봤지요? 마음씨가 정말 착한 아이예요. 정말이지 착하다니까! 편지도 어쩜 이렇게 예쁘게 썼는지. 그래, 그래요. 내가 가서 그 애를 만나봐야겠네요. 모든 사람을 이렇게 생각하다니 세심하기도 하지! 아가씨, 편지를 나한테 보여줘서 고마워요. 지금까지 내가 본 편지 중에서 가장 예쁘고, 루시는 머리도 좋고 마음씀씀이가 참 훌륭한 것 같아요."

제 39 장

대시우드 자매가 런던에 머문 지도 두 달이 넘었으므로 집에 가고 싶은 매리앤의 조급함은 나날이 더해 갔다. 그녀는 시골의 분위기와 자유로움, 조용함이 그리웠고, 편안함을 줄 수 있는 곳이 있다면 바로 바턴이라고 생각하였다. 엘리너도 떠나고 싶은 마음이 매리앤 못지않았지만 선뜻 그러자고 동조하지 않았다. 매리앤은 인정하려고 들지 않았지만, 엘리너는 기나긴 여행의 어려움을 알고 있기에 당장 떠나는 것을 미루고 있을 뿐이었다. 그러나 점차 실행하는 쪽으로 생각을 바꾸고는 그동안 집주인으로서 따뜻한 친절을 베풀어준 제닝스 부인에게 그런 바람을 말하였다. 그랬더니 부인은 좀 더 머물다 가라고 좋은 뜻으로 장황하게 만류하던 중 어떤 다른 것보다 훨씬 적절하게 보이는 계획을 하나 내놓았다. 그 계획은 집으로 돌아가는 것이 한두 주일 더 늦어지긴 하겠지만 엘리너에게 매우 솔깃한 제안이었다. 파머 부부는 부활절 휴가를 보내기 위해 3월 말경 클리블랜드로 떠나기로 되어 있었다. 그런데 제닝스 부인도 샬럿으로부터 부인의 두 아가씨 친구들과 함께 와달라는 초대를 받았던 것이다. 이 초대만으로는 대시우드 양의 까다로운 기질을 움직이지 못했겠지만 매리앤이 불행한 일을 겪었다는 것을 알고는 그들을 대하는 파머 씨의 태도가 완전히 바뀌어 정말 정중하게 초대해왔기 때문에 기쁘게 받아들이지 않을 수 없었다.

그러나 엘리너가 이 소식을 전했을 때 매리앤의 반응은 그리 유쾌하지만은 않았다.

"클리블랜드라고? 아니, 난 클리블랜드로 갈 수 없어."

"너 잊었구나! 그곳의 위치는 거기와 음, 그렇게 가깝지 않은……."

엘리너가 부드럽게 말했다.

"하지만 서머싯셔에 있는 곳이잖아. 나는 서머싯셔로는 갈 수 없어. 내가 가고 싶었던 곳이긴 하지만……. 아, 안 되겠어. 엘리너 언니. 내가 거기에 갈 거라고는 기대하지 마."

엘리너는 그런 감정을 극복하는 것이 옳다고 논쟁하려고 하지 않았다. 대신 다른 예를 들어 생기는 그 반작용으로 설득하려고 노력했다. 그곳에 가는 것은 다른 어떤 계획보다 더 적합하고 편안한 방법으로, 그리고 더 오래 지연되지 않고 그토록 보고 싶었던 사랑하는 어머니에게로 돌아갈 수 있는 시간을 단축할 수 있다고 하였다. 브리스톨에서 몇 마일 내에 있는 클리블랜드와 바턴까지의 거리는—비록 긴 여정이긴 했지만—하루는 넘지 않았다. 그리고 어머니가 보낸 하인이 그들을 데리러 그곳으로 오기 쉬운 거리였다. 그리고 클리블랜드에서 일주일 이상 머물 일은 없기 때문에 이제 삼 주일 정도만 있으면 집에 갈 수 있는 것이다. 어머니에 대한 매리앤의 사랑이 각별했기 때문에 별 어려움 없이 동생의 좋지 않은 기억을 지워낼 수 있었다.

제닝스 부인은 자기의 손님들에게 싫증이라고는 느껴보지 못했으므로 클리블랜드에 갔다가 다시 부인과 함께 돌아오자고 간청을 하였다. 엘리너는 그런 배려에 감사했지만 그들의 계획을 바꿀 수는 없었다. 그리고 이미 어머니에게도 연락을 취했으므로 그들이 돌아가는 것과 관련된 모든 일은 순조롭게 진행되고 있었다. 그리고 매리앤은 바턴과 가까워질 시간을 손꼽아 기다릴 수 있게 되어 마음을 놓는 듯했다.

"아, 대령! 당신과 내가 대시우드 자매 없이 어떻게 하루하루를 지낼지 모르겠어요."

그들이 떠나기로 결정한 후에 브랜든 대령이 처음으로 제닝스 부인을 방문했을 때 부인이 말했다.

"아가씨들이 클리블랜드에서 자기 집으로 돌아가기로 결정했거든요. 그러니 내가 돌아왔을 때 얼마나 쓸쓸할까요? 아아! 우리는 두 마리 고양이처럼 우두커니 앉아서 서로 멀뚱멀뚱 쳐다보기나 할 거예요."

아마도 제닝스 부인은 그들이 앞으로 겪을 무료함을 생생하게 묘사하면 그가 지루함에서 벗어나기 위해 그 제안, 그러니까 청혼이라도 할 줄 알았던 것이다. 그리고 그렇게 되었을 경우 부인은 자신의 목적을 이루었다고 생각할 만한 좋은 이유가 있었다. 부인에게 해주기로 했던 판화 작업을 좀 더 신속히 처리하기 위해 엘리너가 창가로 옮겨가는 동안 대령 또한 의미심장한 표정으로 엘리너에게 말을 걸기 위해 그녀의 뒤를 따라가서 몇 분간 대화를 나누었던 것이다. 대령의 말에 대한 엘리너의 반응역시 부인의 시선을 피할 수 없었다.

부인은 남의 말을 엿들을 정도로 몰지각한 사람이 아니었으므로 매리앤이 연주하고 있는 피아노 옆으로 자리를 옮겼다. 그리고 엘리너의 안색이 변하고 흥분하는 것을 보고 대령의 말에 집중하느라 자기의 일을 거의 잊고 있었다. 간절한 부인의 바람으로 매리앤이 다음 곡으로 넘어가는 사이에 들리는 대령의 몇 마디 말로는 그가 자기 집의 초라함에 대해 사과하고 있는 것 같았다. 이로써 그 일은 의심의 여지가 없었다. 제닝스 부인은 그가 그렇게 사과까지 할 필요가 있었는지 궁금하였지만 적절한 예의라고 생각했다. 부인은 엘리너가 뭐라고 대답했는지 식별할 수는 없었지만 엘리너의 입술이 움직인 것으로 보아 실제적인 어떤 거절은 아니겠다는 생각이 들면서 엘리너가 그렇게 솔직하다는 점이 정말 대단해 보였다. 그들은 부인이 한마디도 알아들을 수 없게 몇 분간 더 이야기를 계속하였는데, 바로 그때 다행히도 매리앤의 연주가 잠시 멈추어 대령이 조용한 목소리로 이렇게 말하는 게 제닝스 부인의 귀에 들려왔다.

"조만간 이루어지긴 힘들 것 같습니다."

연인답지 않은 말에 놀라고 충격을 받은 그녀는 거의 이렇게 소리칠 뻔했다.

'세상에, 도대체 왜 힘들다는 거지?'

하지만 부인은 감정을 억누르며 조용히 탄식했다.

"이거, 참으로 이상하네! 나이를 더 먹을 때까지 기다릴 필요는 없을 텐데……."

그러나 대령 쪽에서의 이러한 지연에 그의 아름다운 친구는 조금도 화내거나 굴욕을 느끼는 것 같지는 않았다. 두 사람이 대화를 마치고 다른 곳으로 자리를 옮길 때 제닝스 부인은 엘리너가 하는 말을 아주 또렷하게 들었다.

"당신께 늘 큰 신세를 졌다고 생각할 거예요. 정말 감사합니다."

제닝스 부인은 그녀의 감사 인사에 흡족하여 어떻게 그런 말을 듣고도 대령은 아주 태연스럽게 그들에게 작별을 고한 후 그녀에게 아무런 대답도 하지 않고 갈 수 있는지 궁금했다. 부인은 자신의 오래된 친구가 그렇게 무심한 청혼자가 될 수 있는지 생각도 못했었다.

그러나 그들 사이에 오간 말은 이런 내용이었다.

"당신의 친구 페라스 씨가 그의 가족에게 불공정한 대우를 당했다고 들었습니다."

그가 동정심 어린 말을 건넸다.

"제가 올바로 이해했다면, 그는 어떤 아가씨와의 약혼을 지키기 위해 가족에게 완전히 버림을 받았다고 하더군요. 제가 제대로 알고 있는 건가요, 그게 사실인가요?"

엘리너는 그렇다고 말했다. 대령은 흥분해서 말을 이었다.

"오랫동안 서로에게 애착을 느낀 두 젊은이를 갈라놓다니, 아니 갈라놓으려고 하다니, 잔인하군요. 정말 졸렬하고 잔인해서 끔찍합니다. 페라스 부인은 자신이 무슨 일을 하고 있는지, 자기 아들을 어디로 몰고 가는지 모르고 있어요. 저도 페라스 씨를 할리 가에서 두서너 번 만난 적이 있는데 아주 괜찮은 사람인 듯했습니다. 짧은 시간에 친해질 수 있는 젊은이는 아니었지만, 어떤 사람인지 충분히 알 것 같아서 저는 그가 잘되기를 바라고, 당신의 친구니까 더욱더 잘되길 바라고 있어요. 그가 성직을 구하고 있다고 들었습니다. 오늘 델라퍼드에서 목사직에 마침 빈자리가 났다고 연락이 왔는데, 그에게 갈 의향이 있는지 말씀 좀 해주시겠어요? 지금의 그로서는 너무나 어려운 입장에 있어서 의향을 묻는다는 것 자체가 무의미할지도 모르지만 다만, 좀 더 금전적 가치가 있었더라면 하고 바랄 뿐이에요. 교구 목사직이지만 규모가 작아서 전에 있던 분도 연간 이백 파운드 이상을 받지는 못했다고 합니다. 앞으로 분명히 나아지긴 하겠지만, 아주 풍족한 생활을 할 만큼 넉넉한 수입은 아닐 거예요. 변변치는 못하지만 그에게 이런 자리라도 소개드릴 수 있어 저는 아주 기쁩니다. 그분께 확실히 전해주시길 부탁드립니다."

엘리너는 대령이 그녀에게 청혼을 했다고 해도 이보다 더 놀라지는 않았을 것이다. 불과 이틀 전만 해도 에드워드 페라스가 목사직을 구할 가망이 없다고 생각했는데 벌써 그가 결혼할 수 있을 정도로 척척 준비가 되고, 그것도 하고많은 사람 중에 자신이 직접 그 소식을 전해주게 되다니! 이런 감정을 제닝스 부인은 전혀 다른 이유로 생각하고 있었던 것이다. 하지만 기쁘기만 한 것은 아니어도 전반적으로 대령이 베푸는 넓은 마음에 대한 존경심과 특별히 이 일을 위해 신경 써준 우정을 생각하니 무척이나 고마운 마음이 들어 따뜻한 마음을 표현했던 것이다. 엘리너는 진심으로 감사의 말을 전하며, 에드워드의 의리와 성품에 대해 칭송했던 것이다. 그리고 그런 좋은 일을 정말 다른 사람에게 미루고 싶다면, 자신이 기쁘게 그 부탁을 이행하겠다고 약속하였다.

그러면서도 그 누구도 대령만큼 그것을 잘 해낼 수 없으리라 생각하였다. 사실, 에드워드가 자신에게 도움을 받으면 고통스러워할 테니 그런 임무를 맡고 싶지 않았던 것이다. 하지만 브랜든 대령 또한 비슷한 이유로 조심하고 있었으므로 엘리너가 하는 게 낫겠다고 고사(固辭)하는 바람에 더 이상 거절할 수 없었다. 그녀는 에드워드가 아직도 런던에 있다고 믿었는데 다행히도 스틸 양한테서 그의 주소를 듣게 되었다. 따라서 이 소식을 브랜든 대령에게 알릴 수 있었다. 이 문제가 해결되자 브랜든 대령은 존경할 만하고 호감이 가는 이웃이 생겨 잘되었다고 이야기했다. 그렇지만 그 집이 좁고 변변치 않아 마음에 걸린다고 말하였다. 그 점에 대해서 엘리너는 제닝스 부인이 예상한 대로 집의 크기가 문제될 것은 없다고 한 것이다.

"집이 비좁아서 불편할 것 같지는 않은데요. 식구와 수입에 맞춰 보면 적당하니까요."

대령은 그 말에, 페라스 씨가 목사직을 얻으면 당연히 결혼할 거라고 생각하는 엘리너를 보고 놀랐다. 그의 생활 방식으로라면 델라퍼드 목사직에서 나오는 수입으로는 생활이 유지될 수 없기 때문이었다. 그래서 이렇게 말했다.

"이 작은 교구의 목사직은 페라스 씨가 독신으로 겨우 안락하게 살 정도일 겁니다. 결혼해서 살기에는 불가능하지요. 저의 후원이 이 정도로 끝나서 죄송합니다만 제 능력으로는 더 이상은 역부족입니다. 그러나 뜻하지 않은 기회가 생겨 제 능력껏 그를 더 도울 수 있다면 지금 생각하는 것과는 다르게 생각하겠지요. 그때 그에게 도움을 줄 처지가 아니라 해도 전 진심으로 지금처럼 그를 도울 수 있기를 바랄 것입니다. 사실 지금 하고 있는 것도 전혀 도움이 안 될 것 같습니다. 왜냐하면 그에게 중요하고 행복을 위한 유일한 목적임에도 작은 도움밖에 안 되니까요. 그의 결혼은 여전히 아득한 행복임에 틀림없어요. 제가 보기에는 적어도 조만간 이루어지긴 힘들 것 같습니다."

바로 이 마지막 말이 제닝스 부인을 오해하게 했던 것이다. 하지만 창가에 서서 브랜든 대령과 엘리너가 나누었던 이런 말들 뒤로 엘리너가 헤어질 때 표시했던 감사의 말은 아마 청혼을 받았을 때 흥분해서 대답하는 적절한 말로 부족함 없이 보였을 것이다.

제 40 장

"음, 대시우드 양, 나는 대령이 아가씨에게 무슨 말을 했는지 물어보지 않겠어요. 맹세코 듣지 않으려고 했지만 무슨 일인지 눈치 챌 정도는 들지 않을 수 없었어요. 내가 이렇게 기뻤던 적은 정말 없었답니다. 아가씨도 정말로 기쁘다면 좋겠는데."

대령이 가버리자 눈치 빠르게 미소를 지으며 제닝스 부인이 말했다.

"고맙습니다, 부인. 제게도 아주 기쁜 일이었어요. 정말이지 브랜든 대령이 얼마나 착한 분인지 마음속 깊이 느꼈답니다. 그분처럼 행동하는 남자들은 많지 않을 거예요. 그렇게 자비로운 마음을 가진 사람은 거의 없을 거예요. 지금껏 살면서 이렇게 놀랐던 적이 없었답니다."

엘리너가 말했다.

"어머, 아가씨! 아가씨는 참으로 겸손하군요. 나는 조금도 놀라지 않았는데……. 최근에 그런 일이 꼭 일어날 거라는 생각이 들더라고요."

"부인께서는 대령이 자비로운 사람이라는 걸 알고 계셨으니 그러셨겠지요. 하지만 부인께서도 적어도 그런 기회가 이렇게 빨리 올 줄은 모르시지 않으셨나요?"

"기회라고! 아, 한 남자가 일단 그래야겠다고 마음을 먹으면 기회야 어떻게든 찾아내게 되니까요. 그러니 아가씨, 나는 아가씨가 그 일로 계속해서 즐거웠으면 좋겠어요. 세상에 행복한 커플이 있다면 어디서 그런 커플을 볼 수 있을지 금방 알겠네요."

"그들을 따라 델라퍼드로 가보시려고 하는군요."

엘리너가 미소를 살짝 지으며 말했다.

"그래요, 아가씨. 정말 그러려고요. 그리고 그 집이 나쁘다고 하는데 대령이 무슨 생각인지 모르겠군요. 지금까지 내가 본 집 중에서 좋은 집에 속했거든."

"손질이 잘 되어 있지 않다고 하던데요."

"그렇담, 그건 누구의 잘못인가? 그가 수리하면 되잖아요? 대령이 아니면 누가 수리하겠어요."

마차가 문 앞에 당도했다는 것을 알리러 하인이 들어왔기 때문에 그들의 이야기는 중단되었다. 그리고 제닝스 부인은 즉시 갈 채비를 하며 말했다.

"대시우드 양, 할 이야기를 반도 못했는데 이렇게 가야겠네요. 하지만 저녁에 우리끼리만 있게 될 테니 그때 남은 이야기를 마저 하자고요. 지금 나와 함께 가자고는 않겠어요. 아가씨의 마음이 그 일로 가득 차서 다른 사람을 신경 쓸 겨를이 없을 테니까 말이에요. 게다가 동생에게도 할 이야기가 많을 거 아니에요."

매리앤은 그런 이야기가 있기 전에 방에서 나갔기 때문이다.

"물론이에요, 부인. 저는 매리앤에게는 다 말할 거예요. 하지만 지금은 다른 사람에게는 누구에게도 말하지 않을 거예요."

"아, 좋아요!"

다소 실망한 듯 제닝스 부인이 말했다.

"그럼 내가 루시에게 그 소식에 대해 말하길 원치 않겠군요. 오늘 멀리 홀본까지 갈 생각이었거든요."

"안 돼요. 부인, 죄송합니다만 루시에게도 말씀하시면 안 돼요. 하루 늦춘다고 그렇게 문제가 되지는 않을 거예요. 제가 페라스 씨에게 편지를 쓸 때까지는 누구에게도 그것을 말해서는 안 됩니다. 제가 지금 바로 편지를 쓸게요. 서품을 받는 일에 이것저것 할 일이 많을 테니 한시라도 지체하지 않는 게 중요하겠지요."

제닝스 부인은 처음에 이 말을 듣고 굉장히 당황스러웠다. 왜 그렇게 서둘러서 페라스 씨에게 알려야 하는지 통 이해가 가지 않았다. 하지만 잠시 뒤 그럴 듯한 이유를 생각해내고는 감탄해서 말했다.

"오호라, 이제 이해하겠어요! 페라스 씨가 그 일에 적임자군요. 암, 그에게도 훨씬 잘된 일이에요. 그렇지요, 준비를 확실히 한 다음에 성직 임명을 받아야 하니까요. 일이 벌써부터 이렇게 진행되었다니 기쁘네요. 하지만 아가씨, 이건 좀 격식에 맞지 않는 것 같군요? 대령이 직접 써야 하지 않을까요? 분명히 그가 써야 맞는 일인데."

엘리너는 제닝스 부인이 앞에 한 말을 전혀 이해하지 못했는데 다시 물어볼 필요가 없을 것 같아 그 결론에만 대답하였다.

"브랜든 대령은 정말 자상한 사람이라서 다른 사람이 대신 페라스 씨에게 그의 뜻을 알리길 바랐어요."

"그래서 아가씨가 그 일을 하게 되었군요. 글쎄, 좀 이상하게 자상한 것 같은데! 아무튼 아가씨를 방해하지는 않겠어요. 아가씨가 잘 알아서 하겠지요, 뭐. 그럼 잘 있어요. 샬럿이 해산한 이래로 이렇게 기쁜 소식은 처음이랍니다."

그러고는 밖으로 나갔다. 하지만 곧바로 되돌아와서 말했다.

"아가씨, 베티의 동생 생각이 났는데 그 아이에게 이렇게 좋은 주인을 얻어주면 나도 기쁠 것 같은데. 하지만 그 아이가 하겠다고 할지는 장담할 수 없어요. 집안일도 깔끔하게 잘하고, 특히 바느질은 정말 잘한답니다. 그러니 한가할 때 한번 생각해 봐요."

"그럴게요, 부인."

엘리너는 제닝스 부인이 한 말을 건성으로 들으면서 그 하녀의 안주인이 되기보다는 혼자 있고 싶은 마음에 대충 대답하였다.

어떻게 편지를 시작해야 할지, 에드워드에게 어떤 식으로 편지를 써야할지, 그것만이 지금으로서는 최대의 관심거리였다. 다른 사람에게는 세상에서 가장 쉬웠을 일이 그들 사이에 있었던 특별한 상황으로 인해 어려워진 것이다. 너무 많이 쓰고 싶지도, 너무 짧게 쓰고 싶지도 않아서 편지지를 앞에 두고 펜을 손에 쥐고 고민하고 있는데, 다른 사람도 아닌 에드워드가 불쑥 들어왔다.

그는 작별 인사를 하러 왔다가 마침 마차를 타러 나가는 제닝스 부인을 문간에서 만났다. 부인은 같이 들어갈 수 없어 미안하다면서 그에게 얼른 들어가 보라고 부추겼다. 대시우드 양이 위에 있는데 아주 특별한 일에 대해 이야기하고 싶어 할 거라고 했다.

엘리너는 아무리 어려울지라도 편지로 자기 의사를 정확하게 전달하는 것이 얼굴을 마주 보고 직접 입으로 이야기하는 것보다는 적어도 낫지 않겠냐고 마음을 다잡고 힘들지만 편지를 써볼 참이었다. 그런데 느닷없이 에드워드가 나타나다니, 엘리너는 너무 놀랍고 당황스러워서 어찌할 바를 몰랐다. 그의 약혼이 알려진 뒤로, 그러니까 약혼 사실에 대해 엘리너가 알고 있다는 것을 그가 알고 난 뒤로는 처음 만나는 것이었다. 게다가 심중에 있는 말과 그에게 꼭 해야 할 말을 생각하다 보니 더더욱 얼마 동안은 불편했다. 에드워드 역시 매우 괴로워하면서 난처한 표정으로 함께 자리에 앉았다. 에드워드는 그가 방에 처음 들어왔을 때 그녀에게 불쑥 찾아온 것에 대해 양해를 구했는지 어쨌는지조차 기억이 나지 않았다. 하지만 그는 자리에 앉고 나서 예의를 지키는 편이 낫다고 생각하여 곧바로 양해를 구하였다.

"제가 듣기로는 제닝스 부인께서 당신이 저한테 할 이야기가 있다고

하시더군요. 그렇지 않았다면 제가 이런 식으로 불쑥 들어오지는 않았을
겁니다. 하지만 당신과 동생을 안 보고 떠났다면 굉장히 서운했을 것입니
다. 당분간은 당신을 볼 수 없을 것 같습니다. 저는 내일 옥스퍼드로 떠납
니다."

"만약 직접 보고 전하지는 못했을지라도……."

엘리너는 정신을 차리고 마음속에 께름했던 것을 얼른 해치워버리겠다
고 결심하면서 말했다.

"저희가 빌어드리는 축복 없이 가시는 일은 없었을 거예요. 제닝스 부
인 말씀이 맞아요. 당신께 뭔가 중요한 말을 전하려고 막 편지를 쓰려던
참이었어요. 정말 기쁜 소식을 제가 전하게 되었습니다. 브랜든 대령이
십 분 전쯤에 오셨었는데 저더러 당신이, 더 좋은 자리였으면 좋았겠지만
델라퍼드의 목사직이 마침 비어 당신이 그 서품을 받으시면 어떨까 기쁜
마음으로 물어봐달라고 하셨어요. 당신 곁에 그런 존경할 만하고 판단력
도 뛰어난 친구가 있어서 정말 축하드리고 싶어요. 일 년에 이백 파운드
정도의 수입이지만 그것보다 훨씬 더 많아서 당신을 더 풍족하게 해주면
좋았을 거라고 대령께서 바라시면서요. 그랬다면 일시적인 거처가 아니
라 당신의 행복한 생활을 마련할 터전이 될 수도 있었을 거라고 아쉬워하
셨답니다."

에드워드는 자신의 감정이 어떤지 직접 말로 표현할 수가 없었는데 그
렇다고 다른 사람이 대신 말해주기를 바랄 수도 없었다. 에드워드는 정말
꿈에도 생각지 못하고 짐작조차 못했던 소식을 들어 어안이 벙벙한 표정
그대로였다. 그는 이렇게 두 마디를 외쳤다.

"브랜든 대령께서요?"

"네."

최악의 뭔가를 극복했다는 듯 마음을 더욱 다잡으며 엘리너는 계속해서 말했다.

"브랜든 대령은 최근에 일어났던 일 때문에 당신이 가족에게 잔인하게도 부당한 대우를 받고 있다고 걱정하셔서 이러시는 거예요. 저와 매리앤은 물론이고 당신 친구들도 당신을 염려하는 마음은 같답니다. 또한 당신의 평소 성품을 높이 평가한 대령은 이번 일에 보인 당신의 행동과 뜻을 같이한다는 증거이기도 합니다."

"브랜든 대령이 저에게 성직을 주시다니! 그게 있을 수 있습니까?"

"당신 가족들이 하도 불친절하게 대해서 어디서건 우정 어린 대접을 받으면 그렇게 놀라게 된 건가요?"

"아닙니다."

그는 얼른 정신을 차리고 대답하였다.

"당신이 그랬다면 전 놀라지 않았을 겁니다. 왜냐하면 당신의 착한 마음에 늘 신세를 지고 있다는 걸 제가 모르지는 않으니까요. 저도 잘 알고 있답니다. 할 수만 있었다면 저는 그 마음을 표현했을 겁니다. 하지만 당신도 잘 알다시피 저는 달변가가 아니지 않습니까."

"당신은 정말 잘못 생각하고 있는 거예요. 당신이 은혜를 입고 있는 것은 순전히, 아니 거의 대부분 당신의 좋은 성품과 그걸 알아본 브랜든 대령일 뿐이라고요. 저는 한 일이 아무것도 없습니다. 그의 의도를 알기 전까지는 그 자리가 비었는지도 몰랐거든요. 그의 재량으로 성직을 주게 될지는 저도 상상도 못한 일이랍니다. 제 친구로서 그리고 우리 가족의 친구로서 아마도 대령은 그러셨을 거예요. 지금도 당신께 그 자리를 마련해주어서 크게 기뻐하고 있을 겁니다. 그러니 확실히 말씀드리지만 제가 간청해서 이루어진 일이 아니니까 제게 신세졌다고 느끼실 필요는 없답니다."

사실대로 말하자면 이번 일에 조금은 자신의 공도 있기는 했지만 에드워드의 은인으로 비춰지고 싶지 않았으므로 엘리너는 마지못해 머뭇거리면서 인정했던 것이다. 이를 통해 에드워드는 최근에 품게 된 어떤 의혹을 확고히 하게 되었다. 그는 엘리너가 말을 마치자 잠시 동안 깊은 생각에 잠겨 앉아 있었다. 그러더니 마침내 다소 힘이 드는 듯 말을 꺼냈다.

"브랜든 대령은 훌륭하고 존경할 만한 분인 것 같습니다. 사람들도 모두 그렇게 말을 하고 당신 오빠께서도 그분을 매우 존경하는 것으로 알고 있습니다. 그분은 의심할 여지없이 분별 있고 매우 신사적인 분이 틀림없습니다."

"정말이에요. 그분을 더 잘 알게 되시면 사람들이 말한 대로 훌륭한 분이라는 걸 당신도 알게 될 거예요. 그리고 사제관이 그분 저택에서 가깝다고 들었는데 당신과 매우 가까운 이웃이 될 거예요. 이웃이 좋은 사람이어야 하는 것은 무엇보다도 중요한 일이니까요."

엘리너는 맞장구를 쳤다.

에드워드는 아무 대답을 하지 않았다. 하지만 그녀가 머리를 돌렸을 때 너무나 진지하고 우울한 표정으로 그녀를 바라보는 것으로 미루어 보아 앞으로 머물게 될 사제관과 대저택 사이의 거리가 훨씬 더 멀기를 바란다고 말하고 싶은 눈치였다.

"제가 알기로 브랜든 대령은 성 제임스 가에 사시는 걸로 알고 있습니다만……."

그는 잠시 후 몸을 일으키며 말했다. 엘리너는 그에게 집의 번지수를 알려주었다.

“그렇다면 전 서둘러 감사 인사를 드리러 대령을 찾아뵈어야겠습니다. 당신은 제 인사를 받으려고 하지 않으니까요. 대령 덕분에 저는 정말 행복한 사람이 되었습니다.”

엘리너는 그를 잡으려고 하지 않았다. 그러고는 상황이 어떻게 변하더라도 그의 행복을 계속 빌어주겠다는 진지한 마음으로 작별 인사를 했고, 그도 마찬가지로 좋은 뜻으로 인사를 되받으려고 했지만 마음만 그랬지, 직접 표현은 하지 못했다.

“다음에 다시 만나게 되면 루시의 남편이 되어 있겠구나.”

엘리너는 그가 문을 닫고 나가자 혼자 중얼거렸다.

그러고는 이런 쓰디쓴 기대와 함께 과거에 그가 했던 말들을 떠올리며 에드워드의 감정을 모두 이해하려고 노력하였다. 물론 자신에 대해서도 돌아보며 반성을 하였다.

제닝스 부인은 한번도 본 적이 없는 사람들을 만났기 때문에 집으로 돌아온 후 엘리너에게 할 말이 상당히 많았을 텐데도 엘리너의 비밀보다 더 중요한 것은 없다는 듯 곧 이야기를 꺼냈다.

“있잖아요, 아가씨. 그 젊은이를 내가 올려 보냈는데, 잘한 일인지 모르겠네? 그렇게 힘든 일은 아니었지요? 당신이 제안했던 것을 그가 흔쾌히 받아들이지 않던가요?”

“그럼요, 그러지 않을 이유가 없지요.”

엘리너가 말했다.

“그렇담 얼마나 빨리 그가 준비할 수 있을까요? 하긴 그 형편에 따라 다른 거니까.”

"전 정말, 이런 일에 대해서는 시간이나 필요한 준비과정에 대해서 아는 게 없어서요. 하지만 두세 달이면 그가 서품을 받을 수 있을 것 같은데요."

"두세 달이라니요! 어머, 아가씨! 어떻게 그렇게 침착하게 말할 수 있지요? 대령이 두세 달이나 기다릴 수 있을지, 원 참! 나라면 틀림없이 지쳐 나가떨어질 텐데 말이에요! 불쌍한 페라스 씨에게 친절을 베푸는 것은 정말 기쁜 일이지만, 그 때문에 두세 달이나 기다려야 된다고는 생각하지 않아요. 다른 사람도 잘 해낼 사람이 있을 텐데요. 벌써 서품을 받은 사람 말이에요."

"어머나, 존경하는 부인, 어떻게 그런 생각을 하시는 거예요? 브랜든 대령이 페라스 씨를 위해서 마련한 자리란 말이에요!"

"나 원 참! 설마 대령이 페라스 씨에게 십 기니(영국의 옛 금화 단위)를 주기 위해 아가씨와 결혼한다고 말하려는 건 아니겠지요?"

여기서 오해의 실마리가 풀렸다. 그에 따른 설명이 신속하게 이루어져서 두 사람은 배를 잡고 웃으며 매우 즐거워했다. 제닝스 부인은 기쁨의 대상만을 바꾸기만 하면 되는 일이었고, 처음에 가졌던 기대는 저버리지 않고 여전히 유지할 수 있기 때문이었다.

"사실, 그래요. 사제관이 좀 작긴 하지요."

놀라움과 즐거움이 조금 가라앉자 부인이 말했다.

"그리고 손질이 안 돼 있을 수도 있지요. 하지만 그런 집을 두고 사과하는 걸 들으니, 참 우습게 들렸지요. 내가 알기로는 일 층에 거실이 다섯 개가 있는데 관리인이 말하기로는 침대를 열다섯 개나 놓을 수 있다는 거예요. 그리고 아가씨도 바턴 시골집에서 잘 살아왔잖아요! 하지만 아가씨, 우리는 루시가 거기 가기 전에 대령이 그 사제관을 위해 어떻게 손을 좀 봐서 그들이 편안하게 살 수 있도록 해야겠네요."

"하지만 브랜든 대령은 그들이 결혼해서 살 정도로 충분한 성직 급여가 나올 거라고는 생각하지 않으시던데요."

"대령은 바보예요, 아가씨. 그는 자신이 일 년에 이천 파운드를 벌기 때문에 그보다 적은 액수를 버는 사람은 결혼할 수 없다고 생각하지요. 내 장담하건대, 내가 살아 있다면 미카엘 축일이 되기 전에 델라퍼드 사제관을 방문할 작정이에요. 그런데 루시가 거기 없다면 절대로 가지 않을 거예요."

엘리너도 더 이상 기대할 게 없는 그들이 다른 수입이 생길 때까지 기다리지는 않을 것 같다는 생각이 들었다.

제 41 장

브랜든 대령에게 감사 인사를 전한 후 에드워드는 자신의 행복을 전하러 루시에게로 갔다고 했다. 그가 바틀릿 건물에 도착할 무렵에는 어찌나 행복했는지 다음 날 축하 인사를 위해 다시 방문한 제닝스 부인에게 루시는 지금까지 그가 그렇게 기뻐하는 것을 본 적이 없었다고 힘주어 말하였다.

적어도 루시는 행복하고 활기차 보였다. 그리고 미카엘 축일이 오기 전에 델라퍼드 사제관에서 모두 편안하게 지내게 될 것이라는 기대는 제닝스 부인과 일치하였다. 에드워드가 엘리너에게 감사를 표하기 위해 약간 머뭇거리는 것과는 달리 루시는 열정적으로 두 사람에게 베푼 우정에 대해 감사의 뜻을 열렬히 내비쳤고, 그녀 덕분에 큰 은혜를 입었다고 대놓고 이야기하였다. 그리고 현재든 앞으로든 간에 대시우드 양이 그들을 위해 노력한다 해도 크게 놀라지 않을 거라면서 이는 그녀가 소중하게 여기는 사람들을 위해선 세상의 어떤 일이든 할 수 있다고 믿기 때문이라고 하였다. 브랜든 대령을 위해서는 그를 성자로 숭배할 준비가 되어 있었을 뿐 아니라 한 술 더 떠 그가 다른 모든 세속적인 일에도 성자처럼 대우받기를 진실로 원하였다. 따라서 그의 십일조가 제일 많이 걷히기를 열망하였고,(루시는 십일조가 지주 겸 후원자인 대령의 수입원이라고 잘못 알고 있다.) 델라퍼드에 가면 가능한 한 그의 하인들이나 마차, 소, 가금류(家禽類) 등을 마음껏 이용해야겠다고 속으로 몰래 작정하고 있었다.

존 대시우드가 버클리 가에 머문 지도 일주일이 넘었고, 올케의 병세가 어떤지 한번도 물어본 적이 없었기 때문에 엘리너는 올케를 보러 가야 한다는 의무감에 시달리기 시작하였다. 그러나 이것은 의무일 뿐이지, 자신의 뜻에도 어긋날 뿐만 아니라 아는 사람들한테도 아무런 호응도 받지 못하는 것이었다. 매리앤은 절대로 가지 않겠다고 거절했고, 그것도 모자라 언니가 가지 못하게 막으려고 다급해졌다. 제닝스 부인은 엘리너에게 언제나 필요하면 자기 마차를 써도 좋다고 말하긴 했지만, 존 대시우드 부인을 너무나 싫어한 나머지 최근에 있었던 일에 어떻게 대처하고 있는지 살펴보고 싶은 호기심이나 에드워드의 편에 서서 그녀와 맞서고 싶은 마음이 간절한데도 불구하고 부인을 만나고 싶지는 않았다. 그 결과 엘리너는 아무도 찬성하지 않는 일을 혼자서 추진해야만 했다. 엘리너도 누구의 호감도 얻지 못한 존 대시우드 부인과 머리를 맞대고 앉는 것이 싫기로는 매리앤이나 제닝스 부인 못지않았다.

존 대시우드 부인은 최근 들어 손님을 만나지 않는다고 했다. 하지만 엘리너는 마차가 그 집 모퉁이를 돌기 전에 우연히 밖으로 나오는 오빠를 만났다. 그는 엘리너를 보고 기뻐하며 지금 버클리 가를 방문하려던 참이었다고 말하면서 패니가 엘리너를 보면 무척 반가워할 테니 들어오라고 하였다.

그들은 이층 거실로 올라갔다. 그곳에는 아무도 없었다.

"패니는 자기 방에 있을 거야. 내가 가보마. 분명히 네 언니는 널 만나려고 할 게다. 그럼, 그렇고말고. 사실 요즘엔 아무도 만나지 않으려 한단다. 하지만 너와 매리앤은 항상 환영일걸? 그런데 왜 매리앤은 오지 않았지?"

엘리너는 매리앤을 위해 적당한 핑계를 둘러댔다.

"너만 왔다고 서운하다는 얘기는 아니란다. 너한테 할 말이 무척이나 많거든. 그게 정말 사실이니? 브랜든 대령이 정말 처남에게 목사직을 마련해주었단 말이야? 어제 우연히 그 말을 듣고는 거기에 대해 좀 더 자세하게 물어보려고 널 찾아가려던 참이었단다."

"사실이에요. 브랜든 대령이 에드워드 씨에게 델라퍼드의 목사직을 마련해주었어요."

"정말이로구나. 와, 정말 의외인데! 둘이 친척도 아니고, 아무 사이도 아닌데 말이야. 그런 자리는 보수도 꽤 될 텐데. 그래, 얼마나 벌이가 된다던?"

"일 년에 약 이백 파운드래요."

"괜찮구나. 모르긴 해도 후임자에게 그 자리를 넘기려면 전임자가 늙고 병들어서 곧 물러날 처지였다 해도 천사백 파운드는 챙겼겠구나. 그런데 도대체 어떻게 전임자가 죽기 전에 그 문제를 결정하지 않았을까? 아마 그 자리를 팔기에는 너무 늦었을 게다. 이치 판단이 빠른 브랜든 대령이 그랬을 리는 없는데 말이다. 어떻게 그렇게 당연하고 상식적인 생각을 못하고 조급한 결정을 내린 건지 의문이구나. 하기야 모든 사람들에겐 모순이 존재하기 마련이지. 하지만 생각해보니 이번 일은 이랬을 것 같구나. 대령의 목사 추천권을 산 사람이 그 자리를 맡을 수 있을 만큼 나이가 들 때까지만 에드워드가 그 자리를 맡게 되는 거지. 그래, 맞아. 틀림없이 그럴 게다.”

엘리너는 절대로 그렇지 않다고 분명하게 말했다. 대령의 부탁을 받고 직접 에드워드에게 그 소식을 전했기 때문에 어떤 조건이 있는지 잘 안다고 하자 존 대시우드는 그제야 믿는 눈치였다.

“참으로 놀라운 일이야! 대령은 무슨 생각으로 그랬을까?”

그가 놀랍다는 듯이 외쳤다.

“간단하죠 뭐. 페라스 씨에게 도움이 되라고 그랬던 거죠.”

“그래, 그렇구나. 브랜든 대령의 생각이 어떻든 간에 에드워드는 굉장히 운이 좋은 편이야. 하지만 패니에게 이 문제를 이야기하지는 않겠지? 내가 슬쩍 귀띔을 했더니 잘 참아내긴 했지만 그 이야기에 대해 자세히 듣고 싶지는 않은 눈치더구나.”

올케나 그 아들이 손해 보는 일이 아니니까 동생이 재산을 물려받든 말든 관심을 갖지 않는 그들이 엘리너는 참기 어려웠다.

“장모님께선 아직 아무것도 모르고 계시거든. 그래서 될 수 있으면 비밀이 오래 지켜졌으면 좋겠구나. 결혼식을 올리고 나서 다 알게 되시면 어쩌나 걱정이 되긴 하다만……”

그는 매우 중요한 얘기라는 듯이 목소리를 낮추어 말했다.

“하지만 왜 그런 조심을 해야 하는 거죠? 페라스 부인이 자기 아들이 돈을 벌 수 있게 되었다고 조금이라도 기뻐하지는 않겠지만, 그렇다고 문제가 될 건 없잖아요. 게다가 지난번에 그렇게 박대를 하고도 느낀 것이 없으신가 봐요. 아들과 의절한 것도 모자라 조금이라도 관련 있는 사람과는 다 의절하게 만들고서는 말이에요. 그렇게 했으니 그와 관련된 일로 절대로 기쁘거나 슬픈 인상을 받지는 않겠지요. 아마 그에게 일어나는 어떤 일에도 관심이 없을 거예요. 그분은 자식의 안락함을 저버린 뒤 어머니로서 걱정할 만큼 나약한 사람은 아닐 테니까요.”

“이런, 엘리너! 너의 추론은 매우 훌륭하구나. 하지만 인간 본성에 대해서는 잘 모르니까 그런 이야기를 하는 거야. 에드워드가 불행한 결혼을 하고 나면 어머니도 그를 절대로 버린 적이 없는 것처럼 생각하실 게다. 그러니 장모님에게는 끔찍할 그 결혼을 앞당길 수 있는 정황은 되도록 모르시게 꼭꼭 숨겨야 해. 에드워드가 장모님의 아들인 것은 결코 변하지 않는 사실이니까.”

“오빠는 놀랄 얘기만 하시는군요. 저는 지금쯤이면 그분이 모든 일을 까맣게 잊었을 거라고 생각하거든요.”

“너는 그분을 잘 몰라. 장모님만큼 자식 사랑이 넘치는 분도 없어.”

엘리너는 아무 말도 하지 않았다.

“우린 이제 로버트와 몰턴 양을 결혼시킬 생각이란다.”

엘리너는 오빠의 심각한 어조에 쓴웃음을 지으며 대답했다.

“제가 보기에는 그 아가씨가 선택이 뭔지 모르는 것 같군요.”

“선택을 모르다니, 무슨 뜻이냐?”

“오빠가 말씀하는 걸 들으니 몰턴 양이 에드워드와 결혼하든 로버트와 결혼하든 별 상관없이 여기는 것 같아서요.”

“사실 큰 차이는 없지. 로버트는 이제 명목상이든 역할이든 어느 면에서 보아도 사실상 장남이야. 그리고 그밖에 다른 점을 봐도 둘 다 매우 호감이 가는 젊은이들이다. 누가 누구보다 우월하다고는 생각지 않는단다.”

엘리너는 할 말이 없었다. 존 또한 잠시 말없이 생각에 잠겨 있다가 이렇게 말했다.

“엘리너, 한 가지 너에게 확실히 해둘 게 있다.”

그는 다정하게 동생의 손을 잡으며 귓속말로 속삭였다.

“들으면 네가 기뻐하리라 믿고 이야기해주는 거야. 정말 믿을 만한 사람에게 들은 얘기야. 그렇지 않으면 이렇게 옮길 필요가 없겠지. 장모님이 직접 말하는 것을 들은 건 아니지만, 네 언니가 직접 듣고 전한 말이란다. 한 마디로 말해서……. 음, 그러니까 모종의 관계에 있어서 말이다……. 아무리 심한 반대가 있었다 해도—내 말이 무슨 말인지 이해할 거다—장모님은 그쪽이 훨씬 나을 뻔했다고 말하셨단다. 이번만큼 화가 나지도 않았을 거라고 하시면서 말이야. 장모님이 그렇게 생각하셨다는 말을 듣고 난 굉장히 기뻤단다. 너도 알다시피 우리 모두가 매우 감사할 만한 상황이지. ‘둘 중 누가 더 최악인지는 비교해볼 필요도 없다. 그러니 이제는 좀 덜한 쪽과 타협한다 해도 기꺼이 허락하겠구나.’라고 장모님이 말씀하셨다는구나. 하지만 이제는 다 지나간 일이니—너도 알다시피 너희들 두 사람의 애정 관계 말이다—생각하지도 말하지도 말아야겠지? 하지만 내가 생각하기엔 말이다. 네가 얼마나 좋아할지 아니까 하는 말인데. 얘야, 너는 후회할 이유가 없단다. 네가 아주 잘 처신해왔다는 데에는 의심의 여지가 없으니까. 이것저것 종합해보면 오히려 더 잘된 건지도 모르겠다. 최근에 브랜든 대령과 같이 있었던 적이 있니?"

허영심을 만족시켜주지도, 자존심을 살려주지도 않았지만 엘리너는 신경이 거슬려 마음이 불편해졌다. 그리하여 마침 로버트 페라스가 들어오자 대답을 할 필요도 없게 되고, 오빠에게 더 이상 다른 소리를 듣지 않아도 되어 기뻤다. 잠시 잡담을 나눈 뒤에 패니에게 시누이가 왔다는 사실을 아직 알리지 않았음을 떠올린 존 대시우드는 그녀를 부르러 방을 나갔다. 그렇게 되자 엘리너는 혼자 남아 로버트를 더 잘 관찰할 수 있었다. 형이 고결한 처신 때문에 피폐한 삶의 길로 가는 동안 큰아들에 대한 반발로 생긴 어머니의 편애로 그는 사랑과 관대함을 독차지하게 되었다. 그런 그가 행복한 자기 만족감과 즐거운 무관심으로 일관하는 것을 보자 엘리너는 정말 참을 수 없었다.

둘만 남겨지고 그는 곧 에드워드에 대해 말하기 시작했다. 그도 역시 성직 급여에 대한 이야기를 들었던 터라 그 부분에 호기심이 많았다. 엘리너는 존에게 자초지종을 이야기했던 것처럼 그에게도 반복해주었다. 그 설명이 이끌어낸 로버트의 반응은 아주 다르긴 했어도 존보다는 다소 덜 인상적이었다. 그는 아주 주체를 못하면서 웃어댔다. 에드워드가 목사가 되어 비좁은 사제관에 살게 될 거라니, 우스워 죽겠다는 모습이었다. 게다가 흰 제복을 입고 기도문을 읽으면서 존 스미스와 메리 브라운의 결혼에 이의가 없냐고 묻는 그의 모습을 상상하니 그보다 더 우스꽝스러운 일은 없다고 여기는 듯했다.

그녀는 미동도 하지 않았다. 그의 어리석은 행동이 끝나기를 기다리는 동안 경멸에 찬 시선으로 그를 노려보았다. 그러나 자신의 기분만 풀렸을 뿐 잘 다듬어진 표정은 그에게 아무런 느낌도 주지 못했다. 그는 엘리너의 시선 때문이 아니라 스스로 제정신을 차린 듯 조롱하던 태도에서 처음으로 돌아왔다.

"우리는 장난처럼 가볍게 받아들일지도 모르지만 사실 이 일은 심각한 문제입니다."

배를 잡고 웃던 그가 웃음을 거두며 마침내 입을 열었다.

"불쌍한 에드워드 형! 형은 영원히 망가지고 말았습니다. 정말 마음이 아파요. 형이 얼마나 심성이 착하고 호인인지 잘 알거든요. 당신은 형을 잘 모르니까 보고 듣는 것만으로 형을 판단해서는 안 됩니다, 대시우드 양. 불쌍한 에드워드 형! 물론 형의 태도가 바람직한 것은 아닙니다. 하지만 당신도 알다시피 우리가 모두 같은 능력과 재능을 가지고 태어나지는 않잖아요. 불쌍한 사람 같으니라구! 모르는 사람들 속에서 형을 보게 되다니! 정말 가련하기 짝이 없네요. 하지만 저는 형이 이 세상에서 가장 착한 마음을 가지고 있다고 믿습니다. 그리고 그 일이 불거져 나왔을 때 제가 얼마나 충격을 받았던지⋯⋯. 살면서 그렇게 아찔했던 적이 없었답니다. 어머니가 제게 말씀해주셨을 때 저는 도저히 믿을 수가 없었습니다. 그래서 한번 찾아가 봐야겠다고 결심하고는 즉시 어머니께 말씀드렸지요. '어머니, 어머니가 어떻게 하실지 저는 잘 모르겠지만 제 입장에서는, 만약 에드워드 형이 그 아가씨와 결혼한다면 절대로 다시는 형을 보지 않을 거예요!' 이렇게 제가 말씀드렸지요. 제겐 정말 엄청난 충격이었으니까요. 불쌍한 에드워드 형! 형은 스스로 무덤을 팠어요. 점잖은 사교계에서 영원히 자신을 추방시켰지요. 하지만 제가 곧바로 어머니께 말씀드렸듯이 저는 조금도 놀라지 않았답니다. 형의 교육 형태를 보면 얼마든지 가능한 일이니까요. 불쌍한 우리 어머니는 반은 실성하셨어요."

"그 아가씨를 만난 적이 있나요?"

"그럼요, 그녀가 이 집에 머물고 있을 때 제가 한 십 분 정도 들렀던 적이 있었어요. 그때 충분히 살펴보았지요. 서투르기 짝이 없는 시골 여자에 자신만의 분위기도 없고, 우아함은커녕 아름답지도 않았지요. 저는 그녀를 아주 또렷이 기억하고 있습니다. 불쌍한 에드워드 형을 혹하게 만들 만한 그런 아가씨로 보였어요. 어머니가 그 사건을 제게 말씀해주셨을 때 저는 형에게 직접 말해서 그 결혼을 단념시키려고 했어요. 하지만 그때는 이미 너무 늦었더군요. 불행하게도 처음에는 감도 못 잡았고, 그 사건이 터져 나오기 전까지 그 일에 대해 아무것도 모르고 있었으니까요. 당신도 알다시피 제가 끼어들 수 없는 상태였잖아요. 하지만 제가 몇 시간만이라도 먼저 그 일을 알았다면—그 시간이면 적절했을 테니까요—뭔가 조치를 취할 수 있었을 겁니다. 아주 강력하게 형님에게 반대할 수 있었을 거라고요. 제가 이렇게 말했어야만 했는데 말이지요. '사랑하는 형님, 지금 무슨 일을 하고 있는지 생각해보세요. 형님은 정말 불명예스러운 관계를 맺고 있고, 가족 모두 한마음으로 반대를 하고 있잖아요.' 간단히 말해 저는 어떤 방법이 있었을 거라고 생각합니다. 하지만 뭐, 모두 늦어버렸지요. 형은 반드시 가난에 찌들게 될 거예요. 분명히 굶주리게 될 거란 말입니다."

그가 아무렇지도 않게 이렇게 결론을 내리고 있을 때 존 대시우드 부인이 들어와 이야기는 마무리되었다. 엘리너가 가족 말고는 다른 사람에게 이 일에 대해 이야기를 한 적은 없었지만 부인이 들어올 때 보였던 혼란스러운 얼굴 표정으로 보아, 또 자신을 살갑게 대하려는 부인의 행동으로 보아 심경에 변화가 있다는 것을 알 수 있었다. 게다가 시누이들이 이렇게 빨리 도시를 떠나게 되어 더 자주 만날 걸 그랬다는 인사까지 곁들였다. 부인을 따라 방에 들어온 존 대시우드는 그녀의 말투에 실린 상냥함에 반해 그녀야말로 가장 사랑스럽고 우아함의 대명사라고 여기는 듯했다.

제 42 장

할리 가를 잠시 다시 한번 방문한 엘리너는 바턴에서 그렇게 멀리까지 아무런 비용도 들이지 않고 여행하게 된 것과 브랜든 대령이 자매 뒤를 따라 하루나 이틀 안에 클리블랜드에 온다는 것에 대해 오빠의 축하를 받으면서 남매의 교류를 마무리 지었다. 절대로 그럴 일은 없을 것 같았지만, 언제라도 노어랜드를 지나게 되면 들르라는 패니의 마지못한 초대 인사와 존이 엘리너에게 꼭 만나러 델라퍼드로 찾아가겠다고 힘주어 말한 것으로 보아 언젠가 시골에서 만나게 될 것 같은 기대를 하게 했다.

엘리너는 주변 사람들이 그녀를 델라퍼드로 보내기로 작정한 것처럼 보이는 것이 재미있었다. 지금으로서는 다른 어느 곳보다도 싫은 곳이었는데 말이다. 오빠와 제닝스 부인이 그곳을 마치 그녀의 미래의 가정으로 여겼을 뿐만 아니라 심지어 루시조차 그녀를 보러 그곳으로 한번 꼭 방문하겠다고 약속하는 것이었다.

4월이 막 시작된 어느 이른 아침, 약속대로 길에서 만나기로 한 일행은 하노버 광장과 버클리 가에서 각각 출발하였다. 샬럿과 갓난아이를 위해서 그들은 그 여행에 이틀 이상을 예상하고 있었으며, 브랜든 대령과 파머 씨는 좀 더 신속하게 움직여 그들이 도착한 다음 곧 클리블랜드에서 합류하기로 하였다.

런던에서 편안한 자신만의 시간을 거의 갖지 못한 매리앤은 그곳을 떠나고 싶어 오랫동안 열망했지만 막상 떠날 시간이 다가오자 괴로운 마음이 앞섰다. 그래도 한때는 마지막 희망을 가지고 즐거운 생활을 했고, 이제는 영영 떠났지만 윌로비가 돌아올 거라고 믿었던 곳이었기 때문이다. 또한 그녀가 함께 나눌 수 없는 새로운 약속과 계획들로 바쁜 윌로비가 살고 있는 그곳을 눈물 없이 쉽게 떠날 수도 없었다.

그곳을 떠나는 엘리너의 마음은 편안하였다. 미련을 가질 만한 대상도 없었고, 영원히 헤어지게 되어 그 순간 후회할 만한 어떤 사람도 뒤에 남겨두지 않았다. 오히려 루시가 우정이라면서 치근덕거렸던 상황에서 자신이 해방되는 게 기뻤고, 결혼한 윌로비와 맞닥뜨리지 않고 멀리 동생을 데려가게 되어 감사하였다. 그리고 바턴에서 몇 달간 평온하게 지내면 매리앤도 마음의 평화를 되찾고 자신도 안정되리라는 기대를 하면서 그날을 기다려왔었다.

여행은 무사히 끝났다. 둘째 날이 되자 그들은 매리앤의 상상 속에서 한때는 간절히 바랐지만 지금은 자제하고 있는 서머싯셔의 시골에 도착하였다. 그리고 셋째 날 오전에 그들은 클리블랜드에 도착하였다.

클리블랜드는 경사진 잔디밭에 지은 널찍한 현대식 건물로 거기에는 저택을 둘러싼 정원은 없었으나 갖가지 놀이를 할 수 있는 쾌적한 마당은 매우 넓었다. 웬만큼 산다는 계층의 다른 사람들의 저택과 비슷하게 탁 트인 잡목 숲과 가까운 산책길이 있었고, 농장을 빙 둘러싼 구불구불한 자갈길이 앞마당까지 이어져 있었다. 잔디밭에는 관목이 군데군데 심어져 있었는데 전나무, 마가목, 아카시아 나무 등이 서로 두툼한 방어벽이

되어 키가 큰 양버들 나무와 함께 집을 가리고 있었다.

매리앤은 그 집에 들어서면서 바턴에서 약 130킬로미터밖에 안 되고, 마그나 협곡에서도 50킬로미터도 채 되지 않는다는 사실을 알고는 가슴이 부풀었다. 그리고 집 안으로 들어선 지 5분도 안 되어 샬럿과 사람들이 관리인에게 아기를 보여주느라 분주한 동안, 그녀는 집에서 나와 구불구불한 관목 숲길을 지나 이제 막 새싹이 움트기 시작한 언덕에 이르렀다. 그리스 신전에서부터 남동쪽의 넓은 전원을 휘 둘러보는 그녀의 눈은 지평선 끝에 닿아 있는 가장 먼 언덕 자락에서 멈추었는데, 그 꼭대기에 서라면 마그나 협곡이 보일지도 모른다고 상상하였다.

이 가슴 아픈 순간에 그녀는 클리블랜드에 와있다는 사실이 기뻤다. 시골이 주는 자유롭고 행복한 특권을 누리며 자유롭게 이곳저곳을 돌아다니다가 다른 산책길을 통해 돌아오면서 파머 씨 댁에 머무르는 동안에는 이런 산책을 즐겨야겠다고 결심하였다.

매리앤은 다른 사람들이 집을 둘러본다고 나설 때에 마침 돌아왔기 때문에 그들과 합류하였다. 그날 아침의 나머지 시간은 채마밭 주위를 거닐거나 담장 위에 핀 꽃들을 살폈다. 그리고 정원사가 장승병(농작물의 줄기나 잎이 갑자기 시들어 말라 죽는 병) 때문에 탄식하는 소리를 들으면서 보냈다. 온실을 어슬렁거리면서 샬럿은 좋아하는 식물들이 관리를 잘못하여 서리를 맞고 얼어 죽은 것을 보고 웃었다. 가금류를 기르는 마당에 가서는 암탉이 그 둥지를 버리거나 여우에게 물려갔다고, 아니면 앞날이 창창한 병아리들이 급속도로 죽어간다고 풀이 죽은 농장 아주머니를 보면서 재밋거리를 새로 찾았다.

그날 아침은 맑고 건조했으며 야외에서의 보낼 계획을 가진 매리앤은 클리블랜드에 머무는 동안의 일기 변화에는 신경을 쓰지 않았다. 따라서 그녀는 식사 후에 계속되는 비 때문에 밖으로 나갈 수 없다는 걸 알고는 크게 실망하였다. 땅거미가 지고 어둑해질 무렵에 그리스풍의 신전과 마당을 쭉 다 둘러보려고 기대하고 있었고, 약간 춥고 습했지만 그녀를 방해하지는 못했을 것이다. 하지만 억수같이 계속 내리퍼붓는 비를 보면서 건조하고 산책하기 좋은 날씨라고는 생각할 수 없었다.

그들의 일행은 조촐하여 시간은 아주 조용히 흘러갔다. 파머 부인은 아기를 안고, 제닝스 부인은 카펫을 짜고 있었다. 둘은 뒤에 남은 친구들에 대해 이야기를 나누다가 미들턴 부인이 어떻게 지내는지를 예상하기도 했다. 또 파머 씨와 브랜든 대령이 그날 밤에 레딩까지는 왔는지 아닌지 궁금해 하기도 했다. 별 관심은 없었지만 엘리너는 그들의 대화에 끼었고, 매리앤은 어느 집에서든 서재를 찾아내는 재주가 있어서—그 집안 사람들 대부분이 멀리하는 곳이긴 했지만—책을 한 권 들고 왔다.

파머 부인은 변함없이 다정하고 훌륭한 유머로 그들이 환영받는 손님임을 느끼게 해주었다. 종종 무례하고 생각 없이 보였던 행동은 솔직하고 진심 어린 태도로 인해 상쇄되고도 남았다. 그녀의 친절함은 예쁜 얼굴과 함께 사람들의 마음을 끌었다. 분명 어리석기는 했어도 우쭐대는 것이 아니었기 때문에 그다지 미울 정도는 아니었다. 따라서 엘리너는 그녀의 웃음만 빼고는 모두 받아들일 수 있었다.

두 신사는 다음 날 도착하여 아주 늦은 저녁을 먹고 일행을 더욱 유쾌하게 만들었다. 그리고 화젯거리를 풍요롭게 하여 변함없는 빗속의 기나긴 아침을 조금은 덜 지루하게 만들었다.

엘리너는 파머 씨를 거의 본 적이 없고, 동생과 자신을 대하는 태도가 너무도 변화무쌍한지라 그의 가족에게는 어떻게 대하는지 예상하기 어려웠다. 하지만 손님들을 대하는 행동에서는 완벽한 신사의 면모를 보였고, 자신의 아내와 장모에게만 가끔 무례하게 굴었다. 아주 유쾌한 친구가 될 수 있는데도 그렇지 못한 것은 제닝스 부인과 샬럿보다 그가 우월한 인간이라고 느끼는 것처럼 보통의 사람들보다 자신이 우월하다고 여기는 태도 때문이라는 것을 알았다. 나머지 성격과 습관은 그 연령대의 다른 남자들과 별다를 것이 없었다. 그는 입맛이 까다로웠으며, 시간을 잘 안 지켰고, 표현하지는 않았지만 자식을 예뻐했다. 그리고 일에 몰두해야 할 아침 시간마다 당구나 치면서 한가로이 시간을 보냈다. 예상했던 것보다는 훨씬 더 그를 좋아하게 되었지만 그의 입맛이나 이기심, 자만심을 지켜보면서 에드워드의 관대한 성격이나 단순한 입맛, 자신 없는 감정들이 떠올라 흐뭇한 기분이 들면서 그를 더 이상은 좋아할 수 없게 되어도 미안한 마음이 들지는 않았다.

최근 도싯셔에 다녀온 브랜든 대령한테서 에드워드의 근황에 대해 몇 가지 소식을 들을 수 있었다. 대령은 어느 순간부터인가 엘리너를 페라스와 아무 관련이 없는 친구로 대했고, 비밀을 털어놓을 수 있는 친한 친구로 여겨 델라퍼드의 사제관에 대해 상당히 많은 것을 이야기해주었다. 그곳의 부족한 점과 앞으로 무엇을 개조할 것인지도 알려주었다. 다른 모든 상황에서와 마찬가지로 이런 식으로 대하는 대령의 행동과 단지 열흘간 못 보았음에도 그녀를 반갑게 대하는 솔직한 점, 그녀와 대화를 하려고 하는 점, 그녀의 의견을 존중해주는 것을 보면 제닝스 부인이 그의 사랑을 오해하고도 남을 만했다. 그리고 아마 엘리너도 처음부터 그가 좋아하는 사람이 매리앤이라고 믿지 않았다면 자신을 좋아하는 게 아니었을까 의심해볼 수도 있을 정도였다.

하지만 사실은 제닝스 부인이 그런 거 아니냐고 물을 때를 빼고는 지금 껏 그런 생각을 해본 적은 없었다. 그저 제닝스 부인보다 더 나은 관찰자 일 뿐이라고 스스로를 여겼을 뿐이다. 제닝스 부인이 그의 행동을 주시할 때 그녀는 그의 눈을 자세히 살펴보았다. 매리앤이 독감에 걸려 머리와 목이 아프다고 할 때 걱정되고 불안해하는 그의 표정은, 말로 표현하지 않았기 때문에 제닝스 부인은 전혀 눈치 채지 못했던 것이다. 하지만 자 신은 연인의 재빠른 감정 변화와 쓸데없는 불안을 알아차릴 수 있었다.

매리앤은 그곳에서의 셋째 날과 넷째 날, 관목 숲의 건조한 자갈길뿐만 아니라 그 지역 전체, 특히 오래된 나무들과 무성하고 축축한 풀이 나 있 는 먼 곳으로까지 즐거운 초저녁 산책을 했던 것이다. 그런 다음 젖은 신 발과 양말을 신고 앉아 있었기에 지독한 감기에 걸렸다. 처음 하루 이틀 에는 가벼운 증상이어서 그다지 신경을 쓰지 않았다. 그런데 그 증세가 점점 심해져서 모두들 걱정을 하게 되었다. 사방에서 알고 있는 처방을 내렸지만 평소처럼 그녀는 모두 거절했다. 몸이 축 가라앉고, 열이 펄펄 끓고, 팔다리가 쑤시고, 기침으로 목이 따끔거려도 하룻밤 푹 자고 나면 싹 나을 거라고 생각했기 때문이다. 그리하여 동생이 잠자리에 들 때 약 을 먹이느라고 엘리너는 진땀을 뺐다.

제 43 장

매리앤은 다음 날 아침 평소와 같은 시간에 일어났다. 병세를 묻는 질문에 좀 나아졌다고 대답을 했고, 평소와 다름없이 행동하면서 그것을 증명해 보이려고 하였다. 하지만 아파서 읽지도 못하는 책을 들고 난롯가에 앉아 바들바들 떨거나 소파 위에서 지친 모습으로 누워 하루를 보내는 모습으로는 그리 나아진 듯 보이지 않았다. 그러더니 점차 상태가 나빠져서 기어이 일찍 잠자리에 드는 것을 본 브랜든 대령은, 비록 언니로서 온종일 옆에서 간호를 했다 하지만 너무도 무덤덤하게 사태를 지켜보는 것을 보고 놀랄 수밖에 없었다. 엘리너는 밤에 약을 먹이기는 했지만 매리앤처럼 충분하게 푹 자고 일어나면 나아질 거라고 생각했기 때문에 별로 놀라지 않고 대수롭지 않게 생각했던 것이다.

그러나 고열이 내려가지 않아 밤새 잠을 설치게 되자 두 사람의 기대는 어긋나버렸다. 게다가 일어날 수 있다고 고집을 부리다가 똑바로 앉아 있을 수도 없다고 털어놓으면서 자발적으로 침대로 돌아갔다. 그런 매리앤을 보고 제닝스 부인의 충고대로 파머 집안의 약제사(시골에서는 의사 역할을 겸했다.)를 부르러 사람을 보냈다.

약제사는 환자를 살펴보더니 며칠이면 동생이 건강을 회복할 거라고 엘리너를 안심시켰다. 하지만 자칫하면 병이 악화될 수도 있다고 하면서 '감염'이라는 말을 했는데, 그 즉시 파머 부인은 아기를 생각하고 움찔했다. 처음부터 엘리너보다 매리앤의 병세를 더 걱정했던 제닝스 부인은 진찰 결과 매우 심각한 표정이 되어 샬럿이 불안해한다는 것을 확인하고는 곧바로 아기를 데리고 떠나라고 재촉하였다. 파머 씨는 그들의 우려가 쓸데없다고 여기긴 했지만, 아내가 너무나 걱정하고 끈덕지게 졸라대는 바람에 버틸 자신이 없었다. 그리하여 샬럿의 출발은 확정되었고, 해리스 씨가 도착하고 1시간도 안 되어 그녀는 아기와 보모를 데리고 바스에서 몇 킬로미터 떨어진 곳에 사는 파머 씨의 가까운 친척 집으로 떠났다. 파머 씨도 아내의 간곡한 부탁에 이틀 안에 그곳으로 가기로 약속하였다. 마찬가지로 아내는 어머니도 꼭 함께 오서야 한다고 졸랐다. 그러나 제닝스 부인은 매리앤의 병이 다 나을 때까지 클리블랜드에 남아서 어머니를 대신하여 정성으로 잘 돌보겠다는 뜻을 밝혔다. 엘리너는 정말이지 그렇게 따뜻한 마음을 가진 제닝스 부인을 사랑하지 않을 수 없었다. 그리고 제닝스 부인이야말로 매사 어려운 일에 적극적으로 나섰으며, 간호하는 데에도 많은 경험이 있기에 실제적인 도움이 된다는 것을 알고 있었다.

가엾은 매리앤은 병의 특성상 기운이 없고, 기분이 가라앉았고, 온몸이 아팠기 때문에 다음 날 회복될 수 있다는 기대를 할 수 없었다. 게다가 불행하게도 아프지 않았다면 다음 날 하게 될 일들이 떠올라 증세는 더욱 심해졌다. 왜냐하면 다음 날 그들은 집으로 돌아가기로 되어 있었던 것이다. 제닝스 부인의 하인들 시중을 받으며 다음 날 오후면 어머니를 놀라게 해드리려고 했던 것이다. 어쩔 수 없이 일정을 연기하게 된 매리앤이 겨우 한 말이라고는 낮은 탄식뿐이었다. 엘리너는 그렇게 오래 지체되지 않을 거라고 위로하면서 동생의 기운을 북돋우었고, 그때는 엘리너도 정말로 그럴 거라고 믿었다.

다음 날에도 매리앤의 상태는 조금도 차도가 없었다. 분명히 나아지지도 않았지만 별 차이가 없다는 점 빼고는 더 나빠진 것 같지도 않았다. 일행의 수는 더 줄어들었다. 파머 씨는 진실하고 착한 천성 때문이기도 했지만 아내 말만 듣고 기겁해 따라가는 것처럼 보이고 싶지 않았기 때문에 무척이나 가기 싫어했다. 그러다가 아내를 뒤따르겠다고 약속했으면 약속을 지키라는 브랜든 대령의 설득에 넘어갔다. 그가 갈 준비를 하고 있는 동안 브랜든 대령도 자기도 함께 가겠다는 말을 아주 힘들게 꺼냈다. 그러나 이때 친절한 제닝스 부인이 반갑게도 끼어들었다. 대령이 사랑하는 사람이 지금 동생의 일로 굉장히 힘들어하고 있는데 멀리 떠난다는 것은 두 사람 모두를 불안하게 하는 일이라 생각한다고 말하였다. 그러니 자신을 봐서라도 대령은 클리블랜드에 남아 달라고 했다. 대시우드 양이 동생 곁에 남아 있는 동안 자기와 같이 저녁에 피켓 놀이(카드 게임의 일종)를 했으면 좋겠다고 하면서 간절하게 요청하는 바람에 대령은 못이기는 척 이를 수락했다. 더구나 파머 씨도 제닝스 부인의 부탁에 힘을 실어주었는데, 대시우드 양을 도와주거나 충고를 할 수 있는 누군가를 하나 남겨두어야 자신도 마음이 편해질 것 같았기 때문이었다.

매리앤은 물론 이런 사정들을 전혀 알지 못했다. 그들이 도착하고 일주일도 안 되어 자신 때문에 클리블랜드의 주인들이 떠나고 있음을 모르고 있었다. 파머 부인이 전혀 보이지 않아도 놀라지 않았고, 관심이 없었기에 부인의 이름을 거론하지도 않았다.

파머 씨가 떠나고 이틀이 지났어도 그녀의 병세는 약간의 변화만 있을 뿐 여전히 똑같았다. 해리스 씨는 매일 그녀의 시중을 들면서 곧 회복될 거라고 늘 자신 있게 말하였으며, 대시우드 양 역시 낙관적이었다. 하지만 다른 사람들의 예상은 결코 그렇게 낙천적이지만은 않았다. 제닝스 부인은 이미 발병 초기에 매리앤은 결코 병을 이겨내지 못할 거라고 단정지었으며, 주로 부인의 예감을 들어주는 역이었던 브랜든 대령은 그런 예상에 반발하려는 마음이 들지 않았다. 그는 약제사가 얼토당토 않는 처방으로 다른 판단을 내렸다고 스스로 생각하면서 두려움을 몰아내려고 하였다. 하지만 날마다 혼자 있는 시간이 많아지면서 온갖 우울한 생각이 들어 그의 머릿속은 매리앤을 더 이상 볼 수 없을지도 모른다는 생각으로 가득하였다.

그러나 사흘째 되는 아침에 두 사람의 침울한 예상은 거의 사라지게 되었다. 해리스 씨가 도착하여 환자를 보고는 상당히 호전되었다고 말했기 때문이다. 그녀의 맥박은 힘차게 뛰었고, 모든 증세가 이전의 방문 때보다 좋아졌다고 하였다. 좋은 결과가 있을 거라고 믿었던 엘리너는 다시 명랑해졌다. 어머니에게 보냈던 편지에 클리블랜드에서 지체된 이유를 주위 사람들의 의견보다는 자신의 낙관적인 판단대로 가벼운 두통 때문이라고 적으면서 매리앤이 여행을 할 수 있을 날짜도 대충 짐작해 놓았던 것은 아주 잘한 일이라고 생각되었다.

하지만 그날은 시작처럼 그렇게 희망적인 하루가 되지 못했다. 저녁이 되자 매리앤은 다시 아프기 시작하더니 점점 심해졌고, 전보다 더 잠을 못 이루고 불편해하였다. 하지만 그녀의 언니는 여전히 낙관적으로 생각하기를 그저 침대를 정돈하느라 앉아 있더니 피곤해진 거라고 생각하였다. 그래서 처방된 대로 조심스럽게 강장제를 먹이고는 잠시 후 최고의 효과라고 생각했던 잠 속으로 빠져드는 것을 만족스럽게 바라보았다. 동생은 엘리너가 바라던 대로 고요하게 자지는 않았지만 오랫동안 잠을 잤다. 자고 나면 얼마나 좋아질지 궁금했던 엘리너는 잠에서 깰 때까지 그 옆을 지키고 있기로 작정하였다. 환자의 상태에 어떤 변화가 있는지 모르는 제닝스 부인은 다른 날과는 달리 일찍 잠자리에 들었고, 부인의 하녀 중 수간호사 한 명은 관리인의 방에서 휴식을 취하고 있었기 때문에 엘리너만이 매리앤과 함께 있었다.

매리앤은 갈수록 잠을 편안히 못 자고 괴로워했다. 언니는 계속 뒤척이는 동생이 안쓰러워 정신을 바짝 차리고 지켜보았다. 무어라 알 수 없는 소리를 자꾸 중얼거리는 것을 보자 그토록 고통스런 잠에서 그녀를 깨우고 싶을 지경이었다. 그때 집 어딘가에서 난 소리에 놀랐는지 매리앤이 눈을 뜨더니 펄펄 끓는 몸을 일으키며 소리쳤다.

"엄마 오셨어?"

"아니, 아직 안 오셨어."

엘리너는 두려움을 감추며 동생을 다시 눕혔다.

"하지만 얼마 안 있으면 곧 여기 도착하실 거야. 너도 알다시피 바턴에서 이곳까진 거리가 멀잖니."

"하지만 엄마가 런던을 거쳐서 오시면 안 되는데."

매리앤은 다급하게 말을 이었다.

"그럼 난 엄마를 다신 못 볼지도 몰라. 런던에 갔다 오시면………."

엘리너는 동생이 지금 제정신이 아니라는 것을 알아채고 등골이 오싹했지만 동생을 진정시키면서 얼른 맥을 짚어보았다. 맥박은 전보다 희미하고 빠르게 뛰고 있었고, 매리앤도 계속 엄마를 정신없이 찾고 있어 엘리너는 급속도로 두려워졌다. 얼른 해리스 씨도 부르고 바턴으로도 사람을 급히 보내 어머니를 모셔오기로 마음먹었다. 그러자 빨리 모셔오기 위해 어떻게 해야 할지 브랜든 대령과 상의를 해야겠다는 생각이 바로 떠올랐다. 그래서 종을 울려 하녀를 불러 자기 대신 동생을 지켜달라고 말을 한 뒤—늦게까지도 대령이 거의 거실에 있다는 것을 알았기 때문에—거실로 서둘러 내려갔다.

지체할 시간이 없었다. 엘리너는 브랜든 대령에게 모든 걸 설명했다. 그녀의 두려움에 대해서 해줄 말이 없었기 때문에 대령은 낙심한 채로 말없이 듣고만 있었다. 하지만 도움을 줄 수 있는 일이 있어 다행이었다. 대령은 이런 상황을 미리 예상하고 있었던 것처럼, 이미 그런 일을 해야겠다고 마음먹고 있었던 것처럼 자신이 직접 가서 대시우드 부인을 모셔오겠다고 말하였다. 엘리너는 사양하지 못했다. 그녀는 짧지만 깊이 그에게 감사 인사를 하고는 대령이 서둘러 해리스 씨에게 전갈을 보내고, 자신이 타고 갈 말을 준비시킬 동안 어머니에게 몇 줄의 편지를 썼다.

그런 순간에 브랜든 대령과 같은 좋은 친구가 있어 얼마나 위안이 되는지, 어머니도 그와 동행할 수 있어 든든하실 테니 그저 고맙고 감사했다. 갑작스러운 소식에 놀란 어머니를 적절한 판단으로 인도해주고, 위안을 주고, 우정으로 든든하게 달래줄 그런 친구였다.

그동안 대령은 말로 표현할 수 없는 심정이었지만 침착하게 떠날 채비를 했으며, 언제쯤 돌아오게 될지 정확한 시간을 계산해보았다. 단 한순간도 지체해서 시간을 낭비하지 않았다. 그들이 예상했던 것보다 말은 빨리 도착하였고, 브랜든 대령은 엄숙한 표정으로 그녀의 손을 꾹 잡고는 너무 작아서 귀에 들리지도 않게 몇 마디 말을 건네더니 서둘러 마차에 올랐다. 그 시간이 12시경이었으며, 그녀는 약제사를 기다리기 위해 동생이 있는 방으로 돌아와서 자리를 지켰다. 두 자매에게는 고통의 밤이었다. 해리스가 도착할 때까지 매리앤은 잠을 못 이루고 고통스러워하며 광란의 흥분 상태에서 보냈으며, 엘리너는 극심한 불안 속에서 보냈다. 한 번 걱정이 되자 엘리너는 이전에는 괜찮았던 것도 모두 극도로 불안해졌다. 옆에서 시중을 드는 하인에게 절대로 제닝스 부인을 부르지 말라고 했기 때문에 안주인인 제닝스 부인에게 들었던 것을 넌지시 말함으로써 그녀를 더욱 불안하게 만들었다.

간헐적이긴 했지만 매리앤은 여전히 어머니에 대한 생각만 내비쳤다. 동생이 어머니를 부를 때마다 엘리너의 가슴이 찢어지는 듯했다. 그렇게 여러 날 병치레를 하는 동안 아무렇지 않게 여겼던 자신을 자책했고, 치료가 너무 오래 지체되어 모두 헛수고가 될까 봐 비참한 생각이 들면서 혹여 가엾은 어머니가 너무 늦게 도착하여 사랑스런 딸자식을 볼 수 없거나 정상이 아닌 상태를 보면 어쩌나 하는 생각으로 괴로웠다.

해리스 씨에게 다시 사람을 보내 만약 그가 올 수 없다면 다른 조언이라도 구해보려던 참에 그가 도착했다. 5시는 넘기지 않은 시간이었다. 그는 환자의 상태가 악화될 줄은 전혀 예상치 못했다는 의견으로 늦게 온 것을 만회하긴 했지만, 그렇게 위급하거나 위험한 상태라고는 인정하려 들지 않았고, 의기소침한 태도로 새로운 치료약을 쓰면 틀림없이 나아질 거라고 말했다. 그러고는 서너 시간 후에 다시 오겠다면서 좀 전보다는 훨씬 침착해진 환자와 불안한 간병인인 엘리너를 남겨두고 떠났다.

다음 날 아침 제닝스 부인은 매리앤의 상태가 나빠진 것을 알고 매우 걱정하였다. 자매에게 도움을 주지 못한 것을 자책하면서 간밤에 무슨 일이 있었는지를 들었다. 미리 예측했던 바를 뒷받침할 만한 일이었기에 부인은 그다지 놀라지도 않았다. 하지만 엘리너를 위로하기 위한 말을 하려고 노력하면서—그 동생이 위험한 상태라고 확신하고 있었기 때문에—어떤 희망적인 말도 건넬 수가 없었다. 부인의 마음은 정말 무너져 내리는 것 같았다. 급속도로 악화되어서 매리앤처럼 젊고 사랑스러운 아가씨가 일찍 죽게 되다니, 별 관심이 없는 사람이라도 마음이 쓰였을 것이다. 제닝스 부인의 아픔에는 다른 이유도 있었다. 매리앤은 석 달 동안 제닝스 부인과 같이 지내며 부인의 보살핌 속에 있었고, 큰 상처를 받고 오랫동안 슬픔 속에서 지내온 것을 누구보다도 잘 알고 있었다. 게다가 부인이 특히 예뻐하는 그녀의 언니도 고통스러워하고 있었다. 또한 자매의 어머니를 생각하니 샬럿이 자신에게 의미하는 것처럼 그 어머니에게도 매리앤의 존재가 어떨지에 대해 생각이 미치자 정말 괴롭고 안타까워 공감을 할 수가 있었다.

해리스 씨는 정확히 시간을 지켜 다시 방문했다. 하지만 그가 내린 처방이 적합했을 거라는 희망은 실망으로 변했다. 그가 준 약이 효능이 없었던 것이다. 열도 내리지 않았고, 매리앤이 조용해졌을 뿐 점점 혼미해지더니 더 깊은 혼수상태에 빠져버렸다. 그녀는 무엇보다도 그가 겁에 질렸다는 것을 한눈에 알아차리고 다른 도움을 청해보자고 제안하였다. 하지만 그는 그럴 필요 없다고 잘라 말했다. 그는 좀 더 새로운 처방으로 아직 치료해볼 게 남아 있다고 했고, 지난번처럼 자신 있게 큰소리치면서—귀로는 들리지만 마음에는 와 닿지 않는 확신을 주면서—방문을 마쳤다. 그녀는 어머니를 생각할 때를 빼고는 침착한 편이었지만 거의 절망적이었다. 이런 상태로 정오까지 동생의 침대맡을 지키면서 슬픈 생각과 괴로워할 친구들을 떠올리며 이런저런 생각으로 방황하다가 제닝스 부인과 나누었던 대화를 생각하고는 극도로 침체된 기분에 빠졌다. 부인은 이런 위험하고 중대한 병이 들게 된 이유를 매리앤이 실망을 한 뒤로 몇 주 동안 잦은 두통에 시달려왔기 때문이라고 주저 없이 판단하였다.

그러나 엘리너는 정오가 되자 실망할까 봐 두려워서 친한 사람들에게도 아무 말 못 했던 기대를 조심스럽게 품기 시작했다. 동생의 맥박이 조금 세차게 뛰는 것이 느껴진 것이다. 엘리너는 기다리면서 지켜보고 연거푸 맥박을 재보고, 동생이 악화되었을 때보다 더욱 안절부절못하다가 마침내 좀 좋아진 것 같다는 희망적인 소식을 털어놓았다.

제닝스 부인이 매리앤을 살펴보고 일시적으로 좋아진 것을 인정했다. 그러나 젊은 친구에게 계속 그 상태를 유지할지는 모르겠다고 막연한 희망을 갖지 않도록 충고했다. 엘리너도 스스로 너무 믿지는 말자고 되뇌면서 큰 기대를 하지는 않았다. 하지만 희망은 그들 사이로 비집고 들어와 이미 자리를 잡고 있었다. 그녀는 동생을 보기 위해 몸을 구부렸다. 30분이 지났는데도 낙관적인 징후는 계속 동생을 축복하고 있었다. 다른 사람들도 매리앤의 호전을 확인해보고자 자리에서 일어났다. 동생의 숨결, 안색, 입술 빛깔이 모두 회복하는 기미를 보이고 있어 엘리너를 기쁘게 했다. 매리앤은 기운이 없어 보이긴 했지만 제정신이 든 눈으로 언니를 바라보았다. 걱정과 희망이 같은 무게로 마음을 짓누르면서 4시에 해리스 씨가 도착할 때까지 한순간도 평온할 수 없었다. 그러다가 그가 도착해 예상보다 훨씬 좋아졌다는 확실한 진단과 함께 축하 인사를 건네자 엘리너는 그제야 안도감을 되찾고 기쁨의 눈물을 흘렸다.

매리앤은 모든 점에서 눈에 띄게 좋아졌는데 약제사는 그녀가 위험한 상태에서 완전히 벗어났다고 말하였다. 제닝스 부인은 아마도 이번 고비만으로 자신의 불길한 예감이 어느 정도 들어맞은 것에 만족한 듯, 그의 판단을 믿는다고 하며 기뻐하였다.

그러나 엘리너는 예전처럼 명랑해질 수 없었다. 그녀의 기쁨은 다른 종류의 것이었고, 명랑함 이상의 다른 무언가가 있었다. 생명, 건강, 친구, 그리고 어머니에게로 돌아온 매리앤을 보자니 그녀의 마음은 더없이 안도감이 들었고, 감사하는 마음이 마음속 깊은 곳까지 퍼졌다. 하지만 그런 기쁜 마음을 밖으로는 표현하지 않았다. 아무 말도 하지 않았고, 만족스러운 웃음도 짓지 않았다. 엘리너는 마음속으로만 묵묵하게 기뻐할 뿐이었다.

엘리너는 잠깐 휴식을 취했을 뿐 거의 오후 내내 동생 곁에 있었다. 두려움을 진정시키고 약해진 기력으로 물어오는 동생에게 일일이 대답해주면서 표정이 어떤지, 숨결이 어떤지를 유의해 살폈다. 어느 순간에 재발할지도 모른다는 생각이 들어 두려움을 완전히 떨칠 수는 없었던 것이다. 하지만 환자의 상태를 꼼꼼히 살펴보니 매리앤이 회복되고 있다는 징후는 계속되었으며, 6시가 되어 조용하고 고른 숨을 쉬며 편안한 모습으로 잠드는 것을 본 후에야 그녀는 모든 의심이 사라졌다.

이제 브랜든 대령이 돌아오기로 예정했던 때가 가까워지고 있었다. 지금쯤 마음 졸이며 달려오고 계실 어머니는—더 늦지 않게 도착한다면—10시쯤이면 적어도 마음을 놓을 수 있을 것이었다. 브랜든 대령 역시 그럴 것이다. 그도 어머니 못지않게 속을 태울 사람이었다. 아무것도 모르고 있을 그들을 기다리는 시간은 얼마나 더디게 가는지!

7시가 되어도 매리앤은 여전히 달콤한 잠에 빠져 있었고, 엘리너는 거실에서 제닝스 부인과 함께 차를 마셨다. 그녀는 두려운 나머지 아침식사를 할 겨를이 없었고, 저녁에는 상황이 역전되는 바람에 또 식사를 제대로 할 수 없었다. 그러므로 지금의 휴식은 너무나도 달콤했다. 제닝스 부인은 매리앤을 자기에게 맡기고 어머니가 도착하기 전에 눈을 좀 붙이라고 그녀를 설득했다. 하지만 엘리너는 그다지 피곤한 줄 몰랐고, 잠이 올 것 같지도 않았다. 그리고 잠시라도 동생을 떠나려 하지 않았다. 따라서 제닝스 부인은 2층까지 엘리너를 바래다주고 모든 게 이상이 없는지 확인해보고는 엘리너의 뜻대로 하라고 맡겼다. 그리고 편지를 몇 통 쓴 후

자야겠다고 부인의 방으로 돌아갔다.

그날 밤은 춥고 음산한 바람이 세차게 불었다. 바람은 집 주위에서 포효하였으며, 굵직한 빗발이 창을 때렸다. 그러나 엘리너는 깊은 행복감에 젖어 그런 것에 관심을 기울이지 않았다. 매리앤은 돌풍이 불어대는 속에서도 편안하게 잠을 잤으며, 여행자들은 지금 겪고 있을 모든 불편함에 대해 곧 충분한 보상을 받게 될 것이다.

시계가 8시를 쳤다. 그때가 10시였다면 그 순간 집으로 다가오는 마차 소리를 의심하지 않았을 것이다. 그런데 아무리 생각해도 마차소리를 들은 것 같아 그들이 벌써 도착할 리가 없다는 것을 알면서도 옷장 옆의 창문 여닫개를 열었다. 그런데 역시 잘못 들은 게 아니었다. 마차의 깜박이는 불빛이 보였던 것이다. 희미한 불빛으로 네 마리의 말이 끄는 마차라는 것을 알아볼 수 있었다. 이는 가엾은 어머니가 얼마나 놀랐었는지를 말해줌과 동시에 예상 밖으로 빨리 도착할 수 있었던 이유를 설명하고 있었다.

엘리너는 지금까지 살면서 그 순간만큼 그렇게 침착하기 어려운 적은 없었다. 마차가 문 앞에 멈추었을 때 어머니가 얼마나 두려움에 떨지 알고 있었기 때문이었다. 게다가 무슨 말을 어떻게 할지! 그러니 도저히 침착할 수가 없었다. 이제 남은 일은 서둘러 아래층으로 내려가는 일이었으므로 제닝스 부인의 하녀에게 동생을 맡기고는 재빠르게 계단을 뛰어 내려갔다.

실내 복도를 따라 지나갈 때 현관 쪽이 소란스러운 것으로 보아 그들은 이미 집 안으로 들어왔다는 것을 알 수 있었다. 발걸음을 재촉해 거실로 들어간 엘리너 앞에는 뜻밖에도 월로비가 혼자 서 있었다.

<h1 style="text-align:center">제 44 장</h1>

그를 보고 너무 놀란 나머지 뒷걸음질친 엘리너는 순간 다시 나가려고 몸을 돌렸다. 그녀의 손이 이미 문고리를 잡고 있었다. 그때 월로비가 다급하게 다가서며 애원이라기보다는 명령조로 말하는 바람에 잠시 주춤하였다.

"대시우드 양, 삼십 분 동안만, 아니 십 분 동안만 머물러 주십시오."

"아뇨, 그럴 이유가 없어요. 제게는 볼일이 없을 텐데요. 파머 씨께서 집에 계시지 않다는 것을 하인들이 깜빡 잊고 당신께 말씀드리지 않은 것 같습니다."

그녀는 단호하게 말했다.

"하인들이 저에게 파머 씨와 그의 친척들이 모두 악마의 손에 잡혀 있다고 말했어도 제 발걸음을 돌리진 못했을 것입니다. 당신께, 오로지 당신께 드릴 말씀이 있어서 왔으니까요."

"저에게요? 그렇다면 빨리 말씀하세요. 그리고 되도록이면 그런 강한 어조는 피해주세요."

놀란 어조로 그녀가 말했다.

"앉으세요, 그러면 그 두 가지를 다하겠습니다."

그녀는 머뭇거리며 어떻게 해야 할지 몰랐다. 브랜든 대령이 도착해서 그를 보게 될지도 모른다는 생각이 순간 들었던 것이다. 하지만 그의 말을 듣겠다고 약속하였고, 그녀의 체면에 못지않게 호기심이 발동하고 있었다. 그러므로 잠시 생각한 후에 그의 말에 따라 빨리 듣는 게 최선책이겠다는 결론을 내리고 말없이 탁자로 걸어가 의자에 앉았다. 그는 반대쪽의 의자에 앉았고, 30초쯤 두 사람 모두 아무 말도 하지 않았다.

"제발 빨리 하세요. 저는 한가하게 여유를 부릴 시간이 없어요."

엘리너가 조급하게 말했다.

그는 그녀의 말을 듣지 않고 깊은 생각에 잠겨 있는 듯했다.

"동생분은…… 고비를 넘겼다고 들었습니다. 하인으로부터 들었지요. 하느님께서 보살펴 주시길! 그런데 그게 사실입니까? 그게 진정으로 사실인가요?"

엘리너는 아무 말도 하고 싶지 않았다. 그는 더욱 알고 싶다는 듯이 그 질문을 반복하였다.

"제발 저에게 말씀해주십시오. 그녀가 위험에서 벗어났나요, 아니면 아직도 위험한가요?"

"우리도 위험한 상태는 아니라고 믿고 싶어요."

그는 벌떡 일어나더니 방 안을 서성거리다가 자기 자리로 돌아와 억지로 쾌활한 척하며 말했다.

"삼십 분 전에만 알았더라도……, 하지만 제가 여기에 있으니 이제 큰 문제는 아니겠군요. 대시우드 양, 한번만, 아마 마지막 기회가 되겠지만 함께 기운을 좀 내시죠. 저는 기분이 괜찮습니다. 저에게 솔직하게 말씀해주세요. 당신은 저를 지독히 나쁜 놈, 아니면 얼간이로 생각하시나요?"

그의 볼이 빨갛게 상기되어 갔다.

엘리너는 전보다 더 놀라며 그를 바라보았다. 그리고 그가 술에 취했을 거라는 추측을 했다. 이렇게 찾아와서 이상한 태도를 보이는 것을 보면 도저히 다른 이유가 있다고는 설명할 수 없을 것이다. 이런 인상을 받은 그녀는 곧바로 일어나며 말했다.

"윌로비 씨, 지금 즉시 협곡으로 돌아가시는 게 좋겠군요. 저는 당신과 더 오래 시간을 보낼 만큼 한가하지 않아요. 제게 무슨 볼일이 있든지 간에 정신을 차린 다음 내일 다시 설명하시는 게 낫겠어요."

"무슨 말씀인지 알겠습니다만, 그래요, 전 많이 취했습니다. 말보로에서 먹은 찬 쇠고기와 일 파인트(약 500cc)의 흑맥주는 저를 뒤흔들어 놓기에 충분했지요."

그가 의미심장한 미소와 아주 조용한 목소리로 대답하였다.

"말보로라고요!"

그가 거기에서 무엇을 했다는 건지 점점 더 혼란스러워진 엘리너가 큰 소리로 외쳤다.

"그렇습니다. 저는 오늘 아침 여덟 시에 런던을 떠나 그 뒤 쭉 마차를 타고 오면서 점심을 먹느라 십 분간 마차에서 내린 게 전부입니다."

한결같은 그의 태도와 말할 때 눈빛이 반짝이는 것으로 보아 다른 어떤 이해할 수 없는 어리석음이 그를 클리블랜드로 데려온 건지는 몰라도 술에 취해서 온 것은 아니라는 확신이 들었다. 그녀는 잠시 생각한 후에 말했다.

"윌로비 씨, 지난 일들에 대해 당신은 당연히 알 것이고, 저도 잘 알고 있습니다. 이런 식으로 당신이 여기에 찾아와서 제게 이런 큰 실례를 범하는 데에는 뭔가 이유가 있을 것입니다. 도대체 왜 이러시는 거죠?"

"그건……. 할 수만 있다면, 저를 증오하시는 당신의 마음을 조금은 덜 어드리고 싶어서입니다. 과거의 일에 대해 해명을……. 다시 말해 사죄를 드리고 싶어요. 저의 속마음을 당신에게 활짝 열어 보여서 제가 멍청이이이긴 했지만 그렇게 나쁜 놈은 아니었다는 것을 얘기하여 매리, 아니 당신의 동생분으로부터 용서 비슷한 것이라도 구하고 싶습니다.”

그가 매우 무게 있는 어조로 말했다.

“그것이 당신이 온 진짜 이유인가요?”

“제 영혼을 걸고 맹세합니다.”

예전의 윌로비를 회상시키는, 열정을 간직한 목소리로 그가 대답하였다. 그러자 그가 진실로 하는 말일 것이라는 생각이 들었다.

“만약 그 일이 전부라면 당신은 기뻐하셔도 좋아요. 매리앤은 이미 당신을 용서했으니까요. 이미 오래전에 그 애는 당신을 용서했어요.”

“정말인가요? 그렇다면 그녀는 미처 용서를 구하기도 전에 저를 용서한 셈이군요. 하지만 이제 진정으로 용서하게 될 것입니다. 훨씬 더 타당한 근거에서 말입니다. 이제 제 말을 들어주시겠습니까?”

그는 다시 열띤 어조로 외쳤다.

엘리너는 동의한다는 뜻으로 고개를 끄덕였다.

“전 모르겠습니다.”

그는 잠시 말을 멈추어 엘리너에게는 기대를 하게 했고, 스스로는 생각을 가다듬었다.

“당신이 동생분한테 저의 행동에 대해 어떻게 설명했는지, 어떤 악마적인 동기를 들어 제 행동을 바라보셨는지 말입니다. 아마 당신은 저를 더 좋게 생각하시지는 못할 것입니다. 하지만 시도해볼 만한 일이니 모든 것을 설명해드리겠습니다. 제가 처음에 당신 가족과 친해졌을 때에는 제가 데번셔에 남아 있는 동안 시간을 유쾌하게 보내야겠다, 이전보다 더 즐겁게 보내야겠다는 목적 말고는 다른 의도는 없었습니다. 동생분의 사랑스런 성품과 재미있는 성격만으로도 저는 즐거웠습니다. 그리고 거의 처음부터 저에 대한 그녀의 행동은—그것이 무엇이었는지, 그녀가 어떤 사람이었는지를 다시 생각해보면 제 마음이 그렇게 무감각했다니— 놀라울 뿐입니다. 하지만 고백하건대 처음에는 저의 허영심만이 자꾸 높아졌습니다. 그녀의 행복에는 관심이 없이 오직 저의 즐거움만을 생각하고—제가 한번 빠지면 너무 빠지는 경향이 있어서요.— 모든 수단을 동원해서 그녀와 즐겁게 지내려고 노력했습니다. 그녀가 나를 사랑하게 되면 어떻게 되돌려 놓을지는 아무 생각 없이요."

엘리너는 이 부분에서 무척 화가 난 경멸의 눈으로 쏘아보고는 다음과 같은 말로 그의 말을 중단시켰다.

"윌로비 씨, 이건 더 이상 들을 가치가 없는 이야기군요. 이런 식으로 시작된 말이 어떻게 이어질지는 뻔해요. 그 문제에 대해 더 말씀하셔서 저를 고통스럽게 하지 마세요."

"그 이야기의 전모를 꼭 들어주시기 바랍니다. 저는 재산이 많지 않습니다. 그런데도 저는 항상 저보다 수입이 더 나은 사람들과 교제하고 늘 사치스런 생활을 해왔습니다. 성년이 된 이후, 아니 그전부터 해마다 빚이 늘어났을 거예요. 저의 숙모, 스미스 부인이 돌아가신다면 제가 해방될지도 모르지만, 아직 그 일은 어찌될지 모를 일이고, 어쩌면 먼 훗날이 될지도 모르죠. 그래서 한동안 저는 돈 있는 여자와 결혼해서 다시 시작하고 싶었습니다. 그러므로 당신의 동생에게 애정을 가지고 접근할 생각은 전혀 없었지요. 그렇게 비열하고 이기적이고 잔인한 생각을 가졌으니 대시우드 양이 분노에 휩싸여 경멸의 눈으로 저를 나무라신다 해도 지나치지 않을 것입니다. 저는 애정에 보답할 생각은 없이 그녀의 관심을 끌려고만 행동했지요. 하지만 한 가지 말씀드릴 것은, 제가 아무리 이기적인 허영심의 끔찍한 상태에 있었어도 저는 그때 사랑이 무엇인지 몰랐기 때문에 얼마나 상처를 받게 될지 그것을 알지 못했습니다. 과연 제가 알 수 있었을까요? 글쎄요, 잘 모르겠습니다. 제가 진정으로 사랑했다면 허영과 탐욕을 위해 저의 감정을 희생할 수 있었을까요? 아니 그 이상이라면 제가 그녀의 감정을 희생시킬 수 있었을까요? 하지만 저는 그렇게 했습니다. 상대적인 가난을 피하기 위해서 그녀의 사랑과 그녀가 속한 사회가 가난의 공포를 대신 없애줄 수 있었는데도, 부자로 발돋움함으로써 저는 축복받을 수 있는 모든 기회를 잃었습니다."

"그렇다면 당신은 한때 매리앤을 사랑하긴 했었다는군요."

약간 부드러운 말투로 엘리너가 말했다.

"그런 매력을 거부하고 그런 사랑스러움에 안 넘어갈 남자가 이 세상 천지에 도대체 어디 있겠습니까? 그래요, 저는 그녀를 진심으로 좋아하게 되었다는 사실을 알게 되었습니다. 제 인생에서 가장 행복했던 시간들은 그녀와 함께 보낸 시간들이었습니다. 그때는 제 마음도 엄밀히 따져보아도 명예로웠고, 제 감정도 거짓 없이 순수했습니다. 그러나 그녀에게 고백하기로 굳게 결심했을 때조차도, 제 상황이 너무나 궁색할 때 약혼하고 싶지 않았기 때문에 저는 그 말을 차일피일 정당하지 못하게 미루었습니다. 여기서 이유를 들지는 않겠습니다만, 제 어리석음을 비난하신다면 막지 않겠습니다. 아니 어리석다기보다 더 한심한 일이었지요. 제 명예가 걸린 신념을 미루었으니까요. 그 사건은 제가 영악한 멍청이였다는 것을 증명했습니다. 자신을 영원히 비열하고 사악하게 만들 수 있는 기회를 용의주도하게 준비해왔음을 증명한 것입니다. 그러나 드디어 저는 결심이 섰습니다. 그녀와 단둘이 있게 되면 변함없이 그녀에게 바친 애정이 거짓이 아니었다고, 말하고자 애썼던 애정을 그녀에게 솔직히 털어놓기로 말입니다. 하지만 그 사이에—제가 개인적으로 그녀와 말할 기회를 갖기 몇 시간 전에—저의 결심과 위안을 모두 무너뜨릴 불행한 상황이 발생했습니다. 그 일이 발각된 것입니다."

여기에서 그는 망설이며 눈길을 내렸다.

"어떻게 된 건지 숙모인 스미스 부인이 그 관계에 대해서 알게 된 겁니다. 제 생각으로는 먼 친척 중 누군가 저에 대한 부인의 호의를 빼앗으려고 했던 것 같습니다. 제가 더 이상 설명할 필요는 없을 것 같은데요."

그는 흥분된 얼굴과 궁금하다는 눈으로 그녀를 바라보며 덧붙였다.

"당신과 특별히 친하신 분에게서, 오래전에 그 모든 이야기를 들었을 것입니다."

"그래요, 다 들었어요. 당신이 저지른 그 끔찍한 죄를 어떻게 설명해야 할지 상상조차 할 수 없네요."

엘리너도 얼굴이 달아올라 그에게 동정심이 생기려던 마음을 새롭게 다잡으면서 대답했다.

"누구에게서 그 말을 들었는지 기억해보세요. 과연 공정하게 전달되었겠습니까? 그녀가 처한 상황이나 인격을 존중했어야 하는 건 인정합니다. 제 자신을 정당화시키려는 것은 아닙니다만, 그녀는 말할 수 없는 상처를 입었기 때문에 아무 죄가 없고, 제가 아무 말도 하지 않는다고 방탕자이고, 그녀는 성녀임에 틀림없다는 식으로 당신이 생각하도록 놓아둘 수는 없습니다. 만약 그녀의 애정이 너무 격렬했고, 이해심이 부족했다면 어떨까요?—그러나 제 자신을 변명하려는 것은 아닙니다. 저에 대한 그녀의

애정은 합당한 대우를 받아야만 했고, 순간적이긴 하지만 종종 제 사랑을
끌어올린 그녀의 애정을 회상하며 자책을 심하게 한답니다. 진심으로 그
런 일은 없었어야 했습니다. 제가 그녀보다 더 많은 상처를 입었으니까요.
그리고 그녀의 애정보다 뜨거울망정 덜하지 않았던 사람에게도 상처를
입혔습니다. 이렇게 말해도 괜찮을까요? 게다가 그 정신은, 아! 얼마나 품
격이 있었는데요!"

"하지만 당신의 무관심은 그 소녀를 불행하게 만들었어요. 이런 이야
기를 화제로 한다는 것 자체가 불쾌한 일이지만 할 말은 해야겠군요. 당
신의 무관심이 그녀를 잔인하게 버린 짓에 대한 변명이 되지는 못한단 말
입니다. 그녀가 아무리 선천적으로 이해심이 모자란다고 해도 명백하게
당신이 저지른 잔인한 일이 용서받을 수 있다고는 생각하지 마세요. 당신
도 알고 있었겠죠? 당신이 데번셔에서 즐겁고 행복하게 새로운 나날을
즐기는 동안 그녀가 극단적인 곤궁에 처할 거라는 사실을 말이에요."

"아니, 맹세코 저는 몰랐습니다. 그녀에게 제 주소를 알려주는 일을 깜
박했었어요. 그리고 그런 것쯤은 상식만 있다면 쉽게 알아낼 수 있으리라
생각했죠."

그는 강력하게 대꾸하였다.

"음, 윌로비 씨, 그럼 스미스 부인께서는 뭐라고 하셨죠?"

"숙모님은 저에게 불같이 화를 내며 책망하셨고, 제가 얼마나 혼란스
러웠는지는 잘 아시겠지요. 그분은 완전무결하게 생활하시는 분이라 정
형화된 사고방식을 가지고 계시고, 또 세상에 대해서도 잘 모르셨기 때문
에 모든 것이 제게는 불리했습니다. 저는 그 문제를 부정할 수 없었고, 어
떻게든 완화해보려는 노력도 모두 헛되었습니다. 부인께서는 제가 하는

모든 행동의 도덕성을 의심하셨던 것 같아요. 게다가 이번 방문에서는 예전만큼 신경도 못 썼고, 함께 시간을 보내지 않아서 불만이셨죠. 간단히 말해 숙모와 저의 사이는 완전히 어긋났습니다. 어쩌면 한 가지 방법으로 제 자신을 구할 수 있었을지도 모릅니다. 도덕성이 아주 높은 훌륭한 분이신지라 제게, 엘리자와 결혼한다면 과거를 용서해주겠다고 말씀하시더군요. 저는 그럴 수는 없었습니다. 그래서 상속인에서 제외되고, 집에서 완전히 쫓겨났지요. 그 일이 있던 날 밤에—날이 밝으려면 떠나려고 했거든요.— 앞으로 어떻게 해야 할지 곰곰이 생각했습니다. 갈등은 컸지만 그리 오래가지 않았습니다. 매리앤을 사랑하는 제 마음과 저를 사랑하는 그녀의 마음을 믿으면서도 궁핍해질지도 모른다는 두려움을 극복할 수는 없었습니다. 재산이 꼭 필요하다는 잘못된 생각을 타파하기에는 역부족이더군요. 제가 원래부터 그런 생각을 가지고 있었고, 사치스런 사교를 통해 그런 생각이 더욱 강해졌던 것이지요. 제게는 지금의 아내에게 청혼하면 허락할 거라는 확신이 있었습니다. 상식적으로 봤을 때 그보다 더 현명한 방법은 없다고 스스로를 설득했지요. 그러나 제가 데번셔를 떠나기 전에 아주 부담스러운 일이 저를 기다리고 있었습니다. 저는 바로 그날 당신의 가족과 식사를 함께 하기로 약속이 되어 있었지요. 따라서 그 약속을 깰만한 구실이 필요했습니다. 하지만 제가 약속을 깨는 이유를 편지로 쓸 것인지 아니면 직접 전달할 것인지는 오랫동안 숙고할 문제였지요. 저는 매리앤을 보는 것이 두려웠고, 만약 다시 보더라도 저의 결심을 유지할 수 있을지 의문이었거든요. 그러나 그 점이라면 그 일이 말해주듯이 제 배짱을 과소평가했더군요. 왜냐하면 저는 그녀를 만났고, 절망에 빠진 그녀를 그냥 내버려두었으니까요. 다시는 그녀를 만나지 않게 되길 바라면서요.”

“그렇다면 당신은 왜 직접 방문하셨죠, 윌로비 씨? 편지 한 장이면 모든 게 해결되었을 텐데요. 방문해야 할 이유가 뭐였죠?”

엘리너가 나무라듯 말했다.

“제 자존심을 위해 필요했습니다. 저는 차마 당신이나 이웃분들이 숙모님과 저 사이에 어떤 일이 일어났는지 의심하게 만들어 놓고 그곳을 떠나지 못하겠더군요. 그래서 호니턴으로 가는 도중에 시골집을 방문하기로 작정하였지요. 그러나 당신의 사랑스런 동생을 보는 것은 참으로 두려웠습니다. 엎친 데 덮친 격으로 그녀는 혼자 있었습니다. 당신과 다른 분들은 어디로 가셨는지 모르겠더군요. 전날 밤에 헤어질 때는 옳은 일을 하겠다고 그렇게 굳세게 다짐했었는데! 몇 시간 후면 그녀와 저는 영원히 맺어질 수 있었습니다. 제가 얼마나 기쁘고 즐거운 기분이었는지 생각나는군요. 시골집에서 나와 앨런엄으로 걸어가면서 제가 얼마나 행복하고 모든 사람들이 얼마나 기뻐보였는지 말입니다. 하지만 우리의 우정이 마지막이 될 만남에서 그녀에게 저는 죄의식 때문에 제대로 설명하지도 못했습니다. 제가 갑자기 데번셔를 떠나지 않으면 안 된다고 말했을 때 그녀가 보인 슬픔, 실망, 깊은 후회는 절대로 잊을 수 없을 겁니다. 그녀는 제게 너무도 굳건한 의지와 신뢰를 느끼고 있었던 것입니다. 오, 하느님! 저는 너무나 냉혹하고 파렴치한 놈입니다.”

두 사람 모두 한동안 말이 없었다. 잠시 후 엘리너가 먼저 입을 열었다.

“당신은 제 동생에게 곧 돌아오겠다고 말했지요?”

“전 그녀에게 무슨 말을 했는지 모르겠습니다. 의심할 바 없이 평소보다는 적게 말했을 테고, 곧 증명될 수 있는 것보다는 더 많이 말했을 가능성이 큽니다. 그때를……, 정말 생각하고 싶지 않군요. 생각할 필요도 없 잖습니까? 그때 당신 어머니께서 들어오셔서 제게 친절하게 대해주시고 믿어주시는 바람에 저는 더 괴로웠습니다. 세상에! 저는 정말 고문을 당 하는 것 같았어요. 비참했지요. 대시우드 양, 당신은 제가 저의 비참함을 되돌아보면서 얼마나 위안을 얻는지 모르실 겁니다. 어리석었던 제 모습 과 비열하고 바보 같았던 제 마음에 한이 남아서 그 때문에 받은 고통은 차라리 승리와 환희일뿐입니다. 저는 제가 사랑했던 모든 것을 떠나 제가 무관심했던 사람에게로 갔습니다. 제 말을 타고 런던으로 가는 길은 정말 지루했습니다. 대화 상대도 없이, 앞으로 일어날 일들에 대한 기대를 떠 올리며 겨우 힘을 냈지요. 뒤돌아본 바턴의 풍경은 큰 위로가 되더군요. 아, 참으로 축복받은 여행이었습니다.”

그는 멈추었다.

“그랬군요. 이제 다하셨나요?”

엘리너는 그의 상황에 동정이 가긴 했지만 그가 빨리 일어나길 바라며 서둘러서 말했다.

“천만에요! 당신은 시내에서 무슨 일이 있었는지 잊으셨나요? 그 파렴 치한 편지 말입니다. 그녀가 당신에게 보여주던가요?”

“네, 과거에 쓴 편지를 모두 보았지요.”

“그녀의 첫 편지가 제게 도착되었을 때—저는 시내에 있었기 때문에 바 로 받아볼 수 있었습니다.—제 심정이란, 말로는 표현할 수가 없었습니다. 좀 더 간단히 말하자면, 아마 너무 간단해서 어떤 감정도 못 느끼실지 모르 지만, 저는 정말 죽을 정도로 고통스러웠습니다. 만약 편지를 쓴 그녀가 여 기 있다면 — 쓰지 못하게 금했을 상투적인 은유지만 — 단어 하나하나,

문장 하나하나가 제 가슴에 비수가 되어 꽂혔다고 말할 수 있습니다. 매리 앤이 시내에 와있다니, 역시 진부합니다만, 청천벽력 같았지요. 청천벽력 과 비수라! 그녀가 알았다면 얼마나 책망을 했을까요. 그녀의 취향과 견해 라면 제 것보다 더 잘 알고 있다고 생각합니다. 또한 더욱 소중하다고 여기 고 있습니다.”

“이건 옳지 않아요, 윌로비 씨. 당신이 결혼했다는 것을 기억하세요. 양 심에 비추어 정말로 제가 꼭 들을 필요가 있는 것만 말씀하세요.”

“매리앤의 편지는 우리가 여러 날 헤어져 지냈음에도 불구하고 예전처 럼 제가 아직도 그녀에게 소중하다는 사실을 저에게 일깨워주었습니다. 매리앤의 감정이 한결같은 것처럼, 저 또한 그럴 거라는 믿음으로 가득 차 있어 잠자던 제 양심의 가책을 흔들었지요. 이렇게 말하는 것은 시간 이 어느 정도 흘렀고, 런던에서의 일과 방탕한 생활로 바빠 저는 잊고 있 었으니까요. 저는 아주 제대로 된 악당이 되어가고 있었습니다. 제 스스 로 그녀에게 무관심해졌다고 생각했고, 그녀 역시 저에게 무심해졌을 거 라고 믿기로 했던 것입니다. 우리의 과거는 단지 무의미하고 하찮은 것이 었다고 되뇌면서 그렇다는 증거로 어깨를 으쓱하면서 종종 남몰래 ‘그녀 가 결혼을 잘했다는 말을 들으면 정말 기쁘겠다.’ 라고 중얼거리면서 모 든 비난을 잠재우고 양심의 가책을 없애려고 했습니다.

하지만 그 편지로 인해 저는 저에 대한 재인식을 하게 되었습니다. 그 녀는 정말 세상의 어떤 여자보다 저에게 더 소중한 존재인데 제가 파렴치 하게 그녀를 이용했다는 자각이 든 것이지요. 하지만 그때는 그레이 양과 저 사이에 모든 게 결정이 되었던 시기였습니다. 취소는 불가능했지요. 제가 해야 할 일이라곤 당신 두 사람을 피하는 것뿐이었습니다. 저는 매리앤의 관심에서 벗어나고자 하는 뜻에서 매리앤에게 아무런 답장을 하지 않았습니다. 그리고 한동안 버클리 가를 방문하지 않기로 결심하였습니다. 하지만 결국에는 다른 어떤 방법보다 아무렇지 않게 일상적으로 알고 지내는 것이 더 현명하다고 판단해서 어느 날 아침, 당신들 모두가 외출하는 것을 확인하고 제 명함을 남겼던 것입니다."

"우리가 외출하는 것을 보았다고요?"

"그렇습니다. 제가 얼마나 당신들을 지켜보았는지, 얼마나 자주 당신과 우연히 마주칠 뻔했는지를 들으시면 놀라실 겁니다. 마차를 타고 지나가는 당신들의 시선을 피하기 위해 몇 차례나 상점 안으로 들어가곤 했지요. 저는 본드 가에 묵고 있어서 한두 차례 당신들의 모습을 보지 않은 적이 하루도 없었습니다. 당신들 눈에 띄지 않으려고 끊임없이 주의를 기울였기 때문에 그렇게 오랫동안 우리가 마주치지 않을 수 있었던 거지요. 저는 가능한 한 미들턴 가족을 피했음은 물론이고, 그 밖에 우리를 양쪽 다 알고 있는 사람이라면 죄다 피했습니다.

시내에 존 경 내외가 왔다는 것을 미처 알지 못한 저는 우연히 존 경이 온 첫날, 그러니까 제가 제닝스 부인을 방문한 다음 날 존 경과 마주쳤습니다. 그분은 저에게 그날 저녁 무도회 파티에 초대하시더군요. 저를 꼭 오게 하려고 당신과 당신 동생도 올 것이라는 말을 하지 않았더라도 당신들이 참석할 거라는 건 너무나 확실해서 그분 근처에 있을 수는 없었지요. 다음 날 아침 매리앤에게서 저에 대한 여전한 사랑과 솔직하고 꾸밈없는 신뢰가 담긴 또 하나의 짤막한 편지가 배달되었습니다. 그걸 보니 제 행동이 다시 증오스럽게 느껴졌습니다. 저는 차마 답장을 할 수가 없었습니다. 노력했지만 한 문장도 만들어낼 수가 없었습니다. 하지만 저는 매순간 그녀를 생각했습니다. 만약 당신이 저를 동정하신다면 대시우드 양, 그때의 그 상황을 이해해주세요. 제 머릿속에는 당신의 동생 생각으로 가득 차 있었는데도 저는 다른 여자를 위해 행복한 연인 역할을 하지 않으면 안 되었습니다.

그 서너 주 동안은 정말 제 인생에서 최악의 나날이었습니다. 드디어 당신에게 굳이 설명할 필요가 없는 순간이 다가왔군요. 거기서 저는 당신과 눈이 마주친 것입니다. 그리고 사랑스러운 그녀의 모습을 다시 보게 되었지요. 참으로 고통스러운 밤이었습니다. 한쪽에서는 천사처럼 아름다운 매리앤이 다정한 목소리로 저, 윌로비를 부르고 있었어요. 오, 하느님! 그녀는 손을 내밀면서 근심이 그득한 아름다운 눈동자로 저를 빤히 바라보며 설명을 희구했지요. 그리고 다른 한쪽에서는 악마처럼 질투하는 소피아가 그 모든 걸 지켜보고 있었어요. 그건 대수로운 일이 아닙니다. 이제 다 끝난 일이니까요. 그날 저녁은 정말……. 저는 최대한 빨리 당신들로부터 도망쳤지요. 하지만 그전에 예쁘기만 했던 매리앤의 얼굴이 죽음이 드리운 듯 창백해진 걸 보고야 말았습니다. 그것이 제가 매리앤을 본 마지막 모습이었습니다. 끔찍한 광경이었지요! 오늘 그녀가 정말 죽어간다고 생각했을 때 그녀의 마지막을 본 사람들에게 어떻게 보였을지 저도 정확히 알고 있다고 생각하니 다소 위안이 되었습니다. 제가 여기 오는 중에도 그녀는 그때의 모습과 안색으로 제 앞에 끊임없이 나타나더군요."

두 사람 다 생각에 잠기느라 잠깐 이야기가 끊어졌다. 먼저 윌로비가 일어서며 침묵을 깼다.

"이제 서둘러 가봐야겠군요. 당신 동생은 분명히 좋아졌고, 위험에서 벗어난 거지요?"

"그렇게 믿고 있어요."

"당신 어머니도 이제 마음을 놓으시겠군요. 그렇게 매리앤을 사랑하시는데!"

"그런데 윌로비 씨, 당신이 쓴 편지 말인데요. 그 편지에 대해서 할 말은 혹시 없으신가요?"

"아, 특히 그 편지 말이시군요. 당신의 동생이 다음 날 아침, 다시 편지를 썼더군요. 뭐라고 썼는지는 당신도 보셨겠지요. 그때 저는 엘리슨 가에서 아침식사를 하고 있었는데 몇 개의 다른 우편물과 함께 그 편지가 숙소에서 그곳으로 전달이 되었습니다. 그 편지는 제 손에 들어오기 전에 소피아의 눈에 띄었지요. 그리고 그 편지의 크기와 고급스러운 종이, 필체 등을 보더니 그녀는 금방 의심을 하더군요. 데번셔에 있는 어떤 아가씨와 제가 사랑했었다는 소문을 그녀도 어디선가 들어서 알고 있었던 차에 전날 그 아가씨를 직접 보고 무슨 일이 있었는지 보았으니 전보다 더 질투가 났었나 봅니다. 그래서 사랑하는 여인이 즐거운 장난을 하는 척 바로 그 편지를 뜯어 내용을 읽더군요. 성급하게 굴더니 대가를 톡톡히 치른 셈이 되었습니다. 그 내용은 그녀를 참담하게 만들었으니까요. 그녀가 비참해하는 것을 참을 수는 있었지만 그 열정은—사악함이라고 표현하고 싶군요.—무슨 수를 써서라도 달랠 도리밖에 없었습니다. 그래서 하는 말인데, 제 아내가 쓴 편지 형식이 어떻던가요? 섬세하고 상냥하고 참으로 여성스럽지 않던가요?"

"당신의 아내라고요! 그 편지는 당신의 필체였는데요."

"네, 하지만 저는 제 이름을 쓰기에도 부끄럽게 아내가 쓴 문장을 그대로 옮겨 쓰는 명예를 얻었을 뿐입니다. 원본은 모두 그녀가 쓴 거였어요. 아내의 행복한 생각과 점잖은 말투였지요. 하지만 제가 어떻게 할 수 있었겠습니까? 우리는 약혼을 했고, 모든 준비가 진행 중이었고, 결혼 날짜도 거의 정해져 있었거든요. 제가 바보처럼 이야기하는군요. 준비라니! 결혼 날짜라니! 솔직히 말해서 제게는 그녀의 돈이 필요했으니 저와 같은 상황이었다면 파탄을 피하기 위해서 무슨 일이든 했을 겁니다. 결과적으로도 제 답장이 어떤 말로 쓰이든 매리앤과 친구들이 저를 바라보는 의견에 얼마나 중요하게 작용했겠습니까? 한 가지 결론밖에 없을 텐데 말입니다. 제가 하려고 했던 것은 제 자신이 불한당이라고 선언하는 것이었으니 정중하게 인사를 하든 거칠게 하든 그건 별로 중요하지 않았지요. '이제 나를 영원히 불한당으로 파멸시키겠구나. 나는 그들에게서 영원히 추방되었어.'라고 혼자 중얼거렸지요. '나는 그들이 속한 사회에서 영원히 추방당했구나. 이미 나를 줏대 없는 녀석이라고 생각할 텐데 이 편지로 인해 나는 영원히 불량배로 낙인찍혔어.' 저는 이렇게 생각하면서 일종의 자포자기한 상태로 아내가 써 준 글을 그대로 베끼고는 매리앤과의 마지막 기념물을 내놓았습니다. 그녀가 보낸 세 통의 편지들도—불행하게도 모두 저의 포켓북 속에 들어 있었는데 그렇지 않았다면 저는 그 존재를 부인하면서 평생 지니고 있었을 것입니다.—정리해야만 했고, 심지어 그것에 입맞춤조차 할 수 없었습니다. 그리고 그 사랑스러운 머리카락 역시 제가 포켓북 속에 넣어서 늘 가지고 다녔었는데 아내가 필사적으로 찾아내는 바람에 내놓을 수밖에 없었지요. 모든 추억을 제게서 완전히 빼앗아버렸어요."

"당신은 잘못 생각하고 계세요, 윌로비 씨. 아주 큰 잘못을 하고 있군요. 당신의 아내나 제 동생에 대해 이런 식으로 말해서는 안 됩니다. 당신이 직접 선택하신 거니까요. 누가 시켜서 한 게 아니란 말입니다. 당신의 아내는 적어도 당신에게 정중한 대접과 존경을 받을 권리가 있어요. 그녀는 틀림없이 당신을 사랑할 테고, 그렇지 않았다면 당신과 결혼하지도 않았을 거예요. 그녀에게 불친절하게 대하고, 경멸하는 투로 말한다고 해서 매리앤에게 속죄하는 것도 아니고, 스스로의 양심에도 편할 수는 없을 겁니다.”

“제 아내에 대한 말은 하지 마십시오. 그녀는 당신의 동정을 받을 만한 사람이 못 됩니다. 그녀는 결혼할 때부터 제가 그녀에게 관심이 없다는 것을 알고 있었습니다. 그래요, 우리는 결혼해서 마그나 협곡으로 내려가 행복하게 지냈고, 다시 런던으로 돌아와 즐겁게 지냈지요. 그런데 당신은 지금 저를 동정하시나요, 대시우드 양? 아니면 제가 쓸데없이 이 모든 말을 하는 건가요? 아주 작은 차이라도 저의 죄가 전보다 가벼워졌다고 생각하시나요? 제 의도가 항상 나쁜 것은 아니었습니다. 제 설명이 저의 죄를 조금은 가벼워지게 설명했나요?”

깊은 한숨을 쉬며 그가 말했다.

“네, 당신은 분명히 뭔가를, 조금이지만 없애주셨어요. 당신은 제가 믿었던 것보다 대체로 그렇게 나쁜 사람이 아니라는 것을 입증하셨어요. 당신은 당신의 마음이 그렇게 사악하지 않다는 것을, 정말 나쁜 마음을 먹었던 게 아니라는 것을 보여주었어요. 하지만 당신이 저지른 그 불행들은……, 솔직히 잘 모르겠군요. 그보다 더 최악의 상황이 있을 수 있는지 말이에요.”

“동생분이 회복되면 제가 당신께 말한 것들을 되풀이해서 전달해주시겠습니까? 당신 생각처럼 그녀도 저를 조금은 이해할 수 있게 설명해주십시오. 동생분이 이미 저를 용서했다고 말씀하셨지요? 제 마음과 제 심정을 더 자세히 알게 되면 그녀도 좀 더 자발적이고 자연스럽게, 더 인자하고 편안하게 용서할 수 있도록 잘 설명해주십시오. 그녀에게 제가 얼마나 참담한지, 얼마나 후회하고 있는지 말씀해주시고, 제 마음이 언제나 한결같아서 잠깐이라도 변했던 적은 없었다고, 하실 수 있다면 이 순간에도 다른 누구보다 그녀를 사랑한다고 전해주세요."

"생각해 봐서 당신의 입장을 잘 설명할 수 있는 데 필요한 말이면 동생에게 전하겠습니다. 그런데 당신이 오신 데 대한 특별한 이유나 동생이 아프다는 소식을 어떻게 들었는지는 아직 설명하지 않으셨는데요."

"간밤에 드루리 레인 극장의 로비에서 존 미들턴 경과 마주쳤습니다. 제가 누구인지 알아보시더니 두 달 만에 처음으로 제게 말을 건네시더군요. 제가 결혼한 다음에 저와 연락을 끊으셨어도 놀랍거나 노엽지 않았거든요. 하지만 그때 저에 대한 경멸과 당신 동생에 대한 염려로 가득한 그분의 마음이, 알고 있는 소식을 전해서 저를 초조하게 만들고 싶은 유혹을 견디지 못한 것입니다. 제가 그렇게 될 거라 생각하지 않으셨을 수도 있고요. 어쨌든 존 경은 단도직입적으로 매리앤 대시우드 양이 클리블랜드에서 지독한 열병에 걸려 죽어가고 있다고 말씀하셨어요. 제닝스 부인이 보낸 그날 아침의 편지에서도 그녀가 오늘내일 할 정도로 위독하다고 쓰여 있었거든요. 파머 씨 가족은 모두 놀라서 집을 떠났다는 등의 이야기도 있었습니다.

저는 너무나 큰 충격을 받아서 제 자신을 숨기지 못해 둔한 존 경마저 제가 어떠한지 눈치를 챌 정도였습니다. 제가 괴로워하는 것을 보더니 그분의 마음도 부드러워졌나 봐요. 저를 미워했던 마음이 많이 사라졌는지 헤어질 때에는 포인터 강아지를 주기로 했던 오래된 약속을 상기시키면서 악수까지 할 뻔했지요. 당신 동생이 죽어가고 있다는 말을 들은 제 심정이 어땠는지는……. 저를 세상에서 가장 사악한 건달로 믿으면서 마지막 순간까지 저를 비난하면서 증오할 거라고 생각하니! 어떤 끔찍한 계획을 제 탓으로 돌리고 있을지 제가 어떻게 알 수 있었겠습니까! 누군가는 제가 어떤 일이든 할 수 있는 사람으로 말할 게 뻔한데요. 제가 얼마나 오싹했는지 모릅니다. 저는 곧 무엇을 해야 할지 결정했습니다. 그러고는 오늘 아침 여덟 시에 마차를 타게 되었던 거지요. 이제 모든 이야기를 다 들으셨습니다."

엘리너는 아무런 대답도 하지 않았다. 그녀는 그가 너무 일찍 독립을 한 탓에 게으르고 방탕하고 사치스러운 습관의 결과로 그런 정신 상태가 생겼고, 외모로 보나 재능으로 보나 모든 이점을 타고난데다가 선천적으로 솔직하고 정직하고 애정 어린 성격과 결합하여 돌이킬 수 없는 결점을 만들어냈다고 결론을 내리게 되었다. 세상은 그를 사치와 허영에 잠기도록 부추겼고, 또한 그것은 그를 냉혹하고 이기적으로 만든 것이다. 다른 사람을 희생시켜 그릇된 허영의 승리감을 채우던 중에 그는 진정한 사랑을 하게 되었다. 하지만 낭비로 인해, 적어도 그 결과인 빈곤함으로 인해 희생할 수밖에 없었던 것이다. 그를 악으로 이끈 잘못된 성향은 마찬가지로 그에게 죗값을 받도록 이끌었다. 명예와 본연의 감정, 보다 나은 이해관계를 위해 외적으로는 진실한 사랑을 버렸지만 그 사랑이 그의 생각을 온통 지배하고 있었다. 그리고 그녀의 동생을 비참하게 만들면서 양심의 가책도 별로 없이 택했던 결혼은 그에게 치유할 수 없는 불행의 원천이 되고 말았다. 잠시 동안 이런 생각을 펼치던 엘리너의 상념이 끝나갈 즈음에 월로비가 벌떡 일어났다. 월로비 역시 괴로운 상념에서 깨어나 떠날 채비를 하면서 말하였다.

"이제 여기에 더 머물 이유가 없군요. 가야겠습니다."

"런던으로 돌아가실 건가요?"

"아닙니다, 마그나 협곡으로 갈 거예요. 거기에 볼일이 있거든요. 그리고 하루나 이틀 안에 런던으로 갈 것입니다. 안녕히 계세요."

그는 손을 내밀었다. 엘리너도 손을 내밀지 않을 수 없었다. 그는 애정이 담긴 따뜻한 손으로 그녀의 손을 꼭 쥐었다.

"전보다 저에 대한 인상이 좋게 바뀌었나요?"

그는 떠나야 한다는 걸 잊기라도 한 듯이 벽난로에 기대며 말했다.

엘리너는 그렇다고 다시 한번 확실하게 말해주었다. 그를 가엾게 여겨 용서했고, 잘 되길 바라며, 심지어 앞으로 행복해졌으면 좋겠다고 말이다. 그러고는 그의 행복을 증진시킬 만한 관대한 조언까지 덧붙였다. 그의 대답은 그다지 고무적인 것이 아니었다.

"어떻게 해서든 그럭저럭 살아가겠지요. 가정의 행복은 말할 것도 없지요. 하지만 당신과 당신 가족이 제 운명과 행동에 관심이 있다는 생각을 해도 좋으다시면 그것이 제 삶을 지탱해줄 수단이……, 적어도 제가 살아갈 이유가 될 것입니다. 매리앤은 이제 확실히 제 곁을 떠났습니다. 전 이제 분명히 매리앤을 놓아주었습니다. 제가 혹시 축복받은 기회를 얻어 자유를 얻는다면……."

엘리너는 그의 말을 중단하며 힐책하였다.

"자, 한번 더 인사드릴게요. 안녕히 계십시오. 전 이제 가서 한 가지 일만 두려워하며 살 것입니다."

"무슨 말씀이죠?"

"동생분의 결혼 말입니다."

"당신은 아주 잘못 생각하고 계시군요. 그 앤 당신과 영영 멀어져 이제 다시는 가까워질 수 없는 사이가 된 거예요."

"하지만 그녀는 누군가의 아내가 될 것입니다. 만약 그 누군가가 다른 누구도 아닌, 바로 제가 참을 수 없어 하는…… 그 사람이라면 견디기 어렵겠지요. 하지만 더 이상 머물러 당신이 제게 보인 동정적인 선의를 망치고 싶지는 않군요. 제가 절대 용서받을 수 없는 가장 큰 상처를 입힌 곳에서 말입니다. 안녕히 계십시오, 하느님의 축복이 있기를!"

그는 이런 말을 남기고 뛰다시피 서둘러 방을 나갔다.

제 45 장

엘리너는 그가 떠나고 얼마 동안 —그의 마차 소리까지 완전히 사라지고 난 뒤 한참 동안이나— 이런저런 생각에 휩싸여 동생을 생각할 수조차 없었다. 그 생각은 각기 다른 것이었어도 결론은 대체로 가슴이 아팠다.

윌로비라는 사람은 불과 30분 전만 해도 파렴치한 인간으로 치부했던 사람이었는데, 자신의 잘못으로 인해 고통을 겪는 것을 보니 어느 정도 안됐다는 연민이 생겼다. 그녀의 가족과는 영영 상관없는 사람으로 생각했었는데 이젠 딱하고 안타까운 마음으로 바라보게 되었다. 물론 그의 장점 때문이라기보다는 그의 고백을 참작했기 때문이었다. 사실 큰 비중을 두어서는 안 되는 정황들 때문에 그녀의 마음속에 더 큰 영향을 끼치고 있다는 것을 그녀는 알고 있었다. 즉 솔직하고 사랑스러운 성격, 활기찬 태도 등 남다른 그만의 매력은 이제 더 이상 미덕이 되지 못했다. 그러나 비록 순수하다고는 할 수 없지만 매리앤을 아직도 열렬히 사랑하고 있다는 점이 마음을 움직였던 것이다. 그러나 이런 영향들은 시간이 흐르고 나면 사라질 거라는 걸 알고 있었다.

마침내 아무것도 모르는 매리앤에게 돌아갔을 때는 길고 달콤한 잠에서 막 깨어나 생기를 되찾았을 정도로 회복되어 있었다. 엘리너의 가슴은 벅차올랐다. 과거, 현재, 미래, 윌로비의 방문, 매리앤의 무사함, 그리고 곧 있으면 도착할 어머니가 떠올라 그녀를 송두리째 혼란 속에 빠뜨려 피곤조차 느끼지 못할 정도였고, 혹시 동생이 눈치 챌까 봐 두려운 마음만 들었다. 하지만 그런 두려움도 잠시뿐이었다. 윌로비가 그 집을 떠난 지 30분도 채 안 되어 그녀는 다시 또 다른 마차 소리를 듣고 아래층으로 내려왔기 때문이다. 어머니가 두려워하고 있을 순간을 조금이라도 줄이고 싶어 얼른 현관으로 달려가 바깥문에서 마침 안으로 들어오는 어머니를 맞이해 부축하며 안으로 맞을 수 있었다.

대시우드 부인의 두려움은 제닝스 부인의 집과 가까워질수록 매리앤은 더 이상 세상에 존재하지 않는다고 믿기에 이르러 딸의 안부를 물을 목소리도 남아 있지 않았다. 심지어 엘리너에게도 물을 수 없었다. 하지만 엘리너가 인사 전에 곧바로 기쁘고 마음이 놓일 소식을 전했기 때문에 어머니는 평소 기뻐하던 것처럼 그 소식을 듣고 두려움에 휩싸였던 것만큼 행복한 기분을 만끽하였다. 부인은 딸과 대령의 부축을 받으며 거실로 들어가서는 여전히 말은 할 수 없었지만 기쁨의 눈물을 흘리며 엘리너를 몇 번이나 부둥켜안았다. 그리고 때때로 브랜든 대령의 손을 잡고 금방이라도 고맙다는 말을 하려는 것처럼, 또한 그 축복의 순간을 브랜든 대령과 함께 나눈다는 신념에 찬 표정으로 그를 바라보았다. 그는 어쩌면 부인보다 훨씬 더 클 그 기쁨에 공감하면서도 침묵으로 일관했다.

대시우드 부인은 어느 정도 마음이 가라앉자 우선 매리앤이 보고 싶었다. 그리고 곧 오래도록 떨어져 있었고, 불행을 겪고 위험한 고비를 넘긴 뒤라 더없이 소중한 딸과 함께 했다. 엘리너는 기뻐하면서도—두 사람 모두 얼마나 기쁠지 알면서도—그것 때문에 매리앤이 잠을 설치지나 않을까 하는 걱정이 들었다. 하지만 대시우드 부인은 자식의 생명이 위험에 처해 있을 때에는 침착하고 신중한 사람이었다. 매리앤도 어머니가 곁에 있는 것만으로도 만족하여—대화를 나누기에는 기력이 딸렸기 때문에— 주위에서 간호하는 사람들 말을 고분고분 따랐다.

대시우드 부인이 밤새도록 그녀와 함께 있겠다고 하는 통에 엘리너는 어머니의 권유대로 잠자리에 들었다. 하룻밤을 꼬박 새웠고, 오랜 시간 동안 사람의 진을 빼는 걱정으로 휴식이 필요할 텐데도 신경이 곤두서서 편안히 쉴 수가 없었다. 윌로비, 이제 '불쌍한 윌로비'라고 불러도 괜찮을 것 같은 그에 대한 생각이 머릿속에서 떠나지 않았다. 그녀는 단지 세상에 대한 그의 변명을 들었을 뿐인데 전에 그를 너무 가혹하게 비판했던 것이 마음에 걸렸다. 하지만 동생에게도 이야기하겠다고 약속한 것이 부담스러웠다. 다 털어놓기도 두려웠고, 매리앤이 그걸 듣고 어떻게 반응할지도 두려웠다. 그런 설명을 듣고서도 다른 사람과 과연 행복할 수 있을지도 의심스러웠다. 어떤 순간에는 윌로비가 홀아비가 되었으면 바라기도 했다. 그러다가도 브랜든 대령을 기억해내고는 자신을 자책하며 한때

경쟁 상대였던 윌로비보다 훨씬 더 많이 고통을 당했고, 그럼에도 한결같은 마음에 대해 당연히 동생이 보답해야 한다는 생각을 하게 되면 절대로 윌로비의 부인이 죽으면 안 된다고 바라게 되었다.

대시우드 부인은 이미 어느 정도 알고 있었기 때문에 브랜든 대령이 부인을 모시러 직접 바턴에 갔을 때 받았을지도 모르는 충격이 조금은 덜했다. 매리앤이 너무도 걱정된 나머지 부인도 더 이상 소식을 기다리고 있느니 바로 그날 클리블랜드로 떠나기로 작정하고 대령이 도착하기 전에 이미 다 준비를 해놓았던 것이다. 그리고 마거릿과 같이 갔다가 감염이라도 되면 안 되니까 커리 가에서 마거릿을 데려가기를 이제나저제나 기다리고 있었다.

매리앤은 날마다 호전되어 갔으며, 대시우드 부인은 밝은 표정과 생기 넘치는 기운으로 보아 그녀가 거듭 말하는 대로 세상에서 가장 행복한 여자임에 틀림없었다. 엘리너는 그런 이야기를 들을 때면 어머니가 가끔은 에드워드를 떠올리기는 하는지 궁금했다. 하지만 엘리너가 자신의 실망을 적절히 잘 조절해서 설명했기 때문에 그걸 그대로 믿은 부인은 어떤 일이 즐거운지에만 관심을 쏟고 있었다. 매리앤은 이제 위험한 고비에서 완전히 빠져나온 듯했다. 그제야 부인은 윌로비에 대한 불행한 사랑을 조장했던 자신의 잘못된 판단 때문에 그 지경까지 갔다는 생각이 들었고, 딸이 회복하는 것에 덧붙여 엘리너가 생각지 못한 또 다른 기쁨의 근원을 가지고 있었다. 따라서 어머니는 사적인 대화의 기회가 생기자마자 곧 엘리너에게 비밀을 알려주었다.

"드디어 우리끼리만 있게 되었구나. 애야, 너는 내가 왜 이렇게 행복한지 그 이유를 다 모를 거야. 글쎄 브랜든 대령이 매리앤을 사랑한다는구

나. 그가 직접 그렇다고 말했어."

딸은 기쁨과 고통, 놀라움과 침착함을 번갈아 느끼면서도 조용하게 주의를 기울일 뿐이었다.

"너는 정말 나랑 같지 않구나. 사랑하는 엘리너야, 네가 이 말을 듣고도 지금 왜 그렇게 침착한지 모르겠다. 우리 가족이 잘 되라고 내가 바란 것이 있다면 너희 중 누군가가 브랜든 대령과 결혼하는 거였단다. 그 중 매리앤이 대령과 가장 행복할 거라고 생각해왔지."

엘리너는 왜 그렇게 생각하는지 그 이유를 물어보고 싶은 마음이 들었다. 왜냐하면 그들의 나이나 성격, 감정으로 봐서는 어느 것이든 치우치지 않는 조건이 없었기 때문이다. 하지만 어머니는 늘 어떤 흥미있는 대상이 있다면 상상력을 마구 발동시켜서 술렁술렁 넘어가기 때문에 이번에도 질문하는 대신에 웃음으로 그냥 넘겨버렸다.

"어제 여기로 오는 길에 그가 속마음을 나에게 솔직하게 털어놓더구나. 그냥 자연스럽게 아무런 계획 없이 흘러나온 거지. 너도 예상할 수 있듯이 내가 내 아이에 대한 이야기만 하다 보니 그도 자신의 고통을 숨길 수 없었던 모양이야. 그의 괴로운 심정이 나와 같다는 걸 알았단다. 대령은 내가 열렬히 공감하니까 그게 단순한 우정이라고 생각하기보다는, 아마 처음부터 전혀 우정이라고는 생각하지 않았던 것 같아. 아무튼 주체할 수 없는 감정을 털어놓으며 매리앤을 얼마나 진실되고 한결같이 사랑하는지 고백하더구나. 애야, 그러니까 대령은 매리앤을 처음 본 그 순간부터 사랑하고 있었던 거야."

그러나 여기에서 엘리너는 이 모든 것이 브랜든 대령이 직접 고백한 데서 나온 게 아니라 어머니가 당신을 기쁘게 할 만한 말들을 골라서 나름대로 꾸며낸 이야기임을 알아차렸다.

"대령이 갖고 있는 매리앤에 대한 관심은 윌로비가 가졌거나 가진 척하던 감정을 뛰어넘어 훨씬 더 따뜻하고 순수하고 한결같단다. 우리가 그 감정을 무엇으로 부르든 간에 말이야. 우리 사랑스러운 매리앤이 그런 파렴치한 놈을 만나서 얼마나 불행한 일을 당했는지 모조리 알고 있었음에도 지속되었다는구나. 이기적으로 자기만 생각하지도 않고, 희망을 품지도 않고 말이야! 매리앤이 다른 누군가와 행복하게 지내는 것도 지켜봐줄 수 있는 사람이야. 세상에 그런 인자한 마음을 가지고 있다니! 어쩜 그렇게 마음이 관대하고 진실할 수가 있니! 그는 아무도 속이지 않을 거야."

"브랜든 대령의 성격이 훌륭하다는 것은 모두들 알고 있는 걸요."

"나도 그런 줄은 알고 있었지. 그렇지 않았다면 내가 그 일을 당했는데도 이렇게 나서서 부추기고 기뻐할 리가 있겠니? 제일 주저했을 텐데 말이다. 하지만 대령이 선뜻 진정한 우정으로, 나를 위해 찾아온 것을 보면 정말 괜찮은 남자라는 것을 다시 한번 확인하기에 충분하지."

어머니가 사뭇 진지하게 대답했다.

"그분의 성품으로 미루어보면 그가 비단 매리앤을 사랑하기 때문에 친절을 베푼 건 아니라고 봐요. 그 일이 아니었어도 그분의 인간성이라면 다른 일에도 선뜻 나섰을 거예요. 제닝스 부인과도, 미들턴 부부와도 그는 오래전부터 친하게 잘 지내고 있는 걸요. 그분들도 모두 그를 똑같이 사랑하고 존경한답니다. 비록 최근에서야 알긴 했지만 저도 그분에 대해 꽤 많이 알게 되었어요. 제가 보기에도 정말 훌륭하고 존경할 만한 분이에요. 만약 매리앤이 그와 행복해질 수 있다면 어머니처럼 저도 이 결혼이 세상에서 가장 축복받은 일이라고 할 거예요. 어머니는 그분께 무어라 대답하셨어요? 희망적인 대답을 주신 건가요?"

"어머, 얘야! 그때는 그에게도, 나 스스로도 희망을 이야기할 수가 없었단다. 그 순간에 매리앤이 죽어간다고 생각했으니. 하지만 그는 희망이나 용기를 바라는 게 아니었어. 그는 친구를 위로하다가 주체하지 못하고 감정을 무심코 털어놓은 거니까, 부모에게 뭔가를 부탁하는 게 아니었단다. 시간이 얼마 지나고 나서야 난 이렇게 말했단다. 처음에 나는 꽤 감동했었기 때문에 우리 매리앤이—그럴 거라고 믿고 있지만—살아난다면 그 기쁨을 둘의 결혼을 위해 쓰겠다고 말이다. 우리가 도착해서 매리앤이 무사함을 알고 무척 기뻤기 때문에 나는 그에게 더욱 확실하게 내 힘이 닿는 한 도와주겠다고 몇 번이고 말했단다. 시간이 조금 지나면 모든 게 해결될 거라고 말이야. 매리앤의 마음이 이제는 두 번 다시 윌로비 같은 놈에게 낭비되지는 않을 거야. 대령이 가진 장점으로 매리앤의 마음을 얻을 수 있을 거다."

"하지만 대령의 분위기로 보면 어머니가 희망을 가지도록 하지 못한 것 같은데요."

"그럴 게다. 그가 생각하기에는 매리앤의 사랑이 오랜 동안 너무 깊이 뿌리내려서 쉽게 변하지 않을 거라고 믿는 눈치야. 설령 그 아이의 마음이 다시 자유로워졌다고 가정해도 나이나 성격 차이가 많이 나서 자신이 없어서 그녀의 마음을 얻을 수 있겠냐는 거지. 하지만 그는 잘못 생각하는 거란다. 그의 나이라면 매리앤과 비교했을 때나 많은 거지. 그의 성품이나 원칙을 형성하는 데는 장점이 될 수도 있고, 성향이라면 네 동생을 행복하게 해주기에 딱 적당하다고 난 확신한단다. 그리고 그의 사람 됨됨이와 매너 역시 그가 가진 유리한 장점이야. 나의 편견이 나를 눈멀게 하</p>

진 않았단다. 하지만 윌로비 만큼 멋지지 않다는 건 사실이다. 하지만 그와 동시에 그의 용모에는 훨씬 흡족한 뭔가가 있어. 네가 기억할지 모르겠다만, 늘 마음에 걸리는 게 있었단다. 가끔씩 윌로비의 눈빛이 싫다고 내가 그랬었잖니?”

엘리너는 기억할 수 없었다. 하지만 어머니는 딸의 동의 따위에는 아랑곳하지 않고 계속 말했다.

“그리고 대령의 매너는 윌로비보다 나를 더 기쁘게 할 뿐만 아니라 매리앤에게 좀 더 확고한 애정을 가지고 있다는 것을 알 수 있단다. 점잖고, 다른 사람들을 진심으로 배려할 줄도 알고, 남자로서 꾸미지 않은 순진함은 우리 매리앤의 성격에 훨씬 더 잘 어울린단다. 가끔은 가식적이고 가끔은 시기 부적절하게 활기찬 누구에 비해서 말이다. 내가 확신하는데 윌로비가 진짜로 호감 가는 사람이라고 판명 났어도—실제로는 그 반대라는 게 입증되었지만— 그와는 절대로 행복하지 않았을 거야. 브랜든 대령과 행복하게 지내는 것에 비해서 말이다.”

어머니는 말을 멈추었다. 엘리너는 어머니의 의견에 전혀 동의할 수 없었지만 아니라고도 하지 않았으므로 어머니의 감정을 상하게 하지도 않았다.

“델라퍼드에서 그 애는 나와 쉽게 오갈 수 있는 거리에 살게 될 거야. 내가 바턴에 있더라도 말이다. 그리고 전해 듣기에 그곳이 큰 마을이라고 하니 그 주변에 우리 상황에 맞는 작은 집이나 시골집이 반드시 있을 게다.”

대시우드 부인이 덧붙였다.

불쌍한 엘리너! 여기 델라퍼드로 그녀를 데려갈 어머니의 새로운 계획이 있었다. 하지만 그녀는 물러서지 않았다.

"그의 재산도 빼놓을 수 없지! 내 나이가 되면 모두가 그렇게 된단다. 물론 실제로 재산이 얼마나 되는지는 알지도, 알고 싶지도 않다만 상당하다는 것만 알지."

여기서 그들은 제삼자가 들어오는 바람에 이야기를 중단하였고, 엘리너는 물러가서 혼자 곰곰이 생각에 잠겼다. 친구인 대령이 잘 되어 결혼에 성공하기를 바라는 마음과 그러면서도 윌로비를 생각하면 가슴이 에이는 듯 아파왔다.

제 46 장

매리앤의 병은 회복이 더딜 만큼 그렇게 오래 가지는 않았다. 젊음, 타고난 힘, 그리고 어머니의 도움으로 순조롭게 완쾌되어 어머니가 도착한 지 나흘 뒤에는 파머 부인의 옷방에까지 몸을 움직일 수 있었다. 매리앤은 어머니를 모셔온 데 대해 브랜든 대령에게 감사의 뜻을 하루라도 빨리 전하기 위해 손수 특별히 요청하여 대령을 초대하였다.

방에 들어서서 매리앤의 변한 얼굴 표정을 보는 대령의 표정과, 그가 들어오자 곧바로 내민 매리앤의 창백한 손을 맞잡은 대령을 보면서 엘리너는 매리앤에 대한 사랑 이상의 뭔가가, 다른 사람의 시선을 의식하는 무언가가 있다고 추측하였다. 동생을 바라보는 그의 우울한 눈빛과 복잡하게 변하는 안색에는 그가 겪은 여러 가지 불행한 상황들이 다시 재현되는 것 같았다. 매리앤과 일라이자가 서로 닮았다는 것은 인식하고 있었지만, 움푹 꺼진 눈과 병색 짙은 피부, 쓰러질 듯 약해보이는 자세, 그리고 특별한 일에 대해 뜨겁게 감사 인사를 하는 모습 등에서 더욱 강하게 느꼈던 것이다.

대시우드 부인은 큰딸보다 주의 깊게 살피지 않은 것은 아니었지만 워낙 엉뚱한 방향으로 영향을 받는 사람인지라 전혀 다르게 해석하고 있었다. 브랜든 대령의 행동에서 가장 단순하고 자명한 감정 외에는 보지 못했고, 매리앤의 행동과 말을 지켜보면서 이미 감사하는 마음 이상의 뭔가가 나타나기 시작했다고 생각해버렸다.

다시 하루 이틀이 지나는 동안 매리앤은 한나절이 다르게 현저히 건강을 되찾고 있었다. 대시우드 부인은 딸들이 졸라서이기도 했지만, 스스로도 가고 싶어서 바턴으로 돌아가는 일에 대해 이야기하기 시작하였다. 부인이 어떻게 하느냐에 따라 젊은 두 친구의 일정도 달렸다. 제닝스 부인은 대시우드 가족이 머무는 동안 클리블랜드를 떠날 수 없다고 했다. 브랜든 대령은 제닝스 부인만큼 완강하지는 않았지만 모두 한마음으로 부탁하는 바람에 그곳에 머물기로 했다. 그 대신 그와 제닝스 부인은 대시우드 부인의 아픈 딸이 편안하게 집으로 돌아가기 위해서는 대령의 마차를 타고 가야 한다는 제안을 내놓았는데 대시우드 부인도 이를 흔쾌히 수락하였다. 그리고 대시우드 부인과 매사 적극적인 성격으로 다른 사람에게 살갑게 대하는 제닝스 부인의 연합 작전으로 몇 주 안에 대령이 시골집을 방문하여 마차를 찾아가기로 기꺼이 약속하였다. 제닝스 부인은 자기 집뿐만 아니라 시골집에서도 손님을 맞을 수 있도록 발 벗고 나섰던 것이다.

드디어 헤어질 날이 되었다. 매리앤은 제닝스 부인과 길고도 특별한 작별 인사를 나누었다. 부인의 따뜻한 보살핌에 깊이 감사를 드렸고, 존경과 행운을 비는 마음이 깊었던 것은 지난날 매리앤이 남몰래 부인을 심드 렁하게 대했다는 것을 인정하기 때문이었다. 브랜든 대령에게는 다정한 친구로서 작별 인사를 나누고는 조심스럽게 대령의 부축을 받아 마차에 올라탔다. 대령은 그녀가 적어도 마차의 자리 절반은 차지해야 하는 듯 신경 쓰는 것 같았다. 대시우드 부인과 엘리너도 뒤따라 마차에 올랐다.

나머지 사람들은 떠나간 사람들에 대한 이야기를 나누다 곧 둘만 남은 지루함을 느끼게 되었다. 마침 제닝스 부인의 마차가 도착하여 부인이 마차에 오른 뒤 젊은 두 친구와 이별을 해서 슬프다고 하녀와 수다를 떨며 떠나갔다. 브랜든 대령도 곧바로 델라퍼드로 혼자만의 여행길에 올랐다.

대시우드 가족은 길에서 이틀을 보냈고, 매리앤은 심한 피로를 느끼지 않고 여행길을 잘 견디었다. 그녀를 편안하게 해주고자 각별한 애정을 가지고 노심초사 지켜보는 일이 동행인들의 임무였으므로 매리앤이 몸과 마음 모두 편안해하는 것을 보고는 보상을 받은 기분이었다. 그런 매리앤을 지켜보는 엘리너의 마음은 특히 감사한 마음이었다. 여러 주일 동안 앓으면서, 툭 터놓고 말할 용기도, 끝까지 의연하게 감출 힘도 없이 마음의 울화를 꾹 참고 있었던 동생이 이제 확실한 마음의 안정을 찾은 것을 보니 그 어디에도 견줄 수 없이 기뻤고, 동생은 이를 바탕으로 다시 활기차고 행복한 모습으로 돌아갈 수 있을 것이었다.

바턴에 가까워지면서 주위의 들판과 나무들이 어떤 각별하고 고통스러운 회상을 불러일으키는 곳으로 들어서자 그녀는 점점 말없이 생각에 잠기더니 진지하게 고개를 돌려 창 밖을 바라보았다. 하지만 엘리너는 동생의 이런 행동이 신기할 것도, 나무랄 것도 없다고 느껴졌다. 그래서 마차에서 내리는 매리앤을 부축하다가 그녀가 계속 울고 있었다는 것을 알고는 너무나 당연한 듯이 가여운 마음보다는 따뜻함이 샘솟았고, 조용하게 잘 참아온 것을 보니 대견하게 느껴졌다. 이어지는 매리앤의 행동으로 봐서 그녀는 이성적으로 깨어 있으려고 노력하는 것처럼 보였다. 왜냐하면 거실로 들어서자마자 굳은 결심을 한 표정으로 마치 윌로비와 함께 한 추억이 생각날지도 모르는 대상들에 적응하려고 굳게 마음먹은 듯이 주위를 휘 둘러보았기 때문이다. 말은 많이 하지 않았지만 한 마디 할 때마다 명랑한 목소리로 말을 하였고, 때로 한숨을 내쉬기라도 하면 꼭 미소로 그 잘못을 보상하였다. 식사 후에 그녀는 피아노로 다가갔다. 하지만 그녀의 눈에 먼저 들어온 악보는 윌로비가 그녀를 위해 사준 오페라 곡으로 그들이 즐겨 부르던 이중창 몇 부분이 들어 있었으며, 표지에는 그녀의 이름이 그의 친필로 쓰여 있었다. 그것을 연주하지 않겠다는 듯 그녀는 머리를 흔들며 악보를 옆으로 밀어놓았다. 그러고는 잠시 건반을 죽 훑은 후에 손가락에 힘이 없다고 불평하고는 피아노 덮개를 덮으며 앞으로 연습을 많이 해야겠다고 힘차게 말하였다.

다음 날 아침에도 이런 행복한 증상은 줄어들 줄 몰랐다. 오히려 충분한 휴식을 취해서인지 몸도 마음도 똑같이 건강해진 그녀는 더욱 활기차게 보였고, 마거릿이 돌아오기를 손꼽아 기다렸다. 사랑하는 가족들이 다 모이면 서로 하고 싶은 일을 하면서 즐겁게 지내는 것이 진정한 행복이라고 말하기도 했다.

"날씨가 좋아지고 내가 다시 건강해지면 우리 다 같이, 매일 오래오래 산책을 하자. 언덕 끝에 있는 농장까지 걸어가서 아이들이 어떻게 지내고 있는지도 보고. 바턴 크로스와 애비랜드에 있는 존 경의 새로운 경작지에도 가보는 거야. 가끔은 폐허가 된 옛 수도원에도 가서 한때 그 초석이 어디까지 닿았었는지 들은 대로 찾아보기도 하자구! 그럼 정말 행복하겠다. 여름은 그렇게 행복하게 지나가버리겠지? 난 절대로 여섯 시를 넘겨서 일어나는 일은 없을 거고, 그때부터 저녁식사 때까지 시간을 나눠서 음악 공부와 독서를 할 거야. 계획을 세웠는데 정말 열심히 공부를 해볼 생각 이야. 우리 서재에 있는 책은 이미 다 읽어서 알고 있으니까 흥밋거리 이 상은 안 되겠지? 하지만 파크에는 읽을 만한 가치가 있는 작품들이 많이 있어. 더 현대적인 작품은 브랜든 대령한테서 빌려올 수 있을 것 같아. 하 루에 여섯 시간씩만 독서를 한다면 일 년이 지나면 지금 내게 부족한 지 식을 많이 얻을 수 있을 거야."

엘리너는 이처럼 훌륭한 계획을 세운 동생을 높이 평가하긴 하였지만 한때 극도의 게으름에 빠져 불평만 일삼았던 때와 비슷한 열정으로, 이제 는 이성적이고 도덕적인 자기절제라는 방식으로 무리한 일을 벌이고 있 는 터라 웃음이 나왔다. 그러나 그녀의 미소는 월로비와의 약속을 아직 지 키지 않았다는 생각이 들자 그만 한숨으로 바뀌었다. 그 얘기를 하게 되면 매리앤의 마음을 다시 동요시킬지도 모르고, 적어도 한동안 평온함 속에 서 분주하게 아름다운 앞날을 꿈꾸었던 노력을 무너뜨리지 않을까 하는 두려움도 일었다. 따라서 그 두려움의 시간을 기꺼이 미루고 동생이 완벽 하게 건강해질 때까지 기다리기로 마음먹었다. 하지만 원래 결심은 깨지 기 위해 만들어진 것이다.

매리앤이 집에 머문 지 이삼일이 지나자 그녀처럼 병약한 사람도 외출 을 하기에 좋은 날씨가 되었다. 드디어 부드럽고 온화한 아침이 찾아왔 고, 밖에 나가고 싶은 딸의 바람과 내보내도 되겠다는 어머니의 확신에 불을 당겼다. 그리고 엘리너의 팔에 기댄 매리앤은 집 앞으로 난 오솔길로 피로를 느끼지 않고 갈 수 있는 데까지만 걷도록 허락을 받았다.

병을 앓느라 지금까지 운동을 하지 못해 약해진 매리앤에게 보조를 맞추어 자매는 천천히 발걸음을 옮기기 시작하였다. 그러고는 집 뒤로 멀리까지 언덕들이 잘 보이는 곳까지만 나아갔다. 매리앤이 눈을 돌려 의미 깊은 언덕을 물끄러미 바라보더니 조용히 말했다.

"저기야, 바로 저기였어. 저, 불룩 튀어나온 곳에서 내가 넘어졌었어. 저기에서 처음으로 윌로비를 본 거야."

그녀는 한 손으로 한 곳을 가리키며 말했다. 그녀의 목소리는 가라앉았지만 곧 생기를 되찾아 다음 말을 덧붙였다.

"저곳을 별 고통 없이 볼 수 있게 되어 감사해! 우리, 그 일에 대해 이야기해볼까, 엘리너 언니? 아니, 그럼 안 되는 걸까? 하지만 난 이제 그럴 수 있으니까 해보고 싶어."

머뭇거리는 말투로 하는 말이었다.

엘리너는 그녀가 마음을 열도록 부드럽게 유도하였다.

"유감 같은 건, 그에 대한 유감은 다 정리했어. 그에 대한 내 감정이 어떠했는지를 말하겠다는 게 아니라 지금의 내 심정이 어떠한가를 말하는 거야. 지금으로서는, 한 가지 사실만 확인했으면 좋겠어. 만일 그가 줄곧 우릴 속인 게 아니고, 날 항상 속인 건 아니라는 것! 하지만 무엇보다도, 그 불행한 소녀에 대해 들은 다음부터 무섭게 드는 생각인데, 그가 그렇게 아주 사악한 사람은 아니었다고 믿을 수만 있다면……."

엘리너는 동생의 말을 기쁘게 새겨들으며 대답했다.

"그것만 확신할 수 있다면 네 마음이 편해지겠다는 거구나."

"응. 내 마음의 평화는 분명히 이중으로 그것과 관련이 있어. 그렇게 내

게 잘해주었던 사람을 그런 의도가 아니었을까 의심하는 게 끔찍할 뿐 아니라 그렇다면 내 모습은 어떻게 보였을까? 내가 처한 그런 상황에서, 가장 부끄럽고 경솔한 애정을 있는 그대로 드러내버린 셈이잖아."

"그렇담 그의 행동을 너는 어떻게 설명하겠니?"

언니가 물었다.

"그가, 아주 변덕스러운, 아주 많이 변덕스러운 사람일 뿐이라고 생각할 수 있다면 얼마나 좋을까!"

엘리너는 더 이상 말을 하지 않았다. 그녀는 마음속으로 지금 바로 이야기를 시작하는 게 좋을지 아니면 매리앤의 상태가 더 좋아질 때까지 미루어야 할지 갈등하고 있었다. 그러는 사이 둘은 말없이 걷기만 하였다.

"그가 과거를 회상했을 때 나보다 덜 괴롭길 바란다면 내가 너무 봐주는 것도 아닐 거야. 그도 그것 때문에 충분히 고통을 겪을 테니까."

드디어 매리앤이 한숨을 쉬며 말했다.

"너와 그를 비교할 수 있다고 생각하니?

"아니. 내가 마땅히 했어야 할 모범적인 행동과 비교해보고 있어. 바로 언니의 행동과 비교해서 말이야."

"우린 상황이 비슷한 데가 별로 없어."

"우린 행동보다는 처지가 비슷하잖아. 엘리너 언니, 언니의 판단력에 따라 비난해야 할 사람인데도 날 위해 좋게 말하지 말아줘. 앓는 동안 나는 많은 생각을 했어. 진지함과 침착함을 얻은 셈이지. 내가 말을 할 수 있을 만큼 충분히 회복되기 전에도 생각할 능력은 충분히 있었으니까. 나는 과거를 돌이켜보았어. 지난 가을, 그와 사귀기 시작한 뒤부터 내 행동을 돌아봤더니 스스로 얼마나 경솔했는지, 또 다른 사람에게는 왜 그리 불친절했는지 알게 되었어. 내가 만든 감정이 고통의 기반이 되었고, 그 고통에 의연하게 대처하지 못해서 거의 무덤에 이를 뻔했음을 깨닫게 된 거지. 나의 병은 전적으로 내가 만들어냈다는 걸 잘 알고 있어. 내 건강에 대해 그렇게 무심했으니 말이야. 그때 뭔가 잘못되어 가고 있다고 느끼긴 했었는데…….

내가 만약 잘못되어 죽었더라도 그건 자업자득이었을 뿐이야. 나는 위험이 사라질 때까지도 내가 위험한 고비라는 걸 깨닫지 못했어. 하지만 이런 생각들과 함께 꼭 살겠다는 열의와 하느님과 언니와 가족들 모두에게 속죄할 시간을 달라고 간절히 원하는 마음을 가짐과 동시에 내가 죽지 않고 살아났으니 정말 신기해. 내가 죽었더라면 언니와 나를 간호해주었던 분들, 친구, 동생이 얼마나 끔찍한 불행에 빠졌을까! 언니는 내가 그 무렵에 툭 하면 화를 내던 이기적인 모습을 전부 보았잖아. 또 내 심장이 중얼거리는 소리도 다 알고 있었잖아! 내가 언니의 기억 속에 어떤 모습으로 남아 있을지……! 어머니도 마찬가지야! 언니가 어떻게 어머니를 위로할 수 있었는데……! 나는 내 자신이 말할 수 없이 싫었어.

특히 과거를 들여다볼 때마다 내가 간과해버린 의무와 떨쳐버리지 못한 실패들이 보였어. 사람들이 전부 나로 인해 상처를 받는 것 같았지. 제닝스 부인이 친절하게, 끝까지 한결같이 대해줄 때도 나는 배은망덕하게 부인을 멸시했어. 미들턴 가족, 파머 씨 가족, 스틸 자매에게도……. 심지어 그냥 일상적으로 알고 지내는 사람들에게도 나는 건방지게 굴었고, 공정하지 못했지. 그들의 장점을 꽉 막힌 마음으로 대했고, 진실한 관심에 짜증만 냈단 말이야. 존 오빠나 패니 올케에게도……. 그래, 그들은 별로 대접받을 만한 사람은 아니지만, 그래도 그들에게도 마땅히 베풀어야 할 도리라는 게 있는데 난 그걸 다하지 않았어. 하지만 언니에게는 다른 누구보다도—어머니보다도 더—내가 잘못을 많이 한 것 같아. 오직 나만이 언니의 마음과 슬픔을 알고 있었는데도 그렇다고 내가 무슨 도움이 되었지? 언니에게 위안이 될 감정을 공유하지도 못했잖아. 언니의 모범적인 본보기가 내 앞에 있었어. 하지만 무슨 소용이 있었지? 언니를 위로하기 위해 내가 조금이라도 더 배려했었나? 언니의 참을성을 흉내라도 내보려고 했었나? 아니면 언니에게만 맡겨졌던 특별한 감사나 통상적인 인사치레를 나누어 가져 언니의 짐을 덜어주기라도 했나? 나는 언니가 행복하지 않다는 것을 알았을 때에도 언니에게—평소와 다름없이— 해야 할 의무나 우정을 발휘하려는 노력을 회피했지. 슬픔은 나에게만 존재한다고 믿으면서 나만 생각하느라고……. 나를 버리고 속였던 그 사람의 마음에만 통탄해하면서, 언니에게 끊임없이 사랑한다고 말했으면서도 언니의 아픈 마음을 모른 체했지!"

이쯤에서 그녀는 쉬지 않고 빠르게 쏟아놓던 자책을 중단했다. 엘리너는 너무나 솔직하게 마음을 털어놓는 매리앤에게 입에 발린 소리가 아닌 진심으로 격려와 칭찬을 해주었다. 매리앤은 언니의 손을 꼭 잡고 대답하였다.

"언니는 정말 착해. 앞으로 내가 달라진 모습을 보여줄게. 내가 계획을 세웠으니 만약 그대로만 지킬 수 있다면 내 감정은 조절될 테고, 내 성격도 좋아질 거야. 다른 사람들이 그 때문에 더 이상 속 썩지 않게 할 거고, 나도 내 자신을 괴롭히지 않을 거야. 이제부터 오로지 우리 가족을 위해서만 살아갈 거야. 언니, 어머니, 마거릿은 지금 이 순간부터 내 전부야. 세 사람을 위해서만 내 사랑을 쏟겠어. 언니에게서나, 우리 가족에게서 떠나겠다는 생각은 절대로 하지 않을 거야. 내가 만약 다른 모임에 어울리게 된다면, 내 정신이 겸손해지고 마음도 고쳐졌음을 보여주기 위해서일 거야. 삶에서 부수적인 의무인 교양을 너그러움과 참을성을 가지고 실천할 수 있다는 걸 보여주기 위해서라고. 윌로비에 대해서는 내가 조만간, 아니 영원히 그를 잊겠다고 말하는 것은 무의미한 일이겠지. 그에 대한 기억은 주변상황이나 견해가 바뀌어도 극복될 수 없어. 하지만 조절할 거야. 종교의 힘으로든 이성에 의해서든 끊임없는 노력으로 조절하겠어."

그녀는 멈추었다가 더 작은 소리로 덧붙였다.

"만약 그의 마음만 알 수 있다면 모든 게 쉬워질 텐데."

위험을 무릅쓰고 지금 그 말을 해버리는 게 적절한지 아닌지를 얼마간 생각해오던 엘리너는 처음 고민했을 때보다 더 나은 결정을 내리지 못하고 있을 때 동생이 하는 이 말을 들었다. 그러고는 생각만으로는 아무것도 할 수 없으니 일단 결정을 내리고 저질러야 해결될 것 같아 사실을 털어놓았다.

그녀는 초조해하는 매리앤에게 잘 들으라고 준비시키고는 바라던 대로 자세한 이야기를 솜씨 좋게 술술 풀어나갔다.

윌로비가 해명한 요점에 대해 간단하고 솔직하게 말하고는 후회하던 그의 모습은 있는 그대로 전달했지만 다만, 아직도 마음에 두고 있다고 힘주어 말했던 부분은 그 수위를 조절해 약화시켰다. 매리앤은 한마디도 하지 않았다. 그녀는 몸을 파르르 떨면서 시선을 바닥에 내리꽂고 있었으며, 입술은 아팠을 때보다 더 하얗게 변해 있었다. 수천 개의 질문이 그녀의 가슴속에서 들고 일어났지만 한마디도 꺼내지 못했다. 그녀는 가슴을 두근거리며 한 음절 한 음절을 듣고 있었다. 어느새 언니의 손을 꼭 잡고 있었고, 눈물이 뺨을 뒤덮고 있었다.

엘리너는 동생이 힘들까 봐 걱정이 되어 집 쪽으로 발걸음을 돌렸다. 그리고 시골집 문간에 도착할 때까지—동생이 비록 아무 질문을 못하고 있지만 무엇을 궁금해 할지 훤히 보였기 때문에— 윌로비와 둘이 나누었던 대화만 계속해서 들려주었다. 자세하게 들려주어도 될 부분에서는 조심스럽게 말과 표정을 하나하나 묘사하였다. 그들이 집으로 들어서자 매리앤은 고마움의 입맞춤과 함께 눈물을 펑펑 흘리며 "엄마한테 말해."라는 말만 남기고는 언니 곁을 벗어나 천천히 위층으로 올라갔다.

엘리너는 그녀가 당연히 혼자 있고 싶을 거라는 걸 알기 때문에 방해하지 않았다. 그리고 그 결과가 어떨지 미리 추측해보았다. 분명 매리앤이 다시 꺼내기는 힘들 테니 자기가 다시 그 문제에 대해 이야기해보기로 결심하면서 동생이 부탁한 것을 수행하기 위해 거실로 들어갔다.

제 47 장

대시우드 부인은 전에 호감을 가졌던 사람에 대한 변호를 들으면서 마음에 동요가 일었다. 부인은 그에게 씌워진 죄의 일부가 해명되어 기뻤다. 그가 안쓰러워 견딜 수 없었으며, 진심으로 행복해지기를 바랐다. 하지만 과거의 감정은 되살아나지 않았다. 깨지지 않는 믿음과 흠 없는 인격을 가진 그가 되어 다시 매리앤에게로 돌아오게 할 수는 없었다. 어떤 것으로도 매리앤이 그 때문에 고통을 겪었던 사실을 없앨 수 없었으며, 일라이자에게 범한 그의 죄를 없앨 수도 없었다. 그러므로 아무리 해도 부인이 인정했던 예전 모습으로 그를 되돌릴 수 없었고, 브랜든 대령에 대한 부인의 관심에 흠집을 입힐 수도 없었다.

대시우드 부인이 엘리너처럼 윌로비의 이야기를 직접 들었거나 그의 고통을 눈으로 보고 그 표정과 태도에 영향을 받았더라면 부인의 동정심은 훨씬 더 컸을 것이다. 하지만 엘리너로서는 할 수 없는 일이었고, 또 그렇게 하고 싶지도 않은 일이었다. 그 이야기를 직접 듣고 마음속에 우러났던 감정을 다른 이에게 전하면서 똑같이 불러일으킬 수는 없는 것이다. 회고를 통해 그녀는 침착하게 판단할 수 있는 힘이 생겼고, 윌로비가 당연히 받게 될 응보에 대해서도 냉정한 의견을 갖게 되었다. 따라서 사실만을 말하고 싶었고, 그런 사실들이 부드럽게 미화되어 다른 상상을 하게 만들 게 아니라 실제 그의 성격에서 비롯되었다는 것을 말하고 싶었다.

저녁에 세 사람이 함께 있을 때 매리앤이 자발적으로 그에 대한 이야기를 다시 시작하였다. 하지만 아무 노력 없이 이루어진 것은 아니었다. 그녀는 이미 몇 시간 동안이나 앉아 불안하고 초조하게 생각했으며, 말을 할 때 얼굴이 벌겋게 달아오르고 목소리가 떨리는 것으로 보아 대단한 노력을 했음이 여실히 보였다.

"제가 어떻게 하기를 바라시는지 저도 두 분의 뜻을 잘 알고 있어요."

그녀가 말했다.

대시우드 부인이 즉시 부드럽게 달래면서 매리앤의 말을 끊으려고 했지만 동생의 편견 없는 의견을 제대로 듣고 싶었던 엘리너가 간절하게 눈치를 주는 바람에 부인은 침묵을 지키고 있었다. 매리앤은 천천히 계속 말하였다.

"오늘 아침에 엘리너 언니가 저에게 해준 말들이, 제게는 커다란 위안이 되었어요. 제가 정말 듣고 싶었던 말을 이제 들었답니다. 저는 이제 듣고 싶었던 말을 정확하게 들었어요."

잠시 목소리가 잠겼는지 그녀는 아무 말을 하지 않다가 마음을 가다듬고는 전보다 더 침착하게 덧붙였다.

"저는 이제 편안해요. 저는 그와 절대로 행복할 수 없었을 거예요. 언제가 되었든, 이 모든 사실을 저도 알게 되었을 테니까요. 아무런 신뢰도 존경심도 가질 수 없었을 거예요. 그 어떤 것도 제 감정에 받은 상처를 없앨수는 없었을 테니까요."

"나도 안단다. 알고말고. 방탕하게 놀아나는 남자와 행복이라니! 우리친구들 중에서 가장 소중하고 남자 중의 남자인 사람에게 상처를 입힌 사람과 어떻게 그럴 수가 있겠니? 안 되지, 우리 매리앤의 마음은 그런 남자와는 행복해질 수 없게 만들어져 있어! 우리 딸의 양심은 너무도 민감해서 남편이 느껴야 할 양심의 가책도 자기가 모두 떠맡을 거야."

매리앤은 한숨을 쉰 다음 다시 말했다.

"저는 아무런 변화도 바라지 않아요."

"그 문제는 냉철한 정신과 건전한 이해력으로 봐야 하는데 정확하게 짚었구나. 그리고 자신 있게 말하는데, 나뿐만 아니라 너도 이제, 이 상황뿐 아니라 다른 많은 상황을 봐서도 네가 결혼했다면 분명히 여러 문제들과 함께 실망했을 이유를 충분히 알게 되었을 거야. 그의 입장에서는 전만큼 사랑을 확신하지 못할 테니 사랑에 크게 의지할 수도 없었을 거야. 네가 결혼했더라면 너는 늘 가난에 찌들었을 거야. 그의 사치는 스스로도 인정하는 바이고, 그의 모든 행동에서 드러나듯이 극기(克己)라는 단어는 그가 절대로 깨닫지 못할 단어란다. 그렇게 변변찮은 수입에다가 바라는 것 많은 그와 세상 물정 모르는 너까지 더해지면 틀림없이 전에는 몰랐고 생각지도 못했던 고생이 닥쳐왔을 거다. 네가 현실을 자각했을 때 너의 자존심과 성실함이라는 감각은 네가 할 수 있는 모든 절약을 시도해보게 하겠지. 너의 안락함을 감수해서 절약할 수 있는 거라면 너는 힘들어도 참아낼 수 있겠지. 하지만 그 이상은……. 결혼하기도 전에 시작된 파멸을 막기 위해서 너 혼자 아무리 노력한다 해도 그 효과는 얼마나 미미하겠니? 게다가 아무리 합리적이라 해도 네가 그의 소비를 줄이기 위해 노력한다면, 이기적인 사람이 네 말을 따르는 대신 너에 대한 사랑은 식어가고, 그런 어려움으로 몰아넣은 결혼을 후회하게 되지 않았을까?"

매리앤의 입술이 떨리면서 "이기적이라고?"라고 대꾸했는데 마치 그 말은 '언니는 정말 그가 이기적이라고 생각해?' 라는 뜻을 내포하는 것 같았다.

"그의 행동은, 이번 사건의 시작부터 끝까지 이기심에 바탕을 두고 있었어. 우선 너의 애정을 희롱하게 만든 것도 이기심이었지. 그 다음에는 결심을 했을 때도, 고백을 뒤로 미룬 것도 그 때문이고. 결국 바턴을 떠난 것도 이기심 때문이야. 자기만을 위한 즐거움과 편안함만이 모든 면에서의 그의 지배 원리였어."

엘리너가 동생의 말에 대답하였다.

"그건 사실이야. 내 행복이 그의 목표가 절대 아니었어."

"지금은 자기가 한 행동을 후회하더라. 그럼 왜 그가 그것을 후회하겠니? 자신에게는 대답이 될 수 없다는 걸 알았기 때문이야. 그를 행복하게 만들지 않았던 거지. 지금 그의 상황은 걸리는 게 없지. 그런 식의 어려움을 겪지는 않으니까. 그러고는 단지 너보다 덜 사랑스러운 여자와 결혼했다는 것만 생각하는 거야. 그렇다고 너와 결혼했더라면 그가 행복했을 거라고 할 수 있겠니? 다른 불편함이 있었을 거야. 그랬다면 그는 금전적으로 많은 어려움과 고통을 겪었겠지. 지금은 그런 어려움이 없으니까 아무것도 아니라고 여기겠지만 말이야. 그는 아내에게는 불만이 없을지 몰라도 항상 궁핍하고 언제나 가난한 생활을 할 거야. 그리고 곧 아내의 성격보다는 확실한 부동산과 많은 수입이 가져오는 가정의 행복이 훨씬 더 중요하다는 것을 알게 되겠지."

"언니의 말이 모두 옳아. 나는 아무것도 후회하지 않아. 단지 내 어리석음이 후회될 뿐이지."

"차라리 이 어미가 경솔했다고 말하거라, 애야. 모두 이 못난 엄마 책임이다."

대시우드 부인이 말했다.

매리앤은 어머니가 더 자책하도록 할 수 없었다. 엘리너는 두 사람이 각각 자신의 잘못을 알고 있어 흐뭇했고, 동생의 기운을 침체시킬 과거에 대한 이야기는 피하고 싶었다. 따라서 곧바로 먼저 하던 이야기를 꺼내어 말을 이었다.

"이번 사건을 통해서 한 가지 관찰된 것이 있다면 윌로비의 모든 난관은 첫 번째로 일라이자 윌리엄스에게 부도덕한 짓을 저지른 행동에서 비롯된 거야. 그 범죄로 인해 다른 부수적인 일들이 일어났고, 현재 그가 느끼는 모든 불만의 원인이 된 거지."

매리앤은 그 말에 가장 절실하게 동의하였다. 그리고 어머니는 우정이기도 하지만 다른 의도라고 설명될 수 있는 따뜻함으로 브랜든 대령의 단점이자 장점을 일일이 들며 설명하였다. 하지만 매리앤은 이미 대부분 어머니에게 들었다는 듯이 쳐다보지도 않았다.

엘리너가 예상한 대로 다음 이삼일 동안에는 나날이 건강해지던 전날과는 달리 계속해서 기력을 회복하지 못했다. 하지만 그녀의 결심은 흔들림이 없었고, 여전히 명랑하고 편안해 보이려고 애쓰는 것을 보아 언니는 시간이 지나면 건강해지겠다고 믿게 되었다.

마거릿이 돌아와 식구들이 전부 모이자 시골집은 다시 조용한 일상으로 돌아갔다. 그들은 처음 바턴에 왔을 때처럼 그렇게 열심히 공부를 하지는 않았지만 적어도 앞으로 열심히 해보겠다는 계획은 세우고 있었다.

엘리너는 점점 에드워드의 소식을 초조한 마음으로 기다리게 되었다. 그녀는 런던을 떠난 이후 그에 관한 아무런 소식도 들은 바가 없었다. 매리앤이 아팠을 때에만 몇 통의 편지가 그녀와 오빠 사이에 오갔을 뿐이다. 오빠가 처음 쓴 편지에 이런 글귀가 있었다. '우리는 불행한 우리 에드워드에 관해서는 아무것도 모르고, 금지된 주제에 대해 아무런 질문도 할 수 없지만, 그가 아직 옥스퍼드에 있다는 결론을 내렸다.' 그 편지에서 이 부분만이 에드워드에 대한 소식의 전부였는데 계속되는 편지의 어디에도 그의 이름은 언급되지 않았다. 그러나 그녀는 그에 대해 오래도록 모르고 있을 운명은 아니었다.

어느 날 아침, 그들의 하인은 볼일이 있어 엑스터에 다녀왔다. 그가 식사 시중을 들기 위해 대기하고 있을 때 심부름 갔던 일이 어떻게 되었는지 물었는데 이렇게 말했던 것이다.

"아가씨, 아가씨도 아시겠지만 페라스 씨가 결혼을 하셨답니다."

매리앤은 깜짝 놀라 엘리너를 뚫어져라 쳐다보았다. 엘리너는 안색이 창백해지는가 싶더니 발작을 일으키며 의자 뒤로 넘어갔다. 대시우드 부인의 시선도 곧장 같은 방향으로 향했는데 엘리너의 변한 얼굴을 보고는 얼마나 그녀가 고통스러운지를 알고 충격을 받았다. 곧이어 매리앤을 보면서도 괴로웠는데 두 아이 중 누구에게 더 치중해서 보살펴야 할지 모를 지경이었다.

매리앤이 다시 병이 난 줄로만 안 하인은 기지를 발휘해 다른 하녀 한 명을 불러 대시우드 부인의 도움을 받아 그녀를 다른 방으로 인도했다. 그리고 곧 매리앤은 많이 좋아져서 마거릿과 하녀에게 맡기고 대시우드 부인은 엘리너에게로 돌아왔다. 엘리너는 아직도 혼란 속에 빠져 있는 것 같았지만 그녀의 이성과 목소리는 많이 회복되어 토머스에게 그 소식을 어디서 들었는지 물어보려 하는 눈치였다. 대시우드 부인은 그 문제를 얼른 직접 떠맡았고, 그리하여 엘리너는 궁금한 소식을 들을 수 있었다.

"페라스 씨가 결혼했다고 누가 말했지, 토머스?"

"제가 직접, 오늘 아침 엑스터에서 페라스 씨를 뵈었습니다. 그의 부인인 스틸 양도 같이 말입니다, 마님. 두 분은 뉴 런던 숙소 문 앞에 마차를 세워두고 있었습니다. 제가 파크에 있는 샐리에게 편지를 받아 우편 배달원인 그 오빠에게 갔을 때였습니다. 그 마차 옆을 지나가면서 우연히 올려다보았는데 스틸 아가씨가 딱 보이는 거예요. 그래서 얼른 모자를 벗었더니 저를 알아보고는 부르셨습니다. 그러고는 마님과 아가씨들의 안부를 여쭈셨습니다. 특히 매리앤 아가씨에 대해서요. 페라스 씨와 자신의 안부를 꼭 전해달라고, 감사와 관심을 전하라고 하면서 직접 찾아뵐 시간이 없어 얼마나 속상한지 모른다고 하셨어요. 한참이나 더 멀리 내려가야 하니 서둘러야 한다고 하면서 다시 돌아오면 꼭 찾아뵙겠다고 하셨습니다."

"하지만 그 애가 결혼했다고 자네에게 말했나, 토머스?"

"네, 마님. 아가씨는 웃으시며 자기의 이름이 어떻게 바뀌었는지 말씀하셨어요. 아가씨는 항상 붙임성이 있고 솔직한 분이며 아주 예의바르게 행동하시죠. 그래서 저도 아무 거리낌 없이 아가씨께 행복을 빌어드렸습니다."

"페라스 씨가 마차 안에 그녀와 함께 있었나?"

"네, 마님. 마차 안에 등을 기대고 있는 그분을 제가 본걸요. 하지만 그분은 쳐다보지는 않으셨습니다. 그분은 말이 많은 신사분은 아니니까요."

엘리너는 그가 앞으로 나서지 않은 이유를 쉽게 예상할 수 있었고, 대시우드 부인도 아마 같은 것을 예상하는 것 같았다.

"마차 안에 딴사람은 아무도 없던가?"

"네, 마님. 단 두 분이었습니다."

"그들이 어디에서 왔는지 알겠던가?"

"런던에서 곧장 왔다고 루시 아가씨, 아니 페라스 부인께서 말씀하셨습니다."

"서쪽으로 멀리 간다던가?"

"네, 마님. 하지만 오래 머물지는 않을 거라고 하셨습니다. 곧 다시 돌아와서 이곳을 방문한다고 하셨거든요."

대시우드 부인은 그제야 딸을 바라보았다. 하지만 엘리너는 기대하지 않는 편이 더 낫다는 것을 잘 알고 있었다. 이야기 전반에 깔린 루시의 의도를 알 수 있었고, 에드워드가 이곳으로 오지 않을 것임을 확신할 수 있었다. 그녀는 어머니를 바라보며 낮은 목소리로 그들이 아마 플리머스 근처의 프랫 씨 댁으로 갔을 거라고 말했다.

토머스는 전할 말이 끝난 것처럼 보였다. 엘리너는 좀 더 듣고 싶은 표정이었다.

"자네가 자리를 뜨기 전에 그들이 출발하는 것을 보았나?"

"아닙니다, 마님. 말들이 막 나오고는 있었지만 제가 더 머물 수는 없었습니다. 늦을까 봐 걱정되었거든요."

"페라스 부인은 좋아보이던가?"

"네, 마님. 직접 얼마나 잘 지내고 있는지 말씀하시더라구요. 제가 생각하는 페라스 부인은 늘 멋진 아가씨셨지요. 아주 행복해 보이셨습니다."

대시우드 부인은 다른 질문이 생각나지도 않았고, 토머스와 식탁보(정찬이 끝나면 식탁보를 걷고 후식을 들었다.)도 이제는 필요가 없어져 물러가게 했다. 매리앤은 이미 더 이상 못 먹겠다는 말을 전해 왔다. 대시우드 부인과 엘리너의 식욕 역시 뚝 떨어졌으며, 마거릿은 두 언니가 최근에 힘든 일을 겪었기 때문에 종종 식사를 소홀히 하는 게 당연하다고 생각하면서 그래도 정찬을 거르고 않는 것만도 다행이라고 생각하고 있었다.

후식과 포도주가 차려졌을 때에는 대시우드 부인과 엘리너만이 남게 되었는데 둘은 비슷한 생각을 하느라 침묵 속에 오랫동안 앉아 있었다. 대시우드 부인은 어떤 말을 해도 딸의 마음을 다독일 수 없음을 알기에 위로의 말을 꺼낼 엄두도 내지 못했다.

부인은 그제야 엘리너의 말을 곧이곧대로 너무 믿었다는 생각이 들었다. 매리앤 때문에 속상해하는 어머니를 보면서, 자신도 괴로우면서 어머니의 불행을 덜기 위해서 모든 이야기를 별거 아닌 것처럼 완화시켰던 것이다. 딸의 신중하고 사려 깊은 배려에 가려서 에드워드를 사랑하는 딸의 마음을 제대로 알지 못했던 것이다. 한때 잘 안다고 믿었던 것이 실제 증명된 것보다 훨씬 더 약한 것으로 오해했던 것이다. 이런 생각으로 마음이 기울자 대시우드 부인은 자신이 그동안 엘리너를 불공평하게 대하고, 등한시하고, 귀찮아하며 쌀쌀맞게 대하지 않았나 하는 두려움이 일었다. 매리앤의 고통은 더 많이 인정받았고, 순간순간 드러났기 때문에 부인의 관심은 온통 매리앤에게만 집중되었었다. 반면에 매리앤만큼 아팠을 테지만 철저히 자신을 억제하고 불굴의 의지로 꿋꿋하게 참아낸 엘리너라는 딸의 존재는 잊고 있었던 것이다.

제 48 장

엘리너는 마음속으로 반드시 일어날 일이라고 다짐을 했어도 실제로 일어나는 것과는 차이가 있다는 것을 알게 되었다. 그녀는 이제야 자기도 모르는 사이에 에드워드와 루시의 결혼이 어떤 일로 방해가 되어 그가 독신으로 남아 있기를 바라고 있었다는 것을 알았다. 그가 스스로 결심한다거나 친구들이 말려서, 루시에게 더 좋은 기회가 생긴다거나 하는 일이 생겨 모두가 행복해지는 데 도움이 되기를 말이다. 엘리너는 헛된 희망을 가졌던 자신을 비난했다. 그는 이제 결혼을 했고, 그녀는 남몰래 품었던 희망 때문에 그 소식이 더욱 고통스러웠던 것이다.

그가 그렇게 빨리, 미처 서품을 받기도 전에 결혼을 하다니! 아직 성직 자리를 받기 전에 결혼했다는 것에 처음에는 좀 놀랐다. 그러나 곧 이해가 되었다. 자신의 앞날을 미리 준비하는 루시의 성격상 그와의 결혼을 빨리 마무리 짓고 싶었을 테니 그 결혼이 늦어지는 것만큼 위험한 일은 없었을 것이다. 그들은 결혼을 했고, 런던에서 결혼했으니 이제 서둘러 시골에 있는 삼촌댁으로 가는 중일 것이었다. 에드워드는 어머니의 하인을 보면서, 루시가 부탁하는 안부 인사를 들으면서, 바턴에서 6.5킬로미터 거리에 있는 심정이 어떠하였을까!

그들은 곧 델라퍼드에 정착할 거라고 그녀는 생각했다. 델라퍼드—그곳은 그녀에게 너무도 많은 관심과 추억을 불어넣어 주었던 곳이다. 한때는 친숙해지고 싶었던 곳이나, 이제는 피하고 싶은 곳! 그녀는 순간 사제관에 있는 그들이 보였다. 적극적이고 뭐든 잘 해내는 루시는 극단적인 궁핍 속에서도 맵시 있게 보이고 싶은 욕망을 잘 꾸려가면서 그녀의 절약 습관이 조금이라도 의심받을까 봐 부끄러워할 것이다. 그리고 모든 일에서 자신의 이익을 추구하고자 브랜든 대령과 제닝스 부인 그리고 모든 부자 친구들의 덕을 보려고 비위를 맞출 것이다. 에드워드에게서 그녀는 무엇을 보았는지 그리고 무엇을 보고 싶어 했는지 몰랐다. 행복도 불행도 그 어느 것도 그녀는 기쁘지 않았다. 그녀는 그에 대한 생각을 애써 외면했다.

엘리너는 런던에 있는 친척 중 누군가가 그들에게 그 사건을 알리는 편지를 써서 좀 더 상세한 것들을 알려줄 거라고 생각했다. 하지만 하루하루가 지나도 편지는커녕 아무 소식도 오지 않았다. 누구 탓을 해야 할지는 잘 몰랐지만 곁에 없는 친구들이 야속했다. 그들은 모두 생각이 없고 게으르다고 탓했다.

"언제 브랜든 대령께 편지를 쓰셨지요, 어머니?"

조급해진 마음에서 나온 엘리너의 질문이었다.

"지난주에 썼단다, 얘야. 난 답장을 받는 것보다 그가 직접 왔으면 좋겠어. 내가 진심으로 우리 집에 한번 오라고 은근히 압박을 넣었으니 오늘이든 내일이든 언제든 그가 오는 것을 보아도 난 절대로 놀라지 않을 거다."

이 말을 들으니 실낱같은 기대가 생겼다. 브랜든 대령은 틀림없이 어떤 소식을 가지고 올 것이다. 이렇게 생각하고 있는데 창문을 통해 말을 탄 한 남자의 모습이 눈길을 끌었다. 그 남자는 대문에서 멈추었다. 신사로 보이는 그는 브랜든 대령인 듯했다. 이제 뭔가를 더 들을 수 있을 것이다. 엘리너의 가슴은 그 기대로 두근거렸다. 그런데 그는 브랜든 대령이 아니었다. 모습도, 키도 그가 아니었다. 하마터면 그녀는 그가 에드워드라고 착각할 뻔했다. 그녀는 정신을 가다듬고 다시 바라보았다. 그가 막 말에서 내리고 있었다. 착각할 리가 없었다. 에드워드였던 것이다. 그녀는 뒤로 물러나서 털썩 주저앉았다.

"그가 우리를 보러 프랫 씨 댁에서 일부러 여기엘 오다니……. 침착해야 해! 숙녀답게, 점잖게 행동하겠어."

얼마 지나지 않아 그녀는 다른 사람들도 마찬가지로 착각을 했었다는 것을 알았다. 어머니와 매리앤의 안색이 변했고, 자신을 바라보며 서로 몇 마디 말을 속삭이는 게 보였다. 그녀는 어떻게라도 말을 해서 식구들이 그를 차갑게 대하지 않았으면 좋겠다는 걸 이해시키고 싶었다. 하지만 아무 말도 나오지 않았으므로 가족들 재량에 맡길 수밖에 없었다.

단 한마디도 큰소리는 나오지 않았다. 모두들 고요하게 방문객이 등장하기를 기다렸다. 그의 발자국 소리가 자갈길을 따라 들려오더니 금방 복도에서 울렸다. 다음 순간 그가 눈앞에 나타났다.

방으로 들어서는 그의 표정은 엘리너가 보기에도 그렇게 행복해보이지 않았다. 그의 얼굴빛은 하얗게 변해 있었고, 자신을 어떻게 맞이할까 두려워하는 것처럼 보였으며, 어떤 친절한 대접도 받지 못할 거라는 걸 예상하는 듯 보였다. 그러나 대시우드 부인은 억지로 편안한 표정을 짓고는 그에게 손을 내밀며 축하한다고 말을 건넸다. 그것이 바로 딸이 원하는 것이므로.

그는 얼굴을 붉히고 머뭇거리며 알아들을 수 없는 대답을 하였다. 엘리너는 어머니가 하는 인사말을 그대로 따라했으며, 인사가 끝났을 때에는 그녀도 악수를 할 걸 그랬다는 생각을 하였다. 하지만 이미 늦었으므로 대화를 시작하는 의미로 자리에 앉아 날씨에 대한 말을 하였다.

매리앤은 될 수 있는 대로 고통을 감추기 위해 보이지 않는 곳으로 물러났다. 마거릿도 대충 그 상황을 이해하고 있었으므로 품위 있게 행동해야겠다고 생각하여 되도록 그에게서 멀리 떨어진 곳에 앉아 침묵을 지켰다.

엘리너가 계절의 건조함에 대한 이야기를 하다가 멈추자 무거운 침묵이 흘렀다. 곧 대시우드 부인은 그에게 부인과는 잘 지내고 있느냐고 물었다. 그는 부리나케 그렇다고 대답하였다. 그리고 또 침묵이 흘렀다.

엘리너도 뭔가 물어봐야겠다는 결심이 들어, 비록 자신의 목소리가 어떻게 들릴지 두렵기는 했지만 이렇게 말했다.

"페라스 부인은 롱스태플에 계신가요?"

"롱스태플이라뇨! 아닙니다, 저의 어머니는 런던에 계십니다."

그가 놀라는 표정으로 대답하였다.

"제 말은…… 에드워드 페라스 부인을 말한 거예요."

엘리너가 탁자에서 뭔가 일거리를 집어 들며 말했다. 그녀는 도저히 그를 쳐다볼 수가 없었던 것이다. 하지만 어머니와 매리앤 두 사람의 눈길이 그에게로 꽂혔다. 그는 당황했는지 얼굴이 붉어지면서 망설이는 듯 보이다가 한참 머뭇거린 다음 말했다.

“아마 저의 동생, 로버트 페라스 부인을 말씀하신 거겠죠?”

“로버트 페라스 부인이라고요!”

매리앤과 어머니가 동시에 놀란 듯이 말을 받았다. 엘리너도 말은 할 수 없었지만 궁금해서 못 참겠다는 눈빛으로 그를 빤히 쳐다보았다. 그는 자리에서 일어나 창가로 걸어갔는데 어쩔 줄을 모르는 눈치였다. 그러더니 그곳에 있던 가위를 집어 들고는 가위집을 조각조각 자르는 바람에 둘 다 못쓰게 망가뜨리면서 조급한 목소리로 말했다.

“아마 모르시나 본데, 제 동생이 최근에 루시 스틸 양과 결혼했다는 소식을 듣지 못하셨나 봅니다.”

그의 말에 어안이 벙벙해진 다른 사람들은 메아리처럼 그의 말을 되풀이했고, 일감에 머리를 기대고 앉아 있던 엘리너는 지금 자신이 어디에 있는지도 모를 정도로 충격에 휩싸였다.

“네, 그들은 지난주에 결혼했으며, 지금은 돌리시에 있습니다.”

엘리너는 더 이상 앉아 있을 수가 없었다. 그녀는 거의 달리다시피 방을 나가서 문을 닫자마자 기쁨의 눈물을 터뜨렸는데, 처음에는 눈물이 멈추지 않을 것만 같았다. 차마 엘리너를 보지 못하고 다른 곳을 보고 있었던 에드워드도 그녀가 급히 달려나가는 것을 보았고, 아마 그녀의 감정이 어떤지도 알았을 것이다. 왜냐하면 곧바로 깊은 생각에 빠져 대시우드 부인이 하는 어떤 말이나 질문들도 그 생각을 깰 수 없었다. 그러더니 마침내 한마디 말도 없이 방을 나가 마을 쪽으로 걸어갔다. 그의 상황이 갑작스럽게 변했다는 것에 대해 놀라 당황한 사람들은 누구의 설명 없이 나름대로 추측하여 그 혼란을 줄일 수밖에 없었다.

제 49 장

그가 풀려난 상황은 가족 모두가 이해할 수 없었지만 그가 자유롭다는 것은 명백했다. 그리고 그 자유를 어떤 목적으로 누릴지는 쉽게 예상할 수 있었다. 4년 동안이나 지속되어 온 — 어머니의 동의 없이 이루어진 경솔한 약혼이라는 — 축복 아닌 축복을 경험한 뒤였으므로 또다시 실수할 수는 없었다.

사실 그가 바턴에 온 용건은 간단했다. 엘리너에게 청혼하는 것이었다. 그런데 그런 일에 경험이 없지도 않으면서 그런 상황이 쑥스럽고 불편해서 신선한 공기와 용기가 필요하다는 것은 이상해 보이기도 했다.

걸으면서 그가 얼마나 빨리 적절한 결정을 내렸는지, 어떤 방식으로 표현했는지, 얼마나 그것을 실행할 기회가 빨리 왔는지, 그리고 그가 얼마나 환영을 받았는지에 대해서는 특별히 말할 필요가 없을 것 같다. 단지 이렇게만 말해두겠다. 그가 그 집에 도착한 지 3시간 후인 오후 4시에 식구들이 모두 탁자에 모여 앉아 있었을 때 그는 그녀의 마음을 얻고, 어머니에게 승낙을 받았다. 그리고 사랑하는 사람으로서 느끼는 기쁨뿐만 아니라 현실적으로도 이성과 진실의 측면에서도 가장 행복한 사나이였다. 그의 경우는 정말로 일반적인 기쁨 그 이상이었다. 가슴이 벅차오르고 신명나게 만들어주는 평범한 구애의 승리, 그 이상이었던 것이다. 오래전부터 그를 옭아맸던 불행의 씨앗으로부터, 이미 오래전에 사랑할 수 없게 된 한 여자로부터 어떤 비난도 없이 벗어나 곧바로—처음 그리고 싶다는 희망을 품자마자 거의 절망적으로 생각할 수밖에 없었던—다른 여인을 얻게 되었던 것이다. 그리고 그는 의심이나 지속적인 긴장에서가 아니라

불행이 행복으로 바뀐 것이었으며, 그 변화는 친구들이 결코 그에게서 보지 못했던—낙천적이고 거침없고 활기찬— 모습으로 공공연하게 드러났다.

그는 이제 엘리너를 위해 마음을 활짝 열고 그간의 모든 약점, 모든 실수를 고백하였고, 루시에게 소년 시절에 느꼈던 그의 첫 번째 애정은 스물네 살의 철학적인 존엄성으로 잘 넘길 수 있었다.

"제가 어리석고 무모했습니다. 세상에 대한 무지와 경험 부족의 결과였지요. 제가 열여덟 살에 프랫 씨의 보살핌에서 벗어났을 때 어머니께서 저에게 어떤 활동적인 일을 마련해주셨더라면 그런 일은 일어나지 않았을 거라고 생각, 아니 확신합니다. 비록 그 당시에는 그분의 조카를 손에 넣을 수 없다는 생각으로 롱스태플을 떠나기는 했지만, 만약 집중할 만한 다른 일이나 목적이 있어 몇 달 동안 그녀와의 거리를 멀리 떨어뜨려주었다면—특히 세상 물정을 보고 배웠더라면— 저는 틀림없이 상상 속에서 싹튼 그 사랑을 떨쳐버릴 수 있었을 겁니다. 하지만 뭐라도 할 일이 있거나, 나를 위해 선택된 무슨 일이 있거나, 내 뜻대로 선택할 수 있게 허락되는 대신에 저는 집에 돌아와서 무위도식 상태로 지냈습니다.

그 뒤 처음 열두 달은 명목상의 일도 없었으니까요. 왜냐하면 저는 열아홉 살이 될 때까지 옥스퍼드에 들어가지 않았으니까요. 따라서 저는 사랑에 빠졌다고 상상하는 일밖에 할 일이 없었던 것입니다.

어머니도 집안을 편안하게 만드는 것과는 거리가 멀어서 저는 친구도 없었고, 동생 말고는 동료도 없었고, 새로운 사람들을 사귀는 것도 싫어했습니다. 그래서 언제나 마음이 편안하고 환영받는 롱스태플에 자주 갔던 거지요. 따라서 열여덟에서 열아홉 살까지 거기에서 시간을 가장 많이 보내게 되었지요. 루시는 매사에 붙임성이 있고 저를 잘 돌봐주었어요. 예쁘기도 했고요. 적어도 저는 그때 그렇게 생각했어요. 다른 여자를 거의 본 적이 없는데다 비교할 만한 능력도 없었고, 결점을 볼 수도 없었으니까요. 해서 모든 걸 고려해보면 우리의 약혼도 어리석었고, 그 뒤로 여러모로 보나 어리석은 짓이었음이 드러났지만 당시에는 그것이 부자연스럽거나 어리석은 행동이라고 생각하지는 않았습니다.”

몇 시간 동안에 일어난 대시우드 가족의 마음과 행복에 생긴 변화는 실로 엄청나서 약속이라도 한 듯 그들 모두는 만족감에 잠 못 이루는 밤을 보냈다. 너무 행복해서 마음이 가라앉지 않았던 대시우드 부인은 어떤 식으로 에드워드를 사랑해야 할지, 어떻게 엘리너를 칭찬해야 할지, 어떻게 그의 섬세함을 다치지 않고 그가 풀려난 것에 대해 감사해야 할지 알 수 없었다. 또 거리낌 없는 대화를 하도록 둘만의 시간을 주고 싶은데 그 틈에 끼어 두 사람을 지켜보는 것이 너무 즐거워 그 방법을 모르겠다고 했다.

매리앤은 단지 눈물로 행복을 표현했다. 언니와 자신이 비교되었고, 후회도 일었다. 그리고 언니를 사랑하는 만큼 기쁜 것도 진심이었지만, 그건 자신을 활기차게 하거나 말로 표현하게 하는 종류의 것이 아니었다.

엘리너는 자신의 감정을 어떻게 묘사할 수 있을 것인가? 루시가 다른 사람과 결혼했고, 다시 말해 에드워드가 자유로워졌다는 것을 안 순간부터, 그와 거의 동시에 그의 희망을 밝힌 그 순간까지 침착함을 뺀 모든 감정이 차례대로 일어났다. 하지만 다음 순간 모든 의문점과 우려하던 바가 사라지자 최근에 무슨 일이 있었는지 그 상황이 비교 정리되었다. 그는 명예롭게 이전의 약혼으로부터 자유로워졌고, 그 약혼에서 해방되자마자 그녀를 찾아와 자신이 늘 꿈꿔왔던 것처럼 부드럽고 한결같은 사랑을 고백한 것이다. 이런 현실이 확실하게 인식되자 그녀는 극도의 기쁨과 행복에 압도되었다. 그리고 인간의 마음이 더 나은 것을 위해서는 어떤 변화에도 쉽게 적응한다는 사실을 즐겁게 받아들이고, 들뜬 기분을 침착하게 하고, 어느 정도 마음을 가라앉히는 데에 몇 시간을 보냈다.

에드워드는 이제 최소 일주일은 시골집에서 함께 지내기로 하였다. 어떤 다른 일이 그에게 있든 간에 엘리너와 함께하는 즐거움을 위해 일주일도 못 바친다는 것은 있을 수 없는 일이었다. 또한 과거, 현재, 미래에 대해 반이라도 이야기하려면 비록 쉬지 않고 몇 시간이나 이야기해서 빨리 끝내는 것이 두 이성적인 존재에게는 보다 일반적인 일이겠지만, 사랑하는 사람이라면 이야기가 다르다. 둘 사이에서는 어떤 이야기도 끝이 나는 법이 없었고, 적어도 스무 번 이상은 계속 되풀이되었다.

무엇보다도 끊임없이 궁금하고 논리적으로도 설명이 안 되는 루시의 결혼에 대한 이야기는 당연히 맨 처음 화제로 올려졌다. 두 사람을 각각 알고 있는 엘리너의 정보로 모든 관점을 종합해보아도 지금까지 들었던 가장 별나고 설명할 수 없는 상황으로 보였다. 그들은 어떻게 우연히 만날 수 있었으며, 어떤 매력에 끌려 로버트가 그 아가씨와—미모에 대한 칭찬은 한번도 들어보지 못했다는 그녀와— 결혼까지 할 수 있었을까. 그것도 그녀는 형과 이미 약혼한 사이였고, 그것 때문에 가족에게 내쫓기기까지 했는데 말이다. 도저히 그녀로서는 이해할 수 없는 일이었다. 마음속으로는 참 기쁜 사건이지만 생각해보면 웃긴 일이었다. 하지만 이성적으로 판단해볼 때 하나의 완전한 수수께끼였다.

에드워드의 추측에 따라 설명하자면 한쪽의 허영심이 다른 한쪽의 입에 발린 아부에 솔깃했고, 그 뒤로는 점점 크게 작용했기 때문일 거라고 하였다. 엘리너는 로버트가 할리 가에서 형의 애정 사건에 대해 자신이 제때에 신경만 썼더라면 해결되었을 거라고 말했던 것이 떠올랐다. 그녀는 그대로 에드워드에게 반복해서 말해주었다.

"그건 정확하게 로버트다운 말이군요. 그리고 아마도 처음에 그들이 사귀기 시작했을 때부터 머릿속에 그런 생각이 있었을 거예요."

그의 즉각적인 의견이었다. 그런 다음 다시 덧붙였다.

"그리고 루시도 아마 처음에는 나를 위해서 동생을 이용하여 뭔가를 얻어내려고 했을지도 모르죠. 다른 계획들은 아마 나중에 생겼을 거예요."

그들이 얼마나 오래 연인 사이로 알고 지내왔는지는 그녀도 그도 똑같이 알 수가 없어 혼란스러웠었다. 런던을 떠난 뒤로 옥스퍼드에 남아 있기로 결정한 그는 들리는 이야기로나 그녀로부터 어떤 소식도 들을 방법이 없었다. 그리고 마지막에 그녀에게 받았던 편지도 평소보다 뜸해졌다거나 애정이 식은 것 같지도 않았다. 그러므로 아주 사소한 의심도 하지 않았으니 앞으로 일어날 일에 대한 어떤 대비도 그는 하지 않았던 것이다. 그리고 마침내 루시가 직접 쓴 편지를 통해 그 사실이 터졌을 때 그는 놀랍고 오싹한 감정과 해방되었다는 기쁨에서 잠시 동안 얼이 빠져서 멍하게 있었다고 한다. 그는 루시의 편지를 엘리너의 손에 건네주었다.

당신께,

오랫동안 당신의 진정한 사랑을 잃었다고 확신한 저는 자유롭게 다른 사람에게 제 사랑을 바치기로 했습니다. 한때는 당신과 행복을 같이 할 것이라 생각했었지만 그분과 함께 있어도 행복하리라는 데 확신합니다.

하지만 마음이 다른 이에게 갔는데 당신의 청혼을 받아들인다면 조롱받을 일이겠지요? 진심으로 당신이 선택한 길에 행복이 있으시길 바라며, 우리는 이제 가까운 친척이 되었기 때문에 항상 좋은 친구가 되지 못한다 해도 제 잘못은 아닐 것입니다. 당신께 아무런 악의도 가지고 있지 않다는 것을 확실히 밝히며, 당신 또한 마음이 너그러우시니 우리에게 나쁜 감정을 갖지 않으리라 생각합니다. 당신의 동생분은 제 사랑을 완전히 받아들였고, 우리는 이제 서로가 없이는 살아나갈 수 없어 방금 제단에서 결혼 서약을 마치고 돌아와 이제 몇 주일 묵기 위해 당신의 사랑하는 동생이 보고 싶어 하는 돌리시로 가는 중입니다. 하지만 이 몇 줄의 편지가 당신에게 괴로움을 끼칠 것 같습니다.

당신이 잘 되길 진심으로 바라는 사람이자 친구이며 동시에 제수인,

루시 페라스 올림

추신

저는 당신의 모든 편지를 불태웠으며, 다시 만나게 되면 초상화를 돌려드리겠습니다. 부디 제가 휘갈겨 쓴 편지를 전부 없애주세요. 하지만 제 머리카락이 든 반지는 간직하신다면 기꺼이 드리겠습니다.

엘리너는 편지를 읽은 다음 아무 말 없이 그에게 돌려주었다.

"편지의 문장에 대한 당신의 의견은 묻지 않겠소. 전과 같았다면 세상 없어도 그녀의 편지를 당신에게는 절대로 보여주지 않았을 거요. 제수로도 부정한 일이지만 아내였다면……! 그녀가 쓴 글을 보면서 내 얼굴이 얼마나 화끈거리든지! 우리가 그 어리석은 계약을 했던 처음 반년 뒤로

내가 받아본 그녀의 편지들 중 이 편지가 유일하게 문체의 결점을 보상해 준 내용을 담고 있소."

에드워드가 말했다.

"어떻게 그런 일이 벌어졌든지 간에 그들이 결혼한 건 사실이에요. 당신 어머님은 가장 적절한 형벌을 스스로 부과하셨군요. 어머니께선 당신에 대한 분노로 로버트를 독립시켰지만 그 바람에 그에게는 스스로 선택할 수 있는 권한이 생긴 거지요. 한 아들에게 일 년에 일천 파운드라는 돈을 그 수단으로 준 셈이고요. 의도적으로 다른 아들의 상속권은 박탈하셨으면서요. 로버트와 루시가 결혼했다니, 당신이 결혼한다고 했을 때 못지않게 어머님께서 큰 충격을 받으셨을 것 같은데요."

잠시 멈추었다가 엘리너가 말했다.

"더 큰 상처를 받으셨지요. 어머니는 로버트를 항상 더 예뻐하셨으니까요. 더 큰 상처를 받으셨겠지만, 아마 같은 원리로 더 빨리 동생을 용서하시겠지요."

그 사건이 지금 가족들에게 어떻게 받아들여지고 있는지 에드워드는 알지 못했다. 가족 중 누구와도 대화를 시도하지 않았기 때문이다. 그는 루시의 편지가 도착하고 24시간 안에 옥스퍼드를 떠나 그에게 남은 단한 가지 목적—바턴으로 가는 가장 빠른 지름길을 택해 어떤 행동을 해야 할지 생각해볼 겨를도 없이 지름길과 밀접하게 연관된 일— 말고는 신경을 쓰지 않았다. 그는 대시우드 양과 함께 할 자신의 운명에 확인을 받을 때까지 아무것도 할 수 없었다. 그 운명을 찾고자 신속하게 움직인 것을 보면 한때 브랜든 대령을 생각하며 느낀 질투와 스스로 자격이 부족하다고 여겼던 겸손함 및 확신하지 못하고 머뭇거렸던 정중함, 이 모든 것에도 불구하고 아주 처참한 대접을 받을 거라고는 생각지 않았던 것이다. 그러나 그러한 예상을 했다고 말하는 것이 그가 할 일이었으므로 아주 진솔하게 털어놓았다. 그가 일 년이 지난 뒤에는 이 일에 대해 어떻게 말했을지는 남편들과 아내들의 상상력에 맡겨야 하겠다.

루시가 토머스를 통해 안부를 전달한 것을 보고 엘리너는 루시가 작정하고 그를 속이려 했고, 앙심을 품고 그를 떠났다는 것을 확실히 알게 되었다. 그리고 이제 그녀의 성격에 대해 자세히 알게 된 에드워드도 미련 없이 그녀가 무례하고 그릇된 천성을 가지고 있으며, 비열한 짓도 서슴없이 할 수 있다고 믿어 의심치 않았다. 사실 오래전, 엘리너를 알기 훨씬 이전부터 그의 눈으로 그녀의 무지와 너그럽지 못한 마음을 보아 오긴 했지만 그러한 것들은 교육을 제대로 받지 못한 탓이라고 생각했었던 것이다. 그리하여 그녀의 마지막 편지가 도착할 때까지도 그는 그녀가 성격 좋고 마음씨 착한데다 자기에게 완전히 빠져 있는 사람이라고 믿고 있었다. 그런 강한 확신이 있었기에 사실을 알게 된 어머니가 불같이 역정을 내실 때도 맞서 나갈 수 있었고, 계속된 불화의 발단이자 그를 후회하게 만들었던 약혼을 끝내지 않고 끌어올 수 있었다.

"저는 그것이 저의 의무라고 생각했습니다. 제 감정이 어떻든 간에 그녀에게 약혼의 유지 여부를 선택하게 하는 것 말입니다. 어머니에게 버림받고 어디에도 저를 도와줄 친구 하나 없을 때였지요. 그런 상황에서, 어떤 살아 있는 생명체라도 탐욕과 허영심을 느끼지 못하는 그런 상황에서 그녀가 제 운명이 어떻게 될지 몰라도 저와 함께 하겠다고 그렇게 진지하고 열정적으로 고집하는데 어떻게 제가 의심할 수 있었겠습니까? 저는 순수한 사랑 말고 다른 의도는 없는 줄 알았습니다. 그리고 지금까지도 저는 그녀가 왜 그렇게 행동했는지, 그 동기와 어떤 이익을 상상했기에 조금도 관심 없었던 사람에게 얽매이려 했는지 이해할 수가 없어요. 가진 거라고는 이천 파운드밖에 없는 사람을요. 그녀는 브랜든 대령이 나에게 성직을 보장해줄 거라고는 예상하지 못했거든요."

"아니죠, 아마 그녀는 당신에게 유리한 어떤 일이 일어날 거라고 생각했을 거예요. 가령 당신 가족이 때가 되면 마음이 누그러질 것이라고 생각했을지도 모르죠. 그리고 어쨌든 그녀가 약혼을 유지한다 해도 아무것도 손해날 건 없었잖아요. 그녀는 기질도 행동도 구속받지 않았다는 것을 증명했으니까요. 당신과 약혼을 한 것은 분명 대단한 일이었을 거예요. 친구들 사이에서도 아마 중요하게 생각되었겠죠. 유리한 일이 더 이상 일어나지 않는다 해도 독신으로 있기보다는 당신과 결혼하는 게 더 나았을 거예요."

에드워드는 곧바로 루시가 그렇게 행동한 것은 당연하다는 생각이 들었고 그 동기도 자명하게 이해되었다.

엘리너는 그가 마음이 흔들리는 것을 느끼면서도 노어랜드에서 그들과 함께 많은 시간을 보낸 것에 대해 그를 나무랐다. 숙녀들은 항상 성급함을 나무라면서도 자신을 칭찬하는 데에도 성급하기 마련인 것처럼 말이다.

"당신은 정말 잘못 처신한 거예요. 제가 그렇게 믿었던 것은 말할 것도 없이 우리의 관계가 당신이 처한 상황처럼, 결코 이루어질 수 없는 것을 공상하고 기대하도록 흘러갔으니까요."

그는 자신의 마음이 무엇을 원하는지 잘 몰랐던 것과 약혼을 했기 때문에 잘못 생각했던 믿음들에 대해 호소할 뿐이었다.

"저는 다른 사람에게 제 마음이 굳게 맹세되었기 때문에 당신과 함께 있어도 아무런 위험이 없다고 생각할 만큼 단순했습니다. 또 약혼했다고 의식하고 있으면 제 마음을 명예만큼이나 안전하고 신성하게 지킬 수 있다고 믿었지요. 저는 당신을 사모하고 있었지만 그건 단지 우정일 뿐이라고 되뇌곤 했답니다. 그리고 당신과 루시가 비교되기 시작할 때까지 저는 제 마음이 어느 정도인지 알지 못했어요. 그 뒤로 제가 서식스에 너무 오래 머문 것은 잘못이었지요. 스스로 편한 대로 제 마음을 달래기 위해 이렇게 말했습니다. '위험한 건 나 자신이다. 나 말고 다른 누구도 다치게 하지 않겠다.' 라고 말입니다."

엘리너는 미소를 지으며 고개를 흔들었다.

에드워드는 시골집에 브랜든 대령이 올 거라는 소식을 듣고 기뻐했다. 그는 진정으로 대령과 더 친해지고 싶었을 뿐 아니라 델라퍼드의 성직을 마련해준 데 대해 언짢지 않았다고 확실히 전할 기회를 갖고 싶었다.

"그 일에 대해 그렇게 심드렁하게 감사를 드려서 대령은 제가 그 일을 마련해준 것에 대해 탐탁지 않게 생각한다고 느꼈을 거예요."

그제야 그는 자신이 그곳을 방문하지 않았다는 점에 놀라고 있었다. 하지만 그 문제에 대해 별로 관심이 없었기 때문에 그는 사제관, 정원, 그리고 교회의 영지, 교구의 범위, 대지의 조건, 십일조가 어느 정도 들어오는지에 관한 모든 정보를 엘리너에게 전해들었고—엘리너는 그 정보를 브랜든 대령에게 들었는데 얼마나 주의를 집중해서 들었던지—거기에 대해서라면 외울 정도였다.

모든 이야기가 끝나고 그들 사이에는 결정되지 않은 한 개의 질문만이, 극복해야 할 하나의 어려움으로 남았다. 그들은 서로에 대한 애정으로 이끌렸고, 진실한 친구들의 가장 열렬한 지지를 받으며 맺어졌고, 서로에 대해 잘 알고 있었기 때문에 두 사람이 행복할 거라는 것은 확실했다. 그러니 이제 생계를 유지할 뭔가를 바랄 뿐이었다. 에드워드는 2천 파운드를 가지고 있었고, 엘리너는 1천 파운드를 가지고 있었는데 거기에 델라퍼드 성직 급여를 더한 것만이 그들 재산의 전부였다. 대시우드 부인이 조금이라도 도와줄 것 같지는 않았고, 일 년에 350파운드의 생활비로 편안하게 살 수 있다고 생각할 만큼 둘이 그렇게 사랑에 목을 매는 사이도 아니었다.

어머니가 자기에게 호의적으로 변할 거라는 기대를 완전히 버리지 않았던 에드워드는 부수입으로 그것을 기대하고 있었다. 그러나 엘리너는 그런 기대에 의존할 수 없었다. 왜냐하면 몰턴 양과 결혼할 수 없는 것은 마찬가지였고, 그가 자신을 택한 것도 페라스 부인이 듣기 좋은 말로 루시보다 조금 나은 차선책일 뿐이라고 말했기 때문이다. 따라서 그녀는 로버트의 일로 마음이 상한 부인이 패니만 부유하게 만들어주지 않을까 걱정스러웠다.

에드워드가 도착한 지 약 나흘 후 브랜든 대령이 나타났다. 바턴에 살게 된 이래 처음으로 집이 수용할 수 있는 인원보다 더 많은 사람을 들인 영광을 맛보게 되었다. 에드워드는 제일 먼저 온 사람으로서 특권을 누릴 수 있었으며, 따라서 브랜든 대령은 매일 밤 파크에 있는 그의 옛 숙소까지 걸어갔다. 하지만 그곳에서 그는 대개 새벽에 돌아왔는데 너무 일러서 아침식사 전에 연인들이 머리를 맞대고 속삭이는 이야기를 방해할 정도였다.

델라퍼드에서 3주간을 보내면서 그는 적어도 저녁 시간만큼은 서른여섯과 열일곱 사이의 불균형을 생각하는 일 외에는 거의 할 일이 없었다.

따라서 바턴에 왔을 때에는 그의 마음을 활기차게 만들기 위해서 매리앤을 보고 그를 성심껏 친절하게 맞이하는 것과 대시우드 부인의 격려가 필요할 정도였다. 그리고 친구들의 그런 기분을 맞춰주는 말 덕분에 다시 살아날 수 있었다. 루시가 결혼했다는 소문을 그는 아직 듣지 못했고, 그간 무슨 일이 있었는지 아무것도 몰랐기 때문에 방문해서 처음 몇 시간은 그 이야기를 듣고 놀라는 데 보냈다. 대시우드 부인이 그에게 모두 설명해주었고, 대령은 자기가 페라스 씨를 위해 했던 일이 결국 엘리너에게 이롭게 되었기 때문에 기뻐하였다.

두 신사가 서로를 더 잘 알게 되면서 상대방을 더 좋게 생각하게 된 것은 말할 필요도 없을 것이고, 달리 생각될 수도 없었다. 훌륭한 원칙과 바람직한 가치관에서, 기질과 사고방식에 있어서 둘은 닮았기 때문에 아마 다른 매력 없이도 우정으로 그들을 결합시키기에 충분하였다. 그들이 두 자매와 사랑을 하고, 자매가 서로 사이가 좋다는 점은 그 둘의 친밀도를 곧바로 높게 만들었다. 그렇지 않았다면 서로 재보고 판단한 후 호감이 생기도록 오랜 시간을 기다려야 했을지도 모른다.

며칠 전에 도착했더라면 엘리너의 몸속에 있는 모든 신경을 황홀하게 만들었을, 런던에서 온 편지를 이제는 환희보다는 감정을 억제하고 읽어야 했다. 제닝스 부인이 애인을 버린 아가씨에 대한 놀라운 이야기를 해주기 위해, 그 기막힌 이야기에 분개를 토로하기 위해, 그리고 불쌍한 에드워드에 대한 부인의 동정심을 표현하기 위해 편지를 썼던 것이다. 부인은 에드워드가 형편없는 말괄량이를 사랑하고 있었다고 믿고 있었기에 지금쯤 옥스퍼드에서 실연의 아픔에 고통스러울 거라고 생각하였다. 부인의 편지는 이렇게 이어졌다.

"그렇게 교활하게 일이 꾸며진 일은 아마 없을 거예요. 글쎄, 이틀 전만 해도 루시가 나를 찾아와 두 시간 정도 앉아 있었는데 말이에요. 어느 누구도 그 문제에 대해 수상히 여긴 사람은 없었어요. 낸시마저도요! 불쌍하기도 하지! 낸시는 다음 날 울면서 나를 찾아와서는 플리머스로 가는 길도 모르고, 페라스 부인도 무섭다고 크게 놀란 눈치더라고요. 왜냐하면 루시가 우리에게 그럴싸하게 보이려고 결혼하러 떠나기 전에 그녀가 가진 돈을 모두 빌려가서 불쌍한 낸시에게 남은 거라고는 칠 실링밖에 없다지 뭐예요. 그래서 나는 아주 기쁜 마음으로 그녀에게 오 기니를 주어 엑스터로 보냈지요. 거기에서 그녀는 버지스 부인 댁에서 서너 주 머물 생각이라는데 내 말대로 그녀는 그 의사와 다시 우연히 마주치기를 바라고 있을 거예요. 그리고 무엇보다 못된 짓은 그들 마차로 그녀를 데리고 가지 않은 점일 거예요.

불쌍한 에드워드 씨! 에드워드 씨에 대한 생각이 머리를 떠나지 않네요. 그러니 아가씨가 그를 바턴으로 불러 매리앤 양에게 위로 좀 해주라고 해요."

대시우드의 편지글은 더욱 엄숙했다. 페라스 부인은 이 세상에서 가장 불행한 여인이고, 불쌍한 패니는 감정의 고뇌를 견디고 있다고 하였다. 그는 그런 큰 충격 속에서도 각각 살아남았다니, 고맙고도 신기한 일이라고 하였다. 로버트의 배신은 이해할 수 없었고, 루시가 한 짓은 한없이 악한 것이었다. 그들 중 누구에 대한 말도 페라스 부인 앞에서 다시 거론되는 일은 없을 거라고 하였다. 만약 어머니가 설득을 당해 그 아들은 용서받을지도 모르지만 그의 아내는 며느리로 결코 인정받지 못할 것이며, 그녀 앞에 나타나지도 못할 것이라고 했다. 둘이 그 일을 비밀리에 진행한 것이 감정적으로 그 죄질을 더욱 악랄하게 만들었는데, 만약 누구라도 의심을 했다면 적절한 조치를 써서 그 결혼을 막을 수 있었을지도 모르기 때문이었다. 그러고는 에드워드와 루시의 약혼도 성사되지 않았으니 이렇게 루시가 그 가족을 더 비참하게 만들 수단이 될 줄 알았으면 차라리 엘리너와 그가 연결되었으면 좋았을 거라고 말하였다. 그는 다음과 같이 계속하였다.

"그리 놀랄 일도 아니지만 장모님은 아직까지도 에드워드라는 이름을 입에 올리지 않으신단다. 하지만 놀라운 일은 그도 그 일에 대해 편지 한 장 보내지 않았다는 거지. 하지만 어머니의 마음을 상하게 하지나 않을까 하는 걱정으로 침묵할 수도 있으니 네가 옥스퍼드로 편지 한 통 보내어 넌지시 충고를 하렴. 패니 앞으로 적당한 사죄의 편지를 보내면 누나가 그걸 장모님께 보여드릴 테고, 그러면 큰 문제는 없을 거라고 말이다. 왜냐하면 우리가 익히 알고 있는 대로 장모님은 마음이 너그러워서 자식들과 잘 지내기를 무엇보다 바라고 계실 것이다."

이 부분은 에드워드의 행동과 앞날에 중요한 것이었다. 엘리너는 비록 그의 매형이나 누나가 지적한 방법 그대로는 아닐지라도 그와의 화해를 시도하기로 결심하였다.

"적당히 사죄하는 편지라! 매형과 누님은 로버트가 어머니에게 배은망덕하게 군 것과 제 명예를 훼손시킨 것에 대해 제가 어머니에게 대신 용서를 구하라는 건가요? 저는 그럴 수 없습니다. 저는 지난 일로 인해 비천해지지도, 뉘우칠 것도 없습니다. 저는 굉장히 행복해졌지만 그 점엔 관심이 별로 없으시겠죠. 제가 잘못을 빌어야 할 점이 무엇인지 모르겠군요."

"당신은 용서를 구해야 해요. 어쨌든 당신은 어머니를 속상하게 했으니까요. 그리고 어머니를 화나게 했던, 허락 없이 약혼을 했었다는 점에서 죄송하다는 말씀을 드려야 할 것 같은데요.”

엘리너가 그를 설득했다.

그는 그렇다고 동의하였다.

“그리고 어머니께서 당신을 용서하시면, 아마 약간은 저자세로 나가는 게 두 번째 약혼을 알리기 편할 거예요. 어머니가 보시기에는 처음 때와 마찬가지로 경솔하다고 느끼시겠지만요.”

그는 거기에 대해서는 아무런 이의를 제기하지 않았지만 여전히 사죄하겠다는 편지는 쓰지 않겠다고 버티었다. 따라서 일을 좀 더 수월하게 하기 위해서, 글로 표현하기보다는 말로 고백을 하는 것이 훨씬 낫겠다는 그의 말처럼 패니에게 편지를 쓰는 대신 런던으로 올라가 직접 유리한 선처를 부탁하기로 하였다.

브랜든 대령에게는 짧았던 사나흘 간의 방문이 지나고 두 신사는 바턴을 떠났다. 그들은 곧바로 델라퍼드로 갈 예정이었는데 에드워드는 앞으로 살 집에 대해 개인적으로 알아야 했기 때문에 후원자이자 친구를 도와 그곳에 필요한 것과 고쳐야 할 것을 점검하기로 했다. 그런 다음 이틀을 그곳에서 머문 후 런던으로의 여정을 계속할 예정이었다.

제 50 장

페라스 부인은 자신이 마음이 너무 좋다는 비난을 받을까 봐 늘 두려웠기 때문에 적당히 거부하고, 격렬하게 그를 만나지 않겠다고 고집을 피운 다음에야 에드워드를 들여보내라고 했고, 다시 아들로 인정하였다.

페라스 부인의 가족은 최근에 지나치게 많은 일로 휘청거렸다. 부인은 몇 주 전에 에드워드가 분란을 일으켜 쫓아내는 바람에 큰아들을 빼앗겼다가 다음엔 로버트가 비슷한 문제를 저질러 아무도 남지 않았다. 그런데 지금은 에드워드가 돌아옴으로써 아들이 다시 한 명 생긴 것이다.

에드워드는 집에 머물러 살도록 허락을 받았음에도 불구하고 그 집에 계속 머물러야 될지 마음을 놓을 수 없었다. 지금 상황을 발표하면 자신의 처지에 갑작스런 변화가 일어나 저번처럼 신속하게 쫓겨나지 않을까 두려웠기 때문이다. 따라서 걱정스러운 마음으로 조심스럽게 말씀드렸더니 어머니는 예상과는 달리 침착한 태도로 가만히 듣기만 하였다. 처음에 페라스 부인은 대시우드 양과의 결혼을 단념시키려고 부인의 힘이 닿는 한 이성적으로 반박할 거리를 찾아 그를 설득하려고 부단한 노력을 하였다. 몰턴 양과 결혼하면 신분도 높아지고 재산도 더 많아질 거라고 말하였다. 그리고 그녀는 3만 파운드를 가진 귀족의 딸인데 반해, 대시우드 양은 3천 파운드도 안 되는, 눈에 띄지 않는 평범한 집안의 딸에 불과하다고 힘주어 말하였다. 하지만 페라스 부인은 모든 게 사실임을 완전히 인정하긴 했지만 아들이 결코 그것에 따르지는 않을 것임을 알고 있었다. 그래서 부인은 과거의 경험에 따라 인정해주는 게 가장 현명하다고 판단하여 자신의 체면도 살릴 겸 그런 선의를 눈치 채지 못하게 시간을 끌다가 에드워드와 엘리너의 결혼에 동의한다고 허락하였다.

그들의 수입을 늘리기 위해 부인이 어떻게 할 것인지가 그 다음 결정할 문제였다. 그러나 여기에서 비록 에드워드가 지금은 하나밖에 없는 아들이긴 하여도 결코 장남 역할은 할 수 없음이 분명하게 나타났다. 왜냐하

면 로버트가 일 년에 1천 파운드를 확보하고 있는 판에 기껏해야 250파운드를 위해 에드워드가 목사직을 받는 것에는 조금도 반대하지 않았기 때문이다. 패니와 함께 받게 된 1만 파운드 그 이상은 아무것도 약속되지 않았다.

하지만 그것은 에드워드와 엘리너가 기대했던 것보다 훨씬 많았다. 이런저런 말을 하는 페라스 부인만이 더 주지 못하는 자신을 변명하는 것처럼 보였다.

그들에게 상당한 수입이 보장되자 에드워드가 목사직을 받고 나서는 집이 완공되기를 기다리는 일밖에 남지 않았다. 그 집은 브랜든 대령이 엘리너가 살 집이라는 강한 열정으로 매달리고 있었기에 상당한 보수 작업을 하고 있었다. 집수리가 완성되기를 기다리다가 이해할 수 없이 늑장을 부리는 일꾼들에게 수천 번 실망하고, 일정이 지연된 것을 경험한 엘리너는 모든 것이 준비될 때까지 결혼식을 올리지 않겠다는 처음의 결심을 버리고 초가을에 바턴 교회에서 예식을 치렀다.

결혼 후 첫 달은 신혼집에서 친구들과 함께 시간을 보냈는데 그 덕분에 사제관의 진행 사항을 감독할 수 있었으며, 그 자리에서 원하는 대로 모든 것을 지시할 수 있었다. 벽지를 선택하고 무슨 관목들을 심을지 계획할 수 있었으며, 구불구불한 길도 새로 만들 수 있었다. 비록 다소 뒤범벅이 되긴 했지만 제닝스 부인이 기대하던 것들은 주로 이루어진 셈이다. 부인은 미카엘 축일에 즈음해서 사제관에 있는 에드워드와 그의 아내를 찾아왔고, 엘리너와 그녀의 남편이 세상에서 가장 행복한 부부라고 생각했고, 실제로도 그렇게 믿었다. 이제 그들은 브랜든 대령과 매리앤이 결혼하고, 소를 키우기 위한 좀 더 좋은 목장을 갖는 것 외에는 아무것도 바랄 게 없었다.

그들이 처음 정착하자 거의 모든 친척과 친구들의 방문을 받았다. 페라스 부인도 찾아와 그들이 행복하게 지내는 것을 낱낱이 확인하였다. 그리고 존 대시우드 가족도 그들의 면목을 세워주기 위해 친히 서식스에서의 여행에 대한 경비를 부담하면서까지 찾아왔다.

"엘리너, 내가 실망했다고는 말하지 않으마."

델라퍼드의 문 앞을 함께 걸으며 어느 날 아침 존이 말했다.

"그건 지나친 말이 되겠지. 왜냐하면 분명히 너는 세상에서 가장 운이 좋은 아가씨 중 하나니까. 하지만 솔직히 말하는데, 브랜든 대령을 매제라고 부르는 게 훨씬 더 기뻤을 것 같구나. 그가 이곳에 소유한 재산, 영지, 저택 등 모든 게 상당히 훌륭한 조건들이거든! 그리고 그의 숲까지! 나는 도싯셔의 그 어디에서도 델라퍼드의 급경사지에 지금 서 있는 그런 목재들을 본 적이 없단다. 그리고 비록 매리앤이 그의 관심을 끌 만한 그런 사람은 아닐지 모르겠다만, 그래도 내 생각엔 그 둘과 네가 자주 함께 지내는 것이 좋겠구나. 브랜든 대령이 집에서 시간을 많이 보내는 모양이니까 무슨 일이 일어날지는 누구도 모르는 일 아니니. 같이 지내는 시간이 많고 다른 사람들을 만나는 일이 적으면 말이야. 매리앤을 돋보이게 하는 일은 네 손에 달렸으니, 내 말은, 네 동생에게 기회를 주면 좋겠다는 거지. 내 말 이해하겠지?"

페라스 부인은 그들을 보러 와서 항상 남부럽지 않은 애정으로 믿게끔 그들을 대하였지만 결코 부인의 진정한 호의는 아니었다. 그래도 모욕 받는다는 느낌이 들 정도로 호의나 차별을 보이지는 않았다. 그들을 대신할 로버트의 어리석음과 그 아내의 교활함이 있었기 때문이다. 그것은 그들이 자업자득으로 얻은 결과였다. 루시의 이기적인 교활함은 처음에는 로버트를 궁지로 빠뜨렸지만 그 덕분에 구원될 수도 있었던 중요한 수단이었다. 왜냐하면 조그마한 틈이 보인다 싶자 루시는 존경심 가득한 겸손과 주도면밀한 관심, 끝없는 아첨으로 아들의 선택과 시어머니를 화해시키고 다시 눈에 들게 기초를 다지는데 한몫했기 때문이다.

그러므로 이 일에 있어서 루시의 모든 행동과 최후에 얻게 될 영화는 자기 이익을 위해 열렬하고 지속적인 관심을 갖고 있으면 분명히—그 과정이 순탄하지는 않겠지만 시간과 양심을 희생하기는 해도 그 밖의 다른 희생 없이— 큰 재산을 확보할 수 있다는 사실을 뒷받침하는 대표적인 예로 꼽히게 될 것이다.

로버트가 처음에 그녀를 만나려고 개인적으로 바틀릿의 건물로 그녀를 방문한 것은 단지 형의 문제 때문이었다. 루시에게 약혼을 포기하도록 설득하려고 했던 것이다. 그들 두 사람의 애정 외에는 아무것도 문제될 게 없었으므로 그는 당연히 한두 번의 만남이 그 문제를 결정지을 거라고 기대하였다. 그러나 바로 그 점이 그가 한 유일한 실수였다. 왜냐하면 루시는 그의 수려한 말솜씨를 듣고 금방이라도 설득될 것 같은 모습을 보이다가도 그에게 한번 더 방문해서 이야기해봐야겠다는 미련을 남겼기 때문이다. 그들이 헤어지고 나면 몇 가지 의문점이 항상 그녀의 머릿속에서 맴돌았고, 그것은 그와 함께 다시 반시간 정도 대화를 나눔으로써만 해결될 수 있었다. 그리하여 그는 매일 찾아오게 되었고, 그 후의 일은 일사천리로 뒤따라왔다. 그들은 점차로 에드워드에 대한 얘기보다 로버트에 대한 이야기만 하게 되었는데 그것은 그가 다른 화젯거리보다 자신에 대해서라면 항상 할 말이 많았기 때문이었고, 루시도 로버트 못지않게 관심을 나타냈다. 그러다 보니—요약하자면—그가 형의 자리를 완전히 대신하고 있음이 두 사람에게 빠르게 인식되었던 것이다.

그는 형의 애인을 빼앗아 뿌듯했고, 에드워드를 속이는 것이 자랑스러웠고, 어머니의 동의 없이 몰래 결혼하게 되어 어떤 희열감마저 느꼈다. 그 뒤에 일어난 일은 알려진 대로다. 그들은 돌리시에서 아주 행복하게 몇 달을 보냈다. 왜냐하면 루시와 소식을 끊을 친척과 지인들이 많았기 때문이다. 에드워드는 훌륭한 시골집을 위한 몇 장의 설계도를 그렸다. 그런 다음 런던으로 돌아와 루시가 하라는 대로 그저 용서를 구하는 방법으로 페라스 부인의 용서를 얻었다. 그 용서는 처음에는 당연히 로버트만의 것이었다. 아무런 의무도 지지 않았고, 따라서 아무 죄도 범할 수 없었던 루시는 여전히 몇 주 동안 용서받지 못하고 있었다. 하지만 겸손한 말과 행동으로 로버트가 지은 죄에 대해 자책하면서 인내하고, 쌀쌀맞게 대하는 데도 꿋꿋하게 감사함을 잃지 않자 콧대 높은 어머니의 인정을 받기에 이르렀고, 루시는 그 감사함에 무한 감동을 했고, 그 뒤엔 급격하게 부인이 끔찍히도 아끼고 가까이하는 사이로 급부상하였다. 루시도 로버트나 패니처럼 페라스 부인에게 꼭 필요한 존재가 된 것이다.

그 반면에 에드워드는 한때 그녀와 결혼하려고 마음먹었던 것에 대해 결코 진심이 담긴 용서를 받지 못했고, 엘리너도 비록 재산과 신분에 있어 그녀보다 높긴 했지만 침범자라고 불렸다. 로버트 부부는 런던에 정착하였으며, 페라스 부인으로부터 매우 넉넉한 지원을 받았고, 대시우드 가족과 절친한 사이로 지냈다. 그리고 루시와 로버트 사이의 잦은 가정불화는 물론 패니와 루시 사이의 냉기, 남자들끼리의 질투와 나쁜 감정을 제쳐둔다면 그들 모두가 조화롭게 사는 것처럼 보였다.

에드워드가 무엇 때문에 장자의 권리를 박탈당했는지 알게 되면 많은 사람들은 어리둥절할 것이다. 또 로버트가 어떻게 그 권리를 계승하게 되었는지 안다면 더욱 의아할 것이다. 그러나 그 원인은 아닐지 몰라도 그 결과로 보면 타당해보였다. 로버트의 생활이나 말하는 방식으로 보면 그 어떤 것도 형에게 너무 적게 남겼다거나 자신에게 너무 많이 남겨서 그의 수입이 많아져서 유감스러워 한다고는 생각할 수 없었다. 그리고 에드워드도 아무리 세세한 일이라도 준비된 자세로 임무를 완수하고 그의 아내와 가정에 애착을 갖고 항상 즐거워하는 것을 보면 자신의 몫에 만족하고 있어 형제의 팔자를 바꾸겠다는 희망 따위는 하지 않는 걸로 보였다.

엘리너가 결혼했다고 바턴 시골집이 완전히 방치되지 않았고, 가족들과도 떨어져 지내는 시간도 그리 길지 않았다. 어머니와 동생들하고 절반 이상의 시간을 함께 보냈기 때문이다. 대시우드 부인은 즐겁기도 했지만 뭔가 생각하고 있는 바가 있어 델라퍼드를 자주 방문했다. 매리앤과 브랜든 대령을 서로 연결시켜 주고 싶은 바람 때문이었는데, 존이 했던 말보다는 너그럽기도 했고, 결코 뒤떨어지지 않는 절실함도 있었다. 그것은 이제 부인이 간절히 바라는 목표였다. 부인에게 있어 딸은 동반자로서 소중했지만, 자신의 훌륭한 친구를 위해 그 영원한 즐거움을 포기하는 것만큼 절실히 바라는 것도 없었다. 에드워드와 엘리너의 바람 역시 매리앤이 대저택에 정착하는 것이었다. 두 사람은 대령의 슬픔을 느꼈고, 그에게 신세진 것도 있어 모두가 공감하는 대로 매리앤이라면 그에 대한 충분한 보상이 될 수 있을 거라고 여겼다.

그녀를 두고 그런 공모를 하고, 그의 착한 마음을 깊이 알게 되고—오래 전부터 다른 사람들은 훤히 알고 있었지만—이제야 마침내 대령의 사랑을 확신하게 되어 마음의 문이 열렸다면 그녀가 무엇을 할 수 있었겠는가?

매리앤 대시우드는 특이한 운명으로 태어났다. 그녀는 자신의 견해가 잘못되었음을 발견하기 위해 태어났고, 그녀가 가장 좋아하는 격언에 반대되는 행동을 할 운명을 타고났다. 열일곱에 찾아온 애정을 극복하고, 강한 존경심과 활기찬 우정보다 더 특별한 감정이 없는데도 자진해서 다른 사람의 청혼을 받아들일 운명을 타고난 것이다. 그 다른 사람이란, 과거의 사랑으로 그녀 못지않은 고통을 겪었던 남자로, 2년 전에 그녀가 결혼하기에는 너무 나이가 많다고 생각했던 남자, 그리고 건강을 위하여 여전히 플란넬 조끼를 애용하는 남자였던 것이다.

하지만 일은 그렇게 되었다. 한때 한껏 희망에 부풀어 자신했던, 주체할 수 없는 열정에 희생되어 어머니와 함께 영원히 남아 은둔과 공부에서 유일한 즐거움을 찾는 대신에—좀 더 침착하고 냉정하게 판단한 뒤에 결심한 것처럼— 그녀는 열아홉 살의 나이에 새로운 애정을 순순히 받아들이고 새로운 의무를 시작하여 새로운 집에서 한 가정의 아내이자 안주인, 그리고 마을의 후원자로 자리를 잡았다.

브랜든 대령은 이제 그를 사랑하는 모든 사람들이 당연히 그래야 한다고 믿는 만큼 아주 행복했다. 그는 매리앤으로부터 과거의 모든 고통에 대한 위로를 받았으며, 그녀의 관심과 생활 속에서 활기찬 마음과 생기 넘치는 정신을 되찾았다. 그를 행복하게 만드는 데에서 자신의 행복을 찾는 매리앤을 지켜보며 친구들도 한마음으로 기뻐하였다. 매리앤은 사랑을 하찮게 생각하는 사람이 결코 아니었다. 따라서 시간이 흐르면서 그녀의 마음은 한때 윌로비에게 그랬던 것처럼 남편에게 매우 헌신적이었다.

윌로비는 그녀의 결혼 소식을 듣고 고통을 느끼지 않을 수 없었다. 그래도 그의 죄는 금방 스미스 부인의 자발적인 용서로 끝났고, 부인은 온 정을 베푼 이유로 그가 고매한 인격을 갖춘 여성과 결혼했기 때문이라고 하였다. 그러면서 매리앤에게 신의를 지켰더라면 단번에 행복과 부를 모두 가질 수 있게 되었을 거라고 했으니, 그는 충분한 벌을 받은 셈이었다.

그렇게 못된 짓을 한 대가를 스스로 치르는 셈이니 후회하는 마음은 진심이었고, 브랜든 대령을 오래도록 질투했고, 매리앤을 버린 것을 내내 후회하며 살았다는 것은 의심할 필요도 없었다. 하지만 그가 영원히 위로할 길 없이 비탄에 빠졌다거나 사교계에서 도망쳤다거나 습관성 우울증에 걸렸다거나 실연의 아픔을 견디다 못해 죽었다고는 생각하지 말아야 한다. 그는 절대로 그렇지 않았다. 그럭저럭 살면서 종종 즐겁기도 했다. 그의 아내가 늘 유머감각이 없다거나 그의 가정이 항상 불편한 것도 아니었다. 말들과 개들을 기르고 이런저런 취미생활을 하면서 가정의 지복을 어느 정도 누렸던 것이다.

그러나 매리앤에 대해서는, 그녀를 잃고도 살아가는 무례함에도 불구하고 매리앤에게 일어나는 모든 일에 관심을 가지고 있었으며, 그녀를 남몰래 완벽한 여성의 기준으로 삼았다. 훗날 새로운 미인들을 가볍게 무시한 것은 브랜든 부인과 비교도 안 된다는 이유였다.

대시우드 부인은 이제 델라퍼드로 이사하려고 하지 않고 시골집에 남아 있을 만큼 신중해졌다. 그리고 존 경과 제닝스 부인에게는 다행스럽게도, 매리앤이 그들 곁을 떠났을 때 마거릿이 춤을 추기에도 적당하고 애인이 있어도 그렇게 어색하지 않은 나이가 되었다.

바턴과 델라퍼드 사이에는—끈끈한 가족애가 있으면 자연스럽게 그러하듯이—서신 왕래가 끊이지 않았다. 그리고 엘리너와 매리앤이 누리는 행복 중에서 가장 으뜸인 것은, 사이가 각별한 자매끼리 눈 뜨면 보이는 가까운 곳에서 불화 없이 살고, 또 남편들끼리도 냉랭해지는 일 없이 잘 지냈다는 점을 가볍게 보아 넘기지 말아야겠다.

제인 오스틴과 《이성과 감성 *Sense and Sensibility*》

삶의 내면을 지향한 서정(抒情) 작가

제인 오스틴(Jane Austen, 1775~1817)은 영국 BBC의 '지난 천 년간 최고의 문학가' 조사에서 셰익스피어에 이어 2위를 차지할 만큼 영국인들의 사랑을 받는 작가이다. 또한 영문학사에 매우 독자적인 위치를 차지하고 있는 작가이다. 그 이유는 무엇보다 당시의 문학 사조인 낭만주의적 경향과는 동떨어져서 18세기의 고전적(古典的) 정서를 강하게 지닌 오스틴만의 독특한 문학세계를 구축하였기 때문이다.

제인 오스틴이 살던 시기는 18세기 말에서 19세기 초로 정치·사회적으로 중요한 사건인 프랑스 혁명과 나폴레옹 전쟁 그리고 산업혁명이 있었으며, 이에 따른 각 방면의 급격한 변화가 진행 중이었다.

한편 문학사적으로는 낭만주의라는 새로운 인생관과 문학관이 일기 시작했다. 이성(理性)이 모든 것을 지배하였고, 전통의식과 더불어 질서와 상식, 보편·타당화된 합리성이 인생에 있어서나 문학에 있어서 목표가 되었던 18세기의 고전주의에 비해, 이 새로운 움직임은 개인의 감정과 상상력이 모든 판단의 기본임을 천명하고 콜리지(Coleridge, S. 1772~1834)와 워즈워스(Wordsworth, W. 1770~1850)의 '서정적인 발라드'를 발판으로 차츰 시대를 풍미하게 된다.

초기 낭만주의의 기수들은 대부분 시인들로서 이들의 낭만 정신은 자연에 심취(W. 워즈워스), 시간적으로나 공간적으로 먼 이국(異國) 정서의 동경(S. 콜리지), 아득한 이상사회를 건설하려는 혁명 정신(P. 셸리), 미(美)에의 추구(J. 키츠) 등으로 특징지을 수 있다. 이와 같은 문학 운동은 기존의 고전주의와는 정반대의 문학적 특징을 추구하는 것이다.

이러한 시대적, 문학적 조류 속에서 작가생활을 했음에도 불구하고 제인 오스틴은 그러한 영향을 별반 받지 않은 이색적인 작가였다. 그녀는 오히려 18세기 초의 고전주의로 회귀(回歸)한 듯한 문학세계를 펼쳤다. 그녀는 당시 유럽을 뒤흔들었던 역사적인 사건의 의미 해석이나 서술보다는 평범한 일상의 묘사에 치중했으며, 과거에의 동경, 꿈과 관념의 감상주의적 경향보다는 이성적인 현실의 세계를 지향했다.

이처럼 제인 오스틴의 생애와 작품세계는 그녀가 살았던 19세기 초기 영국의 정치, 철학, 사상, 예술 등 사회 제반문제와 관련되거나 영향을 받지 않았다. 그녀의 대표작인 《오만과 편견 *Pride and Prejudice*》(1813)을 비롯한 6개의 완성된 소설은 조용한 환경에서 조용한 생활을 한 작가에 의해서 쓰였음을 알 수 있다. 작품 소재는 작가의 경험을 주요 토대로 한 것들이며, 작품의 무대나 등장인물도 그녀의 삶 속에서 비롯된 것들이다. 제인 오스틴 소설의 무대는 18세기 말, 그녀가 태어난 영국 남부의 고요한 시골 마을이고 등장인물들도 대부분이 그 작은 시골 마을에 사는 귀족과 중류계급 출신으로 결혼 적령기에 든 남자와 여자, 귀족과 목사, 군인 등이다. 그들이 빚어내는 평범한 생활상이 작품의 주요 줄거리를 이룬다. 이러한 소설의 일상성은 오스틴의 '시골 마을의 서너 집 일이 바로 작품 소재이다.'라고 그녀의 조카에게 쓴 편지에서도 잘 알 수 있다. 이런 의미에서 그녀의 소설을 '가정 소설(Domestic Novel)' 이라고 부르기도 한다.

이렇듯 오스틴 소설의 특징은 시대적 초연성(超然性)과 낭만주의적 경향을 거스르는 고전주의적 정신, 그리고 일상적인 삶의 소설화로 크게 나뉘어진다. 이러한 독자적인 특징들은 작가로서의 명성에 천재성을 부여하기도 하지만, 한편으로는 비판의 요인으로 작용하기도 한다. 특히 소설 세계의 제한성은 오스틴의 문학성에 대한 주요한 비판적 요소가 되어 왔다. 시대정신에 무감(無感)하고, 역사적인 사건에 무지(無知)하며, 일상의 삶에만 자족(自足)했다는 비판들은, 오스틴의 완벽하게 세공된 소설 작품에 아무런 흠집도 내지 못했다. 오히려 이러한 비난들은 오늘날 감탄과 경이의 요소들로 인정받고 있다. 오스틴은 제한된 세계 안에서 자신의 재능과 문학관에 따라 평온한 리듬으로 균형잡힌 필치, 짜임새 있는 구성, 따뜻하고 섬세한 아이러니, 정교한 인물 묘사를 통하여 작품의 완벽을 기하였고, 이러한 점들은 그녀의 작가적 특징과 더불어 작품의 문학적 가치를 드러내주는 것이다. 삶의 화려하고 경박한 외양보다는 소박하고 진솔한 삶의 내면을 지향했던 오스틴의 소설세계는 작지만, 인간적 우주의 축도로서의 삶의 다양함을 함축한 큰 세계이다.

소박한 삶, 그러나 위대한 문학적 삶

제인 오스틴은 1775년 12월, 영국 햄프셔의 스티븐턴에서 아버지 조지 오스틴과 어머니 커샌드라 리의 6남 2녀 중 일곱째로 태어났다. 아버지 조지는 영국 국교의 목사였고, 외가 쪽도 독실한 성공회 신앙을 가진 집안이었다. 오스틴의 가족은 이웃들에게도 평판이 좋은 우아하고 부유한 집안이었다. 오스틴은 지성적이고 다정한 가족들 틈에서 어린 시절을 보냈다. 모두 다섯이나 되는 오빠들은 훗날 정치가, 법률가, 해군, 성직자, 약사 등의 직업을 갖게 되는데, 이는 그녀의 소설적 배경이 된다. 언니 커샌드라와의 우애가 각별했다고 전해지며, 제인 오스틴에 관한 정보 중 대부분이 그녀가 언니에게 보낸 편지에서 유래하고 있다.

일곱 살 때에 언니와 함께 친지인 고오리 부인이 경영하는 학원에 입학한 오스틴은 그 뒤에 레딩에 있는 유명한 아베이 학교에서 일 년간 교육을 받았다. 그녀의 정규 교육은 이것으로 끝나고 그 후로는 줄곧 아버지에게 사숙(私淑)했다.

오스틴의 가족은 모두들 문학적 성향이 뛰어난 사람들이었다. 아버지는 소설에 관심이 많았으며 특히 고전 작품을 좋아한 학자였고, 어머니는 즉흥시나 동화 창작에 재능이 있었다. 그녀의 오빠들 중에도 대학 시절에 동인지를 출판한 형제가 있어 가족이 다 모이면 문학 작품을 소리 내어 읽거나 연극을 하기도 했다. 오스틴은 이러한 문학적 분위기 속에서 주로 18세기의 각종 픽션들을 읽었고, 피아노를 배웠으며, 이탈리아 어와 프랑스 어를 배우며 문학적 감성을 키워 나갔다.

제인 오스틴은 12세 때인 1787년부터 1793년까지 주로 가족들에 대한 이야기를 중심으로 습작을 했다. 1795년 코믹한 내용의 〈세상의 역사 *History of the World*〉와 미완성 소설인 〈캐서린 *Catharine*〉을 필두로 해서 두 가지의 서간체 소설인 〈수잔 아가씨 *Lady Susan*〉와 〈엘리너와 매리앤 *Elinor and Marianne*〉을 썼다. 〈엘리너와 매리앤〉은 후에 완성된 《이성과 감성 *Sense and Sensibility*》의 모체가 되었다. 이후 오스틴은 1796년에서 1797년 사이에 의미 있는 장편 소설인 〈첫인상 *First Impression*〉을 쓰게 되는데, 그녀는 이 작품을 처음으로 출판할 시도를

한다. 그러나 출판사의 거절로 그녀의 작가로서의 첫 꿈은 좌절을 겪게
된다. 후에 이 작품은 그 유명한 《오만과 편견》으로 제목이 바뀌어 출판
되어 오스틴에게 문학적 명성을 안겨주게 된다. 1798년에는 주목할 만한
작품인 《노생거 사원 *Northanger Abbey*》이 완성되었다. 오스틴이 스무
살을 전후해 쓴 이러한 초기의 소설들은 단순한 습작이 아닌, 후에 빛나
게 될 위대한 천재성의 불꽃을 내포하고 있었던 가작(佳作)들이었다.

　이즈음까지 스티븐턴이라는 작은 마을은 오스틴의 문학적 재질을 뒷받
침해주는 데 있어 충분한 모든 조건을 마련해주었다. 그러나 아버지가
1801년에 목사직을 은퇴하고 배스로 거처를 옮기게 되자, 이로 인한 충격
으로 8년 동안 거의 창작을 하지 못한다. 게다가 1805년에 아버지가 별세
하고 오스틴 가족은 1809년까지 여러 곳으로 이사를 다니는 불안정한 생
활을 해야 했다. 아버지를 여의고 가장 친했던 친구 앤 레프로이마저 사
망하는 쓰라린 경험은 그녀의 작품 성향에 상당한 변화를 가져오는 계기
가 되었다. 그 후 수년 동안의 방황 끝에 1809년에 사우샘프턴에서 초턴
으로 이주하여 이곳에서 오스틴은 여생을 보내게 된다. 고향에서 멀지 않
은 이곳에 정착한 오스틴은 아름다운 주위 환경과 그로 인한 마음의 안정
으로 다시 집필을 하기 시작한다. 그 후 7년 동안 오스틴은 문학적 재능
을 마음껏 불태우는 경이적인 창작에 전념한다.

　《이성과 감성》과 《오만과 편견》을 출판하기에 이르고, 1814년에는 《맨스
필드 파크 *Mansfield Park*》를 출판한다. 1814년에서 1815년에 걸쳐 집필
한 《엠마 *Emma*》가 1815년 8월에 출판되었고, 계속해서 《설득 *Persuasion*》
(1818)과 《노생거 사원》도 수정, 출판되었다.

　1817년 오스틴은 그녀의 일곱 번째 소설이자 미완성으로 남게 되는 〈샌

디션 *Sanditon*〉을 수정, 집필했으나 이미 중병을 앓고 있었기 때문에 탈고하지는 못했다. 이 소설은 비록 완성은 보지 못했지만, 저자 자신이 말년에 고통 받은 병약함과 심기증(Hypochondria)에 대하여 불같은 분노를 퍼부은 풍자소설이다. 그 후 건강이 급격히 악화되어 그 해 7월 18일에 오스틴은 42세의 짧은 나이로 아까운 문학의 불꽃을 거두고 말았다.

제인 오스틴은 일생을 집안 식구와 친지들 사이에서만 보내며 지극히 소박한 삶을 살았다. 여러 곳을 여행하거나 대중에게 크게 알려지는 일도 없이 평생 동안 독신생활을 꾸려 나갔다.

오스틴의 이성 교제에 대해서는 정확히 알려진 것들이 없다. 그녀의 편지나 일기의 일부분을 통해 몇몇 남성과의 가벼운 교우관계만을 추측할 수 있을 뿐이다. 그에 의하면 오스틴은 1801년에 어떤 남자와 로맨스가 있었다고 전해지는데 곧 애인과 헤어졌고 그는 다음해에 죽었다고 한다. 그리고 1802년에 해리스라는 부유한 지주로부터의 청혼이 있자 수락했다가 다음날 아침에 철회했다고 한다. 그 이후로 그녀는 친구들과 함께 지내거나 대가족의 일원으로 만족했다. 오스틴이 왜 결혼하지 않았는지에 대해서는 〈수잔 아가씨〉의 여주인공을 통해 추측해볼 수 있다. 17세에 쓴 이 소설의 여주인공 수잔처럼 오스틴도 개성이 강하고 독립적이며 남성을 능가하는 지성을 소유했었다. 그러나 여자에 대한 사회적인 편견이 심했던 그 시대에 개성이 강한 그녀가 겪었을 좌절감은 충분히 짐작할 수 있는 일이다.

오스틴이 약 7년여 동안 쓴 소설들은 모두 익명으로 출판되었는데, 그녀 사후인 1818년에야 《노생거 사원》과 《설득》이 출판되면서 저자가 그녀임이 밝혀졌다. 그만큼 그녀는 일생 동안 소설 쓰는 일에만 전념했고,

그녀 특유의 소설 양식을 창출해내는 데에만 힘쓴 것이다. 즉 개인생활에 치중한 대화가 중심이 되는 소설의 전개 방식이나 등장인물 간의 관계가 주로 집안 식구나 친구들로 한정되는 것 등은 오스틴의 생애가 그대로 옮겨진 소설에서 주로 만날 수 있는 특징이다.

시대적 초연성과 고전주의에로의 회귀

제인 오스틴은 이성의 시대와 낭만주의 시대인 감성의 시대를 걸쳐서 살면서 한사코 비감성적인 소설을 고집해서 썼다. 오스틴이 작품 활동을 하던 때는 문학사적으로 바이런, 셸리, 콜리지, 스콧 등의 낭만주의 작품들이 한창 절정을 이루던 시대였고, 서정적인 발라드가 유행한 지 이미 한 세대가 지난 후였다. 감상과 감성이 이성을 뒤엎고 휘몰아쳐 온 시대였던 것이다. 게다가 당시에는 이른바 '고딕 소설' 이라고 하는 황당하고 기괴한 공포 소설이 인기를 얻고 있었다. 그러나 오스틴은 이러한 문학 사조에 휩쓸리지 않고, 고전주의에 동조한 반낭만적 경향을 강하게 지님으로써 독자적인 문학 성과를 이루어냈다. 그녀의 작품들은 대중없이 중세의 세계를 동경한다든지, 병적인 감정에 흐르기 쉬운 당시의 젊은 여성들의 유행적 심리를 비웃고 있다. 그녀의 전 작품에 흐르고 있는 일관된 정서는 절대로 무절제하게 흐르는 법이 없이 언제나 절제되고 균형되게 드러난다.

고전주의와 낭만주의 사이에 나타나는 인생과 문학에 있어서의 대조적 견해는 오스틴의 초기 작품인 《이성과 감성》에서 잘 나타나 있다. 오스틴 소설 중에서 최초로 출판된 이 소설은 치밀하고도 원숙한 오스틴의 예술의 특징을 잘 보여준 것으로 엘리너와 매리앤이라는 자매의 이야기를 통해 상반된 자아실현의 모습을 보여준다. '이성(Sense)'으로 묘사된 엘리너는 모든 일을 처리하는데 있어 감정과 상상력을 억제하고 이성에 의존하는 반면, '감성(Sensibility)'으로 표출된 동생 매리앤은 인생의 모든 면에 강한 감정적 반응을 보인다. 이 두 가지 특성, '이성(고전적·이지적)'과 '감성(낭만적·감상적)'은 대립적 요소로 작용하면서 한편으로는 서로 조화를 이루어 상보적(相補的) 요소로 작용하기도 한다. 오스틴은 작품 속에서 '이성'을 강조함으로써 그녀의 18세기적 도덕관과 인생관을 보여준다.

이처럼 오스틴이 낭만주의보다는 고전주의에 더 가까이 다가서려 했던 것은 18세기 작가이자 근대 소설의 시조라 할 수 있는 리처드슨(Richardson, S. 1689~1761)에 대한 영향 때문이기도 하다. 리처드슨은 심리적 통찰력을 가지고 인물과 그들이 빚어내는 행위의 동기에 대하여 일관성 있게 분석하였는데 리처드슨의 이러한 작가적 특징은 오스틴에게 영향을 주었다. 그러나 리처드슨이 상상력을 가지고 작품을 이끌어나간 반면, 오스틴은 배경 설정이라든가 인생에 대한 내용면에서 잘 알고 있는 주위 현실에 자신을 한정시켜 그 안에서 문학적 기법뿐만 아니라 내면적 인물 묘사를 통한 완벽을 기함으로써 독특한 고전주의적 문학세계를 구축했던 것이다. 이러한 오스틴의 고전주의적인 작품 성향에 대해 그녀를 예찬하던 프랑스 비평가 루이 카자미앙(Louis Cazamian)은 '제인 오스틴의 모든 작품은 최상의 형식일 때 가장 본질적인 고전주의 정신, 즉 정신의 힘 가운데 지성이 필연적으로 탁월할 수밖에 없는 조화, 안정되고 질서정연한 조화로 가득하다.'고 평한 바 있다. 이렇듯 낭만주의 경향과 정반대를 이룬 오스틴의 이성(理性) 지향적인 소설은 자기류의 고전적 세계를 개척함으로써 특이한 작가적 위치를 확고히 하였다.

오스틴 문학의 또 다른 특징은 시대적 초연성이라 하겠다. 오스틴은 프랑스 혁명과 산업혁명으로 인한 정치·사회적 급변에 대하여 초연한 태도를 견지했는데 이는 동시대 작가와 비교하면 이색적이라 할 수 있겠다. 그녀의 소설에는 필딩(Fielding, H.)이나 스몰렛의 소설에서 볼 수 있는 사회문제의 파노라마도 없고, 산업혁명 이후의 영국 사회가 당면한 상황에 대한 언급도 없으며, 이 당시 사회가 안고 있던 불안정한 사회문제나 빈민의 문제 같은 것도 없다. 이와 같은 특색은 오스틴의 소설적 예술성을 폄하(貶下)하는 요소가 되기도 한다.

실제로 소설의 기능이 당대의 사회문제를 비판·풍자·지적·반영하는 데에 있다고 할 때, 나폴레옹이 유럽 전역을 휩쓸면서 그 시대를 좌지우지하던 때에 쓰인 오스틴의 문학세계에서는 전쟁을 위시한 인간의 문제는 찾아볼 수 없고, 기껏해야 남자가 태도를 바꾸거나 젊은 여성이 편견을 버리는 그런 일상의 내용만이 주류를 이룬다. 그러나 결론부터 말하자면 오스틴의 이러한 문학적 태도는 외부 변화에 대한 무지라든가 무관심에서 온 결과라기보다는 제한된 세계 안에서 작품의 완벽을 기하고자 하였던 의도에 기인한다고 볼 수 있다. 즉 그녀의 세계는 비록 제한된 것일 수도 있으나 완전하다. 그녀의 세계는 하나의 확고한 천체(天體), 활력이 넘치는 천체인 것이다.

도덕적 우주 축도로서의 작은 세계

오스틴의 문학세계는 '섬세한 붓으로 작업한 2인치 넓이의 작은 상아 조각'에 비유될 수 있다. 그러나 이 상아 조각의 작은 공간이 아무 의미도 지니고 있지 않다고 생각하면 큰 잘못이다. 오스틴은 잘 짜여지고 잘 다듬어진 예술 감각과 언어 감각으로 영국 역사의 지극히 작은 공간을 정확하고 밀도 있게 묘사했다. 이성의 시대에서 감성의 시대로 옮아가는 단계에서 사람들의 사고방식과 태도에 대한 구체적인 묘사는 한 시대의 밀도 있는 분석적 표출에 있어서 가장 기본적인 역할을 해준다.

제인 오스틴은 화려한 도시의 사교계를 멀리하고 시끄러운 문단생활도 몰랐지만, 극히 좁은 가정을 중심으로 한 사회로부터 소재를 발견함으로써 보기에 평범한 성격의 언행을 진솔하게 묘사해 가는 가운데서 그의 독특한 상념을 발전시켜 나갔던 것이다. 이런 의미에서 오스틴의 소설은 응접실의 실내를 구체적으로 묘사했다고 지적한 평은 기억할 만하다. 이것은 곧 이 시대의 좀 더 깊은 변화의 골과 그 안에서 한 개인이 자신과 주위 세계를 어떻게 인식하고 있는지 알려주는 지름길이었던 것이다. 또한 자신에게 익숙한 생활의 경험을 반어적(反語的)이고 예술적인 통찰력으로 기술함으로써 오스틴은 디킨스나 톨스토이 등과 같은 사회의 광범위한 문제를 다룬 작가들과는 다른 역할을 했다. 즉 그녀의 소설에서 전개되는 제한된 사회는 그 자체가 하나의 풍자로서의 역할을 했던 것이다. 그 풍자야말로 그 시대 지주계급의 사고방식을 그 어떤 문학적 방법보다도 정확하게 전달해주었다. 풍족하게 여가를 즐기는 지극히 자기중심적인 중류계급의 허상과 실상을 오스틴의 소설은 정직하게 묘사하고 있다.

이런 의미에서 제인 오스틴의 공로는 19세기 초의 영국 사회에서 귀족계급에 만연되어 있던 생활 태도의 단면을 정확하게 포착했다는 데에 있다. 오스틴 소설에 등장하는 각 가정은 그 자체로서 하나의 작은 사회를 이루며, 완벽한 작은 우주를 이루고 있다. 이 소우주는 너무도 선명하고 사실적으로 묘사되어 그 너머에 자리 잡고 있는 좀 더 큰 세계를 비춰주는 것이다. 이른바 보다 큰 도덕적 우주 축도로서의 작은 세계인 것이다.

'결혼'을 통한 자아실현의 문학세계

제인 오스틴은 일상을 무대로 당시의 중류계급의 실상과 허상을 드러냈으며, 그 드러내는 방식은 주로 아이러니와 풍자에 의해서였다. 그녀의 완성된 여섯 작품 중에서 《노생거 사원》, 《오만과 편견》, 《엠마》 세 작품은 아이러니컬한 희극 형식으로 이루어져 있고, 나머지 세 작품인 《이성과 감성》, 《맨스필드 파크》, 《설득》은 풍자적 리얼리즘이 흐르고 있다.

오스틴이 이러한 문학적 내시경(內視鏡)으로 들여다보고자 했던 것은 중류계급의 적나라한 모습 이외에 여성과 결혼, 그리고 가정의 내밀한 의미였다. 여성이 남성의 소유물로서 행동과 사회적 활동에 제한을 받던 당시 상황에서 오스틴 소설의 여주인공들은 오스틴 자신과 같은 여성들에 대한 역사적인 기술을 소설에서 해냈던 것이다. 여자의 입장에서 남자들의 세계를 경험하고, 다른 여성들과 만나며 그들의 집안을 묘사함으로써 스스로 경험한 자신과 자신의 생활에 대해 역사적으로 서술한 것이다. 실제로 셰익스피어 이후 처음으로 독자들은 믿음직하고 사려 깊으며 야심과 재치를 바탕으로 남자들로부터 독립된 사고를 하는 여성들을 오스틴의 소설에서 만나게 된다. 이들은 지성과 감성을 바탕으로 남자들에게 도전을 꾀하며 그들과 동등한 관계를 유지하려는 정열도 소유하고 있다.

오스틴 소설의 강력한 내적 갈등은 여주인공들의 개성과 야망이 사회적 도덕률에 의해 압박받는 데에서 생긴다. 여성이 당면해 있는 곤경은 그들이 아내로서 얼마나 적절한가에 의해 가치가 평가되는 사회에 태어남으로써 시작된다. 그 사회에서 여성은 하나의 다소곳한 아내와 어머니로서 정착되고 그들의 생애는 사회가 규정하는 이상적인 여성상에 의해 제약받는 것이다.

오스틴의 여섯 개의 소설은 전부 이러한 주제를 아이러니와 풍자로 다루어내고 있다. 각 소설의 여주인공은 점차 자아를 깨닫고, 다른 사람들과의 관계에서 자아를 성취한다. 그들은 자아발견과 자아성장의 길을 여정으로 삼는다. 남성이 주도하는 사회에서 여성이 성취하려고 하는 이러한 자아성찰은 오스틴의 희극적 멜로드라마를 심도 있게 만드는 중요한 요소로 작용한다. 이러한 사회에서 여성에게 주어진 유일한 의무는 결혼을 잘하는 것이다. 장래의 남편감에게 잘 보이기 위해 길들여지는 것이 당시 여성들이 받았던 교육이다. 직업을 갖는 것이 불가능했으므로 미혼 여성은 가난을 각오해야 했고, 가난하지 않고 사람 대접을 받으려면 결혼을 해야 했다. 게다가 집안의 체면이나 전통을 손상시키지 않는 결혼을 하는 것이 특히 그 당시 중류계급의 딸들이 지고 있던 부담이었다.

이처럼 결혼은 여성들의 유일한 사회 활동의 방편인 것이다. 따라서 결혼은 오스틴 소설에서 이른바 자아실현의 주요한 매개요, 상징으로 나타난다. 일생을 결혼이라는 체험을 해보지 못한 그에게는 결혼이야말로 가장 운명적인 조건이며, 인생의 모든 방향은 결혼이라는 궁극의 목표를 향하여 집중되는 것이라고 생각되었다. 그리고 그녀는 이 결혼이라는 종점에 도달하는 과정에서 인간의 리얼한 생활을 발견하였던 것이다.

제인 오스틴의 소설은 전부 변화의 시초인 결혼으로 끝이 난다. 그 주제가 결혼 아니면 배우자 선택을 통해 사회적 삶에서의 변화가 어떻게 나타나는가이다. 파티, 피크닉, 시골 무도회는 결혼의 예비 의식이며, 그 복잡한 분별 속에서 선택의 윤리가 형성된다. 《이성과 감성》에서 대시우드 집안은 그 재산과 명예를 존속시키기 위해 한 개인의 희생쯤은 너무도 당연한 것으로 여긴다. 한편 《오만과 편견》에서는 캐서린 영부인이 가문의 명예를 위해 엘리자베스가 다아시와 결혼하는 것은 당치도 않다고 말한다. 물론 작가는 이러한 캐서린 영부인을 우스꽝스럽고 풍자적으로 묘사한다. 엘리자베스는 그녀를 묵살해버림으로써 침묵의 경멸을 보낸다.

오스틴의 작품에서 여주인공들의 결혼은 결말에 해당하지만 단순히 이야기의 결말이 아니라 자아실현의 구체화라고 할 수 있다. 그들의 결혼은 주인공 자신 또는 외부의 심술궂은 방해로 인하여 지연되는데, 이러한 과정을 거치는 동안 그들은 표현방식은 다르지만 나름대로의 정신적인 고통을 겪으면서 자기인식과 더불어 내적 성취를 하게 되고, 마침내는 애정에 기반을 둔 결혼을 통하여 자아를 실현하는 것이다.

오스틴의 소설들이 여주인공들의 자아발견 과정을 중심으로 전개된다고 할 때, 작가가 이들에게 깊이 심어주는 또 다른 인간관은 합리적인 인간으로서의 의무를 다하는 인간이다. 이때의 의무는 종교나 가문에 대한 의무가 아니라 여성 개개인이 자신들에게 충실해야 하는 내적인 의무라는 데에 그 의미가 있다. 오스틴의 소설들이 전통 지향의 사회보다는 내면 지향의 사회 변화를 기록하고 있는 것은 이 때문이다. 개성적이고 인간적인 자아의 성취를 위해 투쟁하는 주인공들의 인간상은, 19세기 이후의 문학 작품들이 추구해 온 주제로서 오스틴을 현대와 연결시켜주고, 영국 소설의 전통을 세우는 데 일익을 담당한 그녀의 문학적 위치를 새삼 확인시켜준다.

가정의 의미를 형상화한 최초의 여성 작가

오스틴의 소설은 사회 구성원에게 지극히 한정적인 역할만을 요구하는 한 사회의 여성과 남성을 동시에 다루었는데, 이것은 또한 어느 시대에서도 일어날 수 있는 보편적이고 역사적인 사실인 것이다. 그녀는 비록 세상을 뒤흔드는 메시지나 인간해방에 대한 논리, 또는 독자를 깜짝 놀라게 하는 대단한 기법 같은 것을 제시하지는 않았다. 그 대신 냉정한 사실에 입각한 현실세계를 잔잔하게 묘사했다. 그러므로 우리는 제인 오스틴의 완성도 높은 소설들을 읽는 동안에 부드러운 미소와 평온한 분위기에 휩싸이는 자신을 발견하게 되는 것이다.

제인 오스틴이 그녀의 소설들을 통해 말하고자 하는 것은 많은 사람들이 인간해방을, 또는 사회에서의 일탈을 꿈꾼다고 해도 우리는 시간과 혈육과 상황에 연계되어 의존하고 있으므로 싫어하는 사람들과의 인간관계에서도 완전히 벗어날 수는 없다는 것이다. 그러기 때문에 인간이 인간에 대해 가하는 비인간적인 측면조차 너그럽게 이해되어야 할 것이다. 사고하는 소설가로서 그녀는 여주인공들을 사고하는 틀 속에 정교하게 조각했던 것이다.

그러므로 오스틴의 소설은 작가의 그림자로 가득 차 있다. 단순한 화자(話者)나 비평가로서가 아니라 실제로 이야기를 이끌어가는 예술가로서 존재하면서, 자신의 소설은 완전히 작가의 손에 의해 만들어지고 기법의 효과로 진행된다는 것을 공공연히 드러낸다. 주인공들의 관계에서 빚어낸 구체적이고 선별적인 요소가 주류를 이루면서도 경제적이고 분명한 사실주의라는 것을 의도적으로 나타낸다. 그 사실주의는 도덕률에 입각하면서도 심미적(審美的)이다. 이 사실주의는 인생의 해석과 비판과 표출을 동시에 제공하는 것이다.

오스틴 소설 중심에는 언제나 가정생활이 있다. 제인 오스틴의 선배작가들 중, 어느 누구도 상상력 영역으로서의 일상적 삶의 영역을 받아들이기 위해 오스틴만큼 스스로 격렬하게 훈련한 사람은 없었다. 오스틴은 등장인물의 행동 자체보다는 그러한 행동을 유발한 동기라든가 인생에서 일어나는 일들, 즉 가정, 사랑, 결혼 등을 경험하는 동안에 이루어지는 내적 성장을 정조적(靜照的)인 관점에서 섬세하게 그렸는데, 이것은 오스틴 작품의 내면적 탁월성을 말해준다.

영국 최초의 위대한 여성 작가로서의 제인 오스틴은 영국 소설사에서 가장 먼저 가정생활에 의미를 부여한 작가였다. 그녀의 소설들은 사회적·도덕적 변화 속에서의 결혼과 가족의 문화적인 의의를 제대로 주장한 최초의 내용들이었다.

《이성과 감성》에 대하여

'감수성'이란 말에는 섬세한 정서와 문학적 애감(哀感)을 느끼게 하는 민감성, 세련된 취미, 도덕성 같은 것을 포함한 특별한 의미가 있는데, 오스틴은 감상주의에 대한 풍자로써 실재적인 양식과 대비시켜 이 제목을 택했다. 언니 엘리너는 '이성(이지)'을, 동생 매리앤은 '감성(감정)'을 대표하지만 이는 기계적인 대조가 아니다. 두 주인공은 서로 상대방의 성격을 흡수하여 성장해 가는데, 작가는 여기에 미숙한 점이 있지만 활달한 젊음에 희극적인 미감을 더했다.

아버지를 여읜 대시우드 가의 자매들은 이복오빠 존과 올케 패니의 도움에서 벗어나고자 데번셔의 친척이 빌려주는 시골집으로 이사를 한다.

첫째딸 엘리너는 굳센 의지와 절제력을 소유한 현명한 아가씨이고, 둘째 딸은 감정에 따라 행동하는 다감성의 소유자이다.

엘리너는 올케의 남동생을 사랑하며 상대방 역시 자신을 사랑한다고 믿으려 하지만 자신을 대하는 태도가 애매해 갈피를 잡지 못한다. 그가 그럴 수밖에 없는 이유는 남모르는 약혼녀가 있었기 때문이다. 그는 철없을 때 만나 결혼을 약속한 여인이지만 그 신의를 저버릴 수 없어 엘리너 주변을 맴돌기만 한다.

한편 매리앤에게는 브랜든 대령이 호감을 나타내지만, 산책을 나갔다가 만난 미남 청년 월로비에게 마음을 빼앗긴 나머지 사랑의 징표를 주고 뜨거운 사랑에 빠진다. 그러나 월로비는 난봉꾼이며 빚에 시달리고 있었기 때문에 사랑하는 여인보다는 돈 많은 여인을 선택한다. 결국 애인들은 멀어지고 자매는 비련에 운다. 하지만 엘리너는 곧 평온을 되찾지만, 매리앤은 실연의 충격에서 헤어나지 못하고 히스테릭해진다.

오스틴은 이 두 주인공의 성격을 그리면서 '이성과 감성'의 두 극단적인 성격 대조를 보이고 있다.

그 후 엘리너는 애인의 약혼녀를 만나 전후사정을 듣게 된 후 기대를 가지게 되면서부터 다감한 감정을 이해하게 되고, 매리앤은 브랜든 대령의 위로를 받으며 분별을 얻게 된다. 약혼녀의 배신으로 엘리너는 옛사랑과 재회하고, 매리앤은 한결같은 브랜든 대령의 사랑에 눈을 뜨게 된다. 그리하여 자매는 각자 행복한 결혼식을 올린다.

오스틴이 처음 출판한 작품 《이성과 감성》은 익명으로 1811년에 나왔지만 그것은 오래전에 창작한 것이었다. 분명히 20세 전, 아마 17세나 18세 정도에 오스틴은 〈엘리너와 매리앤〉이라고 불리는 서간체 소설의 줄

거리를 썼다. 그녀는 그것을 1797년에 《이성과 감성》으로 다시 썼고 훨씬 후에야 개작하였다. 그녀가 쓴 과장된 정서적 반응, 기본적인 소설의 대립 구조, 정반대의 반응 유형을 구체화하는 두 자매와 함께 감상적인 여주인공은 18세기 말의 사회적 관습으로는 물론이고 그 시대의 문학에 속하는 책으로 남아 있다.

19세기 초 영국 중류사회의 풍자적 단면 《오만과 편견》

오스틴의 소설들은 영국 소설사에 신선한 한 페이지를 차지하고 있다. 그녀의 소설들은 소설 양식의 발달에 새로운 자극으로 작용했을 뿐만 아니라, 급격한 사회 변혁으로 가득 찬 19세기 초 영국 중류사회에 대한 풍자적인 단면을 형상화했다는 점에서 큰 의의를 갖고 있다. 그녀의 소설에 면면히 흐르는 회의적이고 냉소적인 아이러니는 발전과 영광이라는 화려한 표면에 의해 감추어진 영국 중류계급의 퇴폐적인 치부를 날카롭게 드러내 벗겨내고 있다. 이러한 제인 오스틴의 세계에 대한 사고와 의식이 가장 잘 용해되어 있는 작품이 바로 《오만과 편견》이다. 이 소설은 오스틴의 소설 중에서 가장 인기 있으며 상업적으로도 성공한, 질적 · 양적인 면에서 오스틴의 천재적인 작가 역량이 가장 잘 발휘된 작품이다. 특히 이 소설은 가정과 여성의 삶, 그리고 결혼을 통해 시대적 반향(反響)과 내면의 자아성찰을 함께 드러내는 오스틴 문학의 특성이 가장 잘 집약되어 있다. 이른바 오스틴 문학의 정수(精髓)요, 세계문학의 보석인 것이다.

《오만과 편견》은 제인 오스틴이 21세 때에 쓴 〈첫인상〉의 개명(改名) 소설이다. 1796년에 이 소설을 완성한 오스틴은 다음해에 처음으로 출판을 의뢰하나 출판업자의 거부로 실패, 그 후 16년만인 1813년에 《오만과 편견》으로 제목을 바꿔 출판하게 된다.

이 소설은 엘리자베스 베넷과 피츠윌리엄 다아시가 오만과 편견의 줄다리기를 하는 동안 두 사람의 인간성이 완성되어 간다는 이야기를 주된 흐름으로 하고 있다. 또한 딸들을 결혼시키는 것이 평생 사업인 베넷 부인, 아첨꾼 목사 콜린스, 그리고 위풍당당하고 거만한 귀부인 캐서린 등의 인물 군상을 등장시킴으로써 생생한 중류사회의 드라마를 보여준다.

이 소설에서 작가는 지극히 일상적이고 평범한 가정사와 결혼, 사랑의 과정을 풍자와 아이러니 수법을 통해 전달하고 있다. '오만과 편견' 이라는 제목이 의미하듯이 이 소설은 결국 외양과 실체의 차이를 두 주인공이 미처 깨닫지 못한 채 오만함과 편견의 줄다리기를 하는 과정을 아이러니와 풍자적 방법으로 보여줌으로써 독자로 하여금 두 주인공의 자아발견의 과정을 꿰뚫어보게 하는 것이다. 엘리자베스가 다아시를 외모로만 판단하여 오만한 사람이라고 편견을 가짐으로써 갈등이 생겼던 것처럼, 다아시도 큰딸인 제인을 빙리에게 시집보내려고 애쓰는 베넷 부인의 저속함을 보고 다른 딸들도 저속하리라는 편견을 가짐으로써 엘리자베스에게 오만한 태도를 보였던 것이다. 이러한 두 사람의 관계를 통해 작가는 사물의 실체나 진실이 무엇인가를 독자에게 깨우쳐 주고 있다.

작품 전체에 흐르는 오스틴의 명랑하고도 위트 있는 유머와 풍자 속에서 우리는 삶의 실체와 진실을, 그와 함께 당시 영국 사회의 세밀한 인간상과 시대상을 감지할 수 있다.

*제인 오스틴의 《오만과 편견》은 혜원출판사에서 양장본으로 발행한 것이 있으니 관심 있는 독자께선 참고하세요.

제인 오스틴 연보

1775년	12월 16일, 영국 햄프셔의 스티븐턴에서 6남 2녀 중 일곱째로 태어남.
1782년(7세)	언니와 함께 친지(親知)인 고오리 부인이 경영하는 학원에 입학함. 그 뒤 레딩에 있는 아베이 학교에서 1년간 교육 받은 후 아버지에게 사숙(私淑)함. 18세기의 각종 소설들을 읽고 피아노와 이탈리아 어, 프랑스 어 등을 배움.
1787년(12세)	이때부터 가족들 이야기를 중심으로 습작을 시작함.
1788년(13세)	〈연애와 우정〉 등 여러 편의 소품(小品)을 씀. 이것들은 후에 《제인 오스틴의 소품집》에 수록, 발표됨.
1791년(16세)	소설의 현대 양식인 풍자 소설을 습작.
1792년(17세)	본격적인 소설 〈키티나 바우어〉 집필.
1793년(18세)	아동을 위한 해학 소설 집필.
1795년(20세)	코믹한 내용의 〈세상의 역사〉와 미완성의 소설인 〈캐서린〉 그리고 두 가지의 서간체 소설인 〈수잔 아가씨〉와 〈엘리너와 매리앤〉을 완성함. 이 작품은 후에 완성된 《이성과 감성》의 모체가 됨.
1796년(21세)	〈첫인상〉 집필. 후에 《오만과 편견》의 제목으로 출판함.
1797년(22세)	11월, 토머스 캐들에게 〈첫인상〉 출판을 거절당함. 작가로서의 꿈이 좌절됨. 《이성과 감성》을 집필함.

1798년(23세) 8월, 《노생거 사원》 집필.

1801년(26세) 어머니와 언니와 함께 배스로 이사함. 고향을 떠나는 충격으로 이후 8년 동안 거의 창작을 하지 못함.

1802년(27세) 해리스라는 지주로부터 청혼을 받고 승낙했으나 다음 날 아침에 철회. 그 후 언니 커샌드라와 함께 일생을 독신으로 보냄.

1803년(28세) 《노생거 사원》을 개작하여 〈수잔 아가씨〉라는 제목을 붙여 영국의 크로스비 출판사에 매도함.

1805년(30세) 1월, 아버지의 죽음으로 생활에 큰 타격을 받음.

1806년(31세) 배스에서 사우샘프턴으로 이사함. 단편 〈왓슨〉을 완성.

1809년(34세) 여러 곳을 전전한 끝에 고향과 가까운 초턴으로 이사함. 이곳의 아름다운 환경이 그녀의 마음을 완전히 안정시켜 그 후 7년 동안 경이적인 창작을 가능하게 함.

1811년(36세) 2월, 《맨스필드 파크》 집필. 10월, 《이성과 감성》 출판됨.

1812년(37세) 2월, 〈첫인상〉을 《오만과 편견》으로 개제(改題)하여 에가튼 사에 110파운드에 매도함.

1813년(38세) 1월, 《오만과 편견》을 출판함. 6월, 《맨스필드 파크》 완성. 11월, 《이성과 감성》, 《오만과 편견》이 모두 재판을 찍음.

1814년(39세) 1월, 《엠마》 집필. 5월, 《맨스필드 파크》 출판됨.

1815년(40세) 여름에 《설득》 집필. 8월, 《엠마》 출판됨.

1816년(41세) 7월, 《설득》 완성. 이 무렵부터 건강이 나빠지기 시작함. 《맨스필드 파크》와 《엠마》가 불역(拂譯)으로 출판됨.

1817년(42세)   1월, 〈샌디션〉 집필함. 그러나 병마로 제12장에서 작품
            을 중단, 탈고하지 못함. 5월, 윈체스터로 이사함. 《노생
            거 사원》의 판권을 되찾음. 4월 27일, 유언장을 작성하
            고 5월 24일 명의를 찾아 언니 커샌드라와 함께 칼리지
            가(街)에 하숙하며 치료를 받음. 7월 18일 아침, 42세의
            생애를 마침. 유해는 윈체스터 대사원에 안치됨. 《오만과
            편견》 3판 출판됨.
1818년   《설득》과 《노생거 사원》 출판됨.

Jane Austen

▲ 언니 커샌드라가 그린 제인 오스틴

이성과 감성

지은이 제인 오스틴 | **옮긴이** 최후좌 | **그린이** 바나나몽스 | **편집** 장옥희
펴낸이 전채호
펴낸곳 혜원출판사
경기도 파주시 교하읍 문발리 출판문화정보산업단지 507-8
031)955-7451(영업부) 031)955-7454(편집부) 031)955-7455(FAX)
등록번호 1977. 9. 24 제8-16호
홈페이지 www.hyewonbook.co.kr / www.kuldongsan.co.kr